SARAH LARK es el seudónimo de una exitosa autora alemana que reside en Almería. Durante muchos años trabajó como guía turística, gracias a lo cual descubrió su amor por Nueva Zelanda, cuyos paisajes asombrosos han ejercido desde siempre una atracción casi mágica sobre ella. Ha escrito diversas sagas, como la Saga de la Nube Blanca, la Trilogía del Árbol Kauri o la Trilogía del Fuego, de las que ha vendido, en total, más de dos millones de ejemplares solo en lengua española. Sus últimas novelas, *Allí donde nace el día*, *La estrella de la Isla Norte* y la saga La Veterinaria, han recibido también el favor del público.

Saga de la Nube Blanca
En el país de la nube blanca
La canción de los maoríes
El grito de la tierra
Una promesa en el fin del mundo

Trilogía del Árbol Kauri
Hacia los mares de la libertad
A la sombra del árbol Kauri
Las lágrimas de la diosa maorí

Trilogía del Fuego
La estación de las flores en llamas
El rumor de la caracola
La leyenda de la montaña de fuego

Saga del Caribe

La isla de las mil fuentes
Las olas del destino

Saga La Veterinaria

La veterinaria. Grandes sueños
La veterinaria. Vientos de esperanza
La veterinaria. Tiempo de coraje

Otros títulos

Bajo cielos lejanos
La llamada del crepúsculo
El año de los delfines
Allí donde nace el día
El secreto de la casa del río

Papel certificado por el Forest Stewardship Council®

FSC
www.fsc.org
MIXTO
Papel | Apoyando la silvicultura responsable
FSC® C117695

Penguin Random House Grupo Editorial

Título original: *Die Tierärztin. Voller Hoffnung*

Primera edición en B de Bolsillo: febrero de 2026

Diseño de la cubierta: Penguin Random House Grupo Editorial
Imagen de la cubierta: Agustín Escudero a partir de fotografías
de Depositphotos, Shutterstock y Freepik

Printed in Spain – Impreso en España

ISBN: 978-84-10381-79-7
Depósito legal: B-21.570-2025

Compuesto en Comptex&Ass., S. L.
Impreso en Black Print CPI Ibérica
Sant Andreu de la Barca (Barcelona)

BB 8 1 7 9 7

La veterinaria

Vientos de esperanza

SARAH LARK

Traducción de Susana Andrés

Un largo camino

En el mar
Nueva Zelanda – Auckland, Onehunga

1929

1

El mar se extendía como una lona gris bajo un cielo pálido. Nellie solo notaba el lento cabeceo del barco de vapor mientras este surcaba las olas, aunque le habían descrito esa primera parte del viaje como la más tempestuosa y agotadora de la travesía a Nueva Zelanda. Sin embargo, apenas soplaba el viento desde que habían embarcado en Bremerhaven el día anterior y, por el momento, nadie se había mareado. Consideró entonces que se daban las condiciones ideales para dirigirse al capitán del Adelinde y comunicarle lo que Maria solicitaba. No debía de estar tan ocupado como para no escucharla. ¿Se tomaría en serio su petición? Esa mañana, cuando Bernhard había llamado a la puerta del camarote que compartían para contarles qué problema tenía Maria, Walter lo había escuchado más bien divertido.

—¿Ha dormido en el suelo? —había preguntado riendo Walter.

Bernhard, un hombre de estatura media, cabello rubio y unos ojos de color azul y mirada dulce, había sacudido la cabeza.

—Claro que no —había respondido ofendido—. Yo he dormido en el suelo. Pero no me apetece demasiado hacerlo durante todo el viaje y Maria tampoco está muy satisfecha con la solución.

—¿Pero sí ha aceptado tu propuesta de matrimonio? —había intervenido Nellie.

El día anterior, al repartirse los camarotes, Maria se había mostrado dispuesta a compartir el suyo con Bernhard, aunque normalmente intentaba evitar la intimidad con otras personas.

—Sí —había asegurado Bernhard—. Pero es que en algún momento, durante el transcurso de su educación de niña de casa bien, ha interiorizado que lo correcto es que una mujer solo comparta su cama con un hombre después de haber contraído matrimonio. Y ahora desea atenerse a ello.

Nellie había fruncido el ceño. Sabía que, una vez que su amiga había tomado una decisión, era muy difícil que cambiase de manera de pensar, sobre todo tratándose de algo que ella consideraba correcto o incorrecto.

—¿Y si le presentas como argumento que Nellie y yo también dormimos juntos, aunque no estamos casados? —había preguntado Walter, todavía divertido.

Bernhard había respondido con una mueca.

—Es distinto —había señalado—. Nellie aún está casada con Philipp.

Walter se había llevado las manos a la cabeza.

—Así que el adulterio está permitido, pero unas... relaciones prematrimoniales...

—¡Venga, ya conoces a Maria! —le quitó la palabra Nellie.

En realidad, Walter conocía a su hermana menor mejor que cualquier otra persona en el mundo, exceptuando quizá a Nellie.

—Se ciñe a las normas, y eso es bueno, de lo contrario estaría metiendo la pata más a menudo. Pero ¿qué querrá hacer ahora? ¿Hemos de cambiar de camarote?

Nellie se había ofrecido el día anterior a compartir camarote con Maria, aunque prefería estar con Walter. Las dos jóvenes se conocían desde hacía años y eran amigas íntimas. Nellie toleraba las dificultades de Maria para tratar con otras personas.

—Quiere casarse —había contestado Bernhard, negando con la cabeza—. A ser posible, hoy mismo. El capitán tiene que casarnos.

Y ahora, Nellie estaba en la cubierta del barco, dejándose mecer por las olas y esperando al capitán del carguero para darle a conocer las intenciones de Maria. Pese al abrigo de invierno, tiritaba. Por fortuna, el capitán Bladder apareció unos minutos después de que ella hubiese solicitado su presencia. Sonrió a Nellie. Era obvio que se alegraba de verla. La joven era alta y delgada, tenía el cabello de un rubio cobrizo y ojos castaños de mirada despierta. Llevaba el pelo corto. Hacía unos años que se había decidido por el corte bob, que estaba de moda, y encontraba ese peinado tan práctico como los pantalones largos, que por fin podían vestir también las mujeres sin que nadie las criticase, al menos en la gran ciudad de Berlín.

—¿Qué puedo hacer por usted, doctora De Groot? —preguntó cortésmente Bladder, esmerándose en hablar en el alto alemán estándar—. ¿Está satisfecha con su alojamiento? Ya sé que los camarotes son muy sencillos...

Era evidente que el capitán se esforzaba por ser amable. Y, sin embargo, esa formalidad no encajaba con un hombre que respondía tan bien a la imagen que tenía Nellie de un viejo lobo de mar. Bladder era robusto y una barba enmarcaba su rostro curtido. Llevaba la gorra de capitán algo inclinada sobre un abundante cabello rubio.

Nellie hizo un gesto de rechazo.

—Los camarotes son estupendos, muchas gracias —contestó—, aunque la principal preocupación de mi marido es cómo se ha instalado al caballo. Habría preferido dormir en el compartimento junto a Erlkönig. Pero tenemos otro problema.

Justo después vio cómo el capitán Bladder se quedaba boquiabierto.

—En la vida he casado yo a alguien —exclamó en puro dialecto alemán.

Nellie no pudo reprimir la risa. Estaba segurísima de ello. A fin de cuentas, el hombre capitaneaba un carguero que solo acogía pasajeros de forma excepcional, y no un vapor de lujo cuyo capitán tenía que enfrentarse de vez en cuando a los peculiares deseos de sus caprichosos clientes.

—Estoy convencida de que la novia se sabe de memoria la fórmula de casamiento —intentó tranquilizar al marino—. Podemos escribírsela. ¡Venga! ¿Acaso no ha estado soñando toda su vida con disfrutar de esta oportunidad?

La misma Nellie estaba abierta a vivir nuevas experiencias. Le encantaban las aventuras.

—Qué va —contestó el capitán con franqueza—. De ser así me habría hecho clérigo. Pero si la muchacha insiste... Hagámoslo mientras la mar está en calma. No vaya a ser que los novios se caigan por la borda.

Nellie asintió.

—¿Esta tarde? —preguntó esperanzada.

El capitán consultó un reloj de bolsillo.

—¡A la una en punto! —respondió—. Todavía tengo que prepararme.

Tres horas más tarde, Walter condujo ceremoniosamente a su hermana por la cubierta, mientras un marinero tocaba con una armónica la marcha nupcial. La imagen provocó la risa de Nellie. Los severos y aristocráticos progenitores de Maria y Walter seguro que se habían imaginado de un modo completamente distinto la boda de su hija. A pesar de todo, los hermanos ofrecían una bonita estampa. Los dos eran morenos y tenían unos llamativos ojos azules. Walter era alto y de movimientos flexibles, y Maria era baja, frágil y se presentó de forma torpe y reservada ante el capitán, que se había instalado en la cubierta con su primer oficial y el sobrecargo. Un marinero llenaba vasos con *kööm*, un aguardiente de comino y anís, probablemente la bebida que más se acercaba al champán en esa embarcación. Los oficiales se habían engalanado y Bladder sostenía sonriente una Biblia. Lanzaba miradas de admiración a la novia, cuyo aspecto Nellie se había dedicado a mejorar para el acto durante toda la mañana.

Maria llevaba suelto su largo cabello. Nellie se lo había cepillado hasta conseguir sacarle brillo. A falta de flores, se había provisto de las plumas que habían adornado dos sombreros y de unas cintas con las que había confeccionado una corona de la que descendía sobre el cabello de Maria un pañuelo de seda de un gris azulado. Este hacía las veces de velo y conjugaba maravillosamente con los ojos azules de la novia. Maria se había puesto el mejor de los dos vestidos que guardaba en el camarote, en una bolsa con lo imprescindible; el resto del equipaje se hallaba bajo la cubierta. El vestido azul marino con el talle bajo y la amplia falda acampanada le quedaba de maravilla. Maria era de tez pálida, pero brillante como el alabastro. A Bernhard, que la estaba esperando a un lado junto a Nellie, como madrina de boda, le resplandecían los ojos al mirarla.

Nellie, por su parte, cogió la Biblia.

—Por ahora, no la necesitamos —dijo sonriendo al capitán—. Sin pastor eclesiástico... —Evitó a conciencia revelar al capitán y a la tripulación que Bernhard era judío.

El joven llegó junto a su futura esposa. Llevaba un sencillo traje marrón. Walter habría tenido prendas más elegantes que prestarle, pero era más alto que Bernhard y a este no le sentaba bien su ropa.

—Si hubiésemos contado con algo más de tiempo, habría podido hacer algún arreglo —se lamentó Nellie. Sabía coser. Antes de cumplir su sueño de estudiar veterinaria había asistido a una escuela de economía doméstica en Utrecht.

Pero a Maria no le importaba en absoluto cómo iba vestido su novio, aunque sin duda tomó nota de todo. Después de que transcurrieran muchos años, todavía recordaría todos los detalles de la ceremonia, pues su memoria era legendaria. Sin embargo, no se sentía segura en muchas situaciones cotidianas. Miró dubitativa a Bernhard y vaciló al poner la mano en la que él le tendía. Maria, al igual que Nellie, ya había alcanzado la mitad de la treintena, pero tenía el aspecto de una jovencita.

—¡Ya podemos empezar! —inició el capitán la ceremonia

con un fuerte acento dialectal—. Algo tendré que decir, ¿no es así? —Nellie suspiró. Tal vez no debería haberle escrito solo la fórmula propia de un casamiento, sino también un discurso adecuado—. Bien, aquí tenemos a dos personas que ya no quieren navegar en solitario por la vida, sino hacerlo en compañía. No es mala idea, con solo una vela no se llega muy lejos; en cualquier caso, no a Nueva Zelanda. Y lo mejor sería que al menos uno de los dos fuese un barco de vapor...

Walter se echó a reír; Maria, atónita, levantó la vista hacia Bernhard.

—¿Es una metáfora? —preguntó.

Tendía a tomarse al pie de la letra lo que la gente le decía, pero ya había aprendido cuándo no era oportuno.

—Como dice la gente del mar: «Detrás de un marinero siempre hay una mujer fuerte..., a veces una en cada puerto...». Pero vosotros sois los dos marineros de agua dulce, y esos se mantienen fieles..., como..., como un perro. Sois veterinarios, ¿o no? Os seréis leales... Aquí no tenemos más que un gato... —El capitán Bladder se interrumpió.

Pero entonces, para sorpresa de todos, el novio tomó la palabra.

—Con el tiempo —dijo Bernhard con dulzura—, se aprende a fijar el rumbo con la luz de las estrellas y no con las luces de cualquier embarcación que pase cerca. Es lo que leí en una ocasión y he vuelto a recordarlo ahora que nos casamos en un barco. Se ajusta muy bien a nosotros, Maria, ya que tú siempre has sido mi estrella, tú me has ayudado a encontrar mi rumbo y me recogiste cuando todos me dejaron en la estacada. Te amo y te seré siempre fiel...

—¿Metáfora? —volvió a preguntar Maria.

Bernhard sonrió, luego le cogió la mano derecha con la suya izquierda y le transmitió unas señales en morse con el índice derecho, un juego que se había convertido en el código secreto de los dos. En el rostro de Maria asomó una leve sonrisa.

—Siempre hablaré solo tu idioma —tradujo Walter a Nellie. Había aprendido el alfabeto morse de niño porque su hermana estaba fascinada con ese lenguaje.

El capitán Bladder carraspeó.

—Ahora mismo podría trabajar como radiotelegrafista aquí —observó de repente en un alto alemán impecable—. ¿Puedo ahora...? —Se volvió inquisitivo hacia Nellie y los novios. Nellie asintió—. Entonces: Maria Henriette von Prednitz, si aceptas tomar por esposo al aquí presente Bernhard Benjamin Lemberger, en..., hum..., en la salud y en la enfermedad, responda usted con un sí.

—Se lo tendría que haber preguntado antes a Bernhard —señaló Maria—. Y o bien tutea o bien habla de usted.

—¡Y qué más da! —exclamó Bernhard—. Ahora di sí.

—Creo que tenemos que hacerlo bien del todo —insistió Maria.

El capitán resopló antes de continuar. Esta vez logró dominarse.

—Bernhard Benjamin Lemberger, ¿aceptas tomar por esposa a Maria Henriette von Prednitz y honrarla y amarla en la salud y en la enfermedad hasta que la muerte os separe?

Maria asintió satisfecha.

—Sí —respondió Bernhard con voz firme.

Suspiró notablemente aliviado cuando también Maria contestó con un indiscutible sí después de que Bladder le hubiese planteado la pregunta.

—Entonces, como capitán de este barco y..., bueno..., en virtud de mi cargo, os declaro marido y mujer. ¡Viento en popa a toda vela! —exclamó sonriendo—. ¡Buena travesía y con un palmo de agua siempre bajo la quilla! —añadió.

—Metáforas —dijo Bernhard rodeando a Maria con un brazo y besándola con cuidado.

Nellie suspiró aliviada cuando su amiga, confiada, se estrechó contra él y le devolvió el beso.

—¡Nosotros seremos los próximos! —le susurró Walter tendiéndole uno de los vasos de aguardiente que el capitán, ya más tranquilo, llenaba una y otra vez generosamente.

Walter y Nellie eran pareja desde hacía muchos años. Se habían conocido durante la guerra, en circunstancias nada propicias. Él había llegado a Bélgica, de donde era natural Nellie, siendo oficial del ejército alemán, y había formado parte de las tropas de ocupación de la ciudad de Cortrique. Ya entonces, Nellie trabajaba de veterinaria y se encargó como tal del caballo de Walter. Ninguno de los dos hubiese creído que la relación fuera a sobrevivir a la guerra. Tras la liberación, Nellie pensaba seguir con el matrimonio de conveniencia que había contraído con su amigo de infancia Philipp. Pero este le había pedido que lo dejase marchar. Antes de la guerra había estudiado veterinaria obedeciendo al deseo de sus padres de que se ocupase de la consulta de su progenitor. Sin embargo, tenía más talento en el ámbito musical y se le había brindado la oportunidad de viajar a Estados Unidos como músico. Nellie se ocuparía de la consulta veterinaria ella sola. No obstante, el suegro de Nellie no lo aceptó y colocó en su puesto a un colega varón.

Después de aquello, Nellie se marchó a Berlín y conoció a la hermana de Walter, Maria, la primera mujer que había terminado la carrera de veterinaria en Alemania, y abrió con ella un consultorio. Unos años más tarde, se unió a ellas Bernhard, compañero de estudios de Maria, y Nellie volvió a encontrarse con Walter, quien, al terminar la contienda, había desaparecido una temporada para evitar el casamiento que sus padres le habían planeado. Desde entonces, la relación entre Nellie y Walter había sido algunas veces muy complicada, pero últimamente los unía un profundo amor.

—Pero ¿Philipp pedirá el divorcio? —preguntó inquieto Walter porque Nellie no respondió al instante.

Ella asintió.

—Seguro, he firmado todos los documentos habidos y por haber. Ahora solo es cuestión de una formalidad…

Walter hizo una mueca. Ambos sabían que no era un asunto fácil. Philipp o Phipps, como Nellie lo había llamado siempre, había aparecido en Berlín después de haber emigrado muchos años atrás. Había hecho carrera y era considerado un mago del violín en el escenario. Se había ganado de inmediato los favores de Grietje, la hija que había tenido con Nellie y cuyo talento para la música también era extraordinario, y, de haber sido por el padre y la hija, Nellie habría continuado casada con su marido y estarían viviendo juntos los tres en Estados Unidos.

Pero Nellie se había negado. Amaba su profesión de veterinaria y amaba a Walter, y ambos esperaban cumplir el sueño de emigrar gracias a una herencia que Walter había recibido hacía poco. Pero no iban a Estados Unidos, sino a Nueva Zelanda, a causa de una maravillosa coincidencia.

—¿Vamos a ver cómo está Erlkönig? —preguntó Nellie para cambiar de tema.

No le gustaba hablar de su esposo. La herida que por él le había originado la pérdida de su hija todavía estaba abierta, aunque ella había favorecido que Grietje partiera con su padre a Estados Unidos, pues allí Phipps le facilitaría una mejor formación musical. La separación definitiva entre madre e hija había resultado, no obstante, muy difícil, agravada por el hecho de que eran miles los kilómetros que las separaban. Grietje y su padre iban a vivir en Boston, y llegar allí desde Nueva Zelanda suponía dar media vuelta al mundo.

Walter asintió.

—Ya tengo mala conciencia por estar exigiéndole demasiado —admitió.

El elegante semental negro estaba instalado en un estrecho compartimento durante la travesía. El caballo de carreras había sido el factor determinante en la elección de emigrar a Nueva Zelanda. Walter lo había vendido a un criador neozelandés y había aceptado el cargo de preparador que Julius von Gerstorf le había ofrecido para facilitarle el ingreso en el nuevo país. También Nellie, Maria y Bernhard iban a ser bien recibidos en la antigua colonia británica. El país —que el estrecho de Cook dividía en la Isla Norte y la Isla Sur— sufría una gran carencia de veterinarios y, en opinión de Julius von Gerstorf, a los campesinos les daba absolutamente igual que fuera una mujer o un judío quien se ocupase de sus ovejas, vacas y caballos. En Alemania, por el contrario, cada vez era más difícil ser aceptado, en especial para Bernhard, y también el ambiente era hostil para las mujeres.

—Erlkönig no es el primer caballo que superará un viaje —opinó con serenidad Nellie—. Y ahora solo son seis semanas. Antes los caballos tenían que aguantar tres meses en los barcos de vela y todavía más cuando había calma chicha. Hiciste bien en venderlo, Walter, no le des más vueltas.

Walter asintió a disgusto. Amaba al semental con el que había ganado muchas carreras en los últimos dos años. No obstante, no se veía trabajando de jockey en el futuro. Era un jinete excelente, pero en los hipódromos cada vez se recurría con mayor frecuencia a hombres menudos y de poco peso para competir.

Bajaron por la escalera que llevaba a la bodega de carga. Allí olía a lanolina. El capitán Bladder transportaba sobre todo artículos de lujo, objetos de mudanzas o máquinas a Nueva Zelanda y Australia, y regresaba con lana. Su carguero no disponía de cámaras frigoríficas para transportar carne y tampoco cargaba con productos de ballena porque, según él mismo confesaba, no soportaba el hedor. Así que los caballos no se veían atormentados por olores desagradables o que tal vez los asustaban; solo les resultaba fastidioso el hecho de no hacer ejercicio durante semanas.

La situación no era tan difícil para Erlkönig porque a su lado había una hermosa yegua castaña. En cuanto había subido a bordo, el semental había empezado a seducirla. En ese momento, saludó a Walter y Nellie con un fuerte relincho que su nueva amiga acompañó. Nellie sacó una zanahoria del bolsillo de la falda y la repartió entre el semental y la yegua.

—Qué lástima que no pueda casarse con ella y compartir el

box —comentó riendo—. Si la yegua está en celo y él no puede acercarse a ella, lo pasará fatal.

—Bah, lo superará —afirmó Walter—. En el hipódromo también había yeguas en celo. Y, cuando lleguemos..., ¡en Nueva Zelanda lo espera un paraíso en la tierra!

Erlkönig estaba destinado a cumplir sus funciones de semental de cría en Epona Station, la granja de los Von Gerstorf, donde correría en libertad por los prados acompañado de sus yeguas. En Berlín eso era inconcebible para un semental tan valioso.

Nellie se inclinó sobre el hombro de Walter.

—¿Y para nosotros? —preguntó—. ¿Crees que también será un paraíso para nosotros? Todo sonaba muy bien, pero fue tan rápido...

De hecho, habían tomado la decisión de emigrar a Nueva Zelanda en un tiempo mínimo.

Walter la besó.

—Juntos siempre hemos sido felices —le recordó—. Incluso en la guerra. Y ahora... Tenemos dinero y podemos empezar de cero otra vez. Al principio nos quedaremos un tiempo en la granja de los Von Gerstorf y luego nos iremos a la nuestra. Yo entrenaré caballos y tú tendrás tu consulta. ¿Qué puede salir mal?

Nellie lo ignoraba. Sin embargo, sabía por experiencia que su vida rara vez se desarrollaba como había planeado. Ahora quería ser optimista. ¡El nuevo país satisfaría sus expectativas!

2

Los días que siguieron fueron más turbulentos y luego llegaron a zonas más cálidas. Nellie disfrutó del sol de Tenerife, donde el barco atracó, pero Walter quería marcharse lo antes posible para no dilatar más de la cuenta el tiempo de espera del semental. Maria y Bernhard no opinaban nada al respecto. Pasaban mucho tiempo en el camarote, la joven parecía estar gozando por primera vez en su vida de la compañía de otra persona en un espacio reducido.

Nellie se esforzaba por estudiar inglés y animaba a Walter y Bernhard a que también lo hicieran. Hablaba neerlandés y francés, idioma este último que Walter también dominaba. En el periodo de la posguerra, en el despacho de un general y en el hipódromo de Berlín, a donde acudían muchos jockeys estadounidenses y británicos, también había pillado alguna palabra suelta en inglés, pero su vocabulario era demasiado escaso para residir en un país donde se hablaba ese idioma. Bernhard solo había aprendido en la escuela latín y griego. Las lenguas extranjeras le resultaban totalmente ajenas. No obstante, bebía de los labios de su profesora: Maria se había resistido a dar clases a sus amigos. Por su parte, ella leía el inglés con fluidez, pues, al haberse especializado en enfermedades de animales exóticos, había tenido que estudiar muchos libros escritos en esa lengua. Aun así, nunca la había hablado y primero tuvieron que trabajar la pronunciación. Con ayuda del primer oficial del barco, lo consiguieron en cierta medida, pero eso exigía su tiempo. Nellie estaba muy contenta de que en esa larga travesía no hubiese mucho que hacer.

Cuando por fin llegaron al puerto natural de Auckland, los meses de primavera y verano ya habían pasado, y ni prados verdes ni árboles en flor esperaban a los amigos. En Nueva Zelanda, en el otro extremo del globo terráqueo, reinaba en el mes de julio el más profundo invierno. Aunque en las planicies de la Isla Norte no nevaba, hacía frío y llovía. La isla se hallaba detrás de un telón de llovizna y niebla cuando por fin surgió a la vista. Nellie se envolvió tiritando en su abrigo de invierno.

—El país de la larga nube blanca —observó el capitán, que llevaba un impermeable forrado y largo hasta las rodillas.

—Aotearoa —añadió Maria—. Así la llamaban los primeros pobladores de la isla, los maoríes.

En algún lugar en el barco había encontrado un diccionario de la lengua maorí y, tras una primera lectura, ya se lo sabía de memoria. Siempre ocurría lo mismo.

—Sí. Kuramarotini, la primera habitante de la isla, que llegó de Hawaiki con un jefe tribal llamado Kupe, la bautizó así —explicó el primer oficial—. En cualquier caso, aquí llueve muy a menudo.

Nellie suspiró.

—Pues nos toca ver parir a las vacas en establos húmedos y fríos —murmuró—. En Bélgica era corriente... Pero da igual, mejor estar trabajando muerta de frío que no trabajar. ¿Vendrá alguien a recogernos, Walter?

Walter, que miraba tan intensamente la tierra como si pudiera levantar la nube por su propia voluntad, se encogió de hombros.

—Eso espero. En cualquier caso, se envió un radiotelegrama. Si la señora Von Gerstorf lo ha recibido, nos mandará a alguien. De algún modo habrá que transportar al semental. Supongo que en tren; hay un enlace de Auckland a Ellerslie, donde está el hipódromo. Y la granja no queda demasiado lejos de allí. Pero a lo mejor dejan que Erlkönig pase dos días primero en una cuadra de alquiler para que se recupere del viaje.

De hecho, los caballos habían superado bien la travesía. Estaban, por supuesto, inquietos y malhumorados después de tanto tiempo inmóviles. Pero no habían perdido peso ni tampoco habían sufrido cólicos u otras enfermedades.

Nellie volvió a suspirar.

—¿Significaría eso que deberíamos pasar dos días más en un hotel? Me gustaría poder llegar de una vez.

Maria movió la cabeza.

—No tendré mis muebles allí —señaló entristecida—. Así que la granja no será para mí un hogar. Todo será distinto.

Había en su voz un deje de miedo. Para Maria, los cambios eran un horror. Había amueblado el apartamento que compartía con Nellie con los muebles de su habitación de adolescente, que eran los que habría preferido llevarse en el barco a Nueva Zelanda.

—Construiremos un nuevo hogar —la consoló Bernhard—. De todos modos, ahora que somos dos habríamos necesitado muebles nuevos…

—Y mis libros… —siguió lamentándose Maria.

Desde los mamotretos de medicina hasta los libros infantiles, pasando por novelas, Maria había almacenado todo el material de lectura en su habitación.

—Empaqueté una parte —le recordó Nellie—. Y Grietje se ha llevado los libros infantiles como recuerdo. No se ha perdido nada, Maria, puedes estar tranquila. Intenta levantar esos ánimos.

Sin embargo, el único que parecía realmente contento y lleno de energía en ese lluvioso día de llegada era Walter. Parecía darle igual que el nuevo país lo recibiera con viento y nubes o con un sol resplandeciente. Lo principal para él era poner el pie en tierra y liberar de una vez por todas a Erlkönig.

Por fin apareció la escollera, que tampoco tenía un aspecto demasiado acogedor. Solo esperaban al carguero un par de camiones para transportar las mercancías. Entre ellos había un gran coche, un vehículo todoterreno con una superficie de carga abierta, un pick-up. Cuando el barco atracó, una muchacha descendió de la camioneta. A diferencia de los conductores de los demás vehículos, que se quedaron todo el tiempo posible resguardados en el interior, parecía estar impaciente por la llegada del Adelinde. Nellie se percató de que debajo del sueste con que se protegía de la lluvia asomaba un brillante cabello rojizo. La muchacha era delicada y casi desaparecía en su voluminoso abrigo encerado. Nellie calculó que debía de tener trece o catorce años. Le sonrió y la joven le devolvió la sonrisa. Tenía un rostro que recordaba al de un elfo, muy fino, una nariz pequeña y ojos grandes y redondos. Pero su sonrisa más bien era pícara, como la de un simpático duende.

En cuanto los marineros colocaron una especie de pasarela de tablas para que los pasajeros bajaran, la muchacha se acercó, y en ese momento también descendió del pick-up una mujer, la conductora. Llevaba el cabello castaño recogido formalmente en un moño, pero, al igual que la muchacha, vestía pantalones de montar, botas y un abrigo encerado, y su semejanza con la pequeña era notable.

—Es evidente que son madre e hija —opinó Nellie caminando con determinación, aunque algo escéptica con respecto a la pasarela improvisada.

No tenía vértigo, pero temía que Maria sí. Walter le tendió galantemente la mano para ayudarla. Ella le sonrió.

—Pero el caballo no puede salir por aquí —observó en ese momento la mujer—. No ha recorrido tantos kilómetros para que dejemos que se caiga ahora al agua.

La muchacha se volvió a Walter y Nellie.

—¿Son ustedes los veterinarios? —preguntó curiosa en alemán—. ¿Han traído a nuestro caballo?

—April, podrías saludarlos antes con un «buenos días» y darles la bienvenida como es debido —la reprendió la mujer y se dirigió después a Walter—: Disculpe a mi hija. Está muy contenta de tener al nuevo semental de cría y poder observar además en el futuro lo que hacen tres veterinarios, para aprender de ellos. Generalmente nos toca tratar nosotros mismos a nuestros caballos y April quiere a toda costa aprender. Ah, sí, por cierto, soy Mia von Gerstorf, ¿y ustedes son Walter y Maria von Prednitz? ¿O Bernhard Lemberger y Cornelia de Groot?

Walter le tendió la mano.

—Walter von Prednitz, encantado de conocerla, estimada señora, estimada señorita... Y esta es mi prometida, la doctora Nellie de Groot.

—Doctora Nellie, simplemente —le corrigió Nellie—. No tenemos que ser tan formales...

Mia von Gerstorf le dio la mano y le sonrió.

—Opino lo mismo —dijo alegremente—. Aquí en Nueva Zelanda enseguida se pasa al tuteo. Además de que en inglés no existe el usted...

—Salvo en inglés antiguo. —Esa era Maria. Perdía toda su timidez cuando podía compartir sus conocimientos—. El *you* corresponde al usted, mientras que el tú se traduce por un *thou*. «No matarás» sería *Thou shalt not kill*...

Nellie suspiró, esperando que su amiga no fuera tomada por una pedante.

—Es mi amiga Maria —la presentó—. Nuestra enciclopedia portátil y una veterinaria extraordinaria. La primera mujer que se licenció en Europa.

Mia von Gerstorf también dirigió su cálida sonrisa a Maria. No parecía haberse tomado a mal su discurso.

—Doctora Von Prednitz...

—¡Lemberger! —dijo con orgullo Maria—. Maria Lemberger. Me he casado.

—Nos hemos casado —explicó Bernhard ganándose al instante con sus hoyuelos y su cálida mirada la simpatía de Mia—. En el barco. Algo muy... singular.

Mia rio.

—¡Tienen que contármelo con todo detalle! —le pidió—. Pero ahora debemos ocuparnos del caballo. ¿Han pensado cómo descargarlo?

Walter asintió.

—Lo cargamos por una rampa que llevaba directa a la cubierta inferior. Por ahí también se descargan las maletas. Ahora mismo me ocupo de ello. Pero, luego, ¿qué hacemos? No ha traído usted ningún remolque…

Con el pesado coche de los Von Gerstorf habría sido posible tirar de un remolque en el que transportar fácilmente por carreteras normales a caballos.

Mia von Gerstorf negó con la cabeza.

—No. Tendríamos que volver a meter al pobre en otra caja. Seguro que no le gustaría. Hemos pensado que era mejor que caminara un poco. April lo llevará primero a casa de mi padre. Hay ahí una cuadra en la que podrá dormir. Y mañana se irán a casa.

Walter se quedó literalmente con la boca abierta. Miró a Mia totalmente estupefacto.

—¿Montarlo? ¿Ahora? ¿Después de haber estado tanto tiempo parado? ¿Y además una muchacha tan joven? —Negó con la cabeza—. No es posible, señora Von Gerstorf, esto…, esto no puedo admitirlo…

—Pues claro que es posible —replicó tranquilamente Mia—. Por supuesto que le flojearán algo las patas, pero April sabe mucho. Y es prudente, seguro que no le exige demasiado. Son solo algo más de cuatro kilómetros, justo el movimiento necesario después de pasar tanto tiempo en el barco.

—A lo mejor —propuso Walter— podría montarlo yo. No está…, no está acostumbrado a todo esto…

Mia frunció el ceño.

—Ha participado en carreras. Mi marido ha dicho que por media Europa, lo habrán tenido que transportar de un sitio a otro. No se asustará por una nadería.

—¡Es justo lo que ocurre! —exclamó agobiado Walter—. Es

un caballo de carreras… No un caballo para damas. Y es sensible….

—Bueno, pues tendrá que perder esos hábitos con nosotros. No tratamos a nuestros caballos como si fueran de porcelana —insistió con energía Mia—. Son, sobre todo, caballos que disfrutan corriendo. Y tampoco calificaría a April de dama…

—¡Mamá! —protestó April indignada. Era evidente que le había halagado que Walter la hubiese tratado de «estimada señorita».

—En cualquier caso, no en el sentido de que necesites una silla para amazonas —suavizó la observación su madre—. Esto ya se ha superado, señor Von Prednitz, al menos aquí en Nueva Zelanda. Podría usted primero descargar a Erlkönig y así vemos cómo ha sobrevivido a la travesía.

Walter quería presentar más pretextos, pero Nellie le puso la mano en el brazo.

—Es de ellos, no te pelees —dijo en voz baja—. Tal vez sea realmente mejor no cargarlo con el peso de un jinete —se dirigió a continuación a la señora Von Gerstorf, mientras Walter se iba al carguero para ver al caballo—. A Walter no le importará llevarlo…

Mia frunció el ceño.

—¿Con este tiempo? ¿Y mañana diecisiete kilómetros hasta Epona Station? April ya lo tiene todo bajo control y no pesa prácticamente nada. Además, le gusta dormir en casa de su abuelo, mientras que sospecho que ustedes querrán marcharse enseguida a la granja. Después de un viaje tan largo, lo que más apetece es llegar por fin a la meta.

Nellie no tuvo otro remedio que darle la razón. Buscó con la mirada a Bernhard y Maria, que habían desaparecido. Era posible que estuvieran ocupados con el equipaje. A fin de cuentas, Maria estaba muy preocupada por sus cosas.

—Seguro que caben todas sus maletas en el pick-up —señaló Mia, cuando el casco del barco se abrió y se descolgó una rampa. Los marineros sacaron las primeras cajas y toneles de los almacenes y los conductores de los camiones que se atrevieron a exponerse a la lluvia fuera de sus cabinas enseguida se pusieron manos a la obra para ayudarlos. Mia saludó a un hombre con impermeable que, por lo visto, había ido a recoger a la yegua.

—¡Señor Abercrombee! ¿Está impaciente por ver a su nuevo caballo de carreras? Mi esposo se ha esforzado mucho por encontrar uno a su gusto.

El hombre sonrió y le aseguró que confiaba plenamente en el criterio de su marido.

Nellie comentó lo mucho que le gustaba la yegua y Mia enseguida la presentó como un miembro del grupo de veterinarios recién llegados. El nuevo propietario, un hombre alto y de cabellos oscuros, se tomó con calma la información.

—Me alegro —dijo—. Hasta ahora solo contábamos con un veterinario en todo Auckland, y apenas se ocupa de caballos desde que todo el mundo va en coche. Si a Melisande le ocurre algo, se la enviaré a ustedes. Pero ahora voy corriendo a sacarla del barco.

Mia tradujo sus palabras a Nellie, que estaba contenta por haber entendido el sentido general de lo que había dicho el hombre. Poco después, Bernhard y Maria salían del barco con los dos caballos y examinaban con atención que ninguno cojeara.

—Los dos se mueven de forma impecable y los tendones presentan buen aspecto, están sanos —sentenció Bernhard—. De hecho, nada se opone a que lo monten un poco. Además, la niña no pesa casi nada.

Walter lo miró molesto. Seguía considerando una locura dejar en manos de April al brioso semental. Y, sin embargo, Erlkönig estaba muy tranquilo. Después de permanecer tanto tiempo parado, estaba rígido y tenía que calentarse un poco para que su temperamento volviera a despertar. Lo mismo le sucedía a Melisande, la yegua castaña de sangre caliente. Erlkönig le lanzó un apenado relincho cuando su dueño se marchó enseguida con ella. Por lo visto, vivía en Auckland.

—¡No te preocupes, enseguida volverás a verla! —Mia von Gerstorf puso con suavidad la mano en el cuello del semental, lo acarició y luego sacó una manzana del bolsillo de su abrigo—. Toma, de bienvenida. Mañana te daremos más. ¡Qué caballo tan bonito eres!

Cogió a Walter el ronzal de la mano y sujetó ella misma al semental mientras seguía acariciándolo y mimándolo. Erlkönig parecía sentirse a gusto y la propietaria de la yeguada enseguida se ganó las simpatías de Nellie y Maria. En los últimos años habían estado trabajando de veterinarias en un hipódromo y sabían que la mayoría de los dueños y criadores de caballos únicamente veían en ellos una inversión. Solo los cuidadores, jinetes y entrenadores les dispensaban algo de cariño, pero también con estos la relación solía ser comercial. Mia, por el contrario, resplandecía de alegría al saludar al nuevo caballo y su hija hasta plantó a Erlkönig un beso en la nariz.

—¿Cómo lo llamaremos, mamá? Tiene un nombre muy raro...

Mia se echó a reír.

—Espera a que esta noche tu abuelo te busque el poema de *El rey de los elfos*.* No me extrañaría que lo supiera de memoria...

—«Quién cabalga tan tarde a través de la noche y el viento...» —empezó a recitar Maria, pero se interrumpió cuando Nellie le hizo una señal.

—¿Habéis visto las maletas, Maria? —preguntó, percatándose al mismo tiempo de que uno de los mozos las estaba descargando en ese momento.

Entretanto, April dejó espacio libre en la superficie de carga de la camioneta, sacando una voluminosa silla y un cabestro.

—¿Qué es esto? —preguntó horrorizado de nuevo Walter cuando ella se dispuso a colocar la silla sobre el lomo de Erlkönig—. Estimada señorita, por favor... El caballo está acostumbrado a la ligera silla de carreras, en cualquier caso a una silla polivalente...

* En alemán, *Erlkönig* significa «rey de los elfos». *(N. de la T.)*.

—Esta es una silla australiana —le informó Mia—. Y es muy cómoda. Tanto para el caballo como para el jinete. Mire qué grande es la superficie de contacto...

—Pero... es un purasangre... —Walter miraba sin saber qué hacer cómo April le apretaba la cincha mientras hablaba suave y cariñosamente con Erlkönig. El semental se lo permitía sin oponer ninguna resistencia.

—Esta silla les va bien a todos nuestros purasangres —insistió Mia—. No tenga miedo, también contamos con sillas de doma. Mi marido y yo las preferimos cuando trabajamos con los caballos. Por el contrario, para distancias largas son más agradables las sillas australianas. No es tan fácil caerse de ellas. —Sonrió a su hija, que acababa de poner el bocado y estaba a punto de montar.

—Permita al menos que la ayude, estimada señorita... —Walter se acercó al caballo.

April soltó una risita y levantó con afectación la pierna para que la lanzara sobre el caballo como un jockey. Se deslizó ágilmente sobre la silla, pero Erlkönig se asustó un poco y dio un salto lateral.

—¡Uy! —April rio. Y enseguida se enderezó en la silla, tomó las riendas con suavidad y chasqueó suavemente la lengua—. En marcha, bonito. ¡Nos vemos mañana, mamá!

Para asombro de Walter, el caballo se puso al paso y se dejó conducir por la calle en dirección a la ciudad.

—¿No los seguimos? —preguntó Walter cuando Mia despidió a su hija con la mano y luego indicó al mozo que dejara los equipajes en la camioneta.

—No, ¿por qué? —preguntó Mia.

Nellie sonrió y volvió a poner la mano sobre el brazo de Walter.

—No te angusties —intentó tranquilizarlo—. Estamos en otro país. Aquí la gente es más flexible. Es justo lo que nosotros deseábamos.

—Pero el tráfico... —replicó Walter.

—Esto no es Berlín —lo sosegó también Bernhard—. No te preocupes, seguro que la pequeña meterá a tu bebé en la cama sin el menor problema. Y, ahora, me gustaría resguardarme de la lluvia.

Mia le sonrió comprensiva.

—Deben conseguir unos impermeables —les aconsejó—. Y sombreros para protegerse de la lluvia. Es probable que estén acostumbrados a que en Alemania metan a los animales en el establo cuando acude el veterinario, pero aquí suelen tratarlos en el pastizal. En las granjas son todavía algo primitivos. Pero ahora los llevo a Epona Station. En nuestra casa, todo es muy moderno...

Walter, Bernhard y Nellie dejaron que Maria, que soportaba mal estar apretujada entre otras personas, se sentara delante junto a la conductora, y ellos se instalaron en el asiento trasero. En contra de lo esperado, el vehículo era muy amplio, aunque olía a perro mojado y cuero. Nada que ver con los taxis berlineses ni con el gran coche de la mecenas de Walter, la condesa Von Albrechts, con quien él solía salir de paseo.

—¿Saben ustedes conducir? —preguntó Mia, mientras sacaba el enorme vehículo de la zona portuaria.

Los cuatro tuvieron que admitir que no. Solo Walter se había sentado una o dos veces ante el volante para hacer una prueba, pero no se había atrevido a circular por Berlín.

—Tendrán que aprender —advirtió Mia—. Aquí las distancias son grandes y necesitan coche. Pero no es difícil —añadió—. No tanto como montar a caballo.

Nellie y Walter rieron el chiste y Maria se quedó sin comprender.

—Montar a caballo es muy difícil —convino—. Y los caballos se alteran con facilidad, son muy sensibles. ¿Tiene otros animales también en la granja?

—Maria es especialista en animales exóticos —explicó Nellie—. Si tienen también canguros o koalas...

Mia von Gerstorf se echó a reír.

—Todavía no saben demasiado sobre su nuevo hogar —comentó—. Los canguros y koalas son de Australia. En Nueva Zelanda no había en un principio ni mamíferos ni marsupiales… —Nellie admiró su fina intuición. Si Maria no hubiese estado allí para corregirla, no habría mencionado también a los marsupiales—. Solo distintos tipos de murciélagos. Por lo demás, aquí abundan sobre todo las aves…, algunas muy divertidas. El kiwi, el ave de nuestro escudo, es casi ciega, pero a cambio tiene olfato. Es noctámbula y durante el día se entierra. Los keas…

—Son loros —completó Maria la frase—. Viven en zonas donde nieva, lo que es inusual. Pero provienen de los Alpes de la Isla Sur, ¿verdad?

Mia asintió.

—Son muy inteligentes y divertidos. Has de estar siempre atento para que no se apropien de nada. Hasta consiguen abrir los cierres de los bolsos. Son mis aves favoritas. Pero no tenemos ninguna. Solo un par de gallinas. No me gustan las jaulas.

—¿A quién le gustan? —preguntó Bernhard—. ¿Y qué ocurre con perros y gatos?

Mia rio.

—Tenemos. Pero están todos escandalosamente mimados. Me encanta que los animales sean felices. También los caballos. Me encantaría hacerlos a todos felices. Y lloro cada vez que tenemos que vender uno. Pero no nos queda otra solución, vivimos de ello. Sin embargo, los educamos a todos bien y no se los vendemos a cualquiera. La gente tiene que estar satisfecha con nuestros ejemplares. Cuando es así, también los tratan bien.

Nellie encontró que era una filosofía muy afable. En ese momento ya sabía que se iba a llevar bien con Mia.

Mia dirigió la camioneta fuera del área urbana de Auckland y tomó una carretera relativamente recta entre prados y campos de cultivo.

—Dentro de poco empezarán las curvas —comunicó—. Epona Station se encuentra en las estribaciones de la cordillera de Waitakere, un fantástico territorio donde cabalgar. Bosque pluvial. La primera vez que lo ves te fascina. Todos esos líquenes y musgos, los árboles antiquísimos..., además de los arroyos y cascadas... Es como estar en un cuento de hadas. Se lo tengo que enseñar. ¿Montan todos a caballos?

De hecho, solo montaban Walter y Nellie. Ya de niña, Maria demostró ser muy torpe para aprender equitación y la familia de Bernhard no se pudo permitir un deporte así.

—Entonces, aprenderán todavía más deprisa a conducir —los consoló Mia—. Es su única posibilidad de llegar a algún sitio. Miren allí, es Onehunga. —Cruzó una pequeña población que a primera vista solo parecía consistir en una calle mayor, pero Mia les contó que también había fábricas, así como los asentamientos de los obreros que trabajaban allí y un barrio habitado sobre todo por maoríes—. Y también hay varias iglesias —añadió—. Si son ustedes creyentes, seguro que encuentran alguna que les convenga. Pero no hay sinagogas. Aunque, si les soy sincera, nunca las he echado de menos.

Bernhard tomó nota.

—Usted..., ¿usted es judía? —preguntó atónito.

—Mi padre y yo —respondió Mia—. Y por supuesto April y Jonathan, nuestro hijo. Pues...

—Es judío quien nace de una judía —concluyó Bernhard—. No..., no lo habría imaginado jamás... —Tenía la sensación de quitarse un enorme peso de encima.

—También usted es judío, ¿verdad? —pregunto Mia como de paso—. Algo me comentó mi marido. Y que en Alemania cada vez nos lo ponen más difícil. Mi padre lleva años prediciendo desgracias allí. Teme que en algún momento ese Hitler tome el poder. Pero a mí me resulta inimaginable. Aquí, miren. A partir de este punto, el terreno pertenece oficialmente a Epona Station. En el bosque hemos obtenido la madera para los establos. Enseguida verán el rótulo de entrada...

Pasó por alto que Bernhard y ella misma fueran judíos, como si eso no contara para nada.

Nellie se percató de que Bernhard se sentía infinitamente aliviado. En ese país nunca más volvería a tener miedo.

3

Mia cruzó un bonito portal de hierro forjado que daba la bienvenida a los visitantes de Epona Station.

—¿El nombre es maorí? —preguntó Nellie.

Ambas, Mia y Maria, negaron con la cabeza. También Bernhard y Walter parecían saber la respuesta.

—Es una diosa —contestó Walter recordando lo que había aprendido en el bachillerato—. La diosa romana de los caballos.

—En realidad, es más bien celta —explicó Mia—. Los celtas la llamaban Rhiannon, pero los romanos la encontraron útil y le abrieron las puertas del Olimpo. A lo mejor también los griegos, antes. En cualquier caso, es responsable de la suerte de los caballos y me pareció un buen nombre.

A derecha e izquierda del cuidado acceso, se veían ahora las dehesas para los caballos, provistas de vallas blancas, aunque en esa época del año, pleno invierno, estaban, naturalmente, vacías.

—Lástima que no hayan llegado en primavera —se lamentó Mia—. Esto está muy bonito en esa época. En especial cuando llegan los potrillos... —Sonrió de felicidad al evocar el recuerdo—. Y desde aquí se ve también la casa.

Seguía lloviendo, pero ese tiempo brumoso daba un aspecto aún más mágico a la mansión de Epona Station que bajo un sol radiante. No era una granja en el sentido habitual, sino más bien semejaba un palacete con sus voladizos, balcones y torrecillas. El amarillo y el azul claro con que estaba pintada reforzaban todavía más esa impresión.

—Qué bonito —dijo Maria casi con devoción.

Mia resplandeció.

—Sí, ¿verdad? Yo también me quedé fascinada la primera vez que la vi. Aunque precisa de muchos cuidados. Es un edificio de madera y hay que pintarlo cada dos años para mantenerlo en buen estado. Pero vale la pena, ¿verdad?

Nellie no estaba segura. De hecho, prefería edificios funcionales. Epona Station era, por descontado, algo especial, como su propietaria, la reina de ese palacete. Nellie se sentía realmente transportada a un país fantástico. Se alegró de que la realidad volviera a triunfar cuando llegó a la granja. Los perros ladraban y casi saltaban unos encima de los otros para saludar a Mia. En los corrales, delante de las cuadras, había caballos que seguramente eran muy bonitos, algo que solo se podía intuir en su estado actual, con el pelaje de invierno hirsuto, húmedo y con barro. Un joven larguirucho, de rasgos exóticos, sacaba en ese momento a un caballo ensillado del establo.

—¿Vas a montarlo con este tiempo, Cedric? —le preguntó cariñosamente Mia—. Eso es poner mucho celo en cumplir con tus obligaciones.

Nellie se sintió orgullosa por haber entendido la pregunta. Sin embargo, Maria tuvo que traducir la respuesta del joven.

—April monta con viento y lluvia —dijo Cedric—. Y Winterstar tiene que salir. Había pensado ir al encuentro de April. Traerá al semental, ¿no?

El joven mostró cierta decepción cuando Mia le comunicó que no esperaba a su hija hasta el día siguiente.

—Tras el largo viaje habría sido exigir demasiado al caballo. Y además con este tiempo...

—A April no le importa —aseguró el joven, con un tono de admiración en su voz—. ¡April es fuerte!

Mia sonrió.

—No me cabe la menor duda. ¿Dónde está Jonathan? ¿Ha trabajado con su poni?

Cedric hizo una mueca.

—Diez minutos como mucho —contestó—. Luego le pareció que llovía demasiado. Y a Hurricane también. Levantó la cabeza y corrió a la cuadra. Después, Jonathan lo desensilló…

Mia suspiró. Incluso quien no sabía inglés percibía el tono de reproche en la voz de Cedric. Si realmente el poni se había escapado, él no lo habría dejado en absoluto en el establo, sino que lo habría conducido de nuevo a la pista y habría trabajado con él al menos un cuarto de hora. Los caballos se daban perfectamente cuenta de cuando alguien toleraba sus caprichos.

—Mañana los reñiré a los dos —prometió Mia—. Y ahora es mejor que montes antes de que la silla esté completamente mojada y se te resfríe el trasero.

El chico sonrió cuando subió al caballo y puso en movimiento a la yegua alazana purasangre.

—Cedric es el hijo de Leo, nuestro primer mozo de cuadra —lo presentó a los recién llegados—. Un jinete genial, le dará clases junto con mi hija, señor Von Prednitz. Espera poder competir el año que viene, pero todavía no sé si enviaremos caballos a Ellerslie. En cualquier caso, aún necesita unos últimos retoques, al igual que April…

Walter carraspeó.

—¿Se puede… averiguar de algún modo si su hija y Erlkönig han llegado bien? —preguntó.

Mia se echó a reír.

—Luego llamaré a mi padre —prometió—. ¿Qué es lo que más le preocupa, mi hija o el caballo?

Walter se ruborizó.

—Naturalmente…, bueno…

Mia hizo un gesto con la mano y le guiñó el ojo.

—No se apure, yo también deseo saber antes de nada que mis caballos están bien… Y ahora otro tema. ¿Quieren que les haga una visita guiada por los establos o prefieren ir a sus alojamientos para refrescarse un poco? Dentro de una hora larga los espero para cenar, entonces también conocerán a mi hijo. A lo mejor desean descansar un poco antes.

Nellie tomó la palabra antes de que Walter pudiese decir algo.

—Bien, si no le molesta, preferiríamos ver los caballos mañana. Yo necesitaría un poco de descanso. Sueño con darme un baño. —Sonrió disculpándose.

Mia asintió.

—Disponen de un cuarto de baño y también de agua caliente. Lo único es que tiene que compartirlo con sus amigos. Está entre las dos casas de invitados. Esperen, voy a enseñárselo todo.

Condujo a los cuatro hacia un edificio adyacente de una sola planta, en el que antes se instalaban los empleados del criadero. En la actualidad, estos se marchaban a sus casas. Solo Hans Willermann, el caballerizo, vivía en Epona Station, pero se había construido su propia cabaña de madera cerca del bosque.

—Hemos acondicionado las viviendas y las utilizamos para alojar a los invitados —explicó Mia—. Cuando vienen a comprar caballos, les pedimos que se queden un par de días para conocer con calma a los animales. Tenemos que ofrecerles un poco de lujo.

En efecto, cada vivienda se componía de tres habitaciones, en una de las cuales se podía cocinar. Entre las dos habían construido un baño moderno con calefacción de gas. Junto a la bañera había una gran botella de espuma de baño. Nellie resplandeció al verla.

—¡Esto es el cielo! —exclamó con un suspiro.

—¿Les gusta? —preguntó Mia amablemente, cuando Nellie y Maria enseguida se pusieron de acuerdo en que Maria y Bernhard ocuparían la vivienda de la izquierda y Nellie y Walter la de la derecha. En Berlín, Nellie también se había instalado a la derecha del cuarto de baño y Maria a la izquierda. A los hombres les daba igual. Se sometieron a la elección de sus mujeres y salieron en busca del equipaje—. Entonces, los dejo solos por ahora. Vengan a la casa principal a las siete. ¡Me alegro de que estén aquí!

Nellie y Maria permanecieron en el pasillo de delante del baño y las dos suspiraron con alivio. Habían llegado y estaban solas. Maria disfrutaba del silencio. También Nellie permaneció un rato callada antes de hablar.

—La señora Von Gerstorf es amable, ¿no? —preguntó a su amiga.

Maria asintió.

—Aquí todo es... bonito —añadió, lo que en cierta medida sorprendió a Nellie. No era frecuente que Maria se sintiera bien al llegar por vez primera a un lugar—. Muy... tranquilo...

—Al menos a primera vista —puntualizó Nellie—. La jovencita también me ha gustado. Es igual que su madre, aunque... Hay algo que me ha extrañado. No sé qué es...

—Que sea pelirroja —indicó Maria, a quien no se le escapaba ningún detalle—. Mia von Gerstorf tiene el cabello castaño y Julius von Gerstorf es rubio. En una unión así, suele imponerse el cabello más oscuro. En cambio, los descendientes pelirrojos son escasos. Podría ser que ambos fueran hijos de padres pelirrojos y pertenezcan al reducido porcentaje de niños que desarrollan por sí mismos otro color de cabello. Pero es poco probable.

—¿Supones que April no es hija de Julius? —concluyó Nellie.

—Estadísticamente, su paternidad es muy poco probable —confirmó Maria.

—¿Lo sabrá? —pensó Nellie—. Tengo curiosidad por conocer al hijo y ver si también es pelirrojo. Pero en principio me da igual. ¿Quieres ir al baño antes de que llene la bañera y me sumerja en el perfume de rosas?

Una hora más tarde, todos se habían aseado y cambiado de ropa, y se presentaron formalmente vestidos en la entrada del palacete. Epona Station era como la copia en miniatura de una casa señorial. En la planta baja había un salón y un comedor, así como la cocina y una despensa. La puerta de la cocina estaba abierta, al parecer Mia von Gerstorf no ponía un límite estricto entre las dependencias de los señores y las del servicio.

Una mujer rolliza y de aspecto bonachón trajinaba en la cocina.

—¡La señora Mia enseguida vendrá! —informó a los invitados tras recibirlos con un breve saludo—. Pónganse cómodos en el salón.

Nellie abrió la puerta de la sala de estar con cierta vacilación. Lo primero que la impactó fue la gran cantidad de estanterías llenas de libros. Había cientos de obras de los temas más diversos. La mayoría escritas en alemán.

—Madre mía —exclamó Bernhard—. ¿Quién tiene tantos libros?

—Mi abuelo —contestó para sorpresa general una voz clara desde un sillón de orejas que estaba junto a la chimenea. El niño al que pertenecía la voz, con pantalón de paño y jersey de lana, se levantó y tendió educadamente la mano a los recién llegados—. Mi abuelo es el hombre más inteligente del mundo entero. Ha reunido todos estos libros y nos los ha enviado.

Nellie sonrió al niño.

—Entonces tú eres Jonathan.

El niño asintió con seriedad. Debía de tener ocho o nueve años, el cabello castaño y los ojos color avellana. Un rizo le colgaba rebelde sobre la frente. No podía ocultar su parentesco con Julius von Gerstorf. Naturalmente, sus rasgos todavía eran infantiles, pero le faltaba ese toque travieso propio de Mia y April, y tampoco parecía sonreír tan a menudo.

—Jonathan von Gerstorf —se presentó formalmente.

Maria evitó el apretón de manos, como siempre que era posible, y cogió en cambio el libro que el niño estaba leyendo: *Historia de la alquimia*.

—¿Quieres hacer oro? —preguntó sonriendo Bernhard.

Jonathan negó con la cabeza.

—No. La opinión de que los alquimistas medievales se afanaban sobre todo en convertir metales de poco valor en oro es errónea. En igual medida, como mínimo se esforzaban por descubrir un remedio universal que sirviera para combatir todas las enfermedades…

—Y, de ese modo, la alquimia sentó las bases de la ciencia moderna. Medicina, farmacia y metalurgia —añadió Maria—. Paracelso…

La llegada de Mia von Gerstorf interrumpió el discurso.

—Perdonen el retraso —se disculpó.

También ella se había cambiado y llevaba un vestido a la moda de terciopelo dorado cuyo color subrayaba sus luminosos ojos. Era muestra de un gusto excelente, a un mismo tiempo selecto y sencillo, conforme a una cena informal.

—Espero que mi hijo los haya entretenido un poco en mi ausencia —dijo Mia, rodeando al niño con el brazo. Él se estrechó casi imperceptiblemente contra ella—. Jonathan es muy inteligente para su edad.

El chico sonrió cohibido.

—Pero hoy el poni se me ha escapado —confesó a su madre.

Mia se encogió de hombros.

—Hurricane es un fresco —respondió ella con despreocupación—. Pronto te enseñarán cómo tratarlo. El señor Von Prednitz os dará a todos clases de equitación y enseguida te desenvolverás mejor con él. ¿Les apetece un jerez antes de comer? —preguntó volviéndose a sus invitados y desviando así hábilmente su atención para que no percibieran que Jonathan no mostraba ningún entusiasmo por las clases de equitación.

Mia también demostró ser una anfitriona magnífica. Preguntó a las veterinarias acerca de su carrera e incluso consiguió que Maria hablase abiertamente de sus experiencias como veterinaria en el zoológico y luego con los distintos animales de las estrellas de las revistas de variedades de Berlín. Aceptó con toda naturalidad que ni Maria ni Nellie comieran carne y expresó su admiración por esta última, quien había trabajado varios años en un matadero para salvar el periodo de construcción del consultorio de Berlín.

—Yo no podría —dijo con sinceridad—. Nosotros adquirimos la carne de los campesinos de los alrededores, que se encargan personalmente de la matanza, pero, si tuviera que presenciarla, tampoco comería carne. Al principio de todo, Hans le cortó la cabeza a uno de nuestros pollos... No logré ni tocar el asado.

—Es posible que esto le pasara a mucha gente —opinó Nellie, y cambió de tema. Se refirió jovialmente al Berlín de los años veinte.

—Qué pena que April no la oiga —se lamentó Mia—. Las chicas de la escuela no dejan de hablar del charlestón, pero aquí ninguna lo baila bien. Van dando brincos a su manera por todos lados.

—Puedo enseñarle a bailar el charlestón —se ofreció Walter.

—Después de la guerra, mi marido trabajó un tiempo como acompañante de baile —desveló Nellie con una expresión impenetrable. Ese trabajo no la había entusiasmado.

A continuación, Walter tuvo que hablar de ese peculiar oficio, Mia le pidió que abriera otra botella de vino y al final de la velada todos se habían puesto de acuerdo en llamarse en adelante por el nombre de pila, como era usual en los países de lengua inglesa.

—Una noche preciosa —resumió Nellie cuando volvieron a sus alojamientos, muertos de cansancio, pero muy satisfechos—. Tengo curiosidad por saber cómo irá todo.

4

A la mañana siguiente, Nellie se despertó de un humor estupendo y llena de energía. Ese día no llovía. La niebla se había disipado y todo presentaba un aspecto más acogedor. Walter ya se había levantado y estaba en el baño. Estaba deseoso de conocer los caballos de los Von Gerstorf e impaciente por ir a las cuadras. Más tarde, cuando Nellie se reunió con él, se encontraba inmerso en una animada conversación profesional con Hans Willermann. El caballerizo, un hombre bajito y flaco, con ojos de un azul acuoso, había sido mozo de Julius von Gerstorf cuando este todavía servía en la escuela de equitación de Hannover. Tras enterarse del pasado en el ejército de Walter, enseguida se dirigió a él con un «señor teniente».

—No le digas que en realidad eras teniente coronel —le susurró Nellie a Walter cuando Hans entró en las cuadras—. De lo contrario tendremos aquí un problema de rangos. —Julius von Gerstorf había dejado el ejército siendo teniente.

Walter le guiñó un ojo.

—No insistiré —prometió.

Las cuadras de Epona Station eran amplias y estaban bien cuidadas. Yeguas y potros tenían corrales en los que podían vivir en grupo. Hans explicó que se trataba de cobertizos de esquiladores de ovejas que se habían rehabilitado. Solo los caballos de paseo y los sementales de cría estaban en unos boxes grandes. Un poni tordo apenas si alcanzaba a ver por encima de la pared de su box. Nellie miró embelesada sus crines espesas, su preciosa cabeza y su perfecta constitución de caballo de carreras.

—Hurricane —lo presentó Hans—. Un poni galés. Sus padres eran de Gran Bretaña. El señor teniente compró la madre para April cuando todavía era pequeña. Y luego a la señora Mia se le ocurrió la idea de que podía criarlos aquí. Tenemos dos yeguas de cría y cada año potros. Antes, April los montaba con tres años, luego se vendían como monturas para niños. Ahora debería encargarse Jonathan de ello, pero a él no le gusta. Sin embargo, se gana mucho dinero con estos caballos. Hay pocos ponis para niños que estén bien domados.

Walter asintió.

—A ver si el pequeño Jonathan se anima después de recibir las lecciones adecuadas —dijo esperanzado.

Hans lo miró escéptico. Era imposible que el niño no hubiese recibido una buena formación, pues Von Gerstorf era soldado de caballería. Pero a muchos niños les costaba tener a sus padres de profesores. Con algo de suerte, Walter conseguiría salir airoso.

Ya habían preparado un box para Erlkönig, lo que recordó a Walter que era probable que April ya estuviera de camino con el semental. La tarde anterior había llegado bien a la casa de su abuelo, pero ahora emprendía un trayecto más largo con el caballo más descansado. Walter empezó a preocuparse de nuevo.

Mientras Hans contaba algo de cada yegua y cada potro, entró Leo Takona, el primer cuidador. Era un hombre alto, algo robusto, que llevaba plasmados en su rostro sus orígenes maoríes, pero hablaba un inglés tan fluido como su hijo e incluso un poco de alemán. Hans se enorgulleció cuando el recién llegado lo saludó en su idioma.

—Se lo he enseñado yo —explicó—. No me apaño bien con el inglés.

En ese momento, Cedric se asomó por la entrada de la cuadra.

—¿Tú también trabajas aquí? —preguntó Nellie hablando con cuidado en inglés.

El chico negó con la cabeza.

—No, señora. Voy a la escuela, en Auckland, como April. Pero hoy es sábado y tenemos fiesta.

Nellie no era consciente de en qué día de la semana vivía. Observó que padre e hijo enseguida cogían los rastrillos y se ponían a limpiar las cuadras.

—Ah, sí, la señora Mia dice que vayan a desayunar a la casa —se acordó de golpe el joven, dirigiéndose a Nellie y Walter—. Los otros veterinarios ya están allí.

Hans sonrió.

—Váyanse entonces. La señora Mia enseguida les hará una visita guiada por las cuadras. Con mucho amor. Dura el triple. Es una joya, nuestra señora Mia. Si quieren saber mi opinión, en lo que respecta a conocimiento de caballos le da mil vueltas a la Baronesa.

—¿A la Baronesa? —preguntó Nellie, cuando Walter y ella emprendieron el camino a la casa—. ¿Quién será? Me sabe un poco mal que vuelvan a invitarnos ahora al desayuno... Ya podemos ocuparnos de nosotros mismos. En cuanto hayamos comprado, lo haremos.

En casa de los Von Gerstorf se desayunaba en la mesa de la cocina. La cocinera servía los huevos fritos y las tostadas directos al plato.

Maria y Bernhard ya estaban tomando café y té al tiempo que estudiaban unos catálogos de instrumental para veterinarios.

—Necesitáis un equipo básico —indicó Mia después de saludar a Walter y Nellie.

Nellie hojeó el catálogo y vio que Maria no solo había marcado vendajes, gasas hidrófilas, grapadoras e instrumental quirúrgico, sino también una mesa de curas y jaulas para animales pequeños.

—¿Quieres montar también una consulta para animales pequeños además de aprender a conducir?

Maria asintió.

—Con el dinero que ganó Bernhard —respondió.

Poco antes de marcharse de Alemania, Bernhard había apostado todo su dinero a que Erlkönig ganaría una carrera y multiplicado con ello su fortuna.

—Es posible que aquí no haya trabajo suficiente para tres veterinarios de animales grandes —añadió Bernhard—, además de que necesitaremos tres vehículos. Mientras que, si abrimos una consulta de animales pequeños, la gente nos traerá perros y gatos. Mia es tan amable que pondrá un espacio a nuestra disposición y Maria no tendrá que salir de aquí cada día…

A Maria no le gustaba realizar consultas a domicilio. En Berlín solían ocuparse de ellas Bernhard o Nellie. Si los cuidadores de caballos solicitaban expresamente a Maria, uno de ellos la acompañaba.

—También les irá bien a nuestros animales pequeños —dijo Mia. Le brillaron los ojos cuando Jonathan entró en la cocina—. ¡Jonathan! —Le sonrió—. ¿Has dormido bien? ¿Estás preparado para la clase de equitación?

El niño se mordisqueó el labio.

—¿No querías enseñar los establos a la señora Nellie, a la señora Maria, al señor Bernhard y al señor Walter? —preguntó.

Mia rio y le alborotó los rizos castaños.

—Y, mientras los llevo a dar una vuelta, puedes ir ensillando a Hurricane. ¡No hay peros que valgan! ¡Vamos a bajarle los humos a ese fresco!

—Deberíamos ir también a la farmacia… —señaló Bernhard—. Lo mejor sería hoy mismo, ya que mañana estará cerrada. Y en caso de que el fin de semana haya una urgencia…

Mia, que estaba untando con miel una rebanada para su hijo, asintió.

—Podéis coger la camioneta cuando queráis, hoy no la necesito —contestó, hasta que de repente recordó que ninguno sabía conducir—. A lo mejor Cedric puede enseñaros a conducir.

—¿Cedric ya lleva coche? —preguntó sorprendida Nellie.

—Claro. Tiene quince años. —Era evidente que para Mia resultaba totalmente normal dejarle coger el volante—. De lo contrario tendríamos que llevar cada día a los niños a la escuela. Onehunga no tiene instituto de secundaria. Quien quiere asistir a uno tiene que ir a Auckland. Y, por desgracia, allí solo hay tres alumnos de esta zona desde que comenzó el año...

—¡Pronto serán cuatro! —puntualizó Jonathan con un deje de orgullo.

Mia asintió.

—Bueno, todavía falta bastante —advirtió a su hijo. Y se volvió hacia Nellie—. Jonathan ha saltado dos cursos y quisiera ir al instituto hoy antes que mañana. Está impaciente. Mi inteligente hijito quiere alzar el vuelo. Casi me da miedo.

Jonathan se rio con picardía, mostrando por primera vez el parentesco con su madre. Luego explicó con todo detalle cómo se organizaba la marcha a la escuela de los niños: cada mañana, Cedric llevaba a su padre Leo a Epona Station, ahí recogía a April y la conducía a la escuela de Auckland. Llevaba el coche de su padre, que era igual de grande pero mucho más viejo y abollado que la camioneta de los Von Gerstorf.

—¿Y el tercer alumno? —preguntó Maria.

—Ah, Alex... —contestó Jonathan con desagrado—. Él también va en ocasiones con ellos. Cuando sus padres necesitan el coche. La mayoría de las veces se marcha por su cuenta.

Parecía que el tercer alumno del instituto no gozaba de gran estima.

—Ahora no te metas con él y vente con nosotros a la cuadra —lo amonestó su madre—. ¿Habéis acabado todos? Entonces ¡bienvenidos al criadero de caballos de Epona Station!

Mia tenía, en efecto, una historia que contar de cada uno de sus caballos. La mayoría de las sin excepción preciosas yeguas de cría habían nacido en Epona Station.

—Por eso necesitamos un nuevo semental —explicó—. Una gran parte de las yeguas están emparentadas con Northern Star y Magic Moon. —Acarició a un maravilloso purasangre de un castaño rojizo, al lado del cual había un ejemplar de capa negra igual de hermoso. Ya no eran jóvenes.

—Pero ¿no criais sobre todo caballos de carreras? —preguntó Bernhard.

Mia hizo un gesto de negación.

—No. Sobre todo caballos de paseo con un elevado porcentaje de purasangre, aunque cada año tenemos uno o dos potros purasangres. En tal caso, debemos decidir si cuentan con potencial suficiente para mandarlos al hipódromo o si es mejor domarlos y ofrecerlos como caballos para amazonas o también para participar en cacerías. Julius es en esto muy severo, solo envía a las carreras caballos que ganan a los de Willie. Una antigua rivalidad… —Esbozó una sonrisa algo torcida.

—¿Willie es Wilhelmina Rawlings? —preguntó Walter.

Le había pedido información detallada a Julius von Gerstorf acerca de si había otras granjas de caballos más grandes en los alrededores de Epona Station.

—¿De Baroness Stud? —intervino Maria—. En…, en nuestra habitación había un programa del hipódromo de Ellerslie. He leído el nombre.

Mia asintió.

—Exacto. La marca del hierro es una pequeña corona… Y los caballos tienen realmente mucho éxito. No obstante, también sufre a veces unas derrotas espectaculares. Es porque… ¡Pero dejémoslo! Es mejor que os presente a nuestros caballos más antiguos. Medea y Valerie llegaron con Julius y conmigo a Nueva Zelanda. Allerliebste fue un regalo de bodas. Y Medea nos unió a Julius y a mí…

Contó que su padre se la había comprado en la finca de los Von Gerstorf, en Hannover. Julius había seguido preparando a la yegua y Mia y él habían ido intimando.

—Estos dos son descendientes de Medea y Magic Moon

—prosiguió, señalando un corral que compartían las dos yeguas, cuando Jonathan apareció en la entrada del antes cobertizo de esquiladores tirando con la mano de un Hurricane ensillado. El pequeño semental relinchó ansioso a las yeguas.

Jonathan intentó reñirlo sin mucha convicción.

—Hasta aquí he llegado —dijo como si fueran a darle una paliza, cuando no a ejecutarlo.

—¡Voy! —contestó Mia, terminando así su paseo—. Podéis practicar con el coche. Se lo diré a Cedric camino de la pista.

Aunque a Walter le habría gustado experimentar sus habilidades de conductor con la camioneta de los Von Gerstorf, estaba todavía más interesado en saber lo que Mia iba a enseñar a su hijo en la pista. Así que los siguió a los dos al cuadrilongo, una instalación cuidada y con las generosas medidas de treinta por sesenta metros. En Hannover las pistas también eran así de grandes, pero en los hipódromos los cuadriláteros solían ser más pequeños. Walter pensó que, en un país donde llovía tanto, no estaría mal invertir en una instalación cubierta. Cuando llegara el momento de construir su propia cuadra, hablaría de ello con Nellie.

Mia, en pantalones de montar como el día anterior, dejó que su hijo pusiera el poni al paso primero y situó el ejercicio en la mitad de la pista alejada de la entrada del cuadrilongo. Hurricane enseguida empezó a fijar la vista en la salida y a intentar dirigirse hacia allí.

—Debes llevarle la contraria al instante —le aconsejó Mia—. La rienda exterior y el muslo interior. Y mantenlo ocupado. Haz un par de figuras, cambia de mano... No ha de tener la oportunidad de que se le ocurra hacer una tontería.

A Walter le gustó excepcionalmente el poni ensillado. Hurricane estaba muy bien musculado y sabía a la perfección lo que debía o no debía hacer. Parecía divertirle poner a prueba a su jinete, aunque era obediente cuando Jonathan seguía las indicaciones de su madre. Pero, a la que el niño se despistaba un momento, el pequeño semental se marchaba hacia la salida. Walter se imaginaba muy bien lo que sucedía cuando Mia no estaba en el centro y no recordaba a su hijo cómo utilizar las ayudas. Jonathan no montaba mal, pero no ponía corazón.

Cuando Mia por fin le indicó que galopase, ocurrió. En el patio se oyó el sonido de unos cascos —alguien debía de estar yéndose a caballo—, Jonathan volvió la cabeza hacia allí y dejó de presionar con el muslo para controlar los cuartos traseros, así que Hurricane giró sobre el pie posterior como una pelota de goma al rebotar y escapó en dirección a la salida. Walter no fue lo suficientemente rápido para detenerlo y el poni ya hacía tiempo que no hacía caso de las ayudas de Jonathan. Pero, antes de que Mia y Walter llegaran al patio, oyeron chillidos, golpes de cascos y la voz furibunda de una muchacha.

—¡Jonathan, atontado! ¿Es que no puedes aprender de una vez a frenarlo? ¡Y tú lárgate, Hurry! ¡Erlkönig es demasiado alto para ti, no puedes luchar con él!

Y eso era precisamente lo que pretendía el caballito tordo. Con su desamparado jinete sobre el lomo, atacaba al semental. April estaba sentada sobre el gran caballo negro e intentaba controlarlo cuando se levantaba y coceaba. La muchacha lo hacía con mucha destreza, pero el poni insistía. Cuando Erlkönig se separaba de él de mala gana, el pequeño lo seguía y le mordía el trasero. Walter por fin consiguió alcanzar al poni, cogió decidido las riendas de Hurricane y alejó a ese iracundo pequeñajo del ejemplar de carreras. Erlkönig se tranquilizó al instante. El ataque de Hurricane lo había sorprendido, nunca se había visto envuelto en una pelea.

April lo acarició, lo apartó a un lado y desmontó.

—¡No vuelvas a hacerlo nunca más! —le gritó a su hermano y luego se dirigió sonriendo a Walter—. Muchas gracias, señor Von Prednitz. Y este Earl (creo que en adelante lo llamaré así, en una dehesa es difícil gritar un nombre como Erlkönig) es un caballo maravilloso. Al menos cuando no está a punto de atropellarlo un coche o alguien deja suelto a ese enano peleón.

—Esta vez su crítica no iba solo dirigida a su hermano, sino también a Bernhard, quien todavía estaba sentado, totalmente estupefacto, al volante del viejo pick-up de Leo. Se había concentrado tanto en la conducción que casi se había producido una colisión entre el semental y el vehículo, como descubrió en ese momento Walter—. ¡Pero no ha pasado nada! —April minimizó esas casi catástrofes con una sonrisa, sacó una manzana para Erlkönig y lo llevó a la cuadra—. ¡Hola, mamá! —saludó a su madre, quien había llegado también al patio—. Recuerdos del abuelo. Dice que vayamos a comer con él el próximo sábado y que llevemos a los berlineses. Tiene ganas de enterarse de primera mano de las novedades de su antiguo país. Y tú, Jonathan, ¡desmonta de una vez!

Estas últimas palabras iban dirigidas a su hermano, petrificado sobre el poni. Walter seguía sujetando al pequeño semental.

—¡Ni hablar! —exclamó Mia von Gerstorf con determinación—. Vuelve a la pista, Jonathan, y esta vez te concentras. ¡No puede ser que este poni se te esté escapando todo el rato!

El jovencito suspiró, pero cogió las riendas y siguió a su madre hacia la pista. Walter cerró tras él la puerta que antes había quedado abierta. De todos modos, estaba seguro de que eso no serviría de mucho si Hurricane se proponía salir. Los ponis galeses tenían una excelente capacidad para saltar.

Esta vez al menos, todo fue bien. Jonathan puso atención, el pequeño semental por lo visto también y, al cabo de media hora, Mia dio por terminada la clase felicitando al caballo y al jinete. Mientras Jonathan se llevaba al poni, ella se reunió con Walter.

—Ya has visto dónde radica el problema —dijo con un suspiro—. El niño sabe montar, pero no le gusta y no se esfuerza. Y, para ser sincera, no creo que otro profesor pueda hacerle cambiar.

Lo mismo pensaba Walter ahora.

—¿Por qué debe montar? —preguntó—. Tengo claro que es

una pregunta absurda, aquí, en un criadero donde todo gira en torno a los caballos y donde además se crían ponis para cuya formación es necesario un jinete joven. Pero si realmente no ha nacido para ello... Yo diría que cuenta con talento para otras disciplinas.

Mia suspiró.

—Por mí, podría dejarlo mañana mismo. O montar de vez en cuando un poni obediente para divertirse, para tomar un poco el aire. Pero mi marido está obsesionado con que su descendiente siga sus pasos. Jonathan es un hijo tardío y un chico inteligente y cariñoso... Exceptuando la fascinación por los caballos, se parece mucho a Julius. Es tranquilo y diplomático. De mi padre ha heredado la atracción por los libros y el conocimiento. Todo sería fantástico si no tuviéramos justamente un criadero de caballos para dejar en herencia...

Walter frunció el ceño.

—Pero todavía sois muy jóvenes, todavía falta mucho para que alguien haya de encargarse de la granja. Para entonces es posible que tengáis nietos...

—¡Eso digo yo! —exclamó Mia.

—Y April se desenvuelve muy bien —continuó Walter—. ¿Dónde está escrito que una mujer no puede dirigir una yeguada?

Mia no respondió, pero mudó la expresión de su rostro. Walter se preguntó qué le ocurría. ¿Era Julius von Gerstorf tan testarudo como para rechazar categóricamente que una mujer fuera su sucesora? A él no le había parecido tan machista. Había aceptado con toda naturalidad que hubiera veterinarias, por ejemplo.

A esas alturas, ya habían llegado al patio donde Maria estaba sentada al volante de la camioneta dando vueltas. Parecía desesperada. Walter le hizo una señal para que se detuviera, lo que sucedió después de que pisara por equivocación el pedal del acelerador y el vehículo dieran un salto hacia delante.

—Señora Mary, ¿qué está haciendo? —El joven Cedric parecía tan desesperado como ella—. Ya se lo he repetido tres veces.

Y si quiere usted ir por una vía tiene que circular por la izquierda, no por el centro o por la derecha...

Maria se mordió el labio. Era evidente que estaba agobiada. Walter enseguida lo vio. Su hermana era sumamente inteligente, pero a veces fracasaba en tareas que para otras personas eran fáciles de aprender. La mayoría de las veces se trataba de cosas en las que había que coordinar varios movimientos u observaciones. Era tan torpe bailando como cabalgando. Walter decidió intervenir.

—Deja que pruebe yo —dijo amablemente a su hermana, mientras intercambiaba una significativa mirada con Nellie—. No tienes que aprender ahora mismo, Maria, en cualquier caso tú trabajarás sobre todo en la consulta de animales pequeños. Hay tiempo de sobra. ¿Cómo te ha ido a ti, Nellie?

Nellie se las había apañado la mar de bien con el coche. Estaba atenta, tranquila y, por encima de todo, muy motivada para aprender a conducir. Por mucho que le gustaran los animales pequeños, ansiaba tener una consulta rural y dominar el coche era el modo de conseguirlo. Así que escuchaba atentamente las explicaciones de Cedric, las retenía todas y se disponía a seguirlas con destreza. El joven profesor también estaba satisfecho con Bernhard, y Walter, que se acordaba de las instrucciones del chófer de la condesa Albrechts, destacó gracias a sus experiencias previas.

—No obstante, no deberíamos atrevernos a ir ahora a Auckland —dijo y se marchó con Nellie a Onehunga con la esperanza de que la farmacia local pudiera pedir los medicamentos necesarios y tuviera algunos disponibles.

Parecía una buena solución de compromiso entre el deseo de los veterinarios de practicar lo antes posible y su preocupación por tener que viajar en coche a una ciudad en la que había mucho tráfico. En Onehunga había pocos coches y todos los conductores se conocían. A un novato lo tratarían allí con respeto.

Entretanto, Maria y Bernhard revisaron las dependencias para el consultorio de animales pequeños, para el cual Mia había puesto a su disposición un viejo lavadero. Todavía tendrían que hacer algunos arreglos más. Bernhard propuso rehabilitarlo ellos mismos.

—Yo puedo pintar —convino Maria. Nellie había insistido en que la ayudase cuando en Berlín habían tenido que reformar la consulta—. Y montar jaulas. Siento…, siento lo de conducir… —Maria, siempre una alumna y estudiante universitaria brillante, se tomaba muy en serio sus fracasos—. Yo…, yo lo veo todo a la vez, ¿sabes? La carretera, el volante y tener en cuenta la dirección y los carteles y la gente que se mueve, y otros coches… Ya no sé qué es importante y qué tengo que hacer primero, y además hay mucho ruido y Cedric no deja de hablar, y tengo que comprender el inglés y… —Luchaba por no echarse a llorar.

Bernhard le cogió la mano con dulzura. A veces la tranquilizaba que la tocaran suavemente, pero le crispaba que la abrazaran.

—No pasa nada, Maria… No tienes que conseguirlo todo el primer día.

—¡Sí! —contestó ella—. Sí, es importante, porque… si no funciona me entran ganas de esconderme otra vez en un armario. Y esto…, esto es infantil.

Cuando se sentía superada por la situación o tenía miedo, Maria solía acurrucarse bajo una manta o, en caso extremo, ocultarse en espacios angostos y cerrados.

Él le sonrió.

—No lo es —respondió—. El armario ropero de nuestra habitación es bastante grande. No hay nada que impida que tengas allí un hueco para ti sola. Nadie lo sabrá. Solo yo.

Maria se apoyó en él, hasta ella misma parecía sorprendida de poder hacerlo cada vez con mayor frecuencia.

—Te quiero mucho —susurró.

—Y yo a ti —le aseguró Bernhard—. Tanto si aprendes a conducir como si no.

5

El farmacéutico de Onehunga era joven y entusiasta y, después de haber comprendido lo que Nellie necesitaba, le preparó varios remedios. Contaba también con soluciones para espulgar a perros.

—¿Esto no se lo puede comprar la gente por su cuenta? —preguntó Walter.

Nellie respondió antes que el farmacéutico.

—Sí pueden, pero no lo hacen. Algunos ni siquiera se dan cuenta de que su perro está lleno de pulgas, y no solo se trata de gente que tiene un perro en la granja, que no entra en casa. He visto hasta perritos falderos con pulgas. Algunas personas no son sensibles a las picaduras. Ni siquiera se percatan de los mordiscos de esos bichos. Solo sienten cierto embarazo cuando tienen visitas.

Adquirió una buena provisión de medicamentos y también compró un ungüento para cascos y aceite para lubrificar las armas.

Walter se rio al verlo.

—¿Todavía se utiliza esto? En la guerra nos servía para curar a los caballos.

Nellie asintió.

—Al igual que antes, alivia la picazón, es ideal para limpiar los oídos y también se untan con él heridas pequeñas.

El farmacéutico les indicó el camino para llegar al almacén general donde comprar las cuerdas e instrumentos para herrar obligatorios en la consulta de animales grandes.

Walter y Nellie regresaron orgullosos, con el coche lleno de vendas, medicamentos y material imprescindible en una consulta veterinaria.

—En lugar de aceite para armas nosotros utilizamos aceite de manuka —les explicó más tarde Mia, cuando vio sus adquisiciones—. Es un auténtico remedio para cualquier cosa. Los maoríes lo utilizan para y contra todo lo posible, especialmente enfermedades cutáneas. Luego os daré un botellín para que lo probéis. La miel de manuka es estupenda para acabar con los resfriados.

Nellie habló de las personas que habían conocido en la ciudad. En la farmacia habían coincidido con el médico y se habían presentado, y en el almacén con varios campesinos de la zona.

Todos estaban muy contentos de que aumentara el número de veterinarios, aunque se sorprendieron de que fueran tres quienes dirigieran una consulta.

«Con uno ya hubiésemos estado contentos —explicó un criador de ovejas—. No sé si nuestros animales conseguirán alimentar a tres».

Al instante había pedido cita, pues algunos de sus animales no se encontraban del todo bien.

—Enseguida correrá la voz de que estáis aquí —opinó Mia—. ¿Qué hacemos mañana? El domingo solo se trabaja con la mitad del personal de las cuadras, nadie os podrá ayudar a construir las paredes de la consulta de animales pequeños. —Maria y Bernhard habían decidido separar dos habitaciones—. Hasta el lunes no os podré enviar a un hombre para eso. Si no queréis o no podéis empezar solos con las obras, ¿qué tal os iría un paseo? Nellie y Walter, podríamos hacer entretanto una salida a caballo por los alrededores. Tenéis que ver el bosque húmedo. ¡Ver, simplemente, a dónde habéis ido a parar!

—También puedo dar una clase a los niños —se ofreció Walter.

La alegría que esto le causó a Mia fue manifiesta.

—Sería fantástico, Cedric también estará. Los domingos siempre ayuda en las cuadras. Así que el programa es este: por la mañana, paseo a caballo, y, por la tarde, clase. ¡El desayuno será a las ocho!

Nellie objetó que no querían molestarla y que había comprado comida en la ciudad. Mia hizo un gesto de rechazo.

—No sois ninguna carga para mí, nos alegramos de vuestra afable compañía. Como ya habéis oído, a mi padre le sucede lo mismo. ¿Iréis con nosotros el próximo sábado a su casa? Su ama de llaves cocina de maravilla.

Los cuatro aceptaron de buen grado, al igual que la invitación a cenar por la noche. En esa ocasión, el encuentro se realizó de modo todavía más informal que la noche anterior. April puso a Erlkönig por las nubes. Escuchó fascinada a Walter hablar del semental y de las carreras. Y luego, por supuesto con menos detalle, de su trabajo como acompañante de baile.

—¡Debe enseñarme a bailar el charlestón! —pidió impetuosa April—. Tenemos discos, ¿verdad, mamá?

Mia asintió sonriente.

—Pero hemos contratado a Walter como preparador de caballos —amonestó a su hija—. No como profesor de baile. Tenemos que ver si le apetece. No es algo que se dé por hecho. Él también querrá pasar un tiempo con su esposa.

Nellie admiró su delicadeza. Mia von Gerstorf debía de haber notado su rechazo hacia la anterior profesión de Walter. Sonrió a Mia.

A la mañana siguiente, Nueva Zelanda alegró el día de sus nuevos residentes regalándoles un tenue sol invernal, suficiente para que el paisaje que rodeaba Epona Station resultase todavía más impresionante que el día de su llegada. A Nellie le parecía estar montando a caballo por un mundo de ensueño en el que los rayos de sol atravesaban una cubierta trenzada de líquenes y helechos y dibujaban extrañas imágenes sobre el suelo totalmente cubierto de verdor. Los caballos avanzaban por senderos apenas visibles, entre árboles que formaban una comunidad con el resto de la vegetación. A través de los incontables matices de verde, fluían corrientes de agua más o menos grandes. Los caballos de Mia, Nellie y Walter introducían sin dudar los cascos en ellas, la yegua de tres años que April había escogido simplemente saltaba por encima. La hija de Mia encajaba los saltos sin el menor esfuerzo con unos alegres ¡uys! y ¡hops! Y no dejaba de parlotear. Nellie y Walter habrían preferido disfrutar en silencio y con recogimiento de tanto esplendor.

El paseo de Maria y Bernhard podría haber sido más romántico, pero los dos ya estaban de vuelta cuando los jinetes llegaron a Epona Station. Maria no apareció en la comida y Bernhard estaba preocupado.

—Ha sido excesivo para Maria —le confesó luego a Nellie—. Esto es completamente distinto de Alemania, en cierto modo ya no tiene nada que le sea familiar a lo que agarrarse. Claro que todo esto es precioso, pero creo que se siente como si la hubiesen arrojado al agua fría y tuviera miedo ahora de ahogarse.

Nellie asintió.

—Dale tiempo —le aconsejó—. Y espera a que llegue el instrumental del consultorio. Entonces podrá ordenar minuciosamente los escalpelos y el resto de instrumental quirúrgico, y organizarlo todo como en Berlín. Eso le da seguridad. Habéis reproducido en todo lo posible nuestro consultorio berlinés en las salas actuales, ¿verdad? —Bernhard asintió. Maria había insistido en levantar tabiques en el mismo lugar que en la anterior consulta—. Está bien —prosiguió Nellie—. Todo irá bien, no te inquietes. Cuando nos mudamos al apartamento de Berlín, también estaba muy confusa al principio. Luego enseguida se acostumbró. ¿Te vas con ella o vienes y miras la clase de equitación que Walter va a dar a los niños?

Walter ya había reunido a sus alumnos en la pista, con lo que Nellie enseguida se percató de que tanto April como Cedric estaban sentados a lomos de los caballos más experimentados y viejos del criadero. Solo Jonathan tenía que volver a sufrir con su pequeño semental, aunque esta vez el poni parecía más colaborador. A fin de cuentas, los otros caballos eran yeguas, así que no intentaba marcharse.

—¿April monta a tu Medea? —preguntó sonriendo Nellie a Mia.

La propietaria de la yeguada se había instalado al borde de la pista y parecía nerviosa. Nellie lo entendía. Ella misma habría estado igual de emocionada si hubiese tenido que ver a su hija montando. Con una leve punzada de dolor pensó en que no podría asistir al primer concierto que Grietje diera como pianista o violinista. Solo Phipps estaría allí mordiéndose las uñas, siempre que eso no estuviera estrictamente prohibido para los violinistas.

Mia asintió.

—Sí, la yegua es, simplemente, uno de los caballos mejor adiestrados del criadero. Los jóvenes solo aprenden los conceptos básicos antes de pasar a manos de su nuevo propietario. Pero April y Cedric pueden aprender de Medea y Valerie. A fin de cuentas, se trata del arte de la equitación y no solo de no caerse. —Rio—. Ya saben mantenerse arriba. Se agarran fuerte como monitos cuando un caballo da botes. Incluso Jonathan.

En efecto, el día anterior, el chico no se había caído pese a los quiebros de su poni, y en ese momento estaba realizando una bonita figura. Incluso April dejó de parlotear y escuchaba concentrada las indicaciones de su profesor. El grupo en general presentaba una bonita imagen. Todos los caballos tenían buen contacto con la rienda y el asiento de los jinetes era correcto.

Los espectadores, que observaban la clase concentrados, no se percataron de que tras ellos asomaba un carruaje de doctor junto a la pista, hasta que Hurricane lanzó un relincho al caballo. El vehículo iba tirado por un pequeño y hermoso alazán.

Este se detuvo obediente y se quedó como una estatua mientras el conductor se bajaba con dificultad del pescante. Necesitó dos muletas para acercarse a las mujeres.

—¡Edward! —exclamó Mia, sorprendida y a todas vistas no demasiado contenta. Nellie ya la conocía lo suficiente para identificar cierto rechazo bajo su amable saludo—. ¿Qué te trae por aquí? ¡Ven, te conseguiremos una silla!

Aunque no se encontró ninguna silla, había al lado de la pista un banco del que Cedric, April y Jonathan se habían servido para montar. El hombre se instaló trabajosamente en él después de saludar a Mia. En ese momento se presentó formalmente a Nellie.

—Soy Edward Rawlings —dijo haciendo una inclinación. Tenía el cabello rubio oscuro, no era muy alto, aunque tal vez llevara a engaño su postura encorvada, y tenía un rostro redondo y surcado de arrugas. Sus ojos eran azules y amables. A Nellie le cayó bien—. De Rawlings Farm…, esto…, Baroness Stud… —Le costó pronunciar el nombre del criadero.

Nellie sonrió.

—Ya he oído hablar de ella. La yeguada de caballos de carreras que está aquí cerca. Esperamos contar en el futuro con sus ejemplares entre nuestros pacientes.

Rawlings hizo un gesto de rechazo.

—Willie es quien se encarga de los caballos. Pero seguro que se pone en contacto con ustedes. Yo solo quería… Bueno, me interesan las clases de equitación. Por lo que estoy viendo, ya están en marcha… —¿Clases de equitación? Nellie se quedó mirando al hombre sorprendida. Edward Rawlings seguramente sería incapaz de sostenerse en la grupa de un caballo. El hombre sonrió con cierta tristeza al ver su expresión—. No, no son para mí. Estaba pensando en… Alex… —Se volvió hacia Mia—. Si no tenéis nada en contra, pediría a vuestro nuevo profesor que aceptara a mi hijo en este grupo de alumnos. Si bien monta de forma regular nuestros caballos de carreras y lo hace con destreza, lo que es la doma…, el arte de la equitación… Ha aprendido lo que yo he podido enseñarle, pero, naturalmente, es muy poco. Fui oficial, ¿sabe? —Volvió a dirigirse a Nellie—. Esta es una herida de guerra. —Señaló su pierna o más bien la prótesis. Nellie no lo distinguió bien—. En el ejército neozelandés se aprende sobre todo a sostenerse sobre un caballo. Nos llamaban los Rough Riders... Valientes y rápidos. No siempre era agradable de ver.

Deslizó la mirada por la pista donde Walter estaba enseñando a April la ayuda de espalda adentro, mientras Jonathan traducía para Cedric. La yegua de la niña iba haciendo escarceos durante el ejercicio.

—Por mí, no hay ningún problema en que venga —respondió Mia, aunque se la notaba algo reticente—. También podemos darle un caballo bien adiestrado. Al menos al principio, luego seguirá aprendiendo con el suyo.

Edward contrajo casi imperceptiblemente la boca.

—Me temo que su Shelley no es apropiada para la doma —admitió.

Por el rostro de Mia asomó una sonrisa burlona que ella contuvo al instante.

—Por supuesto, tendrá que hablar antes con Walter —puntualizó.

Nellie aseguró a Edward Rawlings que su marido no se opondría a contar con un alumno más.

—En cuanto acabe la clase, hablo con él —dijo el hombre, y a continuación entabló una conversación cordial pero forzada con Mia.

Preguntó por Julius, quien iba a regresar al cabo de unas ocho semanas. Las respuestas eran tan escuetas y poco estimulantes como la pregunta planteada. Sí, Julius estaba bien, había comprado dos bonitas yeguas de sangre caliente para Epona Station. Mia preguntó con la misma displicencia por Wilhelmina, su esposa. Edward Rawlings contestó que Willie también estaba bien, entrenando un caballo que prometía mucho para la temporada de carreras. Ambos se alegraron cuando Walter concluyó la clase y se acercó al borde de la pista.

Mia le presentó a Rawlings como un vecino y este repitió su pregunta, y, como era de esperar, Walter respondió que estaría dispuesto a enseñar a su hijo fuera cual fuese el caballo que montase.

—Mientras no ataque al profesor de equitación —aclaró bromeando.

Rawlings sonrió.

—Eso seguro que no. ¿Cuándo puede venir Alex? ¿Da clases solo los fines de semana o también después de la escuela?

Walter todavía no había hablado al respecto con Mia, pero todos se pusieron enseguida de acuerdo en que daría clase a los niños los martes, jueves y sábados. Alex asistiría el jueves por vez primera, pues Walter quería aprovechar el comienzo de la semana para conocer mejor todo el funcionamiento de la granja. Luego, Rawlings se despidió. Mia no lo invitó a un té.

La reacción de los niños al enterarse de quién sería su futuro compañero de clase también sorprendió a Nellie.

—¿Alex? No vendrá con esa Shelley tan rara... —observó April poniendo mala cara.

—Ese solo viene para verte —opinó Cedric—. April por aquí, April por allá... Ya me pone de los nervios cuando tenemos que ir con él a la escuela...

—¿Acaso alguien está celoso? —preguntó Nellie a Mia. Ya se había dado cuenta hacía tiempo de que Cedric se interesaba por April.

Para su sorpresa, Mia no sonrió.

—A April no le importa nada Alex —contestó con frialdad—. Nunca se han soportado el uno al otro. Y no creo que esto vaya a cambiar, aunque él se ha convertido en un joven muy amable. La influencia de Edward ha tenido un efecto sumamente positivo en su formación.

No dijo nada más y Nellie no supo cómo interpretar sus palabras. ¿Otro niño nacido de una relación adúltera? En cualquier caso, Edward Rawlings había hablado de él con mucho cariño y el viaje a Epona Station seguro que no le había resultado fácil, ni físicamente ni tampoco debido a la tensión que parecía haber entre las familias.

Fuera como fuese, Nellie tenía curiosidad por conocer al muchacho y se las arregló para estar en el patio cuando llegó Alex a la clase. No fue fácil, pues ya el lunes por la mañana recibieron las primeras llamadas de los dueños de los pacientes pidiendo hora para la consulta. Mia prestó a Nellie y Bernhard la camioneta, aunque les advirtió que tenían que conseguir un coche propio lo antes posible.

—Dentro de poco estaréis todo el día circulando y a veces yo misma necesito la camioneta. ¿Puedo decirle a Leo que busque una de segunda mano en la ciudad?

Bernhard y Nellie aprobaron la sugerencia esperando haber ganado dinero suficiente para entonces y poder pagar el vehículo; los ahorros de Bernhard ya estaban destinados al mobiliario de la consulta y Walter todavía no había pedido la transferencia de sus cuentas a Nueva Zelanda. Había invertido en acciones diversas y en otros asuntos, y el asesor bancario de Berlín le aconsejaba que no retirase el dinero. Walter, que no tenía ni la menor idea en asuntos de ese tipo, le hacía caso. A fin de cuentas, ese hombre siempre había asesorado bien a la condesa, quien había hecho de Walter su principal heredero.

En su primer día de trabajo, Nellie y Bernhard habían ayudado a un ternero a nacer, habían curado a varios corderos que padecían una intoxicación por haber comido pintura para paredes y habían examinado a dos caballos que cojeaban. Maria supervisaba mientras tanto las obras en el antiguo lavadero, que se estaba convirtiendo en un tiempo sorprendentemente breve en un consultorio de animales pequeños, y, cuando dos días después llegaron los artículos pedidos, se encargó de ordenarlo todo. Cuanto más se parecía el consultorio al de Berlín, más segura se sentía ella, y, cuando la noche del miércoles —a Mia no le hizo demasiada gracia la llamada nocturna y recomendó que la próxima adquisición fuera cuanto antes un teléfono propio— llegó el primer caso de urgencia de un animal pequeño, demostró ser una veterinaria de primer rango. Se trataba de un rey carlos spaniel hembra y premiada que estaba encinta de un macho igual de noble. Durante el parto surgieron complicaciones y su propietaria, una tal señora Donner, cuyo marido resultó ser el anterior propietario de Epona Station, reaccionó como una histérica. Maria resolvió el problema con una cesárea y la señora Donner se puso muy contenta cuando nacieron los cinco cachorros. En cualquier caso, estaba resuelta a recomendar el nuevo consultorio de animales pequeños.

—No pensaba que hubiera aquí tanta gente con perros y gatos domésticos —dijo alegremente Maria, lo que la señora Donner corrigió.

—Los campesinos no suelen dar ningún valor a sus perros y gatos —contestó—. Pero en mi círculo de amigas hay muchas con perritos falderos. Y pagarán bien por un tratamiento como está mandado.

Los veterinarios se enteraron de que en los alrededores de Onehunga había muchos campos de cultivo, pero que en un principio la comunidad había sido fundada por veteranos del ejército. Sus esposas seguían dominando los círculos de la iglesia y las asociaciones femeninas, y amaban a sus perritos y gatos de pura raza.

Walter pasó las primeras semanas asimilando sus actividades de preparador. Epona Station tenía en ese momento doce caballos que estaban formándose para su venta en primavera. Para un preparador parecía ser demasiado; de hecho, Julius von Gerstorf, cuyas labores asumía ahora Walter, se encargaba solo de la enseñanza básica de la doma y el salto. Por lo demás, April y Cedric montaban los caballos y a veces Leo se llevaba uno al campo. Mia, a su vez, los preparaba para obedecer la mano ligera de una mujer. Ya no solía adiestrarlos en silla de amazona a no ser que su futura propietaria insistiera en ello. Entonces, el caballo se quedaba un par de días más en Epona Station y Mia lo acostumbraba a ese asiento lateral.

Todos juntos conseguían sin esfuerzo tener ocupados a los

caballos y entrenarlos de forma variada. En realidad, el criadero no precisaba de otro preparador. Walter estaba muy agradecido a Julius von Gerstorf por haberlo contratado, lo que le había facilitado la obtención del visado para emigrar a Nueva Zelanda. Pero, cuando el propietario de la yeguada regresara, se pondría en serio a buscar un lugar para independizarse con el dinero que había heredado.

El jueves por la tarde, Nellie y Walter conocieron a Alex Rawlings. Llegó una vez terminada la escuela en un todoterreno con el rótulo de BARONESS STUD. Parecía resultarle incómodo tener que aparcarlo en el patio de los Gerstorf y lo colocó en el rincón más alejado. Nellie se preguntó por qué los jóvenes no viajaban cada día juntos a la escuela, sino solo cuando Alex no podía utilizar el vehículo familiar por algún motivo. Fuera como fuese, la atmósfera entre los adolescentes era gélida, si bien Nellie no conseguía entender, por mucho que se lo propusiera, qué era lo que April encontraba tan horrible en su vecino. De hecho, Alex era un adolescente extraordinariamente guapo y de la misma edad que ella. Hacía poco que ambos habían cumplido catorce años. Tenía un cabello rubio que le caía, rebelde, sobre la frente. Seguramente había heredado los rizos de Edward Rawlings. Aunque Alex era igual que su padre, su rostro era más delgado y delicado, con unos ojos azules rodeados por unas largas pestañas rubias. Nellie le encontró un aire aristocrático, lo que le hizo pensar en el extraño nombre del criadero, Baroness Stud.*

Alex resultó ser amable y bien educado, saludó respetuosamente a Walter y agradeció a Mia que pusiera un caballo a su disposición.

—Vaya, tu madre seguro que no te ha dejado venir hasta aquí con tu Shelley —observó April, mordaz—. Nos avergonzaríamos de que alguien la viera aquí.

Alex se encogió de hombros.

* En inglés, «Caballeriza de la baronesa». *(N. de la T.).*

—Shelley tiene ascendentes muy buenos —explicó—. No puede remediar no ser bonita. Y, si supiera montarla mejor, estaría más musculada y mostraría un bello aspecto. ¿Montas hoy la yegua alazana? Será bonito veros, tenéis casi el mismo color de pelo.

Sonrió a la chica. April le dio la espalda. Cedric lo miró amenazador y Jonathan como si quisiera echarse a correr.

Walter dio a su nuevo alumno la yegua Medea, lo que indignó a April.

—¿Ha dicho mamá que él podía montarla? —preguntó.

Walter se encogió de hombros.

—Me ha pedido que eligiera un caballo adecuado y Medea me parece apropiada para hacerme una idea de un nuevo alumno. Pero me alegraría que el próximo día trajeras a Shelley, Alex. Todos los caballos tienen sus virtudes y defectos. No hay ninguno tan difícil ni feo como para carecer de valor.

Walter hablaba alemán y esperaba que April o Jonathan le tradujeran. Para su sorpresa, Alex respondió en su lengua. Hablaba despacio, algo inseguro, pero, aun así, lo hacía muy bien.

—Yo no me avergüenzo de Shelley, señor. Pero no tenía tiempo de ir a casa después de la escuela para recogerla. La traeré el sábado.

Walter asintió.

—Me alegro —dijo—. Bien, y ahora preparad a vuestros caballos, en diez minutos os quiero ver a todos en la pista.

Nellie los acompañó y observó cómo Alex conducía la yegua de Mia a la pista; tenía experiencia para montarla e hizo unos ejercicios de precalentamiento con ella. Entretanto, April lo miraba enojada, mientras que los ojos de Alex resplandecían cuando su mirada se posaba en la muchacha. Lo cierto era que estaba preciosa sobre la alazana Vanessa, una yegua muy bonita y bien adiestrada que Julius von Gerstorf había entrenado para sí mismo como caballo de paseo. Con el aire de nuevo húmedo tras la última lluvia, se le rizaba el cabello rojo y corto, que cada mañana intentaba con esfuerzo alisar para peinárselo lo más cerca posible del estilo bob. Los rizos enmarcaban su rostro de elfa, pero en esta ocasión el duendecillo permanecía escondido. April se sentaba erguida y montaba concentrada; su caballo hacía escarceos durante toda la clase.

Los dos chicos mayores la miraban admirados cuando conseguía aplicar instrucciones difíciles siguiendo las indicaciones de Walter. Alex contaba con unos sólidos conocimientos de base y no desentonaba en ese pequeño grupo. No ofrecía peor aspecto en la yegua negra que April en la alazana. Nellie se descubrió a sí misma pensando que los dos formaban una pareja realmente bonita. No obstante, April parecía atraída más bien por Cedric. Siempre se unía a él, los dos reían y trabajaban juntos y se atrevían a hacer cualquier cosa.

Nellie no pudo evitar pensar en sí misma y en su amigo de juventud y todavía esposo, Phipps. ¿Era posible que él la mirase como Cedric miraba ahora a April y ella no se hubiese dado cuenta de nada en absoluto?

6

El sábado siguiente, Alex apareció con su yegua Shelley y, a primera vista, Walter tuvo que darles la razón a April y Cedric: en una yeguada donde se criaban los caballos más nobles, la alazana llamaba desagradablemente la atención. Shelley tenía mucha sangre de caballo de carreras, pero no poseía ni la cabeza noble y erguida de la mayoría de los purasangres ingleses ni tampoco el sutil perfil cóncavo de los árabes. En lugar de ello, tenía unos ojos pequeños y una nariz más parecida a la de un alce que a la de un ejemplar noble. A eso se unía un cuello de ciervo, que no era cóncavo sino convexo. Edward Rawlings tenía razón, en caballos como ese era difícil lograr la reunión, es decir, la posición de recogimiento. Tampoco el lomo del caballo tenía una forma ideal. Shelley llevaba una silla hecha a medida, que seguramente había costado mucho. Aunque era vieja, estaba bien cuidada. Era probable que no la hubiesen hecho de modo expreso para la todavía relativamente joven Shelley.

—La silla seguro que todavía es de Gipsy. Shelley y su bisabuela se parecen como dos gotas de agua —explicó Mia suspirando cuando los jinetes hubieron montado y Walter comenzó la clase. Se acercó a Nellie, que estaba al borde de la pista.

—¿Por qué crían con estos caballos? —preguntó Nellie—. Bueno..., si la familia cría caballos de carreras...

Mia se frotó las sienes.

—Oh, Gipsy era rápida —contestó—. Y su hijo, Bucéfalo, de nuestro Magic Moon, también era veloz. Ganó varias carreras, era igual que su padre. Magic Moon es un semental que marca, sus hijos están cortados por su mismo patrón. Willie quería seguir criando con Bucéfalo. Pero yo estaba en contra...

—¿Tú? —preguntó Nellie.

El rostro de Mia se ensombreció.

—Tiempo atrás trabajamos juntas —fue su vaga respuesta—. Bueno, y, cuando ella se casó con Edward y construyó algo propio en la granja de los Rawlings, naturalmente se llevó al semental. Al igual que a las hijas de Gipsy. Todas eran iguales y cuando se las apareaba con otros purasangres solían nacer caballos muy bonitos. A veces también muy veloces. Pero de vez en cuando nace un potro como Shelley, con las características de la bisabuela. Y hay que reconocer en favor de Willie que no se deshace discretamente de esos potros, sino que los educa y les busca propietarios de los que espera que los cuiden bien.

—O se los coloca a su hijo —observó Nellie.

Mia negó con la cabeza.

—No, no es así, Alex mismo eligió el caballo. Willie solo le ha dado los ejemplares más hermosos, incluso hay un documento según el cual Bucéfalo es de él...

Nellie sonrió.

—El caballo de guerra de Alejandro Magno. ¿Es por azar?

Mia negó.

—No es por azar. Willie tiende un poco a la megalomanía. Y desde que es lo suficientemente mayor para tener una opinión propia, Alex ya no se deja influir por ella. Es más parecido a su padre y sus abuelos, todos gente buena y con los pies en la tierra. Willie..., parece que ella lo ha decepcionado...

Nellie tenía más preguntas que plantear, pero Mia ya no quería seguir hablando del tema. Las dos contemplaron en silencio la clase de equitación en la que Walter tuvo que alzar mucho la voz en algún momento. April y Cedric se reían cuando Alex no conseguía hacer algo con Shelley, aunque Alex intentaba con toda la paciencia y calma del mundo dar las ayudas correctas. Al final el profesor explotó y pidió silencio total.

—Un buen jinete hace de un mal caballo uno mediocre; de uno regular, uno bueno, y, de uno bueno, uno excelente —reprochó a los jóvenes—. Y Alex está haciendo un gran esfuerzo por convertirse en un buen jinete. Si vosotros sois mejores, la próxima vez haremos un intercambio de caballos. Entonces veremos cómo se desenvuelve la señorita April en un caballo mediocre.

—Bueno, ¡ya nos enseñará cómo se hace de Shelley un buen caballo! —dijo Cedric.

Walter intentó no perder la calma. Por lo general, el joven era amable y respetuoso, solo cuando se trataba de Alex se volvía de golpe insolente.

Walter le lanzó una mirada helada, pidió a Alex que desmontase en el centro y se preparó el estribo.

—¿Me permites? —preguntó.

Luego montó y empezó a trabajar con Shelley. Un cuarto de hora más tarde, la yegua tenía buen contacto con las riendas y al menos conseguía flexionar el lomo a un lado o a otro lo suficiente para seguir las instrucciones sencillas.

Alex lo miraba maravillado, Cedric avergonzado y April... con veneración.

—Ha sido fabuloso —dijo, ahora sin maldad ni ironía—. Jo, ¡así quiero llegar yo a montar un día!

Walter sonrió.

—Entonces no deberías despreciar a los caballos mediocres, sino montar caballos lo más diferentes posible. De todos se puede aprender algo. Bien, y ahora demos la clase por concluida. Hoy nos vamos a Auckland a conocer a vuestro abuelo, April y Jonathan.

Nellie y Mia aplaudieron con fervor cuando devolvió el caballo a Alex.

—Gracias por dejarme montarlo —dijo al joven, que lo miraba resplandeciente. Alex parecía sentir auténtico cariño por su Shelley.

Jakob Gutermann recibió a los invitados en su residencia de Auckland, uno de los edificios de piedra más antiguos de la todavía muy joven ciudad. Se encontraba en el antiguo distrito gubernamental, pues Auckland había sido capital de Nueva Zelanda hasta 1862. Gutermann se había llevado los muebles de su casa de Hannover. El ambiente era similar al de una vivienda alemana muy distinguida e incluso Maria se sintió allí enseguida como en casa. El anfitrión era un hombre más bien bajito al que la edad seguramente había encogido más. Tenía el rostro surcado de arrugas, pero un abundante cabello cano. Estaba un poco grueso, pero sus ojos, de un color avellana, todavía tenían una mirada despierta y sagaz. Era evidente que se alegraba de la visita de los alemanes y estaba impaciente por plantearles sus preguntas.

Al anciano le interesaba sencillamente todo: desde la carrera universitaria de las dos veterinarias hasta la herencia de Walter y, en especial, la situación política de su país natal.

—He oído decir que los judíos no lo tienen más fácil —preguntó ya en el aperitivo, un exquisito y añejo jerez.

—Es una de las razones de que emigrásemos —respondió Bernhard—. No sé si Mia se lo ha contado. Soy judío y he tenido que luchar en Alemania con mucho hostigamiento.

—Sobre todo por parte del partido de ese Adolf Hitler —añadió Nellie—. En nuestra casa vivía uno de sus partidarios, un hombre muy desagradable. Esperemos que no llegue nunca a gobernar.

—Bah, a ese no lo votará nadie —opinó Walter.

Jakob Gutermann dejó que la sirvienta le pusiera de nuevo jerez y saboreó un trago.

—Eso dependerá de cómo evolucionen las cosas —dijo pensativo—. Sobre todo la Bolsa...

Bernhard frunció asombrado el ceño.

—¿Qué tiene que ver la Bolsa con ese perverso predicador del odio? Oí un discurso de ese tipo en Berlín. No dice nada de las cotizaciones bursátiles. Más bien da muestras de un orgullo patriotero...

El anfitrión sonrió.

—Joven, todavía tiene que aprender que en la vida todo depende de todo y la Bolsa yace en medio de toda una telaraña de hilos. Mientras las cosas evolucionan bien, todo está en orden...

—Y en este momento se desarrollan estupendamente, ¿no es cierto? —preguntó Walter.

Aunque solo disponía de una vaga visión general, su banquero de Berlín le había informado de la evolución positiva de sus acciones.

—Oh, sí —contestó Gutermann—. Pero no tiene por qué mantenerse siempre igual. De hecho, observo con inquietud que se está construyendo una burbuja especulativa. Mucha gente opera con dinero que no tiene. Muchos títulos bursátiles están sobrevalorados. Esto puede llevar a una quiebra de los mercados. Yo, en su lugar, señor Von Prednitz, convertiría mis acciones en efectivo lo antes posible y transferiría aquí mis haberes. Aunque no tenga intención de comprar de inmediato su propia granja. En una cuenta bancaria también ganaría algo en intereses y no correría ningún riesgo.

Walter reflexionó.

—¿Y qué tiene esto que ver con Hitler?

Gutermann hizo un gesto de impotencia.

—Cuando se produce un crac y la gente se empobrece, cuando pierde su trabajo, se busca a un culpable...

—A los judíos —entendió Bernhard—. Como al perder la guerra. También se nos hizo responsables.

—Exacto —respondió Gutermann—. Basta con que Hitler les prometa una rápida mejora de la situación y ya saldrá elegido.

—No tiene por qué suceder así —opinó Walter.

El anciano asintió.

—Yo tampoco quiero pintarlo todo tan negro. Espero de corazón que la Bolsa no se hunda y que nunca vuelva a estallar una guerra. No obstante, voy a vender mis acciones. ¡Y lo mismo debería hacer usted! ¿Alguno más de ustedes tiene valores en Alemania?

Maria le habló de su casa en Berlín, donde había dirigido un consultorio veterinario junto con Nellie y Bernhard. La había dejado precipitadamente, pero todavía le pertenecía.

Gutermann se frotó la frente.

—Puede averiguar con relativa facilidad qué ha sucedido con ella —indicó—. Pero debería revelar su paradero actual. ¿Es lo que quiere?

Maria negó con la cabeza.

—Es posible que me estén buscando —admitió, y resumió los cargos que se habían presentado contra ella.

La habían acusado de practicar abortos en su consultorio. No era cierto, solo había ofrecido ayuda médica a dos mujeres tras un nefasto aborto, pero no podía probarlo.

—Y es posible que los alemanes presentaran una demanda de extradición —señaló Bernhard—. Especialmente porque hemos venido solo con un visado de turista.

El padre de Mia suspiró.

—Entonces es mejor que se preocupen primero de nacionalizarse —aconsejó—, pese a correr el riesgo de perder la casa. Si Nueva Zelanda los expulsa, nunca más volverán.

—Creo que nuestros padres se ocuparán de la casa —dijo Walter—. Les habrán comunicado que Maria ha desaparecido. Yo hasta podría escribirles e informarme. Aquí tengo un empleo y debería, de todos modos, ponerme en contacto con ellos.

—Tus padres sacarán de inmediato la conclusión de que Maria también está aquí —objetó Bernhard—. Y, después de tanto tiempo sin estar en contacto con ellos, ignoramos cuál será su reacción. A saber lo que harán para tenerla de nuevo bajo sus alas.

Nellie hizo un gesto de rechazo.

—Dejémoslo estar —dijo—. No vale la pena correr el riesgo por esa casa. Además, tampoco se disolverá en el aire. Cuando Maria lleve tiempo disfrutando de la nacionalidad neozelandesa, ya la reclamará. A veces es más sencillo desaparecer una temporada.

Jakob Gutermann se echó a reír.

—No va usted desencaminada, jovencita. Mejor no levantar la liebre. Así que... —Alzó su copa—. Por nuestros nuevos neozelandeses. ¡Cuídense! Y usted, señor Von Prednitz: ¡tenga cuidado con su dinero!

Nellie encontró convincentes los argumentos del anciano, pero sucedieron tantas cosas en las semanas que siguieron que Walter y ella se olvidaron del dinero de Berlín. La consulta ambulante de Nellie y Bernhard prosperaba y la de animales pequeños obtuvo una inesperada buena acogida. Incluso Mia estaba sorprendida de cuánta gente de los alrededores emprendía largos trayectos para acudir a ella, pero, como cada vez había más vehículos, las distancias habían dejado de ser un problema. Nueve kilómetros —antes un viaje de una a dos horas en carro— se hacían en un momento en coche y a la mayoría de los hombres les gustaba conducir. Llevaban sin protestar a sus esposas con sus mascotas a Epona Station, donde pasaban un rato hablando de caballos con Julius von Gerstorf, Walter o el caballerizo. Maria trataba los problemas de corazón de caniches gordos, daba alivios a la artritis de los bull terriers y se ocupaba de las heridas urgentes. Estaba muy satisfecha. Ya casi había perdido todo el miedo a ese nuevo país.

Entretanto, Julius von Gerstorf ya había regresado sano y salvo de Europa. Informó preocupado sobre las elecciones al Parlamento de Alemania, en las que los nacionalsocialistas habían ganado ampliamente en votos. A él le resultaba incomprensible, pues no se trataba solo de las capas con menos formación, sino que eran también individuos pertenecientes a la burguesía quienes ponían una cruz en la casilla del partido nazi. No obstante, para Epona Station era más importante que hubiese llevado dos bonitas yeguas westfalianas de cría, así como cuatro jóvenes y prometedores purasangres que había adquirido por encargo de distintos criadores y propietarios de caballos de carreras. Estaba satisfecho del trabajo que Walter había realizado preparando a sus caballos, así como de los grandes progresos de los niños. No obstante, los hombres enseguida se dieron cuenta de que sus servicios se solapaban. Epona Station no necesitaba a dos preparadores. Así que Walter empezó a pensar seriamente acerca de dónde instalarse con su propio criadero.

Casi en esa misma época, un barco procedente de Estados Unidos trajo para Nellie una gruesa carta. Philipp de Groot y su hija habían llegado bien a ese país y, en vista de la tan clara situación y el consentimiento de ambos cónyuges, un juez les había concedido el divorcio. En la carta adjunta, Phipps volvía a lamentarlo con vehemencia, pero Nellie gritó de júbilo y enseguida empezó a planear su boda con Walter. Grietje también escribía una carta a su madre. Aseguraba lo mucho que la añoraba y calificaba de «supertonto» el divorcio, más teniendo en cuenta que la casa de Boston era muy bonita y muy espaciosa. La muchacha pensaba que los tres juntos podrían haber vivido allí la mar de bien. Por lo demás, estaba encantada con su nuevo país. Le gustaba la escuela, aprendía con mucha rapidez el idioma y ya había hecho amigos. Su padre la había presentado a la Orquesta Sinfónica de Boston, donde la pequeña había sido cordialmente acogida. Grietje se estaba criando entre algodones y ella lo encontraba estupendo.

Lene, su niñera, que la había acompañado porque Nellie se lo había pedido, no estaba tan encantada. A esa joven sencilla le resultaba difícil aprender el inglés y dependía de que Grietje le tradujera, lo que iba en detrimento de su autoridad. También a ella le había impresionado la casa de Phipps y la abundancia que, por lo visto, reinaba en Estados Unidos.

«Aquí todos parecen ricos —escribía Lene—. Nadie se preocupa, nadie pregunta lo que vale una cosa. El señor Philipp compra a Grietje todo lo que quiere, pero ella ha de estudiar mucho. Cada día tiene clase de piano y violín, y los profesores son muy severos. Grietje dice que su profesor de piano es peor que la doctora Maria y eso ya es mucho decir».

Nellie sonrió. Maria había enseñado a Grietje los conceptos básicos para tocar el piano, dando con ello rienda suelta a su perfeccionismo. Corregía de inmediato hasta el más mínimo error. Informó complacida a su amiga de la opinión de su hija.

—Yo no era severa —afirmó Maria. Nellie y Bernhard, quien a menudo había presenciado cómo su esposa hacía repetir interminablemente un par de notas a Grietje, se echaron a reír—. Pero ¿qué sucede con la riqueza? —preguntó Maria. Por lo visto le habían llamado la atención otras observaciones de Lene—. Si todos parecen ricos y nadie se preocupa, ¿no puede pasar en cualquier momento lo que el honorable *Kommerzienrat* dijo? —Maria había tomado nota de las explicaciones de Jakob Gutermann sobre la Bolsa y a continuación Nellie la había visto leyendo un libro de economía de la inmensa biblioteca de Mia—. ¿Acaso no se observa aquí la limitada racionalidad de los inversores en Bolsa y un proceder sumamente especulativo que no ve el riesgo que corre? —preguntó.

Nellie negó con la cabeza.

—Eso lo dice Lene —señaló—. No sabe nada sobre inversiones y Bolsa.

—Sin embargo, describe con sencillez el peligro de una burbuja financiera —resumió Maria, objetiva—. Es muy interesante.

Nellie quitó importancia al tema con un gesto.

—Yo encuentro más interesante que Walter y yo vayamos por fin a casarnos —dijo contenta—. ¿Serás mi testigo? No creo que hagamos ninguna gran celebración, pero sí una comida bonita en algún restaurante bueno de Auckland. Me siento tan feliz, Maria. Hasta ahora éramos amigas. En el futuro seremos hermanas.

Maria sonrió, lo que era su mayor expresión de entusiasmo. La euforia le era ajena.

—Sí —dijo—. ¡Me causará un gran placer ser tu hermana!

Cornelia de Groot y Walter von Prednitz se casaron el 24 de octubre en Auckland. Nellie llevaba un vestido de flores largo hasta los tobillos, con la falda plisada y asimétrica, y un tocado en la cabeza a juego. Walter todavía tenía un traje de sus tiempos de acompañante de baile. Abandonaron felices el registro civil con una lluvia de arroz bajo la cual casi los enterraron Mia y Jonathan, mientras Maria se preguntaba qué sentido tenía eso.

—¿Es para que nunca deban pasar hambre? —cuestionó la explicación de Bernhard—. Pues entonces sería mejor que les regalasen el arroz en un tarro o algo así... Dura mucho tiempo. Aunque, por otra parte, cocinamos poco con arroz...

Bernhard rio.

—Como alternativa podríamos lanzar patatas a los novios jóvenes —bromeó con su esposa—. ¡Es algo simbólico, Maria!

La única que había presenciado con mala cara el casamiento y que tampoco había lanzado arroz era April. Nellie supuso que desaprobaba que Walter se casara. Desde un principio, la adolescente lo había adorado, y desde que había mostrado sus habilidades como jinete a lomos de Shelley parecía estar realmente enamorada de él. April se esforzaba por permanecer cerca de él, ejercitaba a sus propios caballos en la pista, preferentemente cuando él estaba trabajando a un ejemplar, e intentaba entablar conversación con su profesor. Le mostraba su admiración e incluso era algo más amable con Alex para gustarle.

Esto desconcertó a Alex y sorprendió también a Cedric. Lo impulsó a cortejarla de forma todavía más evidente. Los chicos competían por realizar para ella pequeñas tareas, como cepillarle el caballo y hacerle los deberes. En esto último era Alex quien acumulaba más puntos, pues era muy buen estudiante. Pero al final fue Cedric quien ganó la competición, pues regaló a la muchacha un cachorro, un perrito de tres colores que había encontrado tirado en la basura, en el poblado maorí.

April rezumaba emoción y colmaba de amor al pequeño Caramba, como lo llamaba. Había escogido ese nombre por la primera reacción de Walter al ver al cachorro: «Caramba, ¿qué haces tú por aquí?». A partir de ahí, todas las preguntas que se le ocurrían sobre la crianza y educación de los perros se las planteaba a su profesor de equitación.

Walter contemplaba divertido el entusiasmo de la adolescente, pero Nellie sospechaba que también se sentía un poco halagado. A fin de cuentas, April era una muchacha preciosa. Nellie estaba preocupada. Tal vez los Von Gerstorf se lo tomaran con calma cuando se enterasen, pero no era seguro. No deseaba de ninguna de las maneras que surgiera la sospecha de que Walter animaba a la joven. También por eso estaba contenta de que se hubiese celebrado el casamiento. De ese modo, ella adquiría la nacionalidad neozelandesa. Walter ya la tenía gracias al contrato con los Von Gerstorf. Bernhard y Maria la habían solicitado.

—¿De verdad que no queréis casaros en ninguna iglesia? —preguntó Mia, cuando, después de pasar por el registro civil, Nellie y Walter se fueron directos a un buen restaurante del puerto—. ¡Es siempre una ceremonia tan solemne!

Nellie movió negativamente la cabeza.

—Mejor no —contestó—. Ya me casé una vez por la iglesia y entre los católicos no existe en rigor el divorcio. Además, Walter tiene una formación protestante y, si soy sincera, la variedad de iglesias aquí en Nueva Zelanda nos confunde. En Alemania solo hay la católica y la protestante, pero aquí tenéis la metodista, la baptista, la anglicana, la de los luteranos antiguos... Para iniciarnos en el tema carecemos los dos de tiempo y de ganas.

—Podríais pedir la bendición en todas —sugirió Mia y sonrió a Julius—. ¡Las bendiciones nunca están de más!

Mia y Julius se habían casado primero según el rito protestante, pero por la noche un rabino había vuelto a bendecir su unión.

Nellie rio y se acurrucó entre los brazos de Walter.

—Ya nos ha bendecido lo suficiente la fortuna —respondió—. Nos tenemos el uno al otro, somos ricos, hacemos lo que nos gusta... ¿Qué más bendiciones necesitamos?

Pocas veces había estado tan equivocada, aunque la bendición de cualquier religioso, fuera cual fuese su fe, no habría evitado el crac bursátil. Empezó justo el día de su casamiento. Solo el 24 de octubre, el valor total de las empresas cotizadas en Bolsa en Estados Unidos bajó en once mil millones de dólares, y a eso seguiría la quiebra de los mercados de todo el mundo.

Un par de semanas más tarde, Nellie y Walter seguían teniéndose el uno al otro, y hacían lo que les gustaba hacer, pero ya no eran ricos.

7

Al principio, nadie en Epona Station se dio cuenta de que se iniciaba una crisis. Nellie y Walter en especial estaban atareados con algo muy diferente, con un anuncio que ella había encontrado en el *New Zealand Herald*.

El sindicato de granjeros de Hawke's Bay buscaba veterinario. Como antes otras asociaciones de campesinos, estaban decididos a contratar y dar empleo fijo a un profesional. Además del salario base, se remuneraban los gastos adicionales. La unión de granjeros colaboraría en el equipamiento de una consulta e incluso facilitaría, eventualmente, un crédito.

—¿No sería esto algo para nosotros? —preguntó Nellie, mientras buscaba la región en un mapa de Nueva Zelanda—. El entorno debe de ser muy bonito. Cerca de la costa, y Napier y Hastings son dos ciudades florecientes...

—Napier está justo en la costa oriental de la Isla Norte —empezó a recitar Maria. Ya había leído muchos libros sobre su nuevo hogar—. Hawke's Bay es una bahía semicircular y alargada. La costa es más bien escarpada; alrededor de la ciudad de Hastings, que está en el interior, hay una llanura fértil, las Heretaunga Plains. Es ahí donde se encuentra la mayoría de las granjas. Además de la cría de ganado y el cultivo de cereales, predomina la fruticultura y la viticultura. Pero eso está muy lejos. A más de cuatrocientos kilómetros. ¿De verdad queréis iros tan lejos?

Maria y Nellie tenían abierto esa tarde el consultorio de animales pequeños. Los dueños de dos pacientes de Auckland habían anunciado su visita y Maria sabía que iba a necesitar ayuda para curar al menos a un gato muy inquieto. Antes de que llegaran los pacientes, Maria había estado ocupada en ordenar los instrumentos de la clínica y Nellie había leído el diario.

Nellie levantó la vista.

—Bueno, nos habíamos puesto de acuerdo en que tres veterinarios para esta región son demasiados. Tú ya te desenvuelves bien sola con Bernhard, y su inglés también está mejorando. Él puede encargarse de las visitas a las granjas y si necesita ayuda lo acompañas. Ahora, uno de nosotros suele estar a un lado mientras el otro examina al animal. Esto no conduce a nada, y menos en un país en donde hay tanta falta de veterinarios. Hay otros lugares donde nos necesitan con urgencia.

—Pero ¿tan lejos? —repitió Maria, abatida.

Nellie suspiró.

—Es probable que sea en los alrededores de Auckland donde se concentren más consultorios veterinarios. Además... Me gustaría poner bastante distancia entre Walter y la pequeña April. Su fascinación por él es muy bonita, pero cada vez intenta de forma más pertinaz utilizar sus encantos femeninos. El hecho de que él esté casado no parece molestarla. Y pese a toda su buena formación, es una ingenua. La semana pasada le pidió que la acompañara a dar un paseo a caballo, le enseñó un lago y empezó a contarle entusiasmada lo estupendo que es bañarse desnudo en él. Todavía es primavera y por fortuna hace frío, pero ¿qué nos espera en verano? Prefiero despedirme de los Von Gerstorf conservando la amistad con ellos a que la pequeña deje a Walter en mal lugar y lo echen de aquí.

Maria asintió. Aunque no acababa de entender —simplemente era ajena a los comportamientos compulsivos—, había vivido en los años veinte en el barrio del ocio de Berlín y a menudo había examinado a las mascotas de las estrellas de las revistas. Las experiencias de aquel entonces la habían convencido de que los seres humanos eran capaces de todo cuando se trataba del amor.

—Se diría que es una región rica —opinó Nellie cuando siguió estudiando el mapa y consultando un libro sobre Nueva Zelanda—. Cuenta con todas las condiciones previas para instalar una cuadra, un club de ponis para niños... Creo que voy a proponérselo a Walter. Tiene que ir invirtiendo su dinero en algo seguro. Parece que las predicciones del anciano Gutermann se están cumpliendo.

El *New Zealand Herald* informaba en las primeras páginas acerca del hundimiento bursátil en Estados Unidos.

—Sí —dijo Maria—. Ha estallado la burbuja financiera. Gutermann sabía de qué estaba hablando. Mira, ya vienen los propietarios del gato...

Desde el consultorio de animales pequeños se tenía una buena vista del patio y Nellie no solo vio pasar el coche del matrimonio Hefner, sino también a Walter, que salía de la cuadra con un caballo ensillado. Lo seguía April con su cachorrito, charlando animadamente. Nellie suspiró. Había llegado el momento de recoger los bártulos.

Walter se mostró muy favorable la idea de instalarse en la región de Hawke's Bay. También a él le resultaba incómodo el asunto de April y además encontraba su trabajo innecesario. Julius von Gerstorf se las arreglaba muy bien preparando los caballos que se venderían en primavera. Por supuesto, aparecerían otros nuevos a los que instruir, pero Cedric y April podían solucionar las labores iniciales. A Walter le desagradaba depender del sueldo de los Von Gerstorf y ya se alegraba de su futura autonomía.

Mia y Julius también pusieron por las nubes la bahía de la Costa Este a causa de su belleza. Hastings contaba con un hipódromo al que habían acudido con frecuencia. Naturalmente, no dudaron en dar unos días de fiesta a Walter para que echase un vistazo a la región, así que a finales de octubre los Von Prednitz cogieron un tren en Auckland rumbo al sur. El mismo viaje en tren ya les pareció impresionante. Colocar los raíles en ese terreno debía de haber sido una tarea muy temeraria. El tren circulaba a través de un espeso bosque, se deslizaba por puentes que cruzaban desfiladeros y ríos, pero a menudo también corría entre campos de cultivo y pastizales. Al final, en la región de Hawke's Bay, les dio la bienvenida un paisaje montañoso y a primera vista amable, pese a que también debía de contar con acantilados y abruptas formaciones rocosas. Nellie había quedado en Hastings con dos representantes del sindicato de granjeros. Los dos fueron muy amables y educados, y no les molestó que ante ellos se presentara una veterinaria en lugar de un representante varón del gremio.

—Lo importante es que domine usted su oficio —opinó Fred Lester, un hombre bajito y vigoroso con la piel curtida por el tiempo—. Y, si un día hay que agarrar a uno de los animales grandes, ya la ayudaremos.

—En general me las apaño bien —contestó Nellie y habló de sus experiencias como veterinaria rural en Bélgica—. En Berlín traté sobre todo animales pequeños y exóticos. —Sonrió—. Incluso a un elefante, que no es nada fácil de sujetar. Aquí en Nueva Zelanda he estado colaborando hasta ahora en la puesta en marcha de un consultorio rural.

—Mañana daré un pequeño paseo con usted —prometió Tom Brewer, el segundo de la comisión, un musculitos de cabello rizado y pelo rojo también en la barba.

—A lo mejor podemos sondear al mismo tiempo si encontramos una granja adecuada —intervino Walter—. Me gustaría construir una cuadra y un pequeño criadero de caballos.

Los dos granjeros empezaron enseguida a discutir sobre dónde podría encontrarse un lugar apropiado. Como presidentes del sindicato de granjeros sabían, por supuesto, qué estaba a la venta.

—¿Se han presentado muchos veterinarios para el puesto? —preguntó Nellie al final de la tarde, y Lester le respondió con toda franqueza que no.

—Hasta ahora es usted la única —señaló y luego sonrió de oreja a oreja—. Pero no necesitamos más de un veterinario.

—Parece que ya tienes empleo.

Walter esbozó una sonrisa cuando entraron en una habitación sencilla pero limpia. El sindicato los había alojado en una respetable pensión en el campo.

A la mañana siguiente, Brewer apareció con una de las infalibles camionetas y los condujo por la llanura de Heretaunga. De paso visitaron varias granjas y Nellie examinó amplios establos para ovejas y vacas, modernos y aireados. Algunos granjeros estaban impacientes por enseñarle animales que ya padecían diversas molestias. Y Nellie enseguida se ganó las simpatías cuando cogió resuelta un cuchillo para cascos y abrió un absceso a un caballo. Diagnosticó que una vaca tenía mastitis, pero no pudo hacer nada al instante por falta de medicamentos.

—Tiene que refrescar y masajear las ubres —aconsejó al campesino—. Y no dejar de ordeñarla. Hay que sacar las secreciones y el pus. Le anotaré un antiinflamatorio. Con un poco de suerte, enseguida se encontrará bien.

Walter esperaba paciente mientras Nellie intentaba causar una buena impresión, pero Brewer no se había olvidado de él y preguntaba a cada uno de los granjeros que visitaban por granjas que estuvieran a la venta en los alrededores.

Walter se interesó especialmente por una granja de caballos en Hastings. James Bolt, el propietario, criaba y entrenaba caballos de carreras y también daba alojamiento a caballos de paseo.

—Aquí falta una verdadera escuela de equitación —animó a Walter—. Yo doy alguna clase, pero no estoy a gusto porque no lo hago bien. Participé en carreras y ahora entreno. Hacer círculos y saltar obstáculos nunca me ha emocionado. Si no quisiera usted hacerse autónomo, lo contrataría al momento como profesor de equitación. Demanda hay mucha. Los comerciantes de la ciudad y los propietarios de las fincas de árboles frutales quieren que sus hijos participen en torneos y cacerías. Es propio de los círculos sociales más altos. Así que búsquese algo que no esté demasiado apartado. La gente no quiere pasar horas al volante para llegar a su caballo.

La granja de los Bolt se hallaba muy cerca del tren y despertó en Nellie la esperanza de trabajar en el hipódromo.

Al final del paseo, Brewer los llevó a una granja en Napier.

—Esto es algo para usted —dijo a Walter—. No es una casa señorial, pero sí con cuadras como Dios manda. Los Hausmann (de origen alemán, por cierto, seguro que podrá entenderse con ellos en su idioma) lo construyeron todo para su hijo. Pero a este no le gustaban las ovejas y los caballos. Quería volar y trabajó en las fuerzas aéreas. Hace un año su avión cayó. Una historia muy triste. Ahora quieren vender y no será muy barato. Ya tienen gente interesada. Es posible incluso que se organice una pequeña subasta.

Cuando Brewer introdujo el coche por el cuidado acceso, Nellie enseguida estuvo dispuesta a pujar. Se enamoró a primera vista de la preciosa casita de campo pegada a una colina y rodeada de un huerto en el que crecían verduras y flores en abundancia. Había manzanos y cerezos, y dos establos alargados.

—Debería usted rehabilitar alguna instalación para los caballos y construir también una pista —opinó Brewer—. Pero hay suficiente espacio y, aunque el entorno es muy rural, en un par de minutos se llega a la ciudad.

Los Hausmann, un matrimonio algo ajado, vestidos los dos con ropa negra y anticuada, hablaban, en efecto, en alemán y eran muy amables. Ambos mostraban cierta amargura. Nellie les dio un sentido pésame por la pérdida de su hijo. Walter les contó lo que imaginaba para el futuro de la granja y los dos asintieron, aunque no parecían mostrar mucho interés. Nellie tuvo la impresión de que lo único que querían era marcharse.

—Incluso estamos pensando en volvernos a Alemania —confesó meditabunda la anciana, lo que Walter y Nellie le aconsejaron no hacer.

—Pero de todos modos queremos ir a un lugar donde todavía se hable alemán —dijo el señor Hausmann—. No es que no nos hayamos sentido aquí como en casa... Robert era neozelandés de pies a cabeza. Pero ahora... Hemos oído decir que en la región de Blenheim, en la Isla Sur, se han establecido muchos alemanes.

Mostró a Nellie y Walter la granja, les informó de los pastizales que le pertenecían, de los cercados y del abastecimiento de agua, con lo que Walter cada vez parecía más satisfecho. El precio que al final mencionó el hombre no lo asustó.

—La propiedad es óptima —sentenció Walter cuando volvieron al coche—. Muchas gracias, señor Brewer. ¿Tú qué opinas, Nellie?

Nellie resplandecía.

—Esa casa es un sueño —dijo—. Justo la preciosa casita de campo que siempre había deseado. Y en el pajar se puede instalar una pequeña consulta. Para animales que necesiten cuidados intensivos. Incluso cabrían uno o dos boxes para caballos. Comprémosla, Walter. ¡No encontraremos nada mejor!

Tom Brewer sonrió.

—Lo mismo pensamos nosotros, doctora Von Prednitz —afirmó—. No encontraríamos a un mejor veterinario. Así que, si está usted de acuerdo, tiene el puesto. —Le tendió la mano.

—Doctora Nellie —le corrigió ella con una sonrisa. Luego le estrechó la mano cerrando el pacto.

Walter envió un telegrama desde Hastings a su banco de Berlín, una selecta entidad privada que había administrado el dinero de la condesa hasta que ella murió, y pidió al director que vendiera sus acciones y que transfiriera los ingresos a su cuenta de Nueva Zelanda. También abrió una en Hastings. Luego, los Von Prednitz tomaron el tren nocturno hacia Auckland. Julius fue personalmente a recogerlos y se alegró de las buenas noticias.

—Tendremos que comprar champán —dijo animado—, y esta noche brindaremos.

Walter aceptó complacido la propuesta.

—Y, de paso, podemos hablar un poco de negocios. A lo mejor quieres venderme un par de caballos, con algo tengo que empezar. Vamos a ver cuánto dinero me queda una vez pagada la casa.

Nellie bostezó.

—Será un placer hacerlo después. Pero ahora necesito dar una cabezadita. El viaje nocturno se me ha hecho pesado. Y últimamente me canso enseguida...

Al pronunciar esta última frase, lanzó a Walter una significativa mirada que él no percibió. Prefería hablar con Julius acerca de cuál de las jóvenes yeguas de Epona Station podría serle útil.

Nellie y Walter se deleitaron exactamente cuatro días soñando con la cuadra ideal de Hastings. El teléfono sonó justo cuando Nellie y Bernhard cargaban el coche para hacer una consulta a domicilio. Walter ya había montado. Maria cogió la llamada y salió de la casa.

—Es para Walter —dijo—. ¿Lo llamáis, por favor?

—Está montando —contestó Nellie—. ¿No pueden esperar?

—Parece urgente —replicó Maria—. Es el director del banco de Hastings.

Nellie sonrió.

—Ah, eso quiere decir que ya ha llegado el dinero. Voy a la pista y le digo que venga.

Corrió a la pista, que estaba detrás de las cuadras, y sujetó el caballo mientras él se precipitaba a la casa.

—¿Qué será tan urgente para que Walter no pueda llamarlos más tarde? —preguntó a Julius, quien en ese momento conducía otro caballo a la pista.

—Ve y oye tú misma lo que dicen —contestó Julius—. Yo llevaré a Dreamgirl del ronzal hasta que Walter vuelva.

Nellie no se lo hizo repetir dos veces. Su inglés era mejor que el de Walter. Si había que aclarar algún tema, ella podría coger el auricular.

Eso ya lo había hecho Maria cuando Nellie volvió a entrar en la casa. Escuchaba con atención al hombre que estaba al otro lado del cable. Walter estaba blanco como la nieve a su lado, rompiendo ensimismado las primeras hojas del bloc de notas en el que solían apuntar quién había llamado.

—¿Qué sucede? —preguntó Nellie en voz baja.

Walter le dirigió una mirada casi perdida.

—El dinero... —susurró—. Hemos... perdido todo el dinero. Si no he entendido mal.

—¿Cómo perdido? —preguntó ella—. ¿Nos lo han robado?

Maria le pidió que callara con un gesto de la mano. Poco después dio por terminada la conversación telefónica con un amable agradecimiento y se volvió hacia ellos.

—No se ha perdido todo el dinero —dijo neutral—. Se han cambiado cuatrocientas libras y transferido desde Alemania. Es mucho menos de lo que Walter había notificado al banco. El director de Hastings supone que tiene que ver con el hundimiento de la Bolsa. Pero tenéis que preguntar en Berlín...

Walter la miró.

—¡Es lo que voy a hacer! ¡Y tanto que lo haré! A lo mejor es un error. Y si no... Esto..., tendrán que reembolsármelo. No puede ser que...

Maria se encogió de hombros.

—Si has invertido el dinero en acciones estadounidenses, sí puede ser —le corrigió—. Varias compañías han quebrado. Muchos accionistas han perdido todo su dinero.

Walter hundió el rostro entre las manos.

—Voy a llamar inmediatamente —dijo—. Ahora mismo...

Nellie levantó la vista al reloj.

—En Berlín son algo más de las nueve de la noche —advirtió—. No habrá nadie en el despacho.

Pero Walter no cambió de opinión. Buscó el número del

banco y lo marcó impaciente. Nellie le cogió el teléfono de la mano, cuando la centralita contestó y él no pudo encontrar las palabras con que expresar lo que quería. La joven de la compañía telefónica llamó a Alemania y al cabo de un cuarto de hora, que Walter utilizó inquieto en recorrer arriba y abajo el pasillo, se produjo la conexión.

Al otro lado de la línea, Nellie oyó una voz cansina. Se trataba del director del banco en persona.

—Soy Cornelia von Prednitz —se presentó—. Mi marido quiere hablar con usted. —Dicho esto, pasó el teléfono a Walter y lo dejó a solas. No necesitaba una traductora y había que informar a Julius de la razón por la que Walter no volvía enseguida.

Cuando salió de la casa, oyó que Walter gritaba en el auricular. No era algo que soliera hacer, pero ahora tenía que descargar en alguien su frustración. A Nellie le dio pena el director del banco. Si lo que Maria había dicho era cierto, y no tenía la menor duda de ello, Walter no era el único a quien ese hombre había tenido que transmitir una funesta noticia.

Mientras Nellie todavía estaba hablando con Julius, Walter volvió a la pista. Parecía como si lo hubiesen apaleado, tenía los ojos enrojecidos y parecía confuso.

—Nellie —dijo en voz baja—. Nellie, ¿qué hacemos ahora?

Ella lo abrazó para consolarlo.

—Pues ¿qué vamos a hacer? Seguir adelante —le contestó—. Tú montas a caballo y yo voy con Bernhard a las granjas. Así nos tranquilizaremos y mañana ya hablaremos de este tema. ¡Esto no es el fin del mundo, Walter!

Él se pasó la mano por el cabello como si quisiera arrancárselo, al igual que los héroes vencidos de las novelas antiguas.

—Pero yo..., nosotros..., todo el dinero... ¿Por qué no hice caso de lo que me dijo el padre de Mia? ¿Por qué no lo previó el banco? El señor Gutermann sí lo sabía.

—El padre de Mia siempre tiene un sexto sentido para la política y los negocios —intervino Julius—. Incluso previó la guerra... cuando nadie se lo creía... Es posible que yo tampoco le hubiese hecho caso. Pero Mia lo conoce muy bien...

Walter fue reponiéndose poco a poco. Cogió las riendas que Julius le tendía de la yegua Dreamgirl y se dispuso a montarla.

—¿Te ves capaz de montarla ahora? —preguntó Nellie cariñosa.

Walter la miró.

—Será un alivio —respondió—. Montar a caballo es un remedio contra todo. —Justo después, estaba ocupado en conseguir que la yegua se desplazara lateralmente. Walter parecía totalmente concentrado en el caballo cuando Nellie se reunió de nuevo con Bernhard.

—Hablamos esta noche —le gritó Julius—. Y Mia llamará a su padre. A lo mejor todavía se puede hacer algo.

A Walter lo sosegaría montar a caballo y Bernhard siempre obraba un efecto apaciguador en Nellie. El joven veterinario había luchado casi toda su vida con la falta de dinero. Analizó con serenidad la situación de Nellie y Walter.

—Tienes un nuevo empleo en Hastings —la tranquilizó—. Y, si he entendido bien, se une a este la oferta de un crédito para empezar de cero en Hawke's Bay. En un principio no será tanto como para comprar una casa, pero sí lo suficiente para adquirir un coche y tener un techo bajo el que cobijarse.

Nellie asintió.

—Luego llamaré a Tom Brewer. Iremos avanzando poco a poco. ¿A dónde tenemos que ir ahora? Espero que no se trate de ninguna urgencia, llevamos casi una hora de retraso.

Por la noche se reunieron todos en el salón de los Von Gerstorf. Mia había insistido en no dejar solos a Walter y Nellie con su pérdida. En primer lugar, les transmitió lo que había dicho su padre.

—Ahora, puesto que el director del banco ha vendido las acciones (no entiendo por qué no te ha informado antes de dar la orden, convertirlas en efectivo y transferir el ingreso a Nueva Zelanda), no podéis, lamentablemente, hacer nada —advirtió, destruyendo así las últimas esperanzas de Walter—. Se podría haber conservado tal vez una parte de las participaciones al menos, a la espera de que volvieran a subir. Pero tendría que haber sabido concretamente qué valores tenías en depósito. Está claro que fue un error dejarlo todo en ese banco de Berlín…

—¿Cómo puede pasar algo así? —preguntó Walter abatido—. ¿Cómo es posible perderlo todo de golpe?

Mia se encogió de hombros.

—Bueno, todas las empresas que cotizan en Bolsa emiten un número determinado de acciones. Si se administran bien y ganan mucho, todo el mundo desea tener esas acciones. Entonces se vuelven cada vez más caras y teóricamente crece tu fortuna, pero solo mientras tú no transformes en efectivo las ganancias, es decir, no vuelvas a vender las acciones. Y cuando estas son tan caras que al final cuestan más que toda la empresa, es decir, las naves y las máquinas de la fábrica y todo lo demás, entonces se forma una burbuja especulativa. En algún momento tiene que estallar y es esto lo que acaba de suceder. Ocurre muy deprisa, basta con que se extienda el temor a que las empresas dejen de ganar tanto dinero en un futuro cercano para que los accionistas vendan sus participaciones. De este modo se van abaratando cada vez más y llega un momento en que un depósito de cuatrocientas mil libras se convierte en uno de solo cuatrocientas. Sucede cuando no se reacciona a tiempo. Claro que esta es una explicación muy sencilla.

Mia, digna hija de un director de banco, se reclinó hacia atrás. Julius abrió una botella de coñac y sirvió a todos. Walter tomó un buen trago.

Nellie se levantó.

—Voy a llamar al señor Brewer, si me permitís utilizar de nuevo vuestro aparato. Podremos entonces reflexionar sobre cómo actuar. Walter, le diré que tenemos que renunciar a la compra de la granja del señor Hausmann.

Walter asintió entristecido.

—Cuánto lo siento —dijo.

Nellie se obligó a no pensar en la preciosa casita en cuyo jardín ya había soñado con tener un columpio y un balancín.

Por fortuna, Brewer enseguida respondió a la llamada. Ya lo sabía todo. El secreto bancario no parecía tener mucho valor en una ciudad de provincias.

—Es realmente una pena —dijo sinceramente afligido—. Pero vendrá a pesar de todo, ¿verdad, doctora Nellie?

—Por supuesto —respondió Nellie—. Solo que necesitaré un poco más de ayuda para establecerme. ¿Sabe de alguna casa que podamos alquilar? ¿Y nos concederían un crédito para un coche? Con las cuatrocientas libras que nos han quedado deberíamos poder comprarnos uno, pero me gustaría ingresar el dinero como reserva.

Brewer le aseguró que el sindicato ya se había fijado en una casa en las afueras de Hastings para el futuro veterinario y su familia.

—Contábamos con un principiante que no tendría mucho dinero. —Los agricultores también financiarían un coche.

—Y, si ahora aviso al señor Hausmann de que su marido no va a comprar —planteó—, ¿debería aceptar la oferta del señor Bolt por él?

—¿El señor Bolt? —preguntó desorientada Nellie.

No se acordaba de cada uno de los granjeros que habían visitado con Brewer.

—Sí, el del criadero —le aclaró este último—. Ofreció un empleo a su marido...

Nellie lanzó a Walter una mirada inquisitiva. Se había olvidado totalmente de la oferta de trabajo y parecía que él tampoco había vuelto a pensar en ella. Cuando Nellie se lo recordó, se le iluminó el rostro.

—Sí —dijo—. Está bien. Trabajaré para el señor Bolt. Empezaremos de cero y ya está.

—Por cierto, tenemos una buena noticia —le dijo Nellie al oído a su marido cuando volvieron a su casa. Mia y Julius habían querido echar un vistazo a una yegua que iba a parir pronto, Maria y Bernhard se habían adelantado y Walter y Nellie estaban ahora solos bajo un cielo neozelandés de ensueño lleno de estrellas. Era una noche clara y la Estrella del Sur se distinguía bien—. En cualquier caso, espero que te alegres. ¿O prefieres que lo deje para otro día?

Walter miró el reloj.

—Son las doce y cuarto —dijo suavemente—. Calculo que ya ha pasado el mal día.

Nellie sonrió.

—Entonces este va a ser mejor. Voy a tener un hijo, Walter. ¡Vas a ser padre!

Levantó insegura la vista hacia él, pero se relajó en cuanto Walter, sin pensárselo dos veces, la estrechó entre sus brazos.

—¡Oh, Nellie! —musitó—. Esto es mejor que todo el oro del mundo.

Tiembla la tierra...

Nueva Zelanda – Región de Hawke's Bay, Onehunga, New Lynn

De 1930 a 1933

1

La casa en que Nellie y Walter se instalaron en la región de Hawke's Bay no era ni la mitad de bonita que la casita de campo de los Hausmann. Se encontraba en un distrito de trabajadores en la periferia de Hastings, pero enseguida se llegaba al centro y Nellie no estaba lejos de las granjas de los alrededores. La casa formaba parte de una urbanización de viviendas adosadas que se había edificado en un tiempo récord. A Nellie no le pareció una construcción demasiado sólida.

—Aquí oiremos todos los ruidos que hagan los vecinos —advirtió dando un suspiro—. Y al revés. Esa gente ya me da pena, solo de pensar que luego tendrá que oír berrear a nuestro bebé...

A cambio, había un jardín anterior y otro más pequeño en la parte posterior, en el que muchos de los vecinos cultivaban verduras o incluso tenían una oveja o una cabra. Nellie no proyectaba hacer nada similar, ninguno de los dos tendría tiempo para ocuparse de un huerto. Se contentaría con plantar unas flores.

James Bolt les había ofrecido como alternativa una casa en su propiedad, pero Nellie había rechazado la oferta. Quería tener a Walter para ella sola, un hogar que no compartiría con nadie más que con su marido y, pronto, con el hijo de ambos.

Se sintió agradecida y Walter más bien avergonzado cuando, el día en que se instalaban en su nueva residencia, la asociación de campesinas les envió un carro cargado de muebles y provisiones. Lo conducía una mujer muy dinámica y tiraban de él dos magníficos ejemplares de sangre fría.

—Hemos recogido esto para usted, doctora Nellie —explicó—. ¿Tengo que llamarla realmente doctora Nellie?

Nellie asintió y le dio las gracias sonriente.

—Los campesinos ya me llamaban así en Bélgica —desveló—. Siempre lo he considerado como un título de honor. Y usted es...

—Veronica Lester, la esposa de Fred —se presentó la granjera. Nellie pensó divertida que debía de ser el doble de ancha, pesar el doble de kilos y ser una cabeza más alta que su marido—. Y ahora déjeme descargar. ¡Esta casa tiene que ser acogedora esta misma noche!

En efecto, cuando dos horas más tarde Veronica se despidió, el dormitorio, la sala de estar y la cocina ya estaban amueblados y decorados con alfombras y baratijas en parte terriblemente cursis. Entretanto, habían pasado dos campesinas más y habían llenado la despensa de Nellie con conservas hechas por ellas. Quedaba todavía libre una habitación pequeña.

—No queríamos traer enseguida una cuna —indicó Veronica con franqueza—. Nos ha parecido poco prudente. Pero, según he oído decir, se acaba de casar. Pronto vendrá algún pequeñín.

Nellie no le comunicó que el futuro inquilino de la habitación infantil ya estaba en camino. Esas mujeres con experiencia en la vida pronto se lo notarían.

Después de despedirse de Veronica, se dirigió a Walter, quien estaba junto a la ventana mirando el descuidado jardín. Le pasó el brazo por la cintura.

—No estés tan triste —lo consoló—. La gente es muy amable. Nos quedaremos aquí un par de años y luego ya compraremos una casa. Si trabajamos los dos y las campesinas nos siguen cuidando, esto irá muy deprisa.

Walter asintió.

—Pero tú ganarás más dinero que yo —observó a continuación.

Ya hacía tiempo que Nellie había sospechado que esto lo atormentaba, pero hasta ese momento nunca lo había expresado.

—¿Y qué hay de malo en eso? —preguntó—. ¿Lo importante no es que seamos felices?

Walter se volvió hacia ella.

—No sé si puedo ser feliz en estas condiciones —confesó él.

Ella le acarició la mejilla.

—Entonces tendrás que hacer un esfuerzo. A mí no me importa. Yo nunca he esperado que me mantenga mi marido. Si eso hubiera sido lo importante, me habría marchado con Phipps a Estados Unidos.

—¿Y qué pensará el niño de mí? —preguntó él.

Nellie suspiró.

—Walter, el niño te querrá. Porque le enseñarás a montar y a lo mejor le comprarás un poni cuando sea lo suficientemente mayor. Y porque seguro que eres un buen padre. Ya lo fuiste para Grietje. ¡Alegra esa cara, hombre! Otras personas han perdido mucho más. Piensa en los Hausmann. Ellos sí tienen una razón para estar tristes. En nuestro caso solo hemos perdido dinero.

Nellie no sabía si Walter hacía grandes esfuerzos, pero los primeros meses en su nuevo hogar transcurrieron de un modo extraordinariamente dichoso. Le gustaba su trabajo para el sindicato, pues todo el mundo la recibía con amabilidad. Los granjeros estaban agradecidos de no tener que vérselas solos con las enfermedades de sus animales y valoraban, por supuesto, el hecho de que ahora perdían menos ganado. Lo que más le gustaba a Nellie era el tiempo que dedicaba a los partos. Siempre le había encantado ayudar en los partos de las ovejas. Las mujeres se quedaban con ella, en el momento más convulso de la granja todo el mundo tenía que echar una mano. Nellie se ganó muchas amigas y recibía más conservas y verdura fresca de lo que Walter y ella podían comer.

También este se sentía bien en la granja de James Bolt. El criador de caballos dejaba prácticamente en sus manos la escuela de equitación y se alegraba de que esta prosperase. Además, les gustaba hablar en un tono profesional de los caballos de carreras. Durante la temporada de competiciones, Nellie y Walter pasaban muchos domingos en el hipódromo, Nellie como veterinaria y Walter acompañando al señor Bolt. De vez en cuando él hacía alguna que otra pequeña apuesta, que solía ganar la mayoría de las veces. El saldo de su cuenta creció notablemente por encima de las cuatrocientas libras que le habían quedado.

Los pudientes granjeros neozelandeses de la región de Hawke's Bay no notaron en un principio la crisis económica que se avecinaba. Solo Phipps mencionaba en sus cartas que cada vez acudía menos gente a sus conciertos porque temían quedarse sin trabajo y ahorraban. Grietje hablaba entusiasmada de la escuela privada para chicas a la que acudía en Boston.

«Hasta tengo otro nombre —comunicaba en una carta del mes de marzo de 1930—. Las chicas me llaman Grit. Suena estupendo: Grit de Groot. Papá opina que es también un buen nombre artístico...».

La hija de Nellie seguía con sus lecciones de música, aunque lamentaba, claro está, que no podría conocer a su nuevo hermano o su nueva hermana. Phipps reaccionó turbado ante el embarazo de Nellie y la felicitó con poco entusiasmo cuando a finales de junio llegó al mundo el pequeño Peter. Walter, por el contrario, no cabía en sí de entusiasmo. Los Von Gerstorf enviaron un regalo y Bernhard y Maria les hicieron saber que Maria también se hallaba en estado de buena esperanza. Bernhard se sentía feliz, Maria más bien asustada.

«No puedo decírselo a Bernhard —escribió a Nellie—. Pero me dan miedo los cambios que experimentaré, no podré estar sola porque otro ser está creciendo en mí. ¿Y qué ocurrirá cuando nazca? Los bebés gritan y entonces ya no podré cerrar la puerta a mis espaldas como hacía con Grietje. También me da miedo el parto. No quiero que una mujer desconocida o un médico me toque. Mia tuvo a Jonathan en el hospital, eso me horroriza más que nada».

Nellie suspiró al leer la carta.

—Tendré que salir de viaje —anunció.

—¿Para asistir en el parto? —preguntó horrorizado Walter—. ¡No lo dirás en serio!

—Sí —contestó Nellie—. Maria también lo hizo por mí. No teníamos dinero para ir a una clínica y ella me aseguró que había asistido con éxito al parto de una chimpancé y de una gorila. Yo no tengo tales experiencias, pero sí dos hijos, y Mia von Gerstorf también. Así que lo conseguiremos. Y, si algo va mal, me daré cuenta con el tiempo suficiente para poder llevarla al hospital en coche.

Walter seguía considerándolo una irresponsabilidad, pero Bernhard vio que era necesario después de que Maria se negara a salir de su rincón de protección cuando no se encontraba en el consultorio. Dijo que estaba dispuesto a sustituirla en Hawke's Bay el tiempo que Nellie se quedara con Maria en Epona Station.

—¿Y te llevas a Petey contigo? —se lamentó Walter.

Nellie se echó a reír.

—Como tú no puedes darle de mamar, no me queda otro remedio —replicó burlona—. Y tampoco sé lo que diría el señor Bolt de un bebé en el borde de la pista al que hay que cambiar de pañal entre horas. Aunque tus alumnas de equitación seguro que estarían encantadas.

En contra de lo esperado, Walter tenía muchas alumnas. Sus hermanos y padres, todos los cuales sin excepción cabalgaban, se preocupaban menos de las sutilezas del arte de la equitación que de saltar obstáculos en las cacerías. Ya no había unidades de caballería formadas por voluntarios como durante la Gran Guerra. En caso de que estallara otra contienda, se lucharía más bien con tanques, opinaba la mayoría de los neozelandeses.

Pero, en general, nadie creía que eso fuera a suceder, solo Walter recordaba a veces las advertencias del anciano banquero Gutermann.

Sin embargo, sus alumnas de equitación estaban tan interesadas y ansiosas como lo habían estado en el pasado los soldados de caballería en ciernes de Julius. Todas estaban un poco enamoradas de su joven y apuesto profesor y, cuando Nellie lo iba a ver con Petey, eran tan pesadas haciéndole carantoñas que el pequeño a menudo se echaba a llorar asustado.

Por lo demás, el hijo de Nellie era un niño tranquilo y alegre. Desde un principio se lo llevó con ella a las visitas a domicilio y le daba de mamar en la cocina de las granjeras cuando había acabado. Las mujeres se ocupaban diligentes de él si la cura era más lenta de lo esperado. Para los campesinos, los niños no eran extraños y nadie se escandalizaba por la presencia del hijo de la veterinaria.

En septiembre de 1930, más o menos dos semanas antes de que Maria diera a luz, Nellie y Bernhard intercambiaron sus consultorios. Mientras esperaba a que llegara el bebé, Nellie se ocupó de atender a los animales en los alrededores de Onehunga. Por supuesto, Petey se fue con ella, siempre había alguien en Epona Station que se ocupaba del pequeño cuando ella estaba trabajando.

A esas alturas, Maria se había tranquilizado, pero se mantenía más silenciosa que de costumbre y parecía estar siempre a la escucha para establecer contacto con su hijo, algo que no conseguía del todo.

—Es..., es desconcertante... —reconoció ante Nellie—. Como si pensara desordenadamente. No fuerte, pero... de una forma rara...

Maria continuaba rechazando estar en una misma habitación con mucha gente o compartir su dormitorio con alguien; lo justificaba diciendo que la mayoría de las personas pensaban demasiado fuerte. Nellie no se sorprendía porque estaba familiarizada con esa manera de expresarse de Maria. También con el hecho de que pudiera pasarse horas observando a un animal para «rozarlo», para formar parte de su ser. Ignoraba si Maria realmente establecía un contacto mental con los animales o si solo observando con atención su comportamiento podía sacar conclusiones sobre su estado de salud.

—También se mueve mucho —observó Nellie tras haber examinado a Maria justo después de su llegada. Lo hacía de forma profesional. Desde que sabía lo que la esperaba, había pedido y leído varios libros sobre ginecología—. Más que Petey y Grietje. Parece que tengas en el vientre un torbellino al que le gusta pensar. —Sonrió a su amiga—. Pero todavía no quiere salir. Así que mañana estaré muy contenta de encargarme de las visitas de Bernhard. Y con ellas conocer por fin a la abominable Baronesa. Me muero de curiosidad.

Alex había llegado por la mañana a Epona Station para pedir que acudiera un veterinario. Uno de los caballos de cría de su madre tenía un absceso en el cuello y Wilhelmina Rawlings opinaba que había que abrirlo.

—¿Te ha contado Bernhard alguna vez algo sobre ella? —preguntó Nellie—. Ya ha estado varias veces en casa de los Rawlings.

—Solo que entiende mucho de caballos —respondió Maria—. Y que es muy severa con el personal de las cuadras. Trata bien a los caballos y también monta bien.

—¿Ha contado algo más Mia? —insistió Nellie.

Tenía curiosidad, pero sabía que Maria no compartía ese atributo con ella. Su amiga no se interesaba por habladurías y cotilleos.

Maria volvió a negar con la cabeza.

—Alex no se lleva bien con su madre —informó al cabo de un rato—. Y se muestra..., se muestra raro cuando Mia y Julius están presentes. Es como si hubiera barreras... Ya sabes...

A veces, Maria sentía entre ella y las otras personas unas barreras invisibles que le impedían acercarse a ellas. Esto ocurría incluso al comunicarse de una forma sencilla. Cuando Maria intentaba entablar una conversación banal, esta solía concluir en un penoso silencio.

—Tendré que tantear a Mia —se propuso Nellie.

El mismo día de su llegada ya se había percatado de que algo sucedía entre los Rawlings y los Von Gerstorf.

2

Al día siguiente, condujo el recio todoterreno hacia Baroness Stud. Esto último era lo que se leía en un rótulo de entrada claramente inspirado en el de Epona Station. No obstante, la casa de los Rawlings no podía competir con el palacete de Mia. Era una casita de campo de aspecto acogedor comparable a la de los Hausmann. Los establos, por el contrario, eran elegantes. Constaban de una cuadra antigua que siempre había pertenecido a la granja y dos edificios nuevos, alargados y de planta baja, como los que se veían también en los hipódromos. Entre ellos había un picadero y, alrededor de estas instalaciones, una pista.

Un caballo hacía ejercicios a la cuerda en el picadero. En ese momento, dos purasangres, uno castaño oscuro y otro negro, corrían por la pista. Los dos eran muy rápidos y muy bonitos, nada que ver con la Shelley de Alex. Después de haber corrido largo rato uno junto al otro, el semental castaño oscuro se puso a la cabeza. También el otro caballo aceleró, se hallaban en la recta final. Sin embargo, no logró superar la ventaja del castaño. Al final de la recta, los jinetes fueron parando, dieron unos golpecitos a los caballos y se dirigieron al paso hacia donde estaba Nellie. El jinete del castaño hablaba animadamente con el del ejemplar de capa negra. Aflojó las riendas cuando los animales se tranquilizaron, se quitó la gorra y dejó a la vista una larga y rubia cabellera. Se la había recogido en la nuca con un moño del que se habían desprendido varios mechones.

Nellie no pudo evitar quedarse mirando a la amazona. Así que era ella, la Baronesa, Wilhelmina Rawlings. Nellie había contado con que se trataría de una mujer quizá mayor y de aspecto severo; en realidad siempre pensaba en la condesa Albrechts cuando se mencionaba el nombre. Sin embargo, la amazona del semental castaño oscuro era una beldad. Tenía, al igual que su hijo, un rostro de rasgos aristocráticos, expresivo, con unos labios sutilmente recortados y unos ojos grandes, muy separados, de un fascinante gris azulado.

Hasta ese momento parecía estar ocupada amonestando al otro jinete. Nellie dedujo de su chorro de palabras que debería haber aflojado las riendas del caballo antes. No era en absoluto más lento que el suyo, pero necesitaba más tiempo para aumentar la velocidad.

Cuando vio a Nellie, Wilhelmina miró primero atenta a la recién llegada y luego hasta le dirigió una sonrisa que no llegó a los ojos. Estos permanecieron en alerta.

—Soy Wilhelmina Rawlings —se presentó sin desmontar—. ¿Puedo ayudarla en algo?

Nellie sonrió a su vez.

—En realidad soy yo quien venía a ayudar. Soy Nellie von Prednitz, la veterinaria. Sustituyo al doctor Lemberger.

La sonrisa de la Baronesa se volvió más cálida. Bajó ágilmente del caballo y tendió a Nellie la mano.

—La doctora Nellie, ¿no es así? —preguntó—. El doctor Bernhard ya me ha hablado de usted.

Nellie se extrañó un poco de que los clientes se dirigiesen a Bernhard por su nombre de pila. En Nueva Zelanda era lo habitual, pero a él no le agradaba. En Berlín, Nellie lo presentaba a los dueños de sus pacientes como doctor Bernhard para evitar el apellido judío de Lemberger. Bernhard lo había tolerado, pero nunca le había gustado.

—Entonces le enseño a la enferma. El absceso está bastante

maduro, a lo mejor hasta se abriría solo, pero tengo miedo de que lo haga hacia dentro. En tal caso, la herida no podría limpiarse como es debido y acabaría quizá en una infección. Gipsy Princess está preñada y no quisiera correr ningún riesgo.

Wilhelmina dio las riendas de su caballo a un mozo que ya estaba a la espera y condujo a Nellie a una de las cuadras. Entretanto, se soltó del todo el cabello, que le cayó con abundancia sobre los hombros. Era una melena rubia que brillaba como un campo de trigo al sol. El contraste con su tez, de un tostado dorado, era fascinante.

—¿No se había mudado usted? —Wilhelmina entabló una conversación cortés mientras llevaba a Nellie al box de una yegua alazana, un caballo bonito, en el que solo un versado en la materia reconocería el parentesco con la Shelley de Alex. En contraste con la siempre afable Shelley, esta parecía ser una yegua más bien malhumorada. Cuando Nellie fue a palpar la hinchazón a un lado de la garganta, inclinó las orejas hacia atrás e intentó morder.

—¡Pórtate bien, Princess! —dijo con severidad Wilhelmina, tras lo cual la yegua se dejó explorar de mala gana—. Es un poco particular, pero uno de mis caballos preferidos. Muy veloz, el año pasado ganó tres carreras. Carreras de yeguas de la misma edad, en Ellerslie...

Nellie pensó que la competencia no sería tan fuerte. Ellerslie no tenía el tamaño del hipódromo de Hoppegarten en Berlín. Seguro que en Nueva Zelanda no había tantos criaderos de caballos.

—Casaría muy bien con el nuevo semental de los Von Gerstorf —observó Nellie, mientras sacaba su instrumental para poner anestesia local a la yegua y abrir el absceso—. Erlkönig. Mi marido lo ha montado en Berlín. Es un caballo excepcional.

Wilhelmina asintió cortésmente, aunque torció un poco el gesto.

—Yo suelo criar con mis propios sementales —contestó—. Estoy convencida de que Princess tendrá un potro muy bonito de Beauregard. Espere, le sostendré la cabeza en lo alto, así no podrá morderla…

Nellie no pensaba correr ese riesgo, así que administró un ligero calmante al caballo.

El absceso estaba, en efecto, maduro y la operación no se dilató más de unos pocos minutos. Nellie dejó que saliera el pus y explicó a Wilhelmina cómo limpiar la herida. Aunque la propietaria de la yeguada ya lo sabía. Los abscesos eran frecuentes y no era ese el primer caballo con esa dolencia.

—¿Quiere que le enseñe el criadero? —preguntó Wilhelmina cuando Nellie recogió sus cosas—. Si es que tiene tiempo y le interesa…

Nellie aceptó complacida la invitación. Esa mañana no tenía más visitas y los caballos siempre le interesaban. Habló de su trabajo junto con Maria como veterinarias del hipódromo en Hoppegarten y Wilhelmina confesó que le gustaría ser ella misma quien montara sus caballos en las competiciones.

—Es injusto que no permitan ser jockeys a las mujeres. Me las imagino cosechando más éxitos que algunos muchachos como el que acaba de ver. Lo he contratado de jockey pero no tiene empatía con los purasangres. Su única virtud es que prácticamente no se balancea sobre el caballo. —El chico era, en efecto, muy bajito y delgado.

—Eso puede ser decisivo en una carrera —opinó Nellie—. No obstante, mi marido le daría a usted la razón. Se despidió de mal grado de su carrera de jockey cuando empezaron a competir jinetes cada vez más bajos y ligeros.

—Las mujeres suelen moverse menos y son más menudas —insistió Wilhelmina, aunque ella no respondía a esa descripción. A pesar de que con toda seguridad no pesaba mucho, era realmente alta—. Y se atreverían también si las dejaran. La hija de Mia von Gerstorf, por ejemplo, cabalga como el diablo y casi no se balancea.

Nellie sonrió y tomó nota de que Wilhelmina hablaba de la hija de Mia, no de Julius.

—Llegará el día en que lo consigan. Cuando empecé a estudiar, las mujeres todavía no podían ser veterinarias. A la larga todo se va aflojando. Y usted incluso ha llegado a ser propietaria de una yeguada. ¿De dónde procede el nombre de Baronesa?

Nellie planteó la pregunta como de paso y le pareció que lo había hecho de forma muy diplomática.

—Es una larga historia —contestó vagamente Wilhelmina—. Tiene que ver con la guerra. ¿No le ha contado nada Mia von Gerstorf?

Nellie negó con la cabeza.

—No, ¿por qué iba a hacerlo? Solo mencionó en una ocasión que habían trabajado juntas. Como he dicho, deberían volver a hacerlo. Erlkönig sin duda enriquecería su criadero.

Willie no retomó el tema, condujo a su invitada por unas cuadras limpias y ordenadas y por unos extensos pastizales y volvió a enseñarle el cuidado picadero y la pista. Le presentaba a los caballos que los empleados estaban entrenando o que estaban paciendo o dormitando. A Nellie le llamó la atención que todas las alazanas llevaran nombres compuestos con el de «Gipsy»: Gipsy Dream, Gipsy Song, Gipsy Crown o Gipsy Queen. Algunas recordaban ligeramente a Shelley, aunque eran más bonitas y seguro que tenían mejores cualidades como caballos de paseo. A Nellie le habría gustado hacer algunas preguntas al respecto, pero decidió que era mejor planteárselas a Mia. Confirmó a Wilhelmina que el criadero era modélico: todos los caballos tenían un aspecto fantástico y estaban bien tratados.

—Y son rápidos —respondió sonriendo Willie—. Sobre todo tienen que ser rápidos para mantener esto. Tengo que criar campeones.

Nellie asintió.

—¡Le deseo que la suerte siga acompañándola! —dijo antes de despedirse.

No sabía del todo qué pensar de su nueva conocida. Wilhelmina Rawlings no le parecía antipática, pues era evidente que amaba a sus caballos. Por otra parte, su firme resolución de alcanzar un fin tenía algo de inmisericorde. Fuera como fuese, la curiosidad de Nellie no se había dado por satisfecha, sino más bien se había acrecentado.

Una semana más tarde, justo en el horario de consultas de la tarde, Maria empezó a tener contracciones. Estaba paralizada por el terror, aunque conocía, por descontado, cómo transcurría un parto. Nellie le indicó que se acostara y la esperara, y prometió acabar rápidamente con las visitas. Aun así, Maria estaba tan asustada que Nellie dudaba de que la hubiese entendido y fuera a hacerle caso. De modo que pidió a April, que la ayudaba en la consulta de animales pequeños, que le dijera a Mia que cuidara de su amiga.

Media hora más tarde, Nellie encontró a Mia en la cocina preparando una infusión.

—Qué bien que hayas acabado, Maria está muerta de miedo —saludó a Nellie—. ¿Qué tiene? Ya sabe lo que sucede. ¿No dijiste que te había asistido en el parto de tu hija?

—Maria odia que algo escape de su dominio —explicó Nellie—. Y ahora su cuerpo hace lo que él quiere, en lugar de dejarse controlar por ella como es habitual. Al menos eso es lo que yo me imagino. Walter dice que ya de niña se alteraba mucho cuando se ponía enferma. Voy a verla, seguro que conseguiré calmarla.

Maria estaba acurrucada en la cama, como siempre que pensaba que tenía que aislarse del mundo. Ahora las contracciones aparecían de forma regular y Nellie le pidió que explicase con precisión lo que sucedía en su cuerpo. Su amiga empezó enseguida a recitar. Hablaba de contracciones rítmicas, y de que el cérvix se iba acortando y borrando para dejar pasar la cabeza.

Mia, que había entrado con la infusión, escuchaba desconcertada, pero, al igual que Nellie, pudo ver que Maria se tranquilizaba de ese modo.

—El proceso avanza con toda normalidad —aseguró Nellie,

a pesar de que Maria estaba tan tensa que no percibió los latidos del corazón del niño al apoyar varias veces el estetoscopio en el vientre de la parturienta—. Y todavía va a tardar mucho tiempo. ¿Qué te parece si tomas por el momento un baño caliente? Eso relaja. Todavía estamos en la fase inicial. También podríamos dar un paseo…

Maria rechazó el paseo, pero permitió que Nellie le preparase un baño caliente. Luego se mostró manifiestamente más relajada, bebió la infusión, permitió que Mia le cepillara el pelo y Nellie lo intentó una vez más con el estetoscopio. Prestó y prestó atención.

—¿Hay algo que no va bien? —preguntó preocupada Mia.

Nellie sonrió animosa.

—Creo que ya sé por qué te sentías desconcertada cuando intentabas rozar al niño —dijo volviéndose a su amiga—. Y por qué creías que el niño pensaba de forma enrevesada. No es solo un bebé, son dos, Maria —siguió informando Nellie—. Vas a tener mellizos. ¡Solo espero lograr ayudarte!

—¿Dos? —preguntó horrorizada Mia.

Nellie sugirió que quizá sería más conveniente ir al hospital, pero Maria se negó rotundamente. La noticia tampoco le produjo más pánico, a lo mejor la tranquilizaba porque explicaba sus sensaciones.

—Los latidos de ambos son fuertes —prosiguió Nellie—. En principio, todo parece ir bien. Así que vamos a esperar. Deja que mire qué tal está el orificio uterino…

El orificio uterino todavía no estaba muy abierto. Pasarían horas antes de que el primer mellizo llegara al mundo. Nellie reflexionó sobre cómo mantener ocupada a Maria, y se le ocurrió que una historia interesante podría distraerla.

—Te quería contar una cosa… Hace poco estuve en la casa de Wilhelmina Rawlings —empezó a charlar.

—¿Y? —inquirió Mia, interesada aunque un poco fría—. ¿Cómo le va?

—Le he preguntado por qué la llaman la Baronesa—se lanzó

Nellie al ataque—. Me contó que tenía que ver con la guerra... Y que tú estabas al corriente. Siento curiosidad.

Mia hizo una mueca.

—Es una larga historia...

Nellie sonrió.

—Tenemos mucho tiempo. Bueno, si no se trata de ningún secreto...

Mia se frotó la frente.

—En cierto modo sí lo es. Pero supongo que vosotras no andaréis por ahí aireándolo. De todas maneras, algo debéis de sospechar, ¿no es así?

—Un hombre rubio y una mujer de cabello castaño rara vez tienen hijos pelirrojos —dijo Maria. Ella parecía encontrar la historia interesante sobre todo desde el punto de vista biológico.

Mia suspiró.

—En realidad, April no tiene nada que ver con Willie —confesó—. Creo que es mejor que empiece por el principio. Willie procede de una familia muy pobre. Sus padres son obreros y los hijos tuvieron que dejar pronto la escuela e ir a trabajar a la fábrica en que ya estaban sus progenitores. Se hizo costurera, pero luego comenzó a ayudar a un tratante de caballos para tener la posibilidad de montar. Entonces se enamoró de Gipsy, una alazana que no era precisamente bonita y tenía muy mal temperamento. Consiguió domarla. Era veloz como el viento. Las conocí a las dos en una carrera de caballos en la playa, casi nos ganaron a Medea y a mí. Willie cabalgaba a pelo y disfrazada de chico, tenía entonces unos diecisiete años y era muy perseverante.

»Uno o dos días después se presentó delante de nuestra puerta con Gipsy, bajo una lluvia torrencial. Se suponía que el tratante se la había regalado, pero ahora quería que le pagara para mantenerla... Nos pareció que allí estaba pasando algo raro. Willie estaba atemorizada, agotada y no quisimos abandonarla a su suerte. Julius le dio trabajo de moza de cuadras y ella respondió estupendamente. Era aplicada y aprendía a un ritmo sorprendente. Le presté libros de mi biblioteca y ella no dejaba de leerlos... Incluso aprendió algo de alemán para entenderse con Hans. Estaba loco por ella, pero Willie no quería saber nada de los hombres. Quería cambiar, convertirse en una dama. Y lo consiguió. Le regalé vestidos, me hice amiga suya. Entonces yo era nueva aquí y las mujeres del pueblo me ignoraban. Ella era mi confidente. Creo que fui muy ingenua. —Esbozó una sonrisa de disculpa.

—¿Hasta qué punto? —preguntó Nellie—. ¿Os traicionó?

Mia negó con la cabeza.

—No, al contrario. Nos salvó. Cuando estalló la guerra, un envidioso propagó unos rumores según los cuales éramos extranjeros enemigos. Incluso se nos acusó de ser espías y se decidió que teníamos que ser deportados. Además de expropiados. Willie pudo evitar esto último, con una historia muy atrevida, de hecho. Se hizo pasar por Wilhelmina von Stratton, una prima de mi marido que venía de Gran Bretaña a visitarnos y era hija del auténtico propietario del criadero. Se suponía que su padre lo había financiado. Para nuestra estupefacción, Edward Rawlings, el hijo de nuestro vecino, confirmó su identidad como lady Stratton y la ayudó a conservar la yeguada mientras nosotros estábamos fuera. Llevaron a Julius y Hans a Wellington y a mí a Somes Island, una isla en la bahía de Wellington donde se confinó a los alemanes durante la guerra. Las acusaciones no tardaron en revelarse absurdas, aunque se pidió a Julius que ejerciera una tarea importante para la guerra en una remonta. A mí me dejaron en libertad, pero para entonces yo ya me había fugado. Julius me daba por muerta. Me había escondido en la Isla Sur y durante toda la guerra no supimos nada el uno del otro.

—April nació durante la guerra —indicó Maria dando un gemido. Las contracciones se producían ahora cada vez más deprisa.

—Sí —dijo Mia—. Fue engendrada en Somes Island. El coronel en funciones me… —Se ruborizó—. Por decirlo de algún modo, el coronel me había cogido cariño… Un irlandés. Con el pelo zanahoria. Por fortuna es lo único que April heredó de él.

—¿Una violación? —preguntó imparcial Nellie.

Mia bajó la cabeza.

—Sí. Como consecuencia de ello me fugué. Nadé por la bahía. No fue…, no fue sencillo. En esos años no había nada que fuese sencillo. Pero April era una niña encantadora. Era lo que más quería en el mundo y pensé…, pensé que Julius lo entendería. Cuando regresé, él estaba viviendo con Willie en Epona Station y ella tenía un hijo: Alex. Julius lo había reconocido como suyo, algo había pasado la noche de mi deportación. Él había bebido hasta quedar sin sentido y por lo visto se había acostado con Willie y la había dejado embarazada…

Nellie silbó entre dientes.

—Tengo que volver a ver el orificio uterino —dijo al advertir que Mia luchaba por no llorar.

Mientras confirmaba que se iba dilatando poco a poco y que los latidos de los mellizos seguían dentro de la normalidad, Mia se recuperó.

—A esas alturas ya no había nada entre ellos —siguió contando—, pese a que era evidente que Willie trataba de seducir a Julius. No se reprimía y lidiaba conmigo por mi marido…, y sus condiciones previas no eran malas. Hube de asumir que ella tenía un hijo de él y que los dos idolatraban y mimaban al pequeño Alex, y que yo tenía a mi bastarda pelirroja. Alex estaba muy mal criado y le hacía la vida difícil a April, y, pese a que Julius reconocía que llevaba su apellido, le resultaba complicado, como era comprensible, querer a una niña que le era, a ojos vistas, ajena. Willie hacía además sus reclamaciones. Durante cuatro años había dirigido el criadero y obtenido buenos beneficios, no se le podía quitar ese mérito. Había gobernado con mano de hierro y se había ganado el nombre de Baronesa. Ahora quería su parte. Por desgracia no podíamos pagarle. El dinero se invertía al momento en otros caballos. Así que intentamos administrar la yeguada los tres juntos... —Inspiró mientras Nellie ponía los ojos en blanco. (Una constelación así no podía funcionar bien). Mia siguió hablando—: Por desgracia, Willie y yo teníamos ideas totalmente distintas. Hace poco hablamos de ello, Nellie. Se trataba sobre todo de la cría con los descendientes de Gipsy. Julius estaba indeciso. Al final, yo ya estaba preparada para dejar vía libre a Willie, pero entonces regresó Edward Rawlings de la guerra..., víctima de graves mutilaciones. Había oído que Willie tenía un hijo y dedujo que era suyo. Se confirmó que tenía toda la razón, no cabía la menor duda. Ella había mentido a Julius; desde un principio había pretendido conseguirlo a él y Epona Station. No sé por qué accedió al final a casarse con Edward, para aquel entonces yo estaba con mi padre en Auckland. Supongo que los hombres más o menos la obligaron. En cualquier caso, Julius le dio un par de caballos, todos los descendientes de Gipsy, y llevó a Wilhelmina von Stratton al altar como su prima, para guardar las apariencias. Luego ella construyó en la granja de Rawlings su propio criadero.

—¿Y Alex? —preguntó Nellie—. Debió de pasar un muy mal trago. Otro padre de repente...

Mia se encogió de hombros.

—No lo sé. Solo me alegré de que ella se hubiese ido y de que todo volviera a solucionarse con Julius, que empezó a querer a April. Y Alex... En fin, cuando lo veo es siempre con Edward o con sus padres, apenas va a la ciudad. Por lo visto, Willie tampoco se ha ocupado mucho de él, aunque al principio se lo llevaba a todas partes y solía presentarlo con orgullo en los hipódromos como Alexander von Gerstorf. Nunca más volvió a aparecer por allí. Y esto se diría que le ha sentado bien al chico. De ser un niño malcriado ha pasado a ser un joven amable y bien educado. Julius y yo intentamos no guardarle ningún rencor, aunque nos resulta difícil a pesar de todo. Y, bueno, April no se esfuerza en lo más mínimo. Todavía está disgustada con él porque siempre le quería quitar la pala cuando jugaban en la caja de arena para niños.

—¡Menuda historia! —Nellie pensó en Alex y en el anhelo con que miraba a April cuando abrazaba y acariciaba a su perrito—. Y qué pena de niño. Primero lo colman de amor y luego se lo quitan...

Maria volvió a gemir.

—Creo..., creo que... está pasando algo. Las contracciones son cada vez más fuertes. ¿Tienes el gas hilarante?

Nellie asintió y conectó el aparato. Cuando nació Grietje, Maria había administrado a Nellie el anestésico que solía utilizar en la clínica veterinaria, y ahora Nellie estaba decidida a aliviar a su amiga con él la última fase del parto.

Mia las miró sorprendida.

—¿Qué es esto? —preguntó—. A mí nadie me ofreció algo así cuando nacieron April y Jonathan. ¿Calma los dolores del parto?

—Exacto —contestó Nellie—. Pero sigue contando. ¿Qué ocurrió después?

—Un año largo después de la partida de Willie, Jonathan vino al mundo —prosiguió Mia su historia—. Julius estaba contentísimo. Yo temía que fuera a compararlo constantemente con Alex. Alex era... un chico de verdad. Salvaje, fresco y travieso. Jonathan, por el contrario..., es... Bueno, Julius nunca lo diría de forma tan directa, pero a veces creo que piensa que Jonathan es... el típico judío...

Nellie hizo un gesto de negación con la cabeza.

—Esas son imaginaciones tuyas —protestó—. No existe el judío típico.

—El concepto «judío» —dijo Maria, jadeando a causa de una contracción— significa en su origen «habitante de la tierra de Judea». Proviene del campo lingüístico persa y hoy en día se designa con él a quienes pertenecen a un grupo étnico-religioso o a los descendientes de los miembros de ese grupo por línea materna. No se refiere a una raza humana. Si es que puede clasificarse a los seres humanos por razas, lo que está muy discutido, se dividen en caucásicos, mongoloides, australoides y negroides.

A veces también se habla de eurasiáticos. Dado que la religión judía está extendida por todo el mundo y todos los hombres pueden reproducirse sin tener en consideración ni los colores de piel ni la textura del pelo, hay judíos entre todos esos tipos humanos.

—Y porque a las mujeres judías no se les solía consultar si querían multiplicarse con este o aquel miembro de una tribu —observó Mia con amargura—. Ya me lo sé. Pero Jonathan tiene características que suelen atribuirse a los judíos y creo que eso no es del agrado de Julius.

Maria se arqueó a causa de una contracción. En las horas que siguieron, las mujeres ya no tuvieron más tiempo para dialogar acerca de etnias.

Poco antes de que saliera el sol, llegó al mundo el primer mellizo. Una niñita bien desarrollada pero minúscula. Algo después, la siguió un niño algo más grande. Una pelusilla oscura cubría las dos cabecitas.

—Daphne y David —susurró Maria antes de dormirse agotada.

—Y, tal como antes nos ha anunciado su madre, no son judíos —dijo riendo Nellie.

—Sino neozelandeses —precisó Mia—. Igual que April, Alex y Jonathan.

—¡Y Petey! —añadió Nellie—. Nadie tiene que calificarlos de otro modo o mirarlos por encima del hombro. Son lo que son y serán lo que quieran. Tendremos que asumirlo todos, ¡incluso sus padres!

3

Justo después de que nacieran los mellizos, Nellie regresó a Hastings: Bernhard ardía en deseos de ver a sus hijos. En las semanas que siguieron, este escribió unas cartas eufóricas. Por lo que decía, Daphne y David debían de ser unos niños prodigio. Maria no se comunicaba con tanta exaltación, a menudo dudaba de sus aptitudes para ser madre y en ocasiones se sentía superada y desconcertada, pues, naturalmente, el comportamiento de los mellizos no seguía ninguna regla. No obstante, Bernhard siempre estaba listo para ayudarla y también Mia y April le echaban una mano. April era una jovencita alegre que cabalgaba como un derviche, muy segura de sí misma y a veces caprichosa. Estaba loca por los niños pequeños y los cachorros; no solo ayudaba de forma regular en el consultorio, sino que, cuando Maria estaba agobiada porque tenía que curar a un perro o a un gato y uno de los bebés lloraba, ella se marchaba con el pequeño. La mayoría de las veces, April sacaba el moisés en que estaban los niños al exterior o lo llevaba a casa de los Von Gerstorf y se ocupaba allí de ellos. No tardó en cambiarles los pañales y darles de comer con toda naturalidad. La leche de Maria no bastaba para los dos, así que se acostumbraron enseguida al biberón.

El año 1930 se acercaba a su final y los cuatro inmigrantes estaban realmente satisfechos en su nuevo hogar.

Walter ya no se lamentaba por la pérdida de su dinero. Solo llegaban noticias alarmantes de Phipps y Grietje. Después del derrumbe bancario, Estados Unidos se hundía en una más larga depresión. La gente se quedaba sin trabajo y todo el mundo ahorraba el dinero que conservaba. A los conciertos solistas de Phipps, así como a los de la Sinfónica de Boston, casi no acudía público.

Philipp The Great, Philipp el Grande, como lo llamaban en Estados Unidos, cedió a los deseos de su agencia para hacer un par de giras por Europa y contrató a un profesor privado para que Grietje pudiese acompañarlo. La niña estaba emocionada ante la aventura y escribía a su madre casi cada día durante el viaje. La mayoría de las veces enviaba cartas postales. A Nellie le hizo gracia que describiera el Coliseo de Roma como un edificio bastante hecho polvo, por lo que su papá no tocaba allí sino en otra sala de conciertos. Encontró estupenda la torre Eiffel, la Torre de Londres terrorífica y Neuschwanstein un lugar en el que se habría instalado ya mismo. No obstante, llegó una carta de Alemania —Phipps tocaba esta vez en Múnich—, en la que Grietje expresaba terror y miedo.

«¿Mami, te acuerdas de aquellos hombres? ¿Como ese horrible vecino que teníamos en Berlín? ¿Los que siempre gritaban y cantaban tan mal y a los que el tío Bernhard tenía miedo? Siempre iban vestidos tan raros, de marrón, y tenían esa bandera de la buena fortuna. ¡Están por todos lados!».

—¿La bandera de la buena fortuna? —preguntó Walter, que leía por encima del hombro de Nellie la carta.

Nellie levantó la vista hacia él.

—La bandera con la cruz gamada. Maria le contó que en su origen era un símbolo indio de salud y felicidad. Por lo visto, los nacionalsocialistas se van extendiendo.

—Múnich siempre fue un centro de su movimiento —dijo Walter menos preocupado—. ¿Qué están haciendo?

—Según Grietje, más o menos lo mismo que hacían en Berlín: desfiles en los que cantan. Y por las noches deambulan por las calles y gritan y beben cerveza. E incordian a los judíos. Phipps y Grietje se vieron envueltos en una pelea callejera y ella se llevó un susto de muerte. Además, se metieron con ellos en una cervecería por hablar inglés. Esto no pinta nada bien. Phipps debería sacarla de allí. —Nellie dejó descansar alarmada la carta de Grietje.

—Aquí hay otra carta de Phipps —señaló Walter, cogiendo del suelo un sobre que se había caído—. A lo mejor contiene noticias más recientes.

Nellie la abrió a toda prisa y, en efecto, Phipps describía la experiencia vivida en Múnich de forma menos radical.

«No te inquietes —escribía—. Grit no corrió peligro en ningún instante. Solo está muy asustada a causa de los desfiles, el ruido y las manifestaciones a gritos; la niña es muy sensible y nota la violencia y el odio subliminal que emite esa gente. No sé cómo va a evolucionar todo esto, pero el Partido Nacionalsocialista Obrero Alemán ha tenido mucho éxito en las últimas elecciones al Parlamento, y ahora esos tipos se muestran todavía más autoritarios y provocan a todo el mundo. En Berlín han estallado disturbios, a la manera de pogromos, contra gente que tenía alguna semejanza con los judíos. Me alegro de que hayáis salido a tiempo de este infierno. Mañana proseguimos nuestro viaje hacia Bélgica. He enviado entradas a nuestros padres para el concierto de Lieja. Ya veremos si vienen…».

—¿Te das cuenta? La mitad de malo de lo que pensabas —la tranquilizó Walter.

Nellie se encogió de hombros.

—Para Grietje —señaló—. Pero… ¿y para Alemania? ¿Todavía recuerdas lo que dijo el anciano Gutermann? Los nazis podrían llegar a gobernar el país.

En las siguientes semanas, ambos estuvieron pendientes de las noticias de los periódicos en los que se hablaba de sublevación en otros países europeos. Varios bancos sacaron sus conclusiones y cancelaron los créditos que habían concedido en los últimos años a Alemania.

—Esto avivará la crisis económica —observó Nellie, que desde el hundimiento de la Bolsa se interesaba más por la economía y la política. No quería volver a perder ni una moneda—. Y, si Gutermann tiene razón, esto favorece a Hitler.

Sin embargo, a principios del año 1931, algo distinto al hundimiento de la Bolsa sacudiría el mundo de Nellie y Walter. Desde los últimos días de enero, Hawke's Bay resplandecía a la luz del verano neozelandés. La mañana del 3 de febrero, cuando Nellie se disponía a hacer sus visitas matinales, hacía calor y no soplaba el viento, y sintió que el aire resultaba algo oprimente.

—Hace un día de dolor de cabeza —dijo a su hijo, que estaba en su cestito en el asiento delantero desde que habían dejado a Walter en la granja de los Bolt. Petey tenía ahora siete meses y era un niño muy gracioso, con un cabello moreno que prometía ser como el de Walter y Maria. Sus ojos no parecían haberse decidido todavía por un color, a lo mejor eran castaños como los de Nellie o azules como los de Walter. El pequeño se había bebido por la mañana el biberón y, pese al bochorno, parecía de buen humor. Agitaba el caballito de trapo que Walter acababa de darle y se rio cuando se le cayó al suelo y Nellie tuvo que recogerlo. Ella lo ató sin vacilar con una cinta al cesto.

—Así lo podrás recoger tú mismo y no llorarás cuando esté conduciendo —le explicó.

Petey esbozó una sonrisa desdentada y Nellie le dio un beso en la nariz antes de volver a ponerse en marcha.

Normalmente habrían estado todo el día en la carretera, pero, cuando Nellie hubo terminado la primera visita, un granjero de Napier llamó a la casa del campesino. Aunque estaba previsto que ese día acudiría a su casa, el hombre quería comunicarle algo más. Se había comprado un caballo, explicó a Nellie, pero estaba muy delgado y apenas podía comer.

—Podrían ser los dientes —supuso—. ¿Tiene tiempo de raspárselos después de vacunar a los cerdos?

Nellie reflexionó unos segundos.

—Tiempo sí, pero no llevo ni embocadura ni lima —contestó—. Pero no importa. Pasaré por casa y los recogeré. Me pilla más o menos de camino. Calculo que estaré a eso de las tres en su casa, señor Grimes.

Nellie realizó otra visita breve cerca de Hastings y a eso de las diez y media se encaminó a su casa. Llegó a ver que la carretera se abombaba de repente delante de ella, acompañada por un crujido ensordecedor, semejante al golpe de una maza gigantesca. Nellie se llevó un susto de muerte cuando su pesado vehículo fue levantado como por un cíclope vociferante y pareció bailar sobre la cresta de una ola mientras el asfalto se rompía entre chirridos. Luchó por controlar el coche cuando se precipitó vertiginosamente hacia abajo. Petey gritó. Nellie creyó oírse a sí misma también gritando. Pero el ruido que había a su alrededor lo apagaba todo. Era como si un tren expreso hubiese embestido a toda velocidad el coche, lo hubiese empujado y lanzado hacia arriba... hasta que todo concluyó tan rápidamente como había empezado.

Nellie era incapaz de pensar con claridad. A duras penas había conseguido dejar el coche delante de la casa, coger a Petey en brazos y correr a su dormitorio, cuando un nuevo temblor sacudió la tierra. Por un instante temió desplomarse en el abismo, que el candente núcleo de la Tierra la absorbiera. Pero su caída se detuvo. Intentó moverse, consiguió girar hasta que algo le cayó encima.

Nellie se ovilló protegiendo el cuerpecito de Petey. Notó algo blando sobre lo que se abatía algo duro y se hacía añicos. Luego el ruido se hizo insoportable. Primero un rugido y un sonido, como el de agua hirviendo en una olla colosal. El agujero en que Nellie había caído se llenó de escombros, como si el edificio se derrumbara sobre ella. Ya se veía aplastada, pero se percató de que se encontraba en una cavidad. Tenía uno de los brazos sobre el rostro y con el otro estrechaba a Petey contra ella. El niño seguía gritando o tal vez volvía a hacerlo, así que estaba vivo. Pero Nellie no podía ver. A su alrededor reinaba una oscuridad total.

Enterrada... La palabra se abrió de algún modo camino en su mente. Y se convirtió en «sepultada». Intentó moverse, pero le resultaba casi imposible. No obstante, parecía estar tendida en una caja acolchada. Tuvo un ataque de tos, olió su perfume y la loción para después del afeitado de Walter. ¿Una ilusión de los sentidos?

Petey dejó de gritar, solo gimoteaba un poco. Nellie notó su aliento caliente en el pecho. Sumida en un silencio repentino, fue comprendiendo lentamente lo que tenía que haber pasado. La tierra se había abierto entre ella y el armario de la ropa en el dormitorio, y ella había caído en la grieta con el mueble. Este se había abierto y ella se encontraba prácticamente entre su ropa, lo que los había salvado a ella y Petey.

¿Pero quién los encontraría ahí?

Nellie se preguntó si debía dar gracias a Dios por ello o si no habría sido tal vez mejor una muerte rápida a irse poco a poco... ¿sofocando? No, parecía haber aire suficiente. Pero morir de hambre o sed en plena oscuridad...

Percibió que la invadía el pánico y no pudo seguir controlándose por más tiempo. Se echó a gritar de pura desesperación. Cuando notó que le dolía la garganta entró un poco en razón. De nada servía gritar hasta perder la voz. Ya sentía seca la garganta y tenía sed. Era mejor cuidar la voz para poder tranquilizar a Petey. Nellie empezó a hablar al niño con dulzura, tosió y tuvo la impresión de perder unos instantes la conciencia. Lo agradeció... A lo mejor se estaba ahogando despacio o había algún gas en la cavidad que la mataría sin dolor. Pero entonces también moriría Petey y él intentaba una y otra vez patalear para ganar espacio.

Los brazos y las piernas se le estaban durmiendo. Se esforzó por moverse un poco para que le circulara la sangre. Consiguió abrir y cerrar un poco los puños. También logró reflexionar. Lo que había vivido era un terremoto. Había leído acerca de este fenómeno, pero nunca se lo había podido imaginar. Aunque ¿acaso no había dicho en una ocasión Maria que Nueva Zelanda se hallaba en el campo de tensión de dos placas tectónicas? ¿Acaso no había hablado de erupciones volcánicas y otras catástrofes de la naturaleza similares y no había estudiado si los alrededores de Epona Station se habían visto afectados por alguna?

Ahora, Nellie deseaba haberse informado sobre la situación de riesgo de Hawke's Bay. Sin embargo, eso no era el fin del mundo, aunque lo pareciera. Antes o después llegarían personas y buscarían a los supervivientes. Seguro que ella y Petey todavía aguantarían un rato. Un día..., dos días seguro... ¿No era cierto que se podía aguantar hasta tres días sin beber? Aunque un niño tan pequeño...

Tenía que encontrar una oportunidad para atraer la atención. Luchó con desesperación hasta liberar la pierna derecha. Podía golpear la madera del armario. ¿Cuál era el código morse para pedir socorro? ¿Tres golpes breves, tres largos y tres breves? ¿O al revés? Nellie probó ambos, esperó y repitió la operación, ansiosa, con los ojos fijos en la oscuridad. Petey volvía a llorar. Ella tenía que resistir, aunque fuera por el niño. Tenía que asumir ese tormento para sobrevivir..., respirar con tranquilidad..., calmar los acelerados latidos de su corazón...

Intentó vencer el horror, incluso se esforzó por rezar... A lo mejor Mia tenía razón y Walter y ella deberían haber pedido una bendición al casarse. Rio histérica y luego volvió a sollozar. Al cabo de un rato, intentó tranquilizar al pequeño y consiguió cantar una canción infantil..., y enmudeció porque la venció el horror. Apestaba a excremento y orina, no había podido evitar hacer sus necesidades y los pañales de Petey, naturalmente, estaban sucios. Nellie intentó respirar por la boca para no tener que oler, pero entonces la garganta se le secaba todavía más.

Había perdido la noción del tiempo. En un momento dado, le pareció como si llevara una eternidad cautiva en esa especie de ataúd. Se tranquilizó, se hizo una con la oscuridad y luego, de repente, la invadió el pánico y se puso a gritar como en los primeros minutos. A veces se adormecía y despertaba horrorizada, escuchaba la respiración de Petey. También el pequeño dormitaba de cuando en cuando. Nellie se moría de miedo cada vez que dejaba de gemir.

¿Cuánto tiempo llevaban enterrados? ¿Había atardecido o ya era de noche? A esas alturas la atenazaba una sed tremenda. No tenía hambre. Petey, por el contrario, debía de estar hambriento, ya hacía tiempo que debería haber tomado el biberón… ¿o el biberón de después del siguiente biberón?

Intentó pensar en algo bonito… En Grietje, en la música de Phipps…, en Walter. ¿Dónde estaba Walter? ¿Habría sufrido también la granja de caballos de James Bolt las consecuencias del terremoto? Pero al final solo reinaban el frío y la oscuridad. Deseaba volver a quedar inconsciente. Esta vez para siempre… ¿No decían que se veía una luz al final?

Nellie habría dado la vida por volver a ver una luz.

4

Walter von Prednitz daba clase a una alumna cuando el terremoto sacudió la región de Hawke's Bay. Estaba en el picadero con Macey Pattern, a quien su padre, un adinerado cultivador de árboles frutales, había comprado su primer caballo, un purasangre de capa castaña. Macey amaba a su Sensation, pero todavía no se desenvolvía bien con ese animal lleno de temperamento. Precisamente ese día, la yegua era un manojo de nervios y se los transmitía a la amazona. Walter, que sospechó que amenazaba tormenta y temía que el caballo se desbocara con el primer trueno, aconsejó a la muchacha que desmontara y trabajara a Sensation con la cuerda. La joven no se lo hizo repetir dos veces y Walter le explicó en qué ocupar al inquieto animal para esperar de ese modo poder distraerlo. Hizo retroceder a la yegua, que se desplazara lateralmente y, justo cuando le enseñaba la ayuda en la mano para meter las espaldas, la tierra se infló por vez primera.

Sensation levantó la cabeza, se soltó, y escapó, mientras que en Walter surgía el instinto del antiguo soldado. Se echó cuerpo a tierra, tirando con él de Macey, y buscó el arma cuando siguieron otras sacudidas. Naturalmente, no llevaba ninguna y tomó conciencia de que nadie iba a lanzar granadas en la yeguada del señor Bolt. Además, el sonido tampoco era el propio de una contienda, se trataba más bien de un silbido y un bramido, no de impactos. Cuando volvió a reinar la calma, se levantó para ver si todo estaba en orden, pero el suelo tembló de nuevo y él tiró una vez más de Macey, que estaba gritando, para que se tendiera en el suelo. En ese momento comprendió a qué se estaba enfrentando. Oyó el estallido de cristales y que las paredes caían. Pero en medio del picadero estaban a salvo.

Unos minutos más tarde, cuando cesó el temblor, soltó a Macey, se disculpó formalmente por la manera ruda en que la había tratado y miró a su alrededor. La imagen que apareció ante sus ojos lo horrorizó. Todo en la propiedad había cambiado. La pista y el picadero para los ejercicios de cuerda, hasta el momento totalmente planos, se habían convertido en una especie de terreno montañoso. Parte de la cuadra se había derrumbado. El primer impulso de Walter fue correr hacia allí para salvar a los caballos. Por fortuna, ese bonito día de primavera, casi todos estaba en las dehesas. Solo los sementales se hallaban en los boxes.

—Dónde..., ¿dónde está Sensation? —balbuceó Macey.

Los dos se levantaron, ambos ilesos. El picadero estaba cubierto de arena blanda.

—En algún lugar debe de estar... —musitó Walter y descubrió a la yegua justo después delante de la cuadra derrumbada.

Se balanceaba con otros dos caballos ensillados sobre la antes pavimentada explanada de delante de la cuadra, que ahora semejaba una montaña de escombros. Media hora antes, el señor Bolt y dos jockeys se habían marchado con esos caballos hacia el hipódromo para entrenar allí. Los animales debían de haber tirado a los jinetes y regresado a casa.

—Tenemos que coger los caballos —dijo Walter, todavía aturdido, a Macey—. Y ver qué ha sucedido en la cuadra. Había unos mozos trabajando allí... Intente calmar a Sensation. Antes que nada, hay que apartar a los caballos de la rocalla, podrían romperse las patas. Voy a echar un vistazo a la cuadra...

Macey era una muchacha atrevida y no tardó en atrapar las riendas de uno de los dos caballos de carreras, que, aliviado, enseguida se dejó conducir por ella. Sensation y el otro lo siguieron, pero la joven no sabía a dónde ir con los animales. El amarradero estaba lleno de escombros, todos los cercados habían caído. Se volvió hacia la vivienda mientras Walter avanzaba con precaución hacia la cuadra. A quienes encontró primero fue a los mozos. Por lo visto, también ellos habían participado en la guerra, pues se habían lanzado a tierra y cubierto de lonas para protegerse de los cascotes que caían. Hasta entonces no se habían atrevido a moverse.

Walter les indicó que se levantaran y comprobaran si los caballos estaban bien, pero el mayor de ellos se negó rotundamente.

—No, señor, ¡yo no me meto ahí dentro! Si esto vuelve a suceder, todo el edificio se derrumbará... O un incendio..., puede producirse un incendio.

—¿Y esto solo por los jamelgos del viejo Bolt? —El joven tampoco demostró ser especialmente leal a su patrón.

Walter les lanzó una mirada fulminante.

—Tampoco a los caballos les gusta morir golpeados o quemados —declaró—. Si los encerramos en un edificio tenemos que sacarlos de allí en caso de necesidad. Y, ahora, ¡déjenme pasar! Si no están dispuestos a ayudar, lo mejor es que se larguen.

Él mismo subió con cuidado, pero con determinación, por las paredes derrumbadas y las puertas desencajadas hacia el interior de la cuadra, en la que estaban alojados unos pocos caballos que esa mañana no habían salido a los pastizales. Eran tres sementales y, por supuesto, estaban medio enloquecidos de miedo. Se levantaban de manos y daban coces a su alrededor para soltarse. Un caballo se había caído y había quedado atrapado. Walter pudo salvar a los dos ejemplares que en apariencia no estaban heridos, abriéndoles simplemente las puertas del box. Salieron a toda prisa y Walter prefirió no pensar en lo que harían en libertad. Sin embargo, mejor así que arriesgarse a sacarlos uno por uno. Los mozos no iban desencaminados, la tierra podía volver a temblar y esta vez toda la cuadra se hundiría.

Walter se ocupó del tercer caballo, que intentaba desesperado ponerse en pie. No lo conseguía en el angosto box, pero, cuando le abrió la puerta, el animal tuvo sitio suficiente para liberarse y levantarse. Walter sujetó audazmente por el cabestro al valioso semental de cría antes de que saliera corriendo. Al menos pudo conducir lentamente al castaño por encima de los escombros y la madera astillada. Cogió rápidamente un par de cabestros y cuerdas y abandonó la cuadra. En el exterior no se veía a ninguno de los otros sementales. Walter siguió a Macey en dirección a la vivienda y vio que la joven ya tenía ayuda. Marjorie Bolt, la esposa de Bolt, sujetaba a Sensation y al segundo caballo de carreras.

Walter se fijó en que tenía el vestido y el rostro gris de polvo. Parte de la vivienda se había convertido en escombros. Al menos había conseguido salir de allí sana y salva. Pero...

—¿Dónde están los niños, March? —preguntó aterrorizado.

La señora Bolt respondió con una voz sorprendentemente calmada.

—En la escuela. Gracias a Dios ya se acabaron las vacaciones de verano. —Al decirlo cayó en la cuenta de que eso no garantizaba la seguridad de sus hijos—. Esto..., ¿esto no habrá llegado hasta Hastings? —preguntó con la voz ronca.

Walter intentó recordar la lista de visitas de Nellie para ese día.

—Deberíamos llamar a alguien —intervino Macey. La voz le temblaba—. Mi padre...

—Antes tenemos que llevar a los caballos a algún sitio —dijo Walter.

El inquieto semental que llevaba en la mano hacía escarceos, solo tenía ojos para Sensation y los otros dos ejemplares de carreras, también yeguas. Walter condujo inseguro al caballo de vuelta hacia la cuadra y las instalaciones hípicas, y descubrió al señor Bolt y los jockeys que corrían hacia los establos para liberar a los sementales, a los que suponían todavía encerrados. Aliviado, les gritó que ya estaban fuera y justo después todos se encargaron de encontrar un alojamiento provisional para los animales.

Macey y Marjorie se atrevieron entretanto a internarse en la casa entre los escombros y encontraron el teléfono intacto en la pared de un pasillo. Pero eso no sirvió de nada, la línea estaba muerta.

Macey intentaba dominar la histeria y Marjorie estaba preocupada por sus hijos.

—Tenemos que averiguar qué pasa en Hastings —dijo a su marido—. ¿Cómo está el coche?

El señor Bolt había ido en camioneta al hipódromo y los dos jockeys a caballo.

—El coche está bien, pero la carretera ya no existe —contestó James Bolt—. Está en el camino hacia el hipódromo; a lo mejor se puede circular en él, pero regresar aquí era imposible. Así que lo he dejado donde estaba. Y ahora tengo que ocuparme primero de los caballos... Ver si los cercados de las deheses todavía están en pie... y..., y ver qué es lo que ha podido pasar allí.

Marjorie no se lo pensó dos veces.

—Cojo un caballo —decidió—. ¿Puedo llevarme a Sensation, Macey? No quiero ir a Hastings con una silla de carreras...

—Por supuesto. —Macey pareció disgustada por no haber tenido ella misma esa idea—. De todos modos, no me atrevo a montarla ahora —explicó—. Está muy nerviosa. Además todavía tengo el coche en el patio. Iré a casa en él para ver cómo están mis padres y mis hermanos. A lo mejor llego hasta Napier y encuentro allí un teléfono que funcione.

Mientras las mujeres se marchaban para obtener información, los hombres se dedicaron a juntar los caballos. Como era de esperar, encontraron a los sementales en la dehesa de las yeguas de cría, o al menos en lo que quedaba de ella. El paisaje era otro completamente distinto. La capa de hierba estaba desgarrada allí donde la tierra se había hinchado como una ola o se había hundido. Había árboles torcidos o desarraigados, los arroyos se deslizaban por nuevos lechos. Solo quedaba alguna que otra estaca. El señor Bolt empezó a recogerlas.

—Tenemos que construir un paddock provisional en el que dejar los caballos —indicó—. A ser posible, cerca de casa...

Walter y los jockeys miraron abatidos la escasa madera y pensaron en los más de cincuenta caballos a los que había que buscar un alojamiento: tres sementales, yeguas de cría y potros, y además un par de castrados.

Pero entonces llegó una ayuda inesperada. Bo Halliday, un vecino cuya granja se encontraba a tres kilómetros de distancia en dirección a Napier, entraba en el patio con su camioneta.

—Uf, qué mal aspecto tiene esto —dijo, mirando las cuadras—. La joven no exageraba.

—¿Qué joven? —preguntó Bolt.

—Macey Pattern —contestó Walter, contento de que su alumna estuviera alerta y hubiese pedido ayuda cuando iba camino de Napier.

—No sé cómo se llama, pero ha visto que mi pajar seguía en pie. Y ha pensado que usted necesitaría sitio para sus caballos.

El señor Bolt miró resplandeciente a su vecino.

—¡Es usted un enviado del cielo, Bo! ¿Cómo está su casa? ¿Le funciona el teléfono?

Halliday sonrió.

—Es lo primero que ha preguntado la pequeña. Por desgracia, ahí no hay nada que hacer, las líneas están todas muertas. En mi casa no se ha perdido gran cosa, solo ha caído un árbol del jardín de invierno y los cristales han estallado todos... La chica ha seguido su camino a Napier...

Los hombres pasaron el resto del día cogiendo los caballos y llevándolos al pajar de Halliday. El servicial vecino y su mozo los distribuyeron en unos departamentos provisionales.

Un par de horas más tarde, Marjorie regresó con Sensation portando buenas y malas noticias.

—Los niños están bien, los profesores los enviaron inmediatamente después del primer temblor a las pistas de deportes, en el exterior. De momento se quedarán allí, han montado unas tiendas y también una cocina. Al menos nuestros dos hijos no están heridos y he encontrado razonable dejarlos allí. A lo mejor vuelvo a caballo otra vez y paso la noche con ellos. Jenny estaba bastante asustada, pero Mark parece haberse tomado todo esto como una estupenda aventura. La escuela ha quedado en parte derruida. Las calles están llenas de escombros y ha habido docenas de muertos. Muchas personas todavía permanecen enterradas. Deberíamos ir todos cuando los caballos estén instalados. Se necesita ayuda urgentemente.

—¿Sabe algo de Nellie? —preguntó Walter.

Marjorie negó con la cabeza.

—La doctora Nellie debe de estar en algún sitio fuera de la ciudad —opinó para consolarlo—. O el terremoto la ha pillado en el auto. En la ciudad seguro que no está, ¿qué iba a hacer ahí?

Prestar ayuda. Nellie sería útil también como veterinaria y él no podía imaginarse que ella misma no hubiese pensado en ello y no se hubiera puesto a disposición.

—Por lo demás, Napier también se ha visto afectado —siguió diciendo Marjorie—. Allí todavía más, porque se han producido incendios. Aunque no se tienen datos precisos, dado que las líneas telefónicas están muertas. Ya no hay electricidad y todas las conexiones están cortadas.

—¿No hay nadie que tenga una radio? —preguntó Walter, pensando que ese día Nellie tenía varias visitas en Napier. A lo mejor se había unido allí a los voluntarios.

Marjorie se encogió de hombros.

—Voy ahora a buscar nuestro coche —anunció—. A lo mejor puedo sortear de algún modo las carreteras que están hechas polvo y llegar a Napier.

Ya había oscurecido cuando cogieron al último caballo y terminaron de distribuir el heno en el pajar de Bo Halliday.

Uno de los jockeys, que no tenía familia, se ofreció a pernoctar con los caballos.

Walter todavía esperaba que, tal como habían quedado, Nellie pasase a recogerlo, pero, cuando seguía sin aparecer dos horas después de terminar su jornada habitual, se unió al señor Bolt y Marjorie. La valiente granjera había encontrado, efectivamente, la posibilidad de llegar en coche poco antes de Napier, así que todos se pusieron camino de la ciudad en ruinas para colaborar. Walter pasó casi toda la noche despejando las calles, rescatando a heridos y, por desgracia, también a muertos, y, al mismo tiempo, preguntando por Nellie. Sin embargo, nadie sabía nada de ella y, a eso de las cuatro de la madrugada, cuando se durmió agotado, estaba muy inquieto. Los voluntarios se hacían solo con una manta y dormían en cualquier sitio. Por fortuna era una noche cálida y no llovía.

El día siguiente les deparaba un avance más centrado en el rescate de enterrados y un buen número de nuevos voluntarios. Dio la casualidad de que un barco de la Royal Navy había amarrado en el puerto de Napier y pedido ayuda por radio. A la mañana siguiente iban a llegar dos barcos de la marina australiana que se hallaban en los alrededores efectuando unas maniobras. Los marinos iban a distribuirse en comandos de recogida de escombros, comandos de rescate y unidades de extinción de incendios.

En efecto, el HMS Dunedid y el HMS Diomede atracaron al amanecer en Napier. El comandante Geoffrey Blake envió a la mitad de sus hombres a los barrios más afectados por la catástrofe y a la otra mitad a Hastings.

—También allí había calles destruidas —informaron personas que buscaban ayuda en Napier—. En especial en los barrios nuevos. La ciudad necesita auxilio urgente.

5

Nellie se encontraba en un estado de dolorosa semiinconsciencia cuando oyó voces. Ya no notaba los brazos, le ardía la garganta, le dolían los músculos de las piernas y parecía haber agotado todas sus lágrimas. Petey todavía emitía de vez en cuando un suave gemido. El niño no aguantaría mucho más. Pero de repente, Nellie oyó una voz por encima de ella.

—¿Hay alguien aquí?

Sabía que esa era su última oportunidad. Desesperada, intentó emitir con su maltrecha garganta un grito y golpeó la madera con todas sus fuerzas.

—¡Oigo algo! —exclamó una persona fuera—. ¿Hola? ¿Hola? Creo que he oído algo…

Ella dio otra patada y emitió un sonido apagado.

—¡Aquí! ¡Aquí!

—Alguien está dando golpes. ¡Golpee otra vez para que podamos localizarlo! —La voz de fuera se acercó un poco más.

Nellie pateó y gimió de agotamiento.

—Aquí… Debe de haber sido un desprendimiento de tierras… Espere, no se ponga nervioso, ¡enseguida estaremos con usted!

Se preguntó qué otra cosa iba a hacer que no fuera esperar y estuvo a punto de echarse a reír, histérica. ¿Y tenía que permanecer tranquila?

Al menos esa persona era mejor retirando los escombros que consolando a los enterrados. Nellie oyó que estaban trabajando en lo alto. El hombre pidió ayuda a otro.

—Aquí no puede haber sobrevivido nadie en realidad —opinó escéptico el recién llegado.

Nellie volvió a golpear la madera. Entonces los hombres empujaron la pared posterior del armario ropero.

—¡Cuidado! ¡No con el hacha! —advirtió uno de los rescatistas al otro y colocó una palanca bajo la madera.

El armario se levantó... Nellie vio la luz. Parpadeó y, cuando sus ojos se acostumbraron a la repentina claridad, distinguió a un hombre rubio y a otro moreno de uniforme.

—¡Una mujer! —exclamó el rubio—. Oh, Dios mío, ¡y un niño! Espere, señora, vamos a sacarla de ahí... ¿Puede darme la mano? ¿O al bebé? ¿Todavía está con vida?

Nellie no podía hacer nada, a duras penas sollozar. Se percató vagamente de que el hombre se inclinaba hacia ella —el agujero no era profundo, no estaba a más de un metro bajo tierra— y cogía a Petey. El niño se movió, vivía.

Sintió una oleada de alivio cuando el soldado levantó a Petey y luego intentó ayudarla para que se enderezase.

—¿Está usted herida, señora?

Respondió con una negación y se señaló el cuello...

—Debe de estar muerta de sed —confirmó el otro soldado, y enseguida extrajo del cinturón una petaca.

—Tenga, beba...

Nellie esperaba que fuera agua, pero, cuando tomó con avidez el primer sorbo, notó que lo que fluía por su garganta era whisky. De nuevo, estuvo a punto de echarse a reír. Tosió a causa de la fuerte bebida. Ahora el primer soldado también la sacó de la cavidad, tiró de ella hacia arriba entre los escombros de su dormitorio y otras personas se arremolinaron a su alrededor. Una mujer por fin le dio agua, y bebió con tanta ansiedad que vomitó. La mujer la sostuvo, le habló amablemente y le tendió otro vaso.

—Mi hijo... —susurró Nellie.

—Lo están atendiendo —dijo la mujer—. El doctor Parson se ocupa de él. Soy Doris Warren, enfermera de Napier.

Nellie asintió. La enfermera Doris la ayudó a sentarse y vio que un joven con el uniforme de oficial médico auscultaba el pecho de Petey. Intentó luego administrarle agua con una pipeta. Parecía que el bebé tragaba.

—¿De verdad que no tiene heridas? —preguntó la enfermera, masajeando los brazos de Nellie. Tenía una manta preparada para envolverla después de haberla ayudado a desprenderse de la ropa. Nellie se avergonzó de las manchas de orina y excrementos—. No pasa nada querida —dijo con dulzura Doris—. Allí abajo no había cuarto de baño, ¿verdad? Ahora mismo la lavaré un poco y en algún lugar debe de haber termos con té caliente.

Nellie percibió que las manos y los brazos recuperaban sensibilidad. Le habría gustado coger a Petey, pero el médico todavía no había acabado. Después de un examen profundo, fue hacia Nellie con el niño en brazos.

—El pequeño está deshidratado, sufre hipotermia y, por supuesto, hipoglucemia. Pero bebe y el sonido del corazón y los pulmones es correcto. Se recuperará. ¡Ha tenido usted una suerte increíble!

Ella no lo habría expresado así, pero, visto objetivamente, había que dar la razón al médico. Si no hubiesen caído debajo del armario, las paredes de la casa los habrían aplastado.

—¿Necesita usted algo?

El doctor Parson le dejó a Petey en los brazos y empezó a examinarla.

—Solo estoy... afónica... —susurró—. Y tengo frío.

Estaba temblando, aunque los rayos del sol entraban en su casa en ruinas. En realidad, no tenía por qué hacer tanto frío.

—Ya se le pasará —la consoló el médico.

—Tenga, beba esto. —La enfermera había encontrado el té. Estaba caliente y muy azucarado. Nellie bebió y utilizó la pipeta para darle también algo a Petey. Los dos estaban desnudos y envueltos en mantas, pero a la dinámica enfermera Doris ya se le había ocurrido una nueva idea—. Por aquí tiene que haber ropa suya, ¿no? —preguntó, mirando el agujero en el que había quedado atrapada Nellie.

Si bien la ropa estaba llena de polvo y no olía demasiado bien, estaba seca. Además, en el derruido dormitorio encontraron los restos de la cómoda con los pañales de Petey. La enfermera recogió las camisolas y los pantaloncitos. Cuando los hombres las dejaron solas para ir rebuscando en otras casas, Doris la ayudó a lavarse por encima, a lavar al niño y a vestirse.

—Cuánto..., ¿cuánto tiempo hemos estado ahí abajo? —preguntó Nellie débilmente.

La enfermera miró el reloj.

—El terremoto ocurrió ayer a las 10.47 —precisó—. Ahora son las cuatro y cuarto. Así que... —Calculó—. Treinta horas escasas. Debe de haber sido un infierno.

Nellie asintió.

—¿Hay muchos muertos? —preguntó.

—En Napier más de cien —respondió la enfermera—. Hastings también se ha visto muy afectado. Aquí, en esta urbanización, tenemos un par de heridos. Todas las casas se han desmoronado, no es de extrañar por el tipo de construcción. Aunque en este caso ha sido una suerte. Los escombros no han matado a nadie. En Napier se ha derrumbado la residencia para enfermeras y hay varias fallecidas.

—¿Se sabe algo de las cuadras de los Bolt? —se atrevió al final a preguntar Nellie por Walter—. ¿La granja de caballos?

—¿Le preocupan los caballos? —preguntó la enfermera Doris frunciendo el ceño.

—También —susurró Nellie—. Soy veterinaria. Pero... sobre todo estoy preocupada por... mi marido...

—¿Estaba trabajando allí? Ya entiendo. Por lo visto no hay muertos en las granjas. Un par de granjeros han estado ayudando en Napier toda la noche. Pero espere, creo que he visto a Marjorie Bolt…

Eso infundió a Nellie nuevas esperanzas. Si los Bolt habían acudido a ayudar a Napier, su granja tampoco se habría visto tan dañada.

—Qué…, ¿qué hay que hacer ahora? —preguntó mirando a su alrededor los escombros que una vez fueron su casa.

La enfermera le sonrió animosa.

—No es usted la única que ha perdido su hogar —señaló—. Hasta los hospitales de Napier están en ruinas. Hay cientos de personas que buscan cobijo. Los médicos han montado un hospital de urgencias en el jardín botánico de Napier y también en el hipódromo de Hastings. Podríamos llevarla allá. Tenemos dos heridos de esta área a los que hay que seguir atendiendo pase lo que pase. Pero hay centros de acogida para la gente que no ha sufrido heridas. Tanto en la ciudad como fuera. Un par de granjeros ricos han abierto sus casas. Los cobertizos de esquilar, las bodegas… Allí no hay que montar tiendas, y creo que el alojamiento y la comida son mejores que en los grandes campamentos. Podríamos llevarla a casa de los Pattern.

—¿Se refiere a la propiedad vinícola? —preguntó Nellie—. Son…, son los de Sensation…

—¿Los de qué? —La enfermera la miró preocupada. Por lo visto no estaba del todo segura de que la mente de Nellie no se hubiera visto afectada por el accidente.

—Sensation…, un caballo. Yo trato el caballo de los… ¿cómo se llama? Lacey Pattern o algo así. —Nellie conservaba la imagen de la servicial joven, pero no podía recordar su nombre de pila—. Sí…, sí, me gustaría ir allí…

En cualquier caso, la hija de los Pattern seguro que querría saber cómo se encontraba su caballo. Nellie suponía que superaría cualquier obstáculo por llegar a la granja de los Bolt. Así que sabría cómo estaba Walter.

Poco después, la enfermera ayudaba a Nellie a subir a un camión del ejército. Las piernas todavía le flaqueaban y le urgía comer algo. También Petey estaba hambriento. Todavía no lograba llorar, pero gimoteaba suavemente. Necesitaba su leche.

Otros tres habitantes de la urbanización fueron transportados en camilla al camión. No estaban muy gravemente heridos y ninguno había quedado enterrado. Pero no habían podido salir por su propio pie de su casa. El vehículo los iba a dejar en el hipódromo de Hastings.

Nellie resistió la tentación de pedir que la llevaran a la granja de los Bolt, que estaba muy cerca del tren. Sin embargo, pensó que las probabilidades de que Walter todavía estuviese allí eran escasas y precisaba de un lugar en el que Petey y ella pudieran entrar en calor. La propiedad de los Pattern era la mejor solución, y eso quedó confirmado cuando Nellie llegó allí. Algunas granjeras de la región habían asumido la tarea de abastecer a las víctimas del terremoto. Bajo las órdenes de la resoluta madre de Macey Pattern, se encargaban de alojarlos en los edificios de servicios. Por supuesto, enseguida reconocieron a Nellie. Veronica Lester, la primera mujer de Hastings con quien había entablado amistad, se ocupó de ella y de Petey. En un abrir y cerrar de ojos, Nellie estaba tomando un sustancioso cocido y Veronica administraba con toda delicadeza leche con miel a Petey. Hacía como siempre carantoñas al pequeño, pero ese día no consiguió arrancarle ninguna sonrisa. El niño bebió con ganas, pero luego quiso volver con su madre. Nellie le dio también una infusión de frutas. Petey necesitaba mucho líquido.

—Y usted también, doctora Nellie —determinó la decidida esposa del granjero, tendiéndole una gran taza de té que regó con un buen chorro de whisky—. ¿Se quedó enterrada? ¿Usted sola con el bebé en plena oscuridad?

Nellie sabía que tendría que repetir con frecuencia esa experiencia, pero en ese momento estaba extenuada y con las cuerdas vocales inflamadas. Sorbió la fuerte bebida y el whisky enseguida la adormeció. Sin embargo, cuando Macey Pattern entró en la cocina improvisada con un cesto lleno de verduras, Nellie se espabiló de golpe.

—Señorita..., señorita Pattern... —intentó llamarla, pero solo consiguió emitir un susurro.

Pese a ello, Macey la oyó.

—¡Doctora Nellie! —La joven se volvió contenta hacia ella. Era una chica guapa con unos brillantes ojos color avellana y un cabello castaño peinado a lo *garçon* que ahora estaba algo alborotado. Era obvio que la hija del dueño de la casa ponía todo su ahínco en ayudar—. ¡Sensation está bien! —le informó—. Se llevó un susto de muerte y se marchó al galope, pero enseguida dejó que la cogiéramos...

—Y..., ¿y Walter? —la interrumpió Nellie.

—Rescató a los sementales. Qué valiente es su marido. Y eso que al principio estábamos los dos solos en la granja... —Macey empezó a contar con todo detalle lo que había ocurrido en Bolt Station, pero Nellie ya no la escuchaba. A fin de cuentas, ya se había enterado de lo más importante: Walter estaba sano y salvo. En un momento dado, Macey se percató de que su interlocutora estaba a punto de quedarse dormida. Veronica le resumió lo que le había ocurrido a Nellie—. Por todos los santos, y ahora está usted aquí, con este caos y su hijito... —La joven miró apenada a la veterinaria—. ¿Sabe qué, señora Lester? Voy a buscar a mi madre y, si ella está de acuerdo, voy a preparar la habitación de invitados para la doctora Nellie. Allí estará más cómoda con el niño. Es siempre tan amable... Si hasta vino aquí de noche cuando Sensation sufrió un cólico... Estamos en deuda con ella, Sensation y yo.

Poco después, Nellie y Petey se encontraban en una habitación de invitados bellamente decorada al estilo de una casa rural, e incluso tenía baño. La cama estaba cubierta con una colcha de patchwork y Macey había preparado un moisés para Petey; a Nellie la esperaban un mullido albornoz y un camisón.

Nellie estaba en la gloria. Se lavó somnolienta y bañó a Petey con agua caliente. Luego consiguió llegar hasta la cama para quedarse al instante dormida. Solo una vez interrumpió su sueño el llanto de Petey. El niño se había despertado en su cestita y parecía tener miedo, también Nellie se estremeció asustada. Ya había anochecido y las cortinas sumergían la habitación en la oscuridad.

Tanteó en busca de una lámpara, pero no había electricidad. Macey había dejado una vela preparada en un farolillo. Nellie la encendió con dedos temblorosos, sacó a Petey del moisés y lo metió con ella en la cama.

Poco después ambos volvían a dormirse y no se despertaron hasta la mañana siguiente. El sol volvía a brillar y Nellie tuvo la sensación de que los últimos días habían sido una pesadilla.

—Tenemos que olvidarnos cuanto antes de lo ocurrido —le susurró a Petey—. Hoy por fin encontraremos a tu padre y luego... todo irá bien.

Tal como ella había esperado, el encuentro con Walter no tardó en producirse. Macey había movido cielo y tierra para saber dónde estaba su profesor de equitación, y lo encontró, efectivamente, en las cuadras improvisadas de la granja de los Halliday. Walter estaba controlando el estado de los caballos, colaboraba en distribuir el forraje y luego quería unirse a una de las patrullas de búsqueda de Hastings. Estaba sumamente preocupado, pues sus pesquisas acerca del paradero de Nellie y Petey no habían dado ningún resultado hasta el momento.

Macey se lo llevó a su casa, donde Nellie y Petey estaban desayunando con los padres de la joven. Nellie se lanzó a los brazos de Walter y, justo después, estalló en llanto.

—No..., creía que no volvería a verte —dijo entre sollozos, todavía afónica—. Creía que iba a morirme... Por favor, abrázame, abrázame y no me dejes nunca más...

Walter la sostuvo con firmeza, la besó en el cabello y le musitó palabras sosegadoras. También para él todo aquello había sido un mal sueño, aunque no había sospechado en qué espantosa situación se había encontrado Nellie.

—Yo suponía que estabas en alguna granja... —dijo más tarde, cuando todos se habían tranquilizado un poco—. Si hubiese tenido la más mínima sospecha de que habías regresado a casa...

—No le den más vueltas —intervino el señor Pattern, un hombre corpulento con una gran barba y un rostro rubicundo—. Infórmenos mejor sobre cuál es el estado de Napier. Ninguno de nosotros ha vuelto allí desde anteayer, hemos estado asistiendo aquí a las víctimas. Pero no cuentan demasiado. Bastante ocupadas están ya con sus propias vivencias. Sírvele al señor Von Prednitz un café, Helen. No, no hay peros que valgan, puede marcharse enseguida con su patrulla de rescate. Pero, ahora, siéntese a desayunar con nosotros y su familia.

Walter estaba bien informado. Los voluntarios de la Royal Navy permanecían en contacto entre sí por radio, así como con Auckland y Wellington, y también los voluntarios civiles se enteraban de las noticias más importantes.

—En total, se calcula que han muerto unas doscientas cincuenta personas, la mayoría víctimas de los derrumbamientos. La catedral de Napier se ha desmoronado, al igual que la biblioteca municipal, la residencia para enfermeras y el instituto de tecnología. Además, estalló un incendio arrasador y se quemaron once manzanas del centro de la ciudad. Por desgracia, no se consiguió rescatar a dos personas que murieron a causa del fuego. En Hastings se ha desplomado el Roach's Department Store, ya sabe, los grandes almacenes. Han muerto diecisiete personas. Y la fachada del Grand Hotel ha caído y matado a ocho viandantes. En las ciudades sigue reinando el caos, se supone que todavía quedan personas enterradas; por eso debo irme ahora mismo. No se puede prescindir de ningún hombre...

—Y es de suponer que tampoco de ninguna mujer —señaló Nellie—. Voy a presentarme al servicio de urgencias médicas. Seguro que hay gatos y perros heridos y, por supuesto, en caso de emergencia, también puedo atender a seres humanos.

Los Pattern insistieron en que Nellie descansara un día más; luego se dirigió al hospital improvisado en el hipódromo de

Hastings. Tanto el ejército como la armada habían efectuado un gran trabajo. Había tiendas para enfermos y para personas sanas, se habían montado campamentos en parques e instalaciones deportivas para varios miles de individuos. Sin embargo, faltaba personal médico. Recibieron a Nellie con los brazos abiertos y enseguida le asignaron una estación.

Era tanto el trabajo que apenas tenía tiempo para pensar en su propia experiencia. Estaba demasiado ocupada con las desgracias ajenas. También se sentía inquieta por Petey. Ya no permitía que lo dejaran en la cestita, como antes, mientras su madre trabajaba, y no había nadie que pudiese consolarlo cuando lloraba. Petey reclamaba la presencia de Nellie todo el tiempo. Al final decidió atarse el niño a la espalda. Una mujer maorí le enseñó cómo lo hacía su pueblo. Eso dificultaba el trabajo, por supuesto, ya que con siete meses y medio Petey pesaba lo suyo. Por la noche, cuando Nellie se metía en la cama —en la habitación de invitados de los Pattern si había suerte, pero a menudo en una cama improvisada junto a sus pacientes—, caía muerta de sueño.

Walter la veía pocas veces en medio de todo ese trasiego. Colaboraba en el trabajo de desescombrar y luego se marchaba de nuevo al criadero, cuando había terminado con lo peor. El señor Bolt y sus empleados se apresuraban a volver a colocar los cercados y a rehabilitar las cuadras, al menos de forma provisional. El propietario de la yeguada no quería abusar de la hospitalidad de su vecino con respecto a los caballos. Durante ese tiempo, Walter dormía en el criadero. Por supuesto, los Pattern lo habrían acogido también a él en la habitación de invitados, pero no tenía coche para ir a trabajar. Por el momento, ni él ni Nellie habían encontrado a nadie que los llevara al que había sido su hogar hasta entonces para comprobar allí el estado de su automóvil. Era posible que aún sirviera, pero cualquiera de esas ideas empalidecía ante la urgencia de conseguir reanudar la vida de las ciudades y de las granjas.

En un principio, no podía ni pensarse en una reconstrucción total de las cuadras del señor Bolt. Aunque los edificios se salvarían, todo el terreno había cambiado. Lo que hasta entonces había sido plano se había convertido en accidentado. Algo aplicable a toda la región. Pero el cambio más radical lo había sufrido la laguna: ahí el suelo se había levantado por encima del mar. Los ríos habían hallado nuevos cauces, los árboles de los bosques se habían desarraigado.

Napier estaba tan destruido que se consideró la idea de arrasarlo del todo y construirlo a partir de cero. Sin embargo, el gobierno y las administraciones locales no se ponían de acuerdo sobre quién se haría cargo de los gastos.

Para Nellie y Walter, el primer paso en dirección a la normalidad partió del sindicato de granjeros. La mayoría de ellos habían perdido pocos animales; las ovejas y vacas que pastaban en los prados o que vivían en las montañas se habían puesto a resguardo a tiempo. Como todos los animales, también ellas parecían haber tenido un sexto sentido para prever el terremoto. En ese aspecto, pronto volvió a necesitarse un veterinario para ayudar a los terneros a venir al mundo, curar las inflamaciones de las ubres y combatir las pododermatitis infecciosas.

El sindicato de granjeros pagó la reparación del coche de Nellie y se ocupó de buscar un nuevo alojamiento para los Von Prednitz, un privilegio en esa región afectada por el terremoto, pues durante años iba a reinar allí la escasez de viviendas. No obstante, la nueva morada no se correspondía en absoluto con aquello a lo que Nellie estaba acostumbrada. En efecto, Tom Brewer se acordó de una casa de madera en la que años atrás había vivido con su esposa mientras se construían la granja y los cobertizos de esquileo. La casita estaba intacta y se hallaba en un bosquecillo a casi un kilómetro y medio de distancia de la granja.

—¿Por qué está tan lejos? —preguntó Nellie, cuando el granjero se la enseñó orgulloso.

Brewer se encogió de hombros.

—En un principio quería edificar aquí. Habría sido muy práctico, simplemente habríamos talado unos árboles y empleado la madera para la casa. Por eso la construí aquí antes de que llegara mi esposa. Pero ella quería vivir más cerca de la carretera y la ubicación sobre la colina es más bonita. Así que cogimos al toro por los cuernos y transportamos la madera.

A primera vista, la casa de madera parecía acogedora, pero no tenía ni electricidad ni agua corriente. Se caldeaba con leña y solo había lámparas de gas, y el agua se recogía de un arroyo cercano. Había que calentarla en una hoguera para bañarse.

Por una parte, todo ello jugaba en contra de la casita, pero, por otra, no podía vivir eternamente en casa de los Pattern e instalarse en un campamento tampoco era una buena opción.

—Puedo alquilarla en cualquier momento —replicó Tom Brewer ofendido, cuando Nellie le pidió que le dejara pensárselo.

Pero Walter apoyó al granjero. Siendo soldado se había alojado en lugares mucho más sórdidos e insistía en recuperar su independencia.

—En realidad es muy romántico —dijo cuando Brewer se marchó—. En invierno nos acurrucaremos junto al fuego y haremos el amor a la luz de las velas…

Nellie lo fulminó con la mirada.

—Ya, con Petey en medio —repuso cortante—. O con sus gritos como acompañamiento musical…

Petey necesitaba la compañía de su madre tanto de día como de noche. Cuando se despertaba y notaba que ella no estaba, se ponía a chillar como un poseso. Desde el terremoto, Nellie y Walter no habían tenido ninguna relación sexual más allá de los besos.

De todos modos, Nellie pocas veces lo deseaba. Se sentía machacada y exhausta, sufría pesadillas y dolores de estómago. Al principio ni se dio cuenta de que no tenía la regla. Se percató cuando la examinó un médico a causa de los continuos problemas de estómago.

El doctor Winter, un amable señor mayor que solía disfrutar hablando con Nellie de temas profesionales, esbozó una amplia sonrisa cuando la examinó.

—Pues bien, estimada colega de la fracción de animales... Usted misma podría haber descubierto qué le ocurre. Está usted embarazada, doctora Nellie. Calculo que de unos tres meses. ¿Realmente no lo sospechaba?

Nellie no había considerado ni de lejos tal posibilidad y su alegría tampoco fue tan incontenible como en el pasado, cuando esperaba a Petey. Lo cierto era que últimamente le resultaba cada vez más difícil sentir alegría por algo. Siempre estaba agotada, tenía miedo y se sentía sola. Su nueva casa estaba alejada de otros núcleos de viviendas y tenía que combatir el temor de quién iba a poder encontrarla allí si volvía a quedar enterrada. Todo el mundo tenía miedo de las réplicas de los terremotos. Cuando Nellie estaba sola en casa con Petey, sufría ataques de pánico y a menudo era incapaz de soportar los chillidos del bebé. Se parecían demasiado a los sonidos de desesperación que emitía en su «ataúd». El pequeño no evolucionaba. Todavía no gateaba. ¿Y ahora otro hijo?

—Ahora no le des más vueltas a la cabeza, las cosas solo pueden ir a mejor —la consoló Walter, francamente contento—. Cuando Petey tenga un hermanito, también volverá a tranquilizarse. ¡Nellie, mujer, nos va bien! Tenemos de nuevo un techo bajo el que guarecernos y trabajo..., y ahora de nuevo estás embarazada. ¿Sabes cuánta gente aquí en Hawke's Bay se cambiaría encantada por nosotros?

Nellie no lo sabía y tampoco le interesaba. Si tenía que ser sincera, habría huido de Hawke's Bay y cuanto más lejos mejor.

6

Los oscuros presagios de Nellie se confirmaron. Las cosas no mejoraron ni para ella ni para las demás personas de la región afectada. La catástrofe natural había impactado en Nueva Zelanda en unos tiempos ya de por sí difíciles. La crisis económica repercutía también en las zonas más apartadas del mundo. Disminuyó la exportación de mercancías, muchas fábricas y manufacturas tuvieron que cerrar y aumentó el desempleo. En la región de Hawke's Bay hubo que añadir los destrozos causados por el terremoto. El sector de la construcción fue pronto el único en estar en cierta medida bien pagado. Ya nadie se permitía lujos como tener caballos de paseo o asistir a clases de equitación, así que, unas semanas más tarde, James Bolt decidió que en los años siguientes se concentraría en la cría de caballos de carreras y no volvería a dirigir una escuela de equitación. Despidió a Walter pidiéndole un sinnúmero de disculpas y dándole mil explicaciones.

—¿Qué voy a hacer ahora? —preguntó Walter después de haber puesto a Nellie al corriente.

—Pues ¿qué va a ser? —contestó Nellie, alterada—. O te buscas otro trabajo o te quedas en casa y te ocupas de Petey. Esto último es lo que mejor me iría. Dentro de poco no podré con él...

El embarazo cada vez le resultaba más pesado y poco a poco

le iban fallando las fuerzas para llevar a Petey atado a la espalda durante el trabajo. Ya no era posible dejar al niño con las granjeras o sus hijas, como antes, y recogerlo después feliz, con el rostro manchado con un bigote de leche y migas de galletas. Aquella criatura alegre se había convertido en un ser miedoso y retraído, que se agarraba a su madre y que se veía invadido por el pánico y chillaba en cualquier oportunidad. Al principio, las mujeres todavía lo entendían, pero en un momento dado empezaron a sentirse ofendidas por el continuo rechazo de Petey y comenzaron a agobiar a Nellie con consejos para mejorar su educación. Que si el niño estaba mimado, que si tenía que cortar el cordón umbilical, que si por las noches había que dejar que llorara y así se acostumbraría a volver a dormir solo y ella podría trabajar tranquilamente...

La Gran Depresión también obró su efecto en las granjas. Los nervios estaban a flor de piel cuando se hundieron los precios de los productos agrícolas. Las facturas de Nellie pronto se cuestionaron o dejaron de pagarse. Ella tenía un sueldo, le reprochaban, y no pagaba alquiler. No podía permitirse cobrar además honorarios.

La consulta de animales pequeños también cerró. La gente se lo pensaba dos veces antes de ir al veterinario con un perrito faldero enfermo o con un perro guardián o un gato de granja. Y ahora, encima, Walter se quedaba sin sueldo. Nellie tenía la sensación de que no había lugar donde agarrarse.

Walter la miró ofendido.

—¿Opinas que tengo que quedarme aquí... haciendo de madre con Petey, mientras tú vas a trabajar? Nellie..., ¿qué voy a hacer aquí todo el santo día?

Nellie sintió que estaba a punto de estallar.

—Consolar a Petey, ir a buscar agua, bañar a Petey, jugar con él, ir a buscar agua, cocinar, cortar leña, consolar a Petey, limpiar, ir a buscar agua, encender la estufa, lavar la ropa... Todas las cosas que hago yo después de trabajar...

Walter frunció el ceño.

—Eso es injusto, Nellie, voy a buscar agua y leña regularmente, enciendo la estufa siempre que estoy aquí...

—Y, cuando tú no estás, ¡lo hago yo! —replicó Nellie—. Para mí sería un alivio bastante grande que estuvieras siempre aquí. Y más cuando dentro de poco tendremos dos hijos de los que podrías ocuparte.

Walter negó con la cabeza.

—Creo que me busco otro trabajo —declaró—. Ya llamaremos a alguien para que se ocupe de los niños. ¿Crees que eso sería para ti una solución?

Nellie suspiró y se preguntó cómo iban a encontrar a una mujer que estuviera dispuesta a ir cada día a una casa que estaba tan lejos de la carretera. Sin contar con que habría que pagarla y que habrían de transcurrir un par de días difíciles antes para que Petey se acostumbrase a la nueva persona de referencia. La relación del pequeño con Walter funcionaba bien. Petey buscaba continuamente el contacto físico, pero estaba dispuesto a pegarse a su padre como alternativa cuando Nellie no se hallaba en casa.

Al día siguiente, Walter no se fue a la granja de los Bolt, sino al centro de Hastings, y encontró al cabo de unas pocas horas un trabajo de peón en unas obras de construcción. Ganaba menos dinero que cuando trabajaba con Bolt, pero podrían permitirse pagar a una chica para que cada día cuidara de Petey un par de horas. Sin embargo, los temores de Nellie se vieron confirmados. Pese a que también las mujeres buscaban con urgencia trabajo, para llegar a la casa de Nellie y Walter necesitaban un coche y no lo tenían. Además, la mayoría encontraba inquietante esa casa de madera aislada, y la permanente introversión de Petey delante de extraños no lo ayudaba a ganarse simpatías.

Al final, a Nellie no le quedó otro remedio que seguir llevándoselo mientras trabajaba. Por lo menos, el niño había acabado aprendiendo a gatear y se agarraba a las piernas de su madre en lugar de querer que lo llevase en brazos. También eso era pesado y peligroso cuando ella examinaba a los animales de la granja, y a menudo no tenía otra solución que dejar al niño en brazos del granjero más cercano o en el coche, donde no paraba de chillar. Nellie era consciente de que los granjeros estaban empezando a quejarse en el sindicato y al final Brewer le llamó la atención.

—Hasta ahora estábamos muy contentos con usted, doctora Nellie, pero esto no puede seguir así. Si ahora además va a dar a luz a otro niño…

Nellie se dominó y se disculpó. No podían permitirse perder también su sueldo.

Al menos iban recibiendo cartas llenas de alegría de Grietje. La hija de Nellie, que pronto cumpliría doce años, estaba deseando cambiar sus muñecas por bebés de carne y hueso, y se alegró muchísimo cuando se enteró de la llegada de otro hermanito.

«Le he dicho a papá que tenemos que ir a verte. A fin de cuentas, casi no se celebran conciertos y tendríamos tiempo en las vacaciones de verano. Pero papá opina que, a pesar de todo, deberá trabajar. Ahora da clases de violín. No solo a mí, sino también a otros. Aunque la mayoría no toca tan bien como yo».

Al menos Grietje no carecía de confianza en sí misma. Nellie sonrió al leer sus palabras, pero se inquietó. La crisis económica tampoco había pasado sin rozar a Phipps. La carta que enviaba adjunta lo confirmaba, pero él no estaba preocupado.

«Aquí las cifras de desempleo aumentan a toda prisa. Las personas esperan delante de las oficinas para pedir ayudas, algunas viajan hacia el oeste para encontrar trabajo en el campo. Incluso los ricos ahorran, solo asisten a conciertos cuando el Estado los ha subvencionado. Aún no se habla de disolver la Sinfónica de Boston, pero los conciertos solistas no pintan nada bien. Por eso he aceptado un puesto de docente en el conservatorio y doy una clase magistral. Aparte, en verano imparto cursos, sobre todo de preparación para los exámenes de los alumnos. Grietje asiste y es muy aplicada. Si fuera por ella, mañana mismo se examinaría para entrar en la Juilliard, pero antes tiene que terminar los estudios escolares. También ahí está progresando mucho, las clases se han reducido desde que la Depresión hace estragos. Casi nadie puede permitirse ir a una escuela privada».

No cabía duda de que el padre de Grietje cuidaba bien de su hija y además salía adelante económicamente. La niña seguía recibiendo clases privadas de pianistas reputados. Nellie se preguntaba si en algún momento ella llegaría a ofrecerles las mismas oportunidades a Petey y al nuevo bebé. Echaba mucho de menos a su hija, pero permitir que se fuera con Phipps había sido lo correcto. ¿Qué habría hecho ahora en esa cabaña de madera con una hija acostumbrada a la ciudad y superdotada para la música? Grietje habría sido sumamente infeliz y, además de enfrentarse a todas sus dificultades, Nellie también se habría sentido culpable.

Las contracciones comenzaron a finales de septiembre. Por fortuna aparecieron mientras trabajaba y no, como ella había temido, cuando estaba sola en casa con Petey. En la primavera austral, puesto que los días eran más largos, se trabajaba en las obras hasta bien entrada la tarde y Walter hacía muchas horas extras, aunque odiaba el trabajo en la construcción. No le gustaba y echaba de menos tratar con los caballos. Los fines de semana acompañaba a Nellie a los servicios de urgencias con el simple objetivo de volver a ver una cuadra por dentro y hablar con personas con las que tenía más puntos en común que con los albañiles y los carpinteros. Nellie tenía a menudo la sensación de que evitaba estar con ella y no se sentía del todo inocente por ello. Se había vuelto malhumorada y sarcástica, no tenía nada divertido que contar y no hacía más que quejarse. Walter era incapaz de animarla. Por las noches estaba agotado y realizaba las labores domésticas de mala gana.

Nellie esperaba que el nacimiento del niño llevara algo de alegría a su matrimonio y, de hecho, Walter no cabía en sí de contento cuando Nellie trajo al mundo a su segundo hijo. El pequeño Martin nació en el hipódromo de Hastings, donde seguía en marcha el hospital provisional.

—A ver si no es esto una señal —dijo satisfecho Walter—. No cabe ninguna duda de que será jockey. ¡Qué nene más guapo, Nellie! ¡Y qué vozarrón tiene!

En los siguientes meses, Nellie llegó a maldecir los gritos de Marty. Por supuesto, quiso a su bebé desde el primer momento en que lo vio. La pelusilla que cubría su cabeza era oscura, a lo mejor heredaba el color del cabello de Walter, y encontraba que tenía la boquita igual que Grietje. Por lo demás, no tenía nada en común con su hija, que había sido un bebé muy tranquilo. Marty, por el contrario, llegaba a llorar veinte horas al día. Nellie intentaba calmarlo con comida, canciones, el cochecito y paseos, pero todo era en vano. Naturalmente, despertaba a Petey y los dos lloraban entonces a dúo. Nellie pensaba a veces que no podría soportarlo más y también Walter se ponía de los nervios.

«Me voy a volver loca —le escribió desesperada a Maria—. Por fin logro entender lo insoportable que resulta para ti el ruido, aun cuando sigo sin comprender del todo por qué te tranquiliza ovillarte en una caja. Yo, por el contrario, todavía sueño con las horas que pasé en mi "ataúd" y a veces me despierto gritando, lo que, claro está, despierta a los niños cuando están durmiendo. Walter intenta mantener la calma y ser paciente. Dice que oyó hablar de cosas así en la guerra, de gente que había sido enterrada, y que se necesita un tiempo para superarlo. Pero la falta de sueño también le causa problemas. Y dentro de poco tendré que volver a trabajar a horario completo. Por ahora solo me ocupo de las urgencias, estoy aplazando las tareas rutinarias, vacunas y similares. Los granjeros ya se están quejando. Ahora las ovejas están pariendo y se tienen que apañar solos. Me temo que voy a perder este trabajo».

Maria solo tenía buenas noticias que comunicar. Sus mellizos, a los que llamaba los «Dadas», crecían bien y eran fáciles de cuidar.

«Me gustaría ocuparme más de ellos porque es lo que debe hacer una buena madre —escribió Maria—. Pero parece que se bastan el uno al otro. Gatean por la casa, se miran y musitan algo. Es como si hablasen. Daphne ya intenta levantarse. Pronto andará. Pocas veces gritan, pero yo les preparo la comida siempre puntual cuando llega la hora de darles de comer. A veces los despertamos por la noche y les damos un biberón, así por la mañana no se levantan tan temprano. Naturalmente, Bernhard me ayuda, cada uno coge a un Dada y los intercambiamos de forma regular... He trazado un plan al que nos atenemos lo más estrictamente posible».

La educación infantil perfectamente pautada de Maria hizo sonreír a Nellie, pero tuvo que admitir que su amiga había tenido más éxito que ella.

En cuanto al trabajo, también Bernhard y Maria notaron la Depresión. Los campesinos tardaban más en llamar a Bernhard y la consulta de animales pequeños funcionaba peor. Pero ganaban lo suficiente para vivir y ambos trabajaban de forma regular como veterinarios en el hipódromo.

«El negocio de las carreras marcha mejor que en los tiempos en que la economía era buena —escribió Maria—. La gente no tiene dinero, pero apuesta. Yo no lo entiendo, pero Bernhard opina que es lo normal. Un día en las carreras es un día lleno de esperanza. No consigo entender de qué sirve eso cuando por la noche no tienes dinero ni para comprar pan. Por fortuna, a Bernhard y a mí nos pagan cada día que hay una competición, y en Berlín eso ya representaba un buen ingreso. Los Von Gerstorf vuelven a entrenar caballos de carreras y han cruzado todas sus yeguas purasangres con Erlkönig. En la actualidad ganan menos con la venta de caballos de paseo, así que esperan recibir algún premio en metálico. Bernhard cuenta que Wilhelmina escupe sapos y culebras, lo que seguramente es una metáfora. Tiene miedo de la competencia».

Nellie se lo imaginaba perfectamente. Ahora se sorprendía con frecuencia añorando Epona Station. Le habría gustado cambiarse por Maria o por Mia, que tanta experiencia tenía en la vida. A lo mejor a una de las mujeres se le habría ocurrido qué hacer con Petey y, sobre todo, con Marty.

El que le dio una idea fue el doctor Winter, al que acabó pidiendo consejo desesperada.

—Bueno, ninguno de estos dos pillines está enfermo —dictaminó el médico después de examinar a los niños—. Creo que Petey simplemente recuerda aún el terremoto. No lo puede olvidar, como tampoco usted, Nellie. —Ella se preguntó cómo sabía eso el médico. Nunca había hablado con él acerca de ese tema, pero debía de notar que había cambiado—. No lo niegue, esa vivencia la persigue, Nellie —continuó diciendo el doctor Winter—. ¿Sueña con ello? ¿O se siente usted de repente transportada de nuevo a esa situación, cuando...?

—Cuando oigo una maza —susurró Nellie—. O cuando hierve el agua..., cuando Petey grita... Intento no dejarme llevar, pero siempre está ahí.

El médico asintió.

—Y Marty ya estaba con usted entonces —dijo con suavidad—. Claro que todavía era diminuto, nada más que un puñado de células. Usted se hallaba en el segundo mes del embarazo, ¿cierto? Sin embargo, algunos científicos consideran que ya aparece algo así como una memoria genética, por lo que...

—¿Como cuando las yeguas espantadizas tienen potros muy nerviosos? —inquirió ella.

El doctor Winter asintió.

—Yo esto no lo sabía, pero si usted lo dice... Depende naturalmente de si la yegua ya era asustadiza de nacimiento o si se ha vuelto así a causa de un suceso concreto o de maltrato progresivo...

Nellie suspiró.

—Entonces ¿esto no va a mejorar? —preguntó.

El médico se frotó la frente.

—Bueno, yo no lo diría así. Los dos niños son muy pequeños y cada día aprenden algo nuevo. Perciben que usted se ocupa de ellos, que los quiere, sienten que están seguros. Esto es lo más importante. Los niños han de sentirse seguros. Hay que transmitirles la sensación de que no puede ocurrirles nada malo.

Nellie cayó de golpe en la cuenta de que ni siquiera ella se sentía segura. Al contrario, cada día que pasaba en Hawke's Bay, que circulaba por sus carreteras en reparación o que veía los escombros de la ciudad, el miedo se apoderaba de ella. Y, mientras no lo superase, tampoco podría despertar en Petey y Marty confianza en el mundo que los rodeaba.

—Me ha ayudado usted mucho —dijo al doctor Winter—. Es una pena que tal vez no vayamos a volver a vernos.

Nellie tocó todas las teclas para encontrar un nuevo trabajo en otra parte del país, pero la Depresión menoscababa incluso el mercado laboral de los veterinarios.

—Si tuviera dinero para hacerme autónoma, eso no sería ningún problema —dijo dando un suspiro tras hablar por teléfono con el Colegio de Veterinarios—. Sigue habiendo muy pocos veterinarios. Pero en la actualidad ningún banco correrá el riesgo de concederme un crédito. Un hombre del Colegio mencionó que tal vez se lo darían a un veterinario, pero a una mujer con dos hijos...

—Yo también existo —replicó Walter, irritado. Básicamente estaba de acuerdo con las ansias de cambio de Nellie. No le costaría dejar las obras de construcción. Pero al menos ahí tenía trabajo. Tampoco podían estar seguros de cómo irían las cosas en otro lugar y le desagradaba que Nellie no lo incluyera en sus planes.

—Ya lo sé. —Nellie se estrechó contra él—. A lo mejor encontramos un sitio cerca de un hipódromo para que al menos puedas hacer algo con los caballos.

«Hacer algo» significaba en caso extremo trabajar en las cuadras de mozo, pero ninguno de los dos lo mencionó.

Al final fue Mia von Gerstorf quien descubrió una oferta de trabajo mientras leía el *New Zealand Herald*. Un consultorio de animales pequeños en el centro de New Lynn, una ciudad de provincias al sudoeste de Auckland, precisaba de un veterinario y cabía la opción de que más tarde este se hiciera cargo de la consulta.

Nellie confió inmediatamente los niños a un reluctante Walter y cogió el tren hacia Auckland para estudiar el tema. Abrazó a Mia y apenas pudo controlarse para no echar también los brazos alrededor del cuello de Maria. Lo dejó porque sabía que a su amiga no le gustaba, pero después pasaron media noche hablando. Nellie le contó todo lo que sentía a Maria; por fin podía expresarse con libertad. Maria no la juzgaría por nada de lo que ella sintiera o pensara.

—Intento tener paciencia, pero a veces sacudiría a Marty hasta que dejara de gritar de una vez... Y Petey... Cuando le grito, se calla, pero me mira con una expresión..., como si la última persona en la que confía también le hubiese traicionado... —Nellie pugnaba por no llorar.

—No hay que sacudir a los bebés, podrían morirse —opinó objetiva Maria—. Así que no lo hagas.

Nellie suspiró.

—Claro que no voy a hacerlo, bastante horrible es ya pensarlo. Y es horroroso querer salir corriendo y dejar en la estacada a los hijos...

—Se puede querer y pensar todo. Pero no se debe hacer todo —señaló Maria—. Si vuelves aquí, tienes que encontrar a alguien que te ayude con los niños.

—Entonces ¿no soy una mala madre? —preguntó Nellie—. Debería sentirme a gusto con ellos.

—Se puede enfermar a causa del ruido —dijo Maria—. Se denomina neurastenia, y sus síntomas son las sudoraciones, los miedos, incluso la hipertonía y la disminución de la secreción gástrica. Tanto en hombres como en animales. Robert Koch decía: «Llegará un día en que el hombre deberá combatir el ruido tan implacablemente como el cólera y la peste».

Nellie no pudo evitar echarse a reír. Ni siquiera había sido consciente de lo mucho que añoraba el repertorio de citas apropiadas o inapropiadas de Maria.

—Creo que no se refería al llanto de los niños —objetó—. Pero es bonito que me entiendas, y es un verdadero milagro que tus mellizos no hayan llorado ni una sola vez desde que he llegado. Y ahora vamos a dormir. Mañana voy a visitar al doctor Maitland. A ver qué explica.

New Lynn era una ciudad pequeña y aburrida. Seguro que con el tiempo Auckland acabaría absorbiéndola, pero por el momento era independiente y tenía unos tres mil habitantes. En la segunda mitad del siglo anterior, había sido una ciudad industrial floreciente, famosa por sus fábricas de cerámicas y ladrillos. En los ríos y arroyos de los alrededores se extraía una arcilla de alta calidad que se elaboraba allí mismo. Sin embargo, con el cambio de siglo, la producción había disminuido y en Nueva Zelanda se utilizaba en la construcción más madera que ladrillo. Asimismo, la población había sufrido los efectos de la Depresión. La ciudad tenía un aspecto abandonado y ruinoso.

No obstante, la sala de espera del consultorio veterinario estaba llena. Los dueños de perros y gatos aguardaban su turno. Nellie se presentó ante el doctor Maitland y se ofreció al instante a prestarle ayuda. Entonces se percató de lo mayor que era su futuro jefe. El veterinario debía de estar como mínimo en la setentena, cuando no cerca de los ochenta años. Era un hombre bajito con un rostro fino y lleno de arrugas, unas gruesas gafas y un cabello blanco y ralo.

El veterinario confirmó que dirigía el consultorio desde hacía treinta años.

—Pues sí, doctora Von..., Von Pred... ¿Cómo era su apellido?

—Llámeme doctora Nellie —le pidió ella—. Von Prednitz es difícil de pronunciar.

El anciano sonrió.

—¡Doctora Nellie! Qué simpático... Pues sí, doctora Nellie, yo soy de Escocia e inmigré siendo un joven veterinario. Primero trabajé en distintas consultas rurales, pero no me gustaba tener que ir de un sitio a otro y, para ser sincero, mi corazón palpita con los gatos. Tengo la casa llena de mininos, a lo mejor no me he casado nunca por eso. —A Nellie le gustó su sonrisa pícara—. Así que me busqué un lugar lo más próspero posible para establecer un consultorio de animales pequeños. Entonces esto iba viento en popa, había sin duda una docena de fábricas de ladrillos. Los empresarios empleaban a obreros especializados de Staffordshire, en Gran Bretaña, que estaban bien pagados y podían permitirse animales domésticos. Uno no se hacía rico, pero el consultorio funcionaba la mar de bien.

—Sin embargo, ahora estamos en plena Depresión... —observó Nellie, escéptica.

Pero el doctor Maitland hizo un gesto de rechazo.

—Bah, tampoco es para tanto. Hace dos años, se asociaron cuatro empresas: Amalgamated Brick and Pipe Company. Tienen beneficios. Claro que hay desempleados y atiendo al fiado sus perros y gatos. Lo dicho, esto no es una mina de oro y, si desea trabajar aquí, tampoco puedo pagarle muy bien. Pero a cambio cuenta con la posibilidad de ser mi sucesora. No tengo hijos y, por lo que yo sé, ningún pariente en Nueva Zelanda. Piénseselo usted.

En efecto, el salario era más o menos el mismo que el que recibía como sueldo base en Hawke's Bay. La diferencia era que allí también podía facturar por su cuenta.

—¿Cree usted que también encontraré aquí trabajo para mi marido? —se informó a continuación.

El veterinario se encogió de hombros.

—Si fuera ceramista o supiera hacer ladrillos... Si no es así, lo veo negro. ¿Cuál es su profesión?

Nellie le contó el historial de Walter y el doctor Maitland reflexionó.

—Ellerslie está a nueve kilómetros de aquí —señaló—. A lo

mejor encontraría algo en el hipódromo. Y en este lugar hay gente muy rica que tiene caballos de carreras y para cacerías. Siempre me llaman, aunque a mí no me gusta tratar caballos...

—A mí me encanta —lo interrumpió Nellie—. ¿Qué le parece si hacemos un trato, doctor Maitland? Trabajo en la consulta de animales pequeños por el sueldo que usted me dé y me ofrezco para las consultas domésticas de caballos, por supuesto solo fuera del horario de esta consulta. Y me quedo con los honorarios que obtenga por ello.

El doctor Maitland reflexionó y asintió poco después.

—Si no es demasiado para usted, joven —contestó algo preocupado.

Nellie negó con un gesto.

—Estoy acostumbrada a trabajar duro y, de todos modos, duermo poco. Tengo dos niños pequeños...

No le confesó que prefería pasar la noche en una cuadra que en la solitaria casa de Hawke's Bay, encerrada con dos niños gritones.

El doctor Maitland sonrió.

—Los niños habrían sido un tormento para mí... —admitió—. Sea como fuere, ¿cuándo puede venir, doctora Nellie? ¡Estoy impaciente por que alguien me ayude!

Nellie y Walter no pudieron mudarse hasta finales del año 1932. El sindicato de granjeros no quería desprenderse de Nellie hasta haber encontrado un sustituto, así que ella aguantó, intentando ahorrar algo de dinero para poder financiar su futura consulta de caballos en New Lynn. Al mismo tiempo, sus noches seguían siendo un infierno y el trabajo diurno con los dos niños a remolque no era fácil. Petey gritaba ahora mucho menos, pero había desarrollado una vena destructiva y continuamente había que vigilar que no rompiera nada de la granja ni abriera la puerta para dejar a los animales en libertad. Se lo pasaba bomba dejando que escaparan, algo que no entusiasmaba a los granjeros. Cada vez con más frecuencia, Nellie les oía decir que esperaban con impaciencia la llegada de su sustituto. Marty había aprendido a andar y no se le podía quitar ni un segundo los ojos de encima.

Walter trabajó hasta el último momento en la construcción, estimulado por la esperanza de encontrar trabajo en Ellerslie. Los dos estaban felices y contemplaban optimistas el futuro cuando cargaron el viejo todoterreno con sus escasas pertenencias y partieron hacia el norte. El día antes de la marcha, Nellie recibió una carta de Grietje, portadora como siempre de buenas noticias. Enviaba con ella una fotografía y Nellie se echó a llorar al ver lo mucho que había cambiado su niñita. La ahora adolescente de trece años llevaba un elegante traje y dejaba entrever que lentamente se iba haciendo mujer. El rostro infantil, antes redondo y suave, era ahora oval, y los rasgos empezaban a semejarse a los de Nellie. También eran regulares y finos, y los ojos seguían siendo grandes y soñadores como los de su padre. Suaves rizos, también heredados de Phipps, enmarcaban su cara. Grietje —o Grit, como ahora se llamaba— iba camino de convertirse en una hermosa mujer.

—Me estoy perdiendo demasiadas cosas —se le escapó a Nellie con un suspiro.

Walter no contestó.

Nellie iba teniendo poco a poco la sensación de que Walter ya no veía a sus hijos de una forma tan absolutamente positiva como antes. Petey y Marty lo superaban también a él.

El doctor Maitland había estado buscando un lugar para Nellie y Walter y había encontrado una vivienda muy cerca del consultorio. Se hallaba en el primer piso de la mansión de un industrial cuyos inquilinos, tras el cierre de su empresa, tenían que ahorrar y por eso alquilaban la primera planta. Era gente agradable, que dio sinceramente la bienvenida a sus nuevos vecinos. No obstante, Nellie temía que eso pudiera cambiar cuando Petey y Marty les hubiesen hecho pasar las primeras noches en blanco. Al menos, esta vez no resultó difícil encontrar una niñera. Nellie se decidió por una resoluta mujer mayor, viuda de un obrero especializado, que había criado a nueve hijos y que ahora era un pilar de la comunidad de la iglesia anglicana.

—Debería estar acostumbrada al ruido —dijo Nellie, después de haber asistido al servicio religioso del domingo con Walter y los niños—. En cualquier caso, el coro de niños era para echar a correr...

Tal como quedó demostrado, la señora Redlock era, en efecto, dura de oído (justo al contrario de los arrendadores de los Von Prednitz, que no tardaron en quejarse). Se llevaba bien con los niños. A Petey, sobre todo, le sentaba bien que su jornada no estuviera determinada por las rondas de visitas de Nellie, sino estructurada con claridad. La señora Redlock no se dejaba manipular. Era amable pero enérgica. Por primera vez, Nellie pudo suspirar aliviada.

Le gustaba trabajar con el doctor Maitland y él iba dejando el consultorio cada vez más en sus manos. Era frecuente que acudiera solo a las visitas matinales. También la consulta de caballos funcionaba bien; Bernhard le había cedido amablemente varios instrumentos para adquirir él otros nuevos.

Walter no obtuvo ningún empleo fijo en el hipódromo, pero sí tareas auxiliares. Nellie esperaba que encontrara un puesto de profesor de equitación o de preparador cuando los propietarios de los caballos de la región lo hubiesen conocido. Ella misma empezó a tener menos miedo y a dormir mejor, y, como consecuencia, también Marty descansaba más toda la noche.

Ese verano todo iba bien; Nellie y Walter celebraron la Nochevieja con Maria y Bernhard en casa de los Von Gerstorf, y April, que a esas alturas ya había cumplido diecisiete años y se había liberado de su fascinación por el profesor de equitación, se ocupó encantada de los niños. Incluso consiguió mecer a Marty hasta dormirlo.

—Quiero tener muchos hijos —informó complacida. Pero antes la esperaba la Universidad de Auckland. Quería especializarse en ciencias económicas, aunque estaba más interesada por la práctica que por las matemáticas—. Alguien tendrá que dirigir la yeguada —observó mientras Jonathan la miraba atormentado.

Seguía sin lograr satisfacer a su padre, y su más estrecho confidente, su querido abuelo, había muerto hacía unos meses. Este le había dejado en herencia su participación en el banco privado de su hermano, en Australia. Jonathan soñaba con encontrar trabajo allí. Alex Rawlings ya se había ido antes que él. Estudiaba veterinaria en Sídney.

—¿Y Wilhelmina está contenta con eso? —preguntó Nellie—. En realidad debería estarlo. Como veterinario no sería un mal sucesor en la dirección del criadero.

Mia von Gerstorf hizo una mueca.

—Willie solo piensa en sus caballos —contestó—. Se cree la reina de Ellerslie, en los últimos años ha tenido dos sementales corriendo en primera línea. Pero esta temporada participan los nuestros. Tenemos dos jóvenes yeguas a las que consideramos muy prometedoras y en la próxima temporada competirán los primeros descendientes de Erlkönig.

—¡Eso revolucionará toda la escena de las carreras de caballos! —Julius rio satisfecho—. Y sacudirá el mundo de Willie.

Los amigos brindaron con champán por el nuevo año, ignorando que al mundo le aguardaban sacudidas mucho más grandes que las del terremoto o las victorias en las carreras.

El 30 de enero de 1933, el presidente de Alemania, Paul von Hindenburg, nombró a Adolf Hitler canciller del Reich.

Cartas

De 1933 a 1936

Boston, 26 de marzo de 1933

Querida Nellie:

Espero que no te aburras demasiado con la lectura de la carta adjunta de Grit. Me temo que va a comentar cada una de las notas que tocó el viernes pasado, cada mirada del director y, posiblemente, cada uno de los más diminutos errores de cualquier miembro de la orquesta. Como ya sabes, no se le escapa ni una. Tiene oído absoluto.

Desde el pasado viernes ya puede llamarse concertista de piano. En una gala de beneficencia pudo tocar el *Concierto para piano en la menor* de Schumann con la Orquesta Sinfónica de Boston. Naturalmente estaba muy emocionada, pero no oí ni una sola nota equivocada. Tocó tranquila y segura, y estaba preciosa con su nuevo vestido, que, sin lugar a dudas, te describirá con todo detalle.

¡Me sentí increíblemente orgulloso de ella y te doy las gracias, Nellie, por nuestra maravillosa hija! Sé lo difícil que ha sido para ti separarte de ella, pero sigo pensando que fue correcto llevármela a Boston y potenciar su talento como era debido. En cualquier caso, el viernes pasado ella no cabía en sí de alegría. Deberías haber visto cómo resplandecía. Parecía emitir luz desde dentro y el público también lo apreció, pues se puso en pie para aplaudirla.

El concierto se celebró a favor del comedor social y del asilo para personas sin techo. La crisis económica sigue afligiendo a nuestro país y uno se estremece al ver hombres y mujeres hambrientos y demacrados, a niños sucios y flacos delante de las oficinas de empleo, esperando aunque sea un pequeño trabajo o al menos la reducida suma que les corresponde de ayuda a los parados. Espero que no tengáis que sufrir demasiado a causa de las consecuencias de esta crisis. Naturalmente, los animales siguen enfermando, pero los dos sabemos que sus dueños se ahorran con frecuencia los gastos del veterinario o prefieren recurrir a remedios caseros cuestionables.

Por lo menos la Depresión no tiene consecuencias tan dramáticas en nuestros nuevos respectivos hogares como en Alemania. Seguro que os habréis enterado de que ese Adolf Hitler ha sido nombrado canciller del Reich y que podría ganar las próximas elecciones. Esto me preocupa enormemente, aunque nuestros diplomáticos minimizan el suceso. Grit todavía está más preocupada. En los días de la llamada «toma de poder» sufría regularmente pesadillas. No podía sacarse de la cabeza una canción que los partidarios de Hitler cantaban en Múnich hace dos años en el noticiario: «Hoy nos pertenece Alemania y mañana el mundo entero». Eso ya la aterró entonces y temía que los nazis empezaran a desfilar también por aquí. Naturalmente, pude tranquilizarla, pero, ahora que el edificio del Reichstag se ha incendiado en misteriosas circunstancias, sus miedos han vuelto a surgir. Por suerte todavía no entiende qué derechos fundamentales han sido derogados «por orden del presidente del Reich para la protección del pueblo y del Estado». Para ella, Hitler y sus hombres son solo un fantasma pardo y creo que le viene a la mente la imagen de vuestro espantoso vecino berlinés.

A lo mejor puedes asegurarle en tu próxima carta que aquí no tiene nada que temer.

¡Ya sabes que yo siempre velaré por ella!

Te adjunto un par de recortes de diario. Después del concierto, mencionaron a Grit prácticamente en casi todos los periódicos. Va camino de convertirse en una *Star*, como dicen aquí.

Te lo escribo con una sonrisa en los labios.

Tuyo,

PHIPPS

New Lynn, 15 de mayo de 1933

Querida Grietje:

Ya sé que ahora debería llamarte Grit, pero no hay forma de que lo asuma. Para mí siempre serás mi dulce y pequeña Grietje, lo que espero que me disculpe la concertista de piano Grit de Groot.

Me han impresionado mucho las noticias sobre tu primera gran actuación, casi reviento de orgullo. He enmarcado los recortes del diario y los he colgado en la sala de estar. Maria también está encantada y muy orgullosa de ser ella quien te enseñó las primeras notas. Me siento muy feliz de que os siga yendo bien en Boston y de que tus sueños se estén haciendo realidad.

Por supuesto, nos hemos enterado de los sucesos acaecidos en Alemania. Nos causa mucha tristeza que esa gente tan desagradable, que ya llenaba Berlín de ruido y odio cuando vivíamos allí, se haya hecho ahora con el gobierno. Pero no debes preocuparte por eso. Seguro que no aparecen ni en América ni en Nueva Zelanda. ¡Tendrían que construir barcos y nosotros no los dejaríamos llegar a tierra! Espero que los demás políticos de Europa y Estados Unidos tengan razón cuando creen que pronto habrá un nuevo canciller en Alemania. Ese Hitler habla bien, pero tendrá que demostrar que también sabe gobernar.

Es muy bonito que con tu primera gran actuación hayas podido contribuir a ayudar a los desempleados en Boston. Por desgracia, aquí las cosas tampoco van mucho mejor. Muchas industrias han cerrado y han despedido a sus trabajadores. Incluso el tío Walter tiene dificultades para encontrar trabajo. Lo intenta sobre todo en el hipódromo, donde a veces puede realizar alguna tarea auxiliar. Sin embargo, no tiene ningún empleo fijo. Esperamos que pronto mejore esta situación. En invierno entrenarán a los primeros potros de Erlkönig. Julius von Gerstorf le ha pedido a Walter que lo ayude. Por lo demás, yo gano dinero en el consultorio veterinario y con los caballos de los alrededores. El tío Bernhard deja que me ocupe de todas las urgencias entre Onehunga y New Lynn. Cuando alguien llama fuera de las horas de consulta, me dirige a mí la llamada y yo visito al caballo enfermo. Por supuesto, descanso poco, pero, como tus hermanos no suelen dormir toda la noche seguida, ya estoy acostumbrada.

Lo malo es que nuestros vecinos, que en este caso también son nuestros arrendadores, no están dispuestos a acostumbrarse a los llantos de los niños. Me temo que pronto tendremos que buscarnos una nueva casa. Aparte de eso, estamos sanos y contentos, Petey y Marty crecen y los mellizos de Maria y Bernhard son muy monos. Todos estamos bien.

¡Así que disfruta de la escuela y de tu música, y cuida de papá!

Muchos recuerdos de tío Walter, Maria y Bernhard y de tus hermanos Peter y Marty aunque no te conozcan.

Tu mami, que te quiere más de lo que puedas imaginar y para quien siempre has sido una *Star*.

Auckland, 5 de noviembre de 1933

Querido Phipps:

Toma nota por favor de nuestra nueva dirección y dásela también a Grietje. Por desgracia tuvimos que mudarnos a Auckland, pues a nuestros arrendadores de New Lynn no les hacían mucha gracia los niños. Es que Petey y Marty son muy vitales. Espero de verdad que encuentren amigos aquí, en nuestra nueva vivienda —vivimos en un edificio plurifamiliar en el extremo sur de la ciudad y todos nuestros vecinos tienen familias grandes—, y que puedan jugar con ellos. Marty cumplirá dos años en septiembre y no piensa lo que hace. Petey, casi con tres años y medio, es un auténtico torbellino. Eran demasiado para nuestra niñera, que ya es mayor, y ahora tengo que buscar a otra persona que se haga cargo de ellos. De todos modos, es mejor que sea alguien de Auckland, pues New Lynn está a doce kilómetros de la ciudad.

Por ahora, Walter se los lleva a los dos a Epona Station, donde está entrenando con Julius von Gerstorf a tres caballos jóvenes para que compitan en las carreras (dos yeguas y un semental). Sin embargo, pronto irán a la pista de Ellerslie y allí los dos niños no son tan bien recibidos. Temen que hagan alguna travesura. En realidad, pasó en una ocasión que Petey abrió un box y dejó salir al semental que estaba dentro. Y Marty encontró una lata de alquitrán para los cascos y la vació en el corredor de la cuadra. Nada malo, en realidad, pero ya sabes lo que apesta esa cosa y los entrenadores son unos tiquismiquis. El problema es que no puedo tener los ojos en todas partes mientras estoy curando a los caballos y a veces tengo que llevarme a los niños conmigo.

En fin, todo esto no son más que nimiedades. Básicamente todos estamos bien y contentos.

Dale a mi dulce Grietje un beso de mi parte, por favor. No tardaré en escribirle, pero por el momento, con la mudanza y todo el trabajo, no tengo tiempo para nada.

Ah, sí, perdona los manchones de tinta... Marty me ha «ayudado» con toda su energía a redactar esta carta.

Muchos saludos de tu

NELLIE

Boston, 5 de septiembre de 1934

Querida Nellie:

Te escribo aunque, en realidad, no tengo muchas novedades que contarte. Grit persevera en sus estudios, tanto preparando los exámenes de la escuela para niñas como practicando con sus instrumentos. Todavía está en el instituto, por supuesto, pero ha conseguido saltar un año escolar y el próximo podrá hacer las pruebas de admisión en la Juilliard School de Nueva York. Estoy convencido de que nuestra hija aprobará. Grit, por el contrario, está muy nerviosa, y por primera vez duda de su talento. Su gran objetivo es que la acepten en la Juilliard, seguro que te lo ha dicho mil veces, y seguro que también te comunicará en la carta adjunta lo que está practicando y cómo le va.

Yo, en cambio, quisiera plantearte una pregunta algo delicada, aun sabiendo que me meto en asuntos que no son en absoluto de mi incumbencia. Pese a ello, tú sigues formando parte de mi vida. Ocupas un lugar fijo en mi corazón y por eso me atrevo a preguntarte: ¿de verdad estás bien? Sé que nunca te has quejado, ni en las cartas que has enviado a Grit ni en las que me has enviado a mí, y Grit está convencida de que eres feliz. Yo, sin embargo, creo leer entre líneas agotamiento y tedio. Cuando me informas sobre tus interesantes casos y describes divertida a Grit las travesuras de tus hijos, suelo tener la sensación de que estás más cerca del llanto que de la risa.

Nellie, ¿no trabajas demasiado? ¿No te desbordan a veces la consulta y esos viajes por el campo para atender los caballos, además de los niños y la casa de Auckland? Siempre escribes que Walter se las apaña. Pero ¿no está él insatisfecho con su situación? Veo aquí muchas personas que van de un trabajo mal pagado a otro. A la mayoría de ellas les resulta difícil conservar el optimismo y creer en un futuro mejor. Naturalmente, no pretendo que me expliques qué tal va tu matrimonio. Pero sé lo mucho que dependes de vivir en armonía con las personas que te rodean.

Soy tu amigo, Nellie. Puedes decirme que tienes problemas y quizá esté en mi mano ayudaros.

Por favor, no olvides que siempre me tienes aquí para apoyarte.

Con todo cariño, tu

Phipps

Auckland, 6 de diciembre de 1934

Querido Phipps:

Me conmueve profundamente lo mucho que te preocupas por mí, pero tus temores son de verdad infundados. Claro que estamos viviendo tiempos difíciles y mi familia todavía lo nota más que Grietje y tú. Aun así, somos felices y no tenemos motivos de queja.

El doctor Maitland sigue retirándose paulatinamente del consultorio y ahora casi me ocupo yo sola de él. La mayoría de las veces me llevo a Marty conmigo e intento mantenerlo distraído de algún modo. Petey va a la guardería. Cuando tengo que desplazarme para examinar caballos, suelo poder dejarlos en Epona Station. Juegan mucho con los mellizos de Maria y les encanta que April los deje subir a los ponis. Aunque April ya va ahora a la universidad, siempre que puede está en la granja de sus padres y todos creemos que el joven Cedric es la razón. Cedric está aprendiendo el oficio de herrador. No le pagan por ello, por eso Julius y Mia von Gerstorf le dan algo de dinero en mano. A fin de cuentas, ellos se beneficiarán si ejerce con destreza su profesión.

A lo mejor te estás planteando por qué los Von Gerstorf no contratan a Walter. Sin duda podrían permitirse pagarle un sueldo periódico, pues siempre hay trabajo suficiente en un criadero de caballos. Sin embargo, su plan con la cría de caballos de carreras no ha funcionado del todo. De hecho, también Wilhelmina Rawlings tiene caballos muy fuertes en la pista y los envía a las mismas carreras en las que compiten los jóvenes ejemplares de los Gerstorf. Se sobrepujan los unos a los otros con entrenadores y jockeys caros y no queda mucho del dinero obtenido en los premios.

El padre de Mia murió hace dos años y medio y era muy rico, pero ha dejado la mayor parte de su dinero y sus acciones a su nieto Jonathan, en el banco de su hermano en Australia. Con ello pretendía sin duda apoyar al chico en lo que este desea que sea su profesión. Jonathan siempre se ha sentido más atraído por los negocios bancarios que por la dirección de la yeguada. Julius por fin lo ha entendido y han enviado a su hijo a Sídney, donde realiza su aprendizaje en el banco. Creo que está muy satisfecho en la casa de su tío abuelo.

Naturalmente, April también ha heredado algo, pero no recibirá su herencia hasta llegar a la edad adulta. Mia le guarda el dinero. Siempre ha confiado mucho en las predicciones y temores de su padre, y él ya habló hace años de la posibilidad de que Adolf Hitler fuera canciller y de la guerra que podría resultar de ello. Mia teme que todavía lleguen tiempos peores y, cuando oyes las noticias procedentes de Alemania, sientes realmente miedo y horror. En estos últimos años vienen cada vez más inmigrantes judíos a Nueva Zelanda. Huyen de las condiciones de vida en Alemania, donde ahora ya se puede hablar claramente de pogromos. Bernhard se ha unido a una organización judía que ofrece una ayuda inicial práctica a los recién llegados. Eso le lleva mucho tiempo, por lo que he tenido que hacerme cargo de casi todos los caballos a los que trataba como pacientes. Así que ya ves, gano dinero, aunque a Walter no siempre le gusta que sea yo la que más ingresa de la familia.

No te preocupes tanto, Phipps, es mejor que pienses en ti mismo. En todos estos años que llevamos escribiéndonos nunca he oído que haya una mujer a tu lado. Deberías enamorarte, Phipps, vivir tu propia vida. Yo, por mi parte, tengo todo lo que siempre he deseado. Así que ¿cómo no iba a ser feliz?

Con todo mi cariño,

Nellie

Boston, 5 de mayo de 1935

Mami querida:

Hoy me he enterado de que me han admitido en la Juilliard School de Nueva York. A partir de otoño podré estudiar allí. ¡Soy tan feliz que me pasaría todo el día cantando y bailando!

Y sí, por supuesto que no me olvidaré de estudiar para los exámenes del instituto. Si un músico va a salir de gira, es muy importante que sepa idiomas, y papá dice que también debería saber llevar la contabilidad, aunque, en realidad, es su agente quien se encarga de sus cuentas. Yo creo que es un terreno que no domina. En cualquier caso, ahora está buscando vivienda en Nueva York. Quiere seguir cerca de mí y encuentro que es muy tierno por su parte, aunque en realidad no lo necesito. A fin de cuentas, ya no soy una niña y pronto seré una alumna de la Juilliard... ¡Qué bien suena!

Simplemente es increíble, ¡no puedo expresar lo mucho que me alegro de empezar una nueva vida en Nueva York! Y dice papá que luego tendré el mundo entero a mi alcance. ¿Querrá comprar una casa en todos los sitios donde actúe yo?

En cualquier caso, el primer país que visitaré será el tuyo, mami querida: el debut de la gran pianista Grit de Groot se celebrará en Nueva Zelanda y tú y Maria os sentaréis en la primera fila.

¡Qué contenta estoy, qué contenta estoy, qué contenta estoy!

¡Mami, creo que puedes oírme gritar de alegría desde Nueva Zelanda!

Tuya,

Grit

Nueva York, 10 de septiembre de 1935

Querida doctora Nellie:

¿Se acuerda todavía de lo que me prometió cuando quiso que me fuera con Grietje a América? Yo no deseaba ir. Pero usted dijo que podría volver cuando Grietje ya no necesitara a una niñera. Ahora tiene dieciséis años, le dan la comida en la escuela y puede vivir allí. Y su papá también está en Nueva York. En este momento me encuentro aquí, en su casa, y puedo quedarme cuando él viaja a Boston. Pero no quiero. Estoy sola. Siempre he estado un poco sola en América. El inglés me resulta difícil. Me gustaría volver a Alemania. Pero el señor Philipp dice que no, que están los nazis. Así que quiero irme con usted.

Grietje me ha contado que tiene dos niños pequeños. Seguro que necesitan niñera. Si me envía el dinero, me subo en el primer barco que salga. Me voy con usted y la doctora Maria. Por favor.

LENE

Auckland, 3 de diciembre de 1935

Querida Lene:

Pues claro que me acuerdo de lo que te prometí. Te estaré eternamente agradecida por haberte ocupado durante tanto tiempo de Grietje. Seguro que con su padre estaba en las mejores manos posibles, pero un niño necesita una mujer de referencia. Tú has representado mi papel con Grietje y te estoy muy agradecida por ello. Me encantaría que fueras la niñera de mis hijos Peter y Martin, pero tengo algo que confesarte que no les he dicho ni a Grietje ni al señor Philipp, Lene, y te pido por favor que no se lo menciones. No tengo dinero para costearte el viaje y no podría pagarte un sueldo. Si bien el consultorio en el que trabajo, aquí en New Lynn, funciona muy bien, solo soy una empleada y me pagan un sueldo bajo. Atiendo también caballos. Pero en estos tiempos tan difíciles mucha gente no quiere pagar y me quedan muchas facturas sin cobrar. Mi marido, Walter, siempre está buscando trabajo, pero nunca encuentra uno fijo, y cuando lo encuentra eventual está mal remunerado. Nuestra casa es muy pequeña y no tendría ningún sitio donde alojarte.

Pero ahora llega la buena noticia: le he pasado a la doctora Maria tu petición y ella se alegraría de tener una niñera. Ya sabes que tiene unos mellizos de cinco años. A diferencia de mis diablillos, que siempre dan trabajo, son muy buenos. La doctora Maria dice que se pondrá en contacto contigo y que te enviará el dinero. No obstante, el viaje será largo y duro. Así que, a ser posible, que te lo prepare el señor Philipp para que no te pierdas por el camino. Me alegro mucho de volver a verte pronto.

Con mucho cariño, tu doctora

NELLIE

Nueva York, 2 de junio de 1936

Querida Nellie:

Hoy tengo que comunicarte algo que tal vez no te gustará. Ya sabes que en agosto se celebrarán los Juegos Olímpicos en Berlín y que se ha elaborado un gran programa cultural en torno a las competiciones deportivas. De hecho, se convocó un concurso de composición. Se trata de música coral, orquestal o solos para un único instrumento. Música que exprese de algún modo los conceptos de unas Olimpiadas. Como tú ya sabes, Grit está estudiando composición y el profesor animó a los alumnos a emprender esta tarea, así que nuestra hija compuso una obra para piano a la que llamó *Los cinco anillos*. Está formada por cinco melodías entretejidas y es realmente maravillosa. Su profesor opinó que tenía que presentarla al concurso, y es lo que ella hizo. Puedes creerme, Nellie, que lo hizo sin consultarme. Yo habría intentado disuadirla, aunque solo fuera porque el jurado designado por los alemanes no me parecía imparcial.

Sin embargo, ayer recibimos la noticia de que la composición de Grit ha ganado el segundo premio. No ha habido candidatos alemanes en su categoría, pero por lo visto se ha tomado esta decisión de forma imparcial. El ganador es holandés y un checoslovaco es quien ocupa el tercer puesto. La ceremonia de entrega de los premios se celebrará el 2 de agosto en el Estadio Olímpico de Berlín y el Ministerio de Cultura alemán ha invitado a los tres primeros ganadores. Además, sus obras se presentarán en el marco de un gran concierto. El Comité Olímpico Nacional apoya la invitación, al parecer proyecta realmente considerarlo como una parte de los juegos, y, como consecuencia, Grit recibirá una auténtica medalla olímpica. Incluso se ha pensado en destinarle una responsable especial para cuidar de ella. Deberá recibir la medalla en nombre de Estados Unidos. Me han prometido que la embajada y los funcionarios de los Juegos le dedicarán una atención especial.

Naturalmente, está entusiasmada, aunque todavía conserva los malos recuerdos de los nazis en el Berlín de los años veinte. Pero durante las Olimpiadas mejorarán su comportamiento. Y un premio tan especial en un campeonato de composición, a su edad... ¡Además de que su obra se estrenará en un gigantesco teatro al aire libre construido específicamente para los Juegos Olímpicos! Entiendo que no quiera negarse a asistir. En este sentido y tras pensarlo profundamente, he decidido aceptar la invitación de nuestra hija. Por supuesto, no la dejaré viajar sola, la acompañaré seguro. Hasta es posible que yo mismo ofrezca un par de conciertos. Ya veremos si mi agencia puede y quiere organizar algo.

Seguro que no correrá ningún peligro y me imagino que será además interesante comprobar con mis propios ojos cómo ha evolucionado Alemania y su nuevo gobierno. No me saco de la cabeza los temores de tu amiga Mia con respecto a que Hitler podría causar una nueva guerra. Creo que deberíamos apoyarlo, si es que ahora muestra un talante pacífico con la celebración de los Juegos.

Por favor, no te enfades conmigo por haber tomado esta decisión y deséale suerte a Grit.

Tuyo,

PHIPPS

Auckland, 30 de julio de 1936

Querido Phipps:

Soy consciente de que esta carta llega demasiado tarde para que cambies de decisión. Pero, de todos modos, te pregunto: ¿cómo puedes? ¿Cómo puedes apoyar a un régimen que desprecia de tal modo la condición humana solo porque tu hija a lo mejor gana una medalla?

¿Es que no sabes lo que los nazis están haciendo a los judíos e intelectuales? ¿Los derechos que están retirando a mujeres y muchachas jóvenes? ¿Que califican de depravadas algunas obras de arte? Suelo oír todo esto aquí de primera mano. Los refugiados judíos a quienes Bernhard está ayudando se reúnen con nosotros, inmigrantes alemanes, para hablar su lengua. Mia von Gerstorf suele organizar veladas a las que Walter y yo estamos invitados. Lo que cuentan es inconcebible. Con la organización de los Juegos Olímpicos, Hitler no muestra su anhelo de paz. Solo intenta apaciguar al resto del mundo, engañarlo y confundirlo. Uno de los refugiados hablaba de los impertinentes chicos de las juventudes hitlerianas que entonan alegremente pareados como: «Después de la Olimpiada haremos de los judíos mermelada». ¿Te suena eso a talante pacífico?

Estoy muy decepcionada, Phipps, y Bernhard está indignado. Solo puedo esperar que Grietje esté realmente segura en ese país. Sabes que nació en Berlín y que tiene la nacionalidad alemana. Esto me aterra. Ten cuidado de que a esos tipos no se les ocurra retener en su país a una muy prometedora joven pianista. Los veo capaces. Yo, en cualquier caso, no dormiré tranquila hasta que mi hija haya abandonado Alemania. ¡Así que no apartes la vista de ella!

Iracunda,

Nellie

Berlín, 2 de agosto de 1936

Mami querida:

¡Un abrazo fortísimo desde Berlín! Ayer llegamos en barco a Hamburgo y seguimos el viaje en tren hasta aquí. La travesía fue bonita, aunque un poco turbulenta, y la mayoría de los pasajeros estuvieron mareados todo el rato. El barco era increíblemente lujoso, una especie de hotel flotante, tengo que describírtelo con todo detalle. ¡Pero han sido tantas las vivencias desde entonces que ya casi me he olvidado del viaje! Berlín no se parece en nada a lo que era antes, cuando vivíamos aquí. La ciudad está recién lavada y limpia para recibir a los invitados que se espera que acudan a los Juegos Olímpicos y que vienen de todas partes del planeta. Por todos sitios cuelgan guirnaldas y banderas, la mayoría, por desgracia, con esa odiosa cruz gamada. A los alemanes les enloquecen los banderines, las canciones y los uniformes. También han escrito un himno para las Olimpiadas, bastante pomposo. Papá lo encuentra horrible, pero a *miss* Molly, del Comité Olímpico Nacional, la que me atiende, le gusta la música.

Papá y yo nos alojamos en el Adlon, aunque está reservado para el Comité Olímpico Internacional y otra gente importante. Pero quedaban un par de habitaciones libres y papá ha pillado una, y lo mismo ha hecho el señor Glicksman. Este señor iba con nosotros en el barco y está muy nervioso porque su hijo Mickey participa en los campeonatos de atletismo. Es corredor y compite en la carrera de relevos de cuatrocientos metros. Durante la travesía, papá ha estado conversando mucho con el señor Glicksman; es muy amable y muy buen narrador. Su familia emigró hace más de cincuenta años a Estados Unidos, donde tiene unas fábricas de acero. Dice que antes negociaba mucho con Alemania, pero que en los últimos años, desde que gobierna Hitler, solo ha estado dos veces aquí. Para su indignación, durante sus viajes de negocios no le permitieron que se instalara en el Adlon por ser judío. Tampoco podía entrar en muchos locales y tiendas. Ha dicho que por todos sitios colgaban carteles de «judíos no bienvenidos».

Ahora los han quitado. Dice el gobierno que para las Olimpiadas todo el mundo es bien recibido, pero el señor Glicksman no confía en la paz. Al menos ahora le está permitido entrar en cualquier restaurante y ayer pudo invitar al Adlon a su hijo, que reside en la Villa Olímpica. Nos pidió a papá y a mí que nos uniéramos a ellos y así conocí a Mickey.

¿Sabes, mamá? ¡Creo que me he enamorado un poco! En cualquier caso, mi corazón late más deprisa y siento un hormigueo en el vientre..., pero no es desagradable como antes de los conciertos importantes, cuando no puedo ni esperar a que me dejen tocar. Mickey tiene diecinueve años y es increíblemente guapo. Es moreno y tiene una sonrisa superbonita y unos ojos castaños, alegres. Además, siendo un deportista, su cuerpo es muy atlético, claro. Es alto, pero no demasiado, y muy educado. Estudia en la Universidad de Siracusa y encuentra muy interesante que yo estudie en la Juilliard y que haya nacido en Berlín.

Hemos hablado de todo, de la familia, de mi música y de su deporte, y no nos hemos aburrido para nada. Al final me ha mirado a los ojos y me ha dicho que me encuentra muy guapa y que si no quiero ir al estadio cuando corra, y yo le he invitado para esta noche, para la ceremonia de entrega de los premios del campeonato de composición. Mickey me ha dado las gracias y me ha dicho que no se lo perdería por nada del mundo. Qué mono, ¿verdad, mami?

Tenía un poco la sensación de estar flotando. Sobre una nube o algo así. Y eso que solo había bebido media copa de champán. ¿Sabes lo que quiero decir, mamá?

Espero que papá no haya notado nada. Siempre dice que se pondrá celoso si un día me enamoro, y eso es lo que parece que ha pasado ahora.

Te seguiré contando.

Hasta la próxima, muchos saludos desde mi nube berlinesa.

Tuya,

GRIT

Berlín, 3 de agosto de 1936

Mami querida:

Ayer por la noche se celebró la entrega de premios del campeonato de composición y, para ser sincera, yo me la había imaginado más formal. Se realizó en el estadio, justo después de las competiciones deportivas, y la gente que había pasado todo el día mirándolas querían irse ya para casa, claro. El primero en abandonar el estadio fue Adolf Hitler. El palco del Führer ya estaba vacío cuando anunciaron nuestra entrega de premios. Goebbels también se había ido o no había acudido. Al menos estaban presentes los miembros del jurado de nuestro concurso y el jefe, Peter Raabe, pronunció un discurso. Por desgracia, no se entendía mucho lo que decía. La gente que se marchaba del estadio era muy ruidosa. Por otro lado, había varias muchachas rubias, con unas extrañas vestimentas griegas, que nos pusieron, al menos a los primeros ganadores, una especie de corona de laurel en la cabeza. Según me confesó una de las chicas, que no se llamaba algo así como Olimpia o Eurídice o lo que sea, sino Waltraut, llevaba todo el día haciendo lo mismo. En cualquier caso, me contó que en un principio había sido muy bonito porque todos los deportistas eran jóvenes y atractivos. Pero poco a poco se fue haciendo aburrido, y Paul Höffer —es el que ha obtenido la primera medalla de oro por la composición *El juramento olímpico*— no era ningún Adonis. Las chicas de las túnicas hicieron los honores, pero con desgana, ni siquiera desempaquetaron las ramitas de roble que se entregaban a los ganadores de los primeros puestos, sino que las repartieron en una caja de cartón. El señor Höffer estaba muy ofendido.

Sin embargo, nada enturbió mi buen humor. En primer lugar, Mickey hizo, en efecto, acto de presencia. Me saludó desde el borde de la pista y aplaudió como un poseso cuando me tocó el turno. Antes estuvimos bromeando, porque en realidad yo debería haber recibido la medalla de manos de un chico, pero al final fue Waltraut quien me la colocó. Aunque lo cierto es que daba igual, ¡la medalla es fabulosa! De plata auténtica y realmente pesada, aunque un poco kitsch. En la cara anterior se muestra a la diosa de la Victoria. Llamaré Vicky a la medalla.

En cuanto todos tuvimos nuestro premio, la ceremonia se dio rápidamente por concluida. Papá y yo invitamos a los Glicksman a comer en la Deutsche Haus. Esa vez sí me tomé toda una copa de champán y la nube se tiñó de rosa. Mickey estuvo igual de amable y atento que la noche anterior y dio grandes muestras de admiración ante mi medalla.

Le aseguré que él pronto dispondría de una igual, pero Mickey opinó que había que tomar decisiones previas. Se marchó pronto a la Villa Olímpica porque su entrenador es muy severo antes de las competiciones. Mickey ni siquiera se tomó un sorbito de champán para no oler y que lo expulsaran del equipo.

Yo me reí de él y le dije que el entrenador no se atrevería, porque seguro que es el más rápido de todos corriendo.

Mickey se alegró de que confiase tanto en él, pero me contó que es el segundo más rápido. El mejor es su amigo Sam Stoller.

—¡Mañana no! —insistí yo—. Mañana yo estaré entre los espectadores y tú los adelantarás a todos.

—Lo dice la chica que solo ha ganado la medalla de plata —me contestó él, burlón.

Con él me río mucho. Pero lo miré muy seria y le dije:

—Posiblemente porque soy chica. Las chicas tenemos que ser el doble de buenas que los chicos para conseguir algo.

Y de repente, Mickey se puso muy serio y contestó:

—Sé lo que significa. Yo soy judío.

Fue de golpe como si una sombra se proyectase sobre nuestra alegre conversación, pero a pesar de todo nos reímos, aunque algo tristes.

—Pero tampoco es tan difícil ser mejor que los demás, ¿verdad? —le dije.

Entonces él soltó una risita y todo volvió a ir bien. Estoy muy emocionada por saber lo que ocurrirá mañana y deseo que Mickey y sus amigos tengan mucha suerte.

Estas son las novedades desde la nube. Qué bonito es estar aquí arriba, me podría instalar en este lugar toda una eternidad.

Tu feliz hija,

Grit

Berlín, 4 de agosto de 1936

¡Hemos ganado, hemos ganado, hemos ganado!

Mami querida:

Papá y yo hemos ido hoy al estadio para ver las pruebas de atletismo. El señor Glicksman nos había conseguido entradas. Ha sido más emocionante de lo que yo esperaba, ¡es increíble lo deprisa que corre alguna gente! Y el estadio estaba decorado festivamente con banderas, pero lo que de verdad he encontrado impresionante ha sido la llama olímpica. Procede de algún sitio de Grecia y se ha llevado hasta Berlín a través de una carrera de relevos gigantesca. Ahora arde todo el tiempo por encima del estadio en un inmenso cuenco. La apagarán cuando hayan pasado los Juegos.

Eso sí, lo realmente emocionante ha sido cuando Mickey y sus amigos han competido. Sam, Foy, Frank y Mickey forman un gran equipo, se reían entre sí mientras corrían y no parecían nada nerviosos. Nosotros estábamos sentados justo al borde de la pista. El señor Glicksman debe de haber pagado una fortuna por las entradas, pero cree que más arriba, cerca del palco del Führer, todavía habrían sido más caras. Aunque, de todos modos, él no quería sentarse al lado de Adolf Hitler, y nosotros tampoco, por supuesto. Ha sido mucho más bonito porque podíamos ver a los atletas de cerca.

Teníamos unos banderines estadounidenses y, cuando Mickey y sus amigos pasaban por nuestro lado, los agitábamos (yo como una loca y papá y el señor Glicksman, un poco). He gritado muy fuerte, como las chicas en los partidos de fútbol antes, en la escuela. Creo que papá estaba un poco avergonzado, pero Mickey me ha oído y me ha saludado con la mano. ¡Qué sensación tan fantástica! Como si yo fuera especial, una princesa o algo así. Naturalmente, yo también lo he saludado y todos hemos hecho el signo de la victoria.

Entonces ha empezado la carrera. Sam Stoller era el primero. El señor Glicksman nos ha dicho que también es judío, y que Mickey y Sam son los mejores, de lo contrario no los habrían enviado a las

Olimpiadas. Son los únicos atletas judíos de todo el equipo americano. Y es que el entrenador no se ha dejado confundir por todas esas ideas absurdas de Hitler... Pero tengo que seguir contándote a toda prisa, aunque no puedo escribir tan deprisa como ha corrido Sam. Justo después ha hecho Mickey su relevo y yo me he quedado ronca animándolo. Ya estábamos a la cabeza cuando Foy y Frank han salido y al final han anunciado que Estados Unidos era la primera con un tiempo de cuarenta segundos. De este modo, nuestros chicos han llegado a la final que se celebrará dentro de dos días, todos se han abrazado y han estado dando saltos de alegría por la pista y yo con ellos. Ha sido maravilloso. ¡Ah, sí, y Mickey ha vuelto a saludarme con la mano! ¡Las nubes han dado volteretas!

Nos habría gustado celebrar la primera victoria con Mickey, pero nos ha hecho saber que tenía que festejarlo con sus compañeros y que no podía salir. ¡Imagínate, mamá, me ha escrito una cartita en la que me da las gracias por haberlo animado y me dice que en cuanto ha oído mi voz se ha puesto a correr más deprisa! (En realidad no puede haberla oído, había mucho ruido en el estadio, ni siquiera yo habría podido oír una sola voz entre todas las que sonaban). Además, me ha invitado. Mañana por la noche se celebrará una velada popular en la Hindenburghaus, en la Villa Olímpica. Los alemanes invitan a todos los participantes en las Olimpiadas a conocer su cultura, es decir, la comida alemana, las danzas populares y esas cosas. Mickey me ha preguntado si quería ir con él y... ¡claro que quiero!

Faltaba por saber qué diría papá al respecto. De hecho, yo no creía que fuera a permitírmelo, pero luego papá y el señor Glicksman se han puesto a reír y han coincidido en que los dos estarían encantados de beberse una cerveza. No sé qué tiene que ver eso con Mickey y conmigo, pero, sea como sea, tengo el permiso. ¡Es la primera vez que quedo con un chico! ¿Qué me pongo? Estoy tan nerviosa que creo que no voy a pegar ojo en toda la noche.

Mañana más.

Tu felicísima hija,

GRIT

Berlín, 6 de agosto de 1936

Mami querida:

Seguro que estás esperando con impaciencia mi crónica sobre la velada con Mickey. No estarás enfadada porque papá me haya dejado ir con él, ¿verdad? Al final, papá dijo que tú probablemente no lo habrías permitido y que él era un hombre con demasiada buena fe. Pero creo que sí me habrías dejado ir. Y yo deseaba por encima de todo no perderme esa salida. Al principio fue increíblemente bonito, y papá incluso encontraba divertido que yo saliera por vez primera con un chico. Cuando llegué al tercer peinado que me estaba probando delante del espejo, llamó al salón de peluquería del Adlon y pidió hora para que me atendieran. Ya antes me había puesto el vestido de lino rosa claro que quería llevar por la noche, un vestido sencillo, solo con una falda algo acampanada. Habría preferido lucir el vestido de noche que llevé para actuar en el campeonato de música, pero papá lo encontró exagerado. Pensaba que para una velada popular era más apropiado presentarse con un *Dirndl*, el vestido tradicional, que no tenía que ir tan elegante.

El peluquero me dijo que tenía un cabello muy bonito, con el que se podía hacer casi todo, y cuando le conté cuál era el tema de la velada se echó a reír y me hizo dos trenzas que colocó como una corona a ambos lados de la cabeza y, para que no se me viera demasiado severa, dejó sueltos un par de mechones para que flotaran alrededor de mi cara al bailar. Estaba muy guapa, pero faltaba algo... Las chicas de Berlín llevan, además del vestido, una chaqueta corta de punto, con frecuencia con un calado o con florecitas. La tienda vecina a la peluquería tenía una precisamente así en el escaparate. De un suave tono beis y con unas delicadas flores bordadas, sin cuello, para no arrugar el cuello camisero de mi vestido de lino y que resalte estupendamente. Tenía que comprarme la chaqueta, y... ya conoces a papá, no puede negarme nada. *Miss* Molly, que pasó a comprobar si todo iba bien —los otros participantes del concurso de música no están alojados en el Adlon—, estaba fascinada.

—Casi pareces una típica muchacha alemana —bromeó y me tendió un lápiz de labios de color rosa para distinguirme. Las mujeres alemanas no deben emplear lápiz de labios, ni idea de cuál es la razón.

Llegado el momento de marchar hacia la Villa Olímpica, primero me llevé un disgusto, porque Mickey no iba a recogerme y, en su lugar, papá se disponía a acompañarme. El señor Glicksman también se subió con nosotros al taxi. ¡Me puse de mal humor porque con unos padres a remolque eso no tenía nada que ver con una cita con un chico! Pero papá dijo que la Hindenburghaus era grande y que la Villa Olímpica tenía treinta y ocho restaurantes o algo así. Ahí conseguiríamos darles el esquinazo. De todos modos, no le apetecía escuchar música alemana, sino sentarse con el señor Glicksman simplemente para tomar una cerveza.

Naturalmente, no me lo podía creer del todo, pero me olvidé de papá cuando vi que Mickey me esperaba a la puerta de la Hindenburghaus. Llevaba un traje de verano de lino, ligero y claro, es decir, no iba de gala, y, cuando llegamos a la sala, realmente había allí chicas y chicos alemanes con *Dirndl* y pantalones de piel. Algunos también iban vestidos con el horroroso uniforme de las juventudes hitlerianas.

Mickey había conseguido una mesa para nosotros junto con Sam, Foy y Fred. Yo era la única chica, pero las chicas escasean un poco por todas partes. Son pocos los atletas extranjeros que han llegado a Alemania con su esposa o novia, y solo unas pocas atletas extranjeras consideraban tan importante esa velada como para dejar su propio alojamiento. En la Villa Olímpica solo se hospedan hombres.

Los amigos de Mickey fueron todos muy amables conmigo y ya nos lo estábamos pasando bien antes de que todo empezara. Al principio era un poco aburrido, porque varias personas en uniforme pardo tuvieron que pronunciar discursos, todos en alemán, claro, idioma incomprensible para la mitad de los presentes. Estuve traduciendo para los chicos, pero a menudo no encontré la palabra inglesa exacta para conceptos tan raros como *völkische Bräu-*

che, *Volkskörper* y *Sippenforschung*. Mickey dijo algo así como «investigación de sopas» y todos nos tronchamos de risa. Por supuesto, los oradores nos miraron mal.

Después, unas chicas y chicos con el traje típico bávaro ejecutaron unas danzas folclóricas y mis amigos apostaron a ver quién pronunciaba mejor el nombre del baile que llaman *Schuhplattler*. Luego repartieron comida alemana, asquerosa en su mayor parte. A pesar de todo, Foy y Frank probaron cosas como lacón y tripa de cerdo rellena, pero yo no suelo comer carne y Mickey tampoco quería comer eso. Aun así, probamos col fermentada y col lombarda, y Mickey rollos de ternera. El relleno era de pepinos y de cebolla, pero, como no le gusta la cebolla, me los dio a mí. Eso de picar de su plato me gustó: nos acercamos un poco más el uno al otro, fue casi romántico. Por desgracia, empezaron a tocar una música estridente y horrible.

Mamá, sé que ahora te gustaría recordarme que antes encontraba fabulosos los instrumentos de viento y que me habría encantado tener una trompeta, pero creo que por aquel entonces no tenía el oído todavía enteramente desarrollado. El ruido era casi insoportable, hasta que a Mickey se le ocurrió que teníamos que participar. Me cogió de la mano, me llevó a la pista de baile y nos pusimos a intentar bailar el *Schuhplattler*. Es tan difícil de bailar como de pronunciar. Pero Mickey y yo nos lo pasamos en grande y, a falta de chicas, Sam y Foy fueron muy graciosos y se conformaron con bailar el uno con el otro.

Saltamos, reímos y todo era fantástico hasta que tuve que ir al baño. Anuncié toda amanerada que iba a empolvarme la nariz, lo que provocó entre los chicos un ataque de risa. Creo que esa noche todos hacíamos alguna que otra tontería.

En los lavabos había dos chicas más o menos de mi edad. Una con ese uniforme tan raro, peinada con trenzas al estilo *Hansel y Gretel*, ya sabes, esa ópera de Humperdinck en la que los cantantes son mayores, aunque van vestidos como niños. La otra llevaba un *Dirndl*, el mismo peinado que yo, pero no tan elegante, sino más bien rígido, y tenía una cara como una bola de puré de patata. No les hice ningún caso, hasta que saqué el lápiz de labios y Gretel dijo: «Las chicas alemanas no se maquillan», mirándome con cara de reproche.

Le contesté: «No soy alemana, soy americana», tras lo cual Gretel soltó una carcajada y la bola de patata me miró maliciosa y me preguntó: «¿Pretendes negar tus orígenes?». O no, más bien algo así como: «¿Estás negando tus orígenes?».

En cualquier caso, una memez de ese calibre. Quería provocarme, pero me parecía tan tonto que salí. Delante del baño había un chico dando vueltas y con pantalones de piel; por lo visto acompañaba a la bola de puré. Naturalmente fui a dar de frente con él y oyó que su novia me gritaba algo. Salió detrás de mí y de repente me miró de una forma muy extraña y le preguntó a ella: «¿Y a esta qué le pasa?».

«No quiere ser alemana», contestó Gretel.

Y de golpe los tres estaban delante de mí, como si me amenazaran. Me dieron miedo y les dije que me dejaran pasar. Y entonces llegó otro chico algo mayor, creo que lo había visto en el estadio. Es decir, uno de los atletas. Pensaba que iba a defenderme, pero me echó una mirada todavía peor que la de los otros, puso una mueca y, cuando habló, su voz estaba realmente llena de odio.

«Se avergüenza —dijo—. Con toda la razón. Porque ha venido aquí con un tío judío. O con dos. ¿Te los follas a los dos, puta? ¿Al Glicksman y al Stoller?».

Naturalmente me puse roja al instante, ¿cómo podía hablarme de ese modo?

«Habría que limpiarle el morro», dijo la bola.

Grité cuando tendió la mano hacia mí. Pero solo me limpió la boca con ella y se me corrió el lápiz de labios. Era lo que ella quería.

Y de repente apareció Mickey, cogió al chico por la corbata, lo giró hacia él y le propinó un potente gancho en la barbilla. La bola de patata se abalanzó sobre él y pensé que iba a organizarse una auténtica pelea. Pero detrás de Mickey estaban también papá y el señor Glicksman. Papá les soltó un rapapolvo a los chicos y el señor Glicksman cogió a Mickey antes de que también le diera una paliza a la bola. Entretanto llegó más gente, atletas y hombres con uniforme, y todos hablaban entre sí, pero papá me sacó de allí con determinación. Nos metimos en un taxi más deprisa de lo que yo lograba pensar y entonces me di cuenta de que me había echado a llorar.

Papá estaba furioso, pero no contra mí, creo que oyó lo que el chico me había dicho. Al pensarlo, no pude evitar llorar todavía más porque me daba mucha vergüenza, pero poco después estábamos de vuelta en el Adlon y allí reinaba la calma y la normalidad. Papá me llevó a nuestra suite, esperó a que tomase un baño caliente y me preparó un té, dijo que así me tranquilizaría. Incluso llamó a *miss* Molly, a media noche, y se quejó por lo que me había ocurrido y le dijo que exigía una disculpa o de lo contrario nos íbamos. Y una hora más tarde, cuando yo ya volvía a sentirme bien, llamó Mickey. Fue sumamente cariñoso y estaba muy compungido, porque no me había protegido lo suficiente y porque no debería haberme llevado a ese acto. Y eso que en realidad él no tenía ninguna culpa, había sido el héroe, y, claro está, así se lo dije. Lo cierto es que había sido muy romántico que se hubiese peleado por mí, ¿no? Mickey se rio y… ¡me envió un besito por teléfono! Dijo que le habría gustado dármelo de verdad. Como beso de buenas noches, al decirnos *goodbye*.

Yo estaba arrebatada y de nuevo en mi nube, y le susurré que tenía permiso para dármelo cuando los chicos hubiesen ganado la carrera de relevos y vencido a ese desgraciado y envidioso que forma parte del equipo alemán. Mickey me lo prometió y me fui a dormir. Y soñé… ¿Puedes imaginarte con quién?

Sigo sonriendo para mis adentros. Papá dice que no has de preocuparte. A partir de ahora no apartará la vista de mí. No sé cómo podremos conseguir besarnos…

Tu enamorada hija,

Grit

Berlín, 7 de agosto de 1936

Mami querida:

Papá opina que también hoy debo escribirte una carta, que lo mejor sería que a partir de ahora te escribiera cada día para que no te preocupes por mí. Sin embargo, hoy no ha pasado gran cosa. No he visto a Mickey, pero los chicos tienen que entrenar, claro, mañana es la final de la carrera de relevos. Habrá un ensayo general en la Dietrich-Eckart-Bühne, un enorme teatro al aire libre en las instalaciones deportivas. Antes he estado conversando con *miss* Molly y con un hombre del Comité Olímpico que quería saber todo lo que había ocurrido la noche de ayer. Me pidió disculpas. Las chicas, en su celo nacionalista, se habían pasado de la raya, dijo, y los chicos serían castigados. No creo que fuese lo que papá había imaginado, pero, para no tener más conflictos, dejamos correr el asunto.

En ese escenario inmenso, durante el ensayo, me he sentido totalmente perdida con el piano de cola, y a los otros solistas les ha ocurrido lo mismo. Los dos son muy simpáticos, un violinista holandés y un pianista checoslovaco. Se llama František y el chico de Holanda, Marius. Los dos son unos músicos fabulosos y al final papá ha propuesto que nos podríamos juntar y adaptar cada una de las obras para dos pianos y un violín. De ese modo el sonido ganaría volumen y ninguno tendría que aparecer solo en ese gigantesco escenario. Nos ha parecido a todos genial y enseguida nos hemos puesto manos a la obra. Papá ha alquilado una habitación en el Adlon para nosotros. Así que con su ayuda ya estábamos listos en unas pocas horas y, como los acompañamientos son muy fáciles, no hemos tenido que practicar mucho tiempo. De todos modos, hemos estado ocupados hasta bien entrada la tarde.

La carrera de relevos se celebra mañana por la tarde y el concierto, por la noche. ¡Tengo muchas ganas de que se celebren los dos!

Con mucho cariño, tu feliz

Grit

Berlín, 9 de agosto de 1936

Mami querida:

Esta será sin duda una carta extraña, todavía estoy confusa y a lo mejor no logro explicarte bien los horrores que sucedieron ayer. Me encuentro ahora en el Adlon y papá ha cerrado con cerrojo todas las puertas y se ha ido con el señor Glicksman para comprar lo antes posible los pasajes de vuelta a Estados Unidos. Ya sea en barco o en avión. El señor Glicksman quiere a toda costa llevarse a Mickey, aunque Avery Brundage, el presidente del Comité Olímpico de Estados Unidos, insiste en que regrese con el equipo. No debe estallar ningún escándalo y además no tenemos que hablar con la prensa. Por esta razón, papá ya se ha peleado con *miss* Molly.

Pero tengo que contártelo desde el comienzo. Papá dice que te describa con detalle toda la historia para ahorrárselo a él. Se siente muy avergonzado porque dice que tú tenías razón y que nunca deberíamos haber venido, y que él tiene la culpa de todo. Por supuesto, no la tiene. Ninguno de nosotros es culpable, solo ese oportunista y lameculos de Brundage y esa arpía asquerosa de *miss* Molly. Lo primero lo ha dicho el señor Glicksman y lo segundo, papá. Yo no debo expresarme así.

Pues bien: todo empezó cuando ayer por la mañana Mickey se presentó aquí con Sam Stoller totalmente fuera de sí. Dijeron que los habían expulsado del equipo. Supuestamente, porque Mickey se había peleado y porque ambos no habían satisfecho las expectativas que se habían creado en torno a ellos. Pero no era así; ya ayer, en los entrenamientos, batieron su propio récord de cuarenta segundos en relevos. Por deseo del Comité Olímpico Nacional, los han sustituido por Jesse Owens y otro americano de piel oscura. Está claro que se trata de no hacer un desaire a Hitler con la presencia de judíos. Aunque tampoco los negros son de su agrado, los prefiere a los judíos. Y eso que Jesse Owens ha sido muy amable, según Mickey. Declaró explícitamente estar a favor de que los dejaran competir a él y a Sam, pero el entrenador le ha increpado y ordenado que obedeciera las indicaciones que se le han dado.

Naturalmente, el señor Glicksman estaba rabiando e intentó intervenir. Ha donado grandes cantidades de dinero para apoyar al equipo estadounidense. Pero le dijeron, al igual que antes a Mickey y Sam, que se habían enterado de que los alemanes todavía tenían atletas de élite de reserva y que podían vencer a los americanos si no recurrían a los mejores deportistas. Algo absurdo, por supuesto. Nadie oculta a deportistas de élite, como tampoco se esconde a músicos de élite.

Pero no se ha podido hacer nada. Mickey y Sam han tenido que contemplar cómo sus amigos y compañeros de equipo, apoyados por los nuevos corredores, obtenían la medalla de oro. Yo he estado presente, sosteniendo la mano de Mickey. Pero esta vez no estaba flotando en mi nube, no ha sido romántico. Solo triste e injusto.

«¡En realidad, Foy y Fred deberían haber saboteado la competición por solidaridad!», dijo Sam, expresando lo que Mickey y yo estábamos pensando. Y entonces tomé una decisión.

Había quedado con František y Marius para un último ensayo antes del concierto y les conté lo que les había sucedido a Mickey y Sam.

«Si conociera a una pianista judía, le pediría que ocupase mi puesto —dije—. Pero, como no conozco a ninguna, me limitaré a retirarme. Por mí, que se queden con la medalla. Yo no voy a colaborar».

Marius se lo pensó unos minutos y dijo que tenía un montón de amigos judíos. Ya por el simple hecho de poder mirarlos a los ojos, iba a sabotear también el concurso. František habría hecho buen uso del dinero, pero encontraba justa nuestra postura. Así que los tres decidimos que no actuaríamos por la noche, y yo quería salir al escenario y explicar a todo el mundo la razón de nuestro comportamiento.

Al final lo habíamos planificado todo y seguro que incluso habría estallado un escándalo si yo no hubiese hecho la tontería de contárselo a *miss* Molly. Papá, que consideraba justa mi decisión, estaba dispuesto a apoyarme, pero *miss* Molly estaba horrorizada y protestó rotundamente diciendo que no podíamos hacerlo, que los anfitriones se sentirían ofendidos y también el público... Y eso que en el fondo ni siquiera valía la pena hablar de público. Esa misma noche, Goebbels, el ministro de Propaganda del Reich, organizó una fiesta con los invitados de honor de las Olimpiadas en una isla. No se habían vendido ni la mitad de las entradas para el concierto. Al menos iban a aparecer algunos periodistas que podrían informar sobre nuestra acción, lo que, por lo visto, llenaba de espanto a *miss* Molly, así como a su jefe del Comité Olímpico. Hasta el momento, nadie se había interesado por la expulsión de Mickey y Sam de la carrera de relevos. La prensa simplemente había asumido que dos de los corredores más débiles habían sido sustituidos por dos más fuertes. Y, según la opinión de *miss* Molly, así era como tenía que quedar ese asunto.

Pero yo no me dejé confundir. Llevaba mi elegante vestido de noche azul para la actuación, el peluquero del Adlon había vuelto a peinarme con unas trenzas a ambos lados de la cara que luego había unido como una cinta alrededor de mi cabeza. Yo sabía que tenía un aspecto fabuloso para salir al escenario, para salir al escenario por Mickey. Estaba sentado entre los espectadores. Después, queríamos responder juntos a las preguntas de la prensa.

Y entonces *miss* Molly desbarató todo mi plan. Después del aviso para entrar en el escenario, cuando me disponía a salir del camerino para ir al pasillo, me encontré con la puerta cerrada. La sacudí, grité pidiendo ayuda, pero no apareció nadie. Después me enteré de que habían desalojado toda el ala para que nadie acudiera a ayudarme.

Claro que Marius o František podrían haber asumido mi parte, pero no se atrevieron a salir al escenario y tampoco hablan alemán. Pero al menos fueron lo suficientemente solidarios para quedarse en el camerino y boicotear el acto. Después les retiraron las medallas, como a mí. En nuestro lugar salió el presentador del concierto, un hombre del Ministerio de Cultura, que explicó que lamentablemente no podían concederse los premios para solistas. Las composiciones presentadas carecían del espíritu olímpico deseado. Por lo tanto, la orquesta interpretó una obra de Strauss o algo parecido, en cualquier caso algo de su repertorio y que se podía introducir a toda prisa en el programa. Yo me quedé esperando enfurecida, pero me dejaron en libertad cuando terminó el concierto. A papá también lo encerraron, en su caso en el baño de caballeros y supuestamente debido a un fallo de la cerradura de la puerta. Durante una hora, un operario se esforzó en vano en abrirla. Que todo eso no era más que una farsa no se puede probar ni ante los organizadores, ni ante el Comité Olímpico Nacional ni ante nuestra sumisa asistente artística. El organizador explicó con pesar que la puerta de mi camerino siempre se atascaba un poco. Probablemente yo no había podido abrirla de pura excitación y había sido víctima de un ataque de pánico. Dijo que nadie había cerrado la puerta en ningún momento y que todo eso no era más que un producto de mi desbordante fantasía.

Por supuesto, cuando por fin pude salir, Mickey y su padre ya se habían ido. Más tarde, Mickey me envió una cartita en la que fríamente me comunicaba lo mucho que lo había decepcionado. Naturalmente, intenté aclararlo todo a través de su padre, pero no sé si me cree. Es una historia que parece absurda e inverosímil. ¿El Comité Olímpico Nacional de Estados Unidos permite que encierren a una joven pianista para no ofender a Hitler? Ni yo misma sé qué pensar al respecto. Papá, por el contrario, me cree y eso es lo más importante. Regresaremos lo antes posible a Estados Unidos. Creo que no hay nadie que haya caído tan de golpe de una nube como yo.

Con cariño, tu muy triste y confusa

Grit

Berlín, 9 de agosto de 1936

Querida Nellie:

No te preocupes, acabo de comprar las dos últimas plazas que quedaban en el zepelín Hindenburg para Grit y para mí. Esta aeronave nos lleva directos a Nueva York en solo dos días. Así que deberíamos estar en casa sanos y salvos antes de que te llegue esta carta. Espero que la nueva experiencia de vuelo aparte un poco de la mente de Grit las vivencias en Berlín.

Siento mucho, mucho todo esto.

Tu arrepentido,

PHIPPS

Nueva York, 8 de noviembre de 1936

Mami querida:

Ya hace tres meses que estamos de vuelta en Nueva York, ha comenzado el nuevo curso y este invierno participaré en varios conciertos en distintos estados americanos. Todo sigue su curso habitual, pero para mí el mundo ha perdido un poco de color. Desde que regresamos, no he tenido noticias de Mickey. Al menos su padre fue tan amable como para escribirnos que Mickey acabó creyéndose lo que le conté y que no está enfadado conmigo. Pero no quiere que nada le recuerde lo que sucedió en Berlín y por eso ha cambiado también de universidad. No sé dónde estudia ahora. Su padre nos escribió que todo este asunto ha afectado mucho a su hijo, también porque ha dañado sumamente su buena reputación como deportista. Desde que lo expulsaron del equipo lo consideran un fracasado y tiene que enfrentarse a comentarios burlones y maliciosos.

Para ser sincera, no comprendo qué tiene que ver todo esto conmigo, ¿no será que envidia que yo siga teniendo éxito? A mí

Berlín no me ha perjudicado. ¿Quién en el internacional mundo de la música se interesa por un concurso que organiza exclusivamente un jurado alemán y que han ganado sin excepción compositores alemanes?

El caso de Mickey parece ser distinto. A él Berlín le ha perjudicado. Papá opina que debo olvidarlo, que hay otros chicos amables. Seguro que tiene razón, pero no es tan fácil descender de una nube, ¿verdad?

Todavía estoy afligida, pero sobre todo estoy furiosa. ¿Cómo se le ocurre a ese Hitler y sus nazis imponer sus delirantes ideas a todo el mundo? Mi profesor de composición opina que todos tratan de tranquilizar a Hitler para que no provoque ninguna guerra. El agente de papá (y que últimamente también es el mío) dice, por el contrario, que eso no saldrá bien, que es una estrategia errónea. Que sería mejor marcarle sus límites.

En lo que a mí respecta, espero que estalle una guerra. Estoy deseando combatir a esos individuos.

¡Los odio, los odio, los odio!

La sombra de la guerra

Nueva Zelanda – Auckland, Onehunga, New Lynn

De 1937 a 1941

1

—¿Bernie no tenía tiempo?

La voz de Wilhelmina Rawlings tenía un deje de decepción cuando un soleado día de octubre Nellie apareció en su viejo coche en el patio de Baroness Stud y aparcó delante de las cuadras. Petey y Marty, a esas alturas con siete y seis años ya cumplidos, salieron enseguida de un salto y corrieron hacia un tractor que Edward Rawlings estaba reparando con ayuda de su hijo Alex.

Wilhelmina iba vestida con unos pantalones de montar limpios y unas botas altas que resaltaban sus piernas delgadas y su todavía fantástica silueta. Llevaba además una blusa de color aguamarina.

—El doctor Lemberger tenía que atender una vaca con prolapso de matriz —contestó Nellie—. Me ha pedido que pase por aquí. ¿Dónde está el semental?

Deslizó la vista por los alrededores buscando, no al caballo, sino más bien a sus hijos, a los que seguía gustándoles hacer travesuras. Parecía que en ese momento querían, excepcionalmente, ayudar. Petey acababa de arrastrarse debajo del vehículo, junto a Edward Rawlings —el marido de Willie había apoyado las muletas contra un neumático del tractor y estaba tendido boca arriba para arreglar algo en la parte inferior—, y Marty, al lado de Alex, miraba, a todas luces fascinado, el interior del capó abierto.

Willie parecía molesta.

—Me habría gustado volver a enseñárselo a Bernie —respondió indecisa. Entretanto un precioso castaño de capa color chocolate sacó la cabeza fuera de su box—. Si todo está bien, debería competir el domingo...

Nellie asintió.

—El doctor Lemberger ha dicho que la herida había sido solo superficial y que debería haberse curado bien —contestó—. Sáquelo un momento, es probable que pueda quitarle los puntos y para el domingo el pequeño accidente ya estará olvidado.

Se volvió hacia el caballo cuando Willie seguía sin hacer ningún movimiento de ir a coger el cabestro.

—Déjalo estar, mamá —se oyó una voz burlona procedente del tractor. Alex Rawlings había desviado su atención del motor y las estaba observando con una sonrisa torcida—. Tu querido veterinario no puede venir hoy. Por decirlo de algún modo, prefiere a una vaca. Así que deja de una vez que se ocupe la doctora Nellie.

Willie fulminó a su hijo con la mirada, pero colocó rápida y hábilmente el cabestro al caballo. Beloved Boy, en la última temporada sorprendentemente exitoso y camino de satisfacer también ese año las esperanzas depositadas en él, la siguió obediente a la explanada anterior a las cuadras.

—Disculpe al maleducado de mi hijo —comentó—. Le molesta que no le deje acercarse a mis caballos.

Nellie se encogió de hombros. De haber estado en el lugar de Alex, también se habría sentido molesta. Hacía unas pocas semanas que el joven había vuelto de Australia. Había terminado la carrera de veterinaria, hecho un par de meses de prácticas en una clínica de caballos de Sídney y estaba escribiendo su tesis doctoral: estudios comparativos sobre el rendimiento y la salud en representantes de líneas específicas de purasangres inglesas en Nueva Zelanda y Australia. En cualquier caso, estaba más que cualificado para ocuparse de la pequeña herida que Bernhard había atendido la semana anterior y habría sido capaz de quitar los puntos sin el menor problema. Tampoco ese servicio le valía la pena a Nellie: los costes de la gasolina casi superaban los de sus honorarios, por no mencionar la inversión en tiempo.

—Usted misma podría haberle quitado los puntos —señaló Nellie. El semental era muy obediente, en tres minutos ya había terminado—. ¿O tiene usted otros caballos a los que haya que visitar?

—La verdad es que me habría gustado enseñarle a Bernie un par de potros, la posición de los cascos no acaba de gustarme, pero...

Willie volvió a llevar al semental al box después de premiar su buen comportamiento con una zanahoria.

—Pero eso también puede mirarlo el herrero —volvió a inmiscuirse Alex—. Si quieres, llama a Cedric para que se ocupe, pero si no yo mismo puedo hacerlo...

El asunto estaba empezando a poner a Nellie de los nervios. Una criadora de caballos experimentada como Willie no necesitaba a ningún veterinario que controlase cómo evolucionaban sus potros.

—Estoy convencida de que no hay problemas graves —dijo—. No cabe duda de que los ejemplares jóvenes están bien alimentados y no tienen gusanos. No debería aparecer ninguna enfermedad. Pero le pediré al doctor Lemberger que traiga un preparado especial de vitaminas la próxima vez que venga.

Willie sonrió. Por lo visto, Nellie por fin había dicho lo correcto.

—Que lo traiga la semana que viene —ronroneó.

Alex le lanzó una mirada gélida. A Nellie le habría gustado ver cómo reaccionaba Edward ante el comportamiento de Willie y las pullas de su hijo, pero seguía debajo del tractor.

—Si tanta prisa corre, yo misma lo llevaré el domingo al hipódromo —contestó Nellie, e intentó cambiar de tema de una vez por todas—. Estoy de servicio. El primer día de carreras del año... ¿Tiene usted un buen equipo, Willie?

Willie asintió, en apariencia muy satisfecha.

—Cuatro de mis caballos compiten. ¿Se ha restablecido ya Overloading Happiness?

El joven semental de los Von Gerstorf, que en la última temporada había sido el rival más encarnizado de Beloved Boy, había sufrido durante el invierno una pertinaz infección en las vías respiratorias.

Nellie se encogió de hombros.

—Eso tendrá que preguntárselo a Bernhard. Yo hace tiempo que no lo veo.

Por supuesto, sabía perfectamente que Happy, como llamaban al semental, estaba en forma, pero Julius y Mia dudaban de si podría continuar cosechando los éxitos de la temporada anterior. No obstante, no estaba dispuesta a charlar alegremente de asuntos internos de la yeguada. En lugar de eso, llamó a sus hijos, que se alejaron del tractor de mala gana. Marty tendió a Alex una pieza de hierro y una especie de aro de goma que de algún modo había sacado del motor del tractor cuando el joven veterinario había centrado su atención en Nellie y su madre.

—¿Qué es esto? —preguntó Alex ingenuamente.

Era un joven muy guapo, no moreno como Walter y Petey, sino rubio. Sus ojos eran algo más claros que los de su madre. A primera vista era irresistible, pero él no se daba ni cuenta.

Miró horrorizado la pieza que Marty sostenía en la mano.

—¿De dónde has sacado esto? —preguntó.

Willie se acercó y echó un vistazo a la pieza.

—Es una correa Keilriemen —explicó a su hijo—. Y esto debería ser una lámina lija... ¿Entiendes ahora por qué no dejo que toques mis caballos?

Nellie decidió no seguir escuchando. Ordenó enérgicamente a sus hijos que subieran al coche, se disculpó con Alex y se despidió de Edward, que no contestó. Sentía cierta pena. Y volvió a preguntarse si él amaba realmente a Willie o la había amado alguna vez.

Se acordó además de Bernhard. Sería interesante preguntarle qué relación tenía con Willie. Por lo que Alex había dejado entender era comprometedora.

Los niños gritaron de júbilo cuando su madre no los llevó enseguida de vuelta a Auckland, sino que se dirigió hacia Epona Station. Antes de llegar a las dehesas que flanqueaban el acceso de entrada, tenían que atravesar un bosquecillo y, para su sorpresa, descubrieron a David. El niño estaba sentado en un tocón muerto, concentrado, con la vista baja frente a él.

Nellie se detuvo.

—¡Hola, David! —gritó—. ¿Qué estás haciendo aquí?

David alzó la vista. Tenía el cabello moreno de Maria, su rostro con forma de corazón y los dulces ojos azules de Bernhard.

—Estoy observando un weta —contestó—. Un weta de los árboles. Va a desovar. ¿Quieres verlo? Está colocando el ovipositor para perforar los agujeros. Nunca lo había visto.

—Yo tampoco —admitió Nellie. Tampoco había sentido nunca la necesidad de hacerlo.

—¡Yo quiero verlo! —pidió Petey.

Instintivamente, David colocó las manos encima del animal para protegerlo.

—Ya lo verás en los libros de Maria —indicó Nellie a su hijo. No sería nada agradable para ese enorme saltamontes que sus hijos se abalanzaran sobre él.

—Tengo que llevarlo a la escuela —comentó David—. Mi profesora, la señorita Ratcliffe, dice que, si alguien consigue cazar un weta y enseñarlo a la clase, sacará una buena nota. Pero creo que él no quiere marcharse de aquí.

Petey y Marty soltaron unas risitas. Se llevaban bien con Daphne, la hermana de David. No sabían muy bien cómo comportarse con su introvertido hermano.

—Lo mismo pienso yo —lo apoyó Nellie, pensando en Maria. ¿Habría heredado el niño la capacidad que tenía su madre para compenetrarse tan intensamente con los animales en una especie de percepción extrasensorial?—. ¿Puedes... rozar al weta? —preguntó utilizando la expresión que Maria empleaba para definir el intento de averiguar las sensaciones de un animal.

David frunció el ceño.

—Claro —dijo—. Solo que... ahora no puedo molestarlo.

Nellie sonrió.

—Pues déjalo en paz —le aconsejó—. A lo mejor puedes dibujarlo después para la señorita Ratcliffe.

David negó con la cabeza.

—Mejor no —respondió—. Mamá dice que la señorita Ratcliffe es muy puritana, porque tuvo que ir a la escuela después de que Daphne dibujara al semental mientras...

Nellie no pudo evitar echarse a reír. Imaginaba perfectamente la reacción de la profesora del pueblo. Y el pasmo total de su amiga Maria.

—Mientras cubría a la yegua —siguió hablando con toda tranquilidad David—. Y eso que no lo hizo correctamente. El semental estaba demasiado arriba de la grupa de la yegua, y de ese modo no podía llegar a la inseminación...

Maria debió de aclarárselo a la profesora con todo detalle. Nellie todavía sonreía cuando dejó al joven y su objeto de investigación para dirigirse a la granja.

También ahí se le ofreció una interesante imagen. Habían colocado obstáculos en el picadero y Daphne Lemberger saltaba en ese momento en un semental de poni blanco como la nieve. Mia von Gerstorf observaba el salto y daba indicaciones a la niña para que mejorase.

—¡Tía Nellie! —Daphne detuvo hábilmente al semental cuando Nellie aparcó el coche y la saludó con la mano por la ventanilla abierta. El animal se asustó cuando los niños se lanzaron fuera del coche y corrieron al picadero, pero Daphne encajó el requiebro sin esfuerzo—. ¡Petey, Marty! ¿Habéis visto qué salto he dado? —gritó a los niños.

Nellie saludó a Mia, quien se mostró contenta por la visita.

—¿Has estado en casa de los Rawlings? —preguntó esta última—. ¿Qué tal ha ido?

Nellie asintió.

—La granja es un escenario bélico —contestó.

Mia frunció el ceño.

—¿Edward y Willie?

Nellie negó con la cabeza.

—Alex y Willie. La situación no ha mejorado con su estancia en Australia. Y eso que ella debería estar contenta de tener en la familia a un veterinario que además se ha especializado en caballos. Pero aquí hay muy buen ambiente. ¡Daphne monta de maravilla!

Mia rio.

—Gracias a las enseñanzas de tu marido —señaló—. Estamos planeando hacer una pequeña presentación de los ponis el domingo, entre las carreras. Últimamente casi no vendemos ponis para niños y eso que están mucho mejor formados que hace años. A Daphne le hace gracia y David colabora de buen grado. Y tus chicos... Si quieren, pueden montar con nosotros. Así llevaremos cuatro ponis a Ellerslie.

Petey y Marty gritaron entusiasmados. Los dos eran más bien impetuosos, pero buenos jinetes para su edad, algo que hacía dichosa a Nellie. Por fin había ahí un punto de contacto entre los chicos y Walter. Cuando había clase de equitación en Epona Station, Nellie podía dejar tranquilamente que se marcharan los tres solos. De lo contrario, Walter no era partidario de llevarse a los chicos con él al trabajo. Al igual que Nellie, no podía estar permanentemente controlándolos, y, cuando los niños hacían una travesura, los dueños de los pacientes de ella eran más transigentes que quienes ofrecían a Walter unos trabajos auxiliares que lo mantenían a flote. A esas alturas, aceptaba cualquier trabajo que le dieran para poder contribuir de alguna manera a los ingresos de la familia, y, cuando trabajaba en obras de construcción o en el puerto, el afán aventurero de los niños podía resultar peligroso.

—Entonces coged cada uno un poni. Tú te quedas con Fairy, Petey, y tú, Marty, con Creamy. Montad una hora con nosotros —animó Mia a los niños—. Pero de forma civilizada. No queremos que el domingo se rían de los ponis de Epona Station.

Nellie le dio las gracias, aliviada. Si los Von Gerstorf daban trabajo a Walter el domingo en Ellerslie, los niños estarían bajo control y ella podría realizar sus tareas de veterinaria en el hipódromo sin que nadie la molestara.

—¿Ya ha regresado Bernhard? —preguntó en ese momento—. Me..., me gustaría hablar un instante con él. ¿Está ahora Maria en el consultorio?

En el patio había tres coches que Nellie no conocía. Posiblemente de dueños de pacientes a cuyos perros y gatos su amiga estaba atendiendo en ese momento.

Mia asintió.

—Lo de la vaca tampoco era tan grave. Bernhard está en la cuadra, auscultando de nuevo a Happy. No estoy segura de que vaya a competir el domingo. Julius dice que sí, para que respire la atmósfera del hipódromo. Como es sabido, es bastante asustadizo, como su padre. Cedric lo montaría simplemente para que corra, sin el propósito de que gane. Pero me imagino muy bien lo que Willie andaría contando por ahí. Y queremos vender a Happy como semental de cría después de la temporada.

—En cualquier caso, el Boy de Willie está en forma —indicó Nellie—. Voy a ver a Bernhard. Procura cansar un poco a mis hijos. Hoy han pasado demasiado tiempo sentados en el coche. Ah, sí, y que no se haga demasiado tarde. Tengo que volver al consultorio de New Lynn para las visitas de después del mediodía...

Mia asintió con expresión afligida. Nellie llevaba horas de un lado para otro y no se preveía que fuera a descansar de su larga jornada laboral. Pensó en si Walter tendría trabajo ahora, pero no se lo preguntó a su amiga.

Nellie encontró a Bernhard en el box del precioso caballo negro. Overloading Happiness no podía negar de quién era hijo, solo era algo más bajo que Erlkönig.

—¿Cómo va..., Bernie? —preguntó Nellie cuando él levantó el estetoscopio.

Bernhard le dirigió una sonrisa torcida.

—¿Has estado en casa de los Rawlings? —preguntó.

—Sí. Y Wilhelmina ha sufrido una gran decepción. ¿Cómo has podido dejar en manos de una novata sin cualificación alguna como yo la complicada operación de sacar esos tres puntos? Cuando ha tenido que defender con dientes y garras al caballo para que el inútil de su hijo no lo tocara. En serio, Bernhard, ¿qué está pasando? No tendrás ningún lío con Wilhelmina Rawlings, ¿verdad? —Nellie se lo quedó mirando muy seria.

Bernhard negó con la cabeza.

—No, claro que no... Es solo..., bueno, una muy buena clienta...

—¿Y por eso le dejas que te llame Bernie? —preguntó Nellie.

—Me pidió permiso —respondió Bernhard—. Pero sí, admito que lo toleré. Para ser sincero, no quería estropear la relación con ella. Me..., me divierte.

—¿Cómo? —Nellie lo fulminó con la mirada—. ¿Qué quieres decir con eso de que te divierte?

Bernhard se mordisqueó el labio.

—Pues bueno, ella es..., es divertida, inteligente...

—Atractiva... —prosiguió Nellie mordaz.

—Sí, también atractiva —admitió Bernhard—. Pero eso no es lo decisivo. Es más... Es que es tan vital...

—¿Y Maria es mortecina? —preguntó Nellie.

—No..., no..., esto no tiene nada que ver con Maria. Yo la quiero y tú lo sabes. Es solo... Ya conoces a Maria. Está satisfecha cuando todos los días que pasan son iguales. Va a la consulta, examina a alguno de los caballos de los Von Gerstorf cuando no estoy allí. En cuanto los niños salen de la escuela, come con ellos y con Lene, conversa con ellos, controla los deberes, sigue la consulta de la tarde. Por las noches a veces se ocupa un poco de los Dadas y ayuda a Lene a meterlos en la cama. Luego continúa leyendo de forma sistemática los libros de la biblioteca del anciano Gutermann... Ya no hacemos nunca nada juntos, Nellie. No hay ningún tipo de cambio. En este sentido... Cuando una Wilhelmina Rawlings me invita a tomar una copa de champán en el palco de los propietarios o después de haber examinado a su caballo me ofrece una cerveza y quiere charlar de asuntos profesionales, no me gusta decir que no, así de sencillo. —Bernhard acarició el cuello liso del semental sin mirar a Nellie.

—Maria siempre ha sido de esta manera —replicó ella—. Ya antes de que os casarais.

Bernhard asintió.

—Sí, claro. Pero era en Berlín, donde había una enorme oferta cultural y podía convencerla siempre para ir al teatro, a una exposición de arte... Allí también nos llegaban invitaciones de los dueños de los pacientes. Siempre fue un desafío hacer algo con Maria, pero todo iba bien. En Onehunga, por el contrario...

—Auckland no está lejos —observó Nellie.

Bernhard la miró irónico.

—Vosotros vivís en la ciudad —contestó—. ¿Cuándo fue la última vez que fuisteis a un concierto? ¿A una inauguración? ¿O simplemente a un restaurante un poco especial? Podríamos encontrarnos los cuatro en Auckland. Una palabra tuya y seguro que puedo sacar a Maria de su mundo.

Nellie suspiró.

—En nuestro caso, las razones son económicas —admitió—. Walter no quiere que lo mantenga, como él dice. Y cada vez que salimos tenemos que encontrar a una cuidadora, lo que no es nada fácil. Además..., cuando he llevado a los niños a la escuela y luego los he recogido, tengo dos consultas a mis espaldas, he salido en el coche a atender a los caballos y me he ocupado de la casa, estoy hecha polvo, Bernhard. Es posible que por la noche tenga que levantarme a causa de una urgencia. Sin contar con que en el edificio hay un ruido increíble. No quiero quejarme, los vecinos también callaron cuando Petey y Marty berreaban cada noche. Pero no hay forma de descansar. Siempre estoy cansada, Bernhard. Simplemente estoy agotada.

2

El primer día de las carreras de una temporada siempre era especial, y también en esa ocasión todo aquel que en Auckland o los alrededores perteneciera a la élite o buscara un cambio en lo cotidiano se encontraba en Ellerslie. El sol resplandecía, las gradas estaban abarrotadas y la gente más rica celebraba en los palcos de los propietarios la victoria de sus caballos. Después de que Mia hubiese invitado de forma espontánea a Petey y Marty a participar en la presentación de los ponis, Walter había acudido para ver montar a sus hijos. En realidad, habría preferido quedarse en casa, algo enfadado porque no había podido presentar él mismo la pequeña cuadrilla de ponis aunque daba clases de equitación a los niños. Sin embargo, April se había ocupado de organizar el espectáculo en el hipódromo. A la joven se le daban bien los niños y le hacía gracia crear una coreografía. Así que Daphne y su pequeño semental saltaron obstáculos al compás de un *haka* maorí y David, muy serio, dirigió la sección en la que Petey y Marty bailaban con sus caballitos una alegre melodía country.

Ni April ni Mia habían tenido mala intención, ni siquiera se les había pasado algo así por la cabeza; Walter no podía sentirse ofendido. Nellie lo sabía. Pero en los últimos meses su marido se había vuelto muy susceptible. Había esperado ganarse nuevos clientes como profesor y como preparador con esa presentación. De hecho, eran muchos, entre ellos también asistentes adinerados al hipódromo, los que veían el pequeño espectáculo que se mostraba entre las carreras de la mañana y de la tarde. Los niños resplandecieron y se alegraron del cordial aplauso que estalló cuando, después de la presentación, Daphne y Petey se colaron en la pista y saltaron con sus ponis las vallas de la carrera de obstáculos planificada para la tarde. Los saltos de setos bajos no representaban un gran desafío para los ponis galeses y alcanzaron una velocidad considerable hasta que Fairy, de Petey, venció por un cuerpo de ventaja porque Daphne no pudo lograr que Hurricane adelantara a la yegua.

El público encontró muy divertida la carrera de ponis. Pero Walter y Bernhard, por el contrario, estaban esperando a sus hijos en la meta muy enfadados. Bernhard castigó a los Dadas a una semana sin salir de casa. Si bien David no había tenido ganas de participar en la carrera, había colaborado distrayendo al encargado de mantener el orden, que debía prohibir la entrada en la pista a las personas no autorizadas. Marty también estaba deseando salir a la pista, pero April había conseguido impedírselo en el último momento.

—Os habríais podido desnucar —riñó Walter a Petey, quien a pesar de todo le sonreía.

—¡He ganado, papá! —exclamó el niño resplandeciente—. Y también puedo montar en un caballo grande. Seguro que de jockey se gana mucho dinero.

Nellie no consiguió evitarlo y se le escapó la risa. De todos modos, no podían plantearse castigarlos sin salir de casa. ¿Quién iba a vigilarlos? Los niños se libraron del castigo, mientras que los Dadas estuvieron encerrados en casa, bajo la vigilancia de Lene, y no pudieron ver las otras carreras.

—Nellie, tienes que ser consecuente al educar a los niños —le indicó también Maria, que había presenciado la travesura. Bernhard la había convencido para que asistiera y viera desfilar a sus hijos—. Se comportan mal porque no sufren ninguna consecuencia.

Desde que nacieron los mellizos, Maria había estado estudiando ciencias de la educación y leído desde Comenius hasta los exponentes de la Escuela Nueva, pasando por Rousseau y Pestalozzi. No obstante, también se guiaba en la práctica por las normas de la formación de perros y caballos.

Nellie suspiró.

—Ya lo sé —contestó dando la razón a su amiga—. Pero es que me superan. No puedo imponerme y Walter no me ayuda. Si le dejara hacer a él, les daría más a menudo unos buenos azotes en el trasero, y no creas que no lo hemos intentado. Petey se siente de inmediato invadido por el pánico y se hace pis por la noche en la cama. Marty tiene más aguante: se sacude un poco y ya se ha olvidado del castigo. Lo que necesitan son menos castigos y más actividades que tengan un sentido. Van a la escuela, por supuesto, pero Marty hace el payaso en la clase y Petey se ríe de las asignaturas. La escuela no los estimula, absorben la materia de enseñanza como esponjas y luego hacen el tonto porque se aburren de la repetición. Debería sentarme por las tardes con ellos, como haces tú con los Dadas, y darles deberes que realmente los estimulen. Pero no tengo tiempo.

—¿Has pensado alguna vez en llevarlos a una escuela privada? —preguntó Maria. Ella y también Grit habían asistido a escuelas privadas para niñas.

—No tenemos dinero —respondió Nellie, echando un vistazo alrededor para asegurarse de que los niños y Walter estaban ocupados cargando los ponis; luego se volvió de nuevo hacia Maria—. Pasemos un par de horas sin pensar en todo esto. En la siguiente carrera corren Happy, de Epona Station, y Boy, de Wilhelmina Rawlings. Será interesante. Y sé de buena tinta que en el palco de los propietarios también hay champán para los veterinarios…

En efecto, la carrera de los sementales de cuatro años tuvo un resultado sorprendente. Overloading Happiness se olvidó al ver la pista de que su estado aún no era el ideal. Le daba igual que su jockey Cedric se balanceara más sobre él que el liviano jinete de Beloved Boy. Desde el primer momento, Happy se lanzó sobre la pista y llevaba tanta ventaja en la recta de llegada que Boy ya no pudo reducir la distancia que lo separaba de él. Seguro que el semental de Willie habría podido correr más deprisa, pero su jockey había desaprovechado la oportunidad de separarlo a tiempo del pelotón en la zona central y dejarlo acelerar. Mientras todavía intentaba colocarse en el segundo puesto al menos, Happy cruzaba a galope la meta. Mia abrazó al semental y Julius felicitó a Cedric. April los acompañó a los dos hasta el box de Happy y poco después Petey y Marty observaron cómo besaba a Cedric.

—¡En la boca! —informó Marty a voz en grito delante de los reunidos en el palco de los propietarios.

La mayoría todavía estaba comentando el inesperado resultado de la carrera, pero Alex Rawlings sí lo oyó y una sombra oscureció su rostro. A Nellie le daba pena ese chico. Siempre había bebido los vientos por April y era posible que hubiese regresado a la granja de sus padres solo para volver a ver qué posibilidades tenía de conquistarla. Para entonces, April ya debería haber superado la forma en que se comportaba con él cuando era un colegial. Pero, al parecer, el joven maorí había ganado la competición. Nellie esperaba que Julius von Gerstorf no les pusiera ningún impedimento. Desde un punto de vista social, Cedric no era un partido adecuado para su hija.

Alex estaba junto a su padre, que solía acompañar a su esposa en los días de carreras. Tal vez no tenía mucho que decir en casa, pero guardaba las apariencias y siempre demostraba que podía intervenir en las conversaciones sobre caballos de carreras y de caballos en general. Edward Rawlings era una persona querida. En ese momento brindaba por la exitosa carrera con el propietario del caballo que había quedado en el tercer puesto.

—No siempre se puede ganar —decía sereno—. Y el premio en metálico que se obtiene en el segundo puesto no es nada despreciable. ¡Hola, doctora Nellie! —Nellie se aproximó a él para saludarlo—. Espero que mi esposa no haga responsable del insatisfactorio resultado de su semental a su técnica de quitar los puntos de una herida insignificante —observó con una sonrisa.

—De haber sabido que mi manejo del escalpelo iba a obrar este efecto, habría enviado sin lugar a dudas a mi colega —respondió ella con un guiño—. Sé que Willie tiene en gran estima al doctor Lemberger, pero, en este caso, yo en su lugar más bien haría responsable al jockey. Se ha quedado dormido en los laureles.

Rawlings asintió.

—Con lo que llegamos al triste hecho de que Willie no puede montar sus propios caballos. ¿Puedo ofrecerle una copa de champán, doctora Nellie?

Alex ya había ido a buscar los vasos y tendió uno a Nellie y otro a Maria. La primera miraba con el rabillo del ojo cómo Petey y Marty se llenaban los platos en el bufet. Mientras comieran no harían ninguna travesura.

—A lo mejor necesita a un entrenador competente —sugirió Nellie, pensando en Walter—. Mi marido tiene mucha experiencia...

—Y es posible que sea más amable que mi madre —observó Alex, disgustado—. Espanta a los buenos jockeys antes de reclutarlos. Salvo, por supuesto, a aquel Hubertus...

El rostro de su padre se ensombreció.

—¡Alex, por favor! —dijo reprendiéndolo suavemente.

Nellie intentó recordar. Ya había oído el nombre del jockey en una ocasión. Algo había ocurrido cuando ella todavía vivía en Hawke's Bay. Maria había mencionado en su estilo más bien lacónico que Edward Rawlings había despedido a ese hombre, que había dejado la región para ir a trabajar a la Isla Sur. «A pesar de que había montado estupendamente los caballos de Baroness Stud», había dicho, expresando así su sorpresa.

Nellie creía saber lo que había causado que, de forma excepcional, Edward Rawlings interfiriera en la dirección de la yeguada.

—Mi marido es amable, pero no demasiado amable —contestó ella impertérrita—. Guarda bien las distancias. Si están ustedes interesados... Su esposa tiene nuestro número de teléfono.

Mientras entre Nellie y los Rawlings se extendía un silencio algo embarazoso, no lejos de ellos, en el palco de propietarios, las voces se alzaban debido a una discusión. No era acerca de caballos, sino de política.

—En cuanto a la economía, Alemania va viento en popa —opinaba en ese momento Steve Fisher, uno de los notables de Auckland—. Ese Hitler ha acabado con la crisis económica mucho más deprisa que nosotros.

—Aunque a qué precio... —musitó Mia von Gerstorf, pero Bill Roman, un corpulento hombre de negocios, le quitó la palabra.

—Yo solo le pediría que se guardara para sí a los judíos —afirmó a voz en grito—. ¡Aquí ya tenemos de sobra!

Mia, físicamente menuda, pero en ese momento roja de indignación, se plantó delante de él.

—No sabía que los judíos le pertenecieran a usted o a otras personas —replicó hecha una furia—. Por lo que yo sé, el tráfico de seres humanos ya no existe. Y en lo que respecta a Hitler: bajo su mandato, los judíos han sido discriminados, expropiados y encarcelados por las causas menos convincentes del mundo. ¿Acaso es extraño que prefieran emigrar?

Roman resopló y se encendió tranquilo un enorme cigarro.

—Creo que la mayoría de los neozelandeses estarán de acuerdo conmigo en que ya tenemos suficientes médicos y dentistas. A lo mejor todavía son necesarios en los confines de África...

Unos pocos rieron.

Mia enseguida respondió.

—Si no fuesen tan estrictos con los visados vendrían otras personas y no solo médicos y dentistas. Pero así solo pueden los ricos...

—A los otros tampoco los necesitamos —intervino Fisher en ayuda de Roman—. Ya tenemos suficientes parados, señora Von Gerstorf. Apenas si podemos dar de comer a nuestra gente.

—¡Exacto! —prosiguió Roman—. Él se los saca de encima y nos carga a nosotros con ellos. ¿Y alguien se ha preguntado realmente por qué nadie los quiere?

—¿Dónde se ha metido Bernhard? —preguntó Nellie a Maria. El veterinario habría apoyado a Mia.

Maria se encogió de hombros.

—En la cuadra tal vez —contestó—. Supongo que la señora Rawlings habrá querido enseñarle otra vez su semental. No ha corrido tan bien como se pretendía. Igual teme que le pase algo.

—¿En la cuadra? —preguntó alarmada Nellie—. ¿Con Willie? ¿Y eso no te inquieta? Venga, ahora mismo nos vamos para allí. ¿Petey? ¿Marty? Dejad algo de comida y venid con nosotras. Además, hace una eternidad que no veo a Walter...

Aunque Nellie no estaba muy preocupada por eso. Su marido debía de estar ocupado intentando contactar con entrenadores y jockeys o simplemente husmeando el aire del hipódromo.

Maria la siguió sin prisas. Las sospechas o las lecturas entre líneas le resultaban ajenas. Nunca habría imaginado que Willie tuviera intenciones deshonestas.

En ese momento se disputaba una carrera de obstáculos. Ocho caballos avanzaban dando largos saltos por la pista y superando pequeños setos. April y Cedric estaban apoyados en el borde observando. Nellie vio la oportunidad de deshacerse un rato de sus hijos. No le gustaba andar con ellos de un lado a otro los días de carreras. A fin de cuentas, le pagaban por su trabajo como veterinaria del hipódromo y por todos era conocido que solo podía cumplir a medias su tarea con caballos y jockeys si al mismo tiempo tenía que vigilar a sus chicos.

April y Cedric se encargaron de buena gana de los dos y enseguida empezaron a hablar en broma como profesionales sobre si los caballos de la pista eran de verdad mucho más rápidos que Fairy y Hurricane.

«Serán unos buenos padres», pensó Nellie, satisfecha, al tiempo que se dirigía a la cuadra del semental. La carrera de obstáculos era la última del día y en la cuadra no pasaba gran cosa. Delante del box de Boy estaban Willie y Bernhard y, para alivio de Nellie, también Walter. Bebían champán.

—En cualquier caso, no hay razón para enfadarse cuando se ha alcanzado un segundo puesto —estaba diciendo Walter—. Incluso Erlkönig ha sido en ocasiones el segundo. La mayoría de las veces porque algo le ha asustado. Y este caballito, señora Rawlings, es más un corredor de fondo que un esprínter. Tiene que colocarse desde un principio relativamente delante. Entonces acelera cuando ve llegar a los otros. No es de los que adelantan a los demás en el último tercio.

—Ya lo sé —respondió Willie, amargada—. Llevo años entrenando yo misma a mis caballos. No me dice usted nada nuevo. Lo que pasa es que a los jockeys no les gusta hacer caso a las mujeres... Tal vez tenga usted que darles las indicaciones la próxima vez, doctor Bernie. Irradia usted más autoridad que yo... —Subrayó la última observación con una sonrisa.

Nellie casi se echó a reír. Bernhard era un hombre apacible, autoridad sería lo último que se le habría ocurrido atribuirle. Ahora parecía casi agobiado.

—Yo..., bueno...

Maria intervino.

—El veterinario de hipódromo —enunció en el tono ligeramente recitativo que solía utilizar cuando citaba normas— realiza tareas tanto curativas como garante de competencia. Debe adoptar un comportamiento neutral ante jockeys y propietarios de caballos y solo tiene autoridad cuando se trata de la salud de los animales...

—Ya ve, Willie —la interrumpió Nellie—, si Bernhard procede por encargo de la dirección del hipódromo no debe de ninguna de las maneras asesorar a sus jockeys sobre la estrategia a seguir en la competición. Además (y no te lo tomes a mal, Bernhard), no tiene ni idea. ¿Por qué no pide ayuda a su marido o a su hijo si no consigue dar con los jockeys adecuados? ¿O por qué no se esfuerza simplemente por tener más confianza en sí misma? —Walter y Bernhard reprimieron una sonrisa, incluso Maria se percató esta vez de la ironía—. Mire, a Maria y a mí nos hacen caso también los propietarios de los caballos y los jockeys... ¡Supérese a usted misma, Willie! Y ahora disculpe un momento al doctor Lemberger, por favor. Todavía tengo que examinar a los caballos después de la carrera y te quería pedir que me ayudaras, Bernhard. Los niños están cansados y deberíamos irnos a casa...

Bernhard se fue con ella visiblemente aliviado. Maria y Walter se quedaron con la atónita Willie.

—Dicho sea de paso, Walter también trabaja de entrenador —dijo Maria ingenuamente, señalando a su hermano—. Si necesita ayuda profesional...

—Beloved Boy ganará la próxima carrera —refunfuñó Willie—. Incluso sin su ayuda. —Dicho esto, se marchó.

—¿Qué le pasa? —preguntó Maria, buscando en el bolsillo de la falda una zanahoria.

Se había vestido de fiesta para el día de carreras, pero salir de Epona Station con un cesto de zanahorias era algo que hacía sin pensar. Beloved Boy aceptó complacido la golosina.

Walter volvió a reírse cuando más tarde, en el coche, contó a Nellie la partida de Willie.

—Acababa de salvar al pobre Bernhard de ser completamente devorado por ella. Cuando pasé, había justo terminado el examen del caballo, por supuesto rebosante de salud, y la encantadora señora Rawlings estaba abriendo una botella de champán que pensaba beber con Bernhard. Estaba en eso de «cuénteme un poco de sí mismo, Bernie. ¿Estudió en Berlín?». En fin, me limité a unirme a la alegre reunión...

Nellie también se rio.

—Bien hecho —lo elogió.

—Y sin embargo puedo, en cierto modo, entenderla —admitió Walter—. Es una mujer muy atractiva y todavía relativamente joven. Pero lleva años atada a un hombre inválido…

—Al que además ni siquiera toma en serio —observó mordaz Nellie.

—En fin, con esa yeguada…, lo carga todo sobre sus hombros… A veces debe de sentirse superada. —Walter parecía realmente dispuesto a compadecerse de Willie, mientras que, por lo visto, no se daba cuenta de todas las tareas que realizaba cada día su propia esposa.

Nellie notó que la invadía la cólera. Pero, como era frecuente, se tragó su frustración. Había sido un día muy bonito y no quería volver a pelearse.

3

Para Nellie y su familia, el año 1938 transcurrió en esencia como el anterior. Walter trabajaba de forma esporádica en el hipódromo o en Epona Station, pero seguía sin ningún puesto fijo a la vista.

Bernhard y los Von Gerstorf estaban inquietos por cómo iban evolucionando las cosas en Europa. Acababa de tener lugar el llamado *Anschluss*, la anexión de Austria a Alemania, y Julius y Mia temían que pronto estallara otra contienda. Por primera vez hablaron de sus experiencias en la Primera Guerra Mundial y Walter se enteró de que Mia había estado cautiva en Somes Island.

—Eso puede volver a pasar —le comentó intranquilo a Nellie, quien más bien estaba preocupada por sus chicos. Marty más o menos se las apañaba en la escuela. Petey había aprobado el curso con dificultad. No seguía las clases, no se concentraba y le gustaba más hacer travesuras que dedicarse a estudiar. Y con el tiempo iba empeorando. La escuela le aburría y se pasaba continuamente de rosca.

En cambio, Nellie solo recibía buenas noticias de Grit. En el último año, la habían liberado muchas veces de ir a clase para que interviniera en conciertos, pero ahora estaba trabajando en el final de curso de la Juilliard. Era incuestionable que concluiría los estudios con brillantez y atosigaba a Nellie para que fuera a Nueva York y asistiera al concierto de final de carrera. Nellie habría estado encantada de hacerlo, pero no podía permitirse ni una ausencia larga ni el pasaje del barco. Phipps se lo habría pagado, por supuesto, pero era demasiado orgullosa para pedírselo y él no se atrevía a ofrecérselo. A fin de cuentas, ella le aseguraba en cada carta que todo le iba estupendamente. Lo único que la preocupaba en la vida era la situación en Europa.

Al acabar el año —hacía poco que Hitler había invadido el territorio de los Sudetes, *Sudetenland*, pero seguía sin oírse la esperada protesta del resto del mundo—, por fin volvió a suceder algo interesante en la vida profesional de Nellie y Maria.

Todo empezó cuando Petey y Marty llegaron excitados a casa de la escuela.

—¡Un circo, *mom*! —exclamó Marty. Aunque los dos niños hablaban alemán, preferían dirigirse a su madre con el término inglés de *mom*. A Nellie le parecía bien. «Mami» le recordaba demasiado a Grietje—. Hay un circo en la ciudad. ¿Vamos, *mom*? ¡Por favooooor! A lo mejor podemos montar en un elefante...

Walter había trabajado ese día en unas obras en Auckland y al regresar a casa también informó de la llegada del circo.

—Era una imagen fabulosa —contó—. Venían de la estación: el circo viaja en tren de ciudad en ciudad. Elefantes y caballos tiraban de las jaulas y de las caravanas. Montaban a uno o dos camellos y llevaban de la cuerda unas llamas, seguro que incorporan algún espectáculo con animales. Los miembros de la compañía vestían trajes de colores, por lo visto aprovechan el camino desde la estación hasta el lugar en que van a instalarse para hacerse publicidad. Y poco después aparecieron también unos niños que han ido pegando y repartiendo anuncios por todas partes.

—Creo que no van a la escuela —musitó Petey—. ¿No podemos irnos de viaje con el circo? ¡Yo podría convertirme en un artista ecuestre!

—¡Y yo en domador de leones! —gritó Marty—. Iremos, ¿verdad?

Nellie miró inquisitiva a su marido.

—En estas compañías a los animales no les va demasiado bien. ¿De dónde vienen?

—¿Los animales? —preguntó Walter—. Es posible que de la India o de África. El circo viene de Australia. A lo largo de este año y quizá también del próximo, tienen la intención de viajar por Nueva Zelanda.

—¿Has hablado con ellos? —preguntó asombrada Nellie.

Walter asintió.

—He pensado que a lo mejor necesitan a alguien con los caballos...

Nellie lo fulminó con la mirada.

—¿No estarás pensando en trabajar en un circo ambulante?

Walter hizo un gesto de rechazo.

—Pensaba en colaborar durante el tiempo que estén aquí —la tranquilizó—. Podría ser... Por ejemplo, tienen un semental al que se supone que nadie monta. Han ofrecido una recompensa...

Nellie se dio un golpe en la frente.

—¡Es un truco, Walter! Lo conozco de Berlín, allí lo hacían con un burro que los tiraba a todos. Con él todavía era algo divertido, era un animal pequeño. Pero un semental adulto...

—¡Yo he sido soldado de caballería! —replicó ofendido Walter—. Un caballo no me tira al suelo tan deprisa.

—Estamos de acuerdo en que no se doma a un caballo con violencia, sino con paciencia y tranquilidad, ¿no es así? —planteó Nellie—. Y que primero: es peligroso dejar que se bote para que se acostumbre al jinete, y segundo: es una tortura para el animal...

Walter asintió.

—A pesar de todo, por preguntar no se pierde nada. Lo más probable es que no necesiten a nadie, ya cuentan con sus propios empleados. Así que no tenemos que seguir discutiendo. ¿Has preparado algo para comer?

Nellie no había preparado nada y todavía la esperaban las consultas de la tarde. Así que dejó los niños a un poco entusiasmado Walter y con ellos la preocupación por qué platos cocinarles. Pero al menos sus tres hombres tenían un tema común: el circo y la doma de caballos salvajes. Que se entretuvieran con ello y, si Walter quería, que fuera a ver el espectáculo con sus hijos. Seguro que sería interesante presenciar cómo montaban la enorme carpa.

Nellie se asombró cuando delante de la consulta no solo esperaba una señora con su perro, sino también un hombre alto y de cabello moreno con un bigote enorme y una especie de uniforme de fantasía. Era tal como ella se imaginaba al director de un circo.

—¿En qué puedo ayudarle? —preguntó a ese insólito visitante después de pedir a la señora que aguardase en la sala de espera e invitar al hombre a entrar en la sala de curas.

El desconocido le tendió la mano.

—Gilbert Homer —se presentó—. Soy uno de los directores de Homer Brother's Artist and Animal Show...

—El circo —dijo Nellie.

—Exactamente —confirmó el hombre—. Y necesitamos a un veterinario. ¿Atiende usted a tigres?

Nellie reflexionó unos segundos.

—Creo que sí, aunque últimamente solo me ocupo de gatos. De todos modos, tengo poca experiencia con ejemplares tan grandes y animales exóticos. Por eso preferiría recurrir a una amiga. La doctora Lemberger era veterinaria en un zoo.

Homer resplandeció.

—Encaja. Tenemos un cachorro de tigre. Un imán fabuloso para atraer al público, todo el mundo quiere ver al pequeño. Pero, desde el viaje, le lloran los ojos y le gotea la nariz... Sorbe mocos...

—Gripe felina —se atrevió a diagnosticar Nellie sin un examen previo—. No, esto no es motivo de alegría, suena inofensivo, pero es muy serio. Por otra parte, no es tan mortífero como para que tenga que visitarlo hoy mismo. ¿Qué le parece si llamo a mi colega de profesión y vamos mañana después de la consulta matinal?

Homer aprobó la propuesta.

—Para entonces ya habremos acabado y el cuidador se habrá liberado de otras ocupaciones. Todos tenemos que ayudar cuando se monta la carpa. Quedamos para mañana. Y saludos a su marido. Ha pasado a vernos; buscaba trabajo y la ha mencionado. Por eso he venido. Hasta mañana, pues.

—Un tipo extraño —comunicó Nellie a Maria poco después por teléfono—. Por una parte, parece que le importa el cachorro de tigre porque está dispuesto a pagarle un tratamiento; por otra parte, se lo toma con calma. Tengo curiosidad.

—Yo también —dijo Maria—. Es como antes en Berlín, ¿verdad? Esperemos que no vuelva a ser tan triste.

Las dos habían atendido en Berlín a muchos animales de artistas, entre otros el monito de una estrella de revista. Había sido el favorito de Maria hasta que murió de una forma trágica.

—Bueno, ese hombre no ahogará al tigre bajo los efectos de una droga —señaló Nellie—. Pero a lo mejor ese félido no es el único paciente. No me extrañaría que surgieran más casos.

El día siguiente era un sábado y Petey y Marty pidieron a gritos que les permitiera ir con ella al circo. Puesto que Walter tenía trabajo, Nellie no podía dejarlos en casa, pero suspiró aliviada cuando los dos se olvidaron de su propósito en cuanto llegaron a Epona Station. Preferían montar a caballo y April les prometió dar un paseo. En cambio, los Dadas se subieron al asiento posterior del viejo todoterreno en cuanto Maria ocupó el asiento del acompañante.

—Tengo que ver al tigre —insistió David—. Por favor, tía Nellie, ¿nos llevas contigo? —suplicó—. Nosotros somos muy formales.

—Ni siquiera notaréis que estamos ahí —prometió Daphne.

Los dos niños llevaban traje de montar. Habían querido salir a dar un paseo a caballo con April, pero ahora aprovechaban la oportunidad porque Petey y Marty se abalanzaron sobre los ponis.

—Un tigre puede llegar a pesar doscientos ochenta kilos —explicó David—. ¡Qué gran félido! No me lo puedo ni imaginar. —Hasta entonces, aún no había llegado ningún zoo a Auckland y los niños solo conocían animales exóticos a través de fotografías.

—¿Tendrán también monos, mamá? —preguntó Daphne—. Como el monito que tú curaste en Berlín. ¡Me encantaría tener un monito!

—Podríamos enseñarle a hacer acrobacias —añadió David.

Adiestrar animales era su última afición, y para practicarla se concentraba en Caramba, el perro blanco, negro y castaño de April. El pequeño mestizo de terrier colaboraba encantado: saltaba a través de neumáticos y sobre podios, e incluso cabalgaba sobre un poni. El gordo gato de la cuadra estaba menos entusiasmado ante la idea de trabajar para comer. Los niños habían deseado una camada de gatitos, pero Maria había castrado al animal hacía años.

—No vamos a tener ningún monito, Daphne —contestó Maria—. Los monos no son…

—Claro que os llevo conmigo —intervino sonriendo Nellie—. Vuestra mamá os podrá contar durante el viaje todo lo que todavía no sabéis sobre los monos.

El circo se había instalado algo apartado de Auckland, no demasiado lejos de la casa de Nellie. Reinaba allí una gran actividad. Mientras los trabajadores todavía estaban ocupados montando la estructura de la enorme carpa, los artistas ensayaban fuera sus números, lavaban a los animales o los paseaban. De un rincón surgían bramidos y otros ruidos de animales, además de un olor muy fuerte. Ahí era donde alojaban a los animales. Mientras los elefantes, camellos y caballos estaban en unas carpas que hacían las veces de cuadras, los animales peligrosos permanecían todo el tiempo en sus jaulas. Un oso agresivo se lanzó contra los barrotes cuando Nellie y Maria pasaron por su lado. La última se detuvo y se lo quedó mirando fijamente. Lo mismo hicieron los Dadas.

—El pobre está triste —dijo afligida Daphne.

—Pero hay algo que le duele —indicó Maria—. Mírale la pata, Nellie.

La pata anterior derecha del oso era el doble de grande de lo normal, estaba inflamada.

—¿Algún cuerpo extraño? —preguntó Nellie.

Maria se encogió de hombros.

—Es probable —dijo—. Tenemos que mirarlo más de cerca. Pero primero vayamos a ver al bebé tigre.

En la jaula siguiente había dos leones macho de aspecto apático. En otra más grande se encontraba un tigre. Un hombre con pantalones tejanos y camisa de leñador —ninguno especialmente limpio— estaba sentado al lado comiendo una empanadilla, quizá su comida del mediodía. El tigre daba bufidos en su dirección.

—Creo que le gustaría comérselo —susurró Daphne, cogiendo de la mano a su hermano.

Nellie se volvió hacia el cuidador.

—Somos las veterinarias. El señor Homer nos pidió que viniéramos.

—Increíble —exclamó el hombre—. Pues sí, son mujeres. Pensaba que era una broma. ¿Y van ustedes a toquetear a los tigres?

—Primero me gustaría hablar con el señor Homer —respondió Nellie.

Maria y los niños siguieron mirando entretanto a su alrededor. Un gritito de entusiasmo de Daphne indicó que habían descubierto el cachorro de tigre en la tercera jaula.

—¿Cuál? —preguntó el cuidador masticando y se metió el resto de la empanadilla en la boca—. ¿El señor Gilbert o su hermano, el señor Gerome?

También Nellie vio ahora al pequeño tigre. El animalito debía de tener dos meses; se acurrucaba junto a su amenazadora madre y daba pena. Tenía el pelaje pegado y le supuraban tanto los ojos que casi no podía abrirlos; además parecía que el morrillo le goteaba.

—Vino a verme un tal Gilbert Homer —contestó Nellie, impacientándose—. Estaría bien que él nos sacara al animal de la jaula. No podemos curarlo a distancia y la madre no parece que vaya a querer colaborar…

—Ahora se lo saco yo —dijo el hombre, levantándose por fin. Se metió la camisa dentro del pantalón e introdujo, sin hacer caso de la enfadada tigresa, una reja de separación en la jaula.

La dejó algo abierta, lo suficiente para que pasara el cachorro. Luego introdujo un bastón con un gancho a través de los barrotes, hasta que la tigresa se levantó y gruñendo con fiereza golpeó y mordió el bastón. Entretanto, el hombre metió una escoba por debajo de la reja de separación y prácticamente barrió al cachorro fuera de la jaula de su madre para colocarlo en la zona posterior de la reja de separación. El pequeño daba unos afligidos maullidos; la madre rugió y se lanzó contra las rejas.

—¡Cierra el pico, Cheetah! —increpó el cuidador a la tigresa y volvió a agitar amenazante el bastón hacia el animal.

—Tranquila, no vamos a hacerle nada a tu pequeño… —intentó sosegar Nellie a la enorme fiera, mientras ella y Maria subían a la jaula.

Maria palpó con habilidad los ganglios del cachorro.

—No hay duda, es una rinotraqueítis viral. Intuyo que una infección de *bordetella* con conjuntivitis. De todos modos, da igual lo que sea exactamente, solo podemos tratar los síntomas. —Maria acarició al animalito y le puso un termómetro. Nellie sacó enseguida unas gotas para los ojos y un antiinflamatorio para las mucosas—. El cachorro también tiene fiebre —constató Maria—. ¿Ya le han puesto nombre?

El cuidador la miró malhumorado, sin responder, pero por

suerte en ese momento se acercó un hombre muy parecido a Gilbert Homer. Los tigres se trastornaron en cuanto lo vieron. Incluso la madre del cachorrito enfermo se retiró amedrentada.

—¡Buenas! Me llamo Gerome Homer y estos son mis tigres —se presentó.

Nellie lo saludó desde la jaula.

—La doctora Von Prednitz y la doctora Lemberger. Tiene aquí a un animalito muy enfermo.

—¿Y? —preguntó el hombre. Parecía menos amable que su hermano—. ¿Lo pondrán bien de nuevo?

Nellie se encogió de hombros.

—Lo haremos lo mejor que podamos. La gripe felina suele curarse, pero por desgracia este cachorro lleva ya mucho tiempo arrastrando la enfermedad. Ahora mismo le haremos una cura y en los próximos días observaremos cómo evoluciona, aunque es algo muy pesado para el cachorro y la madre.

—Pues lo destetamos —dijo el domador, indiferente—. Por el momento no come nada, pero antes sí que se ha tomado un poco de carne. Debería funcionar.

—¿Quieren quitárselo a la madre? —preguntó indignada Daphne.

Su hermano miró al domador todavía más furioso.

—Sí, ¿vamos a tener que hacer cada día dos veces este teatro? —preguntó Homer, señalando a la tigresa que gruñía sentada en un rincón de la jaula.

Nellie apartó la mirada del animal para dirigirla a la jaula vacía y para nada limpia. La tigresa y su cachorro habían estado tendidos sin una manta o al menos un poco de paja sobre el suelo de esa jaula con ruedas.

—Debería estar en un lugar caldeado —indicó—. Y lo mejor sería que lo examinaran tres veces al día. Hay que tener cuidado con las comidas...

—¿Qué más se supone que debo hacer? —preguntó el cuidador, enojado.

Nellie miró con pena a la madre.

Entretanto, Maria había examinado al pequeño y ahora levantó la vista.

—Aquí morirá —anunció lacónica.

Los Dadas gimieron a un mismo tiempo.

—¿No podemos llevárnoslo, mamá? —preguntó muy serio David—. Le daríamos de comer. ¡En serio, mamá! ¿No podemos quedárnoslo?

—¡Alto ahí, no pueden quedarse al animal! —intervino Homer—. ¿Cuánto creen ustedes que vale un tigre así?

—Una vez muerto no valdrá nada —replicó con toda lógica Maria—. Como mucho podrá usted disecarlo...

Nellie intervino antes de que los Dadas se echaran a llorar y el domador estallara.

—Naturalmente, mi colega no se refiere a comprarle el tigre —aclaró—. Tampoco pretendemos que nos lo regale. Se trata de instalar al animal en nuestra consulta hasta que empiece a mejorar. Sería, por decirlo de algún modo, como un ingreso hospitalario, lo que en este caso recomiendo vivamente. Por mucha pena que me den la madre y el pequeño, necesita atención intensiva y no creo que el cuidador pueda y quiera encargarse.

El domador lanzó una mala mirada al hombre, quien contestó con insolencia.

—En eso lleva toda la razón —afirmó, lacónico—. Yo solo no domino a la vieja. Y ya sabe lo que pasa cuando los barrotes ceden...

Esa observación pareció convencer al domador, por lo que Nellie sintió de inmediato la urgente necesidad de abandonar la jaula lo antes posible.

—Bien, entonces, llévense al cachorro —accedió Homer—. Estaremos aquí dos o tres semanas, ocúpense de él durante ese tiempo...

—Voy a buscar una manta —se ofreció diligente David—. ¿Puedo coger al cachorro, mamá?

—Podemos llevárnoslo ahora mismo en el coche —indicó Nellie.

Maria negó con la cabeza.

—El oso —le recordó a su amiga.

Nellie suspiró y empezó a explicar a Homer que había otro enfermo en el circo.

—De los osos es más responsable mi hermano —le comunicó Homer y se volvió al cuidador—. Vaya a buscarlo, Bolton. Debe de andar por la carpa...

Gilbert Homer se mostró, en efecto, más receptivo que su hermano. Cuando apareció junto a la jaula del oso, reprendió al cuidador. El oso se lanzó enseguida contra la reja; al ver a Bolton, se volvió aún más agresivo. De nuevo pasó impotente las zarpas entre los barrotes.

—¿Qué significa esto, Bolton? ¿Cómo es que no se había dado cuenta? Tiene la pata hinchada como un balón y además apesta, está supurando. ¿Cuánto tiempo lleva así?

Nellie y Maria intercambiaron una mirada.

—El absceso acaba de abrirse, hace un momento todavía no se veía pus —explicó Nellie antes de que el cuidador respondiera—. En el fondo, es bueno que haya pasado. ¿Cómo podemos anestesiarlo ahora, Maria? —El oso era un ejemplar más bien pequeño en su familia, un oso tibetano—. ¿Cuánto calculas que pesa?

—Es una osa —respondió Maria—. Tiene que ser una hembra, los machos son más grandes. Le daré tanto narcótico como a un poni. A lo mejor puede quedarse en la jaula; le sacaremos la pata a través de los barrotes para curarla.

Los directores y el cuidador, ahora con menos humos, contemplaron fascinados cómo Maria sacaba una cerbatana con flechas que cargaba con el narcótico y alcanzaba hábilmente con uno de los disparos el hombro de la osa.

—Tardará un poco en dormirse —dijo tranquila—. Y tampoco llegará a estar inconsciente del todo. En este sentido, es mejor que los barrotes nos separen.

Entretanto, David había envuelto al cachorro de tigre en

una manta y lo sostenía en brazos. Daphne, que entendió que no iba a renunciar a él enseguida, se buscó otra ocupación. Se dirigió a donde estaban los caballos y elefantes.

Nellie y Maria abrieron más el absceso, lo limpiaron y lavaron la herida.

—Tenemos que volver a hacer esto una vez más como mínimo —explicó Nellie—. Si son varias veces, todavía mejor. Avísenos si sigue supurando.

—Esperemos que no —dijo Maria y sacó un clavo oxidado de la herida—. Esto es el causante de la infección. Ha tenido suerte de que no haya acabado en una septicemia. Si ahora limpiamos y desinfectamos, tenemos muchas posibilidades de que se cure. —Vendó la herida y pidió a los empleados del circo que la llamaran cuando se soltara—. Tienen que cuidar mejor a los animales. Una herida así no puede pasar desapercibida; en realidad, no debería haber ocurrido esto. Y la enfermedad del cachorro está causada por la falta de espacio, de ventilación y por el estrés. Los animales necesitan luz y aire…

—Y amor —dijo David.

Los hombres soltaron una carcajada.

—Al menos deberían sentir ustedes y los cuidadores cierto cariño por los ejemplares que tienen a su cargo —lo defendió Nellie—. Aquí los animales parecen temer a todo el mundo. Esto los hace más propensos a enfermar. ¿Necesitan algo más de nosotras? De lo contrario, llevaremos al cachorro a Epona Station.

Según los directores y el inútil del cuidador, Nellie y Maria no tenían más pacientes potenciales. Sin embargo, antes de marcharse tenían que buscar a Daphne. No resultó difícil encontrarla. Se había unido a un grupo de niños del circo que a todas vistas querían presumir un poco. Daphne observaba cómo hacían dar vueltas en círculo a un caballo e iban saltando sobre su lomo sin silla para cabalgar allí de rodillas o en pie. A veces se subían al mismo tiempo dos o tres chicos y chicas sobre el tranquilo caballo tordo, que iba al galope, y formaban allí pirámides o hacían acrobacias sobre las manos.

Daphne estaba emocionada.

—¡Yo también quiero saber hacer eso! —comunicó a su hermano y su madre—. ¿Me dejará April practicar con los ponis?

La mirada de Nellie y Maria se posó en un caballo que estaba al lado del picadero improvisado en el que los niños ejercitaban a la cuerda el tordo. Se trataba de un bonito semental castaño que debía de tener antepasados españoles. Sin embargo, no parecía estar de buen humor: mordía en el aire o galopaba de un lado a otro del cercado dando golpes.

—Wild Bill —lo presentó con orgullo Gilbert Homer—. Un mustang. Indomable. Si conoce a alguien que logre montarlo, pagamos cien libras.

Nellie frunció el ceño. Su marido ya le había contado esa historia el día anterior.

—No es extraño —dijo—. El lomo demasiado corto y los músculos totalmente en tensión. ¿Qué aconsejaba Spohr en tales casos, Maria?

Maria torció el gesto.

—Pregúntaselo a Walter, es su área. Antes la *Lógica de la equitación* era su Biblia. Sin duda le irían bien unas compresas de agua caliente y seguro que también unos masajes...

—Y ejercicios pie a tierra hacia delante y hacia atrás... —añadió Nellie—. Mi marido seguro que podría montarlo. Pero no de un día para otro.

Los hermanos Homer se miraron.

—No estaría mal que alguien ganara el premio —observó Gilbert—. ¡En Australia se decía que era un timo!

—Piénsenselo —dijo Nellie—. A Walter seguro que le gustaría venir y trabajar con el caballo. Si es factible montarlo en dos semanas, lo ignoro. Tendrían que preguntárselo ustedes mismos. Ya tienen nuestro número de teléfono.

Y dicho esto, Maria y Nellie se volvieron para marcharse. El cachorro gemía en los brazos de David.

—Cuando lleguemos a casa, te calentaremos leche —le prometió el niño—. Y un poco de carne picada. Para que te hagas grande y fuerte... ¿Cómo lo llamaremos, Daphne?

Daphne miró al animalito.

—Saida —respondió—. Acabo de leerlo en un libro. Es un nombre árabe. Significa la que es feliz, la que crece.

Una de las tareas preferidas de Daphne y April consistía en pensar los nombres para los caballos y ponis de Epona Station.

David frunció el ceño.

—Eso no hay quien lo pronuncie —objetó.

Daphne se encogió de hombros.

—Entonces llámala solo Sally —propuso.

Nellie se dio media vuelta.

—¿Ya sabéis que tendréis que devolverla? —les advirtió—. Si es que no se muere. Así que no le cojáis demasiado cariño.

4

La zarpa del oso se curó y el cachorro Sally siguió con vida. Los Dadas y April se ocuparon de una forma conmovedora de la pequeña tigresa. Pasadas las dos semanas seguía a David por la consulta de Maria y jugaba con el perrito de April. Los dos niños lloraron cuando tuvieron que devolver al animal de nuevo al circo. David le dejó la manta en la jaula y Daphne una pelota de colores.

—Así al menos tendrá algo con que jugar —dijo Daphne.

Por lo visto, Sally no iba a compartir en un principio su jaula con ningún otro tigre. Gimió detrás de los Dadas cuando Maria obligó a sus hijos a irse.

—El circo volverá —los consoló—. Entonces seguro que podréis volver a verla.

En efecto, los hermanos Homer habían decidido viajar por Nueva Zelanda durante un año o más y regresar luego a Australia. El viaje de vuelta estaba reservado desde Auckland. Así que seguro que volverían a detenerse allí.

—Entonces podremos volver a hablar del semental —comunicó Gerome Homer a Walter, quien en esta ocasión también había acudido.

Había vuelto a ir al circo para examinar a Wild Bill y también había realizado un par de pruebas con él. Walter había tomado prestada una ligera silla de carreras que el semental toleraba, de lo contrario solía llevar una pesada silla australiana que además no se ajustaba a él. Walter incluso hubiera estado dispuesto a presentar un intento de montar en una función, pero los hermanos no se ponían de acuerdo en si el hecho de que alguien ganara el premio favorecería o perjudicaría su negocio. Habían convenido postergar tomar la decisión.

—Naturalmente, os podríais quedar —dijo Gilbert de repente para sorpresa de los llorosos niños—. ¡Estaría encantado de ofrecer un trabajo a vuestra madre!

Maria se dio media vuelta atónita.

—¿Cómo? —preguntó.

—Sí... —Gilbert Homer se anduvo un poco con rodeos—. Mi hermano no es del todo de esta opinión, pero yo creo que podríamos necesitar a un veterinario que viajara con nosotros. No abundan los especialistas en animales exóticos. Así que si tuviera interés, doctora Lemberger...

Maria negó con la cabeza, aunque los niños enseguida le insistieron.

—Tengo aquí mi consultorio —dijo—. Y mi esposo tiene el suyo. No me gusta viajar. Yo... no estoy libre...

Homer asintió.

—Lo entiendo. Ya lo buscaremos en otro lugar. Por el momento, muchas gracias, doctora Lemberger.

Bernhard acababa de volver de la casa de los Rawlings cuando Walter entró en el patio de Epona Station para dejar a Maria y los niños y recoger a Petey y Marty. Los dos habían vuelto a quedarse para montar a caballo con April. La joven entrenaba a los pequeños jinetes en el picadero y de vez en cuando ella y Cedric, que herraba los caballos al lado, intercambiaban una mirada de enamorados. Ya se había decidido que los dos se casarían al año siguiente. El joven había planeado obtener algunas cualificaciones relacionadas con montar y entrenar caballos. Al igual que Walter, intentaba conseguir la licencia de entrenador para caballos de carreras. Costaba dinero, pero Walter estaba decidido a conseguirla para poder presentar por fin algún documento que lo acreditara cuando se ofrecía para trabajar con caballos.

En el caso de Cedric, se trataba más bien de no quedarse por detrás de April en cuanto a formación, pues ella tenía al menos un título universitario. Julius se había más o menos hecho a la idea de que los dos se ocuparían en el futuro de Epona Station y la muchacha ya se preparaba para ello. Jonathan estaba feliz en Australia, trabajaba en el banco y había empezado sus estudios de matemáticas y física. Le interesaba más la investigación que hacerse rico.

—A lo mejor un día le dan el Premio Nobel —intentaba consolar Mia a su marido—. No se puede forzar a nadie a que le gusten los caballos. Mira a Willie; según su opinión, a Alex tampoco se le dan bien.

Como Julius bien sabía, ahí las cosas eran distintas. Alex se interesaba mucho por la cría de caballos, pero en su caso era más bien la difícil relación que mantenía con su madre lo que le impediría con toda probabilidad hacerse cargo de la granja de los Rawlings. Esto le dolía mucho a Edward, a quien le habría gustado que su hijo se quedara en la granja y habría preferido verlo como criador de caballos en lugar de como veterinario. Al fin y al cabo, en Onehunga no tendría como tal ninguna posibilidad de ejercer, pues más de tres veterinarios no se necesitaban en la región. En el fondo, ya hacía tiempo que Alex debería haberse buscado trabajo en otro lugar. No tenía ningún sentido andar trajinando sin ganas por la granja y peleándose con su madre. Sin embargo, el joven no se desprendía de Onehunga ni de April von Gerstorf. Seguía buscando el contacto con la joven, últimamente a través de la tigresita Sally, que le interesaba mucho.

Alex no había podido trabajar nunca con animales de zoo durante su carrera, así que había unido placer y aprendizaje yendo a Epona Station en coche o a caballo mientras Maria atendía la consulta de las mañanas. A esas horas, David y Daphne estaban en la escuela y April cuidaba de la pequeña tigresa. Alex no se cansaba de ver cómo acariciaba o bromeaba y jugaba con ella peleando con un trozo de tela. Por otra parte, sufría como un perro, como Bernhard solía decir, cuando ella coqueteaba con Cedric. Pero al menos su relación con April se había relajado gracias a ocuparse con ella del cachorro. En cualquier caso, con el paso del tiempo, su entente era más cordial. Las esperanzas de Alex crecían, sin saber todavía nada del compromiso de April con Cedric.

—¿Qué tal con Willie y Edward? —preguntó Mia, cuando Bernhard sacó su instrumental del coche y lo llevó a la cuadra—. ¿Sigue la atmósfera cargada?

La pregunta de Mia no carecía de malicia. La temporada de carreras no estaba funcionando tan bien para su antigua rival Wilhelmina. Beloved Boy en especial no conseguía reanudar los éxitos de la temporada pasada. En cambio, Happy, el preferido de Mia, se estaba superando a sí mismo, pese a haber sufrido la infección en las vías respiratorias, y era el favorito de la Auckland Cup de marzo de 1939.

Bernhard le lanzó una mirada de desaprobación. En esos momentos, las pequeñas rivalidades en el ámbito de las yeguadas y las carreras no le interesaban lo más mínimo. Los sucesos en la lejana Alemania lo seguían preocupando. En el mes de noviembre habían destruido comercios judíos y sinagogas en un pogromo. Incluso había habido víctimas mortales y ahora hasta los últimos ciudadanos judíos comprendían el peligro que los amenazaba. Cada vez eran más las personas que esperaban salvarse emigrando, pero los clásicos países de acogida dificultaban las condiciones para conseguir visados de entrada. Hitler promulgó castigos colectivos y normas especiales contra los judíos, y el resto de Europa no hizo nada para mantenerlo a raya. En lugar de ello, se firmó un pacto de no agresión entre Alemania y Francia, y también se negociaron acuerdos similares con Rusia. A Bernhard solo le quedaban unos pocos parientes en Alemania, pero ahora le suplicaban por carta que les encontrara algún trabajo en Nueva Zelanda y, si era posible, les pagara la travesía. Procedía de una pequeña familia de funcionarios. Sus miembros no habían ahorrado mucho.

—Con los Rawlings siempre es lo mismo —respondió—.

Willie y Alex se despedazan y Edward calla. Él y Alex no me dejan solo con Willie, me tratan como si en cualquier momento fuera a abalanzarme sobre su esposa y madre. Y, como es casi habitual, las razones para hacerme ir eran ridículas. Pero, cuando la señora Rawlings quiere ver al veterinario, tiene que ver al veterinario, aunque disponga de uno en casa... Tal vez debería enviarle un retrato mío.

—El director del circo me ha ofrecido un trabajo —dijo Maria a bocajarro.

Bernhard rio burlón.

—¿Te refieres a que debemos unirnos a esa gente itinerante para eludir a Willie Rawlings? Me parece algo exagerado.

Maria lo miró desconcertada. Seguía sin entender lo que sucedía entre Wilhelmina y su marido.

A Mia, por el contrario, se le ocurrió una idea.

—¿Te querían a ti en especial o a un veterinario cualquiera? —preguntó—. A lo mejor sería algo adecuado para Alex.

—Se lo puedo proponer —dijo Bernhard—. Mañana tengo que volver para limar un par de dientes.

Mia reflexionó unos instantes.

—Entonces... llévale ya una invitación para la boda. April se la quería dar ella misma y además todavía está a tiempo. Para ser sincera, aún no nos hemos puesto de acuerdo sobre si vamos a invitar a Willie y Edward o no. Pero Alex tiene que venir, sí o sí...

Alex Rawlings apretó los dientes cuando sacó la tarjeta de invitación del bonito sobre azul cielo que April y Daphne habían preparado. La leyó sin mostrar ninguna emoción.

—No podré ir —comunicó a Bernhard—. ¿Dónde ha dicho que está montado ese circo?

Los Homer Brothers dejaron Auckland después de una gran celebración de Navidad y se dirigieron a Russell. Alex Rawlings viajaba con ellos como veterinario. Tal vez consiguiera así olvidarse para siempre de April von Gerstorf.

5

April y Cedric celebraron su enlace en abril, un mes después de la Auckland Cup que Happy ganó ampliamente. Beloved Boy quedó, al menos, en el segundo puesto. Los Von Gerstorf habían invitado a toda la élite del círculo de las carreras y de las cacerías del entorno de Auckland, y también, a pesar suyo, a Edward y Willie. Celebraron la fiesta en el restaurante del hipódromo. La casa de Epona Station era demasiado pequeña para acoger a tanta gente y el tiempo ya era demasiado caprichoso en otoño como para hacer una fiesta en el jardín.

April lucía un espléndido vestido de seda color crema, ceñido hasta las caderas, con una amplia falda y una cola discreta. Llevaba el cabello suelto, apenas cubierto por un velo de finísima gasa. Cedric, con un clásico traje negro y sombrero de copa, no se cansaba de mirarla. Los dos abrieron de modo formal el baile. Walter había hecho a regañadientes de profesor de baile, no sin recordar antes a April con un guiño que todavía no le había enseñado a bailar el charlestón. April enrojeció de inmediato.

—Creo que entonces estaba un poco enamorada de ti —admitió.

Walter sonrió.

—¿En serio, April? —preguntó, burlón—. ¡No me di cuenta!

El banquete de bodas fue exquisito. Se pronunciaron discursos y brindis, pero también se bailó un *haka*. Mia y Julius se habían puesto de acuerdo en no silenciar avergonzados el origen maorí de Cedric, sino de tratar con orgullo que los futuros herederos de Epona Station llevarían el apellido de Takona. Si a pesar de ello hubo algún comentario al respecto, no fue en voz alta.

Wilhelmina Rawlings estaba tan hermosa con su vestido de noche azul oscuro que casi le robó el protagonismo a la novia. Naturalmente, llegó del brazo de su marido, pero en cuanto se inició el baile salió en busca de Bernhard.

—¿He oído decir que su esposa no baila? —preguntó con una sonrisa seductora—. A lo mejor, puesto que mi marido tampoco puede...

Bernhard bajó gélido la mirada hacia ella.

—No me apetece bailar, señora Rawlings. No deseo en absoluto arruinarles la fiesta a estos jóvenes, pero tampoco me apetece celebrar nada. ¿Ha oído hablar de lo que Hitler está exigiendo a Polonia? Estallará una guerra. Y esta vez los franceses y los británicos no podrán mantenerse al margen.

Willie le sonrió todavía con más dulzura.

—Sin lugar a dudas las perspectivas son alarmantes. Pero, como usted mismo ha dicho, no es razón para amargarse uno mismo ni amargar a los demás esta maravillosa velada. Y con más razón si va a haber una guerra. ¿Quién sabe cuándo podremos volver a bailar?

Bernhard negó con la cabeza.

—A lo mejor nunca más me apetecerá volver a bailar. Búsquese a otra pareja, Willie, por favor. No quiero ser descortés, pero yo... —Dicho esto, le volvió la espalda.

Entretanto, Nellie se había reunido con Edward, quien agitaba una copa de coñac y observaba la fiesta, ajeno a ella.

—¿Sabe algo de su hijo? —preguntó—. ¿Le gusta trabajar en el circo?

Edward suspiró.

—Me temo que no —respondió—. No es que se queje, pero le resulta muy difícil integrarse y sospecho que también le faltan conocimientos. En la última carta admitía que se había puesto en el ridículo más absoluto al ignorar que los dromedarios son rumiantes. Fue blanco de todas las burlas..., aunque... ¿quién sabe algo así?

Nellie rio.

—Como veterinario debe saberse, y más cuando se viaja con un circo y se va a tratar animales exóticos. De todos modos, no voy a dármelas de lista. Si Maria no se hubiese doctorado con un trabajo sobre las llamas, es probable que yo tampoco lo supiera. A fin de cuentas, ¿cuándo nos relacionamos con camellos? Pero seguro que Alex acaba integrándose. Es un joven despierto.

—El modo en que la gente del circo trata a los animales le desagrada —siguió hablando Edward—. No creo que se vaya con el circo a Australia.

Nellie se encogió de hombros.

—Bueno, espere —replicó—. A lo mejor se enamora de una hermosa funambulista y se lo piensa todo una segunda vez. Todavía queda tiempo hasta final de año.

—Un tiempo peligroso —señaló meditabundo Edward—. Estamos en una mala época. La idea de una guerra me da miedo... Ya puede estar contenta de que sus hijos todavía sean pequeños.

Nellie asintió.

—Ellos serían los primeros en alistarse voluntarios —sospechó—. La idea de pelearse sin que nadie los castigue es para ellos genial. Pero tampoco ha de tener usted miedo por Alex. ¿O cree usted que en Nueva Zelanda será obligatorio alistarse?

Edward negó con la cabeza.

—Seguro que no. Pero la gente joven volverá a alistarse voluntariamente en masa... En el pasado yo estaba deseando ir al combate. Servir a mi país, vivir aventuras... Ya ve a lo que me llevó todo eso. —Señaló su pierna.

—Alex es sensato —afirmó animosa Nellie—. No le dé demasiadas vueltas. A lo mejor no llegamos a ese punto.

—¿Y cuál sería la alternativa? —Mia von Gerstorf se entrometió en la conversación—. ¿Permitimos que los nazis vayan invadiendo un país tras otro hasta que todo el mundo les pertenezca? —Se mordió el labio—. Creo..., creo que si mi hijo quisiera..., yo..., yo lo dejaría marchar...

El invierno transcurrió sin ningún suceso digno de mencionarse; Nellie tenía la sensación de que el mundo se hallaba en una especie de letargo. Hitler cerró un pacto de amistad con Italia y, de repente, parecía entenderse muy bien con Stalin.

Grit de Groot debutó como concertista de piano en el Carnegie Hall y recibió invitaciones para tocar en grandes salas de concierto internacionales. Phipps casi reventaba de orgullo; no obstante, mencionaba en todas las cartas su preocupación por el estado del mundo. En un principio, no pensaba dejar que su hija fuera de gira. Durante esa época, la misma Grit escribía muy poco y siempre sobre asuntos banales. Nellie empezó a preocuparse. Era imposible que en la vida de su hija pasaran tan pocas cosas.

A finales de agosto, April desveló a Maria que estaba embarazada. La joven no cabía en sí de alegría.

—Estaba segura de que enseguida saldría bien —dijo radiante—. Queremos tener muchos hijos, ¡espero que el primero sea niña!

Maria recibió la noticia sin aspavientos, al igual que la que le había comunicado por la mañana Bernhard sobre el pacto entre Hitler y Stalin.

—Los tiempos de guerra no siempre resultan fáciles con niños —observó solamente—. En Berlín, al final casi no teníamos qué comer.

April quitó importancia a sus temores, al igual que a las observaciones de su madre, que tampoco se podía decir que fueran optimistas.

—No sé si es tan bueno para un niño nacer en medio de una guerra —opinó Mia—. Demasiada excitación, demasiadas malas noticias... Un futuro incierto... Naturalmente, me alegro por ti. Pero...

—Bah, ¿quién habla de guerra? —replicó April con un gesto de rechazo—. En primavera, Gran Bretaña y Francia aseguraron que apoyarían a Polonia en caso de duda. Y, desde entonces, Alemania está tranquila. Ese Hitler no se enfrentará a tres países.

Mia no dijo nada al respecto. Le concedió a su hija un par de días más libres de toda preocupación.

El 1 de septiembre, Alemania atacó Polonia por primera vez y, dos días más tarde, Gran Bretaña y Francia declararon la guerra a Hitler.

—¿Y qué significa esto ahora? —preguntó April algo inquieta—. Para nosotros.

—Se abrirán oficinas de reclutamiento —explicó su padre. April y Cedric todavía residían provisionalmente en Epona Station. Estaban pensando en construirse una casita propia, pero no se ponían de acuerdo en la ubicación—. Para alistar voluntarios. Nueva Zelanda se pondrá del lado de Gran Bretaña. El primer ministro tendrá que garantizar a la metrópoli nuestro apoyo incondicional mañana como muy tarde. También se formarán grupos de mujeres como refuerzo y seguro que abundarán las proclamas patrióticas. Por lo demás, aquí no debería pasar gran cosa. Nos encontramos muy lejos del núcleo de acción.

—¿Estás seguro? —preguntó April, pasándose la mano por el vientre todavía plano.

—Bastante —la tranquilizó Julius—. Por supuesto, se hablará mucho de una posible invasión, no cabe duda de que se volverán a formar batallones que planifiquen ingeniosas medidas de defensa, todo palabrería. Aquí no tenemos nada que temer del lado alemán. Sin embargo, se dejarán de comprar caballos de paseo y no está nada claro que las competiciones y lo que las acompaña sigan como hasta ahora. Así que podemos vernos con problemas económicos...

—A esos ya estamos acostumbrados —intervino Mia—. Y contamos con reservas en abundancia. Piensa en el dinero que mi padre nos ha dejado a nosotros y a April. Hasta ahora ni lo hemos tocado. Así que no te inquietes por nuestra familia. Ya es suficiente con que tengamos que preocuparnos por el resto del mundo. Esta vez arderá en llamas.

En efecto, en un principio, la vida en Auckland y Onehunga siguió transcurriendo como hasta entonces. Las ovejas parían sus corderos, lo que para Bernhard significaba una temporada de mucho trabajo. Los primeros potros nacieron y el hipódromo de Ellerslie se preparaba para el primer día de carreras de la nueva temporada. Como había anunciado Julius, se abrieron las oficinas de reclutamiento y montones de jóvenes neozelandeses se presentaron para tomar las armas. Pero inicialmente las repercusiones no fueron negativas, al contrario: Walter por fin obtuvo un puesto fijo en el hipódromo de Ellerslie. Después de que el asistente de un entrenador con fama de furibundo hubiese corrido a buscar su redención en el ejército, Walter asumió la tutela de jockeys y caballos. Ni se preocupó por las peculiaridades de su jefe. Quien había crecido con el lenguaje autoritario de las escuelas de equitación alemanas —le decía a Nellie— no iba a dejarse intimidar por un neozelandés colérico.

Fue a principios de octubre cuando la guerra también extendió sus codiciosas manos a Epona Station. La noticia de que Cedric se había alistado en el 28.º batallón como voluntario cogió a April por sorpresa.

—¿Qué es lo que has hecho? —preguntó horrorizada cuando su marido la informó con los ojos resplandecientes. Ya sostenía con el brazo su nuevo uniforme—. ¿Quieres ir a la guerra? Pero ¿por qué?

—April, no es que quiera simplemente ir a la guerra —explicó Cedric—. Seré oficial. El 28.º batallón está formado solo por maoríes. Podemos demostrar que somos ciudadanos del Imperio británico, que somos dignos de confianza y de respeto... ¡Y además somos un pueblo guerrero! Impresionaremos al mundo.

—Yo nunca te he visto como un guerrero —musitó April, estupefacta.

Cedric se enderezó.

—¡Ya ves! La sociedad de los *pakeha* nos ha reducido, a nosotros los maoríes, a una especie de grupo folclórico cuyos miembros bailan un *haka* medio desnudos, hacen muecas y agitan antiguas lanzas. Un poco de folclore y, si no es así, un par de trabajos mal pagados en fábricas. ¡Nos han arrebatado nuestro orgullo!

April no reconocía a su marido. Cedric era una persona pacífica, jamás se había visto envuelto en una pelea. Pese a ello, nunca le había faltado seguridad en sí mismo. Había ido a la escuela con toda naturalidad con niños *pakeha* —así era el modo en que los maoríes llamaban a los blancos—, había cursado estudios superiores y era reconocido como herrero y como jinete y entrenador. ¿Qué pretendía demostrar ahora?

—No puedes dejarme sola... —dijo en voz baja. Estaba demasiado sorprendida para pelearse.

Cedric quitó importancia al tema con un ademán.

—Al principio se trata solo de ir a Trentham, al sur de la Isla Norte —explicó—. Para la formación. ¡Para la formación de oficial, April! No voy a ser un soldado simplemente, sino que obtendré un rango superior. Como tu padre.

Ella se lo quedó mirando.

—¿Es ese el objetivo? —preguntó incrédula—. ¿Quieres emular a mi padre? ¡Julius huyó de la guerra! Vino a Nueva Zelanda para no tener que combatir.

—Aun así prestó notables servicios al país —contestó Cedric—. En ese depósito de remontas en Upper Hutt. Trabajó allí durante toda la guerra...

April se frotó la frente.

—Sí, lo hizo —admitió—. Pero era distinto. Adiestró caballos. No combatió. Nunca puso su vida en peligro.

Él se encogió de hombros.

—Tampoco sé a dónde me destinarán —dijo haciéndose el importante—. Es posible que también pueda presentar las cualificaciones profesionales que he adquirido hasta ahora...

April lo fulminó con la mirada.

—¿Las qué? Cedric, ¡despierta! Esta guerra ya no se librará con caballos. Se utilizarán tanques, camiones, qué sé yo...

—Un par de caballos seguro que necesitan —replicó él.

April asintió.

—Sí. Y lo mismo un par de herreros. Pero seguro que no en el rango de oficiales, Cedric. Y seguro que los caballos tampoco tendrán gran necesidad de que los preparen para las carreras. O trabajas con caballos o eres oficial. Es difícil que coincidan las dos cosas.

El joven hizo un gesto de rechazo.

—Ya me las apañaré —concluyó con optimismo—. Ya verás. ¡Al final, hasta te sentirás orgullosa de mí!

A Cedric solo le quedaban unos pocos días en Epona Station y April los aprovechó no cejando en su empeño de intentar disuadirlo de sus planes, a pesar de que su padre, Bernhard y Walter le advertían que era en vano, pues ya había firmado el alistamiento.

—A lo mejor lo convencéis al menos para que deje lo de ser oficial —suplicaba April a Bernhard y Walter, que habían servido en la Primera Guerra Mundial. Destinaron a Bernhard a un depósito de remontas como veterinario y Walter siempre estuvo al borde de la muerte como correo—. Siendo herrero seguro que se queda fuera de la línea de fuego.

Walter se encogió de hombros.

—Puedo intentarlo, describirle lo que sucedía en las trincheras. Pero no se lo creerá. Nadie se lo cree hasta que lo vive, al menos ningún joven aventurero. A mí la guerra no me atraía. Me pasó lo mismo que a Julius, escogí la carrera militar porque quería montar a caballo. Nunca había pensado en librar una contienda. Así que tampoco me hice ninguna idea errónea. Pero tal como fue en realidad... Es indescriptible, inimaginable...

Bernhard asintió.

—No obstante, hablaremos con él —consoló a April—. ¿Y qué pasa con tu padre? ¿Qué ha dicho?

—¿Dicho? —April se frotó las sienes—. Ha estallado. De verdad, nunca había visto a mi padre tan furioso. Me temo que ha empeorado las cosas. Le dijo a Cedric que a él nunca le ha afectado que sea maorí. Ni siquiera cuando quisimos casarnos. Nunca objetó nada. Y ahora viene con estas ridículas historias tribales. ¡Un pueblo de guerreros! Le dijo que una persona civilizada no podía, simplemente, presentar tales argumentos. A lo que Cedric le contestó que entonces estaba viendo en él a un salvaje... Y que siempre lo había sabido. Mamá quiso mediar, pero fue imposible.

Walter y Bernhard se miraron.

—Tampoco nosotros llegaremos mucho más lejos —observó con un suspiro Bernhard—. Pero pondremos lo mejor de nuestra parte.

Por supuesto, Cedric no se dejó persuadir por los veteranos de guerra. A mediados del mes de octubre, dejó Epona Station y se fue a Trentham como aspirante a oficial. Dos días más tarde, Mia despertó a Maria a media noche.

—Perdona que te moleste, pero tienes..., tienes que venir. April está sangrando mucho. Me temo que está perdiendo al bebé. Y sí, ya sé que es posible que no puedas hacer nada, pero, de todos modos, tienes más formación que yo.

Maria encontró a April estremeciéndose a causa de los dolores y llorando. Sangraba mucho, pero su vida no corría peligro.

—No es más que una regla fuerte —la consoló—. Deberás ir al médico, tal vez haya que hacer un raspado. Pero lo habitual es que estos abortos tempranos carezcan de complicaciones.

—¿Carezcan de complicaciones? —gimió April—. Mi bebé está muerto, yo...

—Has perdido un feto por causas desconocidas —corrigió Maria—. En los tres primeros meses de embarazo. Es algo normal. A menudo antes de que la mujer sospeche que está embarazada. Lo sabes porque lo mismo les pasa a los caballos. Aunque, en ese caso, el embrión suele ser reabsorbido... —Maria inició su recitativo.

—Yo no soy un caballo —protestó April entre sollozos.

—Pero sabes que ningún embarazo es seguro hasta que no se han superado los tres primeros meses —le recordó también Mia. Se sentía claramente más segura en el terreno de la cría de caballos que en el tema de la gestación—. Es así, no hay más.

—Y normalmente un aborto involuntario no constituye ningún obstáculo para una nueva fecundación —sentenció Maria.

—Puedes tener otros hijos —dijo Mia con dulzura y apartando los cabellos con suavidad del rostro de su hija—. La próxima vez saldrá bien.

—Yo quería a este hijo —susurró April—. Seguro que era niña. Lo..., lo notaba. Y ahora no está. Quiero a Cedric, mamá... Lo necesito ahora. ¿Dónde está?

Mia estrechó a su hija adulta contra sí y la meció con cariño, mientras Maria le daba un Valium para calmar el dolor y apaciguarla. Al final se durmió, y Maria y Mia se sentaron agotadas junto a su cama.

—Tendrá otros hijos —repitió Maria las palabras de Mia.

Mia asintió.

—Si al menos Cedric estuviese aquí. Si no hubiese emprendido esta absurda y peligrosa aventura... Mañana intentaré comunicarme con él. A lo mejor puede venir un momento a verla.

No resultó difícil contactar con el joven en Trentham, pero al llevar tan poco tiempo con la formación no le concedían días libres, y la verdad era que él no se atrevía a abandonar la unidad sin permiso.

—¡Sería desertar! —protestó, cuando Mia insistió en que lo intentase todo—. ¡Se castiga con la pena de muerte!

Mia se mordió el labio.

—¡Por Dios, Cedric, no van a fusilarte al día siguiente! ¡Pero April te necesita ahora!

—Me..., me gustaría ir a verla... —La voz de Cedric sonaba ahogada, quizá por la advertencia—. Haría cualquier cosa. Pero..., pero, si estuviera en ultramar, tampoco podría ir...

April se pasó días llorando, por su hijo, pero también por la decepción que le había causado su marido. A su pena le siguió el enfado y la rabia. Dos meses más tarde, cuando Cedric habría podido tener vacaciones antes de que su unidad fuera destinada a Escocia, afirmó que no quería verlo.

—Estará mucho tiempo lejos —indicó con precaución Mia.

April la fulminó con la mirada.

—Pero no en peligro —dijo—. Me ha escrito con todos los detalles: en Escocia sigue la instrucción. Los maoríes serán una unidad pionera, lo que significa que aprenden escalada, navegación, construcción de puentes y todo eso. Más deporte que guerra. Están todos los chicos encantados. Al parecer, el centro de formación es un anexo de un castillo escocés y están todos impacientes por conocer la cultura escocesa. ¡Hace un par de semanas afirmaba que tenía que ir a la guerra porque aquí lo han reducido a un oso de feria con faldita de rafia y ahora está encantado con las faldas escocesas y las gaitas! Me basta con eso.

Mia se encogió de hombros.

—Tú sabrás, April. Pero podrías pasar una noche con él...

April la miró fríamente.

—Sus vacaciones no coinciden con mis días fértiles —dijo—. Así que da igual.

6

La guerra se extendió velozmente. En el curso del invierno neozelandés de 1940, los alemanes ocuparon Noruega y Dinamarca y desfilaron a continuación por Países Bajos y Bélgica.

—Justo como entonces —susurró Nellie cuando se enteró.

Estaba agotada y deprimida. Las noticias procedentes de Europa le daban miedo; pensaba en su familia en Bélgica y decidió ponerse en contacto con sus padres y con quienes habían sido sus suegros. Según su experiencia, los comestibles escasearían pronto en los territorios ocupados por los alemanes. A lo mejor ella podía ayudarlos enviándoles paquetes. Walter asintió. También él se acordaba demasiado bien del comienzo de la primera gran guerra. Entonces los alemanes habían estado seguros de ganar y del mismo modo se mostraban ahora, cuando ocuparon París sin resistencia y empezaron a bombardear Londres.

—¿Acabará igual? —preguntó abatida Nellie—. ¿Y durará tanto?

Sabía que personalmente no tenía de qué quejarse y nadie temía en serio que invadieran Nueva Zelanda. Pese a ello, se sentía cansada. Walter estaba poco en casa. Se esforzaba lo mejor que sabía por complacer a su colérico jefe, pero este seguía descargando su malhumor en sus subalternos. Era también desagradable con los propietarios de los caballos y así ahuyentaba a sus mejores clientes. En ese sentido, no se avanzaba. Por muy ingeniosos que fueran los programas de entrenamiento de Walter, los caballos de sus cuadras no tenían el potencial de los ejemplares de Epona Station o Baroness Stud, simplemente, y Walter no podía parar de lamentarse cuando por fin llegaba a casa. Temía que pronto iba a volver a quedarse sin trabajo.

Nellie no admitía que casi lo ansiaba. Si Walter dejaba de acudir al hipódromo, ya no tendría ningún pretexto para abandonarla a ella sola en el cuidado de los niños y de la casa. Los días mejores eran aquellos en los que le surgía algo que hacer por los alrededores de Epona Station. Entonces dejaba a Petey y Marty con Lene y podía estar segura de que no harían ninguna travesura y de que realizarían obedientes sus deberes. La antigua niñera de Grit era lo suficientemente experimentada y segura de sí misma para encargarse de los dos y también tenía tiempo para ello. Los mellizos de Maria estaban contentos con sus propias ocupaciones y se bastaban consigo mismos. Daphne y David eran uña y carne. Lo peor que podía pasarles era que David fracasara en un intento o que a Daphne se le desbocase un caballo. Eso no tenía nada que ver con las travesuras de Petey y Marty.

Para Nellie, los peores días eran aquellos que pasaba en la carretera desde la mañana hasta la noche y los niños se quedaban solos cuando salían de la escuela. En realidad, ya eran lo bastante mayores para calentarse ellos mismos la comida y ocuparse de sus tareas durante dos horas sin poner patas arriba toda la casa. Sin embargo, solían invertir el tiempo en hacer jugarretas a los vecinos o realizar peculiares experimentos culinarios, con lo que en una ocasión casi prendieron fuego a la cocina. En ocasiones invitaban a algunos amigos a jugar, y ella se encontraba al volver un enorme caos. Era frecuente que, una vez que los niños se habían metido en la cama, rompiera a llorar, agotada e incapaz de poder aguantar más. Con cierta frecuencia carecía de energía suficiente para ordenar lo que Walter criticaba al regresar a casa. Nellie tenía la sensación de no lograr salir de un círculo vicioso. ¿Dónde estaba su inquebrantable optimismo, su alegría, su espíritu combativo? Siempre le había encantado su trabajo y ahora todo la estaba superando.

Y encima estaban las malas noticias de Europa, de las que sobre todo Bernhard la ponía al tanto cuando pasaba por Epona Station o hablaba de su trabajo con él. En realidad, no quería oír nada al respecto cuando una tarde llegó a la granja con sus hijos. Los chicos esperaban poder montar, pero no se veía a nadie en el exterior aunque brillaba el sol. Normalmente, April esperaba a los pequeños; sin embargo, en ese momento, solo Mia salió de la casa y Nellie se temió lo peor al ver sus ojos llorosos.

—¿No te los puedes llevar contigo, Nellie, por favor? Hoy nos va a resultar imposible ocuparnos nosotros... —Mia parecía a punto de desmoronarse.

Nellie bajó del coche y ordenó a sus hijos que se quedaran sentados. Mia se inclinó hacia ella como buscando protección cuando se acercó. Nellie la abrazó.

—¿Qué ha pasado? —preguntó con dulzura—. ¿Algo con los caballos?

Mia negó con la cabeza.

—April —respondió—. O mejor dicho, Cedric. Ha muerto, Nellie... Cedric ha muerto...

—¿Qué? —Nellie creyó no haber oído bien—. ¡Pero si no estaba combatiendo! Pensaba que estaba en Escocia, en ese campo de instrucción...

Su amiga se frotó los ojos.

—También se puede morir sin entrar en combate —susurró—, aunque... han escrito... «en el ejercicio de sus deberes militares». Pero el enemigo no estaba implicado.

—¿Quién ha sido, entonces? —insistió ansiosa Nellie—. ¿Le ha disparado alguien de sus propias filas?

Mia negó con la cabeza.

—Un accidente —respondió—. Un ejercicio de escalada. Cedric le contó a April por carta que el entrenador de técnicas de supervivencia era un tirano que se empeñaba en llevar a sus hombres hasta el límite de sus fuerzas. En esta ocasión mandó a sus hombres escalar por un acantilado. Sin cuerdas de protección, se llama escalada libre. Cedric se cayó cuando casi había llegado a la cima. Se cayó al mar. Según la carta de su comandante, había mala mar. Tras el impacto contra el agua, fue lanzado contra las rocas. No tenía ninguna posibilidad de salir con vida. April está..., está inconsolable.

Mia volvió a sollozar y a Nellie se le anegaron los ojos de lágrimas.

—Oh, Dios mío, Mia..., y ni siquiera se despidieron reconciliados...

Mia buscó un pañuelo en el bolsillo.

—Bueno, habían vuelto a hacer las paces. Pero, por supuesto, April se arrepiente de no haber ido a Trentham antes de que él tuviera que marcharse. Está fuera de sí, llora y lo llama a él y... al bebé que perdió. Además, le echa a Julius en cara que ahuyentara a Cedric con sus reproches... Naturalmente, es absurdo, seguro que no lo dice en serio. Es el dolor lo que la hace hablar así. No obstante, Julius se está fustigando... Es una tragedia. No sé cómo va a acabar todo esto.

—En primer lugar, debería tomar algún calmante —reflexionó Nellie—. ¿Maria no le ha dado nada?

La propietaria de Epona Station asintió.

—Sí, Maria está con ella. Le dará Valium y luego dormirá. Pero mañana..., mañana no va a ser mucho más fácil.

Nellie suspiró.

—No mucho —susurró—, tal vez un poco. Necesitará tiempo para recuperarse. Por suerte, todavía es joven...

—Dice que nunca más podrá amar a nadie ni tener un hijo... Me desgarra el corazón, Nellie... —Mia sollozaba.

—Eso lo dice ahora —la tranquilizó Nellie—. Pero llegará un momento...

Ella misma lo encontraba irreverente, pero a pesar de ello pensó en Alex. El circo regresaría a Auckland.

—¿*Enemy Alien*? ¿Qué significa eso?

Nellie había pasado un duro día de trabajo y estaba demasiado cansada para concentrarse en la noticia del diario que Walter había llevado.

—Pues bueno, ¿tú qué crees? «Extranjero enemigo» —tradujo Walter, disgustado. Últimamente se irritaba a menudo, en el hipódromo volvía a haber divergencias—. Tratan a todos los alemanes que han inmigrado en los últimos diez o quince años como extranjeros enemigos. Y se reservan el derecho a internarlos durante la guerra en Somes Island.

—¡Oh, no! —exclamó Nellie. Si deportaban a Walter debería ocuparse ella sola de los niños y del trabajo. Y, sin embargo, cada día esperaba que él diera por terminado su insoportable contrato laboral y la ayudara—. ¿No se puede objetar? Me refiero a que muchos inmigrantes son refugiados... Han buscado protección aquí.

—Efectúan un interrogatorio —dijo Walter—. Una especie de prueba de conciencia. Se cita a cada uno de los inmigrantes y se les pregunta acerca de su posición con respecto a Hitler y los nacionalsocialistas. Ya han empezado las entrevistas...

—Ah, eso. —Nellie se sintió aliviada—. Entonces no puede pasarte nada. Ni tampoco a Bernhard. Estoy segura de que Julius intercederá por vosotros, a fin de cuentas respondió de ti cuando vinimos. ¡Buf, me has alarmado, Walter! Estoy realmente asustada. —Se dejó caer en el sofá a su lado y se estrechó contra él—. A nosotros no nos pasará nada... —Cerró los ojos.

—*Mom*, ¿puedo beber algo más? —La voz de Marty la arrancó del duermevela—. No estoy cansado. Petey tampoco. ¿Podemos jugar un poco más?

Nellie suspiró.

—No, no podéis —contestó a su hijo—. Es hora de dormir, mañana vais a la escuela. Como mucho, puedes beber un vaso más de leche con miel. Walter..., podrías... Por favor, caliéntale algo de leche y vuelve a llevarlo a la cama.

Colocó las piernas sobre el sofá y puso la cabeza sobre un cojín cuando Walter se levantó a regañadientes. Poco después, ya casi dormida, oyó unas voces airadas que salían de la habitación de los chicos. Walter estaba riñendo a los niños, seguro que con razón. Pero eso no iba a ayudar en nada. La pelea los despabilaría del todo. Tardarían horas en dormirse. Nellie luchó por vencer su agotamiento, se fue a la cocina y puso a calentar leche. Luego se dirigió a la habitación de los niños para mediar.

—*Mom*, he tenido una pesadilla —se quejó Petey mientras Marty alineaba a su alrededor los cromos de los jugadores de rugby como buscando el apoyo del equipo nacional.

Nellie le cogió los cromos, consoló a Petey, volvió corriendo a la cocina y removió la miel en la leche.

—Y ahora a dormir... —dijo cuando regresó a la habitación de los niños.

—O tendremos un problema... —añadió Walter amenazador, saliendo del cuarto.

—Estamos al lado, Petey, no has de tener miedo. Si el monstruo sale del sueño, papá lo echará de aquí. ¡Y, Marty, como molestes a tu hermano, nosotros lo oiremos! Cada uno se mete en su cama y cierra los ojos.

Nellie apagó decidida la luz después de que los niños hubiesen bebido su leche y siguió a Walter a la sala de estar. Estaba abriendo una botella de cerveza.

—¿Tú también quieres? —preguntó—. ¿O prefieres vino?

Nellie negó con la cabeza.

—Ya no nos queda más vino. Tengo que ir a comprar. A lo mejor podrías ir tú cuando vuelvas del trabajo.

Walter se encogió de hombros.

—No sé cuándo saldré de allí... —Tomó un trago de cerveza y miró en dirección a la habitación de los niños, donde por suerte no se oía nada en ese momento—. ¿Cómo lo soportas? —preguntó—. Si los tuviera todo el día a mi alrededor... Realmente, no sé cómo lo aguantas....

Nellie estaba demasiado cansada para darle una contestación.

Las respuestas que tenía en la punta de la lengua solo habrían provocado una nueva pelea.

—Me voy a acostar —dijo—. Mañana tengo que ir a Onehunga. Los llevaré a Epona Station.

La gente de Epona Station se encontraba en una suerte de estado de shock. April se encerraba en su dormitorio; había cogido todas las prendas de vestir de Cedric y se las había llevado a la cama, donde se estrechaba contra ellas y lloraba. Casi no comía, no quería levantarse y rechazaba con determinación cualquier intento de Mia por motivarla a hacer algo, como planear un funeral por Cedric.

—No podemos enterrarlo aquí —contestó prorrumpiendo en llanto.

Habían inhumado a Cedric en Escocia. El comandante había desaconsejado la sugerencia de Julius de trasladar el cadáver.

«No podemos hacerlo —le informó por teléfono un comandante que parecía muy sensato—. ¿Qué pasará luego cuando la gente caiga en combate? Además..., no era una imagen agradable de ver, señor Von Gerstorf. No pudimos recogerlo hasta horas después, cuando se calmó el mar, y mientras tanto había sido empujado continuamente contra las rocas. Yo le evitaría eso a su esposa, pues, si realmente solicitaran el traslado del cuerpo, ella querría verlo. Vale más que vengan con la joven viuda cuando la guerra haya terminado. Encontrarán aquí su tumba».

Julius lo comprendió. A April no la consoló la idea de visitar la tumba de Cedric algún día, como tampoco lo hizo la propuesta de la no menos abatida suegra de plantar un árbol en el que el alma de su hijo pudiera encontrar cobijo.

—¿Y cómo funcionará eso? —preguntó April, furiosa—. Su alma, si es que existe, está en Escocia. ¿Y no debería volver según vuestras creencias maoríes a vuestro fabuloso Hawaiki? Solo espero que tenga más conocimientos de geografía que su anterior propietario, que no tenía ni idea de dónde está Escocia...

La señora Takona se sintió rechazada y con razón, y Mia tuvo que volver a mediar. Los padres de Cedric prepararon un funeral en el *marae* maorí, pero April se negó a acudir.

—No quiero tener nada que ver con los maoríes —dijo—. Si no existieran, si a Cedric no se le hubiese ocurrido de repente la idea de que procedía de un pueblo guerrero, todo esto no habría pasado...

Su padre le dio la razón, pero, pese a ello, participó con su esposa en la celebración y disculpó a su hija ante los padres de Cedric.

—April todavía se siente demasiado débil, pero os acompaña en el sentimiento.

Maria y sobre todo Bernhard tenían otras preocupaciones. La idea de clasificar a todos los inmigrantes alemanes de extranjeros enemigos le había afectado a él profundamente; además, no tardó en enterarse con más precisión de lo que plasmaban los periódicos de en qué consistía la prueba de conciencia.

—Envían al doctor Seligmann a Somes Island —comunicó a Maria con la voz ahogada—. Y a Johann Baumgarten...

Ambos eran conocidos de los Lemberger y hacía poco que habían llegado a Nueva Zelanda huyendo del régimen de Hitler.

—Seligmann opina que lo han denunciado. Ha sido un dentista con un consultorio en su misma zona y que lo envidia por su clientela. Durante el examen lo provocaron y pusieron en su boca palabras que no había pronunciado jamás... Cree que no tenía ninguna posibilidad. Y Johann..., en su caso los conocimientos de inglés no son suficientes. Pero no se fía de pedir un traductor. Los judíos que vienen ahora de Alemania están muy amedrentados...

Desesperado, Johann Baumgarten se había acordado de un pariente lejano que vivía en Wellington y que le ofreció un trabajo en su empresa, garantizándole con ello el visado.

—Pero no es más que un internamiento, ¿verdad? —preguntó Maria—. Según la definición, se refiere a la suspensión de los derechos diplomáticos y de los privilegios nacionales de los ciudadanos de un Estado enemigo. En cuanto un país se ve amenazado por su presencia en el territorio nacional, se le permite retenerlos sin acusación durante un tiempo indeterminado. Pero la Convención de Ginebra prohíbe expresamente atacar la vida y la integridad física, el menoscabo de la dignidad personal, así como aplicar condenas y efectuar ejecuciones sin el veredicto previo de un tribunal debidamente designado que...

—¡Maria! —la interrumpió Bernhard—. Johann y el señor Seligmann no temen que ningún vigilante atente contra su vida y su dignidad. Piensan más en los otros detenidos. La amplia mayoría de las personas que estarán allí encerradas son más o menos nazis confesos. Nazis furiosos cuyo mayor disfrute será descargar su cólera en los judíos. Habrá que ver si los celadores neozelandeses lo impiden o lo consideran reyertas internas entre alemanes en las que es mejor no intervenir.

Maria acercó su silla a la de su marido. No solía buscar la cercanía física, pero percibía cuándo Bernhard la necesitaba. Estaban desayunando tarde y comentando las noticias. Los niños ya iban camino de la escuela. Últimamente los llevaba Lene, que había aprendido a conducir y estaba muy orgullosa de su nueva autonomía. Incluso estaba progresando con el inglés, que los Dadas mejoraban con la perseverancia que habían heredado de Maria.

—¿Tienes miedo? —preguntó Maria.

Bernhard asintió.

—En estos últimos años no es que me haya ganado muchas simpatías —dijo—. Siempre he advertido sobre la situación de los judíos en Alemania. Ya sabes lo que sucedió cuando los Kuhn y los Heller se mudaron a Onehunga...

Bernhard había ayudado a las dos familias judías a instalarse en el lugar. Los Heller habían abierto una zapatería y los Kuhn un colmado. Los comerciantes que llevaban más tiempo allí, así como los ciudadanos que rechazaban por principio la presencia de judíos, habían protestado contra la apertura de los dos negocios. Muchos se habían enterado entonces de que su veterinario, el doctor Lemberger, era judío, tras lo cual había recibido cartas amenazándole e insultándolo. Eso no lo había afectado profesionalmente, pues a los granjeros les daba totalmente igual quién trataba a sus ovejas y vacas. Pero Maria había perdido a un par de pacientes y seguro que seguía habiendo gente en Onehunga que no deseaba nada bueno a su familia.

—Tú aprobarías el examen —intentó tranquilizar Maria a su marido—. ¿No está normalizado? ¿Se les preguntan a todos las mismas preguntas?

Bernhard tuvo que admitir que no lo sabía.

—Tienes razón, es demasiado pronto para inquietarse —dijo al final—. Soy un veterinario reputado y llevo aquí muchos años, nuestros hijos han nacido aquí…

Maria asintió.

—Estás a salvo —resumió.

Bernhard se mordió el labio.

—Soy judío —dijo—. Nunca estamos a salvo.

7

El circo de los Homer Brothers regresó a Auckland en octubre, poco después de que Walter se hubiese despedido de su trabajo en el hipódromo. Ahora tenía que ocuparse a la fuerza de Petey y Marty y enseguida se mostró dispuesto a acudir al circo cuando los niños le informaron emocionados de que la multicolor comitiva había vuelto a la ciudad.

El montaje de la carpa estaba en plena marcha. Walter se topó con Alex Rawlings en la carpa establo que acababan de levantar para los elefantes.

—¡Alex! ¿Cómo estás?

Walter se alegraba del reencuentro con el joven veterinario, quien en ese momento estaba curando una herida en la boca de uno de los paquidermos. Un cuidador mantenía al animal bajo control con un tridente, lo que Alex desaprobaba enfadado.

—Weathers, pare de una vez de agitar esa cosa delante de los ojos del animal. ¡Lo asusta! ¡Y es usted quien le ha hecho la herida con ese artefacto, no lo niegue!

—También puedo largarme —contestó el cuidador—. Entonces podrá divertirse usted con este bicho de mierda... Pero a mí no me eche la culpa cuando lo deje planchado de un pisotón.

El elefante no parecía un animal agresivo.

—¿Puedo ayudar? —preguntó Walter.

Alex lo miró agradecido.

—Si no tiene usted miedo a los paquidermos, teniente Walter...

El joven seguía dirigiéndose a él con su rango militar, como antes, cuando era su alumno.

Walter sonrió.

—Sigo siendo teniente coronel —lo reprendió en broma—. Por todos los cielos, Alex, hace una eternidad de eso. Llámame simplemente Walter. ¿Qué debo hacer?

El cuidador del elefante se apartó de mala gana cuando Walter se aproximó.

—Esta es Lakshmi —presentó Alex a su paciente—. Es buena, pero alguien tiene que indicarle que mantenga la boca abierta. Coja el tridente o un látigo y dele la señal.

Le mostró el gesto con un palo y un ademán de la mano, y Walter lo imitó.

—El domador le pone la cabeza en la boca, ¿verdad? —preguntó ansioso Petey—. ¿Puedo hacerlo yo una vez?

Walter ordenó a los niños con severidad que guardasen la distancia y se esforzó por no apartar la vista de ellos. Por fortuna, Alex terminó enseguida. Premió a la elefanta con medio panecillo que ella se puso a masticar satisfecha. Petey observaba desconfiado al animal. Se imaginaba con la cabeza metida entre los colmillos.

—A los humanos no se los comen, ¿verdad? —preguntó Marty.

Alex se echó a reír.

—No, en general, no —respondió—. Tengo que llevarla al establo, pero, si os apetece, podéis montarla.

Indicó a la elefanta con un par de breves gestos que cogiera con la trompa a cada niño por la cintura y lo sentara en su lomo. Los chicos dieron encantados unos gritos de júbilo.

—¡Caray! —exclamó con admiración Walter, cuando Lakshmi siguió a Alex obedeciendo otro gesto—. ¿Ahora actúas como domador de elefantes?

Alex negó con la cabeza.

—No, pero he estado estudiando un poco. Lakshmi es una elefanta de trabajo procedente de la India. Llegó a Australia con un zoo humano, un grupo de indios (hombres, mujeres y niños, y los animales de trabajo correspondientes) que mostraban su vida al público. Una idea demencial: exponían a la gente como animales en un zoo. Algo que en el siglo pasado tuvo un éxito enorme en Europa. El cuidador y preparador indio de Lakshmi se quedó con sus animales cuando el circo los compró. Él también quería exhibirlos, pero tenían que aprender otros números aparte de tumbar árboles y transportar cargas. Los métodos que se emplearon para ello fueron bastante brutales. En un momento dado, Randi, el cuidador, se hartó. De Dunedin zarpaba un barco hacia la India y se marchó después de derramar abundantes lágrimas de despedida. Desde entonces, los elefantes están difíciles. Se sienten tristes y se rebelan. Por suerte, no mucho contra mí; yo era amigo de Randi y lo saben. Pero su cuidador y su domador lo tienen ahora complicado.

—No pareces demasiado apenado por ellos —observó Walter.

Alex movió enérgicamente la cabeza en un gesto de negación.

—Si por mí fuera, Lakshmi y Kali podrían matarlos a los dos a golpes de trompa —respondió con determinación—. Y también a los otros domadores. Qué cuadrilla de brutos... Por una parte, casi se mean encima de miedo y por eso prefieren pegar antes de que los muerda un león; por otra, se divierten torturando a los animales. El peor es ese Gerome Homer, el segundo director. ¿Te acuerdas del cachorro de tigresa que curó la doctora Lemberger? Era como una gatita. Todavía me acuerdo de que April siempre la llevaba en brazos. —Walter se percató de que los ojos de Alex seguían iluminándose al mencionar ese nombre—. Ahora se encoge en el rincón más escondido de la jaula cuando una persona se le acerca. Y además está el caballo...

Walter aguzó los oídos.

—¿El semental? —preguntó.

Alex se encogió de hombros.

—Aquí casi todos son sementales. Pero la mayoría obedecen, tienen que hacerlo, de lo contrario reciben los mismos métodos de adiestramiento que las fieras. Solo ese…

—Wild Bill —recordó Walter—. Lo conozco, he trabajado un par de veces con él.

Alex le sonrió.

—Yo también —confesó—. Siguiendo tus teorías. Me enseñaste cómo trabajar con los caballos cuya constitución no es la adecuada para llevar a un jinete…

—¿Y ha funcionado?

Alex le guiñó el ojo.

—Claro. Aunque solo lo he montado una o dos veces. El circo quería seguir ganando dinero haciendo que tire a la gente y para eso le ponen esa pesada y vieja silla australiana…

—¿Así que no te han dado los cien dólares? —preguntó Walter.

Alex puso los ojos en blanco.

—¡No creerás que iban a pagar al veterinario que tienen contratado! No, y yo me he mantenido en un segundo plano. Aunque me da lástima ese animal.

—El dinero me iría muy bien —dijo Walter.

Tenía que hacer un gran esfuerzo para admitirlo delante de su antiguo alumno, pero, si Alex se quedaba allí, enseguida se daría cuenta de lo mal que iban las cuentas de la familia Von Prednitz.

Alex dibujó un gesto con la mano, como si le tendiera un regalo.

—Por favor —dijo con calma—. Habla con el director o con el caballerizo para que le pongan otra silla. Se le ajusta bien la de Marinero, un semental tordo que sale a la pista con una amiga del instituto de Homer. Y deja que Bill se familiarice un poco contigo. Es un buen tipo. Le encantan las zanahorias. —Alex sonrió—. Pero ahora vayamos a otro tema —dijo, indicando a la elefanta que se detuviera. Durante la conversación habían dado dos vueltas a la carpa del establo con el animal y sus dos alegres y jóvenes jinetes. En ese momento, Alex indicó a Lakshmi que bajara a los dos niños. Walter evitó que Petey se colgara de las orejas de la elefanta cuando esta levantó a Marty por los aires—. Yo... —Alex parecía preferir no tener que mirar a Walter al plantearle la pregunta—. Cómo..., ¿cómo está April? Y..., ¿y Cedric? Se..., se han casado, ¿no?

Walter se sobresaltó.

—¿Todavía no lo sabes? —preguntó compungido—. Oh, Alex, ¿no te lo han comunicado tus padres?

—¿Comunicado el qué? —Alex empalideció—. ¿Acerca de April? ¿Le ha ocurrido algo?

Los niños se escabulleron mientras Walter contaba a Alex la muerte de Cedric. Luego los encontró en la cuadra de Wild Bill. Petey ya estaba pasando por encima de los barrotes del cobertizo para sentarse sobre el lomo del caballo. Wild Bill inclinaba las orejas, pero no se botaba. Walter cerró la puerta después de dejar fuera a los niños y reanudó el trato con el semental castaño. En el bolsillo de su vieja chaqueta incluso había un trozo de zanahoria. Aunque estaba bastante seco, porque hacía días que lo había olvidado allí, Wild Bill se alegró y cogió con cuidado de la mano la hortaliza arrugada como una pasa.

—Nos veremos pronto —anunció Walter, afectuoso, apresurándose para que los niños no volvieran a desaparecer y causaran cualquier estropicio—. Mañana hablaré con el señor Homer.

Alex estaba muy nervioso incluso dos días después, cuando ya no tenía nada más que hacer en el circo e iba a marcharse a casa. ¿O debía pasar antes por Epona Station para ver a April? Todo en él ansiaba acercarse a la joven y tal vez consolarla, aunque Walter le había dicho que tenía pocas esperanzas. Al menos podría presentarle sus condolencias. Hasta era una obligación desde un punto de vista social... Pensó en si debía comprarle unas flores cuando se cruzó en su camino una caravana con la gata del malabarista y lanzador de cuchillos. Tatjana era una beldad birmana de unos bondadosos ojos azules. Ilonka, la esposa de Boris, que participaba en su número como asistente, la adoraba. Unos meses antes, la aristocrática gata se había entregado a un audaz y pelirrojo vagabundo y había dado a luz a tres cachorros preciosos.

Ahora, los cachorros ya debían de ser lo suficientemente mayores para destetarlos y a Alex se le ocurrió una idea. Se dirigió a la colorida vivienda de cuatro ruedas de Ilonka y Boris y llamó a la puerta. Poco después dejaba el vehículo con un cesto en el que una gatita atigrada y pelirroja protestaba con sus maullidos.

Alex depositó el regalo en el asiento del acompañante del viejo Ford que se había comprado con sus escasos ahorros y puso el coche en marcha. Media hora más tarde llegó a Epona Station.

Julius von Gerstorf, que estaba haciendo ejercicios en el picadero con un caballo joven, lo saludó afectuosamente.

—¿Qué tal, Alex? ¿Ya te has hartado del ambiente del circo? ¿O solo vienes de visita?

Alex le sonrió.

—En un principio, de visita; pero dejaré el circo. Tengo que ver qué encuentro en su lugar. ¿Qué tal van las cosas por aquí?

El rostro de Julius se ensombreció. Detuvo el caballo junto al borde, delante de Alex, y desmontó.

—¿Qué quieres saber? —preguntó—. ¿Cómo van nuestros caballos? Muy bien, la yeguada superará la guerra, aunque tengan que dejar de competir en Ellerslie. ¿O se trata de April? ¿Ya te has enterado?

Alex asintió.

—Por Walter —respondió—. Estoy aquí porque... querría darle el pésame. Es horrible..., bueno, quiero decir..., que tiene que ser horrible que pasado tan poco tiempo después de la boda...

Julius asintió.

—Y después de que tanto April como yo hubiésemos expresado que desaprobábamos su decisión de ir a la guerra. —Se frotó la frente—. Me enfadé bastante. Y eso que no quería... Pero... Alex, ¿lo traté alguna vez de forma humillante? ¿Era distinto con él que... contigo o con Jonathan?

Alex nunca había visto al hombre que antes consideraba su padre tan atormentado.

—Creo que tú lo tratabas bien —opinó—. En realidad... Bueno, Jonathan y yo siempre le tuvimos un poco de envidia. Porque podía montar tus caballos y lo elogiabas, y yo solo tenía a Shelley, y Jonathan... En fin...

Julius se pasó la mano por el espeso cabello rubio.

—Mia siempre me ha reprochado que yo tratara mal a Jonathan. Es posible que lo haya hecho todo fatal...

Poco a poco, ese asunto iba resultando lamentable para Alex.

—Jonathan ha conseguido lo que quería. Es muy feliz en Australia. Me reuní con él un par de veces cuando todavía estudiaba en Sídney. Allí era totalmente distinto... Mucho..., mucho más seguro de sí mismo... Cedric también obtuvo lo que quería. April, la yeguada... Se habría quedado con la yeguada, ¿no?

—April se la habría quedado —le corrigió Julius.

Alex se encogió de hombros.

—Y era su esposo. Si eso no le bastaba... Si además también quería ser a toda costa oficial o que lo condecorasen o lo que fuera... ¿Qué tiene eso que ver contigo?

—April opina que quería emularme. Le transmití la idea de que para mí era importante un rango militar. —Julius se dispuso a llevar el caballo a la cuadra.

Alex rio.

—¿Para ti? —preguntó—. Tío Julius, los dos pensamos durante un tiempo que eras mi padre. Un padre generoso, eras un buen padre. Siempre me traías algo cuando te habías ido de viaje.

Pero nunca un arma, un soldadito de hojalata, ni siquiera uno de caballería, ningún tambor..., nada. Esto no es propio de un hombre que sueña con que su hijo o su yerno haga una carrera militar.

Parecía que a Julius le habían quitado un peso de encima.

—A lo mejor se lo podrías contar en algún momento también a April —dijo—. Si es que quiere hablar contigo... No habla mucho desde...

Los dos pasaron junto al coche de Alex, donde la gatita protestaba enérgicamente. El caballo de Julius hizo unos escarceos, nervioso.

—Le he traído un regalo —explicó Alex con cierta timidez.

Julius sonrió.

—A ver si tienes suerte. Está con Maria en la consulta. Pasó las primeras semanas en cama, llorando, pero la hemos convencido para que ayude un poco en las horas de consulta. No ha vuelto a montar. Como si quisiera castigarse...

—Voy a entrar —anunció Alex, casi aliviado de no tener que enfrentarse a solas con April. Pensaba que se sentiría menos inhibido si Maria estaba presente en ese primer encuentro.

La sala de espera estaba vacía y Alex se sentó con el cesto del cachorro sobre el regazo. Esperó a que Maria despidiera a una mujer y su perrito, la saludó y preguntó por April.

Algo seca, como era habitual en ella, Maria le aseguró que se alegraba de volver a verlo.

—¿Y qué tienes tú aquí? —preguntó—. ¿Un paciente? ¡Si tú mismo eres veterinario! Tienes que hablarnos del circo, de los animales a los que has tratado.

—Primero querría ver a April... —Alex oyó que la puerta de la consulta se abría, se dio media vuelta y quedó frente a la joven. Había adelgazado y parecía más seria, también a causa del vestido negro que llevaba y el cabello tirante y recogido. Además, estaba pálida, hacía tiempo que no había expuesto su piel al sol. La encontró preciosa a pesar de todo. La devoró con la mirada. Pero se dominó—. April, yo... me he enterado de tu pérdida —dijo formalmente—. Lo siento..., lo siento mucho... —April asintió. Alex dio un paso adelante—. Cuando..., cuando nos vimos la última vez, tenías un cachorro de tigre. Y..., bueno..., yo..., yo no puedo regalarte un tigre, pero he pensado que..., que esto a lo mejor te distrae un poco la mente... —Abrió el cesto y sacó con suavidad a la gatita. Tenía un pelaje mullido, un color rojo vivo y unos brillantes ojos verdes. Dio un pequeño bufido, pero luego empezó a quejarse con unos maullidos—. Mira, creo que es... croata. No sé si habla bien el inglés. —Le guiñó el ojo—. Ilonka y Boris, del circo, le han puesto Zora de nombre. Pero, por supuesto, puedes cambiárselo...

Alex observaba inseguro a April. Cuando vio que una sonrisa aparecía en su rostro, suspiró aliviado.

—¡Qué mona es! —se le escapó a April. Le cogió la gata. Alex dejó el cesto en el suelo—. Es..., es muy amable por tu parte —añadió April, mirándolo. La gatita se estrechó contra su hombro. April la acarició—. Zorita pequeña... —susurró.

—Al... cachorro tigre también le va bien —informó Alex—. Ha..., ha crecido.

April sonrió indulgente.

—Era de esperar —dijo, casi burlona—. ¿Vas a quedarte ahora aquí?

Alex asintió.

—Es probable. A lo mejor no mucho tiempo..., pero no me iré a Australia. Yo... Quizá pueda serle de ayuda a mi madre.

—Estaría bien —dijo April—. Ella se alegrará mucho.

Alex lo consideró poco probable, pero, en cualquier caso, encontró alentadora la reacción de April.

—Entonces me..., me gustaría visitar de vez en cuando a Zora —repuso, intentando hacer otro cauto acercamiento.

April había escondido el rostro en el suave pelaje de la gatita, pero en ese momento alzó levemente la mirada.

—¿Por qué no? —preguntó—. Tienes que hablarnos del circo. ¿Quieres... un vaso de agua o alguna otra cosa? Me gustaría llevar a Zora a casa. Ya no me necesitas, ¿verdad, Maria?

Maria había estado oyendo la contenida conversación sin comprender, pero las horas de consulta ya habían, en efecto, finalizado. Aunque ella misma habría disfrutado escuchando lo que Alex tenía que contar sobre su periodo en el circo, algo en su interior le dijo que era mejor dejar a los jóvenes a solas. Y además tenía que ordenar la habitación. Maria nunca se marchaba de la consulta sin haber limpiado y desinfectado los instrumentos y haberlos alineado por tamaño.

8

Walter fue a hablar con los directores del circo sin más dilación y de nuevo pasó días discutiendo con ellos sobre si iban o no a permitirle la doma del caballo salvaje. Al menos no tuvieron nada en contra de que viera al semental durante ese tiempo, y Walter lo aprovechó para familiarizarse más con el animal y reflexionar sobre una salida a escena con él especialmente espectacular.

Cuando los hermanos Homer le dieron por fin permiso, en la sala no solo estaban de espectadores Nellie y los chicos, sino también Maria y Bernhard con los Dadas y, para sorpresa de todos, Alex y April. No había sido fácil convencer a esta última, pero, después de que Alex hubiese descrito con todo detalle sus experiencias en el circo, estaba ansiosa por conocer personalmente a todos los animales y miembros de la compañía. No obstante, April seguía llevando el vestido negro y ese severo peinado, pero de vez en cuando sonrió con los chistes de los payasos y admiró la belleza de los caballos árabes y españoles. Encontró decepcionantes los números ecuestres, pero le hicieron reír un poco los comentarios críticos de David, que recordaban mucho los temidos discursos de Maria.

—Yo aquí no veo que se curve correctamente —observó el joven—. Aunque el caballo redondea el cuello, no alcanza con la mano posterior el centro de gravedad y no arquea el lomo...

—Ya está bien, David —lo reprendió Bernhard—. Para. ¡La gente ya nos está mirando!

Pero aún peores que los números ecuestres les resultaron los de las fieras. Los tigres y los leones parecían amedrentados y al mismo tiempo excitados. Su domador llevaba un tridente y un látigo y no reparaba en utilizar todos los métodos de coacción, aunque bastaba en general con una mirada para que los animales se asustaran. Saltaban obstáculos o huían a pedestales que encontraban más seguros. Desde ahí, rugían o movían las zarpas hacia el domador, lo que él favorecía porque así la impresión que producía su control sobre las fieras ganaba en espectacularidad.

—Es horrible —sentenció David.

Alex renunció a contarle que durante el entrenamiento solían usar varas de hierro candente para forzar a los animales a realizar sus acrobacias. También se utilizaba una placa al rojo para hacer bailar a los osos, lo que David ya sabía y manifestó en voz alta cuando la joven osa del Tíbet, a la que Nellie y Maria habían curado en su primera visita al circo, se puso a bailar supuestamente al ritmo de la música. Además, llevaba una pitón viva alrededor del cuello. El público disfrutó especialmente de los números en los que salían varios animales a la vez, aun cuando el mono que cabalgaba a lomos de un elefante tuviera el mismo aspecto amedrentado que antes las fieras. La elefanta Lakshmi lo llevó aparentemente impertérrita, pero la tristeza de sus ojos provocó que a Daphne se le llenaran los suyos de lágrimas.

—Los elefantes parecen todos muy tristes —afirmó.

April asintió.

—Una vez leí que lloran... —dijo con voz ahogada.

A Petey y Marty les impresionaron más los números con las fieras que a los Dadas. Pero todavía los entusiasmaron más los funambulistas y acróbatas.

—¡Ni os atreváis a imitarlos! —siseó Nellie cuando los dos ya estaban urdiendo planes sobre en qué lugar de su casa colgar un trapecio.

El número con Wild Bill era uno de los últimos. El desfile final se realizaría después de que uno de los espectadores no consiguiera domar al caballo salvaje. En un principio, todo ocurrió tal como Nellie había visto en su primera visita al circo.

Gilbert Homer anunció la entrada del caballo salvaje y prometió una recompensa a quien lo domase, tras lo cual enseguida se presentaron varios jinetes atrevidos. Nueva Zelanda todavía estaba inmersa en los últimos coletazos de la Depresión y cien dólares constituían un fuerte aliciente, sobre todo para algunos jóvenes y arrogantes granjeros.

Alex observó inquieto que Wild Bill volvía a llevar su pesada y vieja silla australiana. ¿Acaso Walter no había hecho caso de su consejo? ¿O era un descuido? Se temía que, en tal caso, su antiguo profesor de equitación saliera disparado del lomo del caballo tan deprisa como el joven al que Homer había elegido y que entraba en la pista henchido de orgullo.

—Mi nombre es Jeffy Thompson —se presentó—. Y hasta ahora he conseguido meter en cintura a cualquier caballo.

De la fila de donde había bajado resonaron unos gritos y unos aplausos atronadores.

—Pero seguro que me pagarán, ¿no? —preguntó Thompson, desconfiado.

Con un gran gesto, Homer se sacó del bolsillo un billete de cien dólares y lo sostuvo en lo alto para que todos pudieran verlo.

—¡Aquí no engañamos a nadie! —aseguró a Thompson, tendiéndole las riendas del semental.

El joven enseguida las agarró con fuerza, las colocó con destreza y puso el pie en el estribo de forma correcta. Probablemente no había mentido, sino que ya había domado caballos yendo a por todas.

Wild Bill esperó como era su costumbre a que se hubiese sentado y luego se botó. Thompson resistió cinco saltos, un buen trabajo. Pero a la larga nadie aguantaba tantos botes. Thompson aterrizó en la arena trazando un alto arco en el aire y consiguió levantarse a duras penas mientras soltaba improperios.

—¡Qué demonio de caballo! —maldijo, antes de volver cojeando a su sitio.

—¿Alguien más? —preguntó Homer.

Ahora los voluntarios eran mucho más escasos, pero el director del circo dejó que otro joven volviera a salir por los aires antes de llamar a Walter.

El marido de Nellie no se había sentado con la familia, sino cerca de la pista para que no lo reconocieran. Naturalmente podía recurrir a su fama de preparador si domaba al caballo, pero si fracasaba prefería permanecer de incógnito.

En ese momento se acercó sereno a la pista, aunque renunció a presentarse, dado que en esa época un apellido alemán no daba precisamente prestigio a una persona. Walter solo preguntó a Homer: «¿Me permite?», y para sorpresa de todos los presentes desensilló al caballo. Luego lo condujo a la orilla de la pista y desde el borde alto se deslizó con prudencia sobre el lomo de Bill. Cuando se sentó tranquilo, el semental volvió la cabeza hacia él. Walter lo acarició. Durante los ejercicios le daba una zanahoria, pero ahora la acción tenía que parecer espontánea. Walter dio un chasquido apenas audible y Bill se puso en movimiento. Un aplauso atronador se oyó cuando dio una vuelta a la pista al paso. Luego Walter desmontó.

—Creo que me deben cien libras —dijo con el tonillo de un profesor de equitación, lo que dejó a los espectadores todavía más admirados.

Homer se esforzó por poner una expresión infeliz cuando tendió el billete al adiestrador.

—En diez años ¡nunca habíamos visto algo así! —comunicó al público y felicitó a Walter estrechándole la mano—. ¡Un magnífico trabajo, damas y caballeros, que se une armoniosamente al de todos nuestros artistas y domadores y con el que esperamos haberles complacido esta noche! ¡No se pierdan el desfile final y disfruten de nuestros animales exóticos y de la colorida indumentaria de los miembros del circo!

De ese modo despidió a Walter y Wild Bill entró por el pasillo posterior de la pista donde los artistas ya estaban esperando a lomos de caballos y elefantes. También montaron sobre los dos camellos y condujeron con cuerdas a las llamas. Para horror de David, Daphne y April, el domador dio una vuelta llevando con una correa a la pequeña Sally, que lo seguía amedrentada, con la cabeza hundida y moviendo nerviosa la cola.

—Esto es asqueroso —exclamó indignado David—. ¡No se le puede hacer esto! Quiero verla. ¿Podemos ir a verla, mamá, por favor?

Alex hizo un gesto de negación.

—Vuestra madre ya os traerá otro día. Ahora, después de la actuación, no es el momento, los artistas necesitan descansar.

—Entonces podríamos dejarla en libertad —propuso Daphne—. Justo cuando no haya nadie, quiero decir.

Su padre intentó explicarle por qué eso quedaba descartado.

—Sería un robo, Daphne. ¿Y qué vamos a hacer con un tigre?

Maria, por el contrario, asintió ensimismada.

—De todos modos, mañana volveré —anunció, de nuevo un poco fuera de contexto—. El director quiere pedirme algo. Es posible que tenga algún caso difícil con un animal con el que Alex no acaba de arreglárselas. ¿Qué crees tú, Alex?

—Siempre estoy abierto a un intercambio de opiniones —contestó, aunque ya se imaginaba que las intenciones del director eran distintas—. Sobre todo tratándose de usted, doctora Lemberger. Respeto mucho sus conocimientos sobre animales exóticos y más teniendo en cuenta que yo mismo he fallado en ocasiones al diagnosticar sus enfermedades.

Maria asintió sin sonreír, halagada. Era consciente de que sabía más sobre animales exóticos que la mayoría de los veterinarios.

—Entonces podrás llevarnos en coche, Alex —le pidió—. Tengo que estar en el circo a las ocho. ¿Te va bien?

El joven asintió.

—¿Bernhard? —Maria no contaba con que al llegar del circo se encontraría con su marido en casa, pero su coche estaba en el patio de Epona Station y, cuando entró en la casa, Bernhard estaba sentado a la mesa de la cocina. Parecía paralizado y sostenía una carta en sus manos. El sobre descansaba sobre la mesa. «Programa de Control de Extranjeros Enemigos, Auckland», llevaba escrito.

—¿La citación? —preguntó.

Bernhard asintió.

—El martes, dentro de tres semanas, debo presentarme en la comisaría de policía de Auckland. Me interrogarán para evaluar mi posible actitud hostil contra mi país de acogida. ¡País de acogida! ¡Vivo aquí! ¡Hace mucho que tengo la nacionalidad!

—¿Deberíamos tal vez corregirles? —opinó Maria—. Podría ser un error.

Bernhard negó con la cabeza.

—Es posible que eso nos convierta realmente en sospechosos. ¿Qué quería el circo?

Maria se sentó.

—El director quería contratarme. Alex no se va con ellos a Australia y además no ha satisfecho sus expectativas. Naturalmente, le he dicho que eso no es posible. Tu consulta, la mía, los niños... —Parecía relajada. Si el rechazar la oferta le había resultado difícil, no lo expresaba—. Y a mí..., a mí tampoco me gusta viajar.

Eso era como suavizar el caso. Maria odiaba y temía cualquier interrupción en su rutina cotidiana.

Bernhard volvió a juguetear con la carta.

—Y..., ¿y si lo hiciésemos? —preguntó en voz baja—. En el circo estaríamos seguros. Nadie preguntará a esos trabajadores ambulantes cuál es su nacionalidad de origen. No están registrados en ningún lugar. Si alguien nos pregunta, podemos decir que somos suizos.

Maria frunció el ceño.

—Los niños tienen que ir a la escuela —respondió en el tono de voz con el que solía referirse a normas establecidas.

Bernhard se encogió de hombros.

—Todavía son pequeños. Acaban de cumplir diez años. Y aprenden rápido. Podríamos darles clase nosotros mismos durante uno o dos años. La guerra no durará eternamente.

De hecho, David, un lector infatigable, ya estaba mucho más avanzado que el resto de su clase, y Daphne siempre se hallaba entre las mejores alumnas.

—¿Y tú? ¿Y tu consulta? —preguntó Maria.

—Nellie puede encargarse de ella —contestó Bernhard—. Al igual que de la tuya de animales pequeños. O Alex. Está desesperado buscando un trabajo y, si tiene aquí el consultorio, podrá ver a April cada día.

Maria reflexionó. Visto de ese modo estarían libres de cualquier obligación. El problema era su miedo a vivir de forma itinerante. Se había separado con dificultad de su casa berlinesa, de los muebles que le resultaban familiares desde su infancia y del orden y distribución de las habitaciones. Había tardado mucho en sentirse segura en su vivienda de Epona Station. ¿Y ahora vivir en una caravana? ¿Cambiar de ciudad cada dos semanas?

—Podrías cuidar a los animales del circo y yo podría anunciar en cada ciudad a la que vayamos que me ocupo de los caballos y animales de los granjeros. Seguro que en Australia todavía hay muchas regiones que no disponen de asistencia veterinaria. —Bernhard fue entusiasmándose con la idea—. Para los niños sería una experiencia maravillosa. Algo totalmente distinto. Caramba, ¿quién no sueña con viajar con un circo?

Maria jamás había soñado con algo similar, pero se lo guardó para sí. Su temor aumentaba en paralelo a la euforia de Bernhard; por otra parte, sabía muy bien qué debía de experimentar él tras recibir la citación. No sentirse seguro era una sensación espantosa. Y, en caso de emergencia, a Bernhard no le servía de ayuda esconderse dentro de un armario.

Maria dibujó una sonrisa forzada.

—En nuestra caravana tiene que haber un armario —dijo.

Bernhard le sonrió con ternura y agradecimiento.

—Sé lo difícil que es para ti —contestó—. Por otra parte, te gustan los animales exóticos.

Maria asintió.

—Me gusta el trabajo —admitió.

Bernhard la abrazó y la estrechó contra sí con el mismo cuidado de siempre; tenía que estar seguro de que Maria aceptaba el contacto en ese preciso momento. Ella se recostó contra él.

—Entonces salgamos y demos la buena noticia a los niños —dijo Bernhard enfatizando su alegría.

Maria apretujó la carta de la oficina de extranjeros y la lanzó a la papelera.

—¿De verdad? ¿Dónde? ¿Y tiene que ver con los caballos? —Nellie resplandeció cuando Walter, esa misma noche, la sorprendió con la estupenda noticia de que por fin había encontrado un trabajo fijo—. Si está aceptablemente bien pagado, lo mismo podemos volver a contratar a una niñera.

Los niños compartían en la sala de estar una ración enorme de palomitas de maíz. Walter los había hecho callar para poder hablar con Nellie. Estallaba de energía, pero también parecía nervioso.

—¡Estaré muy bien pagado! —respondió—. Es solo que... el trabajo es en el circo.

Por el tono de su voz, Nellie ignoraba si buscaba su aprobación o demostraba su terquedad.

—¿En el circo? —preguntó—. Pero entonces es temporal. ¿Cuándo quieren volver a Australia? ¿En una o dos semanas? ¿Y tan bien pagan a los trabajadores del circo?

Walter negó con la cabeza.

—Viajaría con ellos no como trabajador, sino como artista —explicó con orgullo—. A los Homer les ha encantado el número que preparé con Wild Bill. Quieren mostrarlo en todas las ciudades.

Nellie frunció el ceño.

—¿Número? —preguntó—. ¿La doma del supuesto caballo salvaje? ¿Wild Bill seguirá lanzando por los aires a una o dos personas cada día y a continuación se dejará domar casi milagrosamente por ti? ¿He entendido bien? ¡Eso no es doma, Walter, eso es un timo!

Walter hizo un gesto de negación.

—¡No exageres! Es una parte del espectáculo, igual que todos los demás números del circo. Y en lo que respecta a la gente…, se presenta de forma voluntaria.

—¡El caballo no actúa de forma voluntaria! —exclamó Nellie, indignada—. Se asusta cada vez que lo montan y sufre. Se bota sobre todo porque la silla le hace daño. Walter, eso… ¡no es propio de ti!

—El caballo lleva años así. Está acostumbrado. Es cierto que a mí no acaba de gustarme. Pero una vez que haya puesto un pie en el circo, seguro que podré idear otros números. Todos habéis visto lo mal adiestrados que están los caballos. Yo podría mejorar la situación. —Walter hablaba convencido de lo que decía.

Nellie se rio decepcionada.

—¡Y van a obedecerte precisamente a ti! Justo a un novato que nunca ha tenido nada que ver con el circo. En serio, Walter, llevan generaciones haciendo eso. No van a empezar de repente a montar sus caballos hacia delante y hacia abajo y a reunirlos lentamente a partir de la flexión longitudinal para aprender, pasados unos años, las primeras lecciones de doma de alta escuela. Si colocan a sus caballos sobre una placa caliente y los agarran con fuerza, también piafan. Y no tardan años. ¡Acuérdate de cómo bailan los osos!

Walter la miró ofendido.

—La joven que presentaba a los caballos adiestrados no daba la impresión de tener la intención de maltratarlos.

—Es posible que no sepa en absoluto lo que hace —se burló Nellie; luego se le ahogó la voz—. Walter, dime por favor que no estás considerando en serio aceptar este empleo tan cuestionable —le rogó—. Porque no puedes ni quieres dejarme sola aquí. Con la consulta, la consulta de caballos y los niños...

Walter le tendió una carta.

—Si fracaso aquí, Nellie, también te dejaré sola. A la fuerza. Y sin poder enviarte dinero.

Nellie leyó por encima la citación a un interrogatorio sobre sus opiniones políticas. Hacía tiempo que ambos esperaban una misiva de este tipo, pero eso no les había causado demasiada preocupación. Nellie arrojó con desdén la carta sobre la mesa.

—¿Quieres huir a Australia por esta prueba de conciencia? —preguntó incrédula—. No te agobies, Walter, ¡tú no eres ningún nazi! Superarás la entrevista, solo tienes que decir la verdad. Explícales por qué dejaste Alemania y que ya llevamos tiempo instalados aquí como ciudadanos neozelandeses.

Walter se la quedó mirando, se diría que iracundo.

—¿Tengo que contarles que no estoy en Alemania porque no quería de ninguna de las maneras volver a participar en una guerra? —replicó—. Seguro que los examinadores estarán fascinados. Ahora que se anima a todo el mundo a que se aliste de voluntario, y más cuando sabe disparar un arma. Con un poco de mala suerte interpretarán mi negativa como falta de patriotismo, si no es que la interpretan al instante de actitud hostil. Y luego estaré en una isla lluviosa perdida y no podré hacer nada para apoyarte.

—*Mom!* ¿Qué hacemos? Esto es muy aburrido —gritó Petey.

Era evidente que los niños se habían zampado las palomitas, porque Petey apareció en la cocina mientras Marty se dedicaba a cambiar las emisoras de la radio en la sala de estar. Esa nueva adquisición de sus padres los tenía fascinados. Giraban entusiasmados el dial con las emisoras que sus padres habían seleccionado laboriosamente. Después de que alguien les hubiese contado en broma que los locutores y los músicos estaban encerrados en la caja, Marty se había encomendado la misión de liberarlos. Walter se dirigió a la habitación y le quitó con determinación el aparato; acto seguido, el niño se puso a llorar.

Nellie comprendió que era necesario actuar con rapidez para dar algo que hacer a sus hijos. No podía interrumpir en ese momento su conversación con Walter. Suspirando, revolvió el maletín y sacó el estetoscopio.

—Tomad, podéis jugar un rato con esto. Primero os escucháis el uno al otro y luego me decís si uno de vosotros está enfermo.

Los niños salieron corriendo hacia su habitación disputándose el instrumento. Nellie esperaba que luego quedara algo de él. Se volvió de nuevo hacia su marido.

—Simplemente tenemos que pensar en qué has de contar en la prueba —explicó animosa—. Tan difícil no será. Por ejemplo, podrías decir que te hirieron en la última guerra o que te sepultaron en las trincheras y que luego eras un... ¿Cómo los llamaban? Uno de esos locos de las trincheras...

Muchos soldados habían sufrido tal pánico que después de años todavía recaían en estados de ansiedad por la más mínima causa.

—¡Nellie! —Walter la miró ofendido—. ¡Yo no soy un cobarde! La guerra me afectó, por supuesto, pero no hizo de mí un ser marginal como a un loco de las trincheras. Me sentiría avergonzado.

—Yo no lo creo —replicó Nellie con una mueca—. A Benno lo entendías perfectamente.

—Benno era un perro —objetó Walter.

—¿Y? Desde el terremoto comprendo muy bien cómo se debieron de sentir los afectados por la neurosis de combate. Pero da igual, puedes contar cualquier otra cosa. Ya se me ocurrirá alguna idea. Sea como sea, no me dejes sola con los niños únicamente porque te hace gracia viajar por un país extranjero y pasártelo bien. —Nellie dirigió su atención a la habitación de los niños, donde los pequeños habían enmudecido. A lo mejor por una vez eran capaces de jugar tranquilos.

—¡No voy a pasármelo bien! —contestó irritado Walter—. Se trata de trabajo. Aquí no lo hay. Llevo mucho tiempo buscándolo, Nellie. En el hipódromo, como preparador, profesor de equitación... Son malos tiempos, es todo. ¿Qué tengo que hacer? ¿Quedarme en casa y cuidar de los niños?

—¿Y por qué no? —preguntó Nellie. Estaba empezando a hartarse—. Por el momento funciona estupendamente. Mientras no tengas trabajo, no podemos permitirnos una niñera, y yo no puedo llevarme siempre a los chicos a la consulta. Al doctor Maitland no le gusta y yo lo entiendo. Los dos desarman el mobiliario antes de que me dé cuenta. Ya es bastante malo que después de la escuela pongan patas arriba las cuadras en las que estoy atendiendo a los caballos. No sé qué problema tienes. Te las apañas bien con ellos.

—Nellie... —Walter inspiró hondo—. Soy un hombre. Tu marido. ¿De verdad pretendes que juegue con los niños, los ayude a hacer los deberes y luego me ponga un delantal y les prepare la comida?

—Yo encuentro que es estupendo que coman algo caliente al llegar a casa —opinó Nellie—. Y que no importa si lo has preparado tú o yo. En cualquier caso, es mejor eso que la perspectiva de que estés dando vueltas con un circo y montando números sospechosos en los que, además, hay un caballo que sufre. ¡Anula el contrato, Walter! Eso no funciona.

—¿Y si vienes conmigo? —preguntó Walter—. Como veterinaria. Alex quiere quedarse aquí.

Nellie intentó conservar la calma.

—Maria ocupará su puesto —dijo. Poco antes había estado hablando por teléfono con su amiga—. Está asustada, pero lo hará por Bernhard. Él sí que tiene miedo de verdad de la prueba de conciencia y no solo lo finge.

—¡Yo no estoy fingiendo! —exclamó Walter—. Pero es interesante que Maria esté lista para sacrificarse de algún modo por su marido, mientras que tú...

Nellie decidió no seguir con esa discusión. Más le valía recuperar el estetoscopio.

—Piénsatelo, Walter —dijo abatida—. Reflexiona sobre lo que me estás haciendo si te vas. A mí, a nosotros. Cuando regreses, nunca será como antes.

Walter no volvió a gastar más saliva hablando del circo, pero, la noche en que zarpó el barco de los hermanos Homer, Nellie se encontró a los niños de mal humor y solos en casa.

Petey le tendió una hoja arrugada.

—Toma, me ha dicho papá que te lo dé —dijo.

«No hay más remedio, Nellie —leyó—. Mientras dure esta guerra no tengo en Auckland ningún futuro. Os enviaré dinero y volveré. Te quiero. Walter».

Nellie estrujó el papel y lo tiró a la papelera.

9

Alex asumió encantado el consultorio de animales pequeños de Epona Station y llegó a un acuerdo con Nellie para repartirse la consulta externa.

Se instaló en la casa de Bernhard y Maria y dio una pequeña suma a Lene para que se encargara de las tareas domésticas. La niñera no acompañó a Maria, Bernhard y los mellizos. Tenía tanto miedo como Maria a la vida itinerante y los niños no necesitaban que nadie los cuidase, ya que iban a estar todo el día con su madre y su padre.

Esto representaba una ventaja para Nellie, pues podía seguir dejando a Petey y Marty en Epona Station cuando tenía algo que hacer en los alrededores. Por supuesto habría preferido llevarse a Lene a su casa en Auckland, pero esta se negó rotundamente.

—¡Es un barrio horrible, doctora Nellie! Es posible que usted no se dé cuenta porque siempre está yendo de un lado para otro en el coche. Pero yo no me atrevo a salir sola a la calle. Seguro que antes era un barrio obrero bien considerado, pero ahora que hay tantos hombres sin trabajo... Y además cada vez hay más maoríes...

Lene había cogido miedo a los autóctonos de Nueva Zelanda desde que había visto la representación de una danza de guerra. Además, David y Daphne se habían divertido un montón contándole que eran caníbales y que los guerreros antes coleccionaban las cabezas cortadas y disecadas de sus enemigos. Naturalmente, eso ya no se hacía, pero Nellie tenía que dar la razón a Lene en el sentido de que los maoríes de su barrio estaban desarraigados y amargados, y eran, por consiguiente, violentos. Muchos bebían —al igual que sus vecinos blancos— y pegaban a sus esposas e hijos. Lene conocía ese ambiente demasiado bien, pues había crecido en una familia del mismo tipo. No quería volver nunca más a un barrio donde imperaban tales conductas. No obstante, ayudaba a Nellie en Epona Station siempre que podía.

También April volvió a encargarse de los chicos. Parecía ir superando lentamente el duelo y salía cada día a dar un paseo a caballo. La mayoría de las veces se iba sola por el bosque, pero de vez en cuando Alex la convencía para que dieran una vuelta juntos. Con él volvió a mantener conversaciones sobre la cría de caballos. Alex pensaba dejar que Erlkönig cubriera a su yegua Shelley.

—Todavía no es demasiado vieja —opinaba él—. Acaba de cumplir quince años y está muy sana. De hecho, no tendría que salir nada mal.

—Salvo que dejara a los potros como herencia sus... dificultades...

April no quería decirlo, pero Shelley no era ni bonita ni veloz.

—Espero que no —replicó Alex—. Erlkönig es un semental que deja impronta, como su padre Bucéfalo. Con algo de suerte, el potro se parecerá a su padre como dos gotas de agua, tan solo no se debería seguir criando con él.

—Tu madre no estará muy entusiasmada —señaló April.

Alex se encogió de hombros.

—Shelley es mía. Y, si el potro es bueno de verdad, a lo mejor la convence de que abandone por fin la absurda idea del interminable *linebreeding*. Tiene unas yeguas preciosas y veloces. Si las cruzara una vez con uno de vuestros sementales... Pero es demasiado orgullosa para hacerlo. No quiere admitir que tus padres saben más de caballos que ella.

Por supuesto, Willie no se dejó convencer. Ya estaba suficientemente enfadada por el hecho de que Bernhard se hubiese marchado a Australia y que ahora su hijo ocupase su puesto. Cuando necesitaba a un veterinario, siempre llamaba expresamente a la doctora Nellie. Esta solo esperaba que no hubiese ninguna urgencia y Alex fuera el único en estar disponible.

La relación entre Shelley y Erlkönig unió mucho más a April y Alex. April se ocupaba de la yegua. La sujetaba cuando Alex le hacía un examen rectal para averiguar cuándo se producía su ovulación y al final contemplaron juntos desde el cercado cómo se reunían el semental y la yegua e iniciaban su tierno juego amoroso.

—La verdad es que es precioso —dijo Alex, pensativo. Ese día había dicho lo mismo de April. La joven volvía a llevar pantalones de montar, aunque la mayoría de las veces combinados todavía con blusas o jerséis negros, pero volvía a estar presente en el mundo real. Los severos peinados que había impuesto durante tanto tiempo a sus rizos rojos no aguantaban el movimiento al aire libre y continuamente dejaban en libertad unos mechones que enmarcaban su rostro. April los colocaba entonces detrás de la oreja, un gesto típico de ella y que Alex amaba. Una vez que este visitó un bazar de la iglesia en Onehunga, encontró una de las anchas cintas de colores para la cabeza que trenzaban los maoríes, la compró y se la regaló.

—No tenían ninguna negra —se disculpó—. Pero a lo mejor te gusta llevarla. Es práctica.

No solo era práctica, sino que a April le sentaba extraordinariamente bien. Mia le guiñó el ojo a Alex el primer día que su hija se la puso. El joven no le había gustado de niño, pero ya hacía tiempo que advertía que su compañía beneficiaba a su hija. Así que volvió a guiñar un ojo y fingió no darse cuenta de que April le permitía, en secreto, que montara a Erlkönig.

En realidad, solo ella, Julius y Walter habían gozado antes de ese privilegio, pero, ahora que la yegua de Alex iba a tener un potro del semental, el joven sentía curiosidad por cómo era el caballo negro. April eligió para sí un caballo igual de rápido y los dos se lanzaron a la carrera por las colinas de la cordillera de Waitakere.

Mientras tanto, el año 1940 se acercaba a su final, pero parecía que la guerra acabase de empezar. La Italia aliada de Alemania había atacado Grecia. Los alemanes bombardearon Gran Bretaña y convirtieron Coventry en un infierno en llamas. Los británicos contraatacaron con acometidas igual de devastadoras sobre las ciudades alemanas, también con el fin de desmoralizar a la población.

Estados Unidos seguía en su posición neutral, lo que tranquilizaba a Nellie. Phipps y Grit estaban a salvo, aunque la carrera de la joven se hallaba detenida. Hacía tiempo que Nellie no recibía noticias de Grit y su padre solo escribía cartas breves en las que no contaba gran cosa. Nellie no le desveló que Walter la había abandonado. Ella misma todavía no estaba preparada para encajar el golpe. Walter, por su parte, no daba señales de vida, por lo visto le roía la mala conciencia.

No obstante, Maria le comunicó que el circo había llegado bien a Australia y se quejó del calor que hacía en ese nuevo país. A Nellie le habría gustado contestarle, pero no sabía a dónde enviar sus cartas. Además, no tenía tiempo para escribir. Desde que Bernhard se había marchado, todavía tenía más trabajo, lo que coincidía con las vacaciones de la escuela y con que había que mantener ocupados a los niños. Nellie vivía en un estado de ansiedad permanente. A veces, sus hijos se habían ido cuando ella regresaba a casa. Era un verano estupendo y a los dos les gustaba salir a jugar a la calle. No obedecían a su madre. Económicamente, le iba algo mejor desde que compartía las consultas externas de Bernhard con Alex, pero estaba a punto de sufrir un colapso nervioso. ¿Cuándo acabaría todo eso? ¿Cuándo volvería a ser la Nellie que había sido?

Alex disfrutaba de su trabajo y de estar junto a April. Ella se iba abriendo a la vida con cada semana que pasaba, se dejaba convencer para dar un paseo por el campo o para ir a visitar a los pacientes de Alex, y era obvio que se relajaba cuando conversaban de cualquier tema que surgiera. En los días en que se celebraban las carreras, se iban juntos a Ellerslie y veían ganar a los caballos de Willie o a los de Epona Station.

Nellie se preguntaba qué pensaría Willie de la incipiente relación entre su hijo y la hija de Mia. Edward Rawlings parecía aprobarla.

—A lo mejor se produce al final una unión —le confesó a Nellie, con quien le agradaba conversar en el palco de los propietarios—. Sería muy bonito que Epona Station y Baroness Stud trabajaran juntas en la próxima generación. Esta continua rivalidad es insoportable.

Nellie sonrió.

—Erlkönig ha dejado preñada a la yegua de Alex. Esto podría ser un comienzo.

En efecto, Shelley esperaba un potro y Alex pensó que era motivo de celebración. Invitó a April a una comida campestre en la cordillera de Waitakere y llenó las alforjas de exquisiteces y una botella de vino. Luego condujo a la joven a uno de los rincones más bonitos de la zona, un lago de ensueño alimentado por una cascada. Hacía un tiempo maravilloso, como ya era frecuente durante ese verano. El lago invitaba a un baño y el corazón de Alex latió con más fuerza al confirmar que April se había llevado traje de baño. Había temido hasta el último momento que ella se sintiera demasiado cohibida para desvestirse delante de él, pero April nunca había sido una puritana. Con un traje de baño de color verde se zambulló en el agua, clara como un cristal y fría como el hielo, y Alex admiró la delgadez de su silueta y la gracilidad de sus movimientos. Al final, se tendieron sobre la manta al borde del lago, se comieron los bocadillos y bebieron vino. April parecía totalmente relajada y feliz, y Alex se preguntó si habría llegado el momento de aproximarse más a ella. En realidad, quería esperar a que hubiera pasado un año como mínimo..., pero ese era el día perfecto. El alcohol había adormecido a April y estaba preciosa, ahí acostada en la manta, con el cabello suelto, los ojos cerrados y los labios entreabiertos.

Alex se enderezó y se quedó mirándola. No se cansaba de contemplar su cuerpo delicado y bien formado, observaba cómo sus pechos pequeños y firmes se dibujaban por debajo de la tela del bañador, mientras ascendían y descendían al compás de la respiración. No podía contenerse, tenía que tocarla. Con una prudencia extrema, le apartó un rizo húmedo de la frente. April suspiró complacida. Alex le colocó la mano en la mejilla y ella abrió los ojos, desconcertada.

—April... —susurró él—. Eres tan..., tan preciosa... —April se enderezó, como si fuera a decir algo, pero Alex siguió hablando—. April, te quiero. Siempre te he querido... Eres tan..., tan... Me gustaría besarte. Por favor, deja que te bese...

April no contestó, se lo quedó mirando. Estaba como paralizada cuando él se acercó a ella y apretó los labios contra los suyos.

El bofetón que siguió fue tan rápido y preciso como el golpe de fusta a un joven e impetuoso semental.

—Alex, ¡cómo has podido! —April se levantó y se puso el pantalón de montar encima del traje de baño húmedo, mientras él todavía se cubría la mejilla con la mano—. Confiaba en ti. ¡Pensaba que éramos amigos! Y ahora... Cedric...

—Cedric está muerto, April —dijo en voz baja Alex.

—Cedric no lleva ni medio año muerto —replicó ella—. ¿De verdad has creído que iba a besar a otro?

Alex bajó la cabeza.

—Yo..., yo lo comprendo. Por favor, perdóname. Ha sido demasiado pronto. —Sin embargo, no consiguió dominarse y levantó de nuevo la vista hacia ella—. Pero..., pero, si dentro de medio año o de un año te lo vuelvo a pedir, si te doy tiempo para el olvido...

April lo fustigó con la mirada.

—¡Nunca vuelvas a pedírmelo! —exclamó ella—. ¿Cómo puedes pensar que voy a olvidarme de Cedric? ¡Que voy a cambiarlo por el primero que se cruce en mi camino! No te acerques a mí, Alex Rawlings. No quiero volver a verte nunca más.

Y dicho esto, se dio media vuelta y se dirigió precipitadamente hacia el caballo al tiempo que se ponía la blusa.

Alex quiso seguirla mientras ella lanzaba a toda prisa la silla sobre el caballo, pero el modo en que April lo miró lo detuvo.

—¡Nunca vuelvas a acercarte a mí, Alex! —repitió cuando puso a la sorprendida yegua al trote e inmediatamente salió al galope.

Alex se quedó atrás, totalmente destrozado.

Un par de horas más tarde, Alex se alistaba en la oficina de reclutamiento. No volvió ni a la consulta de Epona Station ni a la granja de su padre. Edward y Willie se enteraron de que se había unido al ejército a través de una breve carta.

Cuando Edward llegó a Auckland, Alex ya estaba de viaje. El día después de inscribirse, había zarpado un barco de voluntarios. Grecia era la meta.

HEROÍSMO

Nueva Zelanda – Auckland, Onehunga, New Lynn
Grecia – Creta

1941

1

Desde que Alex se había ido, Nellie estaba saturada de trabajo. Estaba pensando en dejar su puesto con el doctor Maitland y hacerse cargo de la consulta de Maria y Bernhard, lo que tendría la gran ventaja de poder vivir con los chicos en Epona Station. Sin embargo, el doctor Maitland le aseguró que en tal caso vendería la consulta o la cerraría. Pensaba jubilarse por fin en Bay of Islands. Así que Nellie se quedaría sin trabajo si Maria y Bernhard regresaran en breve, lo que ella consideraba posible. Maria llevaba semanas enmudecida; lo único que sabían del circo procedía de las entusiastas cartas que David y Daphne enviaban a Lene y April. Los mellizos se habían entregado a la vida del circo. A esas alturas, Daphne ya actuaba con los otros niños y hacía ejercicios peligrosísimos sobre unos ponis al galope. David había reanudado su amistad con Sally, la tigresa, y se sentía más atraído por las fieras. No le gustaban los métodos de los domadores, pero tenía simpatía por los félidos.

Bernhard no se ponía en contacto, pero Nellie tampoco esperaba que lo hiciera. Maria siempre había sido una aplicada escritora de cartas. Tenía sus planes diarios y semanales y había reservado una hora fija para Nellie. Que no siguiera esa rutina no prometía nada bueno.

Nellie había recibido una misiva de Walter. Había enviado el recorte de un periódico de Sídney en el que se informaba sobre la doma del semental Wild Bill.

«Walter von Prednitz, un antiguo soldado de caballería que por razones comprensibles ha vuelto la espalda a su país de origen, Alemania, obtuvo el premio de cien libras. Con este dinero quiere empezar aquí, en libertad, una nueva vida».

Nellie no sabía qué opinar al respecto. Al final, tiró también a la basura esa señal de vida de su esposo.

Demasiado ocupada para tomar decisiones, proseguía su vida entre la consulta del doctor Maitland y las visitas externas de Bernhard. Cerró el consultorio de Alex, o mejor dicho de Maria, y remitió sus pacientes a su ambulatorio de New Lynn.

De algún modo tenía que salir adelante, pero cada vez le resultaba más duro. Un caluroso día de febrero del año 1941, cuando llegó frente a la puerta de su casa en Auckland después de atender a los pacientes de la tarde, Nellie se encontraba al límite de sus fuerzas. Solo rezaba por que no llamara nadie para una urgencia nocturna y, naturalmente, por que los niños no hubiesen hecho ninguna travesura. Un resplandeciente coche nuevo que estaba delante de la casa le llamó la atención. Un Cadillac coupé azul oscuro que seguro que no pertenecía a ningún inquilino del edificio. Nellie se olvidó de él en cuanto entró en el oscuro y sucio pasillo de la casa.

Su apartamento estaba en el primer piso. Pasó junto a las otras viviendas, de las que salían voces o música de radio, y ya en la escalera oyó la risa de Petey. En cuanto abrió, percibió también la voz de un hombre y el redoble de un tambor que alguien estaba golpeando.

—*Mom!* —Marty se abalanzó contra ella—. *Mom*, ¡Petey no quiere darme el tambor! Y el xilo…, el xilonosequé es un rollo…

Nellie entró atónita y se vio no solo frente a Petey, quien golpeaba con empeño y sin el menor sentido del ritmo un tambor, sino también frente a un hombre sentado en el sofá que se tapaba los oídos con las manos. Nellie observó un rostro oval bajo un cabello rizado y castaño y unos serenos ojos de un gris azulado que miraban incrédulos al niño que tocaba el tambor. Ese escándalo parecía causar un auténtico dolor físico a Philipp de Groot. La presencia de Nellie sin duda le supuso un alivio.

—¡Por fin has llegado! —dijo resplandeciente y se levantó de un salto para abrazarla.

Nellie estaba demasiado sorprendida para responder al saludo.

—¿De..., de dónde has salido? —consiguió preguntar.

Phipps sonrió.

—Perdona por haberte cogido así de desprevenida. Ya me había imaginado que todavía no estarías en casa y en realidad quería esperarte fuera, pero pulsé el timbre por hacer una prueba y estos dos pillos me abrieron.

Nellie suspiró.

—También abrirían a un vagabundo o a un asesino enloquecido. Y eso que lo tienen estrictamente prohibido. Phipps..., yo..., yo no sé qué decir.

—Este es el tío Philipp —intervino Petey en su lugar—. Viene de América. Nos ha traído un regalo. ¡Mira! —Buscó el tambor, que Marty se había entretanto agenciado, así que a cambio golpeó un melodioso xilófono de madera—. Le teníamos que abrir a la fuerza.

—Entonces ¿es tuyo el coche que está abajo? —preguntó Nellie—. Tienes suerte de que todavía continúe allí. Si fuera de noche seguro que ya te lo habrían robado. ¿Qué..., qué estás haciendo aquí? ¿Por qué no has escrito? ¿Y dónde está Grietje?

—Sí que escribí —la corrigió Phipps—. Es probable que ahora haya problemas con el correo. Los barcos se han rehabilitado como transportes militares. Tengo conciertos en Nueva Zelanda y Australia. Mi agencia me ha organizado una gira. En realidad, el primero es dentro de dos meses. Pero he oído que Estados Unidos está a punto de intervenir en la guerra. He preferido marcharme cuando era posible hacerlo sin problemas. Si quieres saber mi opinión, en la actualidad es mejor situarse a todos los kilómetros de distancia que sean posibles de los estados beligerantes. ¿Se puede... tranquilizar a esos niños de algún modo? —La cacofonía que resultaba del xilófono y el redoble del tambor hacía casi imposible sostener una conversación.

—Es difícil —respondió ella, quitándole al menos a Marty el tambor. El niño enseguida empezó a gritar. Nellie preguntó con esfuerzo por encima de los chillidos—: ¿Dónde está Grietje?

—Grit también te escribió antes de marcharse —respondió Phipps—. Está en Creta, tiene...

—¿Qué estás diciendo? —Nellie se levantó, arrancó a Petey el instrumento de las manos y mandó a los dos chillones a la habitación contigua—. Y ahora os quedáis un ratito aquí al lado y nos dejáis hablar en paz. ¡Lo digo en serio! —ordenó con determinación, cerrando la puerta. Parecía haber conseguido amedrentar a los pequeños, al menos por un par de minutos. Luego se enfrentó a su exmarido—. Phipps, ¡no estarás hablando en serio! ¿Has dejado que fuera a Europa? ¿En medio de una guerra? ¿Mientras tú te buscabas un lugar seguro? Acabas de decir que... Y, por el amor de Dios, ¿se puede saber qué está haciendo en Grecia?

Phipps levantó las manos.

—No te pongas así conmigo —intentó tranquilizarla—. Yo tampoco estoy de acuerdo. Pero es una persona adulta, Nellie. Y si opina que ha de demostrar su patriotismo entreteniendo a los soldados...

Nellie le dirigió una mirada fulminante.

—Explícamelo despacio a ver si lo entiendo bien. ¿Nuestra hija se ha ido al frente con una unidad para entretener al ejército? ¿Estáis bien de la cabeza?

—Como ya te he dicho, no se lo pude impedir —repitió Phipps—. Ella estaba en Londres cuando estalló la guerra, dando un concierto en el Royal Albert Hall. Excepcionalmente, no la acompañé. Y estaba muy afectada. No se olvidaba de esa historia con los nazis, ya sabes, lo que pasó en Berlín. En cualquier caso, quería a toda costa contribuir en la lucha contra Alemania. Y ya podemos estar contentos de que se haya decidido por entretener a los soldados. En realidad, tenía la intención de ofrecerse como espía porque habla el alemán con fluidez. —Phipps miró suplicante a Nellie. Era evidente que quería justificarse—. Y no creo que corra peligro. Creta es una isla y está bajo control británico. Grecia tampoco lucha directamente contra los alemanes, sino contra los italianos. Aunque por el momento es casi lo mismo.

—Pues eso —dijo Nellie—. Una isla. Uno no puede salir de ahí tan fácilmente. Si los alemanes, los italianos o quien sea atacan, ella se quedará retenida allí. Pero esto explica por qué no ha contestado mis últimas cartas. Pensaba que los dos seguíais en Estados Unidos. Dame su dirección, ¡voy a tratar de convencerla!

—Tendrás tan poco éxito como yo —señaló Phipps—. Y ahora cambiemos de tema: ¿qué haces tú aquí? ¿Por qué dejas a tus hijos solos en un barrio en el que la gente roba coches? Por no hablar del ruido y de la suciedad del edificio. ¿Dónde está Walter?

Nellie suspiró.

—En lo que respecta al ruido, nosotros contribuimos bastante, y en un lugar más tranquilo llamaríamos la atención. Y Walter… Ahora tiene un trabajo y está de viaje un par de meses…

—Entonces debería haber suficiente dinero para pagar a una niñera —observó Phipps—. Nellie, ¿qué está sucediendo aquí? Se diría que llevas tres noches sin dormir y una semana sin probar bocado, los…

—Gracias por el piropo —replicó Nellie.

—Los niños están totalmente fuera de control y, deja que adivine, tienes la despensa vacía…

—No adivinas nada, lo has comprobado —replicó Nellie sin rodeos—. No me cuentes que no has aprovechado la oportunidad para fisgar… Te conozco… —Observó su cara de culpabilidad y no pudo evitar echarse a reír—. Ay, Phipps... —prosiguió—. No dejo que mis hijos pasen hambre, iba a ir a comprar algo. Solo quería echar un rápido vistazo para comprobar que estaban aquí... A veces...

—Ya veo... —señaló Phipps—. Ahora sácalos de ahí y nos vamos a cenar a algún sitio. Y me explicas qué es lo que está pasando. Lo mejor es que alquilemos una habitación en mi hotel para vosotros. Entonces, cuando se hayan dormido, podremos hablar con tranquilidad.

Nellie negó con la cabeza.

—No puedo, Phipps. Tengo servicio de urgencias. Si un animal se pone enfermo, me llamarán.

—Cambia el turno con un compañero de trabajo... —Phipps se levantó.

Nellie se mordió el labio.

—No hay compañeros de trabajo —confesó—. Yo..., yo siempre me encargo de las urgencias.

Phipps se llevó las manos a la cabeza.

—Esto es peor de lo que me imaginaba. Pero puedes marcharte dos horas, ¿no? Tienes que meter algo nutritivo en el estómago. ¡No hay peros que valgan! Si ahora tuvieras una urgencia, tampoco cogerías el teléfono.

—Petey toma nota de las llamadas —afirmó Nellie.

Phipps le lanzó una mirada de reproche.

—No me mientas, Cornelia antes de Groot. Te conozco... —Sonrió.

Nellie rompió a llorar.

2

Los niños irrumpieron en la habitación, mientras Phipps todavía dudaba en si debía o no abrazar a Nellie.

—¡Mamá, estás llorando! —exclamó Marty y enseguida se estrechó contra ella para consolarla.

—¿Qué has hecho para que *mom* esté llorando? —Petey se plantó amenazador frente a Phipps.

—¡No llores, *mom*, ahora nos portaremos muy bien! —Ni el mismo Marty creía en la promesa que estaba haciendo, pero secó cariñosamente las mejillas de Nellie con la manga, no demasiado limpia, de su camisa.

—¿Te ha hecho enfadar el tío Philipp? —preguntó Petey, receloso.

—Yo no he hecho nada —se defendió atónito Phipps.

Nellie se levantó y abrazó a los dos niños.

—El tío Phipps no tiene la culpa. Es solo que..., que de repente me he puesto triste porque tengo mucho trabajo y porque papá no está aquí... No pasa nada malo... No, Marty, ¡ahora no te pongas tú también a llorar!

Nellie necesitó un par de minutos para reponerse y tranquilizar a los niños. Phipps contemplaba la escena sin decir nada. Solo cuando ella les prometió que irían a comer todos juntos a un restaurante, y entonces el tumulto se convirtió en entusiasmo, tomó de nuevo la palabra.

—¿Hay alguna hamburguesería por aquí? Sería para mí un placer llevarte al Grand Hotel, Nellie, pero no sé si los dos están suficientemente civilizados.

Nellie iba a defender indignada a sus hijos, pero luego comprendió que Phipps evaluaba de forma correcta la situación. Acabaron en un restaurante del centro de la ciudad donde los niños fueron bien recibidos y se pusieron las botas de hamburguesas y batatas fritas. Phipps se esforzó por conversar con toda la familia, pidió helado para todos y se despidió al cabo de unos minutos para dejar su coche en el hotel.

—Luego cogeremos un taxi para ir a vuestra casa —explicó. Regresó enseguida.

El taxi esperaba delante del restaurante y Phipps hizo señas a Nellie guiñándole el ojo y con un cesto que había pedido en el Grand Hotel de Princes Street.

Cuando Nellie hubo metido felizmente a los niños en la cama, ya había en la sala de estar una botella de vino abierta, encurtidos, nueces y un par de exquisiteces más.

—Ponte cómoda —dijo Phipps, señalando una de las desgastadas butacas—. ¡Y cuéntame!

En los últimos años, Nellie había pensado muy bien lo que quería escribir a Phipps y lo que quería guardarse para ella. Sin embargo, ahora que él en persona estaba sentado ahí enfrente, no pudo ver al amante desdeñado porque Walter se la había arrebatado, sino al amigo de juventud para quien jamás había tenido secretos. Le habló de sus éxitos profesionales y de los fracasos de Walter. De la mala suerte que les estuvo persiguiendo los primeros años en Nueva Zelanda y de cómo el terremoto lo había cambiado todo. Y, por último, le confesó lo difícil que le resultaba arreglárselas con sus hijos.

—En realidad son buenos críos —dijo—. Ya lo has visto. No es que sean un desastre, pero, en cierto modo, parece que destrozan todo lo que tocan. No paran de ir de un sitio a otro corriendo, siempre gritan. Nunca están quietos, duermen mal…

Nunca piensan en lo que hacen. Y eso que Petey pronto cumplirá once años, debería ser algo más sensato... A lo mejor tengo yo la culpa, debería ocuparme más de ellos. Pero tampoco estaba todo el día encima de Grietje...

Phipps reflexionó.

—¿Has oído hablar alguna vez del psicoanálisis? —preguntó—. En Estados Unidos se practica con frecuencia. Los médicos de la mente parten de la base de que en muchas personas se esconde un profundo dolor provocado por ciertas vivencias de las que ni tan siquiera se acuerdan. Eso se expresa en miedos, nerviosismo...

Nellie asintió.

—Sigmund Freud, ¿no? —recordó—. En Berlín quemaron sus libros...

Él se encogió de hombros.

—Quién sabe lo que habría sacado a la luz de ese Hitler. Creo... que podría ser que los niños hubieran retenido algo de ese terremoto...

Nellie lo miró escéptica.

—Marty ni siquiera había nacido —observó—. Pero claro que después yo ya no era la misma. Tardé mucho en superarlo y a veces todavía tengo pesadillas. A lo mejor no fui una buena madre para Marty.

Phipps negó con la cabeza.

—No vuelvas a echarte la culpa de todo —replicó con determinación—. Tú no provocaste el terremoto. Y eres una buena madre, los dos te quieren. A pesar de todo, esta situación podría mejorarse. ¡Deja que te ayude, Nellie! Necesitas un poco de calma, salir de esta casa, de este barrio..., y necesitas ayuda con los niños. ¿Dónde se ha metido Lene? ¿No estará con Maria en el circo?

Nellie le contó que Lene seguía viviendo en Epona Station y que intentaba prestar allí alguna ayuda. A la larga se buscaría un nuevo trabajo, pero por el momento no se atrevía; encontraba su inglés demasiado malo para ofrecerse como niñera o ama de llaves. Además, se estaba iniciando una relación entre ella y el caballerizo de los Von Gerstorf, Hans Willermann. Aunque él era unos años mayor que ella, parecían almas gemelas.

—Bien —concluyó Phipps—. Trabajaría para ti si no fuera en este barrio, lo que yo entiendo perfectamente. Mañana mismo lo solucionaremos. Ahora tienes que dormir, se te están cerrando los ojos. Voy a coger un taxi para volver al hotel, ¿tienes el número de la compañía de taxis? Caminando por estas calles seguro que no podré parar ninguno. Y mañana nos encontramos en la consulta de New Lynn. No te preocupes, Nellie. Todo irá bien.

Cuando Nellie llegó, el coche de Phipps estaba delante de la bonita mansión de Totara Avenue. Ella ya había dejado a los niños en la escuela. Cuando abrió la puerta, oyó las voces del doctor Maitland y Phipps. Por lo visto, el médico estaba mostrando la casa a su exmarido.

—Aquí están las habitaciones de la consulta. Todo a punto, aunque el mobiliario no sea el más moderno. A estas alturas hay mejores lámparas y mesas de operaciones, aparatos para diagnosticar de última generación..., pero la doctora Nellie se lo explicará mejor que yo. Soy demasiado viejo para todo esto. Ya ve que hay suficiente espacio, los animales pueden pernoctar aquí, hay dos salas de cura, la sala de espera es acogedora. Y la consulta tiene una clientela estable desde hace tiempo, aparte de que, en estos últimos años, cada vez llegan más pacientes de Auckland. En la actualidad, el que New Lynn esté a unos pocos kilómetros del centro de la ciudad no es un problema para la mayoría de la gente. Y hay mucha edificación en marcha, todo se une. —El doctor Maitland descubrió a Nellie y la saludó—. ¿Desea venir con nosotros y ver el resto de la casa? —la invitó; luego se volvió hacia Phipps de nuevo—. Su..., bueno..., exesposa naturalmente ya ha estado en las habitaciones privadas, pero nunca las ha visitado pensando en adquirir esta casa...

—¿Vas a comprar la casa? —preguntó Nellie, pasmada.

Phipps asintió.

—Me parece lógico comprar la vivienda cuando uno va a encargarse de las salas de la consulta.

—Y podría instalarse enseguida —añadió el doctor Maitland—. Le dejaré la mayor parte del mobiliario; no me llevaré nada más que un par de piezas de recuerdo... y los gatos, por supuesto. Mi..., esto..., amiga tiene la casa totalmente equipada...

Hasta entonces, Nellie nunca se había interesado por la vida privada del doctor Maitland, pero en ese momento el que había sido viudo durante tanto tiempo les confesó que en unas vacaciones que había pasado en Russell, en el extremo septentrional de la Isla Norte, había conocido a una señora de su edad. También ella había enviudado hacía mucho, vivía en una bonita casa junto al mar y administraba allí una pequeña pensión que ya tenía ganas de cerrar. Ambos se habían sentido atraídos mutuamente, también ella tenía dos gatos. El doctor Maitland había visitado en varias ocasiones a su Marygold y ahora no había nada que los dos desearan más que pasar los últimos años de su vida juntos en Russell.

—Puedo mudarme en pocos días —le comunicó a Nellie.

—Es..., es increíble... —musitó ella.

La casa se encontraba en un buen barrio. Lene no tendría nada en contra de hacer allí las tareas domésticas, tampoco estaba lejos de Epona Station. Además, vivir y trabajar en la misma casa comportaría un considerable ahorro de tiempo.

—Es una buena inversión —explicó Phipps—. Puedes pagarme un alquiler si funciona. Ven, vamos a echar un vistazo antes de que abras el consultorio.

La casa era preciosa y su mobiliario era funcional. Por fortuna, el doctor Maitland no tenía muchas antigüedades en las que Petey y Marty pudieran dejar sus huellas. No obstante, habría que cubrir con una funda el bonito sofá de gobelino.

—Bah, los dos no tendrán tiempo para destrozar nada por aquí —descartó Phipps—. Si estás de acuerdo, voy a recogerlos a la escuela. Así puedes hacer con toda tranquilidad tus visitas externas. Los mantendré ocupados hasta que llegues por la noche a casa.

Nellie esperaba que no se arrepintiera demasiado pronto y se puso a trabajar, aliviada por el momento.

Por la noche se encontró a Phipps con dos niños contentos, que comían unos enormes sándwiches de un local cercano y que corrieron hacia ella para contarle sus experiencias.

—¡Hemos jugado a rugby en la nueva escuela! —exclamó Petey—. Es bonito, *mom*, pero duro. El entrenador era más severo que papá con la equitación...

Nellie miró a su exmarido sin entender.

—Me he permitido ir con ellos a visitar dos escuelas privadas, King's College y Dilworth School. Son escuelas dirigidas por anglicanos. Me ha parecido que el King's College tenía una orientación más espiritual y el Dilworth una visión más abierta del mundo. Esta me resulta también más convincente por su programa deportivo. Los chicos han podido participar en el entrenamiento de rugby...

—Maria y Bernhard también enviaron a David a la Dilworth School —apuntó Nellie—. Pero nosotros no podemos permitírnoslo, nosotros...

—Pero ahora tienes tu propio consultorio de animales pequeños, Nellie. Y las consultas externas, el hipódromo... ¡Claro que puedes permitirte una escuela como Dios manda para los niños! Y ahora deja que te cuenten y coge un sándwich, hay suficientes. Luego los metes en la cama y nosotros conversamos sobre los detalles. ¿Quieres una copa de vino ahora o mejor más tarde?

Nellie todavía se sentía superada por los acontecimientos. Escuchó a medias las crónicas entusiastas de Petey y Marty.

—¡Y la escuela está muy cerca de Onehunga! —explicó Petey—. ¿No podríamos vivir con April?

—También podrían instalarse en la escuela —señaló Phipps—. Es escuela diurna, pero también internado. Tienes que pensártelo... Está algo alejada de New Lynn, a unos veinte minutos en coche... Pero ¿me dijiste que Lene conduce ahora?

Mientras los niños todavía estaban despiertos, hablaron de Lene y de Epona Station, luego sobre los planes de Nellie.

—Si no me hiciese cargo de la consulta de New Lynn, sino de la de Maria en Epona Station, todo sería más fácil —reflexionó Nellie. Los nuevos ajustes le pondrían las cosas mucho más fáciles, pero no solucionarían su problema con el exceso de trabajo.

—Pero tú misma dices que no es una solución a largo plazo —advirtió Phipps—. No, tenemos que actuar de otro modo. Lo mejor..., lo mejor sería que hubiera un segundo veterinario.

—Entonces volveré a ganar poco —objetó Nellie.

Phipps negó con la cabeza.

—No si eres tú quien contrata al veterinario o veterinaria. Seguro que el doctor Maitland se ha llevado la mayor parte de las ganancias que has obtenido en New Lynn, ¿no?

Nellie asintió.

—De todos modos, aquí no hay muchos veterinarios —indicó—. De lo contrario, el doctor Maitland ya hace tiempo que habría vendido la consulta. En cualquier caso, en aquel entonces yo fui la única candidata para el puesto y en Hawke's Bay sucedió lo mismo.

—Aquí a lo mejor no —opinó Phipps—, pero en Europa hay muchos. Y lo único que desearía gran parte de ellos sería dejar el continente cuanto antes mejor. ¿Cómo se llamaba esa organización de refugiados judíos para la que Bernhard trabajaba? La mencionaste en una ocasión en una carta...

Nellie no podía entender cómo su vida estaba cambiando tan deprisa. Apenas una semana después de la llegada de Phipps, se mudó a la casa que había encima del consultorio veterinario de New Lynn. Lene la ayudó con la mudanza y la Dilworth School aceptó a los niños. En los primeros días refunfuñaron un poco, pues no se podían tomar la escuela tan a la ligera como hasta entonces. Los profesores velaban por la disciplina y algunos de ellos empleaban con facilidad la vara si los alumnos se pasaban de la raya. Salvo por eso, eran docentes comprometidos que querían y podían transmitir abundante materia de enseñanza.

Por primera vez en su vida, Petey y Marty se sintieron estimulados. Tenían que poner atención en hacer correctamente los deberes en casa y siempre advertían cuándo no habían trabajado. A Petey no tardaron en empezarle a gustar las asignaturas de ciencias. Creció en él el deseo no solo de desarmar cosas, sino también de volverlas a armar. El mundo de la física y la química lo cautivaba.

Marty se interesaba más bien por el deporte. Le encantaban el rugby y la natación, y era un deportista tan bueno e intrépido como su padre. Además, demostró tener un don especial para las lenguas. Nellie siempre se había sorprendido de lo bien que hablaba el alemán, aunque solo había oído conversar en este idioma a ella y a su padre de vez en cuando en Epona Station. Ahora absorbía como una esponja el francés, el griego y el latín. Los hermanos parecían satisfechos; al acabar el día estaban cansadísimos y dormían bien. Nellie se vio liberada de una pesadilla.

A ello se añadió que Lene enseguida se mudó —se instaló en una bonita buhardilla— y se ocupó de administrar la casa. Nellie se asombró de lo mucho que aquella jovencita tímida y pusilánime, marcada por la pobreza y la violencia en su juventud, había cambiado durante su estancia en Estados Unidos. Había viajado allí como niñera de Grit y su inglés seguía sin ser perfecto, pero había recorrido muchos lugares con la hija de Nellie y había llevado sola la administración de la casa de Phipps cuando él estaba de gira. De ese modo había aprendido a imponerse. Ahora se ocupaba de que los niños hicieran sus deberes y se portaran bien, se encargaba de las compras y limpiaba la casa. Nellie por fin pudo entregarse a su trabajo sin verse cargada con tareas añadidas, algo que percibieron los dueños de sus pacientes.

Seis semanas más tarde, a través de la organización de refugiados judíos, llegó Justynka Mazur, una veterinaria polaca. Era de una belleza virginal; su cabello era dorado y en el tiempo libre lo llevaba suelto para poder utilizarlo como una cortina protectora sobre su cara cuando establecía contacto con la gente. Tenía un rostro fino y delicado, la tez blanca, como de porcelana, y unos ojos enormes y casi negros, aunque casi siempre algo sombríos, como si hubiesen visto mucho más de lo que Justynka podía soportar. Estaba totalmente amedrentada, enflaquecida y demacrada cuando se presentó. A primera vista, Nellie pensó que tenía ante sí a una joven de catorce años como mucho. De hecho, había cumplido veinticinco, había obtenido unas notas excelentes al terminar la carrera de veterinaria en la Universidad de Varsovia y había trabajado dos años en un consultorio de la ciudad.

—¿Cómo ha salido del gueto? —había preguntado Nellie al representante de la organización de refugiados cuando pidió un visado de trabajo para la joven.

—No salió —había respondido el hombre—. Había ido a ver a sus padres en una pequeña ciudad del este de Polonia antes de que cerraran el gueto. Durante su estancia, reunieron a todos los judíos del lugar y los fusilaron. Ella pudo escapar. Puesto que en realidad vivía en Varsovia, no estaba en la lista. Siguió a los alemanes y sus víctimas al bosque y lo vio todo. Luego huyó. Primero a Eslovaquia y luego a Suiza, escondida en un tren de carga. No habla de ello... Ahora está en Zúrich, pero no puede quedarse allí.

Nellie no pudo averiguar más datos sobre Justynka antes de su llegada y tendría que esperar mucho tiempo para lograr saber algo más. La joven polaca hablaba poco y, naturalmente, ni una palabra en inglés. Por fortuna, su francés era muy bueno, Nellie y Phipps podían entenderse perfectamente con ella.

Lene y los niños descubrieron por azar que también entendía muy bien el alemán y supuestamente lo hablaba. Pero no estaba preparada para pronunciar ninguna palabra en la lengua de sus torturadores.

Nellie la alojó primero en su casa de New Lynn. Ni pensar en dejar que se encargara sola de la consulta de Epona Station mientras no hablara inglés. Como veterinaria demostró ser muy competente y sumamente cariñosa en el trato con los animales. Se le iluminaban los ojos al acariciar a un perro o un gato; el tono de su voz, por lo general seco, se suavizaba y durante toda la cura hablaba con los pacientes de un modo hipnótico. De hecho, Justynka aprendió inglés muy deprisa; rebosaba tal agradecimiento y se comportaba de forma tan sumisa que a Nellie casi le resultaba lamentable. No quiso aceptar su primer sueldo porque, a fin de cuentas, Phipps le había pagado el viaje y ella quería ganárselo con su esfuerzo.

Nellie rechazó su propuesta.

—Es usted mi empleada, Justynka, no la del señor De Groot. Y él ha pagado de buen grado su pasaje. Si después quiere devolverle el dinero, seguro que podrá hacerlo, pero ahora tome su salario y cómprese algo de ropa nueva. —Justynka solo poseía unas pocas prendas totalmente desgastadas—. A ser posible que no sean solo negras —añadió Nellie. Su nueva compañera de trabajo solía vestir como un cuervo.

Justynka bajó la mirada y negó con la cabeza.

—Nunca más volveré a ponerme una ropa de color.

Nellie tuvo que invertir toda su energía para salir a comprar con ella y convencerla de que adquiriera dos blusas claras para llevarlas con faldas negras.

Al cabo de dos semanas se la llevó a Epona Station y le mostró la casa de Maria y Bernhard y la consulta desierta.

—El plan consiste en que dos veces al día abra usted la consulta de los animales pequeños y me ayude un poco con las visitas externas cuando se den urgencias o en casos rutinarios. Todavía no tiene demasiada experiencia con animales grandes. Al principio la recogeré cuando se cierre la consulta y viajaremos juntas a las granjas. De ese modo conocerá a los dueños de los pacientes y adquirirá algo de práctica. El trato con los granjeros no suele ser difícil, enseguida se acostumbrará. Los propietarios de los caballos son más exigentes. Pero al menos una parte de ellos debería contar con conocimientos de francés.

Para su sorpresa, Justynka enseguida se sintió muy bien en la granja, y aún más dada la cariñosa acogida que Mia le brindó. También era judía y, aunque ninguna de las dos había recibido una educación religiosa, la recién llegada parecía sentirse más segura con ella. Y para Nellie resultó todavía más sorprendente que Justynka y April congeniaran enseguida. Ambas eran casi de la misma edad. Las dos habían sufrido pérdidas de seres queridos y simpatizaron al instante.

—La ayudaré en la consulta —se ofreció April sin demora—. Ya lo he hecho con Maria y Alex. Creo que mientras Justynka todavía no domine el inglés, yo podré dar las explicaciones a la gente.

A diferencia de Mia, April no hablaba prácticamente nada de francés, pero le encantaba conversar. Los conocimientos de inglés de Justynka pronto harían grandes progresos.

Así que la joven inmigrante se mudó a Epona Station; vivía feliz allí y realizaba un buen trabajo. Por primera vez en muchos años, Nellie se sintió dichosa y sin preocupaciones, exceptuando que echaba de menos a Walter y Maria y estaba inquieta por su situación. Seguía sin recibir noticias de ellos salvo por las cartas de los niños. Grit, en cambio, sí escribió a sus padres. Al parecer, le iba bien, Creta era un sueño y volvía a haber hombres en su vida. Desde su breve romance con Mickey durante los Juegos Olímpicos, no se había acercado a ningún joven más; ahora había dos que gozaban de sus simpatías.

—¿Celebramos esta noticia con una cena en el Grand Hotel? —preguntó Phipps, después de que comparasen sus cartas y se alegrasen de las entusiastas descripciones de la tierra y la gente de Creta.

Nellie asintió. Se alegraba de poder volver a hacer algo… sin los niños. Era evidente que Phipps se esforzaba por ganarse la simpatía de Petey y Marty y a menudo invitaba a toda la familia a dar un paseo a caballo o a ir a una feria, pero también asistía al teatro o al cine solo con su amiga de infancia. En tales ocasiones nunca pretendía intimar demasiado, aunque Nellie percibía, por supuesto, que su deseo hacia ella volvía a inflamarse, si es que alguna vez se había apagado. Ahora la trataba solo como amigo, y ella se alegraba de tenerlo como tal. La agencia del músico le comunicó que tenía un par de actuaciones en Auckland y Nellie lo acompañó y por fin volvió a escuchar su música. Mia y Julius se unieron a ellos y quedaron fascinados. Y, de repente, Nellie se sintió de nuevo orgullosa de Phipps, casi como cuando era una jovencita y él aprendía por su cuenta a tocar el violín.

—Deberíamos intentar emparejarlo con Justynka —señaló Mia tras el concierto—. Ella toca el piano de maravilla. Ya sabes que compramos uno para dar a April una educación de acuerdo con su estatus. —Se rio. April resultó estar poco dotada para la música y demostró no tener el más mínimo interés por el instrumento—. Cuando Justynka lo vio, se le iluminaron los ojos, pero tardó tres días en atreverse a preguntarme si podía tocar. Así que mandé afinarlo. Ahora toca a menudo. Me pondría a llorar de lo bien que lo hace. Y Philipp algún día necesitará también a una mujer…

Nellie se mordió el labio. ¿Phipps y Justynka? No sabía qué pensar.

Mia sonrió.

—¿O no? —preguntó con aparente ingenuidad, pero observó con atención a su amiga—. Por descontado, hay alguien que tiene derechos más antiguos…

Nellie se forzó a permanecer impertérrita. No respondió.

3

Grit de Groot casi se sentía culpable de ser feliz. En realidad, el haberse inscrito para servir en el frente tenía que ser un sacrificio, un esfuerzo por salvar al mundo de los odiados nazis. Pero en lugar de emprender viajes agotadores y peligrosos para ofrecer algo de entretenimiento a los soldados, había ido a parar a una isla maravillosa en la que incluso en marzo brillaba el sol la mayoría de los días, el mar era de un azul resplandeciente y los prados estaban cubiertos de un océano de florecillas amarillas. En las ciudades había unas pintorescas casitas pintadas de blanco y por las angostas callejuelas flotaba el aroma de las especias. Una antigua fortaleza dominaba el puerto de Heraclión, la ciudad en la que el ejército británico tenía su sede administrativa. Ya en primavera, la vida se desarrollaba en gran parte en la calle; delante de restaurantes y tabernas habían colocado sillas y mesas en las que los autóctonos, pero también los soldados británicos, se sentaban y bebían vino.

Grit viajaba junto a una joven cantante británica de la que ya se había hecho amiga en el barco. Mary Jane Locks había estudiado en un conservatorio y había escogido la ópera como especialidad en la carrera, pero no estaba del todo segura de sentirse realmente atraída por la escena clásica. El mundo de la música, tal como le contó a Grit, era muy polifacético. Había el jazz, el blues, el ragtime...

—Y en Gran Bretaña he tropezado con una maravillosa colección, las *Child Ballads*. ¿Has oído hablar de ellas? Una especie de canciones populares que un musicólogo ha recogido y reunido. Son muy bonitas y me gustaría interpretarlas. A lo mejor puedes hacer los arreglos. Seguro que a los soldados les gustan más que esos anticuados conciertos para piano.

Mary Jane se echó hacia atrás los cabellos rubios y miró resplandeciente a Grit. Se había unido a la sección de entretenimiento de los soldados sobre todo para ver un poco de mundo. Apenas había salido de Londres y seguro que no había tenido que suspender ninguna carrera internacional para ayudar a los soldados a ganar la contienda.

Grit era ajena a esa concepción más relajada de la vida. Ella se había tomado muy en serio sus estudios y apenas había visto algo más que las salas de conciertos de los lugares donde había actuado. Cuando, nada más llegar a la habitación que compartían en una pequeña y modesta pensión, Mary Jane descorchó una botella de vino, se desprendió de toda la tensión que llevaba encima. Ahí no tenía que convencer a ningún público exigente ni tenía que pasar la mitad del día practicando para mantener el nivel artístico y técnico. Se trataba de distraer, de entretener, nadie la criticaría porque simplemente tocara las canciones favoritas de Mary Jane.

Se tendió en la cama, miró a través de la pequeña ventana las vistas de los tejados de las casas vecinas y, en especial, del azul del cielo, y bebió con deleite el vino.

—¿Nos quedaremos aquí y actuaremos siempre en el mismo teatro o viajaremos? —preguntó a Mary Jane—. ¿Al..., al frente?

—En fin, por aquí no hay tantos lugares a donde ir. —Su nueva amiga se echó a reír—. Justo tres pistas de aterrizaje para la Royal Air Force: Máleme, La Canea y Heraclión. Por otros sitios no hay unidades británicas. Después de que la mayoría de los griegos se hayan marchado, trasladarán aquí las llamadas unidades expedicionarias, gente que procede en parte de Australia y Nueva Zelanda. Tienen que conservar la isla porque es importante para la defensa de Egipto y Malta.

—¿Cómo sabes todo esto? —se sorprendió Grit.

Mary Jane se encogió de hombros.

—Mi padre trabaja en el Ministerio de Defensa. Y mi hermano en el ejército del aire. Me encontré con él en Egipto y me dio unos largos discursos sobre la importante tarea que realizo aquí cantándoles a los hombres un par de canciones.

—¿Entonces no hay ningún frente? —preguntó Grit.

Mary Jane negó con la cabeza.

—Afortunadamente, todavía no. Ahora no se combate en la isla. Por eso, el gobierno griego con el rey y el presidente se trasladan a La Canea. Por desgracia, el resto de Grecia está bajo el poder de los alemanes.

—¿Los alemanes no invadirán también esta isla? —preguntó intranquila Grit.

Mary Jane se encogió de hombros.

—Es posible, pero no obligatorio. Churchill no parece contar con ello. La mayor parte de las fuerzas armadas se trasladaron de Grecia a Egipto. Aquí solo está ese cuerpo expedicionario y unos mil griegos. ¿Salimos ahora? ¿Vamos a dar una vueltecita por la ciudad? ¿Dónde vamos a actuar?

Grit y Mary Jane ofrecían varios conciertos en Heraclión, por lo que tenían que trabajar el repertorio. De hecho, Mary Jane era mucho mejor con el jazz y el blues que con los clásicos. A Grit no le costó acompañar a la joven cantante, a fin de cuentas también había practicado con su padre distintas tendencias musicales. De vez en cuando, si tocaba sola, prefería interpretar música clásica; pero optaba por melodías conocidas que recordaran a los oyentes aquellos conciertos a los que habían asistido en sus hogares con sus padres o su esposa. Las funciones que hacían juntas gozaban de muy buena acogida y los espectadores siempre insistían en lo guapas que eran las dos. Llevaban vestidos modernos, más bien cortos, y peinados actuales. Grit se había cortado sus bucles rojizos antes de emprender el viaje, y estos flotaban suavemente alrededor de su rostro y la hacían sentir libre y sofisticada.

Pocos días después se dirigieron a La Canea, una ciudad de la que Grit se enamoró al instante. Ella y Mary Jane se instalaron en una pensión en uno de los palacios históricos de la ciudad, cerca de la extensa zona portuaria de época veneciana. Incluso se había conservado un faro. En el paseo marítimo había tabernas y cafeterías; en el centro, iglesias y mezquitas, casas centenarias y amplios mercados. La Canea era famosa por sus artículos de cuero. Ya en su primer paseo, Mary Jane adquirió un montón de recuerdos.

—Se diría que estás aquí de vacaciones —la criticó Grit, tras lo cual su amiga la cogió del brazo.

—¿Y qué? —preguntó—. Para ser sincera es como me siento. Hace un tiempo maravilloso, el mar está azul, sirven pescado fresco en las terrazas con vistas al puerto. ¿Tengo que fingir que estoy ejecutando una pesada tarea? ¡Vamos, Grit, disfruta! Puede que la guerra todavía dure mucho, es posible que luego nos envíen a Rusia. Y ahora vamos a bebernos un vaso de vino en el paseo marítimo. Aunque después tengamos que actuar. Hasta dormida podrías tocar ese par de canciones, no cometerías ningún error ni aunque estuvieras borracha del todo. Los chicos además no se darían cuenta, disfrutan sobre todo de tu bonita imagen junto al piano.

Al final, Grit cedió y ya no se sintió culpable, sino maravillosamente alegre cuando entraron en el amplio edificio en el que se encontraba el auditorio. Ya no se sorprendía de que el piano de cola no estuviera sobre una tarima, sino en medio de la sala, rodeado de mesas y sillas que aguardaban al público, que se proveía de bebidas en la barra.

El ambiente no era el propio de un concierto de música clásica y Mary Jane abrió la velada con canciones de Glen Miller. Grit tocó *The Band Played On* y una canción popular de Judy

Garland. El público estaba entusiasmado y, cuando las chicas hicieron una pausa, un joven de mirada ardiente invitó a Mary Jane a una copa.

Grit enseguida volvió a sentarse al piano, cambió a la música clásica y se quedó ensimismada. Al principio no se percató del chico que se acercó al piano, pero luego él se atrevió a inclinarse para observar cómo tocaba.

—Era Mozart, ¿verdad? —preguntó tímidamente cuando ella hubo terminado.

Grit asintió.

—La *Sonata número 8 en re mayor* —precisó.

El joven la miró con admiración.

—No lo sé con tanta exactitud —admitió—. Hace..., hace mucho que no oigo algo así.

Grit le sonrió y lo miró entonces con mayor atención. Su oyente debía de tener unos veinticinco años. Era rubio, su rostro era delgado y de rasgos suaves y afables. Tenía los ojos de color azul claro enmarcados por unas largas pestañas. Grit se preguntó si brillaban a causa de su música o por ella misma.

—Que haya reconocido al compositor ya es buena señal —dijo, animosa—. Y más cuando cuenta con pocas posibilidades de asistir a conciertos. Ahora, con la guerra...

—Antes tampoco asistía a ningún concierto —confesó el joven—. Pero no quiero que pierda el tiempo conmigo... Tiene usted que tocar.

La pianista volvió a sonreír.

—¿Qué le apetece escuchar? —preguntó.

Él se encogió de hombros.

—No sé el nombre de ninguna otra melodía —se lamentó—. La última vez que escuché música clásica solo tenía cinco años.

—¿Cinco? —El interés de Grit despertó—. ¡Por Dios! Bien, entonces voy a tocar algo más de Mozart e intentar refrescarle la memoria. Y, cuando haya terminado, me cuenta por qué ha pasado veinte años sin escuchar nada de música.

—Casi veintiuno —dijo—. Por cierto, me llamo Alexander. Alexander Rawlings.

Ella asintió.

—Pues ahora tocaré para usted, Alexander.

Interpretó *Eine kleine Nachtmusik* y percibió en el rostro del chico que había dado con la obra indicada. Tal vez el disco que había oído en el pasado contenía esa famosa melodía.

—Ha sido precioso —dijo Alex, absorto—. Cuando usted la toca todavía suena más bonita que en el gramófono.

—¡Claro! —confirmó Grit—. Y todavía suena mejor cuando el piano está bien afinado. Debería escucharla en una gran sala de conciertos... Pero ahora vayamos a su historia.

Alex jugueteaba con una partitura que Mary Jane había dejado sobre el piano.

—En realidad no se trata de ninguna historia que pueda contarse antes de la tercera cita —respondió.

Grit no pudo evitar reírse.

—Otra forma de invitar a una chica... Está bien. ¿Cuándo será la primera?

Justo cuando había terminado de pronunciar esas palabras, se quedó extrañada de la determinación con que había contestado. En realidad era mucho más retraída. ¿Era la sonrisa amable de ese joven o el vaso de vino que había bebido antes de salir a escena lo que había hecho añicos su timidez?

—¿Qué tal si fuera... justo después del concierto? —preguntó Alexander a su vez—. Me refiero a que estamos en guerra... No tenemos tiempo que perder...

La joven arqueó las cejas.

—Qué raro, no oigo ningún fuego de artillería. Pero sí, después del concierto. Tomaremos una copa de vino...

Mary Jane también tenía una cita y al final acabaron los cuatro en una taberna del puerto. Fue una noche muy agradable y, al concluir, Mary Jane se dejó besar por su admirador. Grit y Alex eran más contenidos.

—Me lo he pasado muy bien con usted y... sus amigos —dijo

Alexander—. ¿Sería..., sería demasiado atrevido pedirle que en nuestro segundo encuentro quedáramos solo usted y yo? —Grit negó con la cabeza. Ella sentía lo mismo—. ¿Puedo invitarla a cenar mañana después del concierto? ¿Le gusta la comida griega?

Ni el mismo Alex la había probado todavía; había llegado hacía solo tres días y en el cuartel eran atendidos por cocineros británicos. Hasta el momento, todavía ignoraba cuál era su misión en Creta. En cualquier caso, no había un puesto de veterinario en el ejército. Aunque los autóctonos tenían todos burros, ovejas y cabras, parte de los cuales habrían necesitado la asistencia de un veterinario, las tropas británicas iban en su totalidad motorizadas. Siendo soldado raso, Alex había sido destinado a una unidad y un teniente los mantenía ocupados a él y a sus hombres con ejercicios físicos y prácticas de tiro. Alex enseguida llamó la atención por su pulso seguro y se le propuso que ampliara su formación como dinamitero. Hasta que esta empezara no tenía demasiado que hacer. Podía emplear todo el día siguiente en buscar un restaurante apropiado para su cita con la hermosa pianista.

—Me gusta toda la comida, pero la carne no demasiado —respondió Grit—. En casa de mi madre no se servía. Allí todos éramos vegetarianos. Más tarde me acostumbré, pero prefiero el queso y a veces el pescado.

—Entonces nos vemos mañana —dijo Alex, y de forma espontánea le cogió la mano y la besó con suavidad—. ¡Me alegro mucho de ello!

Al día siguiente, Grit pasó mucho tiempo por la tarde eligiendo la ropa y el peinado. Se maquilló y al final se vio muy guapa con un vestido que le llegaba a media pierna, sencillo, recto de corte y de un color azul humo que combinó con un collar de perlas. La ropa de Mary Jane era más llamativa; había ido de compras ese día y regresado con un vestido playero con un estampado de flores. Lo combinaba con una chaqueta ligera de color rojo que enseguida se quitó en la residencia militar. Ambas se volvieron a decidir por el jazz y el swing. Solo cuando Mary Jane se tomó un descanso, Grit interpretó un poco de música clásica para Alex. Él volvió a acercarse al piano, desplazando una y otra vez la mirada de las veloces manos de ella sobre las teclas y su rostro soñador y sonriente.

—Realmente, disfruta tocando —dijo, cuando ella cerró el piano.

Grit asintió.

—Sí, desde siempre. Nunca tuvieron que forzarme para practicar, ya de niña el piano era mi instrumento favorito. Toco bastante bien el violín, un poco la guitarra y me encanta la flauta travesera. No para dar conciertos, pero la flauta me divierte mucho. ¿Qué hace usted en su tiempo libre?

Alex se encogió de hombros.

—No sé… Montar a caballo… Bueno, de hecho, nunca tengo tiempo libre.

Condujo a Grit a una pequeña taberna donde el propietario ya los esperaba con dos grandes bandejas, una de platos fríos y otra de platos calientes.

—*Voilà, mademoiselle*: la Grecia vegetariana. Aquí tiene. *Yemista*: tomates rellenos de arroz y especias. *Tsatsiki*: una especie de salsa de ajo. *Spanakopita*: empanada de espinacas. *Saganaki*: plato de queso con miel y sésamo. *Kolokithokeftedes*: buñuelos de calabacín rellenos de queso feta y menta fresca. *Fava*: una crema de guisantes amarillos…

Grit se echó a reír.

—¿Es usted griego, cocinero o se ha aprendido todo esto de memoria para esta noche?

Alex le guiñó el ojo.

—Debo confesar que lo último, aunque cuando fui a la escuela aprendí algo de griego. De todos modos, no recuerdo demasiado. Venga, siéntese y ¡vamos a probarlo todo!

Grit y Alex se deleitaron con esas exquisiteces griegas, bebieron vino y ella habló de sus estudios de música, de los comienzos de su carrera y de las traumáticas experiencias que tuvo en Alemania y que la habían empujado a participar a su manera en la guerra.

—Nací en Alemania, pero me siento más americana —explicó—. ¿Es usted... australiano?

Alex hizo un gesto de negación.

—Neozelandés. Y hubo un tiempo en que pensaba que era medio alemán —confesó, dispuesto a contar su historia ya en la segunda cita—. Mi madre afirmaba que yo era hijo de un emigrante alemán, el propietario de una yeguada que además era noble. Vivió con él durante la guerra. Yo me sentía como un príncipe y me temo que me comportaba como tal. Estaba sumamente mimado, debí de ser un niño horrible...

Grit frunció el ceño.

—No me lo puedo imaginar —afirmó.

Alex esbozó una sonrisa algo melancólica.

—En el ambiente del que procedo todavía se acuerdan muy bien —dijo con cierta tristeza y pensando en April—. En fin, tras la guerra se deshizo el entuerto. Mi padre biológico regresó y exigió una explicación; además había un testimonio de que era totalmente imposible que Julius von Gerstorf me hubiese engendrado. Podría haberse armado un buen escándalo, pero al final todos se pusieron de acuerdo para que la historia pasara desapercibida. Prácticamente se presionó a mi madre para que se casara con mi padre biológico y, como compensación por su trabajo en la yeguada (durante la guerra la dirigió ella sola), le dieron un par de caballos. Y de golpe pasé a vivir en una granja en lugar de en una casa señorial, y me convertí en Alex Rawlings en lugar de Alexander von Gerstorf. Sin embargo, no fui desdichado —añadió antes de que Grit pudiera intervenir—. No se crea que voy a contarle aquí mis penas. Mi padre biológico era muy amable. No tenía tanto dinero, pero sí más tiempo que dedicarme que mi supuesto progenitor. Además, tuve unos abuelos muy cariñosos. Mi nuevo mundo no tenía nada de malo. Por supuesto, me sentí desorientado.

Todo era distinto. Mi presunto padre y mi madre solían escuchar música por la noche en Epona Station. En el gramófono de la señora Mia, que era la esposa legítima de Julius von Gerstorf. Eso no se daba entre los Rawlings. La música solo se tocaba en la iglesia, a la que yo nunca había ido. O en el mercado del pueblo.

—¿Y su madre? —preguntó Grit—. Para ella debió de ser... humillante. Después de que... descubrieran la treta y se viera más o menos forzada a casarse.

Alex se encogió de hombros.

—Mi madre no es una persona sensible. Simplemente perdió el interés en mí, yo ya no le servía de nada. No es que me tratara mal, pero no se ocupó mucho de mí, estaba demasiado atareada con su yeguada para competir lo antes posible con la de los Von Gerstorf. Y, por lo demás, Wilhelmina tiene mucho aguante. No voy a decir nada contra ella, es una mujer que ha ascendido desde un estatus muy bajo y que ha llevado el negocio bastante sola: mi padre es inválido de guerra. Pero no es muy cariñosa. En realidad, ama sobre todo a los caballos.

Grit rio.

—Lo mismo sucede con mi madre. Ella no solo ama a los caballos, sino a los animales en general. Por eso no quiso seguir casada con mi padre. Es veterinaria y, por cierto, vive en Nueva Zelanda.

Alex sonrió.

—¿En serio? Yo también soy veterinario. Y conozco a dos veterinarias que llegaron a Nueva Zelanda huyendo de Alemania por causa de la guerra. ¿Cómo se llama su madre? A lo mejor es una de ellas. No debe de haber tantas veterinarias en Nueva Zelanda.

Grit se frotó la frente.

—Qué raro. Yo conozco los nombres de Von Gerstorf y Epona Station. Mi padrastro trabajó allí. Mi madre trabaja en New Lynn, cerca de Auckland. Cornelia von Prednitz.

Alex resplandeció.

—¡La doctora Nellie! ¡Este mundo es un pañuelo! Salúdela de mi parte cuando le escriba.

Grit sonrió.

—Será un placer hacerlo... Y por supuesto le preguntaré acerca de usted. A lo mejor conoce sus facetas oscuras y me advierte a tiempo antes de que... —Se mordió el labio.

—¿Antes de que se enamore de mí? —preguntó Alex—. ¿De verdad quiere esperar a que una carta emprenda el camino a Nueva Zelanda y que luego otra venga de regreso a Creta? ¡Vale más que me conozca usted misma! ¿Qué tal si la próxima vez nos vamos a bailar? A algún sitio donde toquen música griega. ¿Cómo se llaman esas guitarras que tanta fama dan al país?

—Buzukis —respondió Grit—. Sí. Me gustaría escucharlas. —Sonrió—. Y además bailar. Siento mucha curiosidad.

Alex la acompañó hasta su alojamiento y esta vez no se separaron con un beso en la mano. Alex la rodeó con sus brazos y sus labios se encontraron, al principio tímidamente y luego en un apasionado beso.

Esa noche, Grit bailaba en su cama y, por primera vez en muchísimo tiempo, Alex no pensó en April von Gerstorf. También él creía estar flotando. Qué fácil era todo con Grit, cuánto le gustaba flirtear y bromear con ella, mientras que con April a menudo no se le ocurría qué decir. Ahí empezaba una nueva vida.

4

Las danzas griegas resultaron ser completamente distintas a como Alex y Grit se las habían imaginado. No se bailaban en pareja, sino en hileras, la mayor parte de las veces en un corro, y se ejecutaban en ellas giros y saltos. En ocasiones los jóvenes griegos realizaban movimientos realmente artísticos. Grit y Alex bailaron contentos, bien acogidos por los autóctonos en los corros. Pero al final se impuso la intérprete musical que era Grit. Tenía que estudiar los instrumentos que no conocía y se acercó a los hombres que tocaban en un escenario improvisado.

—¿Alguno de ustedes habla inglés? —preguntó.

Los músicos empujaron enseguida hacia delante a un joven de cabello moreno que había estado tocando el buzuki.

—Soy Leonidas Fotakis —se presentó en voz baja—. Me gusta la lengua... Cuando se canta parece fundirse con las melodías. A menudo me da la impresión de que con otros idiomas tengo que hacer un esfuerzo para seguir la música.

Grit sonrió y tomó nota de su rostro anguloso y de sus expresivos ojos negros. Recordaban un poco el carbón candente. Llevaba el cabello más largo que cualquier otro hombre que había conocido. Caía sobre sus hombros como el de una mujer. No obstante, su espeso bigote no dejaba ninguna duda acerca de su virilidad.

—¿Canta usted? —preguntó él.

Grit negó con la cabeza.

—No, soy pianista... y violinista. Su..., su instrumento me interesa. Es un buzuki, ¿verdad? ¿Cómo está afinado? Re, re4, la la y otra vez re, re4 —El buzuki tenía tres pares de cuerdas.

Leonidas la miró admirado.

—Casi. —Luego le explicó—: Re, re4, la la y las dos de abajo re4. Esta es la afinación corriente, pero hay otras.

—Puedo imaginar las cuerdas superiores también en sol —dijo Grit.

El músico resplandeció.

—¡Exacto! —exclamó—. Dos cuerdas de sol4. Tiene usted un gran sentido musical. Tome, ¿quiere intentar tocarlo?

Le tendió su instrumento y Grit rasgueó una sucesión de notas que sonaron bastante armónicas.

—Me gustaría aprender —dijo.

Alex había estado escuchando pacientemente la conversación, pero ahora las miradas de Leonidas le parecían que demandaban demasiada atención de su interlocutora.

—¿Vienes, Grit? —preguntó.

Leonidas sonrió a la joven.

—Estoy aquí cada dos noches —informó como de paso—. A menudo ya por la tarde. Asómese alguna vez por el local...

Grit asintió y siguió a Alex de nuevo a la pista de baile.

—¿No irás a reunirte con este chico? —preguntó él.

Ella sonrió.

—¡Estás celoso! —constató—. Y sin embargo lo que realmente me interesa es solo el instrumento. A lo mejor... deberíamos ir la próxima vez a bailar a un club británico. Donde me tengas solo para ti.

Alex le cogió ostensiblemente la mano en el siguiente corro. La creía, pero suponía que el joven griego tenía otras intenciones.

Creta,
mayo de 1941

Mami querida:

A estas alturas, papá ya debe de haber llegado a Nueva Zelanda y te habrá contado que formo parte de la sección de entretenimiento de las tropas. Apuesto a que te has enfadado mucho y siento un montón darte preocupaciones. Pero de hecho están totalmente injustificadas. Al contrario, la vida aquí no es peligrosa sino increíblemente bonita, tal como suena. Seguro que nunca has visto algo tan maravilloso como el Egeo: el mar es tan azul, el cielo está tan lleno de estrellas... Es casi como una postal kitsch, pero es la realidad. La Canea es la segunda ciudad más grande de la isla, pero en comparación con Boston o con Berlín no es más que un pueblo. Aun así, tiene un gran pasado como centro comercial, en muchos aspectos me recuerda a Italia, a Venecia. Mi nueva amiga Mary Jane Locks y yo estamos alojadas en un auténtico palacete y actuamos en una sala que seguro que antes hacía las veces de salón de baile de algún aristócrata. Ahora se ha convertido en la residencia de soldados y, cuando se baila, se hace al compás de las canciones americanas modernas.

Por mi parte, ya he ido dos veces a bailar, lo que seguramente te sorprenderá. Esto es muy bonito y en la ciudad se respira la alegría de vivir... ¡y de nuevo estoy enamorada! Ahora volverás a preocuparte, pero, aunque te parezca increíble, ya conoces a mi novio. Ha estudiado veterinaria como tú. Incluso habéis trabajado durante un tiempo juntos antes de que él se alistara. ¿Adivinas quién es? ¡Sí, Alex Rawlings! El doctor Alex Rawlings. Aquí, por desgracia, solo es soldado raso y está especializándose en explosivos. Por eso no lo veo tanto como me gustaría y además me inquieto por él, claro, porque seguro que su tarea es peligrosa. Alex, por el contrario, opina que el ejército británico no tendrá ningún interés en que sus hombres salten por los aires y me ha prometido que será prudente.

Mientras Alex está ocupado, yo paso el tiempo estudiando el buzuki, un instrumento de cuerdas clásico de Grecia. He encontrado a un profesor estupendo: Leonidas. Leonidas es guapísimo, pero por supuesto su aspecto no me interesa, tengo a Alex. Aun así es un placer contemplarlo mientras toca su instrumento y además canta. Ya me las arreglo bastante bien con el buzuki, Leonidas es un buen profesor y no quiere que le pague por las clases. Al contrario, siempre se ofrece para enseñarme otros aspectos de la cultura de su país. Ya hemos estado en el bastión Schiavo, un mirador en el que ahora, por desgracia, los británicos han instalado cañones, y en los mercados. No puedes ni imaginar la de cosas que se pueden comprar allí... Especias, queso, una diversidad increíble de fruta fresca, aceitunas... ¡Amo las aceitunas! Leonidas quiere que hagamos dentro de poco una excursión de varios días. Le gustaría enseñarme su pueblo. Según dice, es muy pintoresco, está en las Montañas Blancas, y está convencido de que su madre hace el mejor queso de toda Creta.

Naturalmente, Alex refunfuña un poco. Si hacemos esa salida, le gustaría ir con nosotros. Y, sin embargo, no tienen razones para estar celoso.

Ahora tengo que acabar, Mary Jane y yo queremos ir un poco antes a la residencia militar para estudiar un par de canciones nuevas. Ella es una cantante estupenda. A lo mejor no lo suficiente para la ópera, pero interpreta tan bien el jazz y el soul que parece como si las palabras se fundieran con la melodía. Al menos así es como Leonidas lo ha expresado. Creo que en todo griego se esconde un pequeño poeta.

Seguiré informando. Antes de nada, no te preocupes, alégrate por mí y conmigo. Y da un cariñoso saludo a papá si este escrito llega antes del que quiero mandarle a él. Podéis intercambiar la mar de bien las cartas, en ellas no hay secretos, solo que papá seguramente se interesará más por el buzuki y el origen del rebétiko, un estilo musical griego, que por mis asuntos del corazón.

Os quiero a los dos.

Vuestra feliz,

GRIT

5

—¿De verdad quieres venir con nosotros a las montañas? —preguntó Grit entre el *Vals del minuto* y *Para Elisa*. Alex volvía a estar junto al piano, mientras ella tocaba para los soldados. No se cansaba de escucharla y también él se expresaba de una forma poética. Cuando ella tocaba era, para él, como si el alma de Grit cantara, había dicho recientemente. Ella se deleitaba con tales cumplidos, pero en ese momento tenían que hablar de la excursión con Leonidas. Ella y el joven griego habían pensado salir el día siguiente, un lunes, pasar la noche en el pueblo del músico y volver el martes. El lunes no había conciertos, así que no dejaría sus obligaciones sin cumplir, y planeaba estar de vuelta puntual para la velada del martes—. Leonidas dice que no tiene nada en contra de que vengas. —No era que el músico se hubiese mostrado entusiasmado ante tal perspectiva, pero eso no se lo podía confesar a Alex.

Alex negó con la cabeza.

—No puedo. Las vacaciones y las salidas están estrictamente prohibidas. Parece que han llegado noticias del servicio secreto. Los alemanes intentarán en breve invadir la isla. Vosotros tampoco deberíais ir. Si realmente atacan, esto será un infierno.

Grit frunció el ceño.

—En las montañas no atacarán —objetó—. ¿Cómo van a hacerlo? Ahí no puede atracar ningún barco ni hay tampoco pistas de aterrizaje. Admítelo, Alex, te lo has inventado. Estás celoso. —Se rio indulgente.

Alex bajó la cabeza.

—Un poco a lo mejor —admitió—. Aunque...

Grit se levantó rápidamente y le dio un beso en la mejilla. Un par de soldados lo vieron y aplaudieron con gritos de júbilo.

—¡No tienes que estarlo! —dijo ella y lanzó un par de besos con la mano a los presentes. En cuanto al trato con los soldados que formaban su público, había tomado a Mary Jane un poco como modelo—. Me gusta mucho Leonidas, pero no deseo pasar el resto de mi vida en una granja en las montañas.

—Nuestra granja en Nueva Zelanda tampoco está en el centro del mundo —observó Alex—. Sin contar con que... la invasión...

Grit lo interrumpió sonriendo.

—¿No nos habíamos puesto de acuerdo en que el centro del mundo siempre se encuentra justo donde tú y yo estamos? —preguntó burlona—. No te preocupes, amor. El martes por la tarde regresaré sin falta.

Alex abandonó sus intentos por convencerla. El descanso de Mary Jane acabó en ese momento y Grit empezó a tocar una canción.

A la mañana siguiente, toda la división neozelandesa se trasladó a Máleme. El comandante en jefe de las tropas aliadas sospechaba que iba a producirse un ataque por aire y mar y distribuyó a sus soldados sobre todo por la costa norte.

Alex no tuvo tiempo de despedirse de Grit. Leonidas fue a recogerla temprano, en un jeep prestado. Abrió la plataforma de carga para que dejara allí la mochila que había comprado para la excursión.

—¿Estás pensando en abrir un almacén? —preguntó ella cuando vio todo lo que llevaba a Imbros, su pueblo natal. Leonidas había almacenado ollas, cigarrillos, utensilios para coser y agujas de tejer, cuchillos y cerillas, una tabla de lavar y, para horror de Grit, dos fusiles—. ¿Y no decíamos que íbamos a hacer senderismo?

El músico rio.

—Hay cincuenta kilómetros desde La Canea hasta Imbros. Sería mucho caminar. No, dejaremos el coche en Vamos; hasta allí se puede circular bien por la carretera. Luego iremos a pie. Caminaremos. Y no será nada fácil. Hazme caso.

Así que Grit se sentó en el asiento del acompañante y se percató de que en el asiento trasero estaba el buzuki.

—¿Vas a tocar? —preguntó.

El joven volvió a reírse.

—Claro. ¡Celebraremos una fiesta! ¡Y en las Montañas Blancas no se celebra nada sin música!

—Pero... no es ningún día especial, ¿o sí? He comprado algo de chocolate para tu madre y una botella de raki para tu padre. ¿Está bien? —Grit se sentía ahora algo inhibida.

—Está muy bien, seguro que los dos se alegrarán —contestó tranquilamente Leonidas—. Pero no era necesario. En Sfakiá somos muy hospitalarios... después de habernos asegurado de que el visitante no nos desea ningún mal. Mi pueblo sabe defenderse de cualquier ataque.

—¿Sfakiá? —preguntó Grit.

—Sí, es una región que pertenece a las Montañas Blancas. Nuestros hombres son orgullosos y nuestras mujeres bonitas. Y sabemos celebrar fiestas. —Le guiñó un ojo.

—¿Y qué pasa con los... fusiles que llevas en el maletero?

—Escopetas de caza. Para mis tíos. Imbros está... un poco apartado, ya verás. No es tan fácil llegar a la ciudad más cercana para comprar. Por eso me han pedido los dos que les llevara unas escopetas. Las ollas son para mi madre y las otras mujeres, como las agujas de tejer y la tabla de lavar... Siempre voy cargado como un burro cuando viajo a Imbros. —Sonrió animoso—. No te preocupes.

Grit intentó relajarse mientras se alejaban de La Canea y se dirigían entre olivares hacia el interior. Después de un invierno relativamente lluvioso, la isla rebosaba de colores. Entre olivares y algarrobos crecían arbustos distintos, y la carretera se extendía a menudo entre auténticas alfombras de flores pintadas de amarillo, rojo y lila.

—¡Esto es precioso! —exclamó fascinada.

Leonidas asintió.

—Creta tiene una flora muy diversa —explicó—. También en las montañas. A lo mejor encontramos orquídeas camino de Imbros. Hay varias especies que solo crecen aquí en la isla. Y la primavera es la estación más bonita. En verano, el sol lo agosta todo. Si después no estás demasiado cansada, mi madre te enseñará las plantas aromáticas. Tomillo, orégano, romero…, todo crece aquí silvestre. ¿Eres buena cocinera?

Grit frunció el ceño.

—No he cocinado en mi vida —confesó—. Bueno…, claro que sé freír un huevo y cosas por el estilo. Pero preparar una auténtica comida… —Lene lo había cocinado todo cuando era pequeña y su padre tenía un ama de llaves que se ocupaba de la cocina.

—Mi madre es una cocinera maravillosa —dijo Leonidas—. Te podría enseñar.

Grit negó con la cabeza.

—Leon, soy concertista. Aquí dejo descansar un poco el piano, pero normalmente tengo que practicar mucho. No tendría tiempo para cocinar.

El hecho era que nunca había sentido ganas de aprender, pero prefirió no decírselo para no decepcionarlo.

Después de más o menos una hora de viaje, llegaron a un pueblecito y Leonidas se detuvo delante de una taberna, la única de Vamos. Saludó afectuosamente al tabernero y abrazó también a la tabernera, a la que cubrió con un torrente de palabras en griego. Esta sacó el vino, pan ácimo, una salchicha de ajo y queso y pidió a los dos que se sentaran y reuniesen fuerzas. Justo después acudieron más habitantes de la pequeña localidad: por lo visto el joven griego era allí muy conocido.

Grit se sentía un poco al margen; la gente era amable con ella, pero no hablaban ni una palabra de inglés. Además se sentía evaluada. Tal vez Leonidas nunca se había asomado por allí acompañado de una chica, quizá había cometido un error emprendiendo esa aventura sola. Podía dar pie a equívocos entre la gente. Habría sido mejor esperar que a Alex le permitieran tomarse un tiempo libre.

Ahora era demasiado tarde. Grit bebió un sorbo de vino y mordisqueó sin ganas un trozo de queso. Luego Leonidas anunció su partida.

—Todavía tenemos un largo trecho por delante —explicó—. Casi treinta kilómetros y cuesta arriba. Y, además, los caminos no son los mejores.

Grit sacó la mochila del coche y Leonidas se dispuso a cargar con todas las cosas que había comprado en La Canea para su familia. Sus amigos griegos se troncharon de risa al verlo; Grit se percató de ello incluso ignorando el idioma. Cargar con todas esas cosas por la montaña era imposible. Después de una calurosa y breve discusión, el tabernero desapareció. Poco minutos más tarde salió con un burrito gris. El animal tenía el tamaño de un poni de las Shetland adulto e iba provisto de una albarda. Los amigos de Leonidas empezaron a colocar sus compras en las dos cestas que colgaban a derecha e izquierda del lomo del burro. El animal no parecía entusiasmado. Inclinó sus largas orejas, meneó el rabo e intentó resoplar.

—No parece especialmente simpático —señaló Grit cuando Leonidas cogió el ronzal del animal, después de repetir un sinnúmero de veces su agradecimiento y despedirse de sus amigos.

—Simpática —dijo Leonidas—. Se llama Mali. Y ya se acostumbrará a nosotros. Estará agradecida de que no vayamos a montarla.

—¿Montarla? —preguntó horrorizada Grit—. ¿A un animal tan pequeño?

Leonidas rio.

—Los burros son muy fuertes. Hazme caso, desearás ir sobre el lomo de una montura.

A Grit aún no le costaba seguirlos a él y la burra a la salida del pueblo. Sin embargo, los caminos se iban haciendo más angostos y pedregosos y la vegetación se volvía más rala, aunque también ahí todo era verdor y flores. Las montañas que tenían delante resplandecían casi blancas. El sol se hallaba en su cénit y la belleza del panorama que se extendía ante ellos era impresionante. Olía a flores y especias. La burrita no podía resistirse a las plantas y mordisqueaba a derecha e izquierda del camino mientras seguía sumisa a Leonidas. Una hora más tarde caminaban junto a precipicios que hacían estremecer a Grit y sin haber visto ninguna aldea desde que habían partido de Vamos. Al mediodía, cuando el joven griego se detuvo para descansar en una elevación que ofrecía una vista especialmente bonita de las montañas, ella respiró aliviada. La dueña de la taberna de Vamos les había preparado un paquete con provisiones y esta vez Grit saboreó con gusto el pan y el queso. El músico mezcló el vino con mucha agua. No quería llegar achispado a su casa.

—¿Cómo lograste marcharte de tu pueblo? —preguntó Grit mientras comían y disfrutaban de las vistas.

Tenía la sensación de que la estaba llevando al fin del mundo y no podía ni imaginarse que en Vamos hubiese ni siquiera una escuela. Imbros todavía estaba más alejado de cualquier infraestructura. Pese a ello, Leonidas hablaba un perfecto inglés y parecía cultivado.

—A pie. —Se rio como hacía con frecuencia—. Bueno, pude ir montado, el señor Demetrios también había pedido prestado un burro. Pero yo todavía era muy pequeño, solo tenía seis años…

—¿Tus padres te dieron? —preguntó asombrada Grit.

Leonidas se encogió de hombros.

—Sí y no, es decir, no como tú te lo estás imaginando. Era lo que yo quería. El señor Demetrios venía de Atenas y era musicólogo. Por desgracia no te lo puedo presentar, murió hace dos años, y su esposa volvió a la capital. No le gustaba tanto Creta como a él... En cualquier caso, era profesor en una academia de música de Atenas y, cuando se jubiló, se mudó a la isla. Proyectaba reunir la música de aquí y grabarla.

—¿Como las *Child Ballads* en Gran Bretaña? —preguntó Grit.

Él asintió.

—Por eso visitaba los pueblos más apartados. En Imbros le llamé la atención. Yo todavía era muy pequeño, pero ya tocaba el buzuki y el tambor. Siempre he vivido para la música...

—Yo también —dijo Grit.

Él le sonrió.

—Por eso nos entendemos tan bien.

Quiso cogerle la mano, pero Grit la retiró.

—Tengo novio —advirtió con determinación.

Él asintió y se disculpó.

—El señor Demetrios me cogió afecto y pensó que mi talento era sumamente prometedor. Pero yo era uno más de diez hijos, tenía que cuidar de las ovejas como mis hermanos. No estaba previsto que aprendiera a leer y escribir. Mi madre y mi padre tampoco sabían. Por supuesto esto no significa nada, ellos entienden de otras cosas.

—Por supuesto —contesto Grit, aunque no podía ni imaginarse a unos padres analfabetos.

—El señor Demetrios se quedó un par de días en el pueblo, conversó mucho conmigo, me enseñó las primeras notas y las primeras letras. Yo encontraba todo eso maravilloso, mucho más emocionante que las ovejas. —Rio—. Así que, cuando el señor Demetrios me preguntó si quería ir con él a La Canea, me entusiasmé. Habló entonces con mi padre. No sé cómo lo convenció, quizá le dio algo de dinero. Todos somos muy pobres en Imbros. En cualquier caso, pude marcharme después de que el señor Demetrios prometiese a mis padres no alejarme de mis raíces. Y no lo hizo. Me llevó a la escuela, recibí clases particulares de música, su esposa me cuidó y yo descubrí las comodidades que procuran la bañera, los retretes y los colchones blandos. Pasaba las vacaciones en Imbros: cuidaba de las ovejas, iba a cazar con mis hermanos..., lo que hacen los niños de Sfakiá. El pueblo siguió siendo mi hogar. Quiero a mi familia, solo tengo buenos recuerdos de mi infancia y siempre me gusta regresar aquí, aunque prefiero vivir en La Canea. ¿Seguimos? —El joven se levantó y la burra se despidió de mal grado de las hierbas que había estado mordisqueado. Leonidas le ofreció las riendas—. ¿Quieres llevarla tú? —preguntó—. Es muy bonita, ¿no crees? —Grit miró escéptica la cara alargada de la burra. Era bastante peluda y, con sus grandes ojos negros y esas largas orejas lanudas, Mali parecía un animal de peluche. También había dejado de enseñar los dientes y miraba afable el mundo que la rodeaba—. En esta época del año, huelen a hierba —dijo él, hundiendo por un instante su rostro en el pelaje de Mali.

Ella se apartó.

—Es bonita —admitió—. Pero yo..., yo no tengo mucha experiencia con los animales. Cuando era niña tuve un gato y mi madre tenía un perro grande. Pero desde que vivo con mi padre... No es que no nos gusten los animales, pero no tenemos tiempo para ocuparnos de ellos.

Leonidas tomó las riendas y emprendió de nuevo el camino.

—Es realmente una pena. En Imbros yo crecí entre animales y mi madre de acogida amaba los gatos. La mitad de los gatos vagabundos de La Canea iban a que les diera de comer.

—No me he perdido nada —dijo Grit.

Ahora la pendiente todavía era más escarpada y la conversación se interrumpió. Necesitaban todo el aliento para ascender. Pero, en un momento dado, la cuesta se redujo ligeramente y el pueblo apareció entre unas colinas verdes. Las casas eran redondas y construidas con grandes piedras.

—*Mitata* —explicó Leonidas—. Se construyen con piedra natural, sin mortero. La cubierta está compuesta de piedras que se solapan. Esto limita su tamaño, así que hay que construir nuevos alojamientos cuando la familia crece.

Grit contó una cincuentena de esas construcciones redondas diseminadas sobre una elevación del terreno; muchas de ellas debían de ser corrales. El músico no había exagerado: su pueblo era diminuto y yacía en medio de la nada.

Pese a ello, sus habitantes eran escandalosos y estaban llenos de vitalidad. Los perros se pusieron a ladrar cuando descubrieron a Grit, Leonidas y Mali, y al instante toda la gente salió de las casas, establos y huertos y empezó a saludar calurosamente a los recién llegados. Todos abrazaron, acariciaron y besaron a Leonidas. Una mujer bajita, que debía de ser su madre, gritaba de alegría. Grit se mantuvo con Mali en un segundo plano, hasta que se hubo calmado la agitación del principio. Sonrió cuando el músico la presentó y se sintió algo incómoda cuando su madre también fue a abrazarla. Los niños del pueblo no dejaban de mirarla.

—Nunca han visto a una mujer con pantalones —tradujo Leonidas lo que decían—. Y con el cabello tan corto. Quieren saber si eres de verdad una chica o un chico disfrazado.

Ella rio inquieta. Ya durante todo el trayecto había tenido una extraña sensación, casi como si con cada paso que la alejaba de la civilización se expusiera más y más a un peligro. Todo le parecía extraño y singular, la ignorancia de los niños le producía inseguridad. Por la mañana había dado por sentado que tenía que vestir una ropa práctica, y se había cortado el cabello largo antes de viajar a Creta. Ahora llevaba una media melena, algo más corta que la de su amigo. Así parecía llamar la atención en ese lugar. ¿En qué siglo había ido a parar?

—Yo no tengo barba, ¿no? —respondió al final, señalando el bigote de Leonidas.

Los niños se partían de risa. Un pequeño impertinente dijo algo que el joven griego tradujo.

—A lo mejor te crece una barba si llevas siempre pantalones.

Grit soltó una risa forzada. No tenía ganas de seguir con esa discusión. En lugar de ello, observó a los habitantes del pueblo. Ninguno, salvo Leonidas y ella, llevaba pantalones. Las mujeres combinaban faldas largas con blusas de mangas anchas y delantales; los hombres, unas faldas plisadas blancas que les llegaban hasta las rodillas con camisas y chalecos de lana de oveja o cuero. La mayoría de las mujeres llevaban el cabello cubierto por un pañuelo y los hombres lo tenían largo como Leonidas. Algunos se lo habían recogido en un moño. El bigote parecía ser obligatorio y tal vez quería decir algo sobre la posición del hombre en esa sociedad. Las barbas de los ancianos habitantes de Imbros eran más voluminosas y anchas que las de los jóvenes.

La joven pianista creyó reconocer también al padre de Leonidas, Ceofanis, un hombre alto y pesado, con el rostro anguloso y una barba imponente. Seguro que de joven había sido muy apuesto, pero ahora su aspecto era más bien amenazador. Alrededor de él y su esposa se arracimaban los hermanos de su amigo griego. El más pequeño debía de tener unos diez años. Por lo visto, la familia Fotakis había seguido teniendo más hijos después de Leonidas. Este se los presentó a Grit, que fue incapaz de retener ni siquiera uno de sus nombres.

Entretanto, uno de los hombres había llevado una botella de anís y una mujer unos vasos. Los habitantes del pueblo se sirvieron y fueron bebiendo. A Grit le dieron un vaso de agua lleno de raki hasta la mitad. Tomó un sorbo y se estremeció de lo fuerte que era.

Por fortuna, habían desviado de ella la atención. Leonidas repartía sus regalos y los dos tíos se alegraron de tener sus escopetas de caza; inmediatamente después las cargaron con la participación de otros hombres y comenzaron a disparar. Grit se sobresaltó. Era la primera vez que oía un disparo.

Justo después, las mujeres la acapararon.

La madre de Leonidas se señaló y dijo:

—*Mitera* Eleni. —«Madre Eleni». Por lo visto así era como quería que la llamasen. Luego señaló a Grit—: Margarita.

Grit esbozó una sonrisa de aprobación, asintió y luego la condujeron a ver el pueblo. Las mujeres le mostraron sus huertos de verduras y especias, y le enseñaron cómo se llamaban las plantas. Reconoció el romero, e intentó memorizar la palabra *dendrolívano*, y el tomillo, *cimari*. Luego le mostraron las ovejas; por lo visto, cada mujer tenía un par. Ella encontró preciosos los corderitos, pero poco podía hacer con el resto de los animales. Eleni la señaló y le hizo el gesto de ordeñar.

—¿Si sé ordeñar? —preguntó Grit, horrorizada—. No, claro que no. Y no, ¡ni siquiera quiero intentarlo!

Le pareció interesante la quesería de Eleni, aunque solo fuera porque las mujeres le ofrecieron gesticulando vivamente que probase algunos de los diversos tipos de quesos hechos por ellas. Grit decidió que se llevaría un poco al día siguiente para Alex y Mary Jane. Seguro que Eleni se lo vendería.

Aturdida por todo el griterío y el idioma extranjero, se alegró de volver a reunirse con Leonidas. Al verla, se separó de los hombres y le preguntó si todavía tenía ganas de dar un paseo por la garganta de Imbros.

—Es muy conocida. Antes de que se construyera la carretera, era el camino que unía La Canea y Sfakiá, es decir, la costa norte y la sur. Cuando reinaban aquí los otomanos, mi gente se retiró allí; por desgracia no siempre salió bien parada. Puedo enseñarte una gruta en la que un par de docenas de perseguidos fueron asesinados en 1867.

—Es lo que siempre había ansiado ver —respondió sarcástica Grit—. Pero, dejando esto aparte, no tengo nada en contra de dar otro paseo...

En realidad, lo que quería era salir del pueblo, en el que por causas que a ella misma le resultaban poco claras no se sentía a gusto. Luego fue disfrutando cada vez más del paseo, ya que, excepcionalmente, era cuesta abajo. En un principio, la garganta semejaba un amplio valle, luego se iba estrechando. Había unas formaciones rocosas espectaculares, árboles y matorrales. También ahí florecían la más diversas plantas, lo que suavizaba la amenazadora presencia de las paredes rocosas. Leonidas la llevó hasta un refugio construido para senderistas y cazadores.

—Aquí podemos descansar un poco —propuso, sacando una botella llena de vino aguado. Ella bebió sedienta.

—¿Y? ¿Te gusta? —preguntó.

Grit sonrió.

—Claro. Es un paisaje espectacular y tu madre hace un queso maravilloso. ¿Crees que me venderá un poco? Me gustaría llevarle un trozo a Alex, ya que no ha podido venir con nosotros.

Leonidas se volvió hacia ella.

—¿Quieres a Alex?

Grit asintió sorprendida.

—Claro —respondió—. Es mi novio, vamos...

—¿Lo amas de verdad? ¿Para siempre? —El tono de Leonidas era sumamente grave.

La muchacha sonrió inquieta.

—Leonidas, hace..., hace un par de semanas que lo conozco. ¿Cómo voy a saber si la relación va a durar siempre? Nos gustamos mucho, pero nuestro origen y nuestra forma de vida son muy diferentes. Tenemos que ver...

—No tan distintos como los nuestros —dijo él—. A pesar de todo... Creo, sé, que te amo y que siempre te amaré. En nuestro pueblo no hay amoríos. Cuando alguien promete algo...

Ella se apartó de él.

—Yo no le he prometido nada a Alex —confirmó—. A lo mejor lo haré un día, pero todavía no lo sé. Aunque sí sé que nunca te prometeré algo a ti. Me caes bien, Leon, pero no estoy enamorada de ti.

El músico asintió.

—Yo tampoco quiero que estés enamorada. Eso no es más que coqueteo. Yo quiero amor, amor auténtico y eterno... Amor que no traicione, que nunca muera...

A Grit le pasó por la cabeza que a las mujeres de Imbros les resultaría difícil abandonar a su marido. Por lo visto, pocas veces dejaban el pueblo, a lo mejor nunca, y una relación con otro aldeano nunca pasaría desapercibida en esa estrecha comunidad.

En ese momento se levantó.

—Tendrás que buscarlo en otro sitio —dijo con firmeza—. Yo no te amo, Leon, y nunca podría imaginarme viviendo en este pueblo contigo...

Leonidas iba a abrazarla.

—Nunca te lo pediría. Podríamos...

—Podríamos volver al pueblo ahora y mañana nos marchamos temprano y seguimos viviendo nuestras vidas. Como hemos hecho hasta ahora. Por favor, Leonidas, ¡no me presiones!

Dicho esto, se dio media vuelta y el joven la siguió sin decir palabra. Volvieron en silencio a Imbros, donde ya los esperaban. Los hombres habían hecho una hoguera en la plaza del pueblo sobre la que asaban un cordero. Solo de verlo, Grit ya se sintió mal, pero por suerte también había queso y pan, judías cocidas y hojas de parra rellenas de arroz maceradas. Grit decidió no pensar más en la proposición de Leonidas, sino limitarse a disfrutar de la velada. Bebió vino tinto aguado y se alegró cuando Leonidas y otros hombres del pueblo empezaron a tocar para el baile. Las danzas en corro de los cretenses no tenían nada de la intimidad de los bailes en pareja a los que ella estaba acostumbrada, así que acabó brincando alegremente con las otras chicas en el círculo. Las mujeres y los hombres bailaban separados, y también se sentaban separados junto al fuego. La madre y las hermanas del músico griego buscaron la proximidad de Grit, le tendieron los mejores bocados y admiraron el vestido por el que había cambiado los pantalones.

Estaba relajada y bastante satisfecha cuando se dejó caer en el colchón que le ofrecieron en vez de una cama. Compartía un *mitato* con tres hermanas de Leonidas, que estaban tan cansadas como ella y no la molestaron. Grit pensó un poco en cómo iba a describir ese día a su madre, pero luego se durmió en medio de tales pensamientos.

A la mañana siguiente, cuando despertó, la guerra había irrumpido en Creta.

6

La 2.ª División neozelandesa entró la mañana del 19 de mayo en Máleme. Durante su formación como dinamitero, Alex ya había conocido superficialmente el pueblo de pescadores que se hallaba junto al mar. Para el ejército era sobre todo interesante el aeródromo; en ese lugar la Royal Air Force disponía del campo de aviación más grande de la isla. Se habían estacionado allí tres mil quinientos griegos para defenderlo. Contando con los neozelandeses, el general británico Freyberg tenía bajo sus órdenes a más de once mil hombres, entre los cuales se hallaban muchos voluntarios con una formación nefasta o incompleta. Freyberg no parecía estar satisfecho con ello. Esperaba, sobre todo, ataques aéreos alemanes y que la Wehrmacht intentase apoderarse del aeropuerto. Para evitarlo de forma categórica, ordenó dañar los campos de aviación hasta hacerlos inutilizables.

Alex, así como otros dos soldados que también conocían el manejo de los explosivos, fueron destinados al aeródromo con una carga de dinamita suficiente para ese fin, pero en el último momento los llamaron de vuelta. Archibald Wavell, el comandante en jefe de Oriente Próximo, había prohibido a Freyberg que destruyera el campo de aviación.

—Permanezcan de todos modos aquí, hay que defender el aeródromo —indicó el teniente Bingham, que estaba al mando de la unidad de Alex. El joven frunció el ceño.

—¿No deberíamos colocar en cualquier caso las cargas, señor? Podríamos detonarlas a distancia si, efectivamente, los alemanes se apropiaran del aeródromo. A lo mejor hasta podríamos destruir sus aparatos si aterrizan aquí.

Bingham, un hombrecillo orgulloso de su origen aristocrático, gracias al cual había obtenido su puesto de oficial, le plantó cara.

—¿Pretende usted, soldado, saber mejor que el general mayor lo que hay que hacer? —preguntó, burlón—. Y, aunque así fuera, ¿he oído la palabra «apropiarse»? ¿No estará usted tal vez considerando la posibilidad de que los alemanes ganen esta batalla? ¡Esto raya en el derrotismo, soldado! Y ahora haga lo que se le ha ordenado. Pónganse a cubierto en ese hangar y construyan un puesto de defensa. ¡Rápido!

Alex y los otros hombres se miraron.

—¿Y qué hacemos con la dinamita? —preguntó tímidamente un joven soldado—. No vamos a dejarla aquí.

—Es mejor que no la llevemos con nosotros —opinó un hombre de más edad que entendía mucho de explosivos. Ya como civil había trabajado de dinamitero—. Si hay un tiroteo y los alemanes la alcanzan... el hangar volará por los aires y nosotros con él.

Alex suspiró.

—Dejémosla en el edificio principal e intentemos encontrar a alguien que se responsabilice. Si eso no es posible, la dejaremos delante del casino para oficiales.

Los hombres rieron; dos de ellos emprendieron el camino hacia el edificio principal con la dinamita. Los otros se buscaron puestos en el hangar, donde otras guarniciones ya estaban reflexionando sobre cómo montar la defensa. En el aeródromo se movían sin un objetivo preciso dos tanques ligeros. Los soldados instalaban en los flancos focos y cañones antiaéreos.

—No es que sean muchos —comunicó el joven soldado raso Frazor a Alex.

—He oído decir que solo hay cincuenta cañones antiaéreos en toda la isla —observó otro.

Alex contempló el hangar. Los hombres estaban demasiado apretujados, pero todos tenían fusiles relativamente ligeros, de los que además se decía que estaban anticuados. Muchos eran productos alemanes o austriacos y se habían confiscado en el marco del Tratado de Versalles.

—Tenemos que pensar sobre cómo salir de aquí en caso de que los alemanes demuestren ser superiores —señaló Alex—. Vayamos a buscarnos un centro de operaciones entre el aeródromo y el pueblo. En caso de duda podremos reaccionar mejor.

—¿Y Bingham? —preguntó nervioso Frazor.

Joe Ashley, el dinamitero, ya se había colgado el rifle al hombro y estaba listo para ponerse en marcha. Él también era neozelandés y seguía la tradición de los Rough Riders. Los kiwis, como se llamaba a los neozelandeses, nunca habían destacado por su obediencia ciega.

—¿No creerás en serio que vaya a lanzarse al combate? —respondió Alex—. A ese ya le molestaría el ruido en un puesto de tiro. Cuando aquí empiecen los estallidos, es posible que se esconda bajo tierra.

El dinamitero rio y los tres se pusieron en camino. Poco después se hallaban protegidos por un grupo de árboles con el aeródromo en el punto de mira. Llegaban a distinguir bien las pocas instalaciones para la defensa antiaérea. Los cañones se alzaban amenazadores hacia el cielo.

—¿En serio creéis que los alemanes van a venir? —preguntó Frazor.

Alex se encogió de hombros.

—Espero que no sea ni hoy ni mañana. Mi novia está en las montañas, se ha ido de excursión con un amigo griego…

—En cualquier caso, ahí estará segura —lo consoló Joe—. Si atacan, se concentrarán en Máleme, La Canea, Récimno y Heraclión. Los pueblos del interior se los guardan para más tarde, para consolidar su poder.

—Te veo muy optimista —intentó bromear Alex. Joe se encogió de hombros—. ¿No pensarás que vamos a ganar una batalla con oficiales como Bingham? ¿Y un mayor general que obedece sin chistar al comandante en jefe? Apenas contamos con soldados experimentados, en el fondo han reunido aquí a todos los que no necesitaban en ninguna otra parte. Es probable que porque en el alto mando piensan que nada puede salir mal en la defensa de una isla. Y sí que está claro que nosotros estamos en la mejor posición. Así que todo dependerá del interés de los alemanes por la isla, es decir, de cuántas pérdidas calculen que pueden tener. La idea de destruir los campos de aviación no era mala. Sin los aeródromos, Creta no es ni la mitad de interesante.

Alex y sus dos compañeros de armas pasaron una noche relativamente tranquila en un bosquecillo y ya se estaban relajando cuando amaneció. Los alemanes no habían buscado la confrontación al amparo de la oscuridad.

Sin embargo, poco después de las siete se vieron los primeros aviones. Una flota de bombarderos pasó por encima de la costa oeste y vació su carga letal sobre el pueblo y el aeródromo.

—¡Disparad de una vez! —gritó Frazor a los hombres de los cañones antiaéreos, aunque no lo habrían podido oír a causa del ruido infernal de los Junkers Ju 52 y el estallido de las bombas.

Al final dispararon un cañón, pero no dio en el blanco. Era evidente que los hombres debían de tener problemas con los ajustes, pero mostraron su valentía y no se pusieron a cubierto pese a que sus posiciones se hallaban prácticamente a la vista de todos. Los neozelandeses tuvieron que contemplar impotentes cómo una lluvia de bombas lo destruía todo. Al oeste del aeródromo empezaron a descender aviones más grandes, planeadores militares que dejaban tropas de infantería. Los británicos los combatían con lanzagranadas y cosechaban algunos éxitos. Muchos aviones lograron hacer un aterrizaje forzado, escupiendo de ese modo las tropas que transportaban. Los hombres se movían veloces en dirección al aeródromo, poniéndose a cubierto allí donde les era posible. Resultaba evidente que no era la primera vez que combatían, mientras que la defensa no tenía prácticamente ninguna experiencia en el frente.

A pesar de todo, Alex y sus compañeros disparaban a sangre fría desde su refugio, al igual que otros grupúsculos. Los hombres se dispersaban fuera de los hangares y defendían el aeródromo. Los alemanes habían empezado a dejar caer paracaidistas. Alex miró incrédulo hacia el cielo, saturado de paracaídas blancos.

—¡Son miles! —dijo sorprendido.

—¡Entonces, dispárales! —respondió Joe.

Para ello, los defensores del campo aéreo estaban demasiado alejados, pero los británicos organizaron un auténtico tiro al blanco desde el pueblo y desde una colina cercana al aeródromo.

Aunque luchaba por salvar su vida, Alex experimentaba cierta pena por esos hombres que se lanzaban temerarios desde el cielo y se veían expuestos hasta su aterrizaje, totalmente indefensos, a los disparos del enemigo. Entendió en ese momento a qué se refería Joe Ashley. Esos hombres y sus comandantes estaban dispuestos a todo.

Cuando, tras un día aparentemente interminable, el sol por fin se puso, el aeródromo todavía estaba en manos de los aliados. Después de que la ola de ataques alemana se aplacase, los neozelandeses se reunieron en un hangar. Habían registrado pocas pérdidas. Bingham y otros oficiales les dedicaron palabras de elogio.

—Pero mañana volverán… —se lamentó con un suspiro Joe, mientras los hombres, muertos de cansancio, se tendían a dormir—. No van a rendirse tan pronto.

7

Un sonido atronador despertó a Grit, que pensó en un principio que se trataba de una tormenta lejana. Sin embargo, sus compañeras de habitación parecían estar mejor informadas; ya estaban medio despiertas y hablaban inquietas entre sí, disponiéndose a sustituir sus largos camisones por faldas y blusas. Grit volvió a vestirse con la ropa de excursionista. Pensaban marcharse de ahí después del desayuno, si es que había desayuno. La cocina estaba vacía y las hermanas de Leonidas salieron atropelladamente de la casa, donde los hombres y otras mujeres se estaban reuniendo y hablaban nerviosos. Grit entendió que el ruido procedía de Máleme, pero no se podía distinguir nada porque las montañas impedían la vista. Los aldeanos subieron a la cima de la colina en la que se asentaba el pueblo. La muchacha observó confundida que los hombres no solo confiaban en las armas que llevaban en sus cintos, sino que también cogían los rifles. Parecía como si fueran a entrar en combate.

Suspiró aliviada cuando descubrió a Leonidas entre ellos.

—¿Qué es esto? —preguntó atemorizada.

El joven le lanzó una mirada fugaz mientras corría pendiente arriba.

—Disparos —dijo—. Parece que están invadiendo la costa…

Aunque desde la colina era imposible ver el mar, la humareda sobre Máleme y La Canea se distinguía perfectamente, así como los aviones que sobrevolaban la isla con un nuevo cargamento de bombas. Grit creyó ver llamas sobre algunos lugares. Y allí, en algún sitio, tenía que estar Alex..., posiblemente en medio de esa tormenta de fuego. Casi sintió un dolor físico y el deseo urgente de correr a ayudar a su amigo. También Mary Jane debía de estar en peligro.

—¿Qué hacemos? —preguntó a Leonidas—. ¿No volvemos?

Leonidas se giró hacia ella.

—¿Estás loca? —replicó—. ¿Tengo que lanzarme a la batalla con la escopeta de caza? No, a la gente de Sfakiá le corresponde velar por la seguridad del interior del país...

Los hombres parecían prepararse para ello. Lanzaban gritos de guerra y elevaban sus rifles hacia el cielo.

Grit se preguntó qué plan concreto tenían, pero entonces vio que los aviones penetraban hacia el interior y sobrevolaban algunos poblados de las Montañas Blancas. Los hombres de Imbros les gritaron y dispararon, pero los bombarderos JU 52 volaban demasiado alto.

A continuación, se vieron descender los paracaídas también en el interior. La mayoría de ellos abandonaban el avión cerca de la costa, pero algunas aldeas de montaña no quedaban muy alejadas y un avión podía recorrer distancias tan cortas en cuestión de pocos minutos. Mientras los bombarderos volaban sobre la isla, iban saltando más y más paracaidistas. También paracaídas con cargamento, sin duda armas.

El padre de Leonidas gritó algo a los hombres, que aplaudieron y empezaron a descender la colina.

—¿Qué ha dicho? —quiso saber Grit.

Leonidas se colgó un rifle al hombro.

—¿A ti qué te parece? —preguntó a su vez—. Los alemanes están en nuestras montañas. ¡Vamos a por ellos!

—¿Y yo? —Sabía que parecía tonta, pero se sentía totalmente desconcertada y perdida en ese mundo extraño al que él la había llevado.

—Tú te quedas en el pueblo con las mujeres. Escondeos. Dejamos ahí un par de rifles para que podáis defenderos en caso de que vengan, pero es poco probable.

Leonidas salió corriendo para seguir el paso de los otros hombres. Algunos habían llegado al pueblo y estaban soltando a los perros de caza. Todos parecían a punto de estallar de furia combativa.

En un principio, las mujeres permanecieron en su puesto de observación. No tenían prisa por volver al pueblo. Grit contemplaba consternada que cada vez volaban más aviones sobre las poblaciones costeras y que cientos de paracaídas descendían sobre toda la isla. Al final, siguió a Eleni y a las otras mujeres a su casa, pero no se detuvo allí. Frente al pueblo había otra colina desde la cual se podía tener una vista todavía mejor. Puesto que a nadie le preocupaba lo que hacía, subió la pendiente y encontró arriba un espeso matorral en el que se escondió. En la otra colina no había habido ningún tipo de refugio, ahí se sentía segura de verdad. Retuvo el aliento cuando dos bombarderos se acercaron amenazadores a la montaña. Uno de ellos lanzó cuatro o cinco paracaídas; los hombres tenían que estar descendiendo muy cerca de Imbros.

La invadió el pánico. ¿Tenía que permanecer oculta allí o avisar a las mujeres del pueblo? Se decidió por esto último y corrió colina abajo.

Las mujeres de Imbros también habían visto los paracaídas. Un par de muchachas jóvenes se armaron con los rifles y se lanzaron al encuentro del enemigo con la misma audacia que los hombres.

Grit experimentó una extraña fascinación cuando las siguió. Siempre había querido luchar contra los alemanes, pero nunca se le había ocurrido que podía realmente producirse un derramamiento de sangre. Las aldeanas no se andaban con remilgos. Estaban familiarizadas con el manejo de los fusiles y Grit pensó que a lo mejor se había equivocado con respecto a la opresión de las mujeres de Sfakiá. Se vestían como las mujeres del siglo pasado, pero parecían saber de caza.

Tres colinas más allá, se toparon con dos paracaidistas alemanes. Los hombres estaban abriendo uno de los contenedores y se estaban repartiendo metralletas y pistolas. Levantaron la vista sorprendidos cuando oyeron a las mujeres entre los matorrales.

—¡Mira eso..., una chica! —exclamó uno de ellos.

La hermana de Leonidas, de unos dieciocho años, le disparó en la cara. Grit vio la sangre manar a chorros mientras las otras mujeres disparaban contra el segundo hombre. Estaba horrorizada cuando las chicas quisieron acercarse de inmediato a los cadáveres para coger sus armas, pero una mujer mayor las detuvo. Les dio unas rápidas instrucciones en griego y todas se escondieron. En efecto, no tuvieron que esperar mucho. Un tercer paracaidista había oído los disparos y se acercaba al lugar del suceso. Las mujeres lo descubrieron al instante. Otra salva acabó con él.

Grit se sintió invadida por las náuseas, pero ya no se veía desprotegida. Junto con las griegas, esperó algo más, pero ningún alemán cayó en la trampa. La capitana dio instrucciones para que unas montaran guardia y se acercó con las demás a los cadáveres para recoger las armas. También cargaron a Grit con una metralleta y la mochila de uno de los muertos, que contenía granadas de mano. Estaba empapada de sangre y al principio no quería llevarla, pero las mujeres la amonestaron enérgicamente. Sentía la humedad en la piel a través de la fina blusa cuando siguió a las mujeres con su pesado fardo de regreso al pueblo.

Las que se habían quedado en el pueblo las saludaron entusiastas y gritaron de júbilo cuando explicaron con viveza lo ocurrido y les enseñaron el botín. Guardaron las armas en un cobertizo entre la excitación general para después volver a la actividad diaria.

Eleni repartió las tareas entre las mujeres de su casa y poco después Grit estaba limpiando verdura. Una buena comida iba a esperar a los hombres cuando regresaran. Volvió a sentir náuseas cuando la madre de Leonidas degolló con toda naturalidad un cordero, lo despellejó y lo despedazó. Por lo visto, matar formaba allí parte de lo cotidiano. Grit hizo en silencio las tareas que le encomendaron y aprendió al mismo tiempo un par de palabras en griego.

Al atardecer volvieron unos cuantos hombres tan cargados como antes las mujeres y con la ropa medio empapada de sangre.

—¿Habéis..., habéis matado a los alemanes... a cuchilladas? —preguntó Grit con voz ronca a Leonidas.

Las botellas de aguardiente volvieron a circular entre los hombres.

—No quedaba más remedio —respondió el joven músico, tan dulce y tranquilo cuando lo conoció—. Había tres juntos agachados y dos ocupados con una caja. Como no queríamos hacer ruido, solo pudimos actuar con rapidez por la espalda...

Ella no preguntó qué era lo que les había impedido disparar. Le bastó con saber que los hombres habían matado a todos los soldados de las inmediaciones y se habían llevado sus armas.

—¿No habríais podido cogerlos simplemente como prisioneros? —quiso saber.

Estaba claro que los aldeanos habían sido superiores en número.

Leonidas resopló.

—¿Y dónde íbamos a encerrarlos? Aquí arriba no cogemos presos. Matamos a nuestros enemigos.

Grit entendía el argumento, pero aun así sentía rechazo. Nada en la vida que había llevado hasta ese momento la había preparado para esa arcaica visión de las cosas.

Por la noche, los aldeanos celebraron una fiesta, aunque no tan ruidosa y alegre como la del día anterior; al fin y al cabo tenían que contar con que hubiese más alemanes en las montañas. Una parte de los hombres no había regresado, sino que permanecía haciendo guardia en las colinas de alrededor. Grit lavó la blusa manchada de sangre en una fuente del pueblo. Sentía asco, pero estaba decidida a ser tan valiente como las mujeres de Imbros.

Los hombres no habían considerado necesario lavarse. Reían, bebían y brindaban por sus mujeres. Grit pidió un vino blanco, esa noche no le apetecía beber el mandilaria rojo sangre.

8

Alex había dormido profundamente en el suelo del hangar, pero, ya con las primeras luces del día, el sonido de los aviones de nuevo despertó a los hombres. Los alemanes lanzaban bombas y aterrizaban. Al oeste del aeródromo había una pista provisional que los aviones de carga enemigos ya habían utilizado el día anterior. Como abejas regresando a su panal, ahora se acercaban los JU 52. Uno tras otro, los pequeños y manejables aviones descendían, aunque la pista se hallaba en el punto de mira de los británicos, que disponían de lanzagranadas, fusiles y metralletas, así como de cañones antiaéreos ligeros y pesados en una colina cercana a la pista. Alcanzaban los aviones en el cielo casi tan deprisa como aparecían otros nuevos. Los alemanes debían de estar sufriendo miles de pérdidas, pero no se dejaban disuadir. Bombardeaban la elevación desde la que disparaban los británicos, y los hombres que habían sobrevivido al aterrizaje se dispersaban para conquistarla, al igual que las pistas pertenecientes al aeródromo. Cuando a eso de las cinco de la tarde tuvieron la colina bajo control, avanzaron en una acción concertada contra las unidades que protegían el aeródromo. Alex y los otros neozelandeses se defendieron con todas sus fuerzas, pero empezaron a llegar nuevos paracaidistas. El número de los aliados no tardó en ser inferior al de los atacantes.

—No sé cómo lo veis, pero creo que ha llegado el momento

de largarnos —observó Joe después de recargar mientras los demás lo cubrían—. La munición se está agotando y en cuestión de minutos empezarán a lanzar bombas.

Alex, Joe y Frazor se habían atrincherado con una ametralladora en el mismo bosquecillo donde habían luchado el día anterior. Hasta entonces, los alemanes no parecían sospechar que hubiera allí ninguna amenaza, atacaban solo al oeste. Ya habían bombardeado el hangar donde los hombres habían dormido esa noche. Era inevitable que el aeródromo cayera en manos de los alemanes.

—¿Desertar? —preguntó temeroso Frazor.

—Qué va. Retirada ordenada.

Alex se dispuso a desmontar la ametralladora. La mayoría de las otras unidades neozelandesas parecían actuar del mismo modo. Los hombres se retiraban luchando, pero dejaban el terreno a los alemanes.

El general Freyberg reunió las tropas que le quedaban entre Máleme y La Canea. Los hombres, agotados, esperaban una cocina de campaña y algún lugar retirado donde pasar la noche, pero los británicos estaban decididos a no arrojar la toalla.

—¡Esta noche, contraataque!

Joe soltó un gemido.

—Puede que desertar no fuera tan mala idea —musitó—. Esos no se creerán en serio que los cabezas cuadradas vayan a despejar el campo.

—En cualquier caso, por la noche no pueden volar —observó Alex—. A lo mejor ataca de una vez la tan invocada soberanía marítima británica.

En el sur de Creta operaban varias flotas aliadas. Hasta entonces siempre se había supuesto que podrían evitar sobre todo una invasión alemana.

—A lo mejor los barcos traen refuerzos —dijo esperanzado Frazor.

—Vale más que nos saquen de aquí —opinó Joe, colgándose

al hombro la ametralladora—. Vamos, chicos, no vaya a separarnos alguien de este tesoro. —Dio unos golpecitos al arma, como si fuera un dócil caballo—. Nos volvemos a nuestro bosquecillo y cubrimos la retirada.

El teniente Bingham tenía otras ideas. Reunió su unidad y obligó a sus hombres a atacar. En la oscuridad de la noche, unos cuantos miles de británicos, neozelandeses y australianos se acercaron al aeródromo.

—No es que quiera llevar siempre la razón, pero si hubiésemos colocado los explosivos, como propuse antes de ayer, ahora al menos podríamos crear cierta confusión antes de acometer —dijo con un suspiro Alex.

Tampoco encontraba que tuviera sentido un ataque frontal al resguardo de la noche. Inevitablemente, el fuego de artillería acabó mostrando su posición y los alemanes enseguida lanzaron granadas aturdidoras cuando se produjeron los primeros disparos. En un abrir y cerrar de ojos reinó el caos general. Joe arrastró enérgicamente a Alex y Frazor en dirección al bosquecillo. Desde allí cubrieron, efectivamente, la retirada y el rescate de heridos y muertos.

Por la mañana, cuando con las incipientes luces del día volvieron a aparecer los primeros aviones alemanes, los británicos se rindieron. Durante la noche no habían ocasionado grandes pérdidas a los alemanes ni tampoco, por supuesto, reconquistado siquiera un palmo de suelo.

Los aliados se retiraron hacia La Canea mientras los alemanes victoriosos consolidaban en el aeródromo de Máleme la primera base de operaciones. Constantemente aterrizaban nuevos aviones cargados con avituallamiento y hombres. Llenaban en un momento el depósito y volvían a despegar. Los bombarderos se concentraban en los barcos británicos.

En el fondo, ya estaba claro que se había perdido Creta.

Alex y sus amigos durmieron un día y una noche en La Canea; luego advirtieron con tristeza los desperfectos que las bombas habían causado en la ciudad. Entretanto, los británicos preparaban la defensa del lugar.

—Necesitamos a todos los hombres —anunció el teniente Bingham, que se negó rotundamente cuando Alex intentó que lo destinaran a uno de los hospitales de campaña en los que había una carencia masiva de médicos y cuidadores—. Y La Canea no se rendirá tan deprisa como Máleme.

La Canea era más fácil de defender que la alargada población de Máleme y Alex se sorprendió de la determinación con que los mismos cretenses se lanzaron al combate. Los autóctonos habían dejado en manos de los británicos la lucha por el aeródromo de la Royal Air Force, pero ahora los habitantes de La Canea se armaron, como más tarde también los de Récimno y los de Heraclión, para combatir a los alemanes con todos los medios a su alcance. Los niños hacían las veces de mensajeros y recargaban las anticuadas armas de sus padres. Sin embargo, los invasores avanzaban por tierra, mar y aire. Durante cuatro días, Alex y los otros combatientes no conocieron ni una hora de descanso, las bombas caían sin cesar, los aviones atacaban en vuelos rasantes y constantemente aparecían tropas dispuestas a luchar cuerpo a cuerpo.

—Hoy o mañana a más tardar, la ciudad caerá —advirtió Joe la mañana del 27 de mayo—. Habrá que ver cuándo capitulamos.

—Seguro que todavía hay aquí diez mil soldados aliados —calculó Alex—. ¿Van a encarcelarnos a todos?

Le horrorizaba seguir luchando, pero todavía le producía más terror un campo de prisioneros alemán. Se oían decir muchas cosas de los campos de trabajo del Imperio alemán. Se rumoreaba que allí se moría más que se trabajaba.

—Nosotros no en prisión. Nosotros montaña. Seguir la lucha.

Spiros, un joven griego del que en los últimos días Alex se había hecho amigo, compartió una rebanada de pan con los neozelandeses. Desde hacía un tiempo, el suministro de comida era escaso, pero la familia de Spiros parecía haber tomado precauciones. El muchacho sabía un par de palabras en inglés y Alex se acordaba del griego clásico que había aprendido en el instituto. Le había interesado. Los dioses griegos y las leyendas heroicas lo habían atraído mucho por aquel entonces, así que recordaba un par de palabras. En cualquier caso, ambos jóvenes se entendían.

—¿Guerra de guerrillas? —preguntó Joe—. Una retirada en un territorio menos disputado no estaría mal.

—Yo enseño el camino. Por garganta de Imbros. Pero tenemos que marchar pronto.

Por lo visto, Spiros también quería abandonar la lucha por la ciudad, pero justo en ese momento los alemanes volvieron a lanzar granadas de mano y la línea de defensa fue blanco de un ataque masivo que los hombres tuvieron que contener. Durante un par de horas mantuvieron a distancia, desesperados, a la infantería alemana, si bien los empujaban cada vez más hacia el interior de la ciudad. Parecía una guerra urbana.

Entonces llegó uno de los pequeños mensajeros y habló atropelladamente a Spiros. Este se volvió hacia Alex, que creía haber comprendido ya.

—¿Nos vamos? —preguntó.

—Británicos retirar de la isla —dijo Spiros—. Envían barcos.

—¿A dónde? —preguntó Joe—. ¿Aquí?

Hacía días que el puerto de La Canea era blanco de los alemanes. Seguro que ningún barco aliado podría anclar allí.

—No, Sfakiá. Otra parte de la isla. Playa. Tenemos que ir allí. Mejor camino, la garganta. —Spiros se puso el fusil al hombro—. Yo os guío. Por la noche.

Alex dedujo por el mapa de Creta que llevaba en la mochila que había dos formas de llegar a la playa de Hora Sfakion, a sesenta kilómetros al sur de la isla. Se podía ir por encima de las Montañas Blancas y utilizar la carretera pavimentada una gran parte del trayecto o tomar el camino menos conocido a través de la garganta. Era probable que los alemanes los persiguieran por ambas vías, pero Alex pensaba que Spiros tenía razón. La garganta era difícil de ver y de apuntar desde el aire. Era posible que allá tampoco acecharan paracaidistas alemanes, mientras que seguro que algunos habrían sobrevivido en las montañas.

—Nos vamos contigo —comunicó a Spiros—. O ¿cómo lo ves tú, Joe?

El día anterior habían herido a Frazor, su joven compañero de armas, que estaba en el hospital de campaña. El alto mando militar debería ocuparse de su transporte y de una posible evacuación.

Joe Ashley sonrió.

—A donde tú vayas, yo te seguiré —contestó bromeando—. Así que: ¿cuándo nos vamos?

El fuego se aplacó por la noche. Los hombres pudieron retirarse sin que nadie se percatara y siguieron a Spiros, primero a casa de sus padres, en el centro de La Canea. La madre se despidió de su hijo entre lágrimas y lamentos, llenó su mochila de provisiones y abasteció a todos con agua suficiente para la marcha, así como con botas llenas de vino.

—¿No deberíamos informar a Bingham? —preguntó Alex en el último momento, algo inseguro frente a su partida en solitario—. En rigor, no nos han ordenado que vayamos a Sfakiá.

Joe hizo un gesto de rechazo.

—A ese idiota lo mismo se le ocurre la idea de defender en solitario la ciudad —opinó—. O que desfilemos cantando en fila de a tres en dirección a Sfakiá. Procuraremos llegar hasta allí, conseguir un barco y, cuando estemos en Alejandría o donde sea que vayan a llevarnos, volvemos a alistarnos obedientemente y esperamos tener oficiales más competentes. Ahora, de momento, nos piramos.

No eran los únicos que partían en solitario a Hora Sfakion. En la primera parte de su recorrido por plena naturaleza, los adelantaron jeeps, y ellos a su vez adelantaron a grupos de soldados británicos que intentaban llevar hacia el sur, en burro o en carretillas, a compañeros heridos. No obstante, Spiros abandonó muy pronto los caminos pavimentados. Alex se sorprendió de la seguridad con que encontraba los angostos senderos trillados por ovejas y burros, a pesar de la incipiente oscuridad. Naturalmente, el recorrido era muy agotador. Los hombres tropezaban con raíces y piedras, se arrastraban colina arriba y luego abajo. Alex resbaló por el camino y casi se despeñó por la garganta. Estaba negro como boca de lobo, pero Spiros les aconsejó que no encendieran las linternas.

—No saber dónde está enemigo —advirtió.

De hecho, no tropezaron con patrullas alemanas, pero sí con otros grupos de soldados británicos que avanzaban tambaleándose de agotamiento. La mayoría de ellos contaban también con un guía griego, algunos confiaban en su brújula. Quien siempre mantuviera la dirección hacia el sur, no podría dejar pasar Sfakiá. Los hombres no se atrevían a entrar en los pueblos de montaña, puesto que seguramente ya los habían ocupado los paracaidistas alemanes.

En las tempranas horas de la madrugada, lo único que Alex ansiaba era tumbarse y dormir. Y, sin embargo, sus condiciones eran relativamente buenas, disponían de comida y agua. La mayoría de los hombres se habían puesto en marcha sin provisiones.

—Es como participar en una carrera —dijo Alex con un gemido cuando por fin hicieron un descanso mientras otros grupos seguían avanzando apresurados, como medio dormidos.

—Puede convertirse en una competición —opinó Joe—. En cuanto los alemanes se hayan organizado en la costa norte, saldrán a la caza. De nosotros, de los barcos... Tenemos que apresurarnos..., pero, por Dios, no puedo más. Estoy hecho polvo. Necesitamos dormir.

—Dormir cuando es día —señaló Spiros y siguió adelante con los hombres.

Al amanecer, los tres se buscaron un lugar casi imperceptible detrás de unas piedras. Por fin se tendieron en medio de unos arbustos de espinas. El griego hizo circular una vez más la bota de vino y después a todos los abandonaron las fuerzas.

Alex durmió profundamente hasta que el fuego de los disparos lo despertó. Volvía a oscurecer, debían de haber dormido todo el día, pero ahora estaban totalmente despiertos. Delante de ellos, en la garganta, estaban disparando. Los hombres se asomaron con prudencia y con las armas en posición de tiro. Respiraron aliviados cuando oyeron retazos de frases en inglés.

—¿Qué es lo que pasa ahí? —preguntó Joe.

Alguien gritó.

—¡A tierra! —Y justo después explotó una granada de mano a pocos metros.

Spiros, Alex y Joe avanzaron cuerpo a tierra y se encontraron con cuatro australianos que estaban librando batalla con un grupo de paracaidistas alemanes.

—Tienen pistolas y granadas de mano —susurró uno de ellos a Alex—. Ninguna metralleta, gracias a Dios. Las han lanzado en paracaídas de carga y por lo visto estos tipos no las han encontrado. Pero bloquean el camino a través de la garganta...

—¿Cuántos son? —preguntó Joe.

Los australianos no lo sabían.

—No pueden ser muchos. Pero bastan dos o tres para detenernos.

—Esperemos hasta que oscurezca —dijo Spiros—. ¿Vosotros no lucháis cuerpo a cuerpo?

Los hombres negaron con la cabeza. Ninguno de ellos tenía una formación especial para ese tipo de combate.

—¿No cuchillo?

Alex tenía un cuchillo, pero no podía ni imaginarse luchando con él. Al igual que los demás, contuvo el aliento cuando Spiros, una hora más tarde, al abrigo de la oscuridad, pareció fundirse con las paredes de la garganta. Dispararon en dirección a los alemanes para distraerlos y comprobaron que los disparos de estos procedían de dos direcciones. Apuntaron a derecha e izquierda. Y entonces, de repente, solo disparó el hombre de la derecha.

Uno de los australianos, todavía muy joven y temerario, reptó hacia la izquierda, dispuesto a seguir a Spiros. Los otros mantenían el último nido de los alemanes bajo fuego, aunque casi no veían nada. Lo único que esperaba Alex era no alcanzar por equivocación a su amigo griego o al joven australiano. Pero entonces también los disparos de la izquierda cesaron.

—*Victory!* —gritó jocoso el joven australiano.

—Todos muertos —informó Spiros menos eufórico—. Coger armas, continuar.

Alex buscó el cadáver del primer alemán y comprobó que lo habían degollado en toda regla. En un charco de sangre palpó en busca de su pistola y de las granadas de mano que le quedaban.

Con más respeto y también un poco de miedo, reemprendió el camino al lado de su amigo.

—¿Dónde has aprendido? —preguntó en un momento de descanso, haciendo con la mano el gesto de cortar el cuello.

El griego rio.

—*Pateras*, padre. Ser carnicero —dijo—. Oveja más difícil que cabeza cuadrada. Más lana.

La lucha contra los alemanes había concluido bien, pero les había costado tiempo. Alex tenía la sensación de que la mayoría de los británicos les habían pasado por delante cuando dejaron por fin la garganta y siguieron avanzando hacia el sur por el terreno rocoso. Amaneció antes de ver la playa, pero Spiros les aseguró que no estaba lejos.

—¿Y tú? —preguntó Alex—. Podrías venir con nosotros. Luchar contra los alemanes en otro lugar…

Spiros negó rotundo con la cabeza.

—Yo griego, yo cretense. Yo lucho por Creta. Buscar a otros griegos, a otros luchadores, nosotros luchar juntos. ¡Y echamos a cabezas cuadradas fuera de Creta!

Alex le tendió la mano.

—Entonces solo podemos desearte suerte. ¡Muchas gracias, amigo mío!

Los hombres compartieron las últimas gotas de vino antes de separarse. Los australianos bebieron con ansia. No se habían llevado agua al huir y solo habían podido saciar su sed en abrevaderos para las ovejas.

Al oscurecer, cuando volvieron a ponerse en marcha, enseguida descubrieron un sendero que conducía hasta la playa, pero encontrar allí dónde esconderse no era tan sencillo. Detrás de cada piedra y en cada cueva se ocultaban soldados a la espera de los barcos. Junto a la playa, refugiados en una gran gruta, los médicos mantenían un puesto de primeros auxilios en el que preparaban a los heridos para el transporte.

—Ellos tienen preferencia —explicó un soldado a los recién llegados—. Y a los oficiales que han conservado unidas las tropas también se los llevan antes. Quien ha llegado por su cuenta es el último... Sé que no es justo.

Alex y Joe se miraron.

—Nunca había pensado que en algún momento echaría de menos a ese Bingham —observó Joe.

El siguiente barco que al abrigo de la oscuridad ancló brevemente delante de la playa no era muy grande, un crucero ligero. Los hombres enseguida soltaron los botes en el agua para llevar a bordo a los heridos.

—¿Por qué no envían barcos más grandes? —preguntó Alex.

Ahora en la playa se formaban unidades ordenadas que se disponían a llegar al barco a nado siguiendo las órdenes de sus oficiales.

—Seguramente no son lo suficientemente manejables —supuso su vecino, quien según su propia información esperaba a ser embarcado desde la noche pasada—. Viajan bajo un fuego continuo. Son muy valientes. ¿No oyes nada? —En efecto, procedentes del mar retumbaban los cañonazos—. Ahora solo son barcos alemanes, pero durante el día también hay aviones. Así que no creas que lo has conseguido una vez subas a bordo. Seguro que algún que otro barco se hunde. —Con estas palabras de consuelo, se levantó y empezó a bajar hacia la playa—. Voy a probar suerte y fingir que pertenezco a esta unidad —añadió al despedirse.

Alex enseguida lo perdió de vista. Pero al menos su escondite quedó libre. Alex y Joe se introdujeron juntos como pudieron en la grieta de la roca.

En el transcurso de la noche, llegaron otros tres barcos, pero también más heridos. Uno de los últimos grupos de sanitarios que habían cargado con camillas por las montañas y ayudado a los heridos iba acompañado de mujeres.

Alex se quedó sin respiración cuando distinguió la melena rubia de Mary Jane Locks.

—Son..., son la gente de la sección de entretenimiento —exclamó sorprendido—. Mi novia, Grit, debería estar con ellos. Tengo que ir allí, voy...

Alex descendió la cuesta y corrió a la playa, pero lo detuvo un vigilante.

—¡Tranquilo, muchacho! Los heridos primero, las unidades después... ¡Ya os tocará, pero tenéis que esperar vuestro turno!

Alex buscó a Grit ansiosamente. No la distinguió. Pero a pesar de ello se quedó un poco más calmado. Alguien se había preocupado de sacar a los músicos. Grit debía de estar en lugar seguro.

9

En los primeros días que siguieron al ataque alemán, Grit apenas vio a Leonidas. Los hombres de Imbros habían formado tropas de combate y peinaban minuciosamente las montañas en busca de paracaidistas alemanes. Si volvían al pueblo, lo hacían solo por las noches y contaban sus hazañas. Grit deducía por la amplia gesticulación con la que acompañaban sus relatos que, cuando se hacían con el enemigo, no se andaban con contemplaciones. Esperaba que Leonidas no participara en tales atrocidades. Los mismos cretenses raramente sufrían heridas en esas operaciones y ninguno de ellos murió. Esos individuos conocían la tierra en la que peleaban. Hacía siglos que pastoreaban allí su ganado, cazaban animales salvajes y resolvían sus conflictos. La guerra de guerrillas constituía, en efecto, la mejor manera de combatir a los alemanes.

En el mismo pueblo no se produjo ningún ataque más. Imbros estaba escondido, los alemanes no se tomarían la molestia de buscar la población y bombardearla. El sonido de los disparos se oía, como mucho, en la lejanía.

Grit se sentía condenada a la inactividad, a pesar de que las mujeres la incluían con toda naturalidad en los asuntos de la vida cotidiana. Iba a buscar agua, cortaba verduras y cuidaba de las ovejas. Cada día aprendía más griego. Siempre había tenido facilidad para los idiomas, tampoco tardaba en adquirir sensibilidad para la gramática de una lengua. Dominaba el alemán, el flamenco y el inglés. Sabía francés y algo de italiano, lo que la ayudaba. Las mujeres eran unas perseverantes profesoras. Eleni le hablaba continuamente, al igual que las hermanas de Leonidas. Otras mujeres desarrollaban unas ansias verdaderamente pedagógicas, componían frases sencillas y animaban a Grit a repetirlas. No tardaron demasiado en entenderse. Sin embargo, ella tenía la sensación de hallarse en un mundo intermedio e irreal. Estaba preocupada por Alex, pero era incapaz de imaginarse realmente lo que estaba sucediendo en las poblaciones. La guerra había estallado y se libraba en la proximidad, pero, pese a todo, las mujeres seguían con su arcaico ritmo de vida, como si nada sucediese.

El primero de junio, Leonidas regresó e informó de que las tropas británicas habían evacuado.

—¿Han ganado entonces los alemanes? —preguntó horrorizada Grit.

El joven asintió.

—El resto de los británicos capitula o lucha como nuestros hombres en las montañas. No nos rendimos. Seguiremos peleando contra esos tipos. ¡Hasta la muerte!

Grit se frotó la frente.

—Pero ¿qué sucede conmigo? —preguntó—. Yo..., yo también debería ser evacuada... ¿A dónde tengo que ir, Leon? ¿Dónde nos recogen?

Leonidas se encogió de hombros.

—Creo que en la playa de Sfakiá. Pero ya han terminado. Esta noche ha zarpado el último barco. Ya no vendrán más. Los alemanes controlan las rutas marítimas entre Alejandría y este lugar. Ya puedes estar contenta de que no te hayan llevado a Egipto, han hundido algunos barcos.

—¿Estar contenta? —Grit subió el tono de voz—. ¡Estoy aquí encerrada! ¿Lo sabías? Habría podido ir fácilmente a Sfakiá, yo...

Leonidas levantó apaciguador las manos.

—No, no lo sabía. Estaba en las Montañas Blancas, allí no

hay teléfono. Pero ayer me crucé con un par de británicos huidos y les indiqué el camino. Así me enteré...

—¿Y no volviste al instante? —preguntó Grit atónita—. A lo mejor yo lo habría podido conseguir...

—Tenía una misión, Grit. Les íbamos pisando los talones a unos alemanes, solo mi tío y yo. No los podíamos dejar escapar...

—¡Pero a mí sí que podías enclaustrarme aquí! —le echó en cara Grit—. ¿Y ahora qué voy a hacer?

El joven la miró con seriedad.

—Tendrás que quedarte aquí. Lo siento, Grit, no hay otra opción. Aquí estás segura. Puedes esperar tranquilamente a que termine la guerra. ¡La ganaremos! Confía en mí.

Ella lo fulminó con la mirada.

—¿Que confíe en ti? —dijo indignada—. Debería haber confiado en Alex. Ya me advirtió que habría un ataque. No debería haber venido nunca aquí.

El griego suspiró.

—Lamento que lo veas de este modo —opinó—. Solo puedo asegurarte que no tenía malas intenciones. No quería secuestrarte. Simplemente... ha ocurrido.

—¡Quiero ir a Sfakiá! —dijo Grit—. Quiero comprobar por mí misma que ya no hay barcos allí. Yo...

Leonidas volvió a alzar las manos.

—Con mucho gusto te acompañaré —anunció tranquilizador—. Pero solo si tomamos todas las medidas de precaución imaginables. Todavía debe de haber miles de británicos en la zona y los alemanes van a capturarlos, de eso puedes estar segura. Así que, por favor, vayamos de noche y haz lo que te diga. Nada de establecer contacto si nos cruzamos con británicos, nada de preguntas...

—Permite que yo misma me ocupe de con quién establezco o no contacto —replicó Grit—. Si hay alguna posibilidad de salir de aquí...

Leonidas suspiró.

—Los británicos que todavía quedan aquí están bloqueados. Ninguno te llevará a nado sobre su espalda... Deja que coma algo y que duerma un poco si es que he de volver a salir de noche...

Grit no pegó ojo en toda la noche, que terminó pronto. Leonidas quería marcharse a las dos de la madrugada para llegar a la playa al amanecer. Había preparado de nuevo las mochilas y las provisiones, pero de su hombro también colgaba un fusil.

—¿Ya has disparado alguna vez? —preguntó a Grit. Ella negó con la cabeza—. Toma de todos modos una pistola. —Le mostró cómo quitar el seguro del arma—. Primero esto, luego disparas... Lo más cerca posible para estar segura de que aciertas.

—No creerás que voy a estar tan cerca de un alemán —dijo Grit.

Como ya era usual, Leonidas emitió un suspiro.

—Si caes en sus manos, se acercarán mucho a ti, hazme caso. Así que ten cuidado y no te separes de mí. Yo velaré por tu seguridad.

En realidad, no habría sido necesario llegar hasta la playa. Ya en el camino hacia allí —primero un trecho por la garganta y luego por un terreno rocoso y difícil—, encontraron a soldados británicos que volvían como en trance por el mismo camino que habían recorrido un par de días antes. Confirmaron que las medidas de evacuación se habían suspendido.

—Pero todavía hay muchos en la playa... —murmuró un australiano—. Esperan un milagro...

Leonidas no condujo a Grit hacia abajo, hacia el mar, sino a una gruta desde la cual tenían una buena visión general de lo que sucedía en la playa.

—Si realmente entra un barco británico, te llevo abajo a tiempo —prometió—. Y a ti seguro que te dan un trato de favor y te embarcan. Pero, si aparecen los alemanes, aquí no nos encontrarán.

Sacó las provisiones y Grit se dejó convencer para comer algo de queso y pan. Entretanto salió el sol e inundó la playa de una luz rojiza e irreal. Habría podido ser romántico, pero ella mantuvo ostensiblemente las distancias con Leonidas, y justo después el romanticismo también se vio roto por los aviones alemanes que sobrevolaban la playa desde el interior. Disparaban alguna vez hacia las rocas, cuando se percataban de la presencia de soldados aliados escondiéndose en ellas, hasta que los hombres alzaban trozos de sábanas blancas atadas a palos como banderas blancas. Por el mar se acercó un barco del que desembarcaron soldados alemanes. Los británicos descendieron por las rocas y levantaron las manos en cuanto llegaron a la playa. Los alemanes desarmaron a los hombres, los reunieron y se los llevaron detenidos por grupos. Eran, en efecto, miles, y su detención se prolongó todo el día.

—¿Ya has visto suficiente? —preguntó Leonidas a Grit—. Deberíamos ir volviendo lentamente a casa.

Grit lloraba. Se sentía derrotada, pero no se atrevía a rendirse del todo.

—No puedo pasar el resto de la guerra en este pueblo apartado —declaró, levantándose—. Si no salgo de Creta, entonces…, entonces quiero vivir, al menos, donde suceda algo más.

Leonidas suspiró.

—¿Es realmente necesario? —preguntó.

Ella asintió con determinación.

—Lo es —dijo—. A lo mejor puedo trabajar en la resistencia. Seguro que aprenderé a disparar.

El músico rio.

—Ya veremos —repuso—. No puedo imaginarte como mujer armada, pero es posible que me sorprendas. Esperaremos un día más, hasta que esto esté más tranquilo, luego iremos a Vamos. Un poco más cerca de la civilización, como dirías tu. De todos modos, hemos de tener una visión general de cómo se está formando la resistencia. Si voy por la montaña con un burro y una mujer, nadie sospechará de mí.

Grit hizo una mueca con la boca. Estaba totalmente decidida. No iba a esperar al fin de la guerra en Imbros, cuidando de las ovejas de Eleni.

10

En una acción sin precedentes, los aliados habían conseguido evacuar en tres días a casi diecisiete mil hombres de Creta. Sin embargo, al llegar la cuarta noche, tuvieron que detenerse. Los alemanes controlaban la vía de escape hacia Alejandría y ni siquiera los cruceros más diminutos podían abrirse camino por ella. Por esa razón, el general Wavell autorizó a los cinco mil hombres que quedaban en la isla a capitular. Entre ellos se encontraban también Alex Rawlings y su compañero Joe Ashley. Todavía se apretujaban en la grieta de la roca cuando, en la noche del primero de junio, se propagó la noticia de que el barco que iba a zarpar era el último. Las escenas que se sucedieron en la playa fueron horribles. Los hombres suplicaban, rogaban, lloraban y hasta utilizaban la fuerza para subirse al navío. Los encargados del servicio del orden lo impedían.

—¿Y ahora qué hacemos? —preguntó Joe, desanimado—. ¿Nadar? —Ninguno de los dos tenía ganas de bajar a la playa y unirse a los hombres en un intento desesperado por embarcar.

—Podemos probar a ir avanzando hasta encontrar a Spiros. Unirnos a los partisanos —propuso Alex.

De hecho, se sentía cansadísimo, pero entregarse simplemente a los alemanes no le atraía en absoluto.

—¿Cómo los encontramos? —preguntó Joe.

Alex se encogió de hombros.

—Volvamos al lugar en donde nos separamos de Spiros, sigamos el camino que él tomó y esperemos a que ellos nos encuentren. En cualquier caso, es mejor que quedarse aquí aguardando a que los alemanes nos cojan a todos y nos lleven a un campo de prisioneros.

Así que los dos se levantaron con dificultad y avanzaron penosamente a través del sol de la mañana y del mediodía por un camino que siempre transcurría cuesta arriba y que al final llegaba a una zona en la que no había ninguna vegetación, sino solo paredes de piedra caliza de un verde grisáceo. Tampoco había agua. Alex recordó haber oído hablar del desierto de montaña. Seguro que ahí no habría poblaciones. Así que siguieron avanzando a duras penas hasta llegar a una leve cuesta abajo entre matorrales y al final a un bosque. Estaban extenuados y seguro que el error que cometieron poco después se debió al exceso de cansancio, a la sed y al hambre.

Todo empezó cuando oyeron voces masculinas y no reconocieron que hablaran en alemán ni en inglés. Unos hombres reían, parecían estar descansando y sentirse seguros.

—No salgas del escondite, voy a ver —propuso Joe. Alex no se sentía bien. Durante la larga caminata se le había formado una gran ampolla en el pie izquierdo, que había acabado por abrirse e infectarse. Le dolía con cada paso que daba. Joe hizo el signo de victoria al regresar—. Todos morenos, una parte con bigotes, y hablan con la misma melodía que nuestros griegos. Sin embargo, tienen motocicletas y por su aspecto…, en fin, parecen motociclistas. Chaquetas de piel, botas. Yo más bien habría esperado que los partisanos fueran en burro. Y con esos faldellines tradicionales.

—También los partisanos deben actualizarse —supuso Alex—. Está bien, presentémonos. A lo mejor son tropas regulares griegas que ahora van a unirse a los partisanos. Acerquémonos simplemente. Pero en un principio nos dirigiremos a ellos con las manos en alto. No vaya a ser que nos tomen por alemanes y disparen.

Alex enseguida se dio cuenta de que habían tomado la decisión equivocada cuando vio el uniforme de uno de los hombres. Con el calor de la tarde griega, se habían desabrochado la chaqueta de piel. Debajo llevaban pantalones y chaquetas de un verde amarillento: el uniforme africano del ejército italiano.

—Nosotros... amigos —se presentó con optimismo Joe, por el contrario.

Los italianos, que eran cuatro, los miraron perplejos: dos hombres de aspecto andrajoso que llevaban uniformes británicos y que estaban delante de ellos con las manos levantadas. Luego los apuntaron con sus fusiles. Alex abandonó la idea de poder encontrar una vía de escape. Cuando los hombres comprendieron, se echaron a reír.

—Vosotros... británicos —dijo uno sonriendo.

—Neozelandeses —lo corrigió Alex.

Joe lo miró desorientado.

—¿No son griegos? —preguntó.

Alex suspiro.

—No, amigo mío. Por lo visto acabamos de meternos en una prisión de guerra italiana...

Italia, con su dictador Mussolini, era aliada de Alemania. Al parecer se habían solicitado tropas italianas de refuerzo y ahora no solo peinaban la montaña los alemanes, sino también paracaidistas y motociclistas italianos.

No obstante, no parecían mala gente, más bien querían divertirse a costa de los presos. Por supuesto, no hablaban ni una palabra de inglés y era de suponer que tampoco alemán, pero, después de desarmar a Alex y Joe, les dieron agua y compartieron con ellos sus víveres. Cuando Alex se quitó la bota para examinar la infección del pie, lo ayudaron con un desinfectante y una venda. Entretanto discutían con gran profusión de palabras, en su lengua rápida y cantarina, qué debían hacer con su botín.

Uno de los italianos se volvió hacia Alex y Joe.

—*Campo di prigionia:* Galatás —explicó. Galatás era una localidad vecina de La Canea—. *Vi porteremo li.*

—¿Qué dice? —preguntó Joe.

Alex se encogió de hombros.

—Creo que los alemanes han instalado un campo de prisioneros en Galatás y van a llevarnos allí. Mierda, nos habríamos podido quedar en La Canea. Ahora tenemos que volver a recorrer la montaña.

Sin embargo, el transporte de los presos entre los italianos resultó muy cómodo en un principio. Les ataron las manos y los obligaron a sentarse en la motocicleta detrás del conductor. Claro, que era difícil mantener el equilibrio con las manos atadas, y más al pasar sobre tocones y piedras, pero, cuando Alex averiguó de qué modo hacerlo, encontró el viaje soportable; solo el panorama era deprimente. La mayor parte de las tropas británicas no había llegado a Sfakiá por la garganta de Imbros, sino por arriba, y en los bordes del camino se almacenaban los pertrechos tirados, jeeps y motos abandonados y calcinados. También yacían cadáveres a lo largo del trayecto.

La ruta por la montaña debía de haber sido aún más fatigosa que a través de la garganta. Alex y Joe tuvieron la suerte de recorrer motorizados el camino de vuelta, pero esta no duró mucho. Tras apenas una hora de viaje, los italianos se encontraron con la última caravana de presos. Británicos, neozelandeses y australianos se arrastraban en dirección al norte y, como era de esperar, los italianos aprovecharon la oportunidad para entregar a sus cautivos a un subteniente alemán. Desalentados y exhaustos, se integraron en el grupo. Los presos estaban repartidos en centurias para poder tener una visión general del número. Fugarse era imposible, incluso en el caso de que alguno hubiera conservado la energía necesaria para intentarlo.

Al menos, la caravana descansó por la noche y Alex y Joe se desplomaron en cuanto se dio la orden de detenerse. No sabían si los alemanes ya habían repartido comida, pero ni siquiera sentían hambre. Alex solo quería dormir y permaneció tendido, como en coma, hasta que los alemanes prosiguieron su avance al amanecer. No había nada que comer, pero al cabo de una hora de marcha llegaron a un abrevadero donde indicaron a los presos que calmaran su sed. Después siguieron la ruta a través de barrancos y pendientes escarpadas que habían costado la vida a muchos fugitivos en los días anteriores. En unos coches despeñados se pudrían unos cadáveres... El olor era casi insoportable.

Después de más de diez horas de marcha llegaron por fin al campamento que los alemanes habían construido a toda prisa en Galatás. En realidad, solo habían cerrado un trozo de la playa; el mar constituía una de las barreras. El suelo era en su mayor parte arenoso, únicamente en algunos pocos lugares había un par de manojos de hierba. Las tiendas en las que se iban a alojar los presos ya hacía tiempo que estaban ocupadas; Alex y Joe pertenecían además al último grupo de los recién llegados. Decidieron que preferían dormir al aire libre. Extendieron sus mantas junto a una de las tiendas, pero antes intentaron calmar al menos su sed. Un británico les señaló un único pozo. El agua era turbia.

—¿Y es aquí donde vamos a pasar lo que queda de guerra? —preguntó Alex a un australiano que estaba intentando remendar su camisa con un trozo de tela.

—Qué va, camarada. No va a ser así. Quieren llevarnos lo antes posible al continente. Esto es solo provisional —respondió el hombre.

Alex y Joe se miraron el uno al otro sin pronunciar palabra. ¿Serían mucho mejores los campamentos del continente?

—En cualquier caso, no pueden ser peores —señaló Joe, cuando echaron un vistazo a las instalaciones sanitarias. Consistían en una zanja larga en el lado que daba al campo, algo alejada del área en que se habían levantado las tiendas. No había posibilidades de lavarse, los prisioneros tendrían que hacerlo en el mar—. ¿Vamos a ver la cocina?

La comida para los presos se preparaba en grandes calderos.

Por su aspecto se trataba de una especie de cocido. Ya el olor era repugnante.

—Si lo que hay dentro es carne, hace tiempo que está muerta —señaló Alex, pero a pesar de ello se forzó a tomar alguna cucharada de la sopa. Necesitaban comer para volver a reunir fuerzas.

Dos días más tarde, casi todos los que ocupaban el campo sufrían diarrea. Alex empezó a observar con más detalle el cercado y la vigilancia del lugar.

—En realidad, no es tan difícil salir de aquí —comunicó a Joe—. Tenemos que reflexionar al respecto.

11

Leonidas mantuvo su palabra. Justo el día después de su deprimente salida a Sfakiá, se puso en camino con Grit y la burrita Mali, pero no se decidió por Vamos, sino que se dirigió a un pueblo más grande del oeste de la isla, a Kandanos. Tanto él como Grit iban vestidos de forma tradicional; habían acordado hacerse los tontos si encontraban algún comando alemán. Leonidas volvió a demostrar también en esta ocasión un excelente conocimiento de la geografía de su isla natal. Si bien sobrevolaban aviones, ninguno realizó un vuelo raso para dispararlos, tampoco encontraron patrullas.

—¿Por qué precisamente Kandanos? —preguntó Grit mientras caminaban. Leonidas la conducía por la garganta de Imbros, aunque esta vez hacia el norte.

—Bueno, querías ir a un lugar donde pasaran más cosas —contestó él—. Y a mí me interesa ese pueblo porque estoy convencido de que se está formando allí una resistencia. Los hombres de Kandanos han impedido el paso de los alemanes durante dos días, cuando arremetían contra el pueblo costero de Paleojora, y también cubrieron la retirada de los británicos. Será interesante ver qué aspecto tiene ahora que los alemanes se han apoderado de la costa.

—¿Conoces a alguien allí? —preguntó Grit.

Leonidas asintió.

—Tengo un primo...

La familia Fotakis tenía parientes por toda Creta, pero, en una isla tan pequeña y con una familia tan antigua y grande, eso era lo normal.

El pueblo de Kandanos no era ni la mitad de rudimentario que Imbros. Al menos la mayoría de las casas eran más grandes. Una pequeña iglesia constituía el punto central y, según Leonidas, los niños también iban allí a la escuela.

El primo de este, Leandros, era un hombre menudo y ágil, de ojos despiertos y con un imponente bigote. Tenía una granja de ovejas al borde del pueblo y una bonita casa en una colina. Una mesa de madera y unas sillas delante del edificio invitaban a sentarse y disfrutar de las vistas. Su esposa Sofia era la encargada de la quesería y sirvió al instante su mejor misizra, un queso de suero. La hija mayor les llevó pan recién cocido y Grit tuvo que esforzarse por retener los nombres de los cuatro vivarachos niños que correteaban alrededor de los invitados.

Leandros informó con orgullo de la batalla que habían librado contra los soldados Pionier alemanes.

—Hasta nuestro cura participó. Y casi todas las mujeres. Y eso que en realidad los alemanes eran muy superiores a nosotros. Pero creo que no habían contado con que nos defendiéramos, simplemente. —Complacido, sirvió otro vaso a todos.

—¿Y desde entonces? —preguntó Leonidas, preocupado—. ¿Cuál ha sido la reacción?

Su primo se encogió de hombros.

—¿Qué reacción? Como es natural, al final perdimos, nos dejaron fuera de combate y huimos. Y luego no sucedió nada más. Los alemanes se llevaron a sus muertos y desaparecieron. Tenían un par de pueblos más que invadir. ¡Pero podremos hablarles de la batalla a nuestros hijos y a los hijos de nuestros hijos! ¡El nombre de Kandanos se ha inscrito definitivamente en la historia de Creta!

—¿Cuántos muertos hubo? —preguntó Grit.

—¿Entre nosotros? ¡Ninguno! —Leandros resplandecía—. Entre ellos, veinticinco. ¡Allí entendieron de una vez lo cara que vendemos nosotros los cretenses nuestra piel! Que tomen ejemplo los griegos del continente. —El resto de Grecia se había entregado sin ofrecer gran resistencia a las tropas alemanas e italianas—. ¡Por Creta! —exclamó alzando su copa—. ¡Por Kandanos!

Oyeron el sonido de los vehículos mientras todavía estaban bebiendo. Debía de tratarse de todo un convoy de carros pesados o de tanques.

Leonidas se levantó de un salto.

—¡Tenemos que salir de aquí, Grit!

Grit lo miró desconcertada, al igual que sus anfitriones.

Justo después vieron los tanques, los camiones y las motocicletas con sidecar que, conducidos por hombres armados hasta los dientes, subían por la colina.

—¡Estos no vienen a tomar café! Leandros, Sofia..., ¿dónde podemos escondernos?

Leandros dejó su vaso, turbado, pero no invadido por el pánico.

—Calma, es probable que solo pretendan requisar un par de ovejas... Voy a la plaza del pueblo a ver qué quieren. Vosotros, basta con que esperéis aquí...

—¡Ni que estuviéramos locos! —Leonidas miró a su alrededor. Había un pequeño bosquecillo al pie de la colina, apartado del pueblo. No obstante, era un bosque claro, allí no encontrarían refugio. Aun así, le pareció que la maleza que lo precedía era bastante impenetrable. Entre unos granados bajos, distinguió plantas espinosas. Muy espinosas...—. ¡Coged mantas! —gritó liberando enseguida a la burrita de sus alforjas y lanzando a Grit varias mantas dobladas que había colocado debajo.

Sofia estaba paralizada, pero su hija mayor, Aliki, de catorce años, se puso en movimiento. Corrió a la casa y salió con un montón de mantas y guantes, que repartió entre sus hermanos.

Leonidas y Grit ya habían corrido hacia la maleza e intentaban abrirse camino. Los espinos les desgarraban las manos y hacían jirones sus ropas donde no estaban protegidas por las mantas. Grit seguía a Leonidas medio ciega, se deslizaba sin rechistar tras él, cada vez más al fondo del caos de verdor, de espinas y zarcillos, de ramas que colgaban y bajo las cuales apenas se podía pasar: el miedo les confería una fuerza sobrehumana. Oyeron a sus espaldas gritos de dolor cuando los niños también trataron de esconderse bajo la maleza. La hermana mayor tiraba de ellos.

Grit consiguió instalarse junto a un granado. Al menos ahí había una pequeña cavidad sin espinas. Se quitó la manta de la cabeza y vio que el rostro de Leonidas estaba manchado de sangre; se percató de que sus propias manos y brazos estaban llenos de arañazos. Los niños se acuclillaron a su lado y empezaron a llorar.

—¿Está vuestra madre también aquí? —le susurró Leonidas a Aliki.

—Creo que se ha ido con *pateras*... —murmuró la joven de catorce años.

Leonidas musitó una maldición. Un perro de pelaje erizado apareció de repente junto a Aliki. Gimió después de recorrer el camino de zarzas, pero los niños parecieron consolados con su presencia.

—Espinas y pulgas... —Grit suspiró y se separó un poco del animal—. ¿Era esto realmente necesario?

—Espero que no —respondió Leonidas—. Espero que haya sido una falsa alarma. Pero no lo creo.

En cuanto hubo pronunciado estas palabras, se oyeron los primeros gritos de la plaza del pueblo, seguidos por muchos otros más. No se veía nada, pero los sonidos se volvían por eso mismo cada vez más inquietantes.

Tiempo después, cada vez que Grit recordaba Kandanos, eran sobre todo los sonidos lo que aparecía en sus pesadillas. El olor dulce de los granados que en el transcurso de la tarde se iba mezclando con el hedor del humo y de la carne quemada, del polvo de pólvora y del sudor del miedo.

A los gritos se sumaron el crepitar de las llamas y los disparos de los rifles, pero en la lejanía: todo debía de estar ocurriendo en el área de la iglesia. En un momento dado, los gritos se aproximaron. A los lamentos humanos se mezclaron los gemidos de animales...

—Están matando las ovejas —susurró Aliki.

En las últimas horas no había pronunciado palabra; había permanecido sentada, sin moverse, pero ahora temblaba. El perro volvió a gemir, los niños empezaron a llorar.

—¡Callaos! ¡Todos! —ordenó Leonidas—. ¿Es que no oís que se están acercando?

Al menos el olor a fuego se intensificaba y el balido de los animales aumentaba de volumen.

—Nuestras ovejas —gimió Aliki.

Entonces oyeron unos pasos. Grit se agarró a Leonidas, pero los hombres pasaron rápidamente junto a los zarzales. Eran muchos. Oyeron pasos: ligeros de botas de piel blanda y pesados de botas del ejército. Además, voces autoritarias dando órdenes en alemán. De vez en cuando un sonido similar a un sollozo. La mayoría de los hombres que se desplazaban por el bosque, muy cerca de ellos, conducidos por los soldados alemanes, callaban estoicamente. Durante una hora se oyeron ruidos, como si se estuviera cavando una zanja, interrumpidos eventualmente por gemidos y nuevas órdenes.

—¿Qué dicen? —susurró Leonidas.

—Les meten prisa. Deben cavar más deprisa, no tienen todo el tiempo del mundo. Leon, creo..., creo que quieren fusilarlos...

Grit tenía la voz ahogada. Hablaba en inglés para que los niños no la entendieran.

—¿Qué más? —preguntó Leonidas rezumando odio.

Todos se estremecieron al oír las primeras ráfagas de las ametralladoras. Los alemanes dispararon, luego volvió a reinar el silencio.

—¡Rellenad la zanja! —ordenó uno de los hombres—. ¿A qué estáis esperando?

Durante otra media hora se oyó apisonar la tierra sobre algo, interrumpido por unos sollozos. Al final, otra vez los disparos.

—Estos eran los últimos —dijo Leonidas—. Oh, Dios mío, al parecer los han matado a todos...

También Aliki lloraba ahora. En silencio, como sus hermanos. Incluso el perro había enmudecido.

Sin embargo, los alemanes todavía no habían acabado. Después de concluir su sangrienta tarea en el bosque, se dirigieron de nuevo al pueblo. Grit oyó caer piedras, las cadenas de los tanques triturando algo. Debían de estar derribando las casas y establos. La destrucción de todo el pueblo de Kandanos se prolongó durante varias horas.

En un momento dado, tuvo la sensación de que esa pesadilla duraría una eternidad, que nunca iba a concluir. Los niños más pequeños se habían dormido y luego la oscuridad descendió sobre ellos. Poco después oyeron gritos, más nítidos que antes. No debía de haber ningún edificio que absorbiera el sonido.

—¡Retirada! ¡A sus puestos! —ordenó el comandante de los carniceros.

Poco después, todos los motores se pusieron en marcha y a los pocos minutos se perdieron en la distancia.

—¿Salimos? —preguntó Grit—. ¿O es una trampa?

—Esperemos —respondió Leonidas.

Permanecieron en la maleza hasta que empezó a clarear. Como hasta ese momento no se había movido nada, buscaron un camino de vuelta. Leonidas intentó abrirlo con su cuchillo, pero los espinos y zarcillos oponían resistencia. Acabaron más ensangrentados y arañados que tras su retirada en los zarzales.

Poco después contemplaban atónitos lo que quedaba del pueblo de Kandanos. Un campo lleno de rocalla: los escombros de las casas y establos quemados y demolidos.

Leonidas desenterró un cuerpo desmembrado.

—Una mujer —dijo.

Aliki se dirigió tambaleante a la iglesia. Ahí había causado estragos el fuego. Se echó a llorar al descubrir cuerpos quemados.

—Dime que no es verdad —susurró Grit—. Que no..., que no han empujado a la gente a la iglesia y no han prendido fuego al edificio...

El partisano asintió irónico.

—Y no han disparado contra quienes huían. Sino..., al parecer..., solo contra mujeres y niños... Deben de haberlo hecho en presencia de los hombres. Y a ellos los han asesinado después...

—Los han ejecutado en el bosque —concluyó Grit—. Allí..., allí hay unos letreros...

Señaló la plaza de la iglesia. Alguien había atado tres letreros a unos postes y los había clavado en el suelo. Estaban escritos en alemán y en griego.

«Por el bestial asesinatos de paracaidistas, soldados de montaña y soldados Pionier, hombres, mujeres y niños, junto con el cura, así como porque se resistieron al gran Imperio alemán, el 3 de junio de 1941 Kandanos ha sido totalmente destruido para no ser reconstruido nunca más».

A Grit le chocaron los errores gramaticales y la puntuación. No entendía cómo algo así pasaba por su cabeza en ese momento.

«Kandanos se destruyó como represalia por el bestial asesinato de paracaídas y de medio pelotón de soldados Pionier en una emboscada de hombres y mujeres armados».

«Aquí estuvo KANDANOS. Se destruyó para reparar del asesinato de 25 soldados alemanes.»

—¿Por qué tres? —murmuró Leonidas, tan consternado como Grit. Miró a Aliki, que estrechaba contra ella a sus hermanos, con los que se había sentado en el suelo, y lloraba y rezaba—. Tenemos que irnos de aquí —dijo al final—. Ya no podemos ayudar a nadie más. Tenemos que volver a Imbros. Ahí al menos estaremos más o menos seguros. —Se volvió hacia Grit—. ¿Comprendes ahora por qué quiero que te quedes en mi pueblo?

Grit asintió y se rindió a su destino.

12

Alex y Joe estaban considerando la idea de intentar escapar por el mar. Aunque delante de la costa patrullaban unos barcos alemanes, no lo hacían tan cerca como para distinguir a dos nadadores. Los guardias que estaban distribuidos alrededor del campo casi nunca controlaban la playa. Pocas veces desfilaban a lo largo del cercado. Era un lugar por donde no parecía difícil escapar.

—Si trepamos por encima de la valla, aterrizaremos en la carretera, entre Galatás y La Canea —señaló Alex—. Entonces nos volverán a coger en un abrir y cerrar de ojos.

—¿No vamos a ir a las montañas? —preguntó Joe—. En realidad, deberíamos desandar el camino por el que hemos venido.

Alex lo miró e hizo una mueca.

—¿Y a dónde nos ha llevado eso la última vez? —preguntó sarcástico—. No encontraremos los escondites de los partisanos. De eso precisamente se trata, consiguen hacerse invisibles. Caeríamos en los brazos de la próxima patrulla alemana.

—¿Y no es lo mismo por mar? —insistió Joe—. ¿Dónde crees tú que se esconden los partisanos? ¿En submarinos?

Alex rio.

—No, más bien no. Estoy pensando en... Necesitamos ayuda, Joe. Sin alguien que conozca la isla no encontraremos a la resistencia. Tenemos que buscar a gente que nos apoye. Cretenses. Y he pensado en los pescadores. Si nadamos en paralelo a la costa, toda una noche, y tal vez nos escondemos durante el día en la playa y seguimos nadando la noche siguiente, encontraremos en algún momento un puerto de pescadores. Es posible que uno pequeño, que carezca de importancia para los alemanes.

—Pero eso sería bastante peligroso —pensó Joe.

Alex asintió.

—Escapar de un campo de prisioneros siempre significa correr un riesgo —observó con ironía—. Pero contamos con la gran ventaja de que nadie nos buscará.

La aventura italiana de Alex y Joe había tenido una interesante consecuencia. También los alemanes debían de estar cansados y poco concentrados cuando se llevaron a los prisioneros de los italianos. El oficial responsable había olvidado tomar sus datos personales y tampoco los habían registrado en el campo. Al principio los dos amigos no se habían dado cuenta, pero la primera vez que pasaron lista no los mencionaron. Poco después enviaron a los primeros británicos al continente, pero, al pasar lista de nuevo, no convocaron a los reos Alexander Rawlings y Joe Ashley.

—Mi esposa pensará que estoy muerto —había dicho Joe. Normalmente se daba a la Cruz Roja el nombre de los prisioneros de guerra para que informaran a sus familiares—. A lo mejor tendríamos que presentarnos...

Alex se negó rotundamente. Aunque lamentaba que su familia llegara a creer que estaba muerto, esa era su oportunidad para desaparecer sin sufrir consecuencias.

En una noche sin luna de mediados del mes de junio, Alex y Joe se lo jugaron todo a una sola carta. No podían llevarse nada en su huida, pero tampoco tenían a su alcance comida y sus raídos uniformes no les servirían de gran cosa. Se colgaron del cuello las botas atadas con los cordones y se dirigieron al mar en calzoncillos y nada más.

—Esta va a ser una operación endemoniadamente fría —musitó Joe.

Alex tiritaba. Durante el día, bañarse en el mar era un placer; de noche, por el contrario, el agua se enfriaba.

—Con un poco de suerte será corta —intentó animar a su amigo, al tiempo que se zambullía con determinación en el mar. Poco después salían a nado, rumbo al oeste y sin abandonar la línea de la costa. Rodearon un cabo y tras unas pocas horas distinguieron un pueblo diminuto sobre unas rocas; delante había una islita. En circunstancias normales, Alex tal vez lo habría encontrado pintoresco. Las barcas eran más bien pequeñas, botes de remos o pesqueros de un palo. A los lados colgaban redes.

Los nadadores, agotados, se subieron a pulso a uno de los botes y se dejaron caer sobre las redes. Apestaban a pescado, pero era el lecho más blando que habían tenido en semanas.

—¿Vamos al pueblo? —preguntó Joe, aun cuando se estaba tumbando.

—Enseguida —respondió Alex y al instante se durmió.

Solo se despertaron cuando un par de perplejos griegos se inclinaron sobre ellos.

Joe miró a los hombres e intentó esbozar una sonrisa de compromiso.

—¿Hay alguien aquí que hable inglés? —preguntó.

Solo uno de ellos sabía un par de palabras en inglés, pero los pescadores enseguida se imaginaron de dónde procedían esos visitantes tan ligeros de ropa.

Alex intentó comunicarse en griego con ellos causando la hilaridad general. Tras una breve discusión, un pescador se llevó a los dos fugitivos a su casa, donde su esposa les dio ropa y les ofreció comida y un lugar donde dormir. El hombre volvió a su barca para faenar.

Alex se enteró de que habían llegado a Plataniás, un pueblo de pescadores a un par de kilómetros al oeste del campo de prisioneros. Por el momento, los alemanes todavía no habían llegado hasta allí. Los pescadores se habían rendido sin oponer resistencia o se habían unido a los defensores de La Canea. Por la forma en que gesticulaba su anfitriona era fácil entender que los habitantes de Plataniás odiaban a los invasores. Alex y Joe no debían temer que fueran a traicionarlos.

Los hombres volvieron alrededor del mediodía, se reunieron e intentaron, chapurreando el inglés, comprender cuáles eran sus propósitos.

—¿Alejandría? —preguntó uno.

Alex y Joe se miraron. Ni habían pensado en escapar de la isla.

—¿Sería posible? —preguntó Alex.

Los hombres conversaron y gesticularon, no parecían estar todos de acuerdo.

—Peligroso —dijo el políglota—. Lejos. Muchos alemanes. Mucho control.

Uno de los hombres hizo el gesto de pagar. Los pescadores no estaban dispuestos a emprender ese peligroso viaje sin recibir una gratificación.

Alex negó con la cabeza.

—No tenemos dinero —respondió como pudo en griego—. Y… ¿las montañas? ¿Los partisanos?

—Eso es fácil —contestó el intérprete—. Esta noche.

El camino por las montañas no tenía nada de fácil ni tampoco carecía de riesgos. Para Alex y Joe estaba claro que los dos adolescentes que los guiaban corrían un gran peligro. Aun así, no se veía que tuvieran miedo, sino que se lo tomaban todo como si emprendieran una aventura.

Alex y Joe volvían a desplazarse por el paisaje montañoso de Creta y de nuevo por senderos agotadores. Al menos, esta vez disponían de víveres en abundancia, mantas y un objetivo determinado. Avanzaron de noche y durmieron durante el día. Al amanecer llegaron a un pueblo cuyos habitantes habían camuflado sus pequeñas casas redondas con maleza para que no se distinguieran con facilidad desde el aire. Se encontraba junto a un macizo montañoso sumamente escarpado y que seguro no era de fácil ascenso. Alex se preguntó por qué la gente se había asentado allí, pero, por supuesto, era un punto de partida ideal para la lucha de los partisanos. En ese momento había sobre todo mujeres y niños, los hombres habían salido en busca de paracaidistas y motociclistas.

Para sorpresa de Alex, una de las mujeres hablaba algo de inglés. Había trabajado antes de la incursión alemana en el cuartel general de los británicos en La Canea, pero había huido a su pueblo natal en cuanto se extendió el primer aviso de una invasión.

Era muy amable, aunque se negó rotundamente a las pretensiones de los neozelandeses de unirse al grupo de partisanos.

—Aquí cretenses —explicó—. Británicos en Hora Sfakion. En las rocas.

—Pero en la playa ya no hay soldados —objetó Alex—. Los alemanes los han apresado a todos.

La joven negó con la cabeza.

—No. No en las rocas... ¿Cómo se dice? En grutas.

Resplandeciente por haber recordado la palabra correcta, dibujó en la arena una línea costera y explicó a los hombres dónde, aproximadamente, se sospechaba que se hallaban sus compatriotas.

—¿Son muchos? —preguntó Joe.

La mujer se encogió de hombros.

—¿Cincuenta? ¿Cien? —calculó—. Recogen en los pueblos comida. Compran. O se la damos. Todos luchamos contra los alemanes. ¡Juntos los venceremos!

A Alex le habría gustado quedarse en ese pueblo. Le parecía seguro y los cretenses conocían su isla. Sabían dónde atacar y cómo perjudicar a los invasores sin exponerse demasiado al peligro. Pero la joven estaba totalmente decidida a que las fuerzas armadas británicas se reunieran.

—Yo os llevo —anunció—. Esta noche.

Teresa, como se llamaba su decidida guía, les informó durante la marcha nocturna de que los cretenses utilizaban a menudo a mujeres para ayudar a hombres perseguidos a cruzar las montañas.

—Parecemos inofensivas —señaló, mostrando a los hombres el cinturón que llevaba bajo la holgada chaqueta. Estaba equipado con cuchillos y dos armas de fuego—. Se creen que no disparamos.

El camino volvía a ser difícil; Alex estaba empezando a cansarse de tanto senderismo. Además, transcurría por la misma zona en que los británicos se habían detenido durante el periodo de la evacuación. Alex no había visto cuevas por allí. Pero seguro que su guía sí las conocía. Condujo a los hombres por senderos que ni Alex ni Joe habrían reconocido nunca como tales hasta la entrada escondida de una gruta.

—Este es el cuartel general —explicó, disponiéndose a dar media vuelta—. Yo voy a casa. Los británicos no quieren mujeres en el campo. Dicen que trastornan a los soldados.

Alex y Joe se despidieron agradecidos de corazón, recibieron una mochila llena de queso y pan y se internaron por la entrada, donde enseguida los recibió un teniente.

—Teniente Rose, Australia, 19.ª Brigada, estacionado por última vez en Récimno —se presentó, resoluto—. ¿Quiénes son y de dónde proceden?

—Alexander Rawlings y Joseph Ashley, 2.ª División neozelandesa —informó con el mismo formalismo Alex—. Dinamiteros, destacamento Bingham. Última acción: la defensa de La Canea. Escapamos del campo de prisioneros de guerra de Galatás. ¡Nos presentamos para ofrecer nuestros servicios, señor!

Por el rostro del teniente se deslizó una sonrisa.

—¿Bingham? Bien, se alegrará de tener a alguien a quien mandar. Pasen por el comedor de oficiales. Si está allí, pueden registrarse al instante. Luego les enseñaré el camino a los alojamientos del grupo. Ocupamos distintas grutas.

Alex y Joe se miraron sin dar crédito. Pero luego siguieron las indicaciones del hombre y avanzaron a tientas por la gruta apenas iluminada por unas lámparas de gas. Unas cortinas la dividían en diferentes espacios; los oficiales se daban importancia manejando documentos. Al final llegaron a una zona donde un camarero se hallaba detrás de una barra improvisada. Delante había dos oficiales bebiendo vino. Una escena que no podía ser más irreal.

El teniente Bingham, uno de los dos hombres, se abalanzó sobre Alex y Joe antes de que ellos se presentasen.

—¿Dónde se han metido? —les gritó—. ¿Dónde se ha metido todo ese maldito destacamento?

—No lo sé —contestó Alex.

—Solo han dejado embarcar destacamentos. ¡Eso significa que me he quedado bloqueado aquí por su culpa! ¡Por esos malditos kiwis indisciplinados!

—Todo el destacamento ha luchado, señor —se defendió Alex—. Y luego ha intentado llegar a Sfakiá. Podría habernos reunido usted…

—¡Y encima me viene con insolencias! —se sulfuró Bingham—. Vale más que desaparezcan y que se presenten al oficial de estado mayor Holder. Saliendo de aquí a la izquierda. En los próximos días volveremos a poner orden en los destacamentos. Y procederemos con ataques concretos contra los alemanes. La táctica del Nadelstich o la acumulación de sucesos. Creta no se ha perdido. ¡Defenderemos el fuerte!

Alex y Joe se miraron y se entregaron a su destino.

Por amor

Nueva Zelanda – New Lynn, Auckland, Wellington
Australia – Charleville

De 1941 a 1942

1

—Póngase enseguida en contacto con su marido, por favor —dijo Justynka, cuando Nellie echó un vistazo a la antigua consulta de Maria en Epona Station tras visitar a un paciente de la yeguada de Wilhelmina. La joven polaca se desenvolvía francamente bien en el consultorio de animales pequeños y su inglés mejoraba cada día que pasaba.

—Mi exmarido —la corrigió Nellie.

Ya no se molestaba cuando alguien se refería a Phipps como su marido. En los últimos tiempos, iban tan a menudo juntos que era comprensible que la gente supusiera que eran pareja. Phipps mostraba sin disimulo su interés por ella, aunque nunca se ponía pesado. Simplemente era amable, solícito y generoso, encantador y divertido. A Nellie le gustaba estar con él..., mientras cada vez estaba más enfadada con Walter.

Seguían llegando cartas de él, la mayoría con algo de dinero que, sin embargo, no podía considerarse una contribución seria para la gestión de la casa. Sus cartas no comunicaban nada. Escribía que le iba bien, al igual que a su hermana y la familia de esta. Nellie sospechaba que no se habían cumplido sus expectativas en cuanto a su vida artística. Era probable que prefiriera regresar hoy antes que mañana, pero nunca lo admitiría. Ella lo vivía como si él ya no tuviera confianza con ella, lo que la ponía furiosa, al igual que también la enfurecía que no le diese ninguna dirección a la que escribirle. Alguna posibilidad tenía que haber para contactar con los artistas del circo, seguro que se podían enviar cartas por correo si la gira estaba planificada. Al menos Phipps siempre estaba accesible y siempre había podido establecer contacto también con Grit.

—Su exmarido, disculpe —se corrigió Justynka, sumisa. Vivía con un miedo constante a hacer algo mal y a que la castigaran—. Que pase a verlo. Hablaba inglés muy deprisa, creo que no lo he entendido todo.

Nellie frunció el ceño. Normalmente, Phipps hablaba en francés con Justynka. Dominaba el idioma tanto como ella y para la joven polaca era mucho más sencillo.

—Parecía muy nervioso —añadió Justynka, bajando la cabeza como si a ella no le correspondiera expresar su opinión.

Nellie se encogió de hombros.

—Pues bueno, tendrá que esperar a que termine las consultas —contestó—. Ya llevo retraso. ¡Tengo que examinar dos potros, un par de diablillos de Willie! Hasta que los hayamos atrapado... Por lo demás, ¿todo en orden?

Justynka asintió y, como April llegó para ayudarla durante las horas de consulta, se despidió apresurada de Nellie.

En New Lynn fue directa a la consulta, se puso la bata y abrió la puerta del consultorio; pero, apenas había examinado al primer perro, vio a Phipps en la sala de espera.

—Phipps, ¿qué haces...? —Nellie interrumpió la pregunta cuando vio su rostro blanco como la cera—. ¿Qué sucede? —preguntó. Con mala conciencia, pues dos mujeres que habían llegado antes que él todavía aguardaban su turno con sus mascotas.

Se disculpó brevemente con una y, ya iba a pedirle a Phipps que entrara en la habitación de consultas, cuando él habló.

—Nellie..., tú..., yo..., he llamado a Epona Station y a Lene, pero tú... —Se levantó. Nellie nunca lo había visto perturbado—. Nellie..., Grit...

Un escalofrío recorrió la espalda de Nellie. Ante sus ojos se desplegó un velo negro, tuvo la urgente sensación de que tenía que sentarse.

—Está..., ¿está muerta? —preguntó sin voz.

—Desaparecida —contestó Phipps—. Los alemanes han invadido la isla y la han ocupado. Y... los británicos han evacuado a los miembros de la sección de entretenimiento de las tropas. Grit no está entre ellos. Ella... Nadie sabe dónde está.

Nellie se sostuvo en el dintel de la puerta. Intentaba respirar con serenidad.

—Pero tiene que... Cómo..., ¿cómo sabes esto? Acabo de estar en casa de los Rawlings, Willie no me ha dicho nada...

Phipps se frotó la frente.

—No..., ¿no vas a decirle a la gente que se marche? —preguntó señalando con la vista a las dos mujeres que escuchaban con atención por encima de las cestas de los gatos la conversación en neerlandés, intentando sin disimulo saber de qué hablaban.

Nellie asintió. Buscó las palabras con que disculparse.

—Acabo..., acabo de saber que mi hija ha desaparecido en una zona en guerra —explicó en voz baja—. Y..., y creo que no soy capaz en este momento de atenderlas... A lo mejor si vienen mañana...

Las mujeres se mostraron apenadas y comprensivas. Se despidieron deseándole lo mejor ante tal situación.

Phipps colgó el cartel de CERRADO en la puerta.

Nellie lo miró.

—Dijiste que no podía pasarle nada... —murmuró débilmente.

—Tal vez ya ha haya vuelto a aparecer —conjeturó Phipps—. Pero la organización que se ocupa de actuaciones para entretener a las tropas ha llamado a nuestra agencia. Quería saber si nos habían llegado noticias de ella. Su amiga, esa cantante, fue evacuada en el último barco y contó que el día de la invasión Grit había ido a las montañas. De excursión...

—¿Con Alex Rawlings? —preguntó Nellie.

Phipps negó con la cabeza.

—No, los soldados tenían prohibido salir. Iba con ese amigo griego. El músico. Una caminata…

—¿Por qué se va de excursión con otro chico si está enamorada del hijo de Willie? —preguntó Nellie. En realidad, le daba totalmente igual, pero le parecía raro. A lo mejor no era cierto…

Phipps se encogió de hombros.

—Es probable que por algo relacionado con la música. Tal como es ella, querría saber tanto sobre la música de la isla como le fuera posible. Así que si ese amigo iba, por ejemplo, a ver a un lutier…

—¿En las montañas? ¿Qué podemos hacer, Phipps? Hay…, ¿hay algo que nosotros podamos hacer?

Nellie empezó a temblar y Phipps le pasó con prudencia el brazo alrededor. Un gesto consolador. Ella lo aceptó sin rechistar.

—En principio, me temo que no —musitó él—. En los próximos días puede que sepamos algo más, ahora todo es un caos. Están confeccionando las listas de los caídos y la Cruz Roja va a intentar dar a conocer el nombre de las personas que están presas…

Nellie se desprendió del abrazo.

—¿Presas? —preguntó horrorizada—. Por todos los cielos, ¿qué van a hacer con una chica joven que caiga cautiva en sus manos? No es miembro de las tropas regulares. La convención de Ginebra no podrá aplicarse en su caso, si es que los alemanes se atienen a los convenios…

Phipps tragó saliva.

—Nellie… Nellie…, estoy tan desconcertado como tú.

Se temía que volviera a lanzarle sus reproches y que incluso lo insultara, pero ella se limitó a llorar en silencio.

—Yo… ahora solo quiero subir a mi casa —dijo—. Con mis chicos…

Phipps tragó saliva.

—Puedo…, ¿puedo ir contigo?

Esa noche, Phipps durmió en el sofá de la sala de estar de Nellie; compartieron sus miedos y su angustia en los siguientes días de incertidumbre. Finalmente, les llegó la noticia de que Grit de Groot no estaba en ninguna lista de presos. Tampoco se había oído nada sobre su muerte.

—Es como si la tierra se la hubiese tragado —explicó el agente de Phipps—. Pero la gente de la sección de entretenimiento dice que se habrían enterado de que habían apresado a una pianista de renombre internacional…

—Así que está muerta —musitó Nellie.

—O escondida en alguna parte —observó Phipps—. Tal vez no deberíamos imaginarnos lo peor…

Nellie volvió a echarse a llorar.

—Si al menos hubiera algo que nosotros pudiéramos hacer —dijo sollozando—. La…, la espera, esta incertidumbre… me están volviendo loca…

Unos días después, Wilhelmina Rawlings recibió noticias sobre su hijo.

—¿Desaparecido en Creta? —preguntó desconcertada. Edward había recibido el telegrama y la había hecho salir de las cuadras. Estaba sentado en una butaca con un vaso de whisky en sus temblorosas manos—. ¿Qué significa esto?

—Significa que nadie sabe dónde está. No hay noticias de que haya muerto y no se encuentra en ningún campo alemán de prisioneros de guerra. Tampoco está entre los hombres que han sido evacuados. —Edward bebió un sorbo—. ¿Quieres…? —Le tendió la botella.

Willie negó con la cabeza.

—¿Significa que en un momento dado puede… volver a aparecer? —preguntó.

Edward se encogió de hombros.

—Podría ser… Por ejemplo, cuando un hombre pierde su regimiento, es posible que se presente en otro lugar y que esto no se comunique en el fragor del combate. Si ha extraviado su chapa de identificación y luego lo han herido y todavía no puede hablar, tampoco lo registran en ningún lugar. Solo más tarde podrá presentarse, si sobrevive... Pero... Te lo digo ya ahora, no es algo que suceda con frecuencia. A menudo se ignora el nombre de hombres que han caído en el campo de batalla. En..., en la primera guerra sucedía con frecuencia que los hombres desaparecían, así de simple. Eran enterrados por el barro..., despedazados por los disparos... Si otros lo habían visto y podían informar al respecto, se les calificaba de caídos en combate. Pero si no era así... —Volvió a tomar un trago.

—¿Qué podemos hacer? —preguntó Willie—. Si todavía está con vida, tenemos que encontrarlo. Y, en caso de que haya muerto, quiero saberlo.

No lloraba. Era una mujer de acción, no se resignaba fácilmente a su destino. Caminaba inquieta por la habitación. Edward, por el contrario, pugnaba por contener las lágrimas.

—No podemos hacer nada en absoluto —contestó en voz baja—. Lo hemos perdido, Willie... Nosotros... lo hemos echado de casa...

—¿Nosotros? —le contestó su esposa—. Quieres decir que yo lo he echado de casa. ¡No! Me niego, Edward. Fue esa brujita de April por la que estaba loco perdido. Algo debió de suceder... Además, no volvió a traer su yegua... Da igual. Tenemos que actuar. Alguien debe ir allí y buscarlo. ¿Dónde está esa isla?

Edward a punto estuvo de sonreír.

—¿Vas a ir a Europa? Creta está en el Mediterráneo. Entre Grecia continental y Egipto. ¿Qué te imaginas que ocurre allí? Los alemanes han ocupado la isla...

Ella se encogió de hombros y tomó asiento.

—Pues entonces tiene que ir un alemán. Deja que piense. ¿A quién conocemos?

Edward se frotó la frente.

—Willie..., ¡no esperarás que Julius von Gerstorf vaya a la

guerra por ti! ¿O quieres enviar allí al caballerizo Hans? Esto es ridículo...

Su esposa no lo escuchaba. Reflexionaba intensamente.

—¿Qué ocurre con los veterinarios? Vienen de Berlín...

Edward resopló.

—Siempre has tenido una debilidad por el doctor Bernhard. Por cierto, ¿dónde está? Hace un par de meses que solo viene la doctora Nellie, ¿no es así? ¿No se han mudado los Lemberger?

Willie lo fulminó con la mirada.

—A lo mejor también lo he echado a él de casa —dijo irónica.

Edward hizo una mueca.

—En cualquier caso, no hará nada por ti. Además, ¿no es judío? Sería una locura que se metiera en las fauces del león.

—No tiene por qué ser un hombre... —reflexionó Willie—. Y con la introvertida esposa del doctor Bernhard tampoco se puede contar... ¿Qué tal la doctora Nellie? Me parece la persona idónea. Y su esposo, ese profesor de equitación... Alex le tenía en gran estima y trabajó mucho en el hipódromo. Solo le persiguió la mala suerte... ¡Exacto! Estuvo en el ejército. En la Primera Guerra Mundial. Le habló a Alex de ello. ¿No llegó incluso a ser oficial? ¿Trabaja todavía en el hipódromo? Últimamente la doctora Nellie siempre aparece con ese violinista... No será que se han separado...

—Ya no presta sus servicios en el hipódromo —dijo Edward—. No tuvo suerte. Ni idea de lo que está haciendo ahora. La doctora Nellie solo me ha contado que en la actualidad trabaja en Australia. Pero si no me falla la memoria era, en efecto, oficial. Además, del lado alemán.

—Tanto mejor —opinó Willie—. Entonces sabe cómo tratarlos. Voy a preguntar por él. La doctora Nellie tiene una consulta de animales pequeños en New Lynn, ¿cierto? Mañana iré a verla.

Nellie había vuelto a abrir la consulta, pero realizaba su trabajo como en trance. Phipps, que no quería dejarla sola, la ayudaba.

A ella le parecía que no se le había olvidado demasiado la profesión en los últimos decenios.

—Si eres veterinario, lo eres para toda la vida —dijo él—. Y recuerda que ya de joven tenía que ayudar a mi padre.

—Y ahora a mí... —musitó Nellie—. Qué sorpresas nos da la vida...

Los dos se asombraron por igual cuando una mañana, dos semanas después de recibir la noticia sobre la desaparición de Grit, Wilhelmina Rawlings se presentó en su sala de espera. Por fortuna no estaban ocupados. Nellie forzó una sonrisa.

—¿Qué puedo hacer por usted, Willie? ¿Necesita algo más de esa pomada para los ojos?

Willie hizo un gesto de negación.

—No —dijo, y observó extrañada el vestido negro que Nellie llevaba debajo de la bata.

—Se..., se trata de mi hijo.

Nellie la miró perpleja. Y de nuevo la recorrió un escalofrío.

—Estaba..., ¿estaba con Grietje? —preguntó con dificultad—. ¿Se han...?

—¿Con quién? —preguntó Willie. Era evidente que ignoraba la relación entre Alex y Grit—. No es raro —admitió con un suspiro cuando Nellie y Phipps le hablaron de que se habían enamorado—. No soy precisamente una de sus más íntimas confidentes... Pero da igual lo que piense de mí. Es mi hijo. Y lo haré todo por encontrarlo.

Phipps y Nellie escucharon con atención sus ideas al respecto, Nellie cada vez más esperanzada.

Willie no creía en los milagros.

—¿Piensa que su marido lo intentaría? —preguntó—. Yo le pagaría bien. Y a lo mejor lo hace por razones personales. Se trata de quien es casi su hija.

—Creo que lo haría por Grietje —contestó Nellie—. Y debería..., debería hacerlo por mí... Si..., si todavía me quiere...

Pronunció con un susurro las últimas palabras.

Phipps frunció el ceño.

—¿Arriesgar la vida como prueba de amor? —preguntó mordaz—. ¿Qué se supone que es esto? ¿Una ópera romántica? No diréis en serio que vais a pedirle esto a Walter. Y además sería inútil. ¿Por dónde habría de empezar a buscar? ¿Ir de norte a sur mirando debajo de todas las piedras? Comprendo que te agarres a cualquier atisbo de esperanza como a un clavo ardiente, Nellie, y usted, señora...

—Rawlings —dijo Willie de forma mecánica—. Y no debería mirar debajo de cada piedra, no estamos buscando un insecto. Se trata simplemente de buscar en un territorio limitado a dos personas desaparecidas. Para mí es algo factible. Pero sucede que mi alemán es demasiado malo para pasar desapercibida. Y de mi griego, mejor no hablar.

—¿Y qué cree que sucederá si Walter realmente los encuentra? —preguntó Phipps—. Si es que va. ¿Cómo se plantean que irá? ¿Remando? ¿Y que luego los salvará de las garras de los alemanes él solo? Si están presos es posible que los hayan sacado hace tiempo de Creta.

—Estábamos de acuerdo en que nos habríamos enterado si hubieran tomado presa a Grietje —señaló Nellie.

—Alex no está en las listas de los presos de guerra —añadió Willie—. Y en cuanto a cómo llegar allí, si en barco o en avión, algo se me ocurrirá. Ya veremos cómo los rescatará cuando los haya encontrado. Es de esperar que su marido no sea un cretino. —Se dirigió a Nellie al pronunciar estas últimas palabras.

Esta se encogió de hombros.

—Ya ha sobrevivido a una guerra —confirmó—. Y en realidad es inteligente. Pero no sé dónde está en la actualidad. Viaja con un circo por Australia.

Willie hizo un gesto de rechazo.

—A él lo encontraremos —declaró.

2

Bernhard oyó salir unas voces airadas del vehículo de los directores del circo. Gerome y Gilbert Homer estaban instalados en el centro del círculo de caravanas que cada noche formaban los artistas y sus asistentes. Sus lujosos vehículos de colores atraían las miradas y eran muy confortables en comparación con la diminuta morada que habían concedido a la veterinaria del circo. Bernhard había conseguido un vehículo más grande en el que Maria disfrutara al menos de más espacio, pero en la actualidad se arrepentía. Hacía tiempo que el futuro de su familia en el circo de los Homer Brothers le parecía frágil.

Ese día, por ejemplo, habría dejado la compañía al instante. Estaba furioso, ofendido y humillado. El veterinario, por lo general tan paciente, estaba a punto de estallar, pero no quería sobrecargar a Maria con sus lamentos. El día anterior ya había estado bastante enfadada por haber tenido que curar unas heridas producidas por quemaduras en las patas del oso. Su domador le había enseñado a «bailar» utilizando una plancha candente y de vez en cuando tenía que repetir este «adiestramiento» para que el animal no se volviera «remolón». Maria sufría a causa del trato brutal que se daba a sus pacientes y Bernhard y los mellizos también se entristecían por ello. Pero en ese momento tenía que compartir sus quejas con alguien y, cuando reconoció la voz de Walter en uno de los hombres que discutían, se detuvo y esperó a su cuñado.

Podía muy bien imaginarse de qué iba la discusión. El número con el semental Wild Bill ya no funcionaba tan bien. El caballo empezaba a desobedecer. En los últimos días había lanzado al suelo varias veces a Walter después de haber permitido antes algo mucho peor: uno de los jinetes del público no se había caído. El joven era muy tranquilo y había tratado amablemente al animal, además de contar con un asiento ligero y flexible. Esto, en combinación con el trabajo para relajar el lomo que Walter seguía realizando con Wild Bill, había conseguido que el caballo superase el mal ajuste de la silla. El semental había ido por la pista al paso, dócil, con su nuevo jinete y, por supuesto, este había pedido después su dinero.

Los Homer habían pagado, pero querían que Walter les devolviera las cien libras. Además, le prohibían que siguiera tratando de relajar al caballo; incluso habían llegado a amenazar con poner una piedra debajo de la silla si volvía a repetirse lo ocurrido. Walter se había negado rotundamente, pero sospechaba que habían manipulado algo para que Wild Bill lo lanzara todas las noches por los aires. La discusión en la caravana de los directores giraba, por lo visto, en torno a su sueldo. Los Homer insistían en que le pagaban para montar, no para caerse...

—¡No pueden hacerme esto! —gritó Walter a los hermanos mientras bajaba por la escalera de la caravana, sin duda tan furioso como Bernhard.

Aun así, sonrió a su cuñado cuando lo vio esperar delante del vehículo.

—¿Tomamos una cerveza? —propuso Bernhard—. Pareces necesitarla.

—Y tú hueles como recién salido de una pocilga —contestó Walter—. ¿Tienes noticias de fuera?

Bernhard había logrado llevar a la práctica su propósito y repartía folletos para ofrecer sus servicios como veterinario cuando el circo permanecía más tiempo en un sitio. Para no molestar a nadie, solía informarse de si había veterinarios de animales grandes y pequeños en el entorno; pero en Charleville, una ciudad de provincias en Queensland, en la que estaban actuando, no había ninguna asistencia veterinaria. Por consiguiente, muchos granjeros se habían presentado en el circo.

Bernhard hizo una mueca.

—Se podría decir así —contestó—. He pasado media noche en una pocilga. Doce fantásticos lechones, solo se ha perdido uno; cuando llegué ya hacía tiempo que estaba atravesado y había muerto.

—¿Pero? —preguntó Walter, que reconoció por la expresión de Bernhard que la satisfacción por el buen trabajo realizado no había durado mucho.

Poco a poco se habían ido alejando del circo. Había un pub un par de calles más allá.

—El tipo no me ha pagado —respondió enfadado Bernhard—. En cualquier caso, no ha esperado a que le hiciera una factura. Solo me ha puesto un billete de cinco libras en un acto de generosidad y me ha dado las gracias por mi ayuda. «¡Vosotros, los gitanos, lo domináis! —me ha dicho—. Unos cuantos polvos mágicos y aparece el lechón...».

Los hombres llegaron al pub, que a esas horas de la mañana tenían para ellos solos, y pidieron cerveza.

—¿Polvo mágico? —preguntó divertido Walter.

—Cuando le señalé que no era ningún gitano, sino un médico veterinario, y que lo que le había dado a su cerda no tenía nada que ver con la magia, sino que era un remedio que activa las contracciones y que valía más de cinco libras, se puso insolente. Nosotros, la gente del circo, somos todos unos estafadores y además un lechón se había muerto, lo que no habría ocurrido nunca con un auténtico veterinario. Al final me amenazó con echarme encima a su perro... —Bernhard contempló afligido su cerveza y se bebió un largo trago—. Y este tipo no es un caso único, algo similar me ha pasado tres veces solo en esta última semana. Joder, ¿me he marchado de Alemania para que no me denigren por ser judío, sino para que me insulten por ser gitano?

Walter bebió empático un trago a su salud y empezó a contar sus propios problemas.

—Acabo de soltarles a la cara a esos Homer que han puesto debajo de la silla de Wild Bill un trozo de cactus de las Wongan. Todavía estaba prendido en la manta cuando desensillé ayer al animal. Cuando se coloca un peso sobre la silla y esa cosa le pincha, se bota, claro está, como loco. Y cuando está tan rabioso y tenso también lo hace conmigo. No puedo permitirlo. Dejando a un lado el engaño y el sufrimiento del animal, es peligroso. No tengo ningunas ganas de desnucarme aquí.

—¿Qué ha pasado con la doma? —preguntó Bernhard—. ¿No querías hacerlo de forma regular con el semental que hay que domar?

Walter resopló.

—La bella Natasha no debió de entenderlo del todo... —Los números con caballos se encontraban bajo la égida de Gilbert Homer y su novia Natasha, una mujer de sangre caliente que era conocida por su estima hacia los «sementales», y no solo de cuatro patas—. Al principio se hizo la melosa conmigo para comprobar hasta dónde podía llegar, si entiendes a qué me refiero.

Bernhard rio.

—Me recuerda a una cierta Wilhelmina —respondió.

—Nuestra querida Willie era dulce y contenida en comparación con Natasha. —Walter suspiró—. En cualquier caso, no le entusiasmó que yo renunciase a dejarme seducir en la carpa del establo. Y eso puso el punto final a mi carrera de artista. Sin contar con que Nellie tenía toda la razón. Lo que aquí se entiende por domar caballos no tiene nada que ver con una auténtica formación del caballo según los modelos clásicos. Atan y amordazan a los sementales hasta que levantan las manos y dan pasitos cortos, lo que después se vende como movimiento de *levade* y *piaffe*.

Bernhard asintió.

—La forma en que adiestran a los animales es horrorosa

—convino—. Los Dadas se indignan sobre todo por lo que hacen con los tigres; los dos se habían encariñado con la cría Sally. David ha conseguido ahora un libro de un tal Carl Hagenbeck, un comerciante de animales y domador del circo de Hamburgo. Por lo visto, adiestra sin emplear métodos violentos. David lo está probando con una camada de gatitos...

—Pero por lo demás, los niños están muy contentos aquí, ¿no? —preguntó Walter.

Bernhard se rascó la frente.

—Daphne se lo pasa bien. ¿Has visto las acrobacias que hace? Dando vueltas sobre el poni pronto hará sombra a los niños del circo. Y ya está practicando el funambulismo. Tiene un don natural. Por supuesto, aquí no se le exige demasiado intelectualmente y esto se puede aplicar aún más a David... Los dos echan de menos la escuela.

—¿Qué ha pasado con la idea de crear una escuela en el circo? ¿No quería Maria dar clases a los niños? —Walter se había mostrado escéptico hacia este plan desde un principio y la cara de Bernhard confirmó sus temores.

—Maria se siente superada cuando debe lidiar con más de una persona al mismo tiempo —expresó Bernhard lo que Walter sabía desde hacía mucho tiempo—. Bueno, los Dadas no cuentan, ellos se fusionan como por arte de magia cuando están juntos. Pero los otros niños...

Los hijos de los artistas prácticamente no recibían educación. Sus padres solo esperaban de ellos que un día siguieran sus pasos y la tradición familiar como trapecistas, domadores de fieras o malabaristas y lanzadores de cuchillos. Ejercitaban de niños las habilidades necesarias para conseguirlo, pero más allá de eso no obtenían ningún tipo de formación sistemática. Algunos de ellos aprendían a leer y escribir cuando pedían orientación a adultos que conocían esas disciplinas. La mayoría lo hacía, pero no se les daba una enseñanza regular, así que dependía mucho de los mismos niños que practicaran o no la lectura, la escritura y la aritmética. Gran parte de ellos adquiría, como mucho, unos conocimientos básicos de matemáticas. A fin de cuentas, el dinero era importante, querían ser capaces de controlar sus honorarios.

Así que Maria solo enseñaba a los mellizos y, puesto que no tenía ningún plan de estudios, solía formarlos en lo que a los niños les interesaba. Sin embargo, David y Daphne podían adquirir por su cuenta esos conocimientos: los dos enseguida descubrieron cómo hacerse con un carnet de biblioteca en cada nueva ciudad en la que se instalaban. Unas veces devolvían los libros y otras no. De ahí que Maria y Bernhard estuvieran preocupados por su formación moral.

—A estas alturas, Daphne ya se defiende en tres o cuatro idiomas. Los niños del circo con los que juega proceden de todos los países del mundo. Y David ha heredado ese extraño don de Maria de memorizar todo lo que ha leído o escuchado una sola vez. Pero a la larga...

—A la larga seguro que querréis enviarlos a la universidad, ¿no? —planteó Walter.

Bernhard asintió.

—Si nos lo podemos permitir... Maria no gana tanto... Y yo..., como ya te he contado... ¡Ojalá terminara de una vez esta maldita guerra! Regresaríamos al instante a Epona Station.

Walter suspiró. Él habría podido volver. Pero eso sería otro nuevo fracaso...

Cuando acababan de pedir una segunda cerveza, un hombre entró en la taberna vestido con demasiada elegancia, pues el circo se había instalado a las afueras de la ciudad, donde vivían sobre todo trabajadores. Llevaba un traje formal azul oscuro, un sombrero con banda y unos zapatos bicolores.

Después de echar un breve vistazo al local, se volvió hacia Bernhard y Walter junto a la barra.

—Disculpen, ¿es alguno de ustedes Walter von Prednitz? —preguntó con un acento británico—. En el circo me han dicho que podría encontrarlo aquí.

Walter no se extrañó, la gente del circo conocía ese pub y

muchos artistas lo habían visto dirigirse hacia allí con Bernhard. Enseguida se presentó, tras lo cual el hombre le tendió educadamente la mano.

—William Ruster, de la agencia de detectives Ruster and Phenix. La señora Wilhelmina Rawlings me encargó que lo encontrara…

Walter frunció el ceño.

—¿Está usted seguro de que al que busca no es a mi cuñado Bernhard Lemberger? —preguntó sonriendo y señalando a Bernhard. Este torció el gesto.

—Claro que estoy seguro —contestó sin el menor sentido del humor Ruster—. Se trata de usted, señor Von Prednitz. ¿Podríamos hablar a solas en algún lugar?

—Puede hablar con toda franqueza, no tengo secretos para mi cuñado. —Walter no tenía valor para excluir a Bernhard, que escuchaba con atención lo que se decía. Tenía que ser algo muy especial… o… Se estremeció. Si les hubiera pasado algo a Nellie o los niños serían los Von Gerstorf quienes habrían contactado con él—. ¿Le ha… sucedido algo a mi esposa? —preguntó a pesar de todo.

El señor Ruster echó un vistazo a un expediente.

—¿Cornelia von Prednitz? —inquirió. Walter asintió—. Bien, su esposa apoya en todos los sentidos la petición que debo presentarle en nombre de la señora Rawlings —dijo Ruster—, mientras que… —volvió a examinar el expediente— el señor De Groot, que actualmente está junto a su esposa, como me indicó la señora Rawlings que mencionara, ve con escepticismo esta operación.

Walter frunció el ceño.

—Un momento. ¿Pretende la señora Rawlings comunicarme que el exmarido de mi esposa tal vez se preocupa demasiado por Nellie?

Ruster lo miró indignado.

—Claro que no. No sería propio ni de ella ni de mí —replicó ofendido—. Aquí más bien creo que se trata de que el señor De

Groot presta apoyo a su esposa en un periodo muy difícil. Estaré encantado de explicárselo todo con más detenimiento. ¿Podemos sentarnos?

Los hombres tomaron asiento alrededor de una de las mesas que el señor Ruster limpió concienzudamente, antes de poner el expediente encima, con un paño blanco que había sacado del bolsillo de su pantalón. Walter y Bernhard habían cogido sus vasos de cerveza y Ruster pidió un té. Luego relató con todo detalle lo ocurrido en Creta y expuso el deseo de Willie y Nellie. Walter y Bernhard lo escuchaban concentrados.

—¿Estaría usted dispuesto en un principio a emprender tal misión secreta por encargo de la señora Rawlings y, por supuesto, también por deseo de su esposa? —preguntó el detective—. En tal caso, le pediría que regresara a Nueva Zelanda lo antes posible. Naturalmente, estoy autorizado a poner a su disposición los medios necesarios para ello. Puede salir de Brisbane, las señoras han encontrado la posibilidad de que pueda viajar en un avión militar. En Wellington le informarán sobre los detalles.

Walter no le dio más vueltas. No sabía si era la persona adecuada para actuar como agente secreto, pero sí sabía que amaba a Nellie. Quería volver con ella, tal vez reconquistarla si había entendido bien lo que Willie mencionaba con respecto a Philipp. Y esa misión le facilitaba concluir la aventura del circo sin menoscabo de su imagen.

—Lo haré —dijo al final—. Aunque no sé cómo funcionará esto en la práctica, quiero intentarlo. ¿Cuándo y cómo voy a Brisbane?

3

Sorprendentemente, fue Phipps quien dio las indicaciones decisivas sobre cómo organizar el viaje de Walter a Creta.

Nellie no confiaba mucho en la idea de Willie de que Walter llegara de algún modo a la isla. «De algún modo» no se llegaba a un territorio en guerra, y menos aún se conseguía sobrevivir en él sin haber trazado un plan y sin una buena historia que contar.

—Necesitamos la ayuda del ejército —opinó Nellie.

Phipps esbozó una sonrisa indulgente.

—Ya ha capitulado —señaló—. En Creta opera, como mucho, el servicio secreto.

Nellie reflexionó.

—¿Te refieres a que Walter debería trabajar como agente secreto? En cierto modo suena..., suena a novela mala... A Mata Hari... ¿no la ejecutaron?

—Querida Nellie, tradicionalmente a los agentes secretos se los ejecuta cuando se los descubre —explicó Phipps en un tono despectivo—. Pero no los llaman así. Se les llama *Special Forces* o *Special Agents*, y la organización competente en Gran Bretaña es la SOE. De Special Operation Executive, la Dirección de Operaciones Especiales.

—¿Cómo sabes tú esto? —preguntó Nellie, sin preocuparse de que era evidente que no la tomaba en serio.

Phipps levantó las manos.

—Ya te conté al llegar lo mucho que me costó evitar que Grit se pusiera a disposición de la SOE como agente secreta. Hay ahí una tal Vera Atkins que se ocupa especialmente de reclutar y dirigir a las mujeres de la organización. Grit estaba entusiasmada. En comparación con esto encontré inofensivo su propósito de entrar en la sección de entretenimiento del ejército. Lo siento mucho. Debería haberla atado y amordazado para que no se moviera de Estados Unidos.

—Creo que habría bastado con esconderle el pasaporte —objetó Nellie—. Hasta conseguir uno nuevo tal vez habría entrado en razón. Pero esto ahora es agua pasada. Voy a llamar a Willie y entonces veremos si hay una oficina de reclutamiento de la SOE en Nueva Zelanda.

Dejó a Phipps enfadado consigo mismo y fue a telefonear a Willie. De inmediato averiguó que en Auckland podía contactar con un encargado de la SOE.

—La señorita Potter estará encantada de hablar con usted —respondió el teniente Wilks, que atendió su llamada—. Pero tiene que venir de Wellington. ¿Cómo le iría pasado mañana por la tarde?

Nellie se vistió con unas prendas especialmente formales. El traje oscuro con la falda de tubo y la chaqueta que tan bien le sentaba subrayaba su silueta delgada y su cabello cobrizo. Volvía a llevarlo algo más largo, sujeto hacia arriba por los lados con unas peinetas. Un discreto sombrerito coronaba su cabeza.

Paseaba nerviosa de un lado a otro, delante de un despacho de la SOE, a la espera de que la llamara la señorita Potter. En los pasillos había mucho ajetreo: jóvenes de uniforme con carteras en la mano que no dejaban de pasar. En ese momento, Nellie casi deseaba que Willie la hubiese acompañado, aunque al principio se había negado. Willie era demasiado resuelta, demasiado exigente. Ella, por el contrario, confiaba más en la diplomacia para convencer a la SOE de sus propósitos.

La señorita Potter resultó ser sorprendentemente joven. Nellie calculó que no había cumplido ni los treinta años, pero parecía muy competente y fue muy cariñosa. Llevaba uniforme, un traje de color caqui que le quedaba estupendamente bien. Se había recogido el cabello castaño en un moño y miraba a Nellie con unos ojos azules y despiertos tras unas gafas.

—¿Se presenta usted para prestar sus servicios como agente secreta, señora Von Prednitz? —preguntó. No necesitó leer en un papel el nombre, sino que parecía haber revisado previamente el formulario que había llenado Nellie—. No tengo que decirle lo agradecido que está nuestro país (por no mencionar todo el mundo libre) a cualquiera que realice una tarea tan difícil. Pero debo señalarle cuáles son los enormes riesgos personales que corre usted con ello. ¿Podría explicarme la razón de su solicitud?

Nellie movió negativamente la cabeza.

—Me temo que ha habido un malentendido —señaló—. No soy yo quien desea prestar sus servicios a la organización, sino que estoy aquí para hablarle de mi marido. A diferencia de mí, él es alemán de nacimiento, así que podría introducirse en cualquier lugar sin levantar sospechas. Y la razón de esta solicitud, si es que la hay, porque hasta ahora todo es solo un tosco plan, es personal.

La señorita Potter escuchó con interés lo que Nellie le contaba.

—Creta... —dijo reflexiva al final—. Hum... Sé que se ha planeado enviar agentes a Creta. Se trataría sobre todo de supervisores que asesorarían a los partisanos, pues en la isla se está formando una importante resistencia. Los autóctonos deben de ser buenos luchadores y decididos, y tras la invasión alemana varios británicos y neozelandeses han huido a las montañas. Por el momento son poco activos, es probable que necesiten instrucciones.

—¿Son muchos? —preguntó esperanzada Nellie.

La señorita Potter asintió.

—Calculamos que unos cientos. Una parte se reúne en el

cuartel general de la costa sur de la isla, otra parte forma células más pequeñas. Podrían realizar acciones de sabotaje, pero nos gustaría coordinarlas. —Jugueteó con la pluma con la que había estado tomando notas y siguió hablando vacilante—. ¿Sabe? Desde nuestro punto de vista, la defensa de la isla no se organizó de forma convincente. Se dio la vida en la batalla, por supuesto y destacó sobre todo la defensa del aeródromo de La Canea por tropas neozelandesas. Pero los jefes fueron a menudo algo..., hum..., indecisos. Y ahora parece que se han instalado en una gruta cerca de Hora Sfakion y han creado una especie de despacho. Mientras, los cretenses mantienen a los alemanes fuera de las montañas y son brutalmente castigados por ello con operaciones de eliminación total. En cualquier caso, queremos establecer conexiones y coordinar los ataques de los partisanos. Para ello se harán llegar agentes a alguna bahía desierta, donde serán recibidos por los autóctonos que los conducirán directamente a las montañas en torno a las posiciones alemanas. Para eso nuestros agentes no necesitan hablar en alemán, sería mejor que hablasen en griego... Pero esta práctica puede modificarse. Un agente que hable perfectamente el alemán, y que, por ejemplo, haga de inspector de las tropas alemanas e italianas allí estacionadas, nos sería de gran ayuda en la planificación de operaciones más grandes. Lo comunicaré al cuartel general de la SOE y lo recomendaré. Naturalmente, deberíamos entrevistar a su marido antes de admitirlo, lo que puede resultarle desagradable. Se le plantearán cuestiones íntimas. Y, una vez aceptados, nuestros agentes reciben una formación en Gran Bretaña... —La señorita Potter buscó entre sus papeles un formulario.

—¿No podría ahorrarse todo esto? —preguntó Nellie. Veía cómo se desvanecían sus esperanzas de que salieran rápidamente a buscar a su hija—. Como le he contado, mi marido estuvo en la guerra y se desenvuelve bien con la estructura militar. Con armas..., unidades... Fue correo y también le confiaron mensajes secretos. Y fue radiotelegrafista...

—Eso último facilita realmente mucho las cosas —contestó

la señorita Potter, satisfecha—. Aun así, han pasado veinte años desde la Primera Guerra Mundial. ¡Ni se imagina todo lo que se ha hecho en ese tiempo en cuanto a técnica armamentista y de comunicación! Seguro que su marido no está al corriente. Y en lo que se refiere al ejército... Él se desenvolvía bien con el ejército del emperador, los grados y la mentalidad de los monarquistas. Lo que hay ahora es la Wehrmacht, las fuerzas armadas de Adolf Hitler. Ahí no nos enfrentamos a oficiales más o menos patriotas, sino a las SA y las SS. Su marido tendrá que aparentar ser un adepto ferviente del Führer, pues si no lo fuera nunca habría llegado a ser inspector de tropas. De los funcionarios del ejército se espera fidelidad a la línea del partido. ¿Regresó usted a Alemania después de que Hitler tomara el poder?

Nellie negó con la cabeza.

—No —admitió—. A pesar de ello estoy convencida de que Walter estará preparado para esta tarea. Tiene usted que conocerlo...

Intentó dar a su voz un tono de certeza cuando solo podía esperar que su marido se involucrara en todo aquello. Hasta ese momento no había pensado en lo mucho que se le exigía en cuanto a capacidad para actuar e improvisar durante la búsqueda de Grit y Alex.

La señorita Potter le tendió la mano.

—Lo haré con mucho gusto, señora Von Prednitz. Y me alegraría mucho que sus intereses y los nuestros por el bien del mundo libre llegaran a aliarse. Hágame saber si puedo hacer algo más por usted.

Nellie pensó un instante en no mencionar que Walter residía en la actualidad en Australia, pero se decidió por decir la verdad.

—Tal vez sí... —dijo dubitativa—. En este momento, mi marido está... en Australia, pero cuando le cuente lo que sucede con mi hija seguro que querrá regresar enseguida. Debe de estar en la región de Brisbane. ¿Existe la posibilidad de que el ejército lo traiga a casa?

Una semana más tarde, la agencia de detectives que Willie había contratado encontró a Walter, quien, pocos días después, volaba rumbo a Wellington. Debía acudir de inmediato al Ministerio de Defensa, donde la SOE tenía un despacho.

Sin perder ni un segundo, Willie compró billetes de tren para Nellie y para ella.

—Deseo hablar a toda costa con su marido antes de que se presente en el ejército —dijo—, no vaya a ser que lo retengan sin que hayamos podido conversar sobre el asunto que nos concierne.

—¿Y Phipps? —preguntó Nellie—. Querrá estar presente... Grietje también es su hija.

—Pues a lo mejor debería ir él también a Creta —contestó cortante Willie—. No tengo nada contra su violinista, doctora Nellie, pero es un blando. Exactamente como mi Edward. Pone el grito en el cielo porque estoy dispuesta a arriesgar la vida de una persona no implicada en lugar de esperar a que ocurra un milagro. A Walter von Prednitz no lo considero así. Lo he visto montar. Y al menos eso sabe hacerlo. A él los caballos no le toman el pelo...

Pues los niños sí, pensó Nellie. Ella misma todavía le guardaba rencor porque no había asumido sus responsabilidades en la educación de sus hijos. Pero tal vez Willie valoraba eso como un signo de su virilidad...

Las mujeres llegaron a Wellington un día antes que Walter y se entretuvieron recorriendo las calles comerciales de la capital sin ningún rumbo fijo. Al final fueron al puerto y contemplaron estremecidas Somes Island.

—Ni me imagino el largo camino que Mia von Gerstorf debió de hacer a nado desde la isla hasta la ciudad —dijo Nellie—. Completamente sola y de noche...

Willie se encogió de hombros.

—Pues sí, nuestra señorita Mia no es tan fácil de someter —observó—. Pero tampoco lo somos nosotras dos. Al menos yo casi siempre he obtenido lo que quería, y con usted ha sucedido lo mismo. ¿O me equivoco?

Nellie no tenía la intención de contarle su vida a Willie, pero debía admitir que su acompañante había emitido un juicio correcto. No era una persona que se rindiera enseguida. Incluso en ese momento, en el que sentía cierto temor ante el encuentro con Walter. El tiempo que había pasado con Phipps había sido tranquilo, sin arrebatos sentimentales ni discusiones. Ella se había dejado arrullar, casi había estado a punto de ceder ante la inalterable invitación de Phipps a abandonarse a su riqueza, su amistad y su carácter equilibrado. Pero solo con oír el nombre de Walter su corazón había empezado a latir más deprisa y se aceleraba al saber que él estaba dispuesto a viajar a Creta por ella. Se sentía nerviosa y apenas podía esperar a volver a verlo.

Walter tenía que encontrarse con Willie y Nellie en un hotel de Wellington; la señorita Potter le había facilitado la dirección a esta última. Cuando Walter entró, ya había realizado la primera entrevista en el servicio de inteligencia. La SOE no había dejado pasar ni un minuto para examinar con detenimiento al hombre cuyo transporte ya había costeado. Walter pensaba que había dado una buena impresión. Al día siguiente debía participar en otras conversaciones y pruebas, entre las cuales le esperaba un examen médico en el centro de reclutamiento. Ahora estaba algo amedrentado ante el encuentro con Nellie. Seguro que ella le lanzaría reproches. Por otra parte, estaba impaciente por volver a estrecharla por fin entre sus brazos.

Para su decepción, solo Willie lo esperaba en el restaurante del hotel. La propietaria de la yeguada estaba sentada en un rincón bebiendo una copa de vino y se levantó cuando él llegó.

—Señor Von Prednitz... —dijo con voz firme cuando le tendió la mano.

—Señora Rawlings... —Se la estrechó—. Es un placer volver a verla, pero yo..., yo pensaba que mi esposa...

—El placer es mío —contestó Willie—. Placer, alivio y esperanza. En lo que respecta a su esposa, no se preocupe, está en Wellington. Pero hace una hora la vino a buscar su exesposo, el señor De Groot. Este se encontraba muy alterado porque hemos venido a Wellington sin informarle. Por lo visto se atribuye ciertos derechos... No debería quitarle el ojo de encima. La doctora Nellie se ha ido a tomar algo con él. Para que no monte una escena aquí o por la razón, sea cual sea, por la que ha venido. Hable usted después de esto con ella. Primero..., primero nos viene muy bien que usted y yo conversemos a solas. Sobre su tarea y sobre la remuneración.

Walter hizo un gesto de rechazo.

—Señora Rawlings, no espero ninguna remuneración. Estaré en la nómina de la SOE, así que algo de dinero ganaré. Hago esto por Nellie. Por Grietje. Antes de que Philipp de Groot reapareciera, yo era algo así como un padre para ella, por lo que, si es posible, la rescataré. Y, por supuesto, también a su hijo. Siento mucha simpatía por Alex. Es un chico amable y estoy seguro de que es un buen veterinario. No sé qué ocurrió entre usted y él, pero algo tiene que haber hecho bien en su educación.

—Gracias —dijo fríamente Willie—. Aunque probablemente sea mi marido quien se lleve el mérito. Lo ha alejado bastante de mí... Yo quería educar a un caballero y ahora tengo... —Walter creyó ver lágrimas en sus ojos, pero ella se recompuso—. Ahora, en principio, no tengo nada —dijo—. Solo me queda esperar que me traiga usted a mi hijo. A lo mejor podemos enmendar algo. Hablemos, pues, de las condiciones.

Walter se encogió de hombros.

—No vamos a poder hacer unos planes exactos antes de que la SOE se haya decidido por el tipo de misión que me encomendará. Y esto todavía tardará. Primero tengo que pasar por ese periodo de instrucción...

—Hablemos de la remuneración —se corrigió Willie—. O de la recompensa, si lo prefiere. No, no diga nada, sé que no quiere dinero. En lugar de eso puedo ofrecerle que trabaje para mí como entrenador. Podemos alquilar unas cuadras en Ellerslie y le llevaré un par de caballos muy prometedores que podrá trabajar allí. Sin que yo me inmiscuya...

—Usted misma ha entrenado siempre sus caballos... —se sorprendió Walter.

Ella asintió.

—Y mi marido y mi hijo me han explicado muchas veces por qué sería preferible que lo dejase. Entonces, señor Von Prednitz, ¿aceptaría usted este empleo? Naturalmente, suponiendo que todo vaya bien y que vuelve usted sano y salvo de esta misión...

—¿Y que encuentre a Alex? —preguntó Walter.

Willie lo miró con frialdad.

—Si ha muerto, usted no podrá devolverle la vida, y, si no hay tumba porque..., porque no ha quedado nada de él, tal como según me ha contado con todo detalle mi marido es posible que haya sucedido, tampoco podrá usted hacer nada. Solo quiero que lo intente. Que dé lo mejor de usted.

Walter le tendió la mano.

—Lo haré —declaró muy serio.

La mujer se la estrechó. En ese momento, se abrió la puerta y Nellie entró en el restaurante. Sin Philipp, debía de haberse despedido fuera de él. Su mirada se deslizó por el local. Cuando descubrió el rincón en el que estaban sentados Willie y Walter, sus ojos se iluminaron.

—Walter... —dijo en voz baja buscando la mirada de él.

Walter se levantó. Vio la silueta alta y estilizada de Nellie, su rostro inteligente, sus cálidos ojos castaños y el cabello recogido en lo alto a punto de liberarse de las peinetas con las que lo había sujetado, y pensó que nunca había visto a una mujer tan hermosa. Siempre le había sucedido lo mismo al verla, tanto si iba sucia y manchada de sangre después del trabajo como si llevaba un traje de baile.

—¡Nellie! —Walter corrió hacia ella y la estrechó entre sus brazos. Ella se acurrucó contra él, como si nunca hubiese estado fuera, y entonces levantó el rostro y abrió los labios. Él la besó, no de una forma apasionada ni reivindicativa, sino con placer y cariño. Era como un volver a casa—. Te quiero —le susurró.

Philipp de Groot, que estaba delante del edificio, vio a través de la puerta de vidrio opalino que las dos siluetas se fundían en una y se dio media vuelta para marcharse. Tal vez se producía un milagro y Walter encontraba a su hija. Pero supo en ese momento que había perdido definitivamente a Nellie.

4

—Sé que he cometido errores —reconoció Walter—. Yo... simplemente quería marcharme, todo se me había vuelto demasiado pequeño, toda nuestra vida me resultaba agobiante. Y esperaba de verdad poder construirme una nueva existencia en el circo, un lugar entre artistas que se ganaban bien la vida. Pero tú tenías razón, ya desde un principio no cabía ninguna posibilidad. No debería haberte dejado sola. —Nellie, Walter y Willie se habían retirado a una habitación del hotel para poder hablar con tranquilidad. Después del efusivo reencuentro, Nellie se había liberado del abrazo de Walter y él había entendido que esperaba una disculpa. Con todo el derecho—. Pero eso no significa que no te quiera —siguió diciendo después de interrumpirse un segundo—. Siempre te he querido...

—Pues tienes una forma bien extraña de demostrármelo —replicó Nellie, gélida—. Si no hubiese sido por Phipps..., no sé cómo habríamos terminado los niños y yo. Estaba totalmente superada por el trabajo, yo...

—Sé que he de estarle agradecido —contestó Walter, abatido—. Aunque creo que lo hizo por su propio interés.

—¿Vas ahora a meterte con eso? —preguntó mordaz Nellie—. Si alguien se ha portado como un auténtico egoísta, eres precisamente tú.

Walter asintió.

—Lo sé —repitió—. Y lo hice mal. Pero intentaré repararlo. Traeré a Grietje de vuelta. Si es que puedo. Te demostraré que te quiero. Que te quiero lo suficiente como para..., para mover montañas. En esa desdichada isla lo pondré todo patas arriba para encontrar a tu hija. Solo tienes que prometerme que no..., que no empezarás nada con Philipp mientras yo esté en Creta...

—¿Y si usted no vuelve? —preguntó Willie, que se había mantenido hasta ese momento en un segundo plano—. Me refiero a que..., no es algo que a mí me incumba, pero corre usted el riesgo de que lo maten de un tiro. ¿Debe su mujer morirse dignamente de hambre mientras se mantiene fiel a su memoria?

Walter se mordió el labio y Nellie empalideció.

—¡No voy a dejar que me maten! —contestó Walter con determinación—. No lo consiguieron en la última guerra y tampoco lo conseguirán ahora. Nellie, tú ya sabes que en caso de necesidad cabalgo como alma que lleva el diablo. Volveré muy pronto. —Le cogió las manos. Estaban heladas.

—Cabalgar, no va a cabalgar —señaló Willie—. Como mucho, montará en un burro...

—Esta vez más bien tendrás que mentir constantemente —dijo Nellie—. Pero la señorita Potter te lo explicará todo. Y nosotras necesitaremos tener mucha paciencia, señora Rawlings.

—Willie —dijo Wilhelmina—. Puesto que enviamos al mismo príncipe a enfrentarse a la aventura, tal vez deberíamos tutearnos. ¿Qué sucede ahora con la promesa de fidelidad?

Nellie suspiró.

—Citando a mi amiga Maria: «Nada es eterno». Pero yo también te quiero, Walter. A pesar de todo. Y parto de la base de que volverás.

Wilhelmina asintió.

—Así pues, me voy y les dejo tranquilos. ¿Irá mañana a la SOE, Walter? ¿Y se quedará allí?

Walter respondió afirmativamente.

—No voy a perder ni un solo minuto.

Nellie y Walter disfrutaron de su primera noche tras la separación, una noche que iniciaba, al mismo tiempo, un nuevo periodo de separación. Él la amó con toda su ternura y ella recordó aquella otra noche, tantos años atrás, en Cortrique, la primera de todas, en la que había decidido no volver a verlo nunca más. Entonces había querido reiniciar su vida con Phipps, mientras que ahora se despedía definitivamente de su amigo de juventud. Phipps tenía que salir de su vida, pero ella lo daría todo para que al menos recuperasen a la hija de ambos.

Después de superar todos los exámenes y entrevistas —la anterior a su admisión en el servicio secreto había sido mucho más rigurosa que la prueba de conciencia previa a su vuelo a Australia—, trasladaron a Walter a Gran Bretaña pasando por la India. En Londres lo sometieron a más entrevistas hasta que, guardando el máximo secreto, lo llevaron, en un coche cerrado y con los ojos vendados, a un centro de formación de la SOE fuera de la ciudad. Allí se encontró con otros agentes en ciernes que le parecieron en su totalidad figuras bastante tenebrosas. Seguro que ahí no haría amistades. El programa de formación no le pareció exigente. Los hombres practicaban deporte, aprendían técnicas para cifrar o descifrar documentos y a quienes sabían alemán se les daba instrucciones pormenorizadas sobre los grados del ejército y las costumbres de la Alemania de Hitler.

Unas semanas después, Walter pronunciaba su «*Heil*, Hitler» como si toda su vida hubiese saludado así, hablaba con toda naturalidad de la «victoria final» y de las virtudes nacionales o germánicas. Sabía presentarse como miembro de la Wehrmacht y cantaba las canciones nazis más importantes. A veces hasta a él mismo le parecía extraño lo natural que le resultaba toda esa farsa, pero solo hasta que los instructores decidieron mostrar a sus alumnos la gravedad de la situación escenificando una detención, un interrogatorio y enseñándoles una cámara de torturas. Walter se encontró mal con ver los instrumentos, aunque todavía se sintió mucho peor durante el curso básico de paracaidismo que se incluía en el programa. De hecho, el vuelo de Brisbane a Wellington ya le había afectado bastante y la idea de tener que lanzarse de un avión así y de abrir en el momento justo un paracaídas y llegar abajo vivo le producía auténticos ataques de pánico.

Por desgracia, los instructores se mostraban inmisericordes.

—Creo que va usted a Creta —confirmó el instructor jefe, un nazi rehabilitado que enseñaba alemán a los hombres, así como la forma adecuada de comportarse entre los soldados alemanes—. Casi todo el mundo llega allí en paracaídas.

—Los alemanes —objetó Walter—. Lo que significa que los partisanos convierten en una diana a todo el que desciende por el aire. Me aseguraron que yo llegaría a la isla en barco.

El hombre negó con la cabeza. Era natural de Alemania, pero ya antes de la guerra se había marchado a Gran Bretaña y adquirido la nacionalidad británica, lo que lo había ayudado en su posición en la SOE.

—Entrénese primero con todos —determinó—. Luego ya veremos.

Walter destacó en los ejercicios de caída; a fin de cuentas los caballos lo habían lanzado por los aires en incontables ocasiones sin que nunca se hubiese hecho daño de verdad. Sin embargo, no era capaz de saltar después de que el instructor y los otros participantes del curso lo obligaran a subir al avión.

—¡Venga! —gritó el instructor—. ¡Cada uno que grite el nombre de su novia cuando salte!

Walter suspiró. Conocía el lema de los concursos de salto y sabía que tenía una deuda con Nellie. Así que cerró los ojos y saltó. Pocos minutos después aterrizaba sano y salvo en un prado. Después tuvo la sensación de que no podía sucederle nada peor.

Se lo pasó mucho mejor al refrescar sus conocimientos de radiotelegrafía y también se interesó por la evolución de la tecnología armamentista. Aunque nunca le había atraído, en la guerra había sido vital dominar el arma y ahora admiraba el alcance claramente superior y la elevada precisión de mira de las armas nuevas.

—No obstante, todavía circulan muchas muy antiguas —señaló el instructor de tiro empañando su entusiasmo—. Precisamente entre los civiles de la resistencia. Es posible que en Creta sean como hace más de treinta años.

Al igual que Nellie y Wilhelmina en Nueva Zelanda, Walter esperaba impaciente que terminase su formación. Pero no fue hasta enero de 1942 cuando él y los otros futuros agentes fueron llevados de nuevo a Londres en el máximo secreto. Entretanto habían averiguado que los habían instruido en un pueblo junto a Leeds.

—De lo contrario no estaríamos capacitados para ser agentes secretos —observó uno de los compañeros de Walter.

La SOE parecía decidida a ignorarlo. Los oficiales supervisores sometieron a todos los hombres a nuevos interrogatorios y luego comunicaron a Walter que habían planeado enviarlo a Creta a principios de abril.

—¿Tan tarde? —preguntó él, decepcionado—. Pensaba que me marcharía enseguida.

Su futuro supervisor arqueó las cejas.

—Ha vivido usted demasiado tiempo en el otro extremo del mundo, ¿no es así? Vamos, Von Prednitz, ¡asómese a la ventana! En Europa reina un crudo invierno y no crea que es distinto en Grecia solo porque está al sur. En las montañas hace un frío que pela. Y en invierno el mar está muy embravecido. Los pequeños barcos en que vamos a trasladarlo podrían zozobrar. ¡Y seguro que usted no habrá pasado todo esto para ahogarse en el Mediterráneo!

Walter asumió de mal grado que el supervisor militar tenía razón. Aceptó el puesto que le ofrecieron para ese periodo de espera y se dedicó a descifrar y traducir textos alemanes en el cuartel general de la SOE. De vez en cuando hablaba con Nellie por teléfono.

Seguía sin encontrarse ninguna pista de Alex y Grit.

De animales y hombres

Nueva Zelanda – Onehunga
Australia – Bunbury City, Perth

1942

1

Nellie trabajaba para no perder la razón. Se concentraba en cada una de las consultas, realizaba las visitas a domicilio de los animales pequeños y ejecutaba con sumo detenimiento todas las exploraciones con el fin de no estar en casa dándole vueltas a la cabeza. Phipps se había mudado de su vivienda de New Lynn y había alquilado un apartamento propio. No le dio ninguna razón de por qué lo había hecho, pero Nellie se alegraba de que de ese modo volviera a haber más distancia entre ellos. Aun así, debía admitir que lo echaba muchísimo de menos durante ese periodo de tristeza y miedo. Habría podido compartir con él su inmensa preocupación por Grit, a la que se añadía la que sentía ahora por Walter. Willie le había expuesto con toda claridad las consecuencias que tendría para él emprender esa aventura por ellas. Ahora estaba sola..., aunque podía conversar con Lene.

Nellie se reunía con la muchacha y sus hijos durante las cenas en común y, excepto por la ausencia de Walter, esa era la vida en familia con la que siempre había soñado. Petey y Marty hablaban animados de la escuela y de sus amigos, y Lene ponía la comida en la mesa sin que ella tuviera que preocuparse de ello. Lene insistía en que el fin de semana salieran con los chicos a nadar a la playa o a montar en Epona Station. Entonces solía preparar una cesta y hacer todo lo que estaba en su mano para que se divirtieran juntos. La niñera pasaba cada vez con mayor frecuencia sus días libres con Hans Willermann, el caballerizo de los Von Gerstorf. Nellie intentaba reunir fuerzas en esas salidas para bromear y reír con sus hijos, pero le costaba un esfuerzo sobrehumano y a menudo, cuando se acostaba por la noche, lloraba en la cama porque se avergonzaba de haber pasado un bonito día con Petey y Marty mientras Grit tal vez estaba siendo torturada en una cárcel alemana.

Un día —estaban en Epona Station y April daba clases de equitación a los chicos—, Mia se puso a su lado al borde del picadero.

—¿Se sabe algo de Walter? —preguntó.

Nellie negó con la cabeza.

—Nada de Walter, nada de Grietje, ni siquiera de Phipps. Desde que Walter ha regresado, apenas me llama. Ahora vuelve a estar de gira. Creo que le da un poco de vergüenza, pero a Grietje tampoco le sirve de ayuda que esté aquí sin hacer nada...

Mia la rodeó con un brazo.

—Tampoco le sirve que cada día estés más delgada y más pálida. Solo eres una sombra de ti misma, Nellie. Esto no puede seguir así. Además, trabajas demasiado.

—Al menos el trabajo me distrae —contestó Nellie.

Mia la estrechó contra ella.

—Justynka dice que asumes todos los servicios nocturnos. También los de ella. Esto es enfermizo, Nellie. Te estás destrozando. Tienes que cambiar de actitud.

Nellie rio con amargura.

—Es fácil de decir. No puedo combatir mis miedos. Continuamente veo a Grietje delante de mí, a veces muerta, a veces torturada o violada... Se oyen tantas cosas sobre lo crueles que son los alemanes...

—¿Y si te vas, Nellie? De hecho, no es mala idea que Phipps esté de gira. Tú también deberías irte. —Mia le acarició con suavidad la espalda.

—¿A dónde voy a ir? —preguntó Nellie. Lo cierto era que

no le apetecía viajar en ese momento—. Si te refieres a que debería reunirme con Phipps...

—¡No, no, claro que no! —Mia negó con la cabeza—. Pensaba más bien en... Maria. ¿Por qué no intentas averiguar dónde está el circo y visitas a la familia Lemberger? También estoy preocupada por ella. Esa vida ambulante... Y lo que Walter contó sobre el circo tampoco era muy agradable.

Nellie se mordió el labio.

—Y, si nos llega alguna noticia..., entonces...

—Nos puedes llamar cada día —respondió Mia—. Hoy es muy fácil permanecer en contacto.

—No sé dónde se encuentran ahora...

Nellie buscaba pretextos, pero en el fondo tenía que reconocer que la idea de Mia no era mala. También ella llevaba meses preocupada por su amiga y ahí sí podía hacer algo. A diferencia de Grit y Alex, Maria no estaba objetivamente desaparecida.

—Basta con que hables con la agencia de detectives que contrató Willie para buscar a Walter. Tenían el plan de viaje de los Homer Brothers. —Mia ya había pensado en todo—. Puedes ir en barco. Una travesía en barco siempre es relajante...

Nellie no pudo evitar sonreír. Las últimas travesías que Mia había realizado no habían tenido nada de relajantes, pero le habría dicho cualquier cosa para que el viaje le resultara atractivo.

—De acuerdo —contestó de mala gana Nellie—. Voy a ver cómo está ese asunto.

Mia sonrió.

—Y te traes a Maria si no se encuentra bien, ¿vale? A Bernhard y a los niños también, claro. April echa de menos a los Dadas. Es una lástima que todavía no tenga niños con lo mucho que le gustan.

La agencia de detectives de Willie enseguida le facilitó la información. Los Homer Brothers recorrían en ese momento la costa occidental de Australia.

—La segunda ciudad más grande es Perth —le contó Nellie a Mia—. Pero antes todavía se quedarán en un par de poblaciones más pequeñas. Si tengo suerte, los encontraré en Bunbury City, de lo contrario en Mandurah City. Hay que ver cómo llego hasta allí...

—Sales en barco hasta Perth y allí tal vez puedas coger un taxi —le recomendó Mia—. O alquilar un coche. También debería haber un enlace ferroviario. ¡Lo conseguirás!

Nellie casi se rio. Después de todo lo que había logrado hacer en su vida, no le sería difícil llegar de Perth a Bunbury City.

En efecto, organizar el viaje le resultó fácil. De Auckland partía un barco y Justynka estaba lista para ocuparse de la consulta de New Lynn por un tiempo. La de Epona Station permanecería cerrada durante ese periodo. Solo Phipps puso alguna objeción cuando ella le informó de sus planes. Había pensado empezar la gira dos semanas más tarde y estaba preocupado por si Nellie no volvía a tiempo para defender el fuerte en Auckland, como él solía decir. Nellie le contestó que tanto Lene como Justynka estarían accesibles en su casa y que, por supuesto, ella mantendría el contacto. No obstante, él no se mostró demasiado comprensivo.

—Que esa Maria sea tan importante para ti... Yo siempre la he encontrado rara. Y de vez en cuando pesada.

Nellie hizo un gesto de rechazo.

—¿Solo porque una vez te contradijo cuando se trataba de teoría de la música? Yo me alegro de volver a verla.

Tampoco los chicos estaban entusiasmados con la idea de que su madre quisiera marcharse sin ellos, y además a un circo y a ver a los Dadas. Pero las vacaciones de verano se habían acabado a principios de febrero y Nellie fue inflexible. Al menos, los dos pudieron acompañarla al barco y despedirse de ella con la mano hasta que el vapor desapareció de su vista. Sus hijos no la preocupaban. Lene se ocuparía muy bien de ellos.

Nellie llegó a Bunbury City, una pequeña población junto al mar, tras varios días de sosegada travesía y un recorrido de dos horas en taxi. Antes pactó un precio razonable con el conductor. No tardaron en encontrar el lugar donde se había instalado el circo, si bien el conductor no estaba muy satisfecho de la meta alcanzada.

—¿Y tengo que dejarla aquí sola, señora? Esta gente que va de aquí para allá son solo gitanos y ladrones. ¡Quién sabe lo que le puede ocurrir!

Sonriente, Nellie hizo un gesto de despreocupación.

—Ya me apañaré —contestó—. Pero si quisiera hacerme un favor... Voy a visitar a unos amigos, pero no he podido avisarlos de mi llegada, así que no estoy segura del todo de que todavía trabajen para este circo. Si pudiera usted tomarse un café en algún sitio y esperarme hasta que me cerciore de que no he de desandar el camino, sería muy amable por su parte.

Una vez hubo confirmado que el taxista la aguardaría, Nellie se sintió mucho mejor al entrar maleta en mano en el lugar donde se había instalado el circo. Ya había funciones por las tardes y las noches. La tienda de la pista y la de las cuadras estaban montadas, el circo debía de haber llegado como poco el día anterior. Ahora, al mediodía, reinaba mucha actividad. Un lanzador de cuchillos y una malabarista estaban practicando; una llama y dos cabras comían forraje en un redil; y en una pista de entrenamiento daba vueltas un caballo sobre cuyo lomo saltaban unos jóvenes. Nellie buscó a Daphne, quien contaba emocionada en sus cartas que actuaba como artista ecuestre. Pero la hija de María no se encontraba entre los pequeños acróbatas. Solo cuando Nellie vio a un elefante al que estaban bañando, descubrió a una grácil muchacha de cabello oscuro que escalaba sobre su lomo y lo cepillaba. El elefante disfrutaba de ese trato y la chica soltó un chillido entre risas cuando el animal metió por su cuenta la trompa en un cubo y soltó un chorro de agua sobre su amazona.

—Lakshmi, eres horrible —le riñó la chica—. ¿Te crees que esto es gracioso? Si no sabes comportarte, volveré a dejar que te lave ese espantoso cuidador. ¡Y él te pinchará con el tridente!

Nellie se acercó al animal y a la chica y reconoció, ahora claramente, a la hija de Maria y Bernhard. Por supuesto, había crecido en ese último año, pero no había cambiado nada.

—¡Daphne! —la llamó—. ¿Ahora te dedicas a adiestrar elefantes?

Daphne la miró, frunció el ceño un momento y luego todo su rostro resplandeció.

—¡Tía Nellie! —exclamó contenta y descendió al instante del elefante mojado, agarrándose a su enorme oreja.

Lakshmi la ayudó con la trompa. Consideraba importante que su amiguita llegase al suelo en buen estado.

Nellie abrazó a Daphne y la elefanta también quiso participar en el alegre saludo. Rodeó con la trompa a las dos.

Mientras Nellie se liberaba suavemente de ella, se oyó una voz cortante salir de la carpa del establo.

—¡Cuidado, señora! ¡Guarde la distancia, ese animal es peligroso!

Un hombre de cabello rubio oscuro se acercó amenazando con un tridente a la elefanta, que retrocedió enseguida y movió nerviosa la cabeza de izquierda a derecha. El hombre pinchó de todos modos al animal y este se retiró asustado.

—Tan peligroso no puede ser cuando juguetea con una niña —observó malhumorada Nellie.

El rubio la evaluó con una breve mirada, confirmó que no tenía nada que ver con el circo y se encogió de hombros.

—La niña es una princesa india —aseguró—. Criada en un templo hindú e instruida por un monje en el lenguaje de los elefantes. Servirles es su destino…

Daphne soltó una risita y Nellie no pudo reprimir una carcajada.

—Es la primera princesa india que responde al apellido de Lemberger —observó—. No me venga con cuentos y no atemorice a la elefanta. Si está tranquila no hará nada, parece un animal afable.

—Lakshmi es la diosa india del amor —explicó con satisfacción Daphne—. Al menos es lo que dice David, que lo ha estado consultando. Y además de ella está Kali. También una hembra. ¡Las dos son amigas mías!

Nellie frunció el ceño.

—¿Qué dice tu madre con respecto a que seas amiga de elefantas? —preguntó, sintiendo al instante un amago de esperanza por el bienestar de Maria y su familia. Daphne, al menos, parecía feliz.

—Dice que soy buena para las elefantas —respondió solícita Daphne—. Eran muy desdichadas porque Rani, su cuidador, se fue, y luego tío Walter se ocupó de ellas y ahora también se ha marchado. Así que yo lo he sustituido. Las hago felices. Y les he prometido que nunca las abandonaré.

—¿Podrás mantener esa promesa? —preguntó Nellie—. Viven muchos años, sabes... Pero da igual, estoy contenta de haberos encontrado. ¿Estáis todos bien? ¿Cómo se encuentra mamá?

El rostro de Daphne se ensombreció.

—Creo que no demasiado bien —dijo—. Está..., está siempre en el armario. En realidad no debo decirlo, porque la gente... ya está comentando que es rara. David quiere sacar a mamá, pero papá opina que tenemos que dejarla. Lo necesita.

Nellie suspiró.

—¿Dónde está ahora, Daphne? —preguntó—. ¿Y dónde está papá?

—Me parece que están los dos con los caballos —respondió la muchacha—. Uno de los sementales es muy difícil y él tiene que ayudar. Y David seguro que está con los tigres.

La carpa con las cuadras de los caballos se encontraba al otro lado de la de la pista del circo, Nellie todavía lo recordaba de Auckland. Cuando se encaminaba hacia allí, oyó rugir a los leones y decidió hacer una visita relámpago a la pequeña tigresa, a la que había curado con Maria cuando era un cachorrito. Sin embargo, temía no reconocer a Sally, que en ese tiempo ya casi debía de ser una adulta. Cuando pasó al lado de las jaulas de los leones, vio que había unos hombres limpiándolas mientras mantenían a distancia a los animales con látigos y palos acabados en punta. Los grandes félidos gruñían y los amenazaban con las zarpas.

Por el contrario, entre los tigres reinaba la calma. El animal que Nellie pensó que era Sally estaba relajado en su jaula y asomaba las patas delanteras entre los barrotes. Parecía concentrado en algo que sucedía fuera de la jaula, y ahora Nellie también oyó la voz de un joven.

—«Los tiempos de la doma violenta han pasado, justo porque con violencia no se puede conseguir ni una centésima parte de lo que se logra con la bondad…».

David Lemberger se había instalado sobre una bala de paja y leía en voz alta, con lo cual no solo la tigresa formaba parte de su audiencia, sino también cuatro gatos, uno tricolor, otro gris, uno pelirrojo y el otro de pelo blanco y rojo, que estaban pegados a él. Formaban un cuadro muy armonioso.

—¡Hola, David! —lo saludó Nellie.

El joven se sobresaltó, al igual que los gatos. Todos saltaron y se escondieron en algún lugar cercano. David necesitó un segundo para reconocer a Nellie, luego se le iluminó la cara y se levantó de un salto para saludarla.

—¡Tía Nellie! ¿Vienes a ver a Sally?

Nellie se echó a reír.

—En realidad vengo más bien a ver a vuestra madre. Y a vosotros, por descontado. Tenía ganas de saber cómo os va.

David frunció el ceño. Luego fue enumerando.

—A Daphne le va bien. Presenta el espectáculo con los elefantes. Haciendo de princesa india. Una chorrada, pero los Homer encuentran que es una idea fantástica. La oscurecen con maquillaje y le ponen un punto rojo en la frente. Muy raro. —David apoyó su opinión haciendo una mueca—. A mí me va bastante bien. Aunque… No puedo hacer una función con los tigres, ni siquiera con Sally. Dicen que es peligroso, pero lo es porque les dan miedo. Pero a estas alturas hay métodos mucho más suaves. —Levantó el libro que estaba leyendo. Carl Hagenbeck: *Animales y hombres*—. He estado adiestrando a los felinos según sus indicaciones. ¿Quieres verlo? Te lo enseño enseguida. —Acarició a uno de los gatitos que acababa de atreverse a salir—. A papá no le va bien —siguió diciendo—. No tiene trabajo de veterinario, solo puede ayudar a mamá de vez en cuando. La mayoría de las veces monta y limpia los establos. Es un trabajo por debajo de sus cualificaciones. Le desagrada todo. Y mamá... A mamá le gustan los animales, pero no le gusta la gente de aquí. A mí tampoco me gusta. Unos son crueles y otros son malos. Papá dice que eso no se puede cambiar. Y, a mamá..., a mamá eso la desconcierta.

Nellie entendió lo que el chico intentaba expresar. Maria siempre había sido incapaz de comprender la maldad y la crueldad, la hipocresía y la arbitrariedad. No conseguía asumir que hubiera personas que tenían buenas intenciones y otras, malas. Siempre se sorprendía cuando alguien intrigaba o la mentía o engañaba. Incluso las mentirijillas inofensivas la desorientaban. Entre ellas seguramente se contaba que se hablara de Daphne como de una princesa india.

—Voy a buscarla —dijo Nellie.

David señaló la carpa de los caballos.

—La gente ahí es especialmente mala —indicó—. Tío Walter siempre se enfadaba. Es mejor que no entres. ¿No quieres ver antes a mis gatos?

Nellie accedió para complacerle y fue premiada con un espectáculo extraordinario. Ya había visto en una ocasión a un gato adiestrado en Berlín, pero nunca había visto en el gato de pelaje largo de su clienta la solicitud con que los gatos de David se acercaban cuando los llamaba y cumplían pequeñas órdenes cuando él mencionaba su nombre. El muchacho se basaba en el número de los tigres en el circo, seguro que para acabar demostrando al domador que se podían aplicar otros métodos más allá de los gritos y la violencia. Los gatos se colocaban sobre unos pequeños pedestales, saltaban a través de neumáticos, hacían equilibrio sobre barras e incluso obedecían a la orden de gruñir y fingir que eran peligrosos como los tigres para impresionar de ese modo al público. David los premiaba con caricias y pedacitos de carne seca.

En su jaula, Sally se inquietaba al ver a los gatos haciendo su número y al final David la incluyó dándole órdenes como *Sitz* o *Platz*. Entonces se frotaba ronroneando a los barrotes de la jaula.

—Ha sido impresionante —lo elogió Nellie con sinceridad—. Eres un adiestrador nato. Y eso que los gatos son muy difíciles de instruir. ¿Te dejan actuar con ellos?

David negó con la cabeza.

—Qué va. Los gatos son poca cosa. Daphne dice que debería disfrazarme de príncipe egipcio y que entonces tal vez funcionaría. Pero me parece muy tonto. Mamá opina lo mismo. Además, las momias están muertas. No podrían hacer ningún espectáculo con gatos.

Nellie no pudo contener una sonrisa de satisfacción cuando se despidió para salir por fin a buscar a Maria y Bernhard. Los cuidadores de las fieras habían empezado a limpiar las jaulas de los tigres y con eso había acabado la tranquilidad. Gritaban y golpeaban a los animales. Nellie estaba segura de que David se marcharía con sus gatos. Daphne tal vez se habría enfrentado, pero él era tan negado para los conflictos como su madre. Había demostrado que la doma sin violencia era posible. Que nadie lo tomara como ejemplo en el circo le resultaba incomprensible.

—¿De verdad pretende usted decirme cómo debo adiestrar yo a mis caballos? —preguntó una mujer.

—Sí —respondió otra—. Estaría encantada de hacerlo si me prestara usted atención. —Maria. Nunca había entendido el sentido de las preguntas retóricas.

—¡Esto es una insolencia! —exclamó indignada la otra mujer—. ¡Vale más que cure de una vez esta cojera! El semental lleva dos semanas inutilizable. Solo me cuesta dinero y aún falta para tener listo al semental joven y que lo sustituya... Así que hágame el favor de prepararle cataplasmas o lo que sea para que se le curen los huesos.

—Las cataplasmas no tienen el menor efecto cuando hay una fractura ósea, hay que recolocar los huesos y entablillarlos —explicó Maria—. Pero Santiago no tiene los huesos rotos. No tiene nada en las patas. La cojera proviene de la espalda. Y la causa de esto es que usted no lo monta bien. Lo que usted está haciendo no es una *piaffe*, sino obligarlo a que dé unos pasitos cortos sin desplazarse, con la grupa alta y el lomo estirado. Y en la *levade* consigue usted, en el mejor de los casos, que el caballo se levante de manos...

Nellie, que observaba la escena a través de una ranura de la carpa, distinguió a un tordo precioso que parecía bastante inquieto. Ya se había percatado de él en Auckland.

—Estoy harta de que me ofenda—dijo la mujer en un tono cortante—. Mire otra vez las comisuras de la boca del semental joven, vuelven a estar llagadas, y luego haga el favor de pensar cómo conseguir que podamos utilizar a Santiago. Algún analgésico tiene que haber...

Nellie tomó aire. Esa mujer no se amedrentaba ante nada. En ese momento, salió precipitadamente de la carpa del establo, con el rostro muy maquillado y una expresión iracunda. Su cabellera negra ondeaba como una bandera a su espalda.

—¡Menuda furia! —Nellie entró en la carpa, donde un cuidador estaba llevando al semental a un amarradero.

Maria y Bernhard lo miraban afligidos. Se dieron media vuelta al oír su voz.

Bernhard fue el primero en reconocerla.

—¡Nellie! ¿Qué estás haciendo aquí? —La abrazó espontáneamente—. Nos han llegado las noticias de Grietje. ¿Alguna novedad?

—Ninguna —respondió ella—. Y la espera me está volviendo loca. Por eso Mia me aconsejó que me ocupara de algo para distraer la mente. Lo mejor, haciéndoos una visita. ¿Os alegráis?

Bernhard la miró feliz.

—Claro que nos alegramos. ¿O no, Maria?

Nellie miró a Maria, que parecía como si la hubiesen vapuleado.

—¿Puedes poner orden aquí, Nellie? —preguntó, como si hubiesen estado conversando un par de minutos antes—. ¿Tú lo entiendes?

Nellie se acercó a ella e intentó con cautela abrazarla.

—No lo sé, Maria —contestó—. Pero creo que tienes que ver el circo igual que el hipódromo. La gente no se interesa por los animales, solo por el provecho que puede sacarse de ellos...

—No es como en el zoo —dijo Maria—. Ni tampoco como en Berlín...

En Berlín muchos artistas de varietés habían llevado a sus animales a la consulta de Nellie y Maria. La mayoría de ellos habían tratado bien a sus animales, algunos se habían hecho amigos de ellas.

Nellie negó con la cabeza.

—No. ¿Eso creías?

—Esperaba —contestó Bernhard por ella—. Creo que los dos lo habíamos esperado. Fuimos bastante ingenuos. Debo..., ¿os dejo solas? Atenderé al semental joven sin ti, Maria, y también al resto de los animales que están en la lista.

Maria asintió.

—Puedo preparar un té —se ofreció.

Nellie recordó de repente al conductor del taxi. Pidió a Bernhard que lo avisara y le pagara. Cuando él la miró abatido, buscó dinero en su bolso.

—¿También vais mal de dinero? —preguntó a su amiga cuando la siguió a una de las caravanas de colores. Vio enseguida que era diminuta. Y, sin embargo, Maria no había podido compartir antes con una persona una habitación de un tamaño normal. Ahora vivía con toda la familia en un espacio del tamaño de un box—. ¿Puedes dormir aquí? —le preguntó con prudencia—. ¿No piensan demasiado alto los demás?

Maria se mordisqueó el labio.

—Los Dadas piensan ahora a veces muy alto —respondió en voz baja—. Cuando eran pequeños pensaban más bajito. Más como... animales. Ahora se hacen mayores. Tienen sus pequeñas preocupaciones. Y Bernhard... Bernhard está muy preocupado. Es difícil. —Maria tenía una gran necesidad de armonía. Percibía al momento cualquier vibración negativa. Estar en una habitación llena de personas preocupadas debía de ser para ella un infierno—. Y los animales... también son infelices —prosiguió—. A la mayoría los maltratan. Cuando los rozo, siento su miedo y su tristeza. —Los sentimientos de Maria se plasmaban en su rostro. Parecía abatida y estaba pálida.

—Tienes que irte de aquí, Maria, o te pondrás enferma.

Nellie cerró la puerta de la caravana tras de sí. El interior también le pareció claustrofóbico. Contenía una litera para los niños, una minicocina y un conjunto de asientos que por la noche se convertía en la cama de matrimonio.

—Tú tampoco tienes buen aspecto —señaló Maria, que entonces observaba a su amiga con más detenimiento—. Has adelgazado.

Nellie rio con tristeza.

—Igual que tú. No estamos pasando por nuestro mejor momento.

—Todo es desorden —se lamentó Maria—. No se puede planificar nada. Nunca se sabe cuándo se llega a un sitio, ni cómo es. No hay tranquilidad. Todos están... siempre nerviosos..., antes de las funciones o porque se han enfadado con alguien. Y antes del espectáculo, la plaza está llena de gente... Gritan. Yo..., yo ya lo sabía antes, claro. Pensé que lo conseguiría. Por Bernhard. Pero es demasiado. Tengo miedo. —Temblaba.

Nellie asintió. Conocía los ataques de pánico de Maria. En caso extremo era totalmente incapaz de actuar.

—¿Es este el armario? —preguntó señalando un pequeño habitáculo, donde solo cabían unas pocas prendas de ropa. Para ella misma habría sido una pesadilla meterse ahí dentro. Desde la experiencia del terremoto, estar en un lugar demasiado angosto la aterrorizaba. Maria asintió avergonzada. Nellie le acarició la mano—. Entonces no engordes o no cabrás ahí dentro —intentó bromear—. Pero en serio, Maria... ¿Por qué no os vais?

Maria hizo un gesto de negación.

—No podemos. Tenemos un contrato. Y los animales... Alguien tiene que ocuparse de los animales...

—¿Tú también le has prometido a una elefanta que no la abandonarías jamás? —preguntó Nellie—. A los Dadas les costará mucho separarse de los animales.

Maria asintió.

—No podemos irnos como si nada. No tenemos dinero. Hemos comprado la caravana.

—¿La habéis comprado? —preguntó horrorizada Nellie—. ¿Esta cosa tan diminuta? ¿No decían que os facilitaban una?

—Todavía era más pequeña —contestó Maria—. Y Bernhard necesitaba un vehículo. Quería trabajar como veterinario a domicilio...

—Walter ya me ha contado el desastre —comentó Nellie suspirando—. La gente se ha metido con él por ser un gitano.

—Sí. Nos llaman a todos gitanos —confirmó Maria—. A mí me da igual. Pero Bernhard... Ya se había acostumbrado a que no lo insultaran por ser judío. También lo estafaron con el coche. Enseguida se averió. Ahora todavía estamos pagando la caravana. Y aquí no se cocina bien. Hay una cantina, pero hay que pagar por la comida. No tenemos ahorros, Nellie, no podemos costearnos el viaje de regreso a Nueva Zelanda.

—¿Y cómo pensáis ir a casa cuando se termine el contrato? —quiso saber Nellie.

—Entonces los Homer pagarán el viaje —contestó Maria—. Pero para eso todavía falta un año. ¿Cuánto tiempo puedes quedarte? Me sienta bien que estés tú aquí.

Nellie asintió.

—Viajaré con vosotros hasta Perth —explicó—. Me buscaré una habitación en un hotel. Aquí es imposible que alojéis a una persona más.

—Debería consolarte yo a ti —dijo Maria.

Nellie le apretó la mano.

—Ya lo harás mañana —respondió.

Antes de llegar a Perth, los Homer Brothers actuaban en dos ciudades más del interior, de modo que Nellie experimentó bastante a fondo lo que significaba vivir en el circo. Pasó la primera tarde con Maria, Bernhard y los Dadas, y les informó acerca de sus hijos y de Epona Station. De Grit y de la situación de los Lemberger no hablaron. Los jóvenes ya estaba lo suficientemente enterados de lo mal que lo pasaban sus padres, no quería inquietarlos todavía más.

—Os sorprenderíais de lo bien que se lo pasan Petey y Marty en su nueva escuela —contó Nellie a David y Daphne—. Creo que ahora David se entendería bien con Petey. Siempre está construyendo maquetas de casas y de máquinas, le interesan la técnica y las matemáticas. Y Marty solo habla de viajes. Quiere visitar todos los países del mundo y aprender sus idiomas. Ya veremos qué pasa con él.

—Puede convertirse en un cazador de animales para el circo de David —dijo Daphne—. David construirá un circo cuando sea mayor.

David jugueteaba tímido con el libro de Carl Hagenbeck, que siempre llevaba consigo.

—Un parque de animales —la corrigió—. Un zoo sin barrotes, como Hagenbeck en Hamburgo. Haré que reproduzcan su hábitat natural. Una sabana para las gacelas, elefantes, jirafas y cebras; formaciones rocosas y grutas para leones y tigres.

—¿Sin cercas? —preguntó escéptica Nellie.

—Sin límites visibles —puntualizó David—. En lugar de barrotes, fosos con agua, por ejemplo.

—Suena bien... —Nellie asintió—. ¿Pero realmente querías ser domador?

Una sombra se extendió por el rostro de David.

—No —dijo—. No quiero saber nunca más nada de domadores.

2

Al día siguiente desmontaron las carpas y las caravanas, y las jaulas se trasladaron a la estación. Bernhard tenía que ayudar. Nellie se percató de lo duro que era su trabajo y que pese a ello lo trataban con tanto desprecio como a los demás asistentes. De Maria se esperaba que supervisase cómo cargaban a los caballos y los otros animales en el vagón del tren. Nellie la acompañó a la estación y, por una parte, quedó fascinada por la extrema precisión con que transcurría el desmontaje y la carga de esa media ciudad sobre ruedas; pero, por otra parte, también a ella le disgustó tanto barullo y excitación. Todo corría prisa, los cuidadores de los animales no se andaban con contemplaciones cuando los elefantes, camellos y caballos no iban a su ritmo. Lo mismo sucedía cuando los artistas ayudaban a cargar sus animales, como la amazona Natasha. Agitaba el látigo y gritaba a los caballos, aunque Santiago y Primo, el semental joven, eran muy obedientes. Tan solo colocaban despacio y con prudencia los cascos sobre la rampa mojada por la lluvia.

Mientras Gerome Homer controlaba cómo se desmontaba la carpa, su hermano cargaba ocho sementales árabes preciosos y al furioso Wild Bill, que seguía lanzando por los aires cada noche a todo aquel que quisiera montarlo. Había que afianzar las jaulas de leones y tigres dentro del tren, una tarea no carente de peligro para los cuidadores porque las fieras lanzaban sus zarpas contra ellos entre los barrotes.

—La madre de Sally casi le arrancó un brazo a un hombre hace un par de semanas —explicó Maria—. A los animales no les gusta viajar, siempre se enervan.

—¿Dónde está la osa? —preguntó Nellie, que en Auckland había encontrado simpática a la osa tibetana.

El rostro de Maria se ensombreció.

—Tuvimos que matarla. Tenía las cuatro patas quemadas... El domador se olvidó de apagar el fuego que había debajo de la jaula de entrenamientos. En un momento dado ya no fue capaz de bailar más...

Maria hablaba con la voz ahogada. Nellie tenía la sensación de que iba a vomitar. Todo esto era mucho peor que lo ocurrido con el monito de Berlín.

En el mismo vagón que las fieras salvajes viajaban los chimpancés, aterrados. Gritaban como locos y acabaron apretujados en el rincón más alejado de la jaula.

Nellie quiso juguetear con ellos —le había gustado mucho también el monito capuchino de Berlín—, pero Maria le indicó que no lo hiciera.

—No se los puede rozar —dijo, dejando abierto si se refería al contacto físico o al mental—. En cuanto ven a un ser humano, enloquecen. Su domador es uno de los hombres más brutales que hay aquí. Cuando llega alguien sin palo y látigo, lo atacan. Son muy peligrosos, los chimpancés ya han matado a personas.

A Nellie le repugnaron esas primeras experiencias con los animales del circo, pero al día siguiente iba a vivir otras más. La mayor parte de los artistas y trabajadores del espectáculo pasaron la noche en el tren; se habían alejado de nuevo de Perth para presentar su último espectáculo. Para las estrellas de la compañía había unos coches cama lujosos, para los demás solo coches con literas. Daphne desocupó diligente la suya para dejársela a Nellie. Tenía muchas amigas entre los niños del circo y le confió a Nellie que iba a dormir con ellas en la paja, con los ponis. Posiblemente le resultaría más cómodo que pernoctar como sus padres en los duros e incómodos catres, alrededor de cuarenta, de que disponía cada vagón. Bernhard había colocado una cortina delante del compartimiento de él y Maria para tener un poco de privacidad, pero por supuesto se oían todos los ronquidos y los sonidos que emitían los compañeros de viaje al dormir. Nellie estaba hecha polvo cuando, antes del amanecer, llegaron a la siguiente ciudad e inmediatamente empezaron a descargar. Primero se transportaban las carpas, para lo cual se necesitaban camiones. Luego los elefantes y los camellos tiraban de las caravanas y las jaulas. La gente del circo prefería hacer el colorido desfile por la ciudad por las mañanas, cuando los niños iban a la escuela y sus padres a trabajar. Era la manera de despertar el interés de la población para asistir al espectáculo.

Montar las carpas duró casi todo el día, los animales apenas dispusieron de tiempo para apaciguarse antes de la función de la noche. Seguro que habría sido mejor descansar un día y Maria contó que antes se procedía de ese modo. Pero ahora los Homer Brothers no iban bien de dinero. La guerra había perjudicado el negocio. A la gente le parecía una frivolidad divertirse mientras tantos hombres estaban luchando en Europa. En ese sentido, la carpa del circo ni siquiera se había llenado hasta la mitad en la primera función y los asientos caros, al lado de la pista, estaban vacíos. En su interior, Nellie daba la razón a quienes no habían querido asistir al espectáculo.

Y no se perdían gran cosa. Los números de doma eran tan malos que los artistas deberían, en realidad, haber sentido vergüenza. Las fieras salvajes gruñían, mordían y daban zarpazos en dirección a sus domadores. Nellie, que contemplaba el espectáculo desde la entrada de los artistas —los hermanos Homer enseguida se habían acordado de ella y le habían dado la bienvenida como invitada de los Lemberger—, vio el pelaje ensangrentado de la tigresa cuando, tras unas cuantas estocadas con un palo afilado, por fin se colocó en uno de los podios. Después, Gerome Homer la hizo saltar distintos obstáculos colocados en círculo. Para ello la azuzaba con un látigo y un palo.

Los leones resultaron ser viejos y estar cansados. Enseguida se tendieron en el centro de la pista y se negaron a levantarse. Gerome también utilizó la violencia con ellos para obligarlos a ponerse en pie. El número de los elefantes que realizaba Gilbert Homer era triste. A pesar de que esos enormes animales hacían lo que se les pedía, sobre todo tonterías como el pino y bailar la conga, parecían estar llorando al mismo tiempo. Nellie recordó lo que Walter le había contado. Había dicho que los elefantes lloraban.

Solo el número de Daphne a lomos de Lakshmi fue bonito. En el desfile final, la elefanta parecía contenta y majestuosa y, tras una breve ayuda de la «princesa india», se levantó sobre sus patas traseras mientras Daphne se sentaba en su cuello y saludaba.

—Te quiere de verdad —observó Nellie cuando recibió en la salida a la muchacha con su gigantesca amiga.

Daphne asintió.

—Yo podría presentar sola el número de los elefantes. Conmigo lo hacen todo mejor. Aunque también algún disparate. Una vez, Kali le quitó el sombrero a una persona... —Soltó una risita—. Y otra vez casi le cogió la peluca a una mujer. Fue tan divertido, la mujer se la agarraba y chillaba, y Kali le iba arrancando cada vez más ricitos... Un espectador gritó: «¡Socorro, le va a arrancar el cuero cabelludo!». Cuánto me reí. Ahora no puedo presentarla yo. Lo hace el director y con él nadie se ríe.

A la mañana siguiente, se habían fijado unas horas de entrenamiento para obtener el máximo rendimiento de los animales lo antes posible. Para ello, los domadores utilizaban otros utensilios de coacción totalmente distintos de un palo. Colocaban en sus puestos a leones y tigres con tridentes de hierro al rojo vivo y los chimpancés sentían los latigazos en su piel cuando se peleaban en lugar de subir en la bicicleta o hacer acrobacias en el trapecio.

—Y, sin embargo, debería resultarles divertido —observó Nellie, que recordó cómo tenía que perseguir al monito capuchino, que se colgaba de las arañas de cristal del teatro de variedades cuando se escapaba de su dueña—. En la selva seguro que se desplazan saltando de rama en rama.

Ahí en el circo, a los monos se les quitaban las ganas de moverse. Lo único que querían era volver a su jaula, donde se sentaban apretujados en un rincón a la espera de la siguiente función.

Bastaron un par de días para que Nellie se sintiera asqueada. Tampoco le gustaba la atmósfera de la compañía. Los Homer Brothers no conseguían que reinase la armonía y el orden entre sus artistas. La envidia y los celos impregnaban el ambiente. Todos luchaban entre sí para conseguir el mejor momento de salir a escena, más horas de entrenamiento y privilegios como el de ocupar un lugar en el vagón cama en el siguiente viaje. La jerarquía era clara: los primeros eran los directores; luego, las estrellas del espectáculo; a continuación, los demás artistas; y, por último, el personal auxiliar, entre el cual, por lo visto, se encontraban Maria y Bernhard. Todos creían poder dar órdenes y criticar a la veterinaria, y Bernhard solo servía para ayudar a montar y desmontar las carpas.

Nellie se alegró cuando el circo emprendió el camino hacia Perth. En cuanto los Homer Brothers se marcharan de allí, ella zarparía en el primer barco que encontrara rumbo a Nueva Zelanda. No había recibido noticias de Walter ni tampoco de Grit y Alex. Tampoco Phipps se ponía en contacto. Visitar a Maria sí le había hecho pensar en otras cosas, aunque, por desgracia, no más agradables.

Perth era la capital del estado de Australia Occidental y, como tal, una localidad importante. Las otras poblaciones en las que se había instalado el circo en los últimos días no eran más grandes que pueblos, pero Perth tenía un puerto, un barrio financiero y un centro urbano lleno de vida. El circo pudo montar sus carpas en Kings Park, lo que complació a los hermanos Homer, pues era un lugar céntrico. Los hermanos esperaban obtener por fin algún beneficio que realmente valiera la pena y, de hecho, la primera función fue muy concurrida. Pero Natasha no estaba satisfecha. Santiago seguía sin poder utilizarse y el joven Primo cometía con frecuencia errores y todavía no dominaba las espectaculares lecciones de doma. La amazona temía acabar perdiendo su estatus de estrella si las cosas seguían así. Por el momento, los directores del circo continuaban haciéndole la corte, y se decía que solía compartir lecho al menos con Gilbert. Sin embargo, los artistas cada vez hablaban más de que su número de doma era de tercera categoría y que en el siguiente viaje debería dormir en los coches litera, como los artistas que no se incluían en las mejores atracciones. La siguiente ciudad más grande era Adelaida; entre las dos poblaciones había más de dos mil quinientos kilómetros de viaje en tren.

La segunda mañana en Perth, Natasha apremió a Maria para que volviera a examinar a Santiago. En esa ocasión, la veterinaria pidió a su amiga que la acompañara porque tenía más experiencia con caballos. Nellie se tomó en serio la consulta; no solo observó atentamente la función, sino también el entrenamiento. En él, Primo, el joven tordo, tenía que aprender la *levade*. Los ayudantes de Natasha intentaban que se levantara trabajando a la cuerda y con el látigo. En Nellie nació entonces una sospecha muy especial.

Ni siquiera palpó las patas de Santiago antes de pedirle a Natasha que le mostrara cómo trotaba. También Maria había localizado dónde se encontraba el problema y Nellie estaba convencida de que no se equivocaba al pensar que le dolía el dorso.

Siguió los movimientos del semental con una expresión furiosa. El caballo se movía con inseguridad, vacilante. Sobre todo al girar.

—Es lo que había pensado. Sufre ataxia —diagnosticó Nellie.

Maria se mordió el labio. Ella ya lo había supuesto, pero, en contra de su forma habitual de comportarse, no se lo había dicho a Natasha.

—¿Y ahora qué significa esto? —preguntó impaciente Natasha—. ¿No era por culpa del dorso? Ya sabía yo…

—Procede sin lugar a dudas del dorso —la interrumpió Nellie—. Y es más que una simple contractura. La he visto a usted durante el entrenamiento, practicando el ejercicio de levantarse sobre los cuartos posteriores…

—¡*Levade*! —la corrigió Natasha con arrogancia—. Esforcémonos por utilizar los términos técnicos.

—Se habla de *levade* cuando el caballo se levanta sobre sus cuartos traseros, para lo cual debe reunirse con firmeza. El animal se eleva del suelo en un ángulo inferior a cuarenta y cinco grados y debe doblar lo máximo posible las patas delanteras… —Maria no podía dominarse. Empezaba a adoptar su tono didáctico.

Nellie interrumpió el discurso volviéndose hacia la amazona del circo.

—¿Por casualidad no se habrá caído alguna vez Santiago —preguntó mordaz— haciendo la *levade*?

Natasha asintió imperturbable.

—En efecto. ¿Cómo lo ha sabido? Cuando le enseñamos la *levade* se cayó en varias ocasiones. Es algo que pasa de vez en cuando… —Nellie se frotó la frente. Por supuesto, no era habitual que un caballo perdiera el equilibrio al enseñarle lecciones difíciles de doma. En las escuelas, antes de que un jinete cuidadoso se arriesgara a impartir lecciones de ese tipo, llevaba años poniendo en forma a su caballo con un tipo de ejercicios concretos—. Y después nunca cojeaba —afirmó Natasha.

Nellie suspiró.

—Sin embargo, es evidente que la caída ha provocado una o varias veces una compresión de la médula espinal. Justo después o al cabo de un tiempo, esto causa que el movimiento se vaya haciendo más descoordinado. Es lo que se llama ataxia espinal. En ocasiones aparece tras infecciones víricas graves, algo que podemos descartar en este caso. Una ataxia puede mejorar con el tiempo, pero también puede empeorar. Creo que esto último, señorita Natasha, es lo que le ocurre a su caballo. Es muy poco probable que se cure y darle analgésicos antes de la función tampoco serviría de nada. No es que algo le haga directamente daño, no está gravemente enfermo o herido; está, por decirlo de algún modo, discapacitado. He conocido a mucha gente que montaba en un animal con una leve ataxia y que estaba satisfecha. Pero estos caballos no son los adecuados para lecciones de doma de alta escuela. Eso resultaría peligroso. Si Santiago se levanta con usted montada y se cae de espaldas, puede usted hacerse mucho daño.

Natasha se quedó mirando a Nellie. En sus ojos se reflejaba auténtica ira.

—Entonces ¿qué tengo que hacer? —preguntó con voz estridente—. ¿Tengo que enviarlo al matadero?

Nellie se encogió de hombros.

—Puede concederle el indulto que sin duda merece —respondió—. Y, sobre todo, no debería repetir el mismo error con su joven caballo, sino adiestrarlo con más cuidado. En el arte ecuestre clásico se busca que los caballos no se caigan durante el entrenamiento. Por desgracia, para Santiago es demasiado tarde.

Nellie acarició la frente del bonito semental tordo.

—Esto es…, es…, es… ¡una impertinencia! —exclamó Natasha—. ¿Cómo se atreve usted a corregirme? ¿Qué sabe usted de equitación? Si…, ¡si ni siquiera es usted de la compañía!

Nellie asintió.

—Es cierto. A pesar de eso, solo pretendía ayudar —dijo—. Y ahora sabe al menos lo que le sucede. Si quiere conservarlo, Maria le dará algunas indicaciones sobre lo que puede o no exigirle. Yo lo dejaría en algún prado, el ir de un lado para otro seguro que no le sienta bien. Y cuando haga frío lo cubriría con una manta; los caballos con este problema suelen ser un poco sensibles a los cambios de tiempo...

Natasha no prestó atención, sino que buscó en el bolsillo un paquete de cigarrillos. Sacó un pitillo, nerviosa, y se lo llevó a los labios.

—¡Bah, váyase al infierno! —soltó indignada, dándoles la espalda.

Maria y Nellie se quedaron con el caballo mientras la artista salía a toda prisa. Se dirigió a otro pasillo del establo, posiblemente para contar sus penas a Gilbert Homer, que acababa de entrenar a los sementales árabes y era probable que todavía estuviera en la cuadra.

—¿Volvemos a atar al semental? —preguntó abatida Maria.

Nellie hizo un gesto de negación con la cabeza.

—Cuando encontremos un corral, lo sacaremos —contestó—. Seguro que no verá el sol con frecuencia. ¿Qué te apuestas a que lo sacrifica?

En Perth hacía un bonito y soleado día y muchos animales no estaban en la carpa del establo, sino al aire libre. Las elefantas estaban encadenadas, los ponis se apretujaban en un paddock improvisado y en realidad demasiado pequeño. Nellie ya se había dado cuenta el día anterior de que en el circo todo era un poco angosto: las caravanas estaban muy cerca unas de otras y las jaulas con las fieras muy próximas a las carpas de los caballos y camellos, que lindaban directamente con la gran carpa de la pista. Estar más cerca de la ciudad tenía su precio, el terreno del parque municipal donde se celebraba el espectáculo no era muy amplio.

Nellie y Maria se retiraron a la caravana de esta última para beber un té. Nellie planeaba regresar a Nueva Zelanda en uno o dos días y aprovechaban las últimas horas de estar juntas para conversar. No se les ocurría ninguna solución para los problemas de Maria y Bernhard, pero Nellie era una de las pocas personas cuya presencia tranquilizaba y consolaba a Maria.

—Por cierto, ¿dónde está Bernhard? —preguntó Nellie, mientras sacaba las tazas de uno de los diminutos armarios de la caravana.

Maria no hizo ninguna mueca, pero Nellie reconoció por la expresión de sus ojos que había algo que no aprobaba.

—Está recortando los cascos de los caballos. Sabe hacerlo...

Todos los veterinarios aprendían a hacerlo, pero normalmente dejaban que se encargara de ello el herrero con el que colaboraban.

—Y así los Homer Brothers se ahorran a un herrero —entendió Nellie.

Maria asintió.

—No le dan ninguna paga extra. Y es una tarea desagradable. Algunos de los ponis son muy pequeños y al trabajar con sus cascos se termina con dolor de espalda. Y Wild Bill cocea y muerde...

Nellie suspiró.

—Esto no puede seguir así. Tenéis que encontrar la forma de marcharos de aquí, por mucho miedo que Bernhard tenga a esa condenada prueba de conciencia de Nueva Zelanda. Es mejor que dejarse humillar e insultar...

De repente se oyeron chillidos y gritos procedentes del exterior.

—¡Socorro! ¡Hay que llamar a los bomberos! ¡Venid todos a ayudar! ¡Es un incendio!

3

El fuego se había iniciado en la carpa de las cuadras de los caballos. De hecho, había sido una colilla mal apagada la que había prendido fuego a la paja. Natasha, la causante, enseguida se había visto invadida por el pánico y ni siquiera había intentado apagar la llama con el pie. Al menos había tenido la suficiente presencia de ánimo para desatar a los caballos: a su Primo y a los ocho caballos árabes de los Homer. Cuando ella misma salió al exterior gritando, la carpa del establo ya estaba en llamas y el fuego había saltado a la carpa de la pista. En Australia hacía calor, no había llovido desde hacía semanas y las lonas resecas ardían como la paja. El personal del circo respondió al instante a los gritos de Natasha. Artistas y cuidadores se precipitaron de todas partes hacia el foco del incendio y en un tiempo récord formaron cadenas de cubos para apagarlo. Incluso los niños se alinearon en un abrir y cerrar de ojos. Todos los miembros de la familia del circo sabían que incluso el más pequeño fuego podía representar muy deprisa una catástrofe.

Nellie sacó a Maria de la caravana en cuanto oyó la palabra «fuego» y las dos contemplaron sin dar crédito las altas llamaradas. Maria temblaba. Cualquier irregularidad que se apartara de modo violento y peligroso de la normalidad la dejaba sin ninguna capacidad de reacción. Y además estaba el ruido. Maria se tapó los oídos con las manos y se agachó.

—Maria, ahora no puedes meterte en un armario —le advirtió con decisión Nellie.

—Tengo que salir de aquí... —gimió Maria.

Nellie le pasó un brazo alrededor de los hombros y la condujo lejos del fuego en dirección a los ponis. Un camino del parque delimitaba el terreno del circo, donde ya se habían reunido los curiosos que miraban fascinados las llamas. Por suerte, los ponis estaban relativamente tranquilos.

—Maria, ahora nos vamos al bosque —decidió Nellie—. Al otro lado del parque hay un bosquecillo de eucaliptus.

En ese momento se oyeron las sirenas de los coches de bomberos y Nellie respiró aliviada. Si se acercaba ayuda profesional, al menos no tenía que sentirse culpable de quedarse con Maria en lugar de prestar ayuda. Buscaron un lugar entre las voluminosas raíces de un árbol, donde Maria se ovilló y empezó a mecerse hacia delante y hacia atrás. Nellie se colocó ante ella para ocultarla de las miradas ajenas. Sabía que solo tenía que aguardar hasta que su amiga volviera a tranquilizarse y esperaba que Bernhard y sus hijos se encontrasen en un lugar seguro.

David, que volvía a estar inmerso en un libro al lado de la jaula de Sally y acariciando a sus gatos, levantó la vista, extrañado de que los tigres mostraran inquietud y los leones gruñeran atemorizados. Luego descubrió la causa. Detrás de las jaulas de las fieras se elevaban unas llamas. Un segundo después, los tigres y los leones saltaban aterrados contra los barrotes de sus jaulas. Las llamas todavía no habían prendido en la vecina carpa del establo. Allí estaban los chimpancés, los camellos, las cabras y la llama. David oyó chillar a los monos y se percató de que en cuestión de segundos el fuego alcanzaría las otras carpas. No pensó en cómo apagarlo, solo quería salvar a los animales... Mientras discurría cómo hacerlo, vio a los camellos, la llama y las cabras precipitarse al exterior. Detrás de ellos corría su hermana.

—¡David, las llaves! —dijo jadeando Daphne—. He dejado salir a los animales de los cobertizos, pero las jaulas están cerradas. No puedo abrirlas... Y las elefantas están encadenadas. ¡El incendio las matará!

—¿Quieres dejarlas en libertad? —preguntó David.

Daphne asintió, desesperada.

—¿Qué otra cosa podemos hacer? ¿Vas a dejar que el fuego acabe con ellas?

David sabía dónde guardaban las llaves los cuidadores. Había pasado suficiente tiempo con las fieras. Tan rápidamente como pudo, corrió y regresó con dos manojos de llaves.

—¡Ayúdame! —gritó Daphne.

Los mellizos volvieron a la carpa de los establos, que ya se había llenado de humo. Allí donde lindaba con la carpa de la pista, se veían las primeras llamas. Los chimpancés gritaban de miedo. Daphne probaba angustiada una llave tras otra y suspiró aliviada cuando una giró en la cerradura. Abrió la puerta de par en par y se agazapó cuando salieron los dos monos.

—¡Ahora, las elefantas!

Estas ya empezaban a barritar. Estaban junto a la carpa de la pista, que ardía en llamas, abandonadas y desprotegidas de las partículas que saltaban encendidas. Daphne trató de tranquilizarlas mientras David luchaba con las cadenas y horquillas, al tiempo que sobre ellos se quemaba la tela de la carpa. Las chispas les chamuscaban la ropa y el cabello, pero los mellizos ni se daban cuenta. Cuando consiguieron abrir las cadenas de las patas, Kali y Lakshmi salieron al trote.

—A dónde... ¿A dónde van? —preguntó David, que se iba dando cuenta del alcance que tenía dejar en libertad a los animales.

—No lo sé —le contestó Daphne, siguiendo con la vista a los animales.

Entonces su mirada se posó en las jaulas de las fieras.

—¡Hay fuego al lado de los tigres! —gritó.

Había paja amontonada junto a las jaulas de madera y también esparcida en su interior. No cabía duda de que las fieras morirían abrasadas.

David echó a correr. Mientras, Daphne cogió la manguera que servía para limpiar las jaulas y apuntó hacia la paja. El chico abrió una jaula tras otra y dejó salir a los animales. Al final, los dos contemplaron petrificados cómo ardían las jaulas vacías.

Cuando la paja se convirtió en una nube de fuego, volvieron en sí y huyeron de ese infierno.

En el estacionamiento de las caravanas, el fuego había alcanzado los primeros vehículos. Los bomberos intentaban proteger al resto de las llamas. Habían dado por perdidas las carpas de la pista y del establo.

—¿Y los ponis? —preguntó David.

Daphne hizo un gesto de rechazo.

—Ya estaban fuera. Al otro lado de las caravanas. Y pueden patear fácilmente la carpa del paddock para salir. ¿Y qué sucede con tus... gatos?

—Tendrán que valerse por sí mismos —contestó David—. Pero Tatjana, la gata de Boris e Ilonka...

La esposa del lanzador de cuchillos y malabarista solía tener a su gata de raza en su caravana. Seguro que en ese momento también estaba encerrada.

Los mellizos corrieron por el estacionamiento y pasaron junto a dos bomberos que justo en ese momento iban a acordonarlo.

—Eh, tranquilos, ¡quedaos donde estáis!

Uno de los hombres impidió el paso a David, pero la ágil Daphne se dirigió al vehículo de los artistas mientras su hermano explicaba lo que ocurría. Abrió la puerta, que por suerte no estaba cerrada, y la gata salió liberada.

—Y ahora marchaos con vuestros padres —los riñó el bombero que había presenciado la operación de salvamento—. ¡Rápido!

Los Dadas se miraron.

—Tenemos que buscar a mamá y papá... —Hasta ese momento, Daphne ni había pensado en que también los seres humanos podían estar en peligro. Ahora observó temerosa a su hermano—. Crees..., ¿crees que habrá muerto gente calcinada?

—No —contestó David, sereno—. No había nadie encerrado.

Desde cierta distancia, los mellizos contemplaron como hechizados el trabajo de los bomberos. Se habían situado, junto a otros curiosos, en uno de los anchos caminos del parque que flanqueaban el terreno donde se hallaban las carpas y que ahora hacían las veces de cortafuegos. Por fortuna no soplaba el viento, por lo que las llamas no se avivaban. Poco a poco, los esfuerzos por dominar el fuego se vieron recompensados y disminuyó el rugido que inundaba el lugar. De las carpas destruidas ascendía un humo que irritaba los ojos. Los bomberos corrían ahora a las jaulas de los animales. Con unas gruesas mangueras, se acercaron a los vehículos con barrotes.

—¡Están todas abiertas! —se sorprendió uno—. ¿Señor Homer? —llamó a uno de los directores que se hallaba cerca y que se dirigió al momento hacia él. Se le veía sucio de hollín, con su elegante uniforme mojado y chamuscado. Gerome Homer tenía el aspecto de un hombre destrozado. Eso cambió al instante, cuando vio las jaulas destruidas vacías—. No había animales dentro —constató el bombero—. ¿Los habrá dejado en libertad alguno de sus empleados?

—¿Dejado en libertad? —Gerome Homer movió enérgico la cabeza—. ¿Cómo se le ocurre? ¡Son animales salvajes! Leones, tigres... ¡No pueden dejarse en libertad como si nada!

—Pero no podíamos permitir que las llamas los matasen. —Daphne surgió de detrás de uno de los coches carbonizados, seguida por David. También ellos estaban cubiertos de hollín.

—¿Habéis sido vosotros? —preguntó boquiabierto el bombero—. ¿Habéis dejado en libertad a los animales?

Gerome Homer pareció recuperar las fuerzas.

—¿Se puede saber en qué estabais pensando? —vociferó. David y Daphne se encogieron ante ese grito—. ¿Tenéis conciencia de lo que pasará si una de esas bestias mata a un ser humano? ¡Un tigre ha estado a punto de matar a su cuidador dos veces! —El director del circo hizo restallar en el aire un látigo imaginario.

—Porque eran malos con ellos —replicó David—. Los encolerizaba. No es extraño…

—Si no los hubiésemos dejado salir se habrían muerto —insistió Daphne—. No podíamos permitir que las llamas los matasen.

—Habría sido más barato que lo que ahora tal vez nos espera. Y no hay ninguna diferencia entre morir de un disparo y morir quemado. ¡Joder, tengo que avisar a la policía y quizá al ejército…! Hay que cazar a las fieras antes de que causen algún daño.

En ese momento se oyeron sirenas y un coche de la policía se detuvo en el camino del parque. Un joven agente bajó de él y se encaminó hacia al director.

—¿Es usted el responsable del circo? —preguntó cortésmente—. Se ha visto a un tigre en Main Street. Y en la esquina está paciendo una llama. La gente dice que escupe. El alcalde ha decretado el confinamiento y mis compañeros están vigilando al animal, al tigre, claro, la llama no se comerá a nadie. ¿Puede venir para capturarlo? Es suyo, ¿no?

Gerome Homer parecía estar a punto de decir que el tigre no era suyo.

—Cómo…, ¿cómo se supone que voy a capturarlo? —preguntó absurdamente.

El policía se encogió de hombros. Cómo iba él a saberlo. En la academia de policía no les enseñaban a capturar tigres.

—Voy con ustedes —se ofreció David.

—Yo también —le siguió Daphne.

El policía miró asombrado a los chicos.

—¿Vosotros? ¿Qué edad tenéis? Doce, trece años como mucho, ¿no?

—Once y medio —confesó David—. Los dos. Somos mellizos. Pero conozco a los tigres. No tienen miedo ni de mí ni de Daphne.

—En realidad, el caso es que la población tiene miedo de ellos y no al revés —señaló el agente.

David negó con la cabeza.

—Apuesto a que no es así —explicó—. Los tigres son muy asustadizos.

—Es posible que todos tengan miedo de todos —observó Daphne—. Y, cuando los tigres tienen miedo, muerden...

—¿Oficial? —Un segundo policía, que hasta el momento había permanecido sentado en el coche, salió al terreno del circo—. Se han visto dos elefantes en Queen Street... Acaba de llegar la noticia por radio.

—¡Yo las voy a buscar! —exclamó Daphne—. No les haga nada, son muy mansas.

—En realidad, el tigre tampoco hace nada —añadió David—. Cuando no se lo provoca.

Mientras el policía todavía miraba indeciso a los mellizos, Bernhard se acercó desde las carpas humeantes. Cuando vio a sus hijos, se mostró aliviado.

—¡Estáis aquí! —dijo en tono de reproche—. ¿Dónde os habíais metido? Los otros niños han ayudado a apagar el fuego. Me teníais muy preocupado...

—Con toda razón —gruñó Gerome Homer—. Sus delicados retoños han lanzado a leones y tigres a la población de la ciudad...

—Porque si no las llamas los habrían matado —repitió Daphne.

—Y nosotros no los hemos lanzado —señaló imperturbable David—. Se han ido ellos mismos.

—Tal vez deberíamos ir a buscarlos —opinó con serenidad Bernhard—. Antes de que alguien les dispare.

El policía lo miró impresionado y de repente con optimismo.

—¿Puedo preguntarle quién es usted, caballero? —inquirió.

—El veterinario —explicó Bernhard—. Mi esposa y yo cuidamos de los animales del circo. Estamos a su disposición. Seguro que también podremos encontrar a un par de personas que nos ayuden...

—Y nosotros podemos ir contigo, ¿verdad? —pidió Daphne—. Por favor, papá, Lakshmi y Kali me obedecen a mí más que a nadie. Y los tigres a David.

Daphne y David insistían en sus aptitudes con los animales. Bernhard asintió, lo que de nuevo desconcertó al policía.

—Pero primero marchaos a buscar a mamá y Nellie. No están con los demás ni tampoco en la caravana. Supongo que... Bueno, yo habría ido con Maria a donde están los ponis, era el lugar más tranquilo. Id a buscarlas allí y decidles que cojan el maletín de urgencias y el rifle anestésico y que vengan aquí.

Cuando los mellizos salieron corriendo, se volvió de nuevo a los policías.

—De todos modos, queda la cuestión de qué hacer con los animales cuando los hayamos capturado. ¿A dónde vamos con dos elefantes, tres tigres y dos leones? ¿Y todos los caballos y ponis, cabras, gatos y perros? Sí, también hay dos monos sueltos, chimpancés. Es urgente dar con ellos. Es posible que sean los que menos miedo dan, pero, si uno comete la imprudencia de acercarse a ellos, son más peligrosos que los tigres o que los viejos leones.

Los policías miraron a Gerome Homer.

—¿Tiene usted alguna jaula temporal?

El director negó con la cabeza. Su cólera parecía estar transformándose en resignación.

—Todo ha ardido —dijo—. Lo mejor es matar a los animales... De todos modos, estamos arruinados... El circo tendrá que cerrar.

Los policías miraron incrédulos a Gerome Homer, luego uno de ellos se volvió a Bernhard.

—No podemos limitarnos a matarlos... —señaló.

—Tendrán que pasar por encima de los cadáveres de David y Daphne —respondió Bernhard, casi divertido.

Al otro policía se le ocurrió una idea.

—¿Por qué no preguntamos en el zoo? —propuso—. Deben de tener jaulas...

Maria se llevó un susto de muerte cuando salió de su nicho entre las raíces y abrió los ojos. Se encontró cara a cara con su animal favorito. La llama la miraba interesada.

—¿Qué haces tú aquí, Lametta? —preguntó con voz ahogada y sumamente aliviada de ver con vida al animal. A cambio, echó de menos a su amiga—. ¿Nellie?

—Estoy aquí con dos camellos —respondió Nellie e introdujo a los animales en el campo visual de Maria. A uno de ellos lo llevaba cogido por el cabestro, no tenía cuerda.

Maria se desembarazó del cinturón de su vestido cruzado y lo puso alrededor del cuello de Lametta. La hembra se dejó hacer, aparentemente dispuesta a permitir que la guiaran.

—Las cabras están esparcidas por aquí —indicó Nellie—. ¿Qué hacemos con los animales?

Maria todavía estaba aturdida, pero empezaba a recuperarse lentamente.

—¿De vuelta al circo? —preguntó.

Nellie llevó primero a los animales al camino del parque, donde despertó el interés de los últimos curiosos que regresaban a su casa.

—El zoo no está tan lejos —explicó un hombre—. A lo mejor pueden alojar allí a los animales.

—¿Qué significa «no está tan lejos»? —preguntó con cautela Nellie.

El hombre se encogió de hombros.

—¿A pie? Pues una media hora...

—¡Mamá! —oyeron de repente gritar a Daphne. Casi se le quebró la voz. Se abalanzó sobre Maria sin aliento—. ¡Mamá, hemos dejado en libertad a todos los animales! Los camellos, la llama, los elefantes y los leones...

—¿Significa eso que hay animales salvajes que andan sueltos

por aquí? —preguntó aterrada la esposa del servicial hombre.

Maria deslizó la mirada a su alrededor.

—Aquí, no —dijo.

—Los camellos no estarían tan relajados —añadió Nellie con ánimo apaciguador.

Eso no tranquilizó a la mujer.

—¡Qué horror, Rudyard! ¡Vámonos de aquí! ¡Rápido!

—Es mejor que no corran cuando vean a una fiera salvaje —les indicó David, que llegó detrás de su hermana—. Podría despertar su instinto de caza. Lo mejor...

—Creo que estos señores no quieren saberlo todo con tanta precisión —lo interrumpió Nellie. Los transeúntes tampoco estaban escuchando, sino intentando desaparecer lo más deprisa posible—. ¿En serio que los tigres andan sueltos? ¿Tenemos que capturarlos?

Los Dadas explicaron excitados lo ocurrido. Al poco apareció ante su vista el corral de los ponis. Seguía en pie.

—Por el momento, podemos dejar aquí a los camellos y la llama —decidió Nellie—. Los caballos los conocerán y no tendrán miedo. Y vamos a informar al circo de que es posible que el zoo disponga de un alojamiento temporal. Alguien tiene que llevar allí a los animales que quedan. ¿Tenéis un rifle anestésico, Maria?

Maria asintió. Parecía algo desorientada, pero de nuevo capaz de reaccionar cuando le daban instrucciones claras.

—Y mi cerbatana.

Para adormecer a los animales salvajes, Maria confiaba más en su cerbatana, con la que había trabajado años atrás en Berlín y que había tenido que utilizar de vez en cuando con los animales del circo.

Después de dejar en su alojamiento provisional a los camellos, Nellie y ella se proveyeron de todas las armas anestésicas de que disponían. Entre la gente del circo corría ahora la noticia de que los animales vagaban sueltos y algunos cuidadores y artistas audaces salieron a la busca de los caballos y las cabras.

De los dos directores, Gilbert Homer guardaba más la calma que Gerome. Estaba preocupado por los sementales árabes en especial. Con respecto a los tigres y los monos, era partidario de matarlos de un tiro. Claro que eran valiosos, se podían vender a otras compañías circenses cuando el circo realmente cerrara. Pero los animales no estaban asegurados. Si herían a alguien, los hermanos se verían en la ruina total.

El domador de los chimpancés no estaba en absoluto dispuesto a participar en la captura de sus animales. Se habría visto capaz de volver a meterlos en su jaula si hubiese sobrevivido a las llamas, pero no veía ninguna otra opción.

—Los chimpancés son más fuertes de lo que ustedes creen —advirtió a los policías—. Le arrancan a uno un brazo como si nada.

Los Dadas encontraban muy emocionante poder ir con todos en un coche de policía. Bernhard, Maria y Nellie siguieron a los agentes en un vehículo del circo. En Main Street los esperaba una sorpresa. Al mismo tiempo que el coche de policía, llegaba un camión cargado de jaulas. Los hombres fornidos a los que pertenecía los saludaron con toda naturalidad.

—Nos han dicho que necesitaban ayuda, somos los responsables de los animales que llegan al zoo por primera vez y que tienen que aclimatarse —explicó uno de ellos—. A menudo hay auténticas fieras salvajes. A nosotros un tigre no nos asusta tan rápidamente.

—Sobre todo no atemoricen ustedes al tigre —les advirtió Bernhard—. Tampoco cuando vaya detrás de mi hijo. ¿Qué aspecto tiene?

—El tigre no es muy grande, es posible que todavía sea joven —respondió el policía que había seguido al animal—. Está allí, en la tienda de comestibles. Según el propietario, la tienda no tiene salida trasera.

—David, ¿podría tratarse de Sally? Confírmalo antes de correr el riesgo. No hay problema en anestesiarla.

David resplandeció.

—Debe de ser Sally —dijo—. Voy a llamarla.

Se dirigió al comercio. Delante de la tienda, el propietario discutía con un policía sobre quién habría de pagar los daños causados por el tigre.

—¿Tienes algo para atraerla, David? —preguntó Bernhard.

David se sacó del bolsillo un paquete envuelto en hule que contenía un trozo de carne. Daphne le tendió un palo en el que podía pincharlo.

—Lo volveré a necesitar para las elefantas —advirtió—. Que no lo mordisquee.

—La pequeña tigresa, Sally, nació en el circo —explicó Bernhard a los guardias del zoo y a los funcionarios de policía, mientras David se metía en la tienda—. Y estuvo muy enferma cuando era un cachorro. Mi esposa la estuvo cuidando un tiempo en nuestro consultorio veterinario, era como una gatita. Por desgracia, esto ha cambiado algo a causa de la brutalidad del domador del circo, pero si no se la excita no hará nada. Y a David lo adora.

El niño lo confirmó al instante. La tigresa lo siguió pegada a sus talones y cuando le lanzó el trozo de carne subió obediente a la jaula. Los hombres la cargaron en el camión, algo preocupados porque Sally no estaba anestesiada. No obstante, la joven tigresa renunció a darles zarpazos entre los barrotes. Con David a su lado estaba tranquila.

—No ha habido ninguna complicación —constató Nellie—. ¿Y dónde están los demás?

Maria, Nellie y Bernhard emprendieron la caza de los tigres, Daphne insistió en capturar primero a las elefantas. Los agentes, ya lo suficientemente impresionados por su hermano, la llevaron solícitos al puerto, donde habían visto a los animales. Los marinos y viandantes contemplaban asombrados a los enormes paquidermos que erraban sin rumbo.

Al ver a Daphne barritaron aliviados. Lakshmi enseguida depositó a la niña sobre su lomo.

—Puedo llevarla al zoo, Kali nos seguirá —explicó Daphne—. Si me enseñan el camino.

—¿Puedes hacerlo sola? —preguntó el policía lleno de admiración.

Daphne rio y movió el palo.

—Claro. Soy una princesa india. Hablo el idioma de los elefantes.

David miró a los policías y se llevó las manos a la cabeza.

—Está mintiendo —dijo.

4

Acto seguido, se encontraron con los dos leones. Un coche patrulla, que recorría el centro de la ciudad e indicaba a los viandantes que se encerraran en sus casas, los había visto en Murray Street, donde se habían tendido a la sombra de un árbol. Parecían exhaustos.

—Si los anestesiamos y no calculamos la dosis con precisión podemos provocar un paro cardiaco —dijo preocupada Maria—. Son viejísimos.

—Y por eso mismo se alegrarán de volver a meterse en una jaula —pensó Bernhard, y se giró hacia los cuidadores—. Ayúdenme a bajar una jaula del camión y colocarla cerca de los animales. A lo mejor tenemos suerte y entran ellos por propia iniciativa.

Los leones no dieron ninguna muestra de ir a atacar a los hombres que empujaban la jaula hacia ellos. Cuando Bernhard arrojó los restos de la carne con la que David había llamado la atención de Sally, el más joven de ellos se levantó interesado, siguiendo el atractivo aroma. Los cuidadores cerraron la jaula a la velocidad del rayo cuando el segundo león también se introdujo.

Bernhard hizo el signo de la victoria. Un hombre, que acababa de aparcar el coche junto al camión de los cuidadores, le sonrió con reconocimiento.

—¡Buen trabajo! —dijo, tendiéndole la mano a Bernhard—. Obedecen al instante. ¿Es usted el domador? Me llamo Shapcott, soy el director interino del zoo. Mis empleados ya se han hecho cargo de sus animales. Pero yo no quería perderme la caza de los leones.

El señor Shapcott era un hombre delgado y bajito, con unos vivaces ojos castaños. Llevaba un elegante terno. Tenía un rostro surcado por arruguitas, en el cual dominaban unas potentes cejas y un ancho bigote. A continuación tendió la mano a las mujeres, pero, antes de que todos se presentasen, un policía que estaba sentado en el coche patrulla junto al aparato de radio advirtió de otra llamada urgente.

—En un jardín delantero de Colin Grove se han visto tigres. Tampoco se han ido tan lejos los animalitos.

Colin Grove era una tranquila calle cercana a Kings Park.

—¡Pues allá vamos! —exclamó alegremente el señor Shapcott.

Él al menos no tenía miedo de los félidos, aunque no parecía tener contacto con ellos cada día.

Los propietarios de la bonita villa en cuyo jardín delantero paseaban los tigres estaban al borde de un ataque de nervios desde que, sin sospechar nada malo, habían salido de casa y descubierto, junto a un macizo de rosas, un tigre. La madre de Sally, que nunca se había relacionado bien con los seres humanos, les había soltado un bufido amenazador, tras lo cual se habían atrincherado en la casa y avisado a la policía. Los veterinarios también descubrieron en ese momento al tigre macho en el jardín.

—Estos no acuden a la llamada —observó Bernhard, cuando los imponentes animales rugieron en dirección a los recién llegados.

Maria preparó su cerbatana.

—Me colocaré detrás del seto y me acercaré a ellos desde allí —dijo—. A lo mejor no me ven. Y, si lo hacen, no atacarán. Creo que más bien se marcharán.

Se agachó detrás de un seto recortado y se fue aproximando a los animales resguardada por él. Los tigres acababan de descubrir una fuente y les habría gustado beber, pero la cascada de agua los desconcertaba. Estaban lo suficientemente ocupados explorando su posible bebida y no se percataron de la presencia de Maria.

Los espectadores observaban conteniendo la respiración cómo ella se erguía, apuntaba y disparaba. Tal como estaba planeado, la flecha se clavó en el cuarto trasero de la tigresa. Esta dio un breve gruñido, miró a su alrededor y se sacudió la flecha. Luego ya no se preocupó más. Maria volvió a cargar su arma, apuntó al macho y disparó la flecha con la misma destreza contra el hombro del tigre.

—¡Por todos los santos! Esa joven dispara como un cazador de caza mayor —observó el señor Shapcott—. O como un guerrero pigmeo. Son los de las cerbatanas, ¿verdad? ¿Ha ido a algún safari? ¿O es una tiradora como Annie Oaklay?

Bernhard sonrió.

—¡Qué va! Ninguno de los dos somos artistas, solo los veterinarios del circo. Mi esposa y yo estudiamos juntos en Berlín y Maria fue ayudante del veterinario del zoo durante todas las vacaciones. Incluso escribió la tesis doctoral allí. Estudios comparativos sobre rumiantes.

—¿En serio? —El señor Shapcott parecía sumamente interesado—. A lo mejor podría echar un vistazo a nuestras llamas. No me parece que estén en plena forma…

Bernhard asintió.

—Las llamas son sus animales favoritos —dijo.

Maria volvió a reunirse con ellos.

—Buena puntería —la elogió Nellie—. Si además has puesto la dosis correcta…

—Lo he hecho —respondió Maria seria—. Ya he tenido que dormirlos varias veces. Quemaduras, cuchilladas… Y una vez porque el macho tenía el brazo del cuidador entre los dientes. Yo fui más rápida con la cerbatana que el director con el fusil, de lo contrario Barney no seguiría con vida. Lo ves, ya se tambalea. Y también Cheetah.

Los tigres iban perdiendo lentamente la conciencia. Diez minutos después dormían lo bastante profundamente para meterlos en la jaula.

—Es de esperar que se despierten en el zoo —comentó Bernhard.

El señor Shapcott se volvió a Maria.

—Ha sido muy impresionante —dijo con admiración—. Supongo que querrán acompañar a los animales al zoo. ¿Me permiten que los lleve en mi coche?

El vehículo todoterreno del director del zoo llevaba el rótulo de ZOOLOGICAL GARDENS BOARD, flanqueado por las imágenes de una jirafa y una cebra.

El radiotelegrafista de la policía volvió a llamar antes de que Maria pudiese contestar. El audaz propietario de dos perros pastores había metido a los aterrados chimpancés en una perrera. Podían ir a recogerlos allí. Los cuidadores no esperaron para desplazarse al lugar. Además, el circo había llamado.

—Tiene que regresar a Kings Park, hay un caballo herido —anunció el radiotelegrafista a la veterinaria—. La dueña parece estar muy furiosa porque está usted cazando tigres aquí en lugar de estar a su disposición.

Nellie suspiró.

—Apuesto a que es Natasha —dijo a Maria y Bernhard—. Qué cara tiene. Primero provoca el incendio del circo y ahora quiere ir dando órdenes. —Empezó a preparar el maletín de urgencia de Maria—. Id tranquilamente con el señor Shapcott. Yo me encargo del caballo y de su dueña.

Saludó con la mano a los demás y se fue al coche que había conducido Bernhard. Lo puso en marcha con toda naturalidad.

—Una amiga —explicó Bernhard—. Veterinaria especializada en caballos en Auckland. Ha venido a vernos, antes compartíamos un consultorio.

El señor Shapcott asintió.

—Me gustaría que me contaran más al respecto. Pero ahora echen ustedes un vistazo a nuestro zoo. Es una instalación muy bonita, proyecto de Albert Le Souef, un famoso arquitecto paisajista. Su hijo fue el primer director y era muy querido. Durante la Depresión, el zoo se vio en grandes dificultades financieras y al final los Le Souef no pudieron conservarlo. Los reemplazó el State Gardens Board. Ahora es el Zoological Gardens Board el que me ha nombrado director interino. Mi título auténtico es superintendente.

—Es muy interesante —comentó cortésmente Bernhard.

—Quizá se pregunten ustedes por qué les cuento todo esto... —Shapcott se enderezó y frunció el ceño desconcertado cuando tomó el camino de acceso al zoo. Ahí ya se agrupaba la gente del circo con caballos y ponis, y una jovencita de cabello oscuro dejaba a los niños subirse a dos elefantes.

—Daphne... —Bernhard suspiró—. Me temo que ha descubierto una nueva fuente de ingresos.

También se paseaba a niños a lomos de ponis, pero para el señor Baker, su propietario, no era una actividad inusual. Dirigía el número de los ponis en el circo, en el que participaban, asimismo, las cabras y la llama. Por una pequeña cantidad, los hijos de los visitantes podían dar un par de vueltas sobre los caballitos o acariciar a las cabras y a la llama. El señor Baker los fotografiaba entretanto. Los elefantes no formaban parte de sus actividades comerciales.

—Nuestra hija —la presentó Maria—. Es la niña con los elefantes.

El superintendente Shapcott parecía ahora ligeramente sorprendido.

—Y nuestro hijo —añadió Bernhard señalando a David—. A ellos les debe que su zoo esté invadido de animales. Cuando empezó el incendio, dejaron a todos los animales del circo en libertad.

—Porque si no se habrían muerto —defendió Maria a sus hijos.

Shapcott sonrió.

—¿Mellizos? —preguntó.

Maria asintió.

—David y Daphne.

David cogía en ese momento un gran cesto de las manos de una mujer vigorosa y de cabello oscuro. Era Ilonka. Se oyeron los típicos sonidos de un gato protestando. Ilonka estrechó contra sí a una gata preciosa y de pelo largo, que parecía asustada.

El niño, contento, dio las gracias cortésmente. La mujer las rechazó.

—¡Soy yo la que tiene que darte las gracias! Nuestra caravana está totalmente calcinada. Si no hubierais salvado a Tatjana... Un bombero me contó que lo distrajiste mientras Daphne se metía entre las llamas.

Bernhard y Maria se miraron horrorizados.

—Es una exageración —dijo David, que descubrió en ese momento a sus padres.

—¡Mamá, papá! ¡Ilonka ha cogido a mis gatos! Qué amable, ¿verdad? ¿Los podría dejar aquí en alguna jaula? Hasta..., ¿hasta que sepamos dónde vamos a vivir ahora?

Bernhard lo remitió al señor Shapcott, a quien había monopolizado el señor Baker.

—Pensaba que tal vez podría instalar aquí a los ponis hasta encontrar otro empleo —le comunicó—. O un lugar para mi alquiler de ponis. Con los hermanos Homer se ha acabado, el circo se disuelve. Es probable que nunca puedan reunir el dinero para una carpa y jaulas nuevas.

—Mejor así —observó Maria.

El señor Shapcott asintió.

—Hasta que no encuentre algo nuevo, pueden quedarse aquí —respondió a Baker—. Tenemos un par de animales adiestrados para hacer un número. A los visitantes del zoo les gusta. Todavía no ofrecemos paseos en poni y seguro que será un buen negocio. ¿Hay alguien aquí que pueda tal vez exhibir un número con los félidos?

Bernhard negó con la cabeza.

—Gerome Homer adiestraba a los leones y tigres, y no era algo agradable de ver. Los tenía que obligar a hacer cualquier número. Es un milagro que no se hayan lanzado sobre él. Ya lo intentaron con un cuidador especialmente brutal.

—Yo sí puedo hacer algo con Sally —intervino David—. Y mis gatos.

Bernhard sonrió.

—Al tigre lo dejas tranquilo. Pero debería usted ver el número de los gatos, señor Shapcott. Son fantásticos.

—Y mis elefantas —se sumó Daphne a la conversación. Los cuidadores se habían hecho cargo de Kali y Lakshmi y las conducían al parque, donde los empleados del zoo buscaban un cercado seguro para ellas—. ¡También son fantásticas!

—No son tuyas, siguen siendo propiedad de los hermanos Homer —le recordó Bernhard enturbiando su alegría—. Y no, no podemos comprarlas. Es posible que tengamos que regresar a Nueva Zelanda y no nos llevaremos ningún elefante a Epona Station.

—Dejemos estos temas para más tarde —propuso el señor Shapcott—. Ahora esperemos a los chimpancés y metamos a los félidos en sus jaulas. Hasta que lleguen los cuidadores, pueden echar un vistazo al zoo. —Se volvió a los niños—. ¿Queréis venir con nosotros?

David y Daphne asintieron y se sentaron con su madre en el asiento trasero.

—¡Oléis a humo! —dijo Maria—. Deberíais lavaros. Tendremos que buscarnos un hotel, Bernhard. ¿O se ha salvado nuestra caravana?

Maria odiaba pernoctar en hoteles. Habría preferido dormir en su estrecho, pero aun así conocido, vehículo.

—Todavía olerá más a humo que nosotros —apuntó Daphne.

—Pero no se ha quemado —advirtió Bernhard—. A lo mejor podemos dejarla aquí un par de días…

Shapcott hizo un gesto de rechazo.

—Ya hablaremos también de eso más tarde —dijo—. Primero, observen. Ahí están nuestros gorilas. Miren, las instalaciones están integradas muy armónicamente en el paisaje del parque. Los animales tienen terreno al que salir. Cada vez más, se intenta que los animales que proceden de otras zonas climáticas se sientan a gusto en los parques zoológicos sin tener que encerrarlos en unos cobertizos con calefacción o refrigeración...

—Sí, eso dice Carl Hagenbeck —afirmó David—. Él hizo numerosos intentos por conseguirlo. Y, en parte, muestra a los animales en grupos mixtos, según el lugar de donde proceden. Ha recreado una sabana y un paisaje alpino...

Shapcott asintió.

—Ese fue también el modo en que se concibió este zoo. Los animales no están encerrados en unas tristes jaulas, sino que están satisfechos y se comportan como en plena naturaleza. En la medida de lo posible, claro. No creo que la gente quiera presenciar cómo un león caza a una cebra.

Siguió conduciendo y enseñó a Bernhard, Maria y los niños unas focas que tomaban el sol sobre unas montañas que imitaban las de hielo o se precipitaban a una espaciosa piscina. Una imponente morsa les hacía compañía.

—Y estas son nuestras llamas. —Shapcott detuvo el coche justo al lado de una instalación donde se hallaba un rebaño de delicadas criaturas de color castaño, largos cuellos y ojos grandes—. Esto es lo que quería enseñarles. ¿Quieren bajar y verlas? No me acaba de gustar su aspecto... Por desgracia no están adiestradas y no se dejan capturar fácilmente...

Maria deslizó la mirada por los animales y el corral.

—Sus vicuñas tienen gusanos —dijo, lacónica. Reconoció lo que no funcionaba con los camélidos del Nuevo Mundo a primera vista y pese a que a esas alturas la luz ya era crepuscular—. ¿Qué les da de comer? ¿Alfalfa? Sería mejor heno... ¿No ve que todas tienen diarrea?

El señor Shapcott se encogió de hombros.

—No hace tanto que las tenemos. Vienen de Chile... Antes

tienen que aclimatarse. Y nos dijeron que las llamas comen todo lo que comen los caballos.

—Como le he dicho, son vicuñas, no llamas —le corrigió Maria—. Las vicuñas son salvajes. Las llamas están muy domesticadas, por lo general son más sociables. Son más grandes y más fuertes. La alfalfa es muy rica en proteínas. Tampoco es el mejor forraje para caballos.

Bernhard intuyó que su esposa estaba a punto de soltar un discurso pedagógico. Se volvió rápidamente hacia el señor Shapcott.

—Escuche, ¿qué le parecería si Maria y yo volviésemos mañana y mirásemos con calma todos los animales? Como mi esposa ha dicho, esta noche necesitamos un hotel, a ser posible que no sea demasiado caro... Los niños han de comer algo y...

Shapcott le sonrió.

—Vayan al edificio de la dirección. Actualmente yo solo ocupo dos habitaciones y las de invitados están preparadas. Le diré al conserje que compruebe si tienen también agua y electricidad. Sería un honor para mí invitarlos esta noche al restaurante del zoo. Me gustaría hablar de algunos temas con ustedes.

Maria insistió en volver a ver a los tigres cuando por fin llegaron los cuidadores con los animales.

Barney y Cheetah se estaban despertando lentamente, Sally exploraba una jaula que era el triple de grande que la del circo. Los leones volvían a dormir y los chimpancés se agarraban el uno al otro en el rincón más alejado de una jaula con columpios y juguetes. No obstante, ya miraban de reojo una cesta con frutas frescas que el cuidador les había dejado en el centro de la instalación.

—Como en todos los hoteles buenos, a nuestros invitados les espera una cesta con frutas en la habitación —bromeó el nuevo cuidador—. Pero estos muchachos se encuentran en un estado lamentable. Están totalmente aterrados. Creo que se acercarán a la comida cuando todos nos hayamos ido. —Sonrió a los niños—. ¿Qué habéis hecho? —preguntó a los dos—. ¿Habéis apagado vosotros solos el fuego?

Maria miró a sus hijos con más detenimiento y comprobó que tenían la ropa totalmente manchada y chamuscada.

—Tenemos que tirar estas prendas... —dijo desconcertada a su marido—. ¿Dónde vamos a encontrar otras nuevas por aquí?

El amable cuidador fue a un armario, removió un poco y sacó una pila de pantalones, camisas y monos.

—Tomad —dijo—. Así iréis vestidos de la forma adecuada para estar en el zoo. Como contrapartida, os espero mañana para limpiar las instalaciones.

El señor Shapcott se echó a reír.

—También se me podría haber ocurrido a mí —comentó—. Muchas gracias, Raymond. Esta es la familia Lemberger, de Nueva Zelanda. Los padres son veterinarios y los hijos domadores. Espero que se queden con nosotros algún tiempo. Y este es Raymond, nuestro cuidador jefe. Seguro que él no hubiera cometido la equivocación de confundir vicuñas con llamas.

Bernhard tendió la mano al cuidador.

—Bernhard —se presentó—. Y Maria. Estamos muy contentos de que mañana vayan a mostrarnos todos los animales.

El edificio de la dirección era una pequeña villa muy bonita y ubicada en un jardín algo retirado. El arquitecto del parque la había construido para su hijo. Las habitaciones de invitados eran sencillas, pero disponían de todas las últimas comodidades. El conserje había preparado jabón, cepillos de dientes, toallas y todo lo necesario en un cuarto de baño. Maria disfrutó de un baño de espuma después de que los niños se hubieran restregado bien en la bañera. Al final apenas olían a humo. Tenían un aspecto muy divertido con esos monos que les iban demasiado grandes; también Maria se embutió en un vestido de trabajo verde después de haberse metido en la bañera y de comprobar que su ropa estaba tan sucia y desgarrada que no se podía salvar.

—A pesar de todo, estás maravillosa —le dijo suavemente

Bernhard cuando se detuvo frente a él con el cabello suelto—. Siento no poder ofrecerte una vida mejor. Tendremos que volver a empezar de cero. ¿O regresamos a Epona Station? A lo mejor Nellie puede anticiparnos el dinero.

—Hoy no puedo hablar de eso —contestó Maria—. Yo... en realidad tampoco quiero ir a la cena. Lo mejor sería...

—¿Que te metieras en el armario? —preguntó Bernhard—. Ay, cariño...

—¿Nos darán *fish and chips*? —preguntó Daphne. Los mellizos habían explorado el jardín mientras sus padres se bañaban y volvieron a aparecer en ese momento muertos de hambre—. ¿O es un restaurante elegante en donde hay que ir con cuidado con la vajilla como en casa de la señora Mia?

Conocían los buenos modales gracias a las visitas a Mia y Julius. En Auckland había pocos restaurantes buenos y, si Maria y Bernhard iban a alguno, lo hacían sin sus hijos.

—Dejaos sorprender —dijo Bernhard.

—El señor Shapcott es amable, ¿no? —siguió parloteando Daphne—. Pero todavía me gusta más Raymond, es divertido.

David había dejado a sus gatos en una habitación vacía de la casa después de que Raymond le hubiese proporcionado comida, una manta donde dormir y un arenero para ellos.

—Me parece que le gustan los gatos —observó el niño.

El restaurante del zoo tenía varias ofertas interesantes en la carta, pero también *fish and chips* para los pequeños. David y Daphne se lanzaron hambrientos sobre sus platos, mientras los adultos conversaban. El superintendente Shapcott tenía incontables preguntas que plantear sobre la carrera, los estudios y la experiencia profesional de sus invitados. La mayoría de las veces respondía Bernhard. Contó que Maria había sido la primera mujer en Berlín que había tenido acceso a la carrera de veterinaria y habló de su trabajo en el zoo y con los animales de los artistas de los teatros de variedades. Él mismo había ido al ejército al comienzo de la Primera Guerra Mundial y había trabajado de veterinario en una remonta, antes de que al final de la contienda lo hubiesen enviado al frente.

—No quería volver a vivir una guerra nunca más —se limitó a decir—, y después, en Nueva Zelanda, tuve miedo del Programa de Control de Extranjeros Enemigos. A lo mejor ha oído usted hablar de él. Soy judío y no quería de ninguna de las maneras marcharme con nazis fanáticos a Somes Island. Por eso aceptamos la oferta del circo de viajar con él a Australia. Es decir, la aceptó mi esposa. Ella es una experta en animales exóticos. Yo era solo su consorte. —Sonrió con un poco de tristeza.

El señor Shapcott se frotó la frente.

—Espero que aquí no se sienta considerado del mismo modo —dijo—, porque estoy pensando en ofrecer a su esposa un trabajo en este zoo. Sabe, me gustan los animales, por eso, cuando el Gardens Board quiso trasladarme aquí, acepté encargarme de la reconstrucción del parque zoológico. Sin embargo, no soy en absoluto un experto. Yo entiendo de administración, dirección del personal y esas cosas, pero cuando se trata de valorar la experiencia de un aspirante a cuidador de animales topo con mis limitaciones. Y, si cometiera errores tan lamentables como el de las vicuñas ante especialistas en la materia, como otros directores de zoológicos de visita en nuestras instalaciones..., sería imperdonable. Desde el principio, forma parte de mis tareas buscar un nuevo y cualificado director del zoo, pero hasta ahora no he encontrado a nadie a quien ofrecer este puesto. Hasta ahora...

—Yo no..., no puedo dirigir un zoo —advirtió Maria en voz baja—. Me desenvuelvo bien tratando animales..., pero no con las personas. No puedo decir a nadie lo que debe hacer y tener una visión de conjunto. Solo puedo hacer una cosa y no más. Mi padre ya decía que yo no podía tener una consulta porque... soy rara.

Bernhard puso suavemente una mano sobre la de ella.

—Mi esposa es algo introvertida —observó—. Pero es una veterinaria maravillosa y...

Shapcott rio.

—Y una tiradora estupenda —añadió—. Y estoy totalmente de acuerdo con usted, doctora Lemberger: quien dispara mejor que habla, es preferible que no ocupe un cargo directivo...

Maria lo miró atónita.

—Nunca disparo a seres humanos —le aclaró.

—Era una broma, Maria —la tranquilizó Bernhard.

Shapcott conservó su sonrisa.

—Por eso también he pensado en ofrecer el puesto de director del zoo a su marido. —Se dirigió a Maria y luego deslizó la mirada hacia Bernhard—. A usted, señor doctor Lemberger. A su esposa le ofrezco el puesto de veterinaria del zoo. Espero que no se lo tome a mal, pues los puestos directivos tienen que ver más con la administración que con el trato directo con los animales. Pero en Europa hay muchos veterinarios. Y puede echar una mano a su esposa si necesita en algún momento respirar el aire de los establos.

Bernhard y Maria lo miraron sin dar crédito.

—Yo... me siento abrumado... —consiguió decir Bernhard—. Naturalmente... nosotros... aceptamos su oferta... ¿No, Maria?

Daphne se lanzó sobre él.

—¿Significa esto que podemos quedarnos aquí?

Bernhard asintió.

—Si mamá está de acuerdo.

—Pero entonces... —Daphne iba a hacer una objeción, pero su hermano la interrumpió.

—Entonces toca el turno de hablar del salario, ¿verdad? —preguntó el listillo de David—. Es lo que decía la señora Mia. Cuando tenía que contratar a una nueva cocinera, debía negociar el sueldo. Y hablar sobre las condiciones de trabajo.

Era evidente que Bernhard se avergonzaba de la impertinencia de su hijo; Maria, por el contrario, asintió.

—Sí —convino—. Se hace así.

—Por supuesto estamos de acuerdo con todas las condiciones —se apresuró a asegurar Bernhard al señor Shapcott—. Para nosotros es...

Shapcott volvió a sonreír. Estaba encantado con los mellizos y el comportamiento de David no lo ofendió.

—Deje que ellos expongan sus condiciones —señaló divertido—. También les afecta esto, al fin y al cabo. ¿Cuáles son vuestras expectativas en cuanto al salario? —preguntó a los niños—. Exceptuando el suministro de la ropa de trabajo —añadió señalando los monos.

Daphne le dirigió una sonrisa irresistible.

—No queremos un salario —dijo con toda seriedad—. Pero tiene que comprar usted dos elefantas.

David asintió.

—Y un tigre como mínimo.

Culpa y expiación

Grecia – Creta

1942

1

La llegada de los italianos y los múltiples esfuerzos de los alemanes por tener también bajo control el interior de la isla de Creta obró su efecto sobre los habitantes de Imbros. Los hombres se reunieron con otros habitantes de las montañas para formar milicias que ahora no solo luchaban contra paracaidistas aislados, sino que libraban auténticas batallas con destacamentos alemanes. Cada vez eran más los heridos y caídos. Las mujeres crearon una especie de hospital de campaña en el que trataban a los hombres con remedios caseros. Además, se dedicaban a camuflar las casas y los establos con arbustos. No era muy difícil. Los pequeños *mitata* desaparecían al instante bajo las ramas y los sarmientos y desde el aire no se reconocían como viviendas. Ya hacía tiempo que el pueblo se había convertido en un campamento de partisanos. Si los alemanes lo hubiesen descubierto, habría sufrido el mismo destino que Kandanos, Skines y Cidonia, pueblos que en el marco de las medidas de represalia habían quedado prácticamente reducidos a escombros.

A esas alturas, los cretenses no toleraban ni destrucciones ni ejecuciones de rehenes, sino que intentaban salvar vidas cuando se enteraban con tiempo suficiente de los planes de los alemanes. Leonidas se especializó precisamente en impedir operaciones de represalia y Grit participó activamente en las acciones. Ya hacía tiempo que había dejado de luchar contra su destino.

Había querido combatir a los alemanes, y ahora lo hacía de un modo mucho más efectivo de lo que habría podido limitándose a entretener a las tropas. Había aprendido a disparar, aunque a Leonidas no le gustaba que se adhiriese a los grupos que combatían en primera línea. Mientras los hombres distraían a los guardias, animaba a las mujeres a liberar presos o a alertar a los aldeanos para que escondieran a los guerrilleros. Estos eran conducidos después a través de las montañas o de la garganta de Imbros a un lugar seguro. Solían ser británicos, australianos o neozelandeses, a los que los griegos habían dado asilo tras la invasión alemana. Grit les indicaba el camino a Sfakiá, donde ahora se había instalado el cuartel general británico, y aprovechaba para preguntarles por Alex. Sin embargo, ninguno había oído hablar de él.

«Ya debe de estar en casa desde hace tiempo —le dijo uno para consolarla—. Evacuaron a la mayoría de los soldados a Alejandría».

Grit y otras mujeres también transportaban artículos de contrabando, armas y comestibles de un campo de *andartes* —como llamaban a los guerrilleros griegos— a otro. Se había hecho amiga de Aliki, con quien había sobrevivido a la masacre de Kandanos. La joven no toleraba que le impidieran hacer contrabando y luchar. Odiaba con toda su alma a los alemanes y participar en la resistencia la había ayudado a superar la pérdida de sus padres.

Leonidas y los demás *andartes* sentían un gran respeto por la participación de las mujeres. Grit y Aliki no habían de temer ningún tipo de agresión cuando viajaban con grupos de hombres. Naturalmente, también se formaban parejas en los campamentos. Los chicos solían cambiar de un lugar a otro y era frecuente que un joven y una muchacha, que si no hubiese estallado la guerra nunca se habrían conocido, se enamorasen. No obstante, durante las operaciones se trataba únicamente de luchar juntos.

Leonidas seguía echándole los tejos a Grit; a veces ella incluso tenía la sensación de que intentaba librarla de las misiones más peligrosas. Esto la molestaba, pero en cierto modo también la conmovía. Ya no era el músico superficial y alegre que había conocido en La Canea, sino un jefe militar versado, prudente y valiente. Ella lo admiraba y se preocupaba de él cuando estaba de viaje y permanecía alejado más tiempo del planeado. Cuando los *andartes* bailaban y cantaban —también sucedía que celebraran con alegría las victorias—, tocaban canciones juntos. Grit ya tenía un buzuki propio que Leonidas le había regalado después de una de sus operaciones. Cuando sus melodías se fundían en una, se sentía próxima a él y, mientras, la imagen de Alex se iba difuminando en su memoria. Sin embargo, no pensaba en entablar una relación sentimental con el griego. Mientras estuvieran en guerra, se concentraría en la lucha. No entendía que otras parejas se reunieran tan apasionadamente justo en ese momento. Grit todavía no había mirado realmente a la muerte a los ojos. El sentimiento de tener que vivir el ahora porque tal vez no había futuro todavía le resultaba ajeno.

Cuando Grit y Aliki no estaban ayudando a combatir al invasor, se dedicaban a las tareas usuales y propias de las mujeres de Imbros. Así que Grit estaba ayudando a Eleni en la quesería cuando, un día de marzo de 1942, Leonidas llegó a casa y preguntó por ella.

—Han hecho una redada en Myriokefala —explicó, después de saludar brevemente—. Los alemanes han tomado como rehenes a diez mujeres. Si mañana los hombres todavía no han entregado a la gente a la que se supone que esconden, las ejecutarán al alba.

—¿Cómo lo sabes? —preguntó Grit.

Leonidas respondió enseguida.

—Me lo han dicho George y Willard. Han captado un mensaje de radio de los alemanes.

Hacía poco que Grit y Aliki habían traído al pueblo a George y Willard, dos radiotelegrafistas británicos, procedentes de una aldea norteña. Estos habían conservado un pequeño transmisor y una radio durante la evacuación de Heraclión y compartían con los aldeanos que los escondían las noticias que recibían. Cuando casi los descubrieron, Grit quiso enviarlos a Sfakiá, pero ninguno de los dos tenía ganas de incorporarse a ningún cuartel general.

«Hemos trabajado para los peces gordos de La Canea —desveló George— y nos enteramos de que Freyberg quería destruir un aeródromo y que Wavell se lo prohibió. Estuvieron discutiendo si sí o si no y es obvio que se tomó la decisión equivocada. Y luego el asunto de la evacuación, en la que cada uno se tuvo que apañar por su cuenta. Orden: vayan como sea a Sfakiá. Por culpa de esos payasos casi la palmamos dos veces, no vamos a ponernos en manos de ellos otra vez». Así que los dos se habían acuartelado en un corral de ovejas cerca de Imbros y suministraban información a los *andartes*.

Grit se sacó el delantal y cogió el fusil que colgaba junto a la puerta.

—¿Podemos conseguirlo antes de que amanezca? —preguntó a Leonidas.

Myriokefala estaba a unos veinticinco kilómetros al este de Imbros, un fatigoso camino a través de las montañas.

—La distancia es lo de menos. Apenas contamos con gente. Un par de hombres están con Dimitrios en Heraclión adquiriendo provisiones... y la patrulla de búsqueda todavía no ha vuelto.

Los *andartes* saqueaban regularmente los almacenes alemanes. Además controlaban que no hubiera trampas de comandos alemanes cuando se retiraban.

—Aliki está aquí —dijo Grit—. Y los chicos..., Hermes... —Hermes era el hermano menor de Leonidas— y Aristides. Los demás quedan descartados.

—Así que solo somos cinco, de ellos dos mujeres jóvenes y dos adolescentes... No sé si debemos arriesgarnos. —Leonidas se pasó dubitativo la mano por el cabello.

—¡Pero tenemos que hacerlo! —exclamó Grit—. Diez mujeres. ¡Completamente inocentes! No podemos permitir que las ejecuten. ¿Qué dicen George y Willard sobre la unidad alemana?

—Se trata de un grupo de soldados de montaña. Como mínimo serán una docena... —Leonidas se mordisqueó el labio.

—Al menos tenemos el efecto sorpresa de nuestra parte —contestó Grit—. ¡Hemos de intentarlo pase lo que pase, Leon! No hago más que pensar en las mujeres de Kandanos. Aliki también querrá ir.

Aliki estaba entusiasmada con la operación, al igual que los dos adolescentes de quince y diecisiete años. En pocos minutos todos estaban listos para el ataque y Leonidas abrió la marcha hacia el este, dos horas antes de que se pusiera el sol.

—Veremos cómo están las cosas —explicó antes de partir—. Y, si es posible liberar a las rehenes, lo haremos. Pero, si resulta demasiado peligroso, volveremos a marcharnos. Pensad siempre en esto: no podemos salvar rehenes si nos tenemos que ofrecer en sacrificio. Nuestra muerte no serviría para nada. ¡Así que cuidad de vosotros mismos!

Los cinco jóvenes caminaron mucho tiempo en silencio. Todos estaban acostumbrados a realizar largas marchas por terrenos difíciles y alcanzaron Myriokefala poco después de medianoche.

En las casas todavía había luces encendidas. Esa noche nadie dormía. El corral de ovejas en que las rehenes se hallaban cautivas estaba especialmente bien iluminado. Hermes, que había reptado para averiguar cuál era la situación, comunicó que lo vigilaban ocho hombres. Estaban alrededor del corral oval en el que las mujeres, sentadas en el suelo se abrazaban y lloraban.

—El nivel de ruido es relativamente alto —observó Hermes—. Seguro que podemos acercarnos sin que se den cuenta. Pero...

—Tenemos que eliminarlos a todos al mismo tiempo —concluyó Leonidas—. Y escoger un ángulo desde el que no alcancemos a ninguna de las rehenes. Si formamos dos grupos, uno se acercará por el sur y el otro por el norte, y, si disparamos prácticamente al mismo tiempo, tendremos grandes posibilidades de lograr nuestro objetivo. Lo haremos así: Grit y yo vamos por el sur y vosotros tres por el norte. Los chicos apuntan a los vigilantes y Aliki se acerca cuerpo a tierra al corral y abre la puerta a las mujeres. De ser factible, justo después de los disparos. Esos no serán los únicos alemanes que estén allí. Los otros llegarán en cuanto oigan los tiros; entonces lo ideal es que ya nos hayamos ido. Si esto no funciona, nos retiramos disparando. Espero que las mujeres sean listas y corran cuando se les haya abierto la puerta. Tú también serás la responsable de eso, Aliki. Dales prisa, pero ten cuidado de que no te vean.

No cabía duda de que Aliki tenía una dura tarea por delante.

Grit notaba que su corazón latía enloquecido. Esta era con diferencia la operación más difícil en la que había participado hasta la fecha. Pero tenía que resultar un éxito. Ella y Leonidas salieron reptando de su escondite detrás de una roca por un matorral que les ofrecía protección y al mismo tiempo un buen campo de tiro. Leonidas se mantenía a su lado, por fortuna era una noche oscura como boca de lobo. El cielo había estado todo el día cubierto y además había luna nueva. Nadie los vería acercarse. Los alemanes que estaban delante del bien iluminado corral eran dianas fáciles.

Ella se preparó y apuntó al primer hombre.

—Espera, los chicos todavía no habrán llegado a su sitio —susurró Leonidas.

Ahora oían los llantos y lamentos que surgían del corral. El guerrillero griego también apuntó, y entonces una voz dura rasgó la noche.

—¡Tiren las armas, arriba las manos! ¡De pie!

Grit y Leonidas se dieron media vuelta y en ese momento los alcanzó la luz de un foco. Ambos dejaron caer las armas y oyeron gritos y disparos desde el otro extremo del campamento.

—Los chicos… —murmuró Grit con voz apagada.

—¡En pie! —repitió el alemán—. ¡Arriba!

Leonidas ayudó a levantarse a su temblorosa compañera.

Los esbirros los miraron sonriendo con ironía.

—Ya me había imaginado que hoy caerían un par de partisanos en la red —se burló el cabecilla—. Con ese cebo tan bonito..., diez inocentes mujeres..., no os lo podíais perder. ¡Y a nosotros nos habéis tomado por idiotas! ¿Cuántos erais? ¿Cinco, seis? Es casi ofensivo...

El hombre hablaba en alemán y Leonidas no podía entenderlo. Grit decidió ocultar que ella sí lo comprendía.

—Capitán, creo que esta es una mujer —señaló otro.

Dos hombres se acercaron para coger los fusiles y se rieron cuando cachearon a Grit en busca de armas.

—Hay una chica también con los otros —informó ahora un hombre que venía del corral—. Por desgracia no ha sobrevivido... —Grit dio un grito—. La cría abrió fuego, aunque debió de ver que la estábamos apuntando. Brenner ha sufrido una herida leve. Lo siento, capitán, sé que tenemos que capturarlos vivos, pero solo hemos visto a los chicos y, cuando los hemos llamado, la muchacha ha disparado desde una mata. Los chicos también...

—Están..., ¿están todos muertos? —Grit estaba consternada. Leonidas tuvo que sujetarla.

—Mira, la pequeña novia ladrona habla alemán —se alegró el capitán—. Y como una auténtica berlinesa. Esto va a ser divertido, mañana la interrogaremos... Además no necesitamos llevarla a La Canea. No nos hará falta traductor...

—¡No diré nada! —le replicó Grit, ganándose otra nueva carcajada.

—Ya lo creo que sí, jovencita, hablarás —dijo el capitán con toda tranquilidad—. Hazme caso, todo el mundo habla... Primero os dejaremos ver a los dos cómo matamos a las rehenes..., luego nos sentaremos amistosamente..., a lo mejor alrededor del fuego donde poder calentar un par de pinzas... Seguro que algunas tendrán en el pueblo. Será un bonito festín a la parrilla.

Por supuesto, tu amigo se quedará contigo. Tú podrás traducir si él quiere contarnos algo. Claro, que podéis hablar ahora mismo. Por ejemplo, me interesa saber de dónde venís, a qué otros partisanos conocéis... El alto mando de La Canea se alegrará un montón.

—¿Y al final los ejecutaremos aquí? —preguntó ansioso otro soldado.

El capitán se encogió de hombros...

—A lo mejor hablan ahora y los llevamos a La Canea. —Miró a Grit y Leonidas—. Podríais vivir un poco más... Así que pensad en ello. —Sonriente, indicó a sus hombres que los llevaran al corral con las rehenes—. ¡Y mantened los ojos bien abiertos! No creo que pase nada, pero la noche es larga...

Grit y Leonidas se encontraron en un extremo del corral. Las mujeres les dejaron sitio llenas de respeto.

—Gracias por intentarlo —dijo una—. Y..., y estamos tristes por los jóvenes.

Los alemanes habían lanzado los cadáveres de Aliki, Hermes y Aristides al lado del corral. Grit volvió a llorar cuando vio sus cuerpos ensangrentados.

—Ven —dijo con suavidad Leonidas—. No los mires. Al fin y al cabo, ya está hecho. No deberíamos habernos atrevido. Pero ahora...

La estrechó contra sí y Grit no protestó. Sollozó junto a su hombro.

—Seguro que no digo nada, da igual lo que me hagan —susurró.

Leonidas negó con la cabeza.

—Grit, cariño, todos hablan. Solo tenemos una posibilidad... Nosotros mismos podemos poner el punto final. —Palpó en la caña de la bota y sacó un cuchillo minúsculo—. Podemos hacerlo ahora mismo. Yo..., yo te ayudo si tú no lo logras.

Grit lo miró aterrada.

—¿Vamos a cortarnos las venas?

—Podríamos. Y morir lentamente juntos. Tú en mis brazos. Nadie se daría cuenta. —Leonidas le acarició el cabello.

Ella negó con la cabeza.

—¡No! ¡No se lo pienso poner tan fácil! Si hay que hacerlo, será en el último momento. Mientras ejecutan a las mujeres. Cuando..., cuando no haya otra posibilidad...

—Ya no hay ninguna otra posibilidad, bonita mía... Pero, si todavía tienes esperanzas..., esperaremos.... De todos modos será rápido...

Leonidas la miró con seriedad. En tal caso él tendría que cortarle la garganta y ella lo sabía.

—No tengo miedo —afirmó Grit.

Él volvió a estrecharla contra sí, le pasó el brazo alrededor y la meció. Canturreó su canción favorita y ella intentó salir de ese lugar y soñar con su piano; quería notar las teclas bajo sus dedos, pero solo notó el frío de la noche y el calor del hombre que la abrazaba.

Morir, iban a morir. Tan pronto..., ni siquiera tenía veintitrés años. Y había tantas cosas que todavía no había hecho en su vida. Esta era una de ellas: pasar una noche entre los brazos de un hombre que la amaba. De repente entendió por qué las chicas y chicos del pueblo no esperaban a que su amor madurase. Cada día podía ser el último y a la mañana siguiente las campanas tal vez doblaran por ellos.

—¿Crees que después habrá algo? —preguntó en voz baja—. ¿Crees en el cielo? ¿En un juicio divino o algo así?

—Nos presentaríamos resplandecientes ante él —dijo Leonidas—. Hemos hecho lo correcto. Hemos hecho lo que debíamos. No has de temer un juicio celestial.

—Paz eterna —susurró Grit—. «El cielo abre sus puertas y las almas errantes vuelan hacia la luz de la eternidad...».

—*Aida*, ¿verdad? Nunca he visto la ópera... Hay tantas cosas que nunca he hecho. —Leonidas le besó el cabello—. A lo mejor es cierto que existe otra vida...

—Muy pronto lo sabremos. No pienses ahora en eso. Piensa

en la música... En *Aida*... En el aria del Nilo. Siempre fue mi favorita...

Canturreó el aria en voz alta. Leonidas volvió la vista hacia el este. Pronto saldría el sol.

Los alemanes se tomaron su tiempo con los preparativos de la ejecución. Obligaron a los hombres de Myriokefala a que cavasen unas zanjas, luego reunieron a todos los habitantes en la plaza del pueblo, la sección desfiló y sacaron al final a las rehenes del corral. También arrastraron por los pies a Grit y Leonidas, que estrechamente abrazados y con los ojos cerrados se aferraban a las canciones de amor y despedida. Pero entonces sucedió algo con lo que el joven griego no había contado. Los hombres los ataron.

Grit lo miró atónita. Con las manos atadas no podría coger el cuchillo. Era su último recurso, pero no les iban a permitir una muerte rápida...

Los soldados los arrastraron al lado de la fila de las mujeres que iban a ejecutar. El capitán se irguió junto a sus hombres.

—¡Apunten! —ordenó.

Pero no consiguió concluir. Su mandato se vio interrumpido por un disparo. El hombre se llevó la mano al cuello y entonces se desató el infierno.

Instintivamente, Grit y Leonidas se lanzaron cuerpo a tierra. Su vigilante disparaba a la masa de aldeanos. Mujeres y niños trataban de escapar y en las manos de los hombres aparecieron cuchillos y pistolas. Los alemanes disparaban con toda la artillería, pero no sabían dónde se encontraban exactamente los atacantes. Los disparos se contestaban desde la iglesia, al igual que desde la casa del párroco y desde uno de los edificios que rodeaban la plaza del pueblo. Un par de hombres de Myriokefala corrieron hacia las mujeres, otros se lanzaron sobre los alemanes para luchar cuerpo a cuerpo. En total eran unos treinta soldados alemanes frente a los lugareños y los mejores partisanos de Imbros. Leonidas jadeó cuando reconoció la voz de su tío. La patrulla. Los hombres debían de haber vuelto al pueblo por la noche y, en cuanto se enteraron de su arriesgada empresa, se habían dirigido a Myriokefala. Parecían haber saqueado las armerías de Imbros para armar a los aldeanos, a quienes los alemanes seguro que habían arrebatado todos los fusiles y pistolas el día anterior, durante la redada.

Al final, la tropa de montaña ya no tenía ninguna posibilidad de salir airosa.

Cuando por fin callaron las armas, Leonidas levantó la cabeza. Vio un campo de batalla, pero las rehenes estaban libres.

—Ellos mismos han cavado su tumba —comentó sonriendo su tío Mitos, mientras se arrodillaba junto a su sobrino y Grit y los desataba.

Leonidas miró el rostro blanco como una sábana de Grit.

—Estamos vivos —musitó.

Ella se enderezó.

—Es como un sueño…

Mitos les tendió una bota con vino.

—Tomad, bebed. Y luego me explicáis qué plan tan disparatado era este. Deberíais habernos esperado.

Grit negó con la cabeza.

—También os habrían cogido. Era una emboscada, no lo habríamos conseguido. Solo ahora, cuando se sentían seguros, era posible atacarlos.

Leonidas bebió y le pasó la bota de vino.

—Es bueno que los niños no hayan muerto por nada —dijo.

Grit bebió a su vez.

—Si le encuentras sentido a todo esto —observó—, eres más inteligente que yo. ¿Qué sentido tiene una guerra? ¿Qué sentido tiene toda esta muerte?

—A lo mejor aprendemos con ello a valorar más la vida —susurró Leonidas y la estrechó con firmeza entre sus brazos.

Ella sabía que más tarde la besaría y que no se resistiría.

Ayudaron a las mujeres del pueblo a enterrar a los caídos.

Aliki y los chicos también hallaron su última morada en el cementerio de Myriokefala. La gente les prometió honrar siempre sus sepulturas.

—Les hablaremos de ellos a nuestros hijos y a los hijos de nuestros hijos —aseguró una anciana—. Permanecerán inmortales en nuestro recuerdo.

A continuación, los partisanos regresaron a Imbros bajo los rayos de un sol resplandeciente. Grit cogía la mano de Leonidas, se agarraba como si solo él pudiera ayudarla a asimilar esos terribles acontecimientos. Por la noche, no consiguió conciliar el sueño, así que dejó su alojamiento y se fue a la casa de los Fotaki, donde Eleni y su familia lloraban la muerte del joven Hermes. Desde el interior le llegaron los llantos de las mujeres y ya iba a retirarse cuando vio salir a Leonidas del edificio circular. Parecía haber sentido su presencia. Sin pronunciar palabra, la abrazó y la besó.

Después se amaron bajo las estrellas haciendo frente al frío del mes de marzo…

2

Walter von Prednitz abandonó la pequeña embarcación, un barco pesquero, después de una turbulenta travesía nocturna. Los doscientos kilómetros desde Alejandría hasta el sur de Creta le habían parecido más largos que el viaje de Nueva Zelanda a Europa del año anterior. La cabalgada en esa cáscara de nuez sobre las olas del Mediterráneo lo había zarandeado más que todos los botes de Wild Bill. Entendía ahora por qué no era aconsejable navegar a principios de año. Ya en esa época, finales de abril, era una empresa arriesgada: había temido hasta el último momento que el barquito se estrellara contra los acantilados que flanqueaban la playa de Sfakiá. A eso se añadía el temor a los ataques aéreos. Gran Bretaña presumía de poseer la soberanía en el mar Mediterráneo, pero los alemanes e italianos disponían de la soberanía aérea, y esta había demostrado ser mucho más valiosa.

Por fortuna, ahora nadie se tomaba la molestia de disparar contra un pesquero cerca de la costa. El tramo central de la travesía había sido, no obstante, delicado. Walter respiró aliviado cuando, dos horas antes del amanecer, se encaminó por el agua rumbo a tierra. Protegidos por las rocas, enseguida aparecieron dos hombres con el uniforme desgastado que le dieron la bienvenida. Junto con él desembarcaba el mayor Dozen, que debía coordinar las ofensivas —cuyos objetivos Walter iba a espiar—, siempre que todo saliera bien. En un principio, no parecía una misión complicada. Los hombres escoltaron a Walter y al mayor por un paisaje traspasado por grutas y los condujeron al actual cuartel general de las fuerzas armadas británicas de Creta en Sfakiá.

—Seguro que antes querrán reponer fuerzas —supuso un auxiliar, proposición que Walter no habría rechazado. La perspectiva de comer algo y luego dormir le parecía divina, pero el mayor Dozen fue implacable.

—Creo que podríamos realizar un breve intercambio de información sobre el estado de las cosas. Al menos, en cuanto amanezca. No tendríamos nada en contra de un pequeño desayuno, pero, por favor, diga a los comandantes principales de esta..., hummm..., base que se presenten a las ocho a más tardar.

Notaron que el auxiliar tragaba saliva. Sus superiores no solían iniciar tan pronto el servicio. Además, ¿para qué? Ahí los británicos poca cosa tenían que hacer. Walter se concentró en el sabroso desayuno que el soldado acabó sirviendo. Por lo visto, a las tropas no les faltaba nada.

—Los autóctonos nos abastecen, señor —informó diligente el hombre—. Por lo que, naturalmente, nosotros les pagamos como es debido. Corren un gran riesgo con ello. No podríamos protegerlos si los alemanes descubrieran lo que hacen...

—Los alemanes seguro que prefieren que los cretenses abastezcan sus cantinas que las bases de los partisanos —observó Dozen con suficiencia—. No se creerá que ignoran que están ustedes en los alrededores de Sfakiá. No proceden en contra porque ustedes no representan un gran peligro para ellos. Pero eso va a cambiar ahora. ¿Quién ostenta aquí el mando superior?

El pequeño grupo de oficiales que apareció en la primera reunión operativa estaba presidido por un tal mayor Warren.

—¿Hay algún rango más alto aquí? —quiso saber Dozen.

—Los más altos fueron todos evacuados —explicó Warren—.

Los primeros. Además prefirieron llevarse a unidades que todavía estaban completas. Aquí tenemos sobre todo a oficiales y soldados dispersos que corrieron el peligro de morir abriéndose camino hasta Sfakiá solos o en grupos reducidos. Así que se formaron nuevos destacamentos con esos soldados y se los puso bajo las órdenes de los oficiales que no habían sido evacuados. Si me permite que los presente: capitán Pace, que organiza nuestro servicio de guardia; teniente Wallace, responsable de los suministros y de la manutención; teniente Pentecost, que se ocupa de la armería y de ampliar la formación de los hombres en el terreno de las armas, y teniente Bingham, jefe de un pequeño grupo de especialistas en explosivos, así como de otros hombres con formaciones especiales, como la lucha cuerpo a cuerpo.

Dozen se quedó mirando a Bingham, quien con su cabello rubio y ondulado y un uniforme todavía pulcro recordaba a un muchacho en traje de marinero, o, en cualquier caso, uno que se creía muy importante.

—Mis hombres están a su disposición —dijo con voz seca cuando los ojos del agente especial se posaron sobre él.

Dozen asintió.

—No esperaba que fuese de otro modo —dijo conciso—. Así pues, señores míos, voy a informarles a grandes rasgos de la situación. Esta primavera hemos averiguado que las unidades de la Luftwaffe alemana estacionadas en Creta adquieren cada vez más importancia estratégica. Son las que garantizan el abastecimiento del cuerpo africano de Rommel en el delta del Nilo y controlan el tráfico marítimo en la región sudoriental del Mediterráneo, es decir, espían el movimiento de nuestros barcos, bombardean nuestros cruceros y acompañan y protegen su tráfico marítimo. Nuestro objetivo es impedirlo, o al menos limitarlo, atacando sus aeródromos más importantes en Creta. Para ello, colaboraremos con los partisanos griegos y procederemos a que el agente especial Von Prednitz —señaló a Walter— realice una minuciosa investigación sobre los aeródromos, su vigilancia y utilización, para lo cual lo infiltraremos entre los enemigos como supuesto representante de la oficina de abastecimiento y encargado de la inspección del material de guerra. Cuando regrese, diseñaremos el plan detallado de las operaciones. Están previstas tres como mínimo y, eventualmente, cuatro en una noche. Revisen, pues, las existencias de explosivos. En los próximos días hablaré con los hombres aptos para efectuar estas misiones. Tendremos tiempo suficiente mientras el agente Von Prednitz está ausente.

Los oficiales callaron, impresionados.

—¿Y cómo llegará el agente Von Pred..., Von Prednitsch a La Canea? —preguntó Warren.

El mayor Dozen suspiró.

—En realidad, organizar el viaje debería ser algo fácil para ustedes, después de haber pasado casi un año conspirando en esta isla. Pero como no han explorado demasiado el terreno...

—Nos faltaba personal especializado. Lamentablemente, aquí nadie se desenvuelve bien con la cartografía... —se disculpó el capitán Pace.

Dozen le lanzó una mirada gélida.

—Capitán, los mapas ya existen. Esperaba que ustedes ya hubiesen observado los movimientos de las tropas alemanas en la isla y que hubiesen estudiado las vías adecuadas para facilitar acciones conspirativas. Pero olvídese, mañana los partisanos nos enviarán a alguien que lleve al agente Von Prednitz al puerto de Heraclión. Allí nuestro hombre simulará haber llegado en un barco alemán de suministros procedente del continente. En cuanto se haya marchado, nos reuniremos para realizar un nuevo análisis de la situación. Me informará sobre el número y cualificaciones de sus hombres. A partir de mañana, también recibiré propuestas para su participación en las operaciones. Ahora voy a descansar un poco y a continuación efectuaré por mi cuenta una exploración del terreno. Disponen ustedes aquí de un amplio sistema de grutas, a lo mejor se puede utilizar de forma más eficiente para posteriores acciones. Ah, sí, teniente Bingham, muéstreme ahora mismo las existencias de explosivos...

El mayor Dozen se marchó con el solícito aunque poco preparado Bingham en dirección a la gruta en la que los británicos almacenaban las armas. Warren se disculpó.

Walter aprovechó la oportunidad mientras tanto para preguntar a los oficiales que habían quedado por Alex Rawlings y Grit de Groot. El resultado de sus pesquisas no fue muy estimulante.

—¿Cuál era su grado? ¿Soldado de primera clase? Aquí tenemos a algunos —señaló Pace—. Pero no está entre mis hombres, de lo contrario lo sabría.

—Tampoco en mis unidades hay ningún Rawlings —añadió el teniente Wallace—. Pero tendrá que preguntar usted mismo a los hombres y hablar con Warren. Por lo que sé, guarda un registro con los nombres de todos los que han aparecido alguna vez por aquí.

—No estoy seguro de su grado —admitió Walter—. Soldado de primera era solo el grado con el que firmó la última carta a sus padres. Desde entonces pueden haberlo promovido. En la guerra esto sucede deprisa.

—En tal caso sería suboficial —observó Pentecost—. Habría que buscarlo en otras actas.

—¿Está seguro de que no lo capturaron? —preguntó Wallace.

Walter notó que empezaba a ponerse nervioso.

—No —respondió—. Es precisamente lo que he venido a averiguar. Pero déjelo estar, echaré primero un vistazo a los campos de presos y a mi regreso hablaré con Warren. ¿Y qué sucede con la joven pianista? ¿Saben algo de ella?

Wallace sonrió.

—Sí, la escuchamos. En La Canea. Una muchacha bonita y que toca bien el piano. Pero el personal de la sección de entretenimiento de los soldados fue evacuado. Debe de haber llegado a Egipto.

Walter cerró los puños.

—A Grit de Groot se la da por desaparecida, al igual que al

soldado de primera Rawlings —repitió—. Junto con mis otras tareas, me han confiado la búsqueda de ambos. Pero, como ya les he dicho, dejemos en un principio esto. Veré qué puedo averiguar entre los alemanes.

El auxiliar indicó a Walter un lugar donde dormir en el alojamiento para oficiales, que definió como una gruta amplia, con muebles muy rudimentarios y en la que al menos no entraba agua.

Compartía ese espacio con el mayor Dozen, quien una hora más tarde tropezó con él y le informó furioso de que el teniente Bingham era un imbécil y que los demás oficiales unos inútiles.

—Esos no han estado en su vida en el frente. Han trabajado todos en la administración de Heraclión, por eso no tenían ninguna unidad propia con la que ser evacuados. Warren era el oficial de enlace con la casa real griega en el exilio, debió de perder la oportunidad de embarcar con el rey. La experiencia de combate de los oficiales es igual a cero. No envidio su trabajo, agente Von Prednitz, pero el mío tampoco es fácil. No obstante, puede usted confiar en que, cuando vuelva con sus averiguaciones, le esperará aquí una tropa como es debido. Por favor, dígaselo también a los miembros de la resistencia cuando establezca contacto con ellos. ¡Deben de haber recibido hasta ahora una fabulosa impresión de estas tropas de defensa! Mañana mismo, en cualquier caso, empiezo con su formación. Y no se preocupe, preguntaré por su soldado de primera Rawlings. Es posible que haya servido bajo las órdenes de Bingham. Dijo que había tenido algunos neozelandeses en su sección.

El hombre que a la mañana siguiente debía conducir a Walter a La Canea respondía al nombre de guerra de Black Man y parecía ser uno de los partisanos más activos de Creta. Su unidad de acción guardaba al menos un contacto muy dinámico con los británicos de Alejandría. Poseía un aparato de radio potente y que funcionaba bien, y un hombre que sabía servirse de él. Ahora se habían unido a los británicos para actuar conjuntamente en la operación Albumen, y Black Man había aparecido en persona para hacerse una idea de los agentes involucrados.

Durante el trayecto que hizo con Walter a través de montañas y gargantas, rumbo al norte, no pronunció ni diez palabras, pero se mostró encantado por el hecho de que Walter no se quejara y fuera capaz de realizar esa dura caminata, además a una gran velocidad. Walter también le pregunto a él por Alex, pero Black Man solo musitó que, hasta el momento, no había tenido nada que ver con los británicos que se habían quedado en Creta. Tampoco había oído nunca el nombre de Grit de Groot.

—Entre los *andartes* hay mujeres —comunicó en un inglés bastante malo—. Theodora en Anópolis, Margarita en Imbros... Todas hablan inglés y a menudo guían a los británicos por las montañas. Las mujeres no llaman tanto la atención. ¿Qué es «piano»?

Walter arrojó la toalla. Siguió al partisano en silencio hasta un pueblo de pescadores, en la costa. Allí se deshizo de sus prendas de senderista y se vistió con el uniforme de un teniente coronel alemán. Su identificación lo acreditaba como superintendente de la oficina de abastecimiento de las tropas del Reich, con el grado de teniente coronel. Su petate contenía, además de ropa interior y camisas para mudarse, un pequeño aparato de radio. Era probable que no tuviese que utilizarlo, pero al menos con él cabía la posibilidad de pedir ayuda en caso de estar en peligro de ser descubierto.

Valiéndose de nuevo de un pesquero, consiguió llegar al puerto de La Canea, donde no le costó mezclarse entre los soldados alemanes. Era un hervidero de hombres de uniforme: tropas recién llegadas, oficiales superiores, heridos y representantes de la Luftwaffe o de las secciones de montaña con botas de cuero y chaquetas bomber. Se oía hablar en alemán e italiano; los cretenses se dejaban ver lo menos posible. Por supuesto, servían en las tabernas y los pescadores se hacían a la mar, pero mantenían las distancias y dirigían lúgubres miradas a los soldados de la ocupación cuando no tenían otro remedio que cruzarse en su camino.

Walter puso a prueba su nueva identidad visitando una taberna, habló un poco con distintos soldados alemanes y confirmó satisfecho que pasaba desapercibido. Luego preguntó por el cuartel general de la comandancia militar alemana y se presentó ante Alexander Andrae, el comandante de la Fortaleza. Tras una breve espera, este recibió al supuesto inspector de las tropas.

Walter saludó con un vigoroso «*Heil* Hitler», levantando el brazo tan arriba como si quisiera en su fervor atrapar la luna.

—¡Comandante de la Fortaleza! Teniente coronel Walter von Prednitz, superintendente de la oficina de suministros de las tropas del Reich bajo las órdenes del comandante de Grecia meridional, a su servicio. Le traslado los saludos del general Felmy.

—¿Ha hablado con él? —preguntó Andrae. Era un hombre anguloso y de constitución fuerte, con unas impresionantes orejas de soplete.

—Por supuesto, señor comandante. Me envía él personalmente... con el objeto de supervisar el estado del abastecimiento de las tropas de ocupación y de los campos de prisioneros de guerra.

—¿Qué hemos hecho? —inquirió Andrae con una sonrisa torcida—. No sabía que aquí se infringiera alguna norma. Llevamos un libro de contabilidad muy detallado sobre el empleo de nuestros recursos. Y nos esforzamos por utilizar los locales. Debería informarme sobre las cifras exactas, pero, en lo que respecta a la manutención, requisamos a la población reticente, como medida de castigo, una gran parte de lo que necesitamos. Y en cuanto a los campos de prisioneros de guerra...

Walter esbozó una sonrisa amable y le indicó con un gesto de la mano que callara.

—Por..., por favor, comandante... ¡No tiene que justificarse! No hay en absoluto ninguna queja contra usted. Simplemente me han encargado que inspeccione su equipamiento. Ya sabe que la Luftwaffe considera Creta una base de mucha importancia, en especial para el abastecimiento del general Rommel. La oficina de asistencia y aprovisionamiento de la Wehrmacht quiere asegurarse de que cuenta usted con los medios necesarios para conservar la isla en cualquier circunstancia y rechazar los ataques de los partisanos. Por favor, no considere mi presencia aquí como una crítica a su dirección. Al contrario, queremos ofrecerle el mayor apoyo posible.

Andrae lo miró sorprendido.

—¿Acaso se van a invertir fondos en la construcción de nuestros puestos de defensa? —preguntó con cautela.

Walter asintió.

—Entre otras cosas. También se ha pensado poner a su disposición más tropas. El Führer —se puso firme— se ha informado personalmente de su trayectoria aquí.

En el rostro de Andrae apareció una sonrisa. Era evidente que se sentía halagado.

—¿Así que ha gustado el queso?

Walter pareció confuso.

—Esto…, ¿el queso?

—La isla es famosa por la producción de queso de oveja —siguió Andrae—. Y cuando ocupé aquí mi cargo me tomé la libertad de enviar al cuartel general del Führer una selección de los mejores productos.

—Ah, eso… —Walter sonrió—. No sabía nada. Pero no cabe duda de que fue un gesto muy bonito… ¿Puedo contar entonces con su apoyo? En primer lugar, debo estudiar los aeródromos y el empleo de los presos de guerra en los proyectos de construcción. Ya sabe que han de tomarse medidas especialmente preventivas en relación con eventuales actividades de espionaje. Y los campos de prisioneros de guerra… Esto no forma parte de mis atribuciones, pero, como ya sabe, deben inspeccionarse de vez en cuando. Ahora es cuestión de matar dos pájaros de un tiro…

Andrae resplandecía ante tanta disponibilidad.

—Por supuesto puede contar usted con todo mi apoyo. Pondré a su disposición un vehículo y un conductor de habla alemana que le sirva de traductor en caso de que considere necesario establecer contacto con los autóctonos. Por descontado tendrá usted salvoconductos para todo el territorio de la Fortaleza Creta y todas las instalaciones de la Wehrmacht. ¿Tiene ya alojamiento? Haré que le muestren alguno de los nuestros para oficiales, hemos requisado diversos palacios. Estará usted encantado. ¿Prefiere la cocina del lugar o la alemana? Aquí hay unos restaurantes fabulosos...

Walter hizo un gesto de rechazo esbozando una afable sonrisa.

—Bueno, me colma usted de honores..., aunque, naturalmente, me gustaría probar algún día esos exquisitos quesos que ha mencionado. Dicen que la cocina mediterránea es muy sana. El aceite de oliva...

—La producción de aceite de oliva de la isla también es famosa —explicó Andrae—. Es un paraíso para sibaritas... Tal vez me permita invitarle a comer un día en la comandancia. ¿Esta noche?

Walter sonrió.

—El trabajo es lo primero, comandante, luego el placer. Creo que hoy me retiraré a mis dependencias para estudiar más expedientes. Quiero empezar las inspecciones lo antes posible.

Andrae asintió.

—Preséntese mañana temprano a eso de las ocho. Pondré a su disposición un chófer, así como todos los justificantes y permisos. ¿Ha entregado ya su... documentación a mi ayudante? Bueno, no es que desconfíe de usted...

—Por descontado, todo tiene que cumplir el reglamento —dijo Walter—. Soy totalmente de su opinión. Nos vemos mañana, comandante. ¡*Heil*, Hitler! —Walter lanzó el brazo directamente hacia el cielo, igual que el comandante.

Respiró aliviado cuando le devolvieron los documentos falsificados y se expuso de nuevo al sol de primavera. Ya había dado el primer paso. Ahora tenía que aguardar a ver si el comandante realmente confiaba en él o si tal vez telefoneaba al alto mando para informarse sobre su presencia. En tal caso, solo debería esperar a que lo avisaran los espías que trabajaban en la comandancia.

La noche transcurrió tranquilamente. Walter se presentó puntual al pomposo edificio que albergaba la comandancia. Se sintió esperanzado cuando delante vio un gran vehículo parado en el que se apoyaba un joven griego que le sonrió. Era posible que se tratara de su chófer. Walter intentó en un principio no prestarle atención. Su expresión amistosa le preocupaba un poco. El hombre debía de estar al servicio de los alemanes y parecía contento de cumplir sus funciones. Walter se preparó para otra nueva entrevista con Andrae, pero ese día solo fue su auxiliar quien lo saludó marcialmente y con brío y le dio la bienvenida con un sonoro «*Heil* Hitler». Le tendió un montón de documentos y permisos y le aclaró para qué servía cada uno de ellos. Luego lo despidió amistosamente.

—Su chófer lo espera fuera, se llama Jristos. No dude en preguntarle si surge algún problema. Tiene usted el número de teléfono de la comandancia. El comandante me ha pedido que me ocupe yo personalmente de sus asuntos. Y debo comunicarle que sigue en pie la invitación para una cena de celebración cuando haya terminado con su misión.

Tras otro nuevo intercambio de saludos hitlerianos, Walter se encontró una vez más en la calle y se dirigió hacia su chófer.

—*Heil*…, hummm…, Hitler —saludó al joven griego, quien sonrió aún más ampliamente—. ¿Jristos?

—¿Teniente coronel Von Prednitz? —preguntó el joven a su vez—. Soy Jristos Panadeukis, su intérprete y chófer—. ¿Quiere subir ahora mismo al coche? —Sostuvo abierta la puerta del asiento trasero de la limusina.

Walter asintió.

—Creo que empezaremos... por el aeródromo de Máleme —sugirió—. Tome la autorización para entrar. —Le tendió una hoja de papel.

—Está solo a un par de kilómetros —indicó Jristos—. En unos pocos minutos llegaremos.

—¿Cómo es que habla usted tan bien el alemán? —preguntó Walter para dar conversación al joven.

A primera vista, Jristos le había caído bien. El joven griego tenía unos ojos castaños y brillantes, un cabello rebelde y negro y una tez aceitunada. Dos hoyitos a izquierda y derecha de la boca hacían suponer que reía con frecuencia y deleite.

—Mi abuela es alemana —desveló Jristos—. Una gran admiradora de Heinrich Schliemann y, cuando era joven, una mujer decidida con firmeza a desentrañar el secreto del minotauro. Encontró a un apasionado compañero de armas en mi abuelo, por aquel entonces estudiante de arqueología en Atenas. Ambos trabajaron hasta 1908 con Evans, el arqueólogo británico que desenterró el palacio minoico de Cnosos. Y, cuando este volvió a Inglaterra, no tuvieron suficiente y se quedaron para seguir excavando por su cuenta. Así se les fue evaporando su fortuna. Con lo que les quedó, fundaron una librería en Heraclión. Allí fue donde creció mi padre y donde también yo pasé la mitad de mi infancia, entre novelones alemanes, ingleses y griegos. Mi madre murió joven, prácticamente me criaron mis abuelos. Por decirlo de algún modo, mi lengua materna es el alemán.

—Y... ¿se siente usted unido al pueblo alemán? —preguntó Walter, algo incómodo.

Tenía que averiguar si podía confiar en ese chico.

Jristos volvió a sonreír.

—En cierto modo —contestó—. Con su historia, con sus cuentos... ¿Ha oído usted alguna vez la historia de Albumen?

Walter prestó atención. Albumen era la contraseña, el nombre de la operación contra los alemanes que habían planificado. Jristos lo miró por el retrovisor. Walter puso una cara exageradamente aburrida.

—¿Albumen? ¿El héroe que provocó la lluvia para apagar el fuego del dragón del enemigo? —preguntó.

Jristos rio.

—Exacto, mi teniente coronel. Me parece que vamos a entendernos bien.

3

En las semanas que siguieron, Walter y Jristos exploraron cada rincón de los territorios dominados por los alemanes. Visitaron aeródromos en Kasteli, Heraclión, Timpaki y Máleme, dibujaron planos e interrogaron con detenimiento al personal de tierra y a los oficiales de vuelo sobre el modelo y la cantidad de aparatos estacionados, el horario de despegues y aterrizajes, así como la duración de las guardias y los cambios de estas. Una vez cumplida esta operación, Walter inició la búsqueda de Alex y Grit. Jristos silbó entre dientes cuando le informó de su misión extraoficial.

—Ah, de ahí ese asunto de los campos de prisioneros que tiene que inspeccionar —concluyó—. Nos parecía bastante raro. A fin de cuentas, no hay planeada ninguna acción para liberarlos.

—¿Cuántos campos hay, en realidad? —preguntó Walter—. ¿De verdad solo hay uno?

Jristos asintió.

—Sí, en Galatás. Mañana mismo podemos ir allí. De todos modos, hay presos de guerra en diversas zonas del país empleados en la construcción y en otros trabajos forzados. Creo que no hay británicos, aunque sí se encuentra gente de Europa del Este. Pero, naturalmente, también podemos inspeccionar estos grupos. Es posible que su hombre tenga alguna tarea especial porque… tal vez sea técnico en ingeniería hidráulica o algo similar.

Walter negó con la cabeza.

—Es poco probable, es veterinario. ¿Podría ser necesario? ¿Tienen tal vez los oficiales caballo? —Se acordó de las tareas que realizaba Nellie durante la Primera Guerra Mundial.

Jristos se echó a reír.

—No. ¿De dónde van a sacarlos? No pueden saltar en paracaídas. Y no merece la pena ni mencionar las monturas que tenemos aquí. Así que, si ese hombre todavía está vivo, solo puede estar en las grutas de Hora Sfakion (es ahí donde se esconde la mayor parte de los británicos) o se ha escapado del campo de prisioneros. No sería el único. Ya verá lo mal que está vigilado. La población siempre está dispuesta a ayudar a los evadidos. Los llevan a las montañas, algunos se ocultan en monasterios y en casas particulares. Aunque en otoño, en una operación de máximo secreto, los británicos han reunido a la mayoría de sus soldados. Y esto por deseo expreso de la población. Solían emborracharse y cantar canciones de taberna a voz en grito. Llamaban la atención. —Walter arqueó las cejas. El mayor Dozen tenía razón: no habían enviado a Creta tropas de élite—. Preguntaré por ahí —prometió Jristos—. Si un veterinario se esconde por algún sitio, seguro que se sabe. También el ganado griego enferma, y, con la hambruna que padece la población civil en las ciudades, los campesinos están preocupados por sus animales.

—Y… ¿Grit? —preguntó al fin Walter—. ¿Grit de Groot? Una muchacha que trabajaba en la sección de entretenimiento de las tropas. Americana.

Jristos frunció el ceño.

—No que yo sepa. Si la han apresado es probable que la hayan llevado al continente.

—He oído decir que han muerto muchas mujeres… —apuntó Walter expresando sus temores.

Jristos asintió con tristeza.

—Asesinadas, violadas... Los alemanes han causado aquí estragos como..., como... —Cerró los puños—. ¿Pero americana? No me lo imagino. ¿No ha dicho nada al respecto el consulado? Me refiero a que, cuando los alemanes invadieron, Estados Unidos todavía no estaba en guerra con ellos...

—Se supone que los alemanes no han oído hablar nunca de Grit de Groot —dijo Walter, desmoralizado—. Naturalmente, los estadounidenses han preguntado por ella.

Jristos se encogió de hombros.

—Ahí no puedo ayudarle. Es la guerra. Algunas personas se pierden... Preguntaré en mi entorno. Nunca se sabe. Es posible que uno de los superhombres alemanes la tenga como esclava sexual. Son varias las muchachas griegas que han desaparecido en sus harenes personales.

Walter se horrorizó ante un destino así para Grit, pero en esos momentos el campo de presos de guerra ocupaba el primer puesto en su programa. El director enseñó diligente las instalaciones al supuesto inspector y también se mostró dispuesto a consultar los registros cuando le preguntó por Alex.

—El joven es pariente lejano de mi esposa —afirmó Walter—. La familia emigró décadas atrás a Nueva Zelanda, pero, ahora que ha desaparecido su hijo, la prima segunda se acuerda de sus familiares alemanes. Se entiende, también esta gente... —dijo mientras señalaba a los prisioneros que estaban realizando sus deberes diarios en el terreno del campo— tiene madres preocupadas.

—Para eso está en realidad la Cruz Roja —recordó el director del campo, un sargento mayor—. Les comunicamos los nombres de los presos. ¡No carecemos de humanidad!

Walter le aseguró que nunca se le había pasado algo así por la cabeza.

—De todos modos, siempre puede haber algún olvido —indicó—. ¿Qué se sabe de las evasiones?

El hombre se encogió de hombros.

—Hay pocas..., al menos en estos últimos tiempos. Esto es una isla de todos modos, no pueden llegar muy lejos.

Walter se percató con satisfacción de que había pasado desapercibida la operación secreta de la SOE de rescatar a los británicos que se habían convertido en una molestia. Echó un rápido vistazo a las listas que le facilitó el director del campo. El nombre de Alex no aparecía en ninguna de ellas.

—¿Qué sucede en realidad con las mujeres? —preguntó como de paso, después de haber cerrado los cuadernos—. ¿No hay mujeres presas?

El hombre rio.

—Qué va, mi teniente coronel, ahí debo decepcionarlo. Los británicos tenían aquí a un par de chicas, pero, naturalmente, ellas fueron lo primero que se llevaron en avión cuando se rindieron. Nosotros también lo habríamos hecho.

Walter le lanzó una mirada severa.

—¡El alemán no se rinde, sargento! ¿Qué ideas son estas? ¡El alemán lucha hasta el final!

El sargento, sobresaltado, se puso firme. Walter vio con el rabillo del ojo que Jristos luchaba por contener la risa.

—Por supuesto, mi teniente coronel —musitó entre dientes el sargento—. Por el Führer, el pueblo y la patria.

—Exacto —contestó Walter—. Bien, entonces ya hemos acabado. Una instalación perfectamente dirigida. Nada que objetar. Elogiaré su tarea ante el comandante de la Fortaleza.

Jristos estalló por fin en una carcajada cuando se sentaron en el coche.

—Le echaré de menos, mi teniente coronel —dijo—. La actuación era digna de ver.

—Pero por desgracia no ha tenido éxito —respondió Walter—. Este asunto no pinta bien para la madre de Alex y para mi esposa. Con lo que me hubiera gustado devolverles a sus hijos...

Jristos se encogió de hombros.

—A lo mejor el chico aún está con los británicos —lo consoló—. O forma parte de una pequeña célula. Todavía se esconden muchos en las montañas. Y además aún existe la posibilidad de que haya caído en manos de los italianos. En teoría, lo mismo puede aplicarse a la chica. Ya sabe que los italianos controlan una zona de la isla, ¿verdad? Para la SOE eso carece de interés. Los italianos no hacen gran cosa, simplemente están allí, contentos de que nadie les dispare. En cualquier caso, no destruyen poblados, no matan a civiles ni mantienen una Luftwaffe. Al menos aquí, no.

Walter aguzó los oídos.

—¿Existe la posibilidad de inspeccionar también la zona italiana? —preguntó.

Jristos negó con la cabeza.

—No. Allí tendría que personarse como italiano. En cualquier caso, mientras la guerra no haya concluido todavía habrá esperanza. A lo mejor eso consuela a las madres de los dos jóvenes.

Walter no lo creía así. Calculaba que al menos Willie planearía enviar a otro espía a la zona italiana. Él, por su parte, regresó a La Canea y aseguró al comandante de la Fortaleza su total satisfacción por el estado de las instalaciones.

—No cabe duda de que la seguridad del radio de acción de sus hombres podría aumentar si dispusiera de más material y más fuerzas armadas. Haré un par de sugerencias a la oficina de abastecimiento.

El comandante, entusiasmado, insistió en invitarlo a cenar y Walter aceptó el ofrecimiento con mala conciencia. Sabía por Jristos que la población cretense pasaba hambre. En especial en las ciudades, donde solo los alemanes se beneficiaban del reparto de alimentos. A los campesinos los habían saqueado sin piedad. En este sentido, no pudo saborear del todo el queso de primera categoría, el pescado y el asado de cordero que Andrae le sirvió en su opulenta casa de Halepa, que en realidad pertenecía a la familia griega de Venizelos. No obstante, los otros oficiales se dedicaron diligentes al vino, por lo que, cuando la velada fue avanzando, se atrevió a informarse de mujeres que fuesen de «propiedad» alemana. Los hombres no se anduvieron con rodeos. Pusieron por las nubes a sus compañeras de juegos. Nadie sabía de una muchacha que hablase inglés.

—¿Quién..., quién va a querer una..., una frígida y amuermada inglesa... cuando puede tener a una elegante griega de rompe y rasga? —dijo con su acento berlinés un mayor.

Con el corazón encogido, Walter dio por perdida la búsqueda de la hija de Nellie.

Dos días más tarde, cuando tras una fatigosa marcha por las Montañas Blancas llegó al cuartel general británico de Sfakiá, le esperaba una agradable sorpresa. Ansioso, el mayor Dozen le preguntó primero por el éxito de su misión, sacó una botella de coñac y le sirvió.

—Bebamos por su estupendo trabajo y por un descubrimiento por mi parte que le alegrará: he encontrado a su soldado de primera Rawlings. Se reunirá con él mañana en el estudio sobre la entrada en acción. Estaba al servicio de ese inútil de Bingham...

Walter no cabía en sí de alegría cuando Dozen le contó que había estado buscando entre los hombres a dos dinamiteros y que se habían presentado dos especialistas en explosivos. Sin embargo, Alex Rawlings y Joe Ashley habían perdido los favores de Bingham porque se suponía que, durante la defensa de La Canea, se habían separado de su sección y con ello habían frustrado que evacuaran a su jefe a Alejandría.

—Algo absurdo, por supuesto. Exterminaron su sección durante la batalla. Los hombres defendieron primero el aeródromo de Máleme y durante la contienda fueron retrocediendo cada vez más. A Bingham ni lo vieron. Al final, un cretense les enseñó el camino por la garganta de Imbros hacia Sfakiá y vinieron aquí lo más deprisa posible, con lo que todavía tuvieron que superar tropiezos en la retirada. Volvieron a encontrarse con Bingham cuando se habían terminado las acciones de evacuación. Sea como fuere, Alex Rawlings está con vida y espero que así continúe. Se unirá a nuestra operación Albumen, lo enviaré a Kasteli. Conoce el aeródromo y usted ha descrito con todo detalle las medidas de seguridad que toman los alemanes. Ahora se encuentra en la playa junto con el soldado de primera Ashley, instruyendo a otros efectivos. Ambos prepararán los artefactos explosivos y los demás tienen que aprender cómo colocarlos. —Dozen bebió satisfecho otro trago de coñac—. Si su hombre sale de esta con vida, puede, por mi parte, llevárselo. Será más útil en otro lugar que aquí. En fin, ¿quiere esperar a conocer el resultado de la operación o debemos preparar ya un vehículo para su partida?

Naturalmente, Walter quería quedarse en Creta. Estaba impaciente por comprobar él mismo que al menos había encontrado a Alex. Ambos se abrazaron cuando el hijo de Willie regresó al cuartel por la noche. Un perrito de pelaje desgreñado seguía al joven.

Walter rio cuando se metió entre ellos, celoso.

—¿Es tuyo? —preguntó—. Parece una alfombra griega.

Alex asintió.

—Por eso le he puesto Flokati. En realidad, quería llamarlo Polifemo, porque lo encontré medio muerto de hambre en una gruta. Pero en tal caso no habríamos tardado en llamarlo Poli, y es un macho. Un tipo muy simpático.

Walter sonrió. Lo cierto es que no existía ningún animal que no fuese del agrado de Alex.

—Espero que puedas llevártelo cuando nos vayamos de aquí —observó y empezó a contar lo que le había ocurrido.

—¿Mi madre te ha enviado a buscarme? ¿Mi madre? —Alex no daba crédito.

—Tu madre está sumamente preocupada por ti —le explicó Walter—. Ha movido cielo y tierra para dar contigo.

—Pero..., pero si yo no le importo nada —no pudo evitar decir Alex.

Walter negó con la cabeza.

—Alex, te quiere. Solo que a veces tiene un modo extraño de

demostrarlo. Además, deseaba a toda costa recuperar tu yegua. Se ha peleado con April a causa del caballo.

—¿April quería quedarse con Shelley? —preguntó atónito Alex.

Walter asintió.

—Sí. Quería que diera a luz a sus potros en Epona Station. April se quedó muy afectada cuando se enteró de que habías desaparecido. En lo que a ella respecta, tampoco diría que no le importas nada en absoluto.

Alex bajó la cabeza.

—Tengo a otra chica —admitió—. Una maravilla, un sueño... Ella..., yo..., nosotros... estamos hechos el uno para el otro... Cuando regrese a casa y si ella todavía quiere...

Walter hizo un gesto afirmativo.

—Lo sé. Bien, hablemos pues de Grietje de Groot. Supongo que ya sabes que a ella también se la da por desaparecida. ¿Dónde estaba el día de la invasión alemana?

Alex empalideció.

—¿Desaparecida? Pero si vi a su amiga Mary Jane. Evacuaron al grupo de apoyo a las tropas... Ella... Oh, Dios mío, ¡entonces debe de haber muerto durante la travesía! Nos han llegado noticias de que algunas embarcaciones no consiguieron alcanzar su objetivo.

Walter le colocó un mano sobre el brazo.

—No, Alex. Su amiga llegó bien a Alejandría. Explicó que Grietje se había ido de excursión. ¿A dónde pudo haber ido? ¿Es posible que no regresara a La Canea? ¿Que todavía se esconda en algún lugar?

Alex se mordió el labio.

—¿Te refieres a que esté con los *andartes*? No sé. Ese..., ese Leonidas, con quien se fue a las montañas, no era un combatiente. Era un músico. Tocaba ese laúd griego...

Walter sintió una chispa de esperanza.

—Ahora ve a cumplir con tu tarea, Alex —dijo—. Hazlo bien y regresa sano y salvo. Y mientras tanto, yo me informaré sobre ese Leonidas que toca el laúd o como se llame aquí ese instrumento. Es posible que todavía esté con él.

—No lo amaba —declaró Alex.

Walter asintió con una leve sonrisa.

—Algo así puede cambiar —musitó.

4

—Leonidas, ya te he dicho que fue cosa de un solo día. No volverá a repetirse y no voy a casarme contigo. ¡Asúmelo, por favor, Leon, no te quiero!

Desde esa noche de marzo en que escaparon de la muerte por los pelos, Grit llevaba cuatro semanas discutiendo sobre el mismo asunto. Entonces se había encontrado en trance, hambrienta de amor, llena de miedo ante el hecho de tener que abandonar este mundo sin haber conocido el amor físico. No había reflexionado, simplemente se había entregado a los brazos de Leonidas, primero frente a la muerte y luego ante el alivio infinito de no haber sucumbido a ella.

Ya el mismo día después, durante el funeral de Aliki, Hermes y Aristides, tuvo claro que había cometido un error. Leonidas, por el contrario, estaba convencido de que ahora formaban una pareja y lo mostraba ante todo el pueblo pasándole constantemente el brazo alrededor de los hombros e intentando besarla. Grit no lo amaba y no quería pasar su existencia en Creta. Sus ansias de vida iban más allá de un par de abrazos. Ella quería el mundo entero. En cualquier caso, el joven griego no estaba preparado para aceptar algo así. Por supuesto, le aseguró que nunca la retendría en Imbros. Ambos podrían también vivir en una de las ciudades más grandes, repetía él, incluso en el continente. Hasta contemplaba la idea de emigrar si ella le daba el sí.

Pero Grit no se engañaba. Había presenciado cómo un artista que vivía contento y centrado en la música se convertía en un guerrero inmisericorde. Leonidas era un hombre de Sfakiá de la cabeza a los pies. Un montaraz. Disfrutaba tocando con ella, pero nunca sería el consorte de una artista de éxito, nunca querría tocar el segundo violín. Y él amaba su país. No abandonaría Creta jamás.

La pianista volvía a soñar con marcharse de Imbros. Ya estaba harta de luchar, quería regresar a su propio mundo, sentir de nuevo bajo sus dedos las teclas del piano, despertar de nuevo las notas de Mozart, Bach y Beethoven, en lugar de rasgar las cuerdas del buzuki mientras los hombres cantaban canciones de combate y libertad.

Se sintió de nuevo esperanzada cuando se enteró de que se planeaba una nueva maniobra conjunta con los soldados británicos. Se decía que habían llegado a Creta oficiales supervisores de Gran Bretaña para dirigir la operación. A lo mejor conseguía ponerse en contacto con alguno de ellos. Estaba lista para subir a cualquier embarcación, por primitiva que fuera, si con ella podía por fin abandonar la isla.

Pero, de momento, eso no era más que un sueño. El día a día de Grit consistía en discusiones inacabables con Leonidas e insinuaciones de las hermanas y de la madre de este, que, claro está, se habían enterado del acercamiento del joven y ahora esperaban que la relación continuara. Además, Grit no se sentía especialmente bien. Le había afectado profundamente la muerte de Aliki, estaba triste y apática. Además, notaba un malestar físico cuando ayudaba a Eleni en la quesería y recordaba lo mucho que había reído y charlado con su amiga cuando estaban ocupadas en esta actividad. Estaba abatida, tenía miedo y se sentía muy tensa.

Así que estuvo a punto de explotar cuando, seis semanas después de la liberación de las rehenes, la madre de Leonidas habló con ella en un aparte. Todo el rostro de Eleni resplandecía por primera vez tras la muerte de su hijo. Le sabía mal desembarazarse de esa mujer simplemente con un par de palabras poco amables. En lugar de eso, siguió obediente a la anciana a la mesa de la cocina, donde Eleni enseguida le cogió las manos.

—Hija mía, ¿cuánto tiempo vais a esperar para decírnoslo? —preguntó Eleni con una sonrisa pícara y un tono de voz casi conspirativo—. A lo mejor te resulta lamentable, pero no hay razón para aplazarlo. Al contrario. En estos tiempos nadie se preocupará por que el niño nazca un par de semanas antes de lo que debería.

—¿El niño? —preguntó Grit.

La madre de Leonidas no está bien de la cabeza, pensó.

Eleni emitió una risa entrecortada.

—A mí no me lo podéis esconder, hija. He dado a luz a diez criaturas y he visto crecer en el vientre de su madre a todos los que han llegado al mundo en Imbros desde que tengo uso de razón. Sé cuándo una mujer está embarazada. Lo reconozco por tus pechos y tu piel... No me digas que todavía no lo sabías, Margarita.

Grit la miró desconcertada y empezó a contar inquieta. Tembló cuando llegó a una conclusión. Hacía semanas que no había tenido el periodo. En realidad, esos días debería haber tenido la regla por segunda vez tras el suceso de Myriokefala. Cerró los puños.

Eleni le acarició la espalda.

—Pero..., pero, hija mía, esta no es razón para asustarse. Al contrario, es una alegría. ¡Otra personita que llega al mundo! Para haceros felices a ti y a tu marido. A lo mejor es un pequeñín. ¡Qué contento se pondría Ceofanis! Su primer nieto... —Otros hermanos y hermanas de Leonidas ya estaban casados y, naturalmente, habían tenido hijos enseguida. Pero, para pesar de los abuelos y quizá también de los padres, hasta ahora solo habían sido niñas.

—Yo..., yo no quiero un hijo —balbuceó Grit.

Eleni hizo un gesto de rechazo.

—¡Claro que lo quieres! Todas las mujeres quieren tener un

bebé. Lo único que debemos hacer es organizar pronto vuestro casamiento. No vas a presentarte con un bombo en la barriga delante del sacerdote. Prepararemos una bonita boda, hija. Aunque tus padres no puedan venir. No te faltará nada. Y, ahora, alégrate. ¡Sonríe, Margarita! Muestra tu mejor rostro a tu futuro esposo.

Grit huyó a su lugar favorito, un mirador sobre la colina vecina desde el cual se podía divisar el pueblo. Pocas veces pasaba gente por ahí. Estaba sola y tenía tiempo para evaluar sus posibilidades. ¡Si al menos pudiera bajar de esas montañas! Seguro que encontraría una manera para deshacerse del niño. En su época en la Juilliard había oído hablar de dos estudiantes de ballet que se habían quedado embarazadas. Después de visitar a un médico muy discreto pudieron volver a incorporarse a las clases de danza.

Teóricamente, también existiría esta probabilidad en La Canea o en Heraclión. Precisamente durante la ocupación, muchas mujeres se quedaban embarazadas sin desearlo. Pero, si llegaba a una de las ciudades, se metería en las fauces del león. Podría fingir sin esfuerzo que era alemana, pero no griega. Ni tenía el aspecto ni hablaba el idioma perfecto y sin acento. Correría un riesgo inmenso y Leonidas tampoco se lo permitiría. Fuera como fuese, en cuanto todos supieran que esperaba un hijo de él, Leonidas tendría poder sobre ella. Todo el pueblo lo ayudaría para que su esposa no cometiera ninguna «tontería». Grit se sentía entregada a un hombre al que no quería y traicionada por su propio cuerpo. Deprimida y sin expectativas, se echó a llorar. No pudo parar ni cuando vio subir a Leonidas por la colina, y, cuando este se sentó junto a ella, le dio la espalda.

—Margarita, mi querida Margarita... Te he estado buscando, estaba preocupado por ti... —Intentó rodearla con el brazo, pero ella se desembarazó de él.

—Tu madre ya te ha dado la noticia fresca, ¿verdad? —preguntó Grit, enfadada—. Ni siquiera ha podido esperar a que yo la hubiese asimilado... —Lloró todavía más.

—Pues sí, mi *mitera* estaba contenta —defendió Leonidas a su madre—. Es una buena noticia. Venga, Margarita, tómatelo como una señal de la providencia. Nuestro destino es estar juntos. Yo te amo y tú...

—¡Pero yo no te amo! —le replicó—. Me llamo Grit, soy Grit de Groot, una pianista. No tengo intención de pasar mi vida cuidando ovejas.

—Ni tienes que hacerlo —la tranquilizó Leonidas—. Te prometo que no nos quedaremos aquí. Ya sabes que hablo inglés, amor mío, y que soy músico. El mundo me espera con los brazos abiertos, igual que a ti. Cuando el mundo vuelva a ser libre. Si quieres podemos ir a Estados Unidos...

Grit lo miró retadora.

—¿Y yo podría vivir como antes? Viajar, actuar... ¿Cuidarías tú del niño? Yo tenía una carrera, Leon. Iba a ser famosa. ¡Y todavía quiero serlo!

Él rio.

—¡Bah, Margarita! Ser famosa... Son sueños infantiles. Precisamente en una mujer. Tú no necesitas trabajar. Yo cuidaré de los dos. De nosotros dos y de nuestros hijos. Porque no tendremos solo uno, ¿verdad? Formaremos una auténtica familia. Serás feliz. Yo te haré feliz.

Grit intentó dejar de llorar y hablar razonablemente con Leonidas. Pero ya había recurrido a todos los argumentos habidos y por haber para hacerle comprender su punto de vista. Él nunca había querido escucharla y ahora la situación había cambiado en provecho del joven griego.

—No tengo que casarme contigo para tener el niño —dijo en un último arrebato de desesperación—. Lo educaré yo sola... A fin de cuentas, no tengo que contarle a nadie quién lo ha concebido.

Leonidas negó con la cabeza. No enfadado, sino transigente, como si hablara con un niño ignorante.

—Margarita, algo así tal vez funcione en Boston o en Nueva York, puede que incluso en Atenas. Pero estamos en Imbros.

Aquí hay tradiciones, aquí hay ideas claras de lo que es correcto y de lo que es incorrecto, y de lo que se puede o no se puede hacer. Aquí no puedes tener un hijo sin padre. Te..., te tratarían de puta, a lo mejor hasta te echarían del pueblo. Grit, si fueras hija de un hombre de las montañas y tuvieras un hijo sin padre, te matarían. ¿Y acaso piensas en mí? ¿En qué lugar quedaría yo si la mujer que todos saben que amo declarase que me ha engañado?

Grit se rascó la frente. Le ardían los ojos, pero ya no lloraba. Entendía lo que sucedía. Leonidas ya podía prometerle el oro y el moro, y a lo mejor dejaba realmente Imbros con ella. Pero el pueblo permanecería en su mente y siempre pensaría como un hombre de las montañas de Creta. No creía tener la energía para hacerle cambiar, si es que eso era posible. Solo estaba cansada y desesperada.

—Ven, vamos al pueblo —dijo Leonidas—. Les contaremos a todos que somos pareja. Ya verás lo mucho que se alegran. Aquí todo el mundo se alegra de la llegada de un niño.

Grit lo siguió, apática. Tenía la sensación de estar encadenada y se maldecía porque quizá tendría que pagar toda su vida por la debilidad de una noche.

Leonidas le pasó el brazo alrededor de los hombros.

—No estés tan triste —le susurró—. Ya verás cómo te pones contenta. Tendremos un hijo maravilloso.

A Grit no le quedó otro remedio que acostumbrarse a la idea de que iba a casarse. De hecho, la noticia de su embarazo tardó un día en propagarse por el pueblo. Ahí no existían los secretos íntimos, todo el mundo participaba activamente en la vida de sus vecinos. Grit iba cosechando buenos deseos allí donde llegaba. Todas las ancianas coincidían en que no cabía duda de que esperaba a un varón, supuestamente por su forma de caminar, su cabello o su piel. Los hombres bebían con Leonidas a la salud del futuro hijo. Grit se enteró de que, aunque las niñas también eran bienvenidas, representaban algo así como un premio de consolación. La mujer realmente feliz era la que regalaba un hijo varón a su marido.

Si iba a tener un bebé, ella más bien se imaginaba a una niña; pero no contradecía a los aldeanos. De todos modos, en los días que siguieron respondía poco, solo esperaba que la operación con los partisanos se realizara antes de que se hubiese casado y cuando aún no estuviera demasiado avanzado el embarazo. Entonces tal vez cabría la posibilidad de que los británicos se la llevaran y de llegar a tiempo a un lugar en el que pudiera desprenderse del niño.

Por otra parte, con cada día que transcurría crecían sus escrúpulos frente a un aborto. Ahora que vivía de forma consciente los cambios que se producían en su cuerpo, germinaba en ella la idea de que algo vivo crecía en su interior, tal vez un ser pequeño que compartiría su amor por la música, al que poder enseñar las notas. Todavía recordaba lo dichoso que estaba su padre cuando ella intentaba sacar sus primeras melodías en el violín. Le gustaría poder experimentar algo así.

Después de mucho hablar, los padres de Leonidas fijaron la fecha del casamiento para el 7 de junio. Se consideraba que el 7 era un número que daba suerte. Cuando Leonidas consultó al sacerdote de la iglesia de Vamos, este se mostró dispuesto a ir a Imbros y casar allí a tres jóvenes parejas. En el mismo Imbros solo había un diácono que hizo el gran esfuerzo de introducir a Grit en los ritos y oraciones de la Iglesia ortodoxa griega.

Eleni confeccionó un traje de boda para la novia de acuerdo con la tradición de Imbros. Estaba compuesto por una falda de pliegues bordada, una camisa de seda y una capa también bordada, todo en vivos colores. En tiempos de guerra era imposible encontrar un traje nuevo, así que cosió piezas de distintas mujeres de la familia. Grit tuvo que probarse las distintas combinaciones posibles. Se dirigía hacia su casamiento como en trance, no tenía la sensación de ser ella misma. Esa muchacha vestida con un traje de boda, con un velo blanco sobre el cabello de nuevo largo hasta los hombros, que adornaba con antiguas monedas doradas, no era Grit de Groot. Era una tal Margarita, en el rincón más apartado de Creta, que iba a proporcionar a todo el pueblo la sensación de ser importante por una vez en la vida. Constantemente hablaban con Grit y las otras dos novias, y las colmaban de indirectas y buenos deseos. La guerra, el miedo a ser descubierto como un reducto de partisanos, todo eso ocupaba un segundo plano ante la gran fiesta que se estaba planificando en Imbros.

Pero entonces llegó al pueblo Black Man, un partisano, y los hombres se retiraron para sostener una larga conversación con él. Grit volvió a sentir rabia: las mujeres cretenses corrían todos los riesgos y a menudo luchaban en primera línea, pero los hombres eran los que tomaban las decisiones.

Leonidas parecía excitado, pero asimismo no demasiado feliz cuando, tras las deliberaciones, le contó lo que iban a hacer.

—Atacaremos con los británicos. Para ser exactos, haremos cuatro atentados. La operación tiene por objeto destruir todos los aeródromos de los alemanes, con todos los aparatos y existencias de gasolina que se encuentren en ellos. Kasteli, Heraclión, Timpaki y Máleme. Asaltaremos Kasteli en la noche del 6 de junio.

—Pero el 7 es el día de nuestra boda —advirtió Grit—. Tendremos que aplazarla.

No sabía si alegrarse de ello o si solo deseaba acabar de una vez con ese asunto.

—No —respondió Leonidas—. Llegaremos a tiempo. No tenemos que hacer todo el camino a pie. La resistencia de La Canea ha preparado un camión. Uno alemán. El ataque será rápido y la retirada también. Para eso hay que ir motorizado. Nos envían de Sfakiá a dos británicos, dinamiteros, que nos traerán las bombas necesarias. Los acompañarán tres de nuestros hombres, además del conductor que nos espera en Vamos. Si todo sale bien, a eso del mediodía como muy tarde estaremos de vuelta. —Rio—. ¡Y luego celebraremos una fiesta como nunca la ha habido en Imbros!

—¿Solo dos británicos? —preguntó Grit.

Había contado para sus adentros con que sería toda una delegación, parte de la cual permanecería en Imbros. Pretendía hablarles de sus planes de fuga mientras los hombres realizaban la operación. Pero, de todos modos, tan cerca del casamiento era demasiado tarde. No lograría escaparse el día de su boda. Las entusiastas doncellas de honor, Eleni y el resto del pueblo no apartarían los ojos de ella ni un segundo.

Leonidas hizo un gesto de rechazo.

—Si quieres saber mi opinión, no necesitamos para nada a los británicos. Lo podríamos conseguir nosotros solos la mar de bien. Pero no nos dan la dinamita. Se supone que se necesitan conocimientos específicos para utilizarla. Y eso que parece fácil. Enciendes la mecha y… ¡bum!

Grit pensó en Alex, que había aprendido la correcta preparación de los explosivos. Lo había descrito como algo realmente complicado y, sobre todo, no carente de riesgos. Todavía le dolía el corazón cuando pensaba en su relación con el joven neozelandés. En lo fácil y divertido que había sido y en lo mucho que Alex admiraba su arte.

—Cuándo…, ¿cuándo llegan los británicos? —preguntó.

—El 5 de junio por la noche —respondió Leonidas—. Los traerá uno de los hombres de Black Man. El 6 nos marchamos.

De repente, Grit tuvo un mal presentimiento.

—Tendrás cuidado, ¿verdad? —preguntó—. ¿No habrá muertos?

Leonidas rio.

—¿El día de mi boda? ¿Tú qué te has creído?

La besó.

—Pero estoy contento de que te preocupes. Aprenderás a quererme, Margarita. No te quedará otro remedio…

5

Alex y el compañero británico con quien tenía que dirigir la operación en Kasteli partieron al ponerse el sol para recorrer el fatigoso camino por las montañas. Alex estaba disgustado por no poder cumplir la misión con Joe Ashley, aunque el joven William Brewster le caía muy bien. Era un australiano serio, de veintitrés años, que había aprendido pronto cómo manejar los explosivos y que sentía el respeto indispensable hacia la dinamita. En su país ya había presenciado explosiones y se podía confiar en que no saldría corriendo asustado cuando detonara la carga. Sin embargo, no se habían hecho ensayos, pues las detonaciones en la playa de Hora Sfakion habrían llamado la atención.

Alex se alegraba de que volviera a ser Teresa, la partisana del pueblo al que había llegado con Joe, quien los guiara a él y a William por las montañas. Ella les contó alegremente que en Imbros, donde se iban a reunir con los griegos, habían planeado celebrar unos casamientos el día después del atentado.

—Seguro que os invitan —afirmó—. Así veréis cómo se celebran las fiestas en Creta. —Les dijo que una de las tres novias era una prima lejana suya. Por eso había pedido acompañarlos a Imbros. Ahora, como en la última ocasión, caminaba con paso firme y seguro por las Montañas Blancas. No temía que los descubriesen y la gente de Imbros tampoco parecía inquieta. Ya de lejos, los hombres distinguieron que había unas hogueras en las que estaban asando grandes piezas de carne. La gente ya se había sentado alrededor, jocosa—. También lo hacen en vuestro honor —explicó Teresa—. Aquí en las montañas somos muy hospitalarios.

A Alex le pareció estupendo. Después de la dura marcha de casi cuatro horas, tenía un hambre canina y tampoco habría dicho que no a un buen vaso de vino. Pero antes debían conocer a los hombres con quienes iban a cumplir la peligrosa tarea que les habían encomendado.

Teresa les presentó a Dimos y Kaikias.

—Y este es Leonidas —dijo, cuando se acercó a otro hombre moreno, con pantalones de lino claros y una camisa holgada. Sostenía en la mano una botella de anís que casi se le cayó cuando reconoció a Alex.

También este lo reconoció a él. Le habría gustado tenderle la mano, pero la dejó caer sin fuerza.

—Nos..., nos conocemos —dijo con voz ronca.

—¿Sí? —Teresa los miró extrañada—. Leon habla inglés además...

Leonidas y Alex seguían mirándose.

—¿Dónde está? —susurró Alex. No sabía si abrazar o golpear al otro hombre.

—¿Dónde está quién? —preguntó fríamente Leonidas a su vez.

Alex notaba que la cólera lo iba invadiendo.

—Grit —respondió lacónico—. La chica con la que te habías ido cuando llegaron los alemanes. ¿Qué ha pasado con ella?

Leonidas se echó a reír.

—¡Ah, te refieres a Margarita! Oh, no le pasó nada. Sé muy bien cómo proteger a mi esposa... Está...

Alex lo fulminó con la mirada.

—No es tu esposa. Era mi novia. A ti no la une nada. ¿La tienes aquí escondida? ¿Tal vez presa?

Leonidas se llevó la mano a la frente.

—No exageres. Claro que estamos aquí escondidos. Estamos en guerra, por si todavía no te has enterado. No podía enviar a Margarita de vuelta a La Canea. No habéis conseguido defender la ciudad. Pero, por supuesto, está aquí por propia voluntad.

—¡Quiero verla! —pidió Alex.

—Lo harás. Es inevitable. Está tocando el buzuki junto al fuego. Pero no sé si querrá verte ella a ti… ¡Está prometida, chico! Mañana se casará conmigo.

Leonidas se dio media vuelta y se dirigió a la hoguera. Alex se quedó atrás, como si le hubiesen propinado un puñetazo.

Grit estaba ahí…, la había vuelto a encontrar y… ¿había vuelto a perderla? Todo en él se rebelaba ante esa idea. Siguió a Leonidas como en trance y no oyó que Teresa lo llamaba.

El sonido del buzuki y el crepitar del fuego, el olor de la carne especiada, las voces de los hombres que conversaban entre sí, todo eso se unía formando una atmósfera irreal. Alex creía estar soñando hasta que vio que Leonidas se sentaba junto a una mujer que tocaba con virtuosismo el buzuki. Nunca había oído sonar de tal modo ese sencillo instrumento. En ese momento, la mujer, vestida con el traje tradicional y con el cabello rojizo cubierto por un chal, levantó el rostro y Alex la reconoció. Él susurró su nombre y en los rasgos de ella aparecieron el desconcierto y la consternación. Fue como si estuviera a punto de levantarse de un salto, pero se dominó. Los ojos de la joven buscaron los de él. Alex no sabía cómo interpretar lo que leía en ellos, pero, desde luego, no era indiferencia.

Se obligó a acercarse lentamente al fuego y a hablar amablemente con ella.

—¿Grit? ¿Eres tú, Grit?

Ella sonrió. Una sonrisa forzada, cortés, vacía.

—Acabo…, acabo de enterarme por Leon de que estás aquí. Pensaba…, pensaba que estabas en Alejandría.

Alex se forzó por poner una expresión igual de reservada que la de ella.

—Es lo que también yo pensaba de ti —respondió.

Grit conservó la sonrisa.

—Sí, yo... me quedé varada aquí... Vimos los ataques de la costa y luego... un pueblo destruido. Este era un lugar seguro...

Leonidas llenó un vaso de vino y se lo tendió a Alex.

—Toma —dijo tranquilo—. ¡Un trago para reponerte! Y tú, amor mío..., ¿no quieres tocarnos una canción? A lo mejor tenéis algo de tiempo para conversar el uno con el otro después del casamiento.

Alex iba a decir algo, pero calló cuando Teresa se sentó a su lado.

—No sé lo que ha sucedido entre vosotros dos, pero piensa que mañana tenéis que realizar juntos una tarea muy delicada y peligrosa —le advirtió.

Alex asintió.

—Lo sé —respondió—. Pero yo..., Grit y yo..., nosotros estamos..., estábamos juntos. Y ahora va a casarse con Leonidas. Tengo que saber si realmente está bien. Si está aquí por su propia voluntad.

—Por lo que yo sé, Margarita se vio sorprendida aquí por la guerra —dijo Teresa—. Y luchó con Leonidas contra los alemanes. Pero si crees...

—¡Tienes que hablar con ella! —El joven William Brewster se mezcló en la conversación. Había un tono ansioso en su voz, como si una trágica historia de amor fuera el puntito sobre la i de esa aventura—. Yo lo distraeré. Entonces solo tendrás que...

Teresa suspiró.

—Le diré que vaya a tu encuentro detrás de la casa. Debajo del algarrobo. Pero no os demoréis demasiado, aclaradlo todo deprisa y, por lo que más quieras, ¡no montéis ningún espectáculo! La operación es importante. Para toda Creta. Es la que sentará las bases para la colaboración entre británicos y cretenses. Si desde el principio aparecen rivalidades...

Alex ya no escuchaba. Se levantó lentamente, charló con uno y con otro, como si no tuviera prisa, y llegó sin que se diera cuenta nadie junto al gran algarrobo que proyectaba en verano su sombra y no permitía ver desde un avión lo que sucedía delante de la casa. Tuvo que esperar un rato antes de oír los pasos. Entonces apareció Grit y se lanzó a sus brazos.

—¡Alex, oh, Dios mío, Alex! —Grit reía y lloraba al mismo tiempo, mientras rodeaba con sus brazos al joven—. ¡Estoy tan contenta de verte!

Alex, atónito, contestó a su abrazo.

—Grit..., yo también me alegro. Pero... ¿qué sucede? ¿Qué haces aquí? Dicen que vas a casarte con Leonidas. Y ahora... ¿Qué ha ocurrido, Grit? ¿Te ha raptado? ¿Te tiene aquí presa?

Ella negó con la cabeza.

—No, claro que no —dijo vehemente—. Leonidas es... Me ama, siempre ha sido bueno conmigo. Solo que yo... Alex, ¡yo odio este sitio! Pero tampoco puedo irme de aquí. Yo... —Rompió en llanto—. Estoy embarazada. De Leonidas. Sé que te prometí serte fiel...

—Bah, olvídate de eso —respondió Alex—, de lo de la fidelidad. Estamos en guerra, estas cosas pasan...

—Y fue solo una vez. Fue como... en un momento de ebriedad. Y por eso tengo que casarme con Leon. —Grit sollozaba apoyada en el hombro de Alex—. Dice que se marchará conmigo cuando haya acabado la guerra. Pero tengo miedo. Tengo miedo de tener que quedarme aquí para siempre, al menos de no poder salir de Creta, de esta forma de vida decimonónica...

Alex le acarició el cabello.

—Entonces no deberías casarte con él —dijo con suavidad—. Puedes venir conmigo a Alejandría. Cuando hayamos cumplido con la misión, nos iremos de aquí. Walter von Prednitz está en Hora Sfakion. Por encargo de tu madre y la mía. Willie siempre ha sabido mover montañas...

Grit esbozó una sonrisa.

—La doctora Nellie también —añadió.

—En cualquier caso, puedes volver a casa. No tienes que tirar aquí tu vida. Ya nos cuidaremos del niño.

—¿Nos cuidaremos? —preguntó Grit en voz baja.

—Pues claro. Nos queremos, ¿no? ¿O ya no es así? —Grit levantó confusa la vista. Si tenía que ser sincera, no lo sabía. Pero seguro que antes amaría a Alex que a Leonidas—. Podemos vivir en Nueva Zelanda o en Estados Unidos, como quieras —continuó Alex—. Tú das tus conciertos y yo me ocupo de nuestro hijo. Y además también puedo trabajar..., reservar hoteles..., organizar conciertos... Podría ser tu... agente o..., o tu guardaespaldas. Mantendré a distancia a los pelmas de los fans. —En ese momento habría sido capaz de dar su vida por ella.

Grit se mordió el labio. Sonaba muy, muy atractivo. Y algo totalmente distinto de lo que Leonidas le había prometido...

—Tengo tantísimas ganas de tocar el piano —susurró.

—Puedes hacerlo —se apresuró a responder Alex.

Grit se apartó de él.

—Pero, si ahora me voy, ¿no será como una... traición? —susurró—. Con relación a Leonidas. El día de nuestra boda.

Alex se encogió de hombros.

—¿Le has dicho alguna vez que lo amas? —preguntó.

Grit respondió que no con un gesto.

—Siempre he intentado no mentirle. Pese a ello le he dado mi palabra.

Alex la atrajo hacia sí.

—Grit..., puede que él tenga tu promesa, pero no tiene tu corazón. Y tu alma ansía volver a tocar el piano. Piensa en qué es más importante. Tienes tiempo hasta pasado mañana.

—Estoy asustada —dijo Grit—. Esta misión..., podrías morir. —Todavía no había pronunciado las palabras cuando pensó en Leonidas—. O Leonidas —añadió sintiéndose culpable—. ¿Cuidarás de él?

Alex rio

—Qué deseo más extraño —observó—. Pero sí, lo intentaré. Volveré, Grit. Seguro. Basta con que me desees suerte.

Grit no respondió. Le contestó con un beso.

—Ahora tengo que irme —se despidió de él.

Alex asintió.

—Nos veremos pasado mañana temprano —dijo—. Piensa en mí.

—¿Dónde estabas? —preguntó Leonidas, saliendo a su encuentro cuando ella se acercaba a la hoguera.

A Grit le molestó su tono reprobador.

—Detrás de la casa —respondió vagamente.

Leonidas habría podido conformarse con eso. Sin embargo, la miró con recelo.

—Entonces ¿una de esas necesidades humanas? —preguntó burlón—. ¿No estaría por casualidad uno de los británicos contigo?

Grit se mordió el labio. Reflexionó sobre si debía mentir, pero al final se decidió por decir la verdad.

—Ha estado conmigo y no por azar —admitió—. Leon, tú ya sabes cuál era nuestra relación cuando llegaron los alemanes. Deberíamos hablar…

—¿Y ahora? —preguntó Leonidas—. ¿Cuál es tu relación con él? ¿Te ha preguntado si quieres marcharte con él?

Grit se rascó la frente. No era positivo que enfureciera ahora a su futuro esposo. A los hombres les aguardaba una peligrosa empresa y nada debía distraerlos. Y el griego era impulsivo. Ella no sabía si podría trabajar con Alex si lo consideraba un rival. Por otra parte, no quería mentirle.

—Sí —respondió—. Pero yo…, yo le he dicho que me había prometido contigo.

—¿Lo aceptará? —insistió Leonidas.

—No me obligará a irme con él —dijo Grit.

Él la miró colérico.

—Tampoco puede hacerlo, ¿verdad? Tú lo harás libremente…

—Todavía no me he decidido —afirmó Grit.

Leonidas resopló.

—No te creo —apuntó—. Hay algo en tus ojos...

Ella suspiró.

—¿Y si fuera así? —preguntó—. ¿Si yo... te pidiera que me dejaras libre? ¿Lucharías esta noche, a pesar de todo, junto a Alex? Es posible que dependáis el uno del otro...

—¿Y ahora tienes miedo de que yo no lo cubra? ¿O de que le dispare por la espalda? —Soltó una risa amarga—. Grit, te amo. Pero todavía amo más a mi patria. Y odio a los alemanes... muchísimo más que a tu inglés...

—Es neozelandés —lo corrigió ella.

—Da igual de dónde venga... Yo no puedo odiarlo porque te ame. ¿Quién podría no amarte? —La miró y en sus ojos había todo el amor y la desilusión del mundo. Pero entonces volvieron a fulgurar—. Mi padre y mi abuelo —siguió diciendo— lo matarían, por supuesto. Y también a ti, si te marcharas con él. Por tu traición... Nosotros, los hombres de Sfakiá, no nos quedamos de brazos cruzados si nuestra mujer se va... —Indeciso, cogió el arma de su cinturón.

Ella levantó la vista hacia él, sin miedo.

—Tú no lo harías. No eres así. Y de ese modo también matarías a tu hijo.

—¿Y qué va a ser de él? —preguntó con voz ronca—. Si te decides por tu... neozelandés.

—Me lo llevo conmigo —susurró Grit—. No puede ser de otro modo. Pero le hablaré de ti. Te vendremos a ver... Todo..., todo irá bien.

Él movió la cabeza.

—Nada irá bien —repuso—. Pero lo primero que tenemos que hacer ahora es combatir, y luego deberás tomar una decisión. ¿Me desearás al menos buena suerte?

—A todos vosotros —le aseguró Grit—. Esta también es mi guerra, no lo olvides. Y..., ¿y me prometerás una cosa, Leon?

Leonidas quería abrazarla, pero su actitud reservada lo contuvo.

—Todo —respondió—. Te amo.

—Entonces, cuida de Alex —pidió Grit—. Sé que no debería pedírtelo. Pero me sentiría mejor…

Grit levantó la vista y se obligó a colocar las manos alrededor del rostro del joven. A lo mejor él la besaba y ella contestaba a su beso.

El griego retiró el rostro.

—A él no le pasará nada —prometió.

La besó en la frente antes de marcharse.

Grit se metió en la casa. Se sentía sumamente cansada.

6

Los hombres partieron a la mañana siguiente y, tal como se esperaba, Grit dio un beso de despedida a Leonidas. Al principio había dormido bien y profundamente, pero a partir del amanecer había estado dándole vueltas a la cabeza. Leonidas estaba en lo cierto, era una traición que se marchara con Alex. De esa manera se llevaba a su hijo y sus sueños..., y, lo que era más importante, su reputación en esa sociedad arcaica en la que iba a vivir al menos hasta que finalizara la guerra. «Nosotros, los hombres de Sfakiá, no nos quedamos de brazos cruzados si nuestra mujer se va...».

Era algo más que una simple observación. Grit no sabía con quién prefería compartir su vida, si con Alex o con Leonidas; lo primero que deseaba era volver a su anterior forma de vida. Ansiaba la luz clara de las salas de concierto en lugar de las apestosas lamparillas de aceite que utilizaban en Imbros para tener algo de luz; los susurrantes vestidos de seda en lugar de esas telas bastas; y unos zapatos livianos en lugar de esas botas. Y más que cualquier otra cosa, ansiaba ver a su padre y su sonrisa de orgullo cuando ella tocaba el piano, las cálidas teclas de marfil bajo sus dedos. No podía sacrificar su existencia por Leonidas, aun cuando reconocerlo resultaba extraño tras haber arriesgado tantas veces la vida el uno por el otro en la guerra. Sin embargo, en esos casos solo se había arriesgado a morir; para ella, vivir en Imbros era peor.

Mientras Grit daba vueltas a esa idea, los hombres emprendían la marcha hacia el norte. Leonidas los guiaba por el mismo camino que había recorrido con Grit cuando llegaron a Imbros procedentes de La Canea. A partir de Vamos, subieron a un camión que conducía un joven llamado Jristos, que enseguida mencionó a Walter von Prednitz. Contó que estaba ayudando al espía a buscar a Alex Rawlings y Grit de Groot, y se alegró mucho cuando Alex se dio a conocer como el desaparecido.

—Ahora todavía debéis encontrar a la chica —dijo Jristos, satisfecho, pero calló cuando vio las miradas furiosas de Alex y Leonidas.

Tras descansar un par de horas en Vamos, los hombres se acomodaron al anochecer en la superficie de carga del camión. Una lona los ocultaba de la mirada de los curiosos y una carga de leña los escondía debajo.

—Por si nos topamos con un control —indicó Jristos—. De vez en cuando los alemanes montan alguno. Pero la mayoría me conoce. Soy chófer de la comandancia. No creo que registren el camión si les digo que la mercancía es para los comandantes.

En efecto, los hombres llegaron sin problemas a las cercanías del aeródromo de Kasteli. Se hallaba en las afueras de la población, inmerso en la oscuridad, y estaba rodeado por un terreno pedregoso con arbustos y plantas espinosas, típico de las regiones mediterráneas. En los edificios de la administración, no obstante, las luces se hallaban encendidas. Walter también había informado acerca de rondas regulares de los guardias.

—Al dar la hora en punto —recordó Jristos—. Esperamos a que la patrulla de media noche haya concluido y luego entramos. Tendré el coche preparado.

—¿No sería mejor esperar hasta las tres? —preguntó Alex.

Aunque habría preferido actuar en ese mismo momento, había aprendido —y experimentado en emergencias nocturnas— que esa hora era el peor momento para quienes trabajaban de noche. Solía ser a las tres cuando alguien se dormía o estaba desatento a causa del cansancio.

—¡No! —exclamó Leonidas—. Le he prometido a Margarita que mañana regresaría a mediodía. No lo conseguiremos si nos vamos a las cuatro.

—Pero sería más seguro —opinó también Jristos.

Leonidas lo fulminó con la mirada.

—Soy yo el que dirige este comando —afirmó—. Y yo digo que a las doce entramos en acción.

Alex se encogió de hombros. Luego controló de nuevo las mochilas con las bombas y revisó otra vez con William la operación. Sabían que ahí aguardaban distintos aviones, así como depósitos de carburante. Había además varios aparatos que solo estaban allí estacionados por la noche. Tenían suficiente dinamita para todos. Durante la reunión previa se habían repartido las tareas y Alex había asumido las más delicadas.

—¿En serio que no nos necesitáis a ninguno de nosotros? —preguntó Leonidas.

Alex negó con la cabeza.

—No, sería correr un riesgo todavía mayor. Lo haremos tal como lo hemos planeado. Yo estaré pendiente de las torres de vigía, y vosotros nos cubrís si se da el caso y nos aseguráis la retirada. Lo ideal es que no haya tiros y no explote ninguna bomba antes de que hayamos dejado el aeródromo. Así que intervenid tal como hemos establecido.

—Si por ellos fuera, los británicos lo harían todo solos —dijo malhumorado el joven cretense, que dejó el camión después de que Alex y William hubiesen bajado.

Eran las once y media y todos se colocaron al abrigo de la vegetación cercana al aeródromo, protegido este con alambre de púas y valla electrificada. Esperaron escondidos debajo de los matorrales hasta que la patrulla alemana de control hubo pasado. Leonidas iba a ponerse en pie en ese mismo momento, pero William se lo impidió.

—Cuando corte la valla electrificada, es posible que haya un cortocircuito —explicó—. Y eso suele ir acompañado de un ruido. Esperemos hasta estar seguros de que han entrado en el edificio de la administración.

Refunfuñando, los cretenses aguardaron un cuarto de hora más sin moverse. Mientras no perdían de vista el terreno, Leonidas acabó dando la señal de ataque y Alex y William se acercaron a rastras hasta a la valla. William la cortó con unos alicates especiales y entre los dos apartaron con cuidado el alambre de púas para que los demás tuvieran un acceso seguro. Los griegos los siguieron cuando entraron en el campo de aviación y se orientaron.

En la pista de rodaje estaban los aparatos intactos, listos para emprender el vuelo; los que estaban a la espera se hallaban más cerca de los edificios. Entre ambos se encontraban los tanques de combustible.

Alex y William se apresuraron a colocar las cargas explosivas. Trabajaban con rapidez a la sombra de los aviones; insertaban los detonadores e instalaban las mechas. Sin embargo, los cretenses se impacientaban.

—Podría empezar con esos aparatos de ahí —sugirió el joven Dimos—. Tienen los tanques llenos. También arderán sin bombas.

—Pero eso no pasará inadvertido —señaló Leonidas.

—Venga, hombre, una bomba incendiaria también puede unirse a una mecha. Saldrá bien...

Sin discutir nada más, Dimos reptó en dirección a los aparatos aparcados.

Leonidas y Kaikias permanecieron en sus puestos siguiendo el trabajo de Alex y William. Estos ya casi habían acabado. William hizo el gesto de victoria y desenrolló hacia la salida la madeja de mecha. Podrían haberse marchado del terreno en pocos minutos, pero en ese momento el aeródromo se convirtió en un infierno. Los primeros aparatos que estaban aparcados explotaron formando una bola de fuego, y casi al mismo tiempo se encendieron las luces del exterior del edificio de la administración, así como todas las lámparas eléctricas instaladas en el aeródromo. De repente todo estaba inundado de luz. Leonidas vio a Dimos correr hacia ellos.

—¡Mierda, demasiado pronto! —exclamó este dejándose caer y apuntando con el arma.

Sonaron los primeros disparos procedentes de los edificios. Alex seguía desenrollando la mecha mientras los cretenses lo cubrían. El combate ya había empezado cuando Alex y William llegaron al agujero de la valla y se zambulleron de nuevo en la oscuridad. Alex se agachó al lado de la mecha, listo para encenderla, cuando también Kaikias y Dimos salían del agujero.

—¿Dónde está Leonidas? —les gritó Alex.

—¡Tocado! —gritó Dimos, poniéndose a cubierto—. A unos cinco metros del agujero de la valla.

Alex buscó a Williams con la mirada.

—Vuelvo e intento recogerlo. Cubridme. Y tú... enciende las mechas...

Regresó reptando a la valla, vio avanzar la luz de la mecha y esperó que los alemanes no la descubrieran. Seguían disparando; algunos habían salido al campo de aviación e intentaban apagar el fuego. Alex encontró a Leonidas cuando los aparatos que esperaban en el aparcamiento prendieron fuego. El cretense estaba tendido de espaldas y tosió cuando Alex lo fue a ayudar a ponerse en pie.

—Me han dado en el pulmón —musitó, soltando una maldición.

Leonidas no podía caminar. Alex confió en el desconcierto de los alemanes y en que los griegos los cubrieran. Se levantó, se echó el cuerpo de Leonidas al hombro y corrió. Los otros hombres lo alcanzaron, cogieron al herido y todos huyeron en dirección al vehículo.

Jristos ya había encendido el motor del camión cuando llegaron. Tras dejar a Leonidas en la superficie de carga, subieron de inmediato y se agacharon sobre la madera cuando Jristos arrancó. El vehículo se alejó a toda prisa del lugar, donde ya estaban sonando las sirenas.

—¿Misión cumplida? —preguntó el conductor dirigiéndose hacia la parte trasera del camión.

—Un herido grave —respondió William.

Alex todavía jadeaba intentando recuperar la respiración. Cuando se calmó, increpó al joven griego.

—¿Quién ha empezado con los aviones? Joder, estaba todo en calma, la situación era óptima. Podríamos haber colocado las bombas en cualquier sitio con toda tranquilidad... ¡Y vosotros, capullos, vais y prendéis fuego a los aviones! Sois...

—Yo solo quería ayudar —replicó Dimos.

—Qué dices, solo has perdido la paciencia —le reprochó Kaikias—. Y querías llevarte parte de la fama.

El vehículo circulaba sin luces por carreteras no del todo planas y Alex se inclinó sobre el herido. Cogió el botiquín de emergencias, que estaba bien equipado. Estaba lo suficientemente familiarizado con la anatomía humana para poder prestar socorro mejor que alguien carente de conocimientos médicos. Pero en ese caso no hacía falta ser médico para advertir que ya era demasiado tarde.

Leonidas vomitó sangre con burbujas al toser.

—¿Estoy mal? —preguntó con sus últimas fuerzas.

—No —mintió Alex—. Te llevaremos a casa.

El griego trató de esbozar una leve sonrisa.

—No mientas —consiguió pronunciar—. Y..., y dile a Margarita que un hombre de Sfakiá mantiene su promesa...

Volvió a toser y esta vez brotó de su boca un chorro de sangre fresca. Leonidas se estremeció, cerró los ojos y su cabeza cayó a un lado.

—Lo siento —dijo abatido Alex—. Lo siento mucho, de verdad.

Jristos era partidario de dejar el cadáver de Leonidas en Vamos y enterrarlo allí, pero los hombres de Imbros, al igual que Alex, insistieron en cargar con él por la montaña. Las mujeres del pueblo de Vamos, al que llegaron a primeras horas de la mañana, rompieron a llorar y gemir cuando Dimos y Kaikias sacaron del camión el cuerpo sin vida sobre las tablas de una camilla improvisada. El difunto estaba empapado en sangre, que se le secaba sobre el rostro y el pecho. Alex sugirió que las mujeres lo lavaran y cambiaran de ropa antes de llevarlo a Imbros. Él mismo no tenía mejor aspecto. Mientras ellas se ocupaban del difunto, se aseó por encima en una fuente. Solo de pensar en Grit se le helaba el corazón. ¿Le haría algún reproche? ¿Lloraría la muerte de Leonidas?

Sin embargo, notó que la rabia se iba apoderando de él. ¿Por qué los cretenses habían elegido a una persona tan poco disciplinada como Dimos para esta misión? ¿Por qué Leonidas no le había impedido actuar por su cuenta y prender fuego a los aparatos? Alex se preguntaba si harían responsable al joven de su comportamiento. Sin lugar a dudas, así se haría en el ejército británico, ¿pero ahí? Estaba deseando marcharse de Creta y, todavía más, abandonar la contienda.

El difunto tenía una apariencia seria y hermosa después de que las mujeres lo hubiesen arreglado. Habían cubierto su cadáver y lo habían sujetado con unas cintas a la camilla, a la que habían provisto de asas. De ese modo no era demasiado difícil transportarlo. Los hombres que cargaban con él se iban alternando. El trayecto por las montañas parecía no acabar nunca. Estaban agotados, desfallecidos…, y todos horrorizados ante la idea de tener que informar a la gente de Imbros de la pérdida. Los jóvenes cretenses pensaban en los padres de Leonidas. Alex solo pensaba en Grit.

Llegaron por fin al pueblo, aunque más tarde de lo que habían planeado. Casi a las dos de la tarde. Los casamientos iban a celebrarse a las tres.

Grit ya llevaba el vestido de novia cuando los hombres llegaron. Alex sintió una punzada al verla así, pero, por supuesto, ella no podía haber evitado que sus damas de honor y su futura suegra la vistieran. Nunca alcanzaría a saber si habría pronunciado la palabra «no» delante del sacerdote.

Dimos y Kaikias colocaron la camilla en medio de la plaza del pueblo, donde ya había una tarima y un altar adornado con flores esperando a las parejas de novios. El sacerdote debería asumir otra tarea más triste.

También las mujeres de Imbros comenzaron a llorar y lamentarse en cuanto las primeras personas llegaron a la plaza y reconocieron al fallecido. La madre y las hermanas se lanzaron sobre el cuerpo del muerto; el padre, los hermanos, el tío y los primos se reunieron sin decir palabra, consternados. Llegó el sacerdote y empezó el rezo.

Entre los últimos en llegar estaba Grit. Bellísima con su traje de novia y una corona de flores en la cabeza... Alex tenía la sensación de que se le rompía el corazón. Grit miró un momento al muerto y luego lo miró a él a los ojos.

—No pude hacer nada, Grit —dijo entristecido—. Una bala le atravesó el pulmón. Nadie habría podido salvarlo, murió muy deprisa. Intenté ayudarlo, yo...

La mirada de ella se dirigió de nuevo al cadáver de Leonidas.

—¿Dijo algo? —preguntó al vacío.

—Me pidió que te comunicara que había mantenido su promesa —contestó—. En cualquier caso, algo en este sentido, no recuerdo las palabras exactas.

—¿Te salvó? —preguntó Grit.

Alex frunció el ceño.

—¿Cómo? En cierto modo sí. Me cubrió.

El rostro de Grit perdió todo su color.

—Entonces es culpa mía —dijo en voz baja.

7

Alex no quería presionar a Grit, así que William y él se quedaron dos días más en Imbros, mientras las mujeres velaban al muerto y el sacerdote leía la misa de difuntos. Grit permanecía estoicamente junto al féretro de Leonidas. No hablaba, no lloraba, no rezaba. En cambio, las otras mujeres plañían a gritos la muerte del joven.

Alex y William se enteraron de cómo habían transcurrido las otras acciones de la operación Albumen a través de George y Willard, los radiotelegrafistas británicos.

—Vosotros fuisteis los mejores —anunció George—. Según los alemanes, habéis destruido cinco aviones y dañado seriamente parte de otros veintinueve. Además habéis prendido fuego a varios vehículos militares y quemado doscientas toneladas de gasolina para aviones. ¡Impresionante!

—Nos ha costado muy caro —murmuró Alex, pero George ya seguía hablando.

—Todavía no se sabe nada del grupo que tenía que ir a Heraclión, pero en círculos de la resistencia se dice que llegaron a la playa equivocada y que ahora todavía están desplazándose. En Timpaki no encontraron el aeródromo. Por lo visto se ha trasladado.

—¿Cómo? —Alex no podía creer lo que estaba oyendo—. ¿Y Máleme?

—Allí ni siquiera han atacado. El aeródromo estaba muy bien vigilado y lo rodeaba una valla electrificada —respondió Willard.

—¡Pero eso ya lo sabían! —exclamó William.

El radiotelegrafista se encogió de hombros.

—Fuera como fuese, no tenían alicates con aislamiento o como se llamen. Así que se retiraron.

—¡No lo entiendo! —gimió Alex.

Reflexionó sobre los vaivenes del destino. Un Dimos en el grupo de Máleme sin duda habría encontrado la oportunidad de destruir la valla.

El conjunto, sin embargo, confirmó su opinión de que ni soldados de pura sangre como el mayor Dozen podían organizar ahí la resistencia. Cretenses arrojados, británicos cobardicas, falta de navegabilidad y alicates con aislante olvidados... Alex se preguntaba qué diría Walter de todo eso.

—En Heraclión está mi amigo Joe —dijo—. No entiende nada de náutica, pero, si consigue llegar a ese aeródromo, lo hace volar por los aires.

—De todos modos, no pasa nada si os quedáis un par de días más —apuntó George—. Los equipos de Timpaki y Máleme están de vuelta, pero todavía se espera a los hombres de Heraclión. Así que dejad tiempo a la muchacha para que llore la muerte de su novio. Formaban una bonita pareja, la pequeña Margarita y su Leonidas...

El tercer día tras la muerte de Leonidas, Teresa se acercó a Alex, que contemplaba sin poder hacer nada el estoico duelo de Grit. Se sentó preocupada junto a él.

—Alex, sé que no es asunto mío... —dijo en voz baja; era evidente que no quería que nadie que supiese un par de palabras en inglés la oyese—. Pero creo que sería deshonesto no decirte nada, puesto que no comprendes nuestra lengua ni tampoco las costumbres de estos pueblos de montaña. Eleni, la madre de Leonidas, ha hablado con sus otros hijos y Andreas, que solo tiene dos años menos que el difunto, ha dicho que estaba dispuesto a casarse con Margarita y ocupar así el puesto de su hermano.

—¿Qué? —preguntó Alex, sobrecogido.

—Una mujer con un niño no puede quedarse aquí sin estar casada —explicó con calma Teresa—. Hay que mantenerla. Y cuanto más estrecho sea el vínculo de su marido con el fallecido, mejor.

—¿Ya se lo ha dicho a Grit? —preguntó escandalizado Alex—. Tiene que...

—Es eso —lo interrumpió Teresa—. No le ha dicho nada al respecto. Está ahí sentada con la cabeza baja y en silencio. Tienes que llevártela de aquí, Alex. Antes de que en su... estado... cometa una tontería. ¡En estos momentos no es ella misma!

Alex asintió.

—Casi no la reconozco —confirmó él.

—Es como si se sintiera culpable de la muerte de Leonidas, pero eso es absurdo. Si hay alguien que tiene la culpa es ese imbécil de Dimos.

Teresa soltó un suspiro y añadió:

—Creo que quería dejar a Leonidas. Y tú la colocaste ante un dilema, ¿verdad? Y ahora siente que ha engañado a un moribundo. O que ha deseado su muerte. Seguro que tuvo miedo de decírselo.

—Hablaré con ella —dijo Alex—. Por favor, comunícale a William que esta noche nos vamos. Siempre que tú nos hagas de guía, claro.

Teresa sonrió.

—También Margarita os podría guiar —señaló—. Pero, por supuesto, estoy a vuestra disposición. Hazla entrar en razón. De lo contrario se arrepentirá un día de haber aceptado casarse con Andreas. Y más porque él no es como Leonidas. Andreas es un hombre de Sfakiá de pura cepa. Si a ella se le ocurriera abandonarlo, la mataría.

Alex esperó a que Grit saliera de la casa redonda donde se velaba al difunto. No sabía a dónde se dirigía, pero la detuvo.

—Grit, hoy por la noche nos vamos a Hora Sfakion —dijo—. Estate preparada cuando anochezca. Y ponte algo práctico, ropa de abrigo. En el mar, de noche, puede hacer frío.

Grit levantó la vista, pero parecía mirar a través de él.

—No puedo irme ahora —susurró.

Alex la cogió por los brazos y la sacudió.

—Sí puedes y sí lo harás —le respondió con suavidad, pero con firmeza.

—Yo era su esposa… —Tenía la voz ahogada—. Llevo a su hijo… y ahora… *Mitera* Eleni dice que son mi familia. Ahora les pertenezco…

—Estás bajo los efectos del shock —explicó Alex—. Todo esto te ha superado. La guerra, el niño, la boda planeada y ahora la muerte de Leonidas… Sé por un par de hombres de La Canea y por mi padre que esto puede alterar el ser más profundo de una persona. Nos ha hablado a menudo de la guerra. Es totalmente normal que alguien…

—¿Pierda el entendimiento? —preguntó Grit con una leve sonrisa.

—Su capacidad de juicio —corrigió Alex—. Ahora tienes que recomponerte. No eres una campesina griega. Eres Grit de Groot. No perteneces a esta familia ni a este pueblo, perteneces al mundo entero. Si te quedas aquí, no haces feliz a nadie. Pero tu música hará dichosas a cientos, miles de personas. Y tú ya tienes una familia. Tu padre te echa de menos y tu madre está impaciente por volver a verte. ¡Tú… eres… Grit… de Groot! Repítelo conmigo, Grietje…

Alex ignoraba qué le había inspirado a pronunciar el nombre que Walter von Prednitz utilizaba cuando hablaba de la joven. Pero, cuando ella lo oyó, algo cambió en su mirada fija.

—¿Me llevas de vuelta con mami? —susurró. Su voz sonaba como la de una niña pequeña—. ¿Puedo volver con mi madre?

Alex asintió.

—Te llevo a donde quieras. Pero fuera de esta isla.

Grit dejó el pueblo sin decir nada a nadie. Salió con las últimas luces del día, cogió la ropa deportiva con la que había llegado a Imbros hacía más de un año y se reunió con Teresa, Alex y William detrás de la colina más próxima, tal como habían acordado.

Alex casi se mareó de alivio cuando la vio llegar. Grit no mostraba ninguna emoción. Seguía a Teresa callada, sin expresión alguna en el rostro, como en los últimos días.

—Ignora si está haciendo lo correcto —le señaló la muchacha griega a Alex—. Dale tiempo. Ahora, lo principal es llevarla lo antes posible al barco, antes de que Andreas Fotakis le pida que vuelva. Seguro que hay conflicto. La gente de vuestro cuartel general no tiene nada que envidiar.

Teresa dejó a Alex, William y Grit poco antes de alcanzar las grutas de los británicos en Sfakiá, a las que llegaron hacia medianoche. Se despidió de Grit con un abrazo.

—Me sabe mal lo que te ha ocurrido aquí —dijo con dulzura—. Es la guerra. A lo mejor vienes un día con tu hijo, cuando todo esto ya haya concluido, y le enseñas su hogar.

Grit no respondió y la abrazó con poco entusiasmo, luego siguió a Alex hacia las grutas. Se sobresaltó cuando algo pequeño, de pelo desgreñado, salió disparado y empezó a dar brincos gimoteando a su alrededor.

—¡Flokati! —Alex saludó al perro tan ilusionado como este a él—. Qué alegría volver a verte. Mira a quién te he traído. Es Grit.

El perrito enseguida pareció dispuesto a introducir a Grit en la lista de sus personas favoritas. Saltó junto a ellos aullando de contento, pero, atónito, se quedó sentado cuando ella retrocedió con miedo. Como para presentarle una oferta de paz, levantó la pata.

Alex no pudo evitar la risa.

—Es muy bueno, Grit, no has de tener miedo. Puedes acariciarlo.

Grit hizo un gesto de negación.

—Los perros tienen pulgas —dijo. Al menos era la primera vez desde que se habían marchado que dirigía la palabra a Alex.

—Este no —le aseguró Alex, algo ofendido—. Yo soy veterinario. Si no soy capaz de cuidarme de que mi perro no tenga pulgas…

Mientras intentaba reconciliar a Grit con Flokati, salió a su encuentro Walter von Prednitz, acompañado del mayor Dozen.

—Alex, ¡qué bien que hayas regresado sano y salvo! Ya nos lo han contado todo, también la infeliz pérdida. ¡Pero habéis cumplido vuestra misión! ¡Londres se deshace en elogios!

Walter abrazó a Alex y descubrió por encima de su hombro a Grit.

—Alex, la…, ¿la has encontrado? Oh, Dios mío, ¡Grietje! ¡Grietje! —Walter miraba incrédulo a su hijastra y calló al distinguir su mirada vacía.

—¿Qué le ha pasado, Alex? —preguntó alarmado.

—Enseguida te lo cuento —respondió el joven en voz baja. Un temblor recorrió el cuerpo de Grit cuando Walter felicitó a los hombres y minimizó la muerte de Leonidas como si fuese una especie de daño colateral—. Debería tranquilizarse ahora en algún lugar. A lo mejor en una gruta en la que pueda estar sola, pero con un vigilante en la entrada. Tenemos que sacarla de aquí lo antes posible.

—¿Irnos del cuartel general? —preguntó consternado Walter.

—Irnos de Creta —contestó Alex—. ¿Hay algún lugar en el que podamos hablar?

Walter alojó a Grit en sus propios aposentos y ordenó que se enviara un mensaje por radio a Alejandría para organizar de inmediato su recogida. Según comunicó, también la parte privada de su misión se había cumplido satisfactoriamente.

—Pensaba que se quedaría usted hasta que supiéramos lo que ha sucedido en Heraclión —señaló con desaprobación el mayor Dozen—. Esperamos el regreso de los hombres —añadió dirigiéndose a Alex y William—. Se produjeron explosiones, pero no sabemos con exactitud qué sucedió; por el momento no está nada claro.

Mientras Alex todavía estaba refiriéndose a su misión, llegaron Joe Ashley y un joven que no pertenecía a los partisanos, sino al ejército regular griego, y que prestaba servicio desde la invasión en el cuartel general británico, en las grutas. Se habían abierto camino por la montaña desde Heraclión, hostigados por las unidades alemanas.

—Espero que no los hayamos conducido hasta aquí —declaró Joe. Tenía aspecto de estar muy cansado, al límite de sus fuerzas—. Pero creo que el último día nos hemos desembarazado de ellos. O los partisanos los han descubierto y aniquilado... No sé...

Alex saludó aliviado a su amigo.

—¿Misión cumplida? —preguntó.

Joe asintió.

—Pero con obstáculos. Primero acabamos en la playa equivocada y luego necesitamos dos días para llegar a Heraclión. Y entonces algún capullo nos delató... Tiene que haber sido uno de los griegos que organizaban el transporte. Tuvimos la suerte de que la Royal Air Force también atacó el aeródromo mientras colocábamos las bombas. Los alemanes no podían ocuparse solo de nosotros. Pese a ello, uno de los nuestros ha muerto y tres han sido apresados. Solo nosotros dos pudimos escapar. Aun así: ¡veinte JU 88 hechos papilla! —Hizo el signo de victoria.

—Disculpen que les moleste, caballeros... —Un soldado joven se introdujo tímidamente en la conversación—. Tenemos respuesta de Alejandría...

Walter reconoció a uno de los radiotelegrafistas.

—¿Y? —preguntó.

—Informan de que el submarino griego Triton navega por esta zona. Podría recogerlos hoy por la noche. Poco antes de que amanezca. —El joven saludó de forma marcial.

—Caramba, pues sí que ha ido rápido —exclamó Walter, mirando a Alex—. ¿Embarcará Grietje en un submarino? Yo ya tengo claustrofobia solo de pensarlo. Pero sería una oportunidad. —Sonrió—. A lo mejor hasta le gusta. Antes siempre quería subirse al tiovivo. Para ella nunca giraba lo suficientemente rápido. Y los columpios en las cadenas eran a veces demasiado estrechos...

El mayor Dozen se disculpó para marcharse con el radiotelegrafista y discutir con Alejandría sobre los detalles. A continuación, comunicó que él mismo, Walter, Alex y Grit, así como Joe Ashley y su compañero Kostis, embarcarían en el Triton al amanecer, delante de la costa de Hora Sfakion. Ahora solo había que preparar los botes de remos que los llevarían al punto de encuentro. El mayor encargó al servicio de vigilancia que despertara a uno de los oficiales para que lo pusiera todo en marcha.

—Es posible que esos caballeros se quejen porque no nos los llevamos —observó con un suspiro—. Pero creo que aquí están muy bien guardados. Quién sabe lo que harían en otro lugar...

El teniente Bingham se rebeló un poco al principio porque Dozen se proponía llevarse a dos de sus hombres, pero el mayor enseguida lo hizo entrar en razón. Era absolutamente de la opinión de que Joe Ashley y Kostis Petrakis podrían ser en cualquier otro sitio más útiles a los aliados que en una gruta de Creta.

Después llegaron dos botes de pesca, con soldados británicos a los remos, para llevar a los hombres y a Grit al submarino. Flokati saltó con toda naturalidad a la embarcación de Alex.

—¿Lo admitirán a bordo del submarino, soldado de primera? —señaló el mayor Dozen.

Alex reflexionó y deslizó la mirada por sus compañeros.

—Puedes esconderlo debajo de tu chal —le dijo a Grit. Ella lo miró como si no estuviera bien de la cabeza—. ¡Ve con Grit, Flokati! —ordenó al pequeño mestizo, que movió la cola y enseguida se dispuso a saltar sobre el regazo de la muchacha. Grit lo rechazó.

—¿Qué pasa, Grietje? Antes siempre te habían gustado los perros —se sorprendió Walter—. Todavía me acuerdo de cómo te acurrucabas junto a Benno. —Benno había sido un perro del ejército alemán al que Nellie y Walter habían salvado de morir en las trincheras. Grit prácticamente había crecido con él.

—Mi padre y yo nunca tuvimos perros en casa —respondió Grit—. No disponíamos de tiempo para eso. Solíamos viajar con frecuencia.

Alex se alegró de que hablara, si bien encontró decepcionante que ya no le gustaran los animales.

—¿Y no lo echabas de menos? —preguntó.

Ella negó con la cabeza.

—No, a mí..., a mí no me interesan mucho ni los perros ni los gatos. Pero..., pero en Imbros teníamos ovejas, claro... —Su mirada se perdió en la oscuridad. En una noche sin luna.

—Bien, ovejas no te faltarán en Nueva Zelanda —dijo amablemente Walter—. Aunque supongo que prefieres volver a tocar el piano antes que ordeñar ovejas, ¿o no?

Grit no contestó.

Cuando la torre del submarino emergió, Walter escondió a Flokati en su bolsa. Solo contenía el uniforme alemán, del que sin la menor duda también se habría desprendido para meter al perro en el submarino sin que nadie lo advirtiera.

El Triton resultó ser un tubo oscuro y mal iluminado del que los pasajeros no apreciaron gran cosa. Ninguno de ellos se interesaba por los datos técnicos de una embarcación como esa y la tripulación tampoco les ofreció una visita guiada. El capitán sostuvo una breve conversación a solas con el mayor, quien después tomó asiento junto a Walter. Parecía alarmado.

—Tenemos que intentar proseguir el viaje desde Egipto enseguida —explicó—. No se augura nada bueno en esa zona.

Rommel podría llegar pronto a Marsa Matruh, la población en la que desembarcaremos. No vaya a ser que nos arresten allí.

Alex había perdido el sentido del tiempo, pero había luz cuando el Triton volvió a emerger delante de otra playa.

Allí quedó demostrado que los ejércitos aliados estaban mejor organizados que en Creta. Unos botes neumáticos esperaban al submarino para trasladar a los pasajeros a tierra, donde los aguardaba un camión del ejército. Poco antes de que oscureciera, llegaron a Alejandría. La central de operaciones local de la SOE enseguida reclamó la presencia del mayor y de Walter. Entretanto, Alex se puso a buscar un alojamiento adecuado para Grit y preguntó por la sección de entretenimiento de las tropas. Al final, se ocupó de ella una joven que se encargaba de las funciones de teatro en el frente y de los conciertos en Oriente Próximo.

—Me temo que está muy alterada —explicó Alex para prepararla.

Alicia Hillcox asintió tranquila.

—Suele pasar —lo consoló—. Dijeron que había desaparecido. ¿Acabó en la cárcel?

Alex negó con la cabeza y resumió brevemente lo que le había sucedido a Grit.

—Tiene que ir a Nueva Zelanda.

—Todo se arreglará —respondió serena la señorita Hillcox.

Para los hombres, la velada concluyó en el comedor de oficiales. El mayor Dozen los invitó a todos a una copa y a hacer un resumen de la operación Albumen. Después de elogiar expresamente el trabajo de exploración del terreno de Walter, recapituló lo que había ocurrido en el asalto.

—Todos estamos de acuerdo en que podría haber salido mejor —señaló—. Todavía debemos estudiar cuál fue la causa de los fallos cometidos. No obstante, todos los aquí presentes han destacado por su acción y mañana los promocionaremos. En los días de la operación se destruyeron en total veinticinco aviones de guerra alemanes. Una cantidad mucho más grande de aparatos ya no puede repararse. Doce muertos por su parte frente a dos fallecidos y tres presos por la nuestra. Aun así, los alemanes ejecutaron a sesenta y dos civiles inocentes como represalia por los actos de sabotaje. Otro crimen de guerra del que habrá que hacer responsable tras la contienda a la Wehrmacht.

»Ah, sí, y por lo visto, ese amigo suyo tan especial, señor Von Prednitz, el general Alexander Andrae, será relevado de su puesto de comandante de Creta como consecuencia de lo acontecido. —Bebió a la salud de Walter.

Walter alzó su vaso.

—Y eso pese a que había enviado el queso al cuartel del Führer —observó—. Adolf Hitler es un desagradecido, así de simple.

En una oscura y fría noche de invierno, el teléfono sonó en la habitación del hotel de Philipp de Groot en Sídney. Había comenzado la gira largo tiempo planeada por Nueva Zelanda y Australia, y ahora daba vueltas somnoliento en la cama. La llamada solo podía proceder de Europa, pero ¿quién sabía dónde estaba actuando en ese momento?

Su agente de Boston se encontraba al otro lado de la línea.

—Acabamos de recibir una llamada de Alejandría —anunció una alegre voz—. Su hija ha llegado allí en buen estado. Le organizaremos un viaje lo antes posible. A Nueva Zelanda, ¿cierto?

Philipp solo era capaz de asentir con la cabeza. Nunca en su vida se había sentido tan aliviado. Y, aunque le resultaba difícil, daba las gracias al cielo por Walter von Prednitz.

Los asuntos del amor

Nueva Zelanda – Wellington, Onehunga, Auckland

De 1942 a 1944

1

Nellie estaba sola cuando se marchó a Wellington a recoger a su marido y su hija. Los chicos tenían que ir a la escuela y Phipps no podía cancelar alegremente la gira. Walter y Grit llegaban en barco. La travesía había durado varios días y Nellie estaba impaciente por volver a verlos. Willie Rawlins y su marido no tuvieron la suerte de celebrar el reencuentro familiar. Alex tuvo que marcharse de Alejandría para ocupar otro puesto. No podía abandonar el ejército. Sin embargo, había sido ascendido al grado de cabo.

Edward no se sentía nada orgulloso de ello.

—Si tuviésemos una granja como es debido, en lugar de la yeguada, seguro que lo habrían eximido del servicio para que se ocupase de ella —había dicho abatido—. A fin de cuentas, la agricultura también es importante para la guerra.

Willie había arqueado las cejas.

—Podrías haber pensado en hacer un huertecito cuando estalló la guerra —había respondido mordaz—. Seguro que vuelve, aunque solo sea porque Grit está aquí. Irá detrás de ella igual que antes fue detrás de April.

Mientras Nellie esperaba impaciente la llegada del vapor, al recordar esa conversación se preguntó cómo se soportaba esa pareja. Tenía que ser horrible estar encadenado a una persona a la que no se amaba, por la que no se sentía ni siquiera simpatía.

Claro que Willie tenía sus caballos y a Edward le devolverían a su hijo. Esperaba que Alex hubiese aprendido en la guerra a reafirmarse ante su madre.

Nellie había pasado unos meses sumamente inquieta. Tras su regreso de Australia, enseguida enviaron a Walter a Creta y ella no solo había tenido que preocuparse por Grit, sino también por su marido. Al menos la visita a Maria, tan rica en acontecimientos, le había distraído un poco la mente. Todavía sonreía al pensar en la noche en que se reunió con los Lemberger y el señor Shapcott, cuando estaban brindando con champán por los dos nuevos empleos, así como por la adquisición de dos elefantas y tres tigres para el zoo de Perth.

Después de acabar su trabajo en Kings Park —los dos sementales de Natasha se habían peleado con los caballos árabes de Gilbert Homer y había tenido que curar varias pequeñas heridas—, había declarado en la policía y expresado allí sus sospechas acerca de la causa del incendio.

—Aunque la veterinaria del circo y yo no lo hemos visto, la señorita Natasha se metió con un cigarrillo encendido en la carpa del establo en la que luego se produjo el incendio, y soltó un par de caballos, así que todavía debía de estar cerca.

Los policías lo habían anotado todo, pero hasta el momento los hermanos Homer no habían presentado ninguna denuncia. Los directores del circo sabían perfectamente que no sacarían ningún provecho de Natasha, incluso era posible que Gilbert hubiese estado fumando con ella.

A continuación, Nellie pensó que Maria y Bernhard estarían en el zoo y, puesto que las luces en el restaurante estaban encendidas, decidió preguntar por ellos en ese lugar primero. Así que enseguida pudo felicitarlos y celebrar las novedades durante una hora más, hasta que llamó un taxi que la condujo al hotel. Los Lemberger pasaron la primera noche en la casa que a partir de entonces iba a pertenecerles.

Nellie se había quedado dos días más y había ayudado a Bernhard con la mudanza, mientras que Maria se dedicaba feliz a ordenar su nueva consulta y curar a los primeros animales.

La consulta era idéntica a la de su mentor en Berlín, pero con instrumental más moderno. El señor Shapcott incluso había permitido la compra de un aparato de rayos X para la clínica del zoo.

Aliviada por la nueva situación de sus amigos, Nellie los había dejado enfrascados en sus nuevas tareas. En Auckland había tenido mucho que contar y ya se alegraba de poder relatar también a Walter sus experiencias tanto con todos los animales como con las personas.

Para su satisfacción, Walter fue uno de los primeros que desembarcó cuando el vapor por fin atracó. Tenía buen aspecto. Su esposo había adelgazado, había ganado en atractivo y seguridad en sí mismo durante las semanas de su misión. A Nellie le recordó al joven y gallardo oficial de quien hacía años se había enamorado. Sin embargo, antes de poder lanzarse a sus brazos, vio detrás de él a su hija. Y tenía justo la misma apariencia que la niña a la que envió a Estados Unidos con su padre muchos años atrás. No había nada en su aspecto que se asemejara a las últimas imágenes que había recibido de ella, las fotos de la exitosa concertista de piano, vestida con elegancia y peinada a la última moda. A Grit le caía sobre el hombro el rebelde y largo cabello, que recogía en una cola. Bajo su sencillo vestido de viaje no se apreciaba realmente el vientre hinchado, tan solo se distinguía si se tenía noticia de su embarazo. Walter ya se lo había contado a Nellie.

En ese momento se olvidó de su marido y se encaminó hacia su hija.

—Grietje… —dijo en voz baja, pero no estaba preparada para la reacción de su hija.

—¡Mami! —exclamó su hija abalanzándose sobre ella—. ¡Mami!

Apoyada en el hombro de Nellie, Grit rompió a llorar.

Nellie la abrazó para consolarla, pero, como la joven no podía dejar de llorar, lanzó a Walter una mirada interrogativa.

Este parecía tan sorprendido como ella y tal vez algo incómodo por esa escena en plena calle. En ese momento, Nellie se percató de que llevaba de la correa a un perrito de pelaje hirsuto.

—Deberíais ir al hotel —dijo Walter en voz baja—. Yo me ocupo del equipaje y después os sigo.

Cuando Nellie asintió de modo casi imperceptible, él detuvo un taxi. Ella indicó a su hija, que todavía seguía llorando, que se sentara en el asiento trasero y dijo al conductor y a Walter el nombre de la pensión en que se había registrado, contenta de haberse decidido por un hotel pequeño e íntimo en lugar de por uno grande y más mundano.

La dueña había sido muy amable cuando Nellie había llegado y ahora, al regresar con su llorosa hija, le dio la llave sin hacer preguntas. Poco después les llevó una tetera, azúcar y leche a la habitación.

—Prepárele una buena taza de té con mucho azúcar —aconsejó maternalmente—. Eso lo cura casi todo.

Grit, en efecto, comenzó a tranquilizarse después de que Nellie consiguiera que bebiera dos sorbos de té. Aun así, no soltaba la mano de su madre.

—Puedo quedarme contigo, ¿verdad? —preguntó—. No quiero marcharme nunca más...

—¿No quieres volver a ver a papá? —Se sorprendió Nellie—. Le gustaría mucho estar con nosotras, pero ya sabes cómo son las cosas. No puede suspender sus conciertos sin más.

La muchacha asintió indiferente.

—Quiero quedarme contigo. Estoy tan avergonzada... Yo..., yo lo he matado... Yo misma podría haberle disparado, yo...

—Venga, venga... —Nellie le acarició la espalda—. No me creo que tú hayas matado a nadie —dijo sosegadora.

Grit se separó bruscamente de ella y se arrojó a la cama.

—Tú no sabes nada —replicó llorando—. No me conoces en absoluto. Nadie me conoce...

Nellie decidió que por el momento no había gran cosa que

decir. Y más considerando que Grit no andaba del todo desencaminada. En efecto, ignoraba qué le estaba ocurriendo. Al final disolvió un Valium en lo que quedaba de té y se ocupó de que Grit se lo bebiera. Después su hija se tranquilizó y se quedó dormida.

Un poco más tarde apareció Walter con las maletas y el perro. Ella se estrechó contra él, pero solo le dio un beso fugaz.

—¿Qué es lo que ha sucedido, Walter? —preguntó intranquila—. Está fuera de sí. ¿Qué es eso de que ha matado a alguien? ¿Y quién es este?

Se inclinó hacia el perro que movía la cola, contento, y lo acarició. En realidad, el animal estaba más interesado por la joven dormida. Saltó sobre la cama y se acurrucó a su lado. Al mismo tiempo, observó a las otras personas presentes en la habitación como si evaluara si eran amigos o enemigos.

Walter se encogió de hombros.

—Tratándose de muertos, es probable que haya enviado a más de uno al Valhalla o allí donde acaben los nazis caídos. Actuaba con la resistencia, Nellie, y me he enterado de que la consideraban una mujer fuerte, que se ha hecho un nombre en esa isla. Lo que ahora la ha destrozado de este modo... No me ha contado nada, lo poco que sé es por Alex. Antes de la invasión alemana eran pareja, pero el ataque la sorprendió mientras estaba de viaje con otro chico, un músico. Alex asegura que no estaba interesada por él, salvo por que le enseñara a tocar la guitarra, pero yo no acabo de creérmelo. Nadie se lleva a una muchacha a su pueblo natal, alejado de toda civilización, solo para rasgar unas cuerdas.

—A lo mejor ella no quería nada de él, pero él sí de ella —le hizo ver Nellie.

Walter asintió.

—Es posible. En cualquier caso, todo el pueblo se convirtió en un nido de la resistencia y, como ya he dicho, Grietje participaba activamente en ella. Cuando Alex la encontró, estaba embarazada del joven del que te he hablado y a punto de casarse con él. A lo que renunció en cuanto vio de nuevo a Alex. Si estaba indecisa porque resurgió su amor o porque ya no encontraba tan bonita la vida alejada de la civilización, no se sabe. Sea como fuere, Alex está convencido de que ella habría huido con él antes del casamiento. El joven griego perdió la vida en una operación que realizaron juntos, un ataque a un aeródromo. Y ahora, sea por la razón que sea, ella se siente responsable de su muerte. Yo, desde luego, no había contado con una reacción así. Durante el viaje ha estado muy callada, totalmente encerrada en sí misma. Por otra parte, el perro es suyo. O de Alex, en realidad, pero él no podía conservarlo en el ejército y se lo ha regalado. Dijo que tienen que cuidarse mutuamente, tras lo cual ella empezó a llorar sin parar, como cuando os habéis vuelto a ver. El perro parece haberse tomado en serio su misión, no se aparta de su lado. Grietje lo ignora. Se llama Flokati. Como las alfombras griegas.

Nellie suspiró.

—Me temo que hoy no podremos celebrar nuestro reencuentro —dijo abatida—. Tengo que quedarme aquí y ocuparme de ella. A lo mejor quiere hablar más tarde...

Walter la besó.

—No necesito celebrar nada —contestó con ternura—. Me basta con tenerte aquí. Que estemos de nuevo juntos... y que nunca más volvamos a separarnos. Es así, ¿verdad, Nellie?

Ella sonrió.

—Así es —confirmó—. He pasado mucho miedo por ti, pero sabía que lo conseguirías. Si alguien podía lograrlo, eras tú. Empezaremos de nuevo, Walter. Willie ya ha alquilado cuadras en Ellerslie. Te espera un nuevo trabajo. Además, la dirección del hipódromo te da a elegir entre trabajar para Willie o como entrenador autónomo. También te alquilarían los boxes directamente a ti. Y aplazarán el cobro del alquiler hasta que tus primeros caballos hayan ganado.

Walter frunció el ceño.

—¿De repente? —preguntó—. ¿Después de haberme utilizado en el mejor de los casos como mozo de cuadra durante años?

Nellie sonrió.

—También eras un insignificante recién llegado, y además de Alemania. Ahora, por el contrario, eres un destacado espía británico. ¿Con qué medalla ha vuelto a condecorarte el Imperio? Todo el hipódromo quiere escuchar la historia. Sobre todo, por supuesto, Julius von Gerstorf y Edward Rawlings.

Walter lanzó una mirada a la durmiente Grit.

—Creo que sí tengo ganas de celebrar —decidió—. A lo mejor nos da tiempo a tomar una copa de champán antes de que se despierte.

Walter tuvo que presentar una vez más su informe en la SOE de Wellington. La señorita Potter estaba muy contenta por el éxito de la operación y porque había regresado sano y salvo. La organización le habría encargado de inmediato otra misión, pero él ya había rechazado una en Alejandría. Mientras estaba en el Ministerio de Guerra, Nellie y Grit pasaron un día más en Wellington. Nellie intentó sonsacar a su hija más información sobre su vida en Creta, pero no obtuvo demasiados resultados. Pese a ello, Grit se había recompuesto y por la mañana su comportamiento era casi normal, aunque respondía a las preguntas con monosílabos.

Sí, había estado a punto de casarse con Leonidas; sí, era el padre de su hijo; a fin de cuentas, necesitaba un padre. Todo habría ido bien. Pero ella, Grit, lo había echado todo a perder; ella era la culpable de la muerte de Leonidas, lo había traicionado.

No parecía prestar atención a las prudentes objeciones de Nellie.

—¿Y qué sucede entonces con Alex? —preguntó Nellie al final—. ¿Lo quieres? ¿Estarás con él cuando regrese?

Alex había sido destinado a la 3.ª División, la unidad principal del ejército neozelandés en el área del Pacífico. Primero tendría que participar en un entrenamiento en Nueva Zelanda y era posible que luego formara parte de una ofensiva para reconquistar las islas Salomón.

Grit contestó a esa pregunta encogiéndose de hombros.

—Quiere criar al niño conmigo —dijo con un tono de incomprensión—. Leonidas también quería al niño. Y sus padres...

—¿Tú no lo quieres? —quiso saber Nellie.

Se quedó consternada cuando Grit no contestó.

En agosto, Nellie, su esposo y su hija volvieron a Auckland. Petey y Marty monopolizaron al instante a su padre y a su nueva hermana y se mostraron fascinados por Flokati. Se peleaban por pasear al perrito, mientras que Grit no hacía el menor caso ni de sus hermanos ni del animal. Solo se alegró de volver a ver a Lene y lloró de nuevo sobre el hombro de su antigua niñera con la misma tristeza con que había llorado sobre el hombro de su madre al llegar. Nellie se sintió aliviada, pues durante los primeros días no había podido dejar a su hija sola ni un solo segundo. La joven siempre la seguía a todas partes, como si su vida corriera peligro si no colgaba de la falda de su madre. Ahora se pegaba a Lene como una lapa, pero a esta no le importaba. Ella no preguntaba tanto como Nellie y tenía más paciencia cuando Grit se comportaba de modo extraño. Siendo veinteañera, en Berlín, Lene fue una joven prostituta que sufrió maltrato. Las experiencias traumáticas no le eran ajenas, encajaba las consecuencias con más serenidad que Nellie.

No obstante, un mes después de la llegada de Grit, Lene sorprendió a Nellie con la idea de si no sería mejor para su hija que se trasladasen al campo.

—Tengo la impresión de que Grietje se sentiría mejor en Epona Station. Ha pasado el último año en un pueblo muy apartado. Ahora la ciudad le parece demasiado ruidosa...

—¿Demasiado ruidosa? —preguntó extrañada Nellie—. Ha vivido en Nueva York. E incluso en Boston es probable que haya más trajín que en New Lynn.

Lene se encogió de hombros.

—Le gustaría tener ovejas —señaló—. En Creta se ocupó mucho de los animales. Es algo que parece añorar.

Nellie frunció el ceño. Según lo que contaba Walter, Grit había liberado a presos y conducido a fugitivos y contrabandistas por las montañas de Creta en lugar de cuidar ovejas; además, apenas hacía caso de Flokati. Sin embargo, Lene tenía cierto interés en marcharse a Onehunga. Seguro que deseaba convivir con Hans en una casa. Nellie pensó en si debía abordar ese tema con ella, pero decidió no atribuir a su empleada y amiga segundas intenciones, menos aún considerando que nadie contaba con tanta fantasía como para ocurrírsele que Grit deseaba tener sus propias ovejas.

—Que por mí no quede —dijo al final, y al día siguiente se marchó con Grit, los chicos y el perro a Epona Station, donde Mia y April dieron una calurosa bienvenida a la joven. Mia intentó empezar una conversación sobre música y piano, pero Grit solo respondía con monosílabos.

April preguntó sin rodeos por el niño.

—La envidio —le confesó con toda franqueza—. Había deseado mucho tener un hijo, pero mi marido murió.

—El mío también —contestó Grit.

April no supo cómo reaccionar. Afligida, acarició al perro.

—Es muy mono —dijo—. ¿Era de su... marido?

El pequeño Caramba, el perro tricolor que Cedric le había regalado cuando era un cachorro, seguía pegado a sus talones. A esas alturas ya era muy viejo y casi sordo y ciego. Seguro que no viviría mucho más tiempo y April ya sabía ahora que se le rompería el corazón cuando un día lo perdiese.

—Sí —respondió Grit sin interés. Era la respuesta más sencilla. ¿Para qué ir al detalle?

Mientras tanto, Nellie habló con Justynka y le propuso intercambiar temporalmente los consultorios.

—Usted ya habla ahora estupendamente el inglés y creo que

se desenvolverá bien sin April como traductora. Podríamos contratar a alguien para que le diera clases de conversación. A mí siempre me ayudó Lene cuando los niños estaban en la escuela, pero, por supuesto, ella se mudará a Epona Station con nosotros. A lo mejor sabe usted de alguien que pueda echarle una mano...

Tal como Nellie había esperado, Justynka no puso ninguna objeción. La joven veterinaria era tan sumisa que nunca se hubiera atrevido a ir en contra de quien le daba trabajo. No le dio ninguna pena empaquetar sus cosas.

Mia hasta encontró que era bueno que por fin abandonara su caparazón de caracol.

—Tiene que mezclarse más con la gente —explicó—. A lo mejor puede unirse a esa organización judía que asiste a los inmigrantes. Entonces tendría algo en lo que involucrarse y podría hablar de lo que le sucedió. Lástima que no tengáis piano en New Lynn.

2

Julius se alegró de que Walter volviera a la anterior ala de servicio de Epona Station. Los dos hombres siempre se habían llevado bien y ahora hasta podían intercambiar sus recuerdos de la guerra, aunque la mayoría de las veces, cuando se sentaban juntos, hablaban de caballos. Julius era de la opinión de que Walter no dependiera de Willie, sino que fundara su propio establecimiento dedicado al entrenamiento de caballos.

—Así podré enviarte un par de ejemplares de los nuestros. Tenemos que salir a la pista con más purasangres, aunque a Mia le desagrade. Pero por ahora no vendemos ningún caballo de paseo. Durante la guerra nadie aspira al lujo, y los caballos se han convertido en «artículos de lujo». Nadie los necesita para ir de un lugar a otro, muchos prefieren comprarse un coche deportivo a la moda antes que un elegante caballo de paseo.

—Eso volverá a cambiar —señaló esperanzado Walter—. Siempre habrá gente que simplemente ame a los caballos.

Julius rio.

—Esperemos que así sea. De lo contrario, el mundo será un poco más pobre. Pero primero tenemos que salir de esta mala temporada y esto significa que nuestros purasangres de dos y tres años han de competir.

Walter empezó el entrenamiento con dos jockeys empleados fijos, dos caballos de Willie y dos de Epona Station. No tardaron en llegar más de otros propietarios. Walter ya no despertaba recelo: el mundo de los caballos de carreras de Auckland lo acogió con los brazos abiertos.

La relación entre Lene y Hans se hizo más intensa en los meses que siguieron; Mia y Nellie especulaban sobre su posible casamiento. Petey y Marty eran felices en Epona Station, montaban los ponis y a veces también caballos más grandes y volvían a jugar entre ellos sin pelearse. También siguieron siendo buenos estudiantes y demostraron su valía en el equipo de rugby de su escuela. Walter los acompañaba a los partidos y estaba orgulloso de ellos.

Nellie solía pensar que, en relación con los chicos, Phipps había sido una bendición para su familia, aun cuando ahora sentía cierto rencor hacia él. Le había informado del estado anímico de Grit con la esperanza de que interrumpiera la gira y se apresurara a volver al lado de su hija. Sin embargo, Phipps no se tomó esa molestia. Recibió ovaciones en Sídney, Perth y Adelaida, y quería seguir el viaje a la Isla Sur. Nellie sospechaba que prefería mantenerse a distancia y evitar de ese modo los problemas de Grit. «Una vez haya acabado con ese asunto del embarazo se sentirá mejor —escribió—. Pronto lo habrá olvidado todo».

Nellie leyó la carta meneando escéptica la cabeza.

—¿Cómo imagina él que se acaba con un embarazo? —preguntó a Walter—. Grietje tendrá un hijo. No lo olvidará todo tan fácilmente.

El extraño y reservado comportamiento de su hija tampoco cambió en Epona Station. Expresó, en efecto, el deseo de tener ovejas. Puesto que ni Julius ni Mia tenían nada en contra, Nellie compró seis hembras preñadas y Grit intentó cuidarlas. En realidad, había pensado en ordeñarlas más tarde, pero se trataba de ovejas jóvenes que iban a parir por primera vez. En un principio, no iban a dar leche. Llevarlas a pastar tampoco funcionó demasiado bien. Los animales no estaban acostumbrados a seguir dócilmente a un pastor. Habían vivido medio salvajes en las montañas y eran los perros los que se encargaban de reunirlas. Así que Grit se llevaba a Flokati cuando salía con las ovejas, pero el perro no mostraba ninguna inclinación hacia el pastoreo.

—No sirve para nada —comentó Grit, cuando April se rio de sus alegres y absurdos correteos entre las ovejas.

—Y sin embargo debe de pertenecer a una raza de perros pastores —opinó April—. Aunque no sé cómo se llama, este tipo de perro con el pelo desgreñado es muy frecuente en Europa. Aun así, primero tiene que aprender cuál es su tarea con el rebaño. Suelen darles órdenes con silbidos. Él mismo, por su cuenta, no puede saber qué es lo que le pides.

April había empezado enseguida a tutear a la hija de Nellie. En realidad, había temido que la famosa y cosmopolita pianista le infundiera respeto, pero lo cierto era que Grit más bien le parecía infantil e inmadura. Casi no hablaba con nadie, salvo con Lene y con Nellie, y ni siquiera reaccionó cuando April empezó a dar de comer a las ovejas en su corral. Los animales no podían esperar a que Grit se los llevara a pastar. De ese modo, pronto se volvieron dóciles, seguían a April y se dejaban coger.

Una noche de mediados de diciembre —la temporada de carreras estaba en pleno apogeo y los caballos de Walter celebraban sus primeras victorias—, Lene llamó a la puerta del dormitorio de Nellie y su marido. Nellie enseguida se despertó, como veterinaria estaba acostumbrada a atender llamadas nocturnas.

—Disculpe la molestia —susurró Lene—. Me ha despertado el perro. Creo que Grietje tiene contracciones. La he oído gemir. Ha ido dos veces al baño, pero dice que no necesita ayuda, que todo está en orden y que yo siga durmiendo.

Nellie se echó rápidamente una bata por encima. En realidad, ya llevaba unos días esperando que empezaran los dolores del parto. Parecía que el niño ya había bajado y, si había sido engendrado en marzo, tal como ella suponía, pronto habrían pasado los nueve meses. Grit, sin embargo, no había querido hablar del inminente alumbramiento. Ahora ya no le quedaría otro remedio que enfrentarse a él.

Se dirigió a la habitación de su hija y la oyó quejarse ya desde el pasillo. Flokati brincaba junto a ella excitado, parecía contento de que alguien se cuidara de su ama. Nellie encendió la luz y Grit se sobresaltó.

—Todo va bien, mami —musitó apretando los dientes.

Nellie se acercó a ella.

—No digas tonterías, Grietje, estás trayendo un niño al mundo. Nadie puede hacerlo solo, o al menos no sería aconsejable. Ahora déjame ver en qué punto estás. No te preocupes, ya lo he hecho antes. —Retiró con determinación la manta de la cama, remangó el camisón de su hija y comprobó el orificio uterino—. Estás al principio del parto, la placenta todavía no se ha roto —dijo con calma—. Intenta relajarte, esto va a durar un buen rato. Ahora te preparamos un té y luego voy a buscar el gas hilarante...

—¡No lo quiero! —exclamó Grit.

Nellie frunció el ceño.

—Pero así es más fácil, cariño. Empujar al niño hace daño. Al final, las contracciones son tan fuertes que la mayoría de las mujeres...

—¡A la madre de Leonidas no le dieron gas hilarante! —dijo Grit.

Nellie se temió lo peor.

—Grietje, ¿vas a castigarte por tener un niño en una cama como Dios manda y en una casa civilizada y no en una cabaña de barro sin corriente eléctrica? —preguntó—. ¿Con una comadrona cuya única cualificación consiste en que ha traído diez niños al mundo?

Grit se dio media vuelta.

—¡Quiero que me dejéis en paz! —soltó con un bufido—. ¿Es que no lo puedes entender? No necesito ayuda, quiero...

Nellie resopló.

—Tu hijo sí podría necesitar ayuda. Por eso no voy a dejarte en paz. Si quieres gas hilarante y con ello cierto alivio o no lo quieres, debes decidirlo tú misma, está claro. Lene y yo podemos dejarte sola una hora más. Si eso es de verdad lo que deseas…

Nellie sufrió un tormento mientras esperaba que Grit entrara en razón, pero, tal como habían quedado, dejó pasar una hora antes de ocuparse de su hija. El líquido amniótico había salido y Nellie y Lene cambiaron la cama de la muchacha. La primera le aconsejó que anduviese un poco por la habitación y le explicó que eso aceleraría el parto, pero Grit solo quería volver a acostarse. Nellie tenía la sensación de que pretendía eludir el parto, como si ignorándolo el tiempo suficiente no fuera a suceder. Grit no colaboraba y tampoco seguía las indicaciones de su madre. En un momento dado se mordió tanto los labios que le sangraron, pero no gritó ni una sola vez.

—¿Siempre es una tortura así? —preguntó Lene cuando ya llevaban diez horas—. Yo estuve con mi madre un par de veces, y claro que fue horrible. Pero esto…

Ella misma estaba a esas alturas agotada, pero no a causa de la falta de sueño o por un esfuerzo físico. Era esa atmósfera tensa, casi agresiva que reinaba en ese paritorio.

—Como ya he dicho, se puede aliviar —contestó Nellie por lo bajo—, pero si la persona se niega…

Después de doce horas, el niño por fin salió al mundo sin que la madre lo ayudase demasiado. Al final, Grit empujó automáticamente y gimió cuando por fin se acabó todo. Nellie recogió al bebé.

—Una niña —dijo sonriendo—. Una niña encantadora. Mira cuánto pelo tiene. Pronto le haremos trenzas.

—Y también tiene una voz bonita —afirmó Lene cuando la pequeña gritó por primera vez—. A lo mejor de mayor es cantante.

—Enseguida podrás cogerla en brazos —prometió Nellie a

su hija, que se había dejado caer sin fuerzas sobre la almohada—. Solo quiero lavarla un poco.

Grit levantó la vista.

—Tiene un tacto viscoso —dijo cuando Nellie se la puso en los brazos ligeramente envuelta en un pañal—. Sácamela de aquí...

Nellie miró a su hija sin dar crédito.

—Grietje, es tu hija...

El bebé volvió a gritar y esta vez sus gritos no pasaron desapercibidos fuera de la habitación.

—¿Ya ha llegado? —La voz emocionada de April resonó en el pasillo.

Nellie sabía que April y Mia llevaban horas acercándose a la habitación. April incluso había dedicado algo de su tiempo a intentar tranquilizar al perro, al que no dejaban entrar en el cuarto. El animal había estado aullando y gimiendo mientras arañaba la puerta, poniendo de ese modo a Nellie y Lene de los nervios.

Ahora que April había oído la voz de la recién nacida, no pudo reprimir más su curiosidad. Abrió lentamente la puerta y vio a Lene enfrente, con el bebé en brazos junto a la cama de Grit sin saber qué hacer con él, dado que su madre no estaba dispuesta a cogerlo y consolarlo. Lene sostenía a la niñita mientras Nellie esperaba a que surgiera en algún momento el instinto maternal de Grit.

April se acercó a Lene y levantó un poco la tela con que Nellie había envuelto al bebé.

—¡Oh, Dios mío! ¡Ya ha llegado! —exclamó, cuando vio la carita—. ¡Qué bonito! Y recién llegado al mundo... Todavía tiene restos del unto sebáceo...

April tendió los brazos instintivamente y Lene le entregó al bebé.

3

Dos meses más tarde, Nellie estaba en casa de los Rawlings, atendiendo a un joven semental que se había dañado al intentar saltar una valla. No era una herida grave y Nellie y Willie tuvieron tiempo para conversar durante la cura. Willie le preguntó por su nieta, a lo que la veterinaria reaccionó con un profundo suspiro.

—Está creciendo bien, es muy mona —acabó diciendo—. Irresistible, si se me permite decirlo siendo su orgullosa abuela. Los ojos son inmensos, el pelo negro..., una belleza. Pero Grietje no quiere saber nada de ella.

—¡Qué raro! —observó Willie.

Ella misma tampoco pertenecía al tipo maternal. Encontraba a los potrillos mucho más atractivos que a los niños pequeños. Sin embargo, le había invadido una alegría inmensa cuando depositaron a Alex en sus brazos.

—Lo sé —dijo Nellie—. Incluso cuando en un principio no se desea tener un hijo, una vez que está ahí te enamoras de él como madre. Es así de simple. Pero Grietje parece ser la excepción que confirma la regla. No se interesa por Helena.

—La bella Helena... —Willie sonrió.

Nellie puso los ojos en blanco.

—El nombre se lo puso Mia. A Grietje le daba igual. Le pregunté si no quería llamar a la niña Leona o Leonora, por el padre. O Eleni, por la abuela paterna, a la que por lo visto añora. Pero no quiso. Y April encontró que el nombre de Helena era bonito.

Limpió con cuidado la herida del pequeño semental.

—¿Y qué tiene que ver April con esto? —preguntó Willie, cáustica. Todavía guardaba resentimiento contra la hija de Mia.

—April cuida de la niña —contestó Nellie—. Su entrega es total. No se la quiere dejar a nadie. Y lo hace estupendamente. Siempre ha tenido mucha mano con los niños y los cachorros, y no hay nada que haya deseado más que tener su propio bebé.

Willie se encogió de hombros.

—Pues ahora ya tiene uno —comentó imperturbable.

—Pero ¿qué pasará cuando Grietje se recupere y quiera cuidar ella misma de la niña? —preguntó Nellie al tiempo que extendía un ungüento sobre la herida en la articulación del tarso de la pata anterior—. O, citando a Walter: ya estalló una guerra por una bella Helena.

Willie sonrió y preparó el vendaje.

—¿Crees entonces que todavía hay esperanzas? Bueno, de que Grit quiera aceptar a su hija —preguntó—. ¿Qué es lo que hace todo el día? Si no toca el piano ni tampoco cuida de la niña...

—Hace queso. —Nellie contrajo el rostro—. En serio, lo ha aprendido en Creta, con la madre de su amigo griego. Y aquí quería ovejas a toda costa. Compramos seis hembras que acaban de parir y Grietje trabaja con la leche. April la ayuda a ordeñar. En lo que a animales se refiere, mi hija es un desastre. Las ovejas se esfuman en cuanto la ven. La quesería tampoco es que sea su fuerte, el resultado está en el límite. A cambio toca el buzuki. Es tan bonito que te conmueve. No pensaba que se pudieran sacar melodías tan maravillosas de una guitarra así. A la única que no le gustan es a su hija. Helena grita como una posesa cuando oye la música. Naturalmente, esto no la acerca a Grietje. A April le da igual.

—¿Mantienen las dos una buena relación? Grit y April —preguntó Willie al tiempo que le tendía la venda a Nellie.

—Creo que sí, si es que se puede establecer por el momento una relación con Grietje —contestó Nellie suspirando—. Es amable con todo el mundo, pero prefiere estar sola y ocupada en hacer queso. Son todas recetas secretas que hay que guardar... Por las mañanas está impaciente por darle la niña a April. Le gustaría entregársela ya por las noches, pero Mia y yo hemos hecho valer nuestra autoridad. No puede distanciarse del todo de su hija...

—Qué complicado —sentenció Willie—. ¿Lee las cartas de Alex? Si interpreto bien lo que comenta, se deja los dedos escribiendo.

En ese momento, Alex estaba de servicio en las islas Salomón. Los americanos libraban allí una batalla encarnizada contra Japón en la que también estaban implicadas las tropas neozelandesas. Willie esperaba que no enviaran a su hijo a primera línea. Como ya había hecho antes, Alex solo comunicaba a sus padres lo imprescindible.

Nellie se encogió de hombros. Terminó de colocar el vendaje y dio unos golpecitos de aprobación en el cuello del caballo.

—Qué chico tan bueno... ¿Tienes zanahorias? —Willie le dio una, y Nellie recompensó al joven semental por haber sido paciente y quedarse quieto—. Las lee, pero no las contesta —respondió—. Yo al menos creo que lo ama, aunque se siente culpable por ello. El pobre Alex debe de estar sobre ascuas. Sería bueno que volviese.

Willie reflexionó.

—Hay tropas estacionadas en Nueva Zelanda —indicó—. Seguridad nacional. Si pudieran trasladarlo aquí... A lo mejor debería dirigirme de nuevo a esa señorita Porter. ¿Qué es lo que podría cualificarlo como espía?

Nellie suspiró.

—Los espías llevan una vida muy peligrosa. Y no suelen trabajar en su país natal, a no ser que sepan descifrar códigos secretos o similares. O en las guerrillas... Supongamos que los japoneses ocupan Nueva Zelanda...

En su rostro apareció la sonrisa pícara que siempre surgía cuando se le ocurría una idea genial.

—Imposible —observó Willie—. Ahora que los estadounidenses defienden el territorio del Pacífico.

—Lo digo solo en teoría —la interrumpió Nellie—. Hay que estar preparados para todo. En cualquier caso, Alex podría introducir a las tropas estacionadas en las técnicas de la guerra de guerrillas. Seguro que sería positivo, a fin de cuentas no tienen nada que hacer. Julius von Gerstorf hizo en su momento algo parecido con los soldados candidatos a entrar en caballería. Tuvo mucho éxito...

—En cualquier caso, ninguno de los chicos se presentó voluntario cuando poco después estalló la guerra —recordó Willie—. Por eso casi fusilaron a Julius, pensaban que era un espía alemán.

—Sea como fuere, podrías proponerlo —insistió Nellie.

Willie se echó a reír.

—Corre el rumor de que se ha eximido a soldados para que trabajen en el campo, pues dentro de poco no se podrá garantizar el aprovisionamiento de la población si se envía a tantos campesinos al frente. Edward quiere presentar una solicitud para que licencien a su hijo y este se ocupe de la granja. Por eso ya hemos sembrado un par de campos más y pensamos comprar una o dos vacas para que resulte más creíble.

Nellie asintió.

—Tal vez podamos ayudaros en breve con un par de ovejas. Como te decía, las de Grit han parido y de seis han pasado a ser dieciséis. Todavía son pequeñas y bonitas, pero con el tiempo se acabarán comiendo a los Von Gerstorf.

La primera temporada de Walter como entrenador en Ellerslie transcurrió de modo muy exitoso, con lo cual no solo demostró su conocimiento sobre los caballos, sino su capacidad para actuar de forma diplomática. Le pareció sensato, por ejemplo, que los caballos de Willie y los de los Von Gerstorf no participaran en las mismas carreras. A fin de cuentas, solo podía ganar uno y las cuadras seguían rivalizando entre sí. Walter no quería encontrarse en la línea de fuego. Valió la pena convencer a Mia de que él no iba a exigir más de lo que debía a los caballos de dos años. Ella se negaba por principio a que se ensillaran los ejemplares que todavía no habían cumplido tres años.

Esa también fue una de las causas de que Epona Station siguiera especializándose en caballos de paseo y solo en un segundo plano se dedicara a la crianza de caballos de carreras. Los pocos de estos últimos que Julius sacaba a la pista por primera vez tenían tres años. Entretanto y por desgracia, las circunstancias cambiaron. Dentro del negocio de las carreras se había normalizado que los caballos de dos años participaran en competiciones para ejemplares de esa edad con el fin de que adquiriesen la experiencia necesaria para intervenir en las carreras importantes para los de tres años. Si Epona Station quería financiarse con caballos de carreras, Mia tendría que ceder.

Lo hizo a regañadientes y cada dos días iba al hipódromo para ver cómo estaban sus potros, como consecuentemente llamaba a los jóvenes caballos. Walter se esforzaba por tranquilizarla e implicarla en todo lo que era posible. Mia podía sacar a los caballos del box después del entrenamiento, darles de comer en la mano o llevarlos a pasear.

Otros propietarios de caballos, impacientes, se comportaban de forma radicalmente opuesta. Según su opinión, los caballos tenían que salir a la pista cada fin de semana, a ser posible participando en las carreras más difíciles y mejor remuneradas. Walter tenía que explicarles su plan de entrenamiento y aclararles la importancia de formar lentamente a los animales.

Cuando un caballo se hacía daño, convencía a los propietarios para que no renunciaran a él enseguida, sino que lo dejaran un año en una yeguada para curar los tendones. Luego garantizaba más victorias con el tan prometedor y joven semental.

—Los caballos no me dan problemas —le dijo a Nellie lamentándose—. ¡Los propietarios son los únicos difíciles!

Nellie se reía y le comentaba que eso era uno de los primeros descubrimientos que hacían los veterinarios jóvenes.

—¡Un día tienes que vértelas con los dueños de perros! —contestó ella.

En cualquier caso, Walter enseguida se ganó la fama de ser una persona afable y pronto hizo amigos en el club hípico. A los caballeros les gustaba preguntarle por sus aventuras en Creta mientras tomaban una copa y, por supuesto, querían que les contara acerca de su carrera de soldado de caballería en Alemania, durante la época del emperador y en la Primera Guerra Mundial.

Poco antes de que empezara la temporada de 1943-1944, su reciente popularidad le dio unos frutos inesperados. Dos hombres de la junta directiva del club hípico de Ellerslie, es decir, la organización de empresarios del hipódromo, lo llamaron para conversar con él en el bar del restaurante.

—Seguro que ya sabe que el señor Wesley nos deja dentro de dos meses, ¿no es así? —preguntó el señor Beasley, propietario de una fábrica textil que había ganado una fortuna confeccionando uniformes. Al mismo tiempo, colocó una cerveza sobre la barra, delante de Walter.

Walter asintió. El señor Wesley era el director del hipódromo, un caballero ya anciano, distinguido y con experiencia, que ahora quería disfrutar de una bien merecida jubilación.

—Por supuesto —respondió Walter tomando un sorbo de cerveza—. ¿Ya tiene sucesor? Uno no puede imaginarse el hipódromo sin Wesley. ¿Cuánto tiempo ha estado en su puesto? ¿Treinta años?

—Veintiséis —respondió el primer presidente del club, Robert Barrington. Descendía de una dinastía de criadores de caballos de Nueva Zelanda, su abuelo había fundado el club hípico—. Y siempre fue sumamente placentero trabajar con él. Llevaba las riendas con firmeza, pero con amabilidad. No se produjeron escándalos y los conflictos se zanjaron en silencio... Todo un caballero.

Walter alzó su vaso.

—Brindemos entonces por él —propuso amistosamente—. Y por un sucesor que sea igual de hábil. Aquí es imprescindible que no haya roces, ni a nivel organizativo ni tampoco humano.

—Exacto —dijo Beasley—. Y por eso... En fin, señor Von Prednitz, nosotros observamos con mucha atención lo que sucede en este hipódromo y en los últimos meses nos ha dejado usted muy impresionados.

Walter hizo un gesto de rechazo.

—Tuve la suerte de poder entrenar caballos estupendos —contestó.

—No pretendía referirme tanto al éxito de los entrenamientos —contestó Beasley—. Buenos entrenadores, hay muchos. Pero no todo el mundo consigue durante toda una temporada ocuparse de los caballos de Wilhelmina Rawlings al igual que de los de Julius von Gerstorf sin que se despedacen el uno al otro.

Walter rio.

—Además, ambos apoyarían su candidatura —añadió Barrington.

Walter frunció el ceño.

—¿Mi candidatura? —preguntó.

—Sí —respondió Beasley—. Después de considerarlo detenidamente, la presidencia ha decidido ofrecerle el puesto de director del hipódromo. Por supuesto, tendría que dejar su cargo de entrenador, pero a cambio ocupará un puesto bien pagado y muy seguro. De por vida, si todo va bien, como ya ha visto en el caso del señor Wesley.

—Pero yo... —Walter estaba aturdido. No había contado con una oferta de ese tipo—. Nunca he...

—Usted está familiarizado con lo que sucede en el hipódromo —señaló Beasley—. Y además desde todos los ángulos, lo que no ocurre con frecuencia. Al principio hasta trabajó usted de mozo de cuadra, ¿no es así? Conoce a los comerciantes de forraje, sabe qué cantidades de heno y de paja se necesitan y cuáles son los precios. Conoce las instalaciones como la palma de su mano, y con la veterinaria del hipódromo mantiene usted una óptima relación…

Los hombres rieron.

—Es usted una magnífica elección —declaró Barrington—. A lo mejor quiere pensárselo un poco. Hablarlo quizá con su esposa, a la que justamente esperamos para que saque un poco de sangre a los caballos. Podría… poner ya el champán en la nevera.

Una hora después, Nellie y Walter brindaban con la presidencia del hipódromo por el nuevo trabajo de Walter. Nellie se acordó de la noche en que celebraron los nuevos puestos de Bernhard y Maria. Al final, Maria había pronunciado una extraña frase: «Hemos llegado».

Nellie la repitió cuando por la noche se acurrucó entre los brazos de Walter.

4

—¿No vas a escribir a Alex ni una sola vez? —April había estado en Onehunga y recogido el correo, que ahora repartía entre los habitantes de Epona Station. Dos cartas estaban destinadas a Grit, una de su padre y la misiva semanal de Alex. Las solicitudes de Willie y Edward Rawlings no habían tenido éxito. Después de su curso de ascenso a oficial, lo habían destinado a Guadalcanal y luego a Vella Lavella. Las dos islas Salomón habrían sido, de hecho, paradisiacas, de no haber sido por las continuas emboscadas japonesas. April había leído que la guerra en la selva era muy dura. Eran tantos los muertos que los estadounidenses los enterraban en fosas comunes. Alex le daba pena, habría deseado que al menos una carta de su amada le levantara los ánimos—. ¿Le has hablado ya de Helena? —siguió preguntando cuando Grit no respondió.

Le había dado lacónica las gracias por las cartas y no se había dignado a mirar a su hija, que April llevaba en un pañuelo a la espalda, al estilo maorí.

—Escríbele tú —dijo Grit—. Yo no…, no puedo… No tengo… nada de tiempo.

April frunció el ceño. Grit seguía ocupándose exclusivamente de las ovejas. Además de encargarse de la quesería, había empezado a trabajar la lana tras el esquilado. Elaboraba con una rueca, según April antediluviana, hebras de lana irregulares con las que después no sabía qué hacer. Hablaba vagamente de tejerlas, pero no hacía ningún gesto de ponerse a ello. No le gustaban los trabajos manuales y April ignoraba, en realidad, qué podía hacerse con esa lana natural y rasposa.

—A lo mejor sí que lo hago —contestó April.

Hasta entonces no había pensado en ello, pero encontró que no era mala idea. Ya hacía tiempo que se había arrepentido de su arrebato con Alex. Claro que él no habría tenido que sorprenderla con un beso. Sin embargo, se había sentido culpable cuando él se había ido a la guerra y luego lo habían dado por desaparecido. Se había alegrado sinceramente de que Walter lo encontrara, algo que, en realidad, habría podido comunicarle de inmediato por carta.

Al mediodía, cuando Helena dormía, buscó papel de carta y sobre y se esforzó por adoptar un tono prudente.

Epona Station,
agosto de 1943

Querido Alex:

Seguro que te asombra que te escriba yo cuando en realidad estás esperando recibir una carta de tu querida Grit. De hecho, es ella la que me ha pedido que te responda en su lugar. Sigue estando deprimida. Los acontecimientos en Creta la han afectado mucho, supongo que es normal que los artistas sean tan sensibles. A finales de este año, el 15 de diciembre, dio a luz a una niñita preciosa. Helena ya tiene ahora ocho meses y es simplemente un encanto, cada día me da una alegría. Grit me permite que me ocupe mucho de ella, mientras intenta trabajar sus vivencias en Grecia. Toca el buzuki de maravilla, pero por desgracia Helena no parece ser muy musical. Lo mejor es salir a pasear con ella cuando su madre toca. Le encanta pasear, yo la llevo colgada de un pañuelo, aunque la doctora Nellie le ha comprado un cochecito.

Helena no quiere que la separen de mí. ¿Te acuerdas de Zora, la gatita que me regalaste un día? Ahora es una gata grande y gorda y la mejor amiga de Helena. Se acuestan juntas en la cama de la niña. Mamá no deja de advertir que Zora podría ahogar al bebé, pero es una gata lista, una cosa así es imposible que suceda. Además, Helena ya no es tan pequeña. En cualquier caso, no es algo que me preocupe, además siempre estoy cerca. Ah, ya, no he descrito a Helena: tiene los ojos de color castaño claro y un cabello ondulado muy negro. Casi se podría decir que es negro charol. Cuando se ríe se le hacen unos hoyitos preciosos y cuando está preocupada arruga la nariz. Todo el mundo la quiere.

Por cierto, negrísimo es también el pequeño semental que tu yegua Shelley parió hace más de medio año. Es muy bonito, clavado a su padre. Sigo teniendo a tus dos caballos aquí, en Epona Station. Tu madre no es que esté muy contenta con esto. Quiere que se los devuelva, pero estoy muy apegada a ellos... y soy un poco supersticiosa. Creo que, mientras me ocupe de los dos, a ti no te ocurrirá nada. Y me alegraré cuando pases pronto por aquí para llevarte a casa a Shelley y Memory. Ah, bueno, puedes cambiarle el nombre a Memory cuando quieras, claro. Pero creo que es bonito y una buena manera de llamar a un caballo.

Te envío muchos saludos desde Epona Station, también de tus caballos y, no nos olvidemos, de tu simpático perro Flokati, al que tanto cariño tengo.

April

April fue a ver a Grit para pedirle el número de correo militar de Alex y la encontró de un inusual buen humor. Enseguida le desveló la razón.

—¡Mi padre ya está de vuelta!

Philipp de Groot se había instalado en Australia en los últimos meses. Ya hacía tiempo que había terminado la gira, pero Australia se había visto arrastrada por la guerra del Pacífico. En las aguas del país operaban submarinos alemanes y japoneses que ya habían hundido varios barcos comerciales. Philipp no quería correr ningún riesgo, aunque los aliados intentaban proteger las embarcaciones. Acababa de dar un concierto para oficiales de las fuerzas aéreas y había conocido a un par de personajes importantes a los que había pedido ayuda. Poco después, le habían ofrecido volar a Nueva Zelanda en un transporte de tropas. Phipps esperaba con impaciencia ese viaje no del todo carente de peligro.

Nellie se alegró mucho de que Grit expresara al menos una alegría contenida cuando le comunicó la noticia, era señal de que lentamente dejaba de aferrarse como una niña a su madre. Observaba asimismo que su hija no estaba tan apática como al principio. Ya no ignoraba a Petey y Marty, sino que demostraba que los dos vivaces muchachos la sacaban de quicio a menudo. El sentimiento era mutuo, Petey y Marty no tenían nada en común con su nueva hermana. Pese a ello, al principio habían sido amables, pero, cuanto más manifestaba Grit que no quería saber nada de ellos, con mayor frecuencia se les ocurrían pequeñas jugarretas, le escondían el buzuki o daban a los gatos ovillos de lana para que jugasen.

—Lo mejor de ella es el perro —resumió Marty su valoración y la de su hermano—. Un animal tan fiel..., la sigue a todas partes aunque ella no le hace ni caso.

No obstante, eso ya no era del todo cierto. En lugar de estar pegado a los talones de Grit, Flokati concentraba ahora sus cuidados en Helena. Los chicos no lo desaprobaron, encontraban al bebé muy interesante, aunque en comparación con los potros y los cachorros de perros y gatos se desarrollaba con una lamentable lentitud.

Grit viajó en tren a Auckland para encontrarse con Phipps, quien, a su vez, salió de Wellington en tren. El avión había aterrizado sin problemas. Tanto Nellie como Lene se ofrecieron para llevar a Grit a la ciudad en coche, pero ella se negó. Enseguida encontró a su padre en la estación. Se acercó a él tímidamente.

—¿Papá? —Casi avergonzada levantó la vista hacia él.

Phipps tenía el mismo aspecto estupendo que siempre. Llevaba un traje elegante, el cabello castaño y ondulado bien cortado y todo su rostro resplandecía, al menos hasta que vio a su hija más de cerca.

—¡Grit, hija mía! —Abrazó con cariño a su hija—. ¡Qué contento estoy de verte! Pero has cambiado. —Grit seguía llevando la trenza y un vestido pasado de moda y demasiado holgado que se había comprado durante el embarazo. Al principio, Nellie había viajado con su hija a la ciudad para comprarle ropa nueva, pero para su horror la muchacha se había decidido por unos vestidos más propios de una mujer de cincuenta años que de una joven madre—. Pareces una campesina —constató Phipps—. Antes de que vuelvas a los escenarios, tendremos que comprarte ropa nueva.

Ella negó con la cabeza.

—Ya no actuaré nunca más —dijo.

Su padre frunció el ceño.

—¿Tan atareada estás con tu hija? —preguntó prudentemente—. ¿No te ayuda Lene? Podemos contratar a una niñera para la pequeña. ¿Cómo se llama?

—Helena —respondió Grit con poco interés.

Phipps sonrió.

—Helena de Groot. Bonito. Un nombre para una cantante. Seguro que ya llora de forma muy melódica.

—Sobre todo fuerte... —Grit suspiró.

La potente voz de Helena le quitaba el sueño con frecuencia. Si bien en tales ocasiones Lene solía ocuparse de la pequeña, en un principio despertaba a todos y los chicos protestaban porque no podían concentrarse en la escuela si no conseguían dormir. Con April nunca gritaba, afirmaba siempre Marty.

—Es normal en los niños —explicó su padre, que nunca había convivido con un bebé—. ¿Qué te parece, Grit? ¿Comemos juntos en un sitio bonito aquí en Auckland, recogemos luego mi coche y te llevo de vuelta a Epona Station? A lo mejor puedes explicarme por qué te gusta tanto vivir allí en lugar de en la ciudad. Auckland no es Nueva York, pero ¿en esa granja donde todo huele a caballo? No sé...

—A oveja —dijo Grit en voz baja—. En Imbros olía a oveja...

—No es posible que lo añores —opinó Phipps—. Me da la impresión de que sigues hecha un lío, cariño. Vamos a tener que hablar. Seriamente.

Grit asintió y volvió a adquirir el aspecto de una colegiala. De ese modo exactamente le hablaba su padre cuando de niña hacía alguna travesura. Cuando la miró con fingida severidad, tuvo la sensación de que se sacaba un peso de encima. Algo en ella se soltó.

—Después —musitó Grit.

Phipps asintió.

—Claro, ahora vamos a comer. Hay por aquí un par de buenos restaurantes, salí alguna vez con tu madre...

Grit sonrió débilmente.

—¿Mami salió contigo? —preguntó.

Phipps le devolvió la sonrisa.

—En un último intento de conquistar su corazón —admitió—. Quién sabe... Si no hubieras desaparecido en Creta... Pero da igual. ¡Es estupendo que vuelvas a estar aquí!

Ella lo miró insegura.

—No sé si estoy —susurró—. A veces creo que todavía estoy muy lejos.

Phipps le pasó un brazo alrededor de los hombros.

—Yo te traeré de vuelta —le prometió—. Y, ahora, en marcha. Propongo que vayamos a comer un asado de cordero en un restaurante francés. De vuelta a la civilización, Grit de Groot.

—Durante mucho tiempo me llamé Margarita —musitó.

Phipps la estrechó contra él y la besó en la sien.

—Cariño, tanto si te llamas Grit, Grietje, Margarete o Margarita..., siempre seguirás siendo tú misma. Tu vida siempre será la música, aunque ahora tengas la sensación de que has de excluirla...

—Toco el buzuki —dijo Grit.

—¡Ves! —contestó Phipps—. ¿Sabes qué? Luego vas a tocarlo para mí. Vas a tocar lo que has vivido. Todo lo que ha sucedido en Creta. No tienes que hablar. Yo comprenderé tu canción.

Grit empezó a llorar en silencio.

Phipps le dio un pañuelo.

—Pero, primero, el asado de cordero —decidió.

Grit no comió mucho, pero tampoco estuvo removiendo la comida sin apetito como solía hacer cuando se sentaba a la mesa con la familia de Nellie. Los platos del restaurante francés eran demasiado deliciosos para eso. Grit no había comido algo así desde hacía dos años. Nellie se había hecho vegetariana cuando trabajó en un matadero años atrás. En su casa no se servía carne. En Imbros, por el contrario, casi siempre había carne, comida casera fuerte. La madre de Leonidas solía cocinar para toda la gran familia. Ahí, en cambio, solo se servían pequeños y exquisitos bocados en finos platos de porcelana. La joven se sentía un poco culpable, pero disfrutó de la comida.

Después acompañó a su padre al taller en que había dejado el Cadillac y, naturalmente, le entregaron el coche resplandeciente, con el depósito lleno y revisado. Grit se sintió flotar cuando el gran vehículo rodó por la carretera de Auckland en dirección a Onehunga. Había pasado mucho tiempo viajando en todoterrenos en los que en el mejor de los casos olía a perro y, en el peor, a pólvora y sangre.

En Epona Station era mediodía y no sucedía gran cosa. Nellie visitaba a sus pacientes, Walter estaba en Ellerslie y los chicos todavía en la escuela. Julius y Mia habían salido a caballo para revisar las vallas. Se acercaba la primavera y pronto nacerían los potros y los caballos podrían ir a los pastizales.

April velaba en la casa la siesta de Helena, al tiempo que se encargaba del papeleo. Cuando oyó entrar en el patio el Cadillac, esperó a que Grit entrase para enseñarle la niña a su padre, pero ninguno de los dos apareció. April decidió tomar la iniciativa, sacó a la pequeña de la camita y salió al patio. En el cochecito dormía una gata. April la hizo bajar y colocó a Helena. Esa tarde había vestido especialmente bien a la niña, pues a fin de cuentas iba a conocer a su abuelo. Cuando empujaba el cochecito en dirección a la que antes había sido el ala de servicio, Philipp y Grit volvían a salir, ella con su buzuki.

Cuando Grit vio a April, sonrió y se acercó a ella para presentarle a su padre. April lo conocía superficialmente. Recordaba que se habían visto en uno de sus conciertos y lo saludó afablemente. Fue entonces cuando padre e hija se volvieron hacia la niña.

—Así que esta va a ser nuestra pequeña cantante —dijo sonriente el abuelo de Helena, acariciando torpemente la mejilla de la pequeña. Ella abrió sorprendida los ojos e intentó sentarse. April la ayudó un poco y Helena le sonrió—. Qué mayor eres —observó Phipps—. Pronto podremos comprarte un xilófono. ¡Tú te lo pasabas en grande con ese instrumento, Grit!

—Pero yo era mucho mayor —contestó Grit—. Ella... todavía no sabe hacer gran cosa.

April no iba a dejar las cosas así.

—¡Está muy avanzada para su edad! —exclamó indignada—. Puede sentarse y gatea de un lado a otro como un torbellino y hay momentos en que ya intenta ponerse de pie.

La mayoría de las veces se agarraba a la cola de uno de los ponis, con los que April ya empezaba a familiarizarla, pero no se lo contó al abuelo de Helena.

—Eso está muy bien —dijo él—. Es una niña extraordinariamente hermosa, Grit. Su padre debía de ser muy apuesto.

Grit asintió.

—Vamos...

Junto a la que antes había sido la casa del personal de servicio, Lene cuidaba de un huertecito en el que había colocado unos bancos y una mesa. Le gustaba servir allí la comida. Grit señaló en ese momento los asientos.

April dudó en si unirse a padre e hija, pero al final decidió no hacerlo. Parecía que Grit quería interpretar algo para él y no había que provocar que Helena se pusiera a chillar.

—Nosotras vamos a pasear un poco ahora —anunció.

Grit y Phipps asintieron con poco interés.

Philipp acarició un momento la cabeza de Flokati, que se fue con April y Helena.

—¿Ese es el perro de Alex? —preguntó. Nellie le había hablado del animal en sus cartas.

Grit volvió a asentir y empezó a afinar el buzuki. Le explicó a su padre qué afinación utilizaba y por qué. Él la escuchó interesado. Después cogió la mano de su hija.

—Y ahora deja que hable el buzuki —la animó.

Grit cogió el instrumento y empezó a tocar. Resucitó su primer encuentro con Alex, citó *Eine kleine Nachtmusik* y evocó su acercamiento a Leonidas a través de melodías griegas. La intérprete volvió a vivir la excursión por las montañas, reflejó la belleza de la primavera griega, pero también la dificultad del camino. La llegada al pueblo había sido ruidosa, desconcertante, las notas se precipitaban unas sobre otras, y entonces estalló la guerra, se convirtieron en estridentes, feas, amenazadoras. Las melodías de Grit conjuraban el miedo y la muerte, la pérdida y el desarraigo; en el punto culminante surgió el recuerdo de la horrible noche tras la muerte de Aliki. Luego, la inesperada liberación, las renovadas ansias de vivir y de amar, que poco después dejaron sitio al terror, la inseguridad y la resignación. La esperanza surgida del reencuentro con Alex y al final la muerte de Leonidas. Grit dejó a un lado el instrumento, lloraba.

Su padre la abrazó en silencio.

—¿Podemos conversar ahora? —preguntó.

Grit asintió entre lágrimas y empezó a hablar. Explicó, por primera vez, hasta el más mínimo detalle de todo lo ocurrido. Le habló de la boda que se había planeado con un hombre al que no quería, el rebrote de su amor por Alex y cómo había pedido a los dos antes del atentado en el aeródromo que cuidaran el uno del otro.

—Y Leonidas lo hizo —dijo sollozando—. Era un hombre bueno, un hombre serio. Yo..., yo no me lo merecía. No sabía lo que tenía con él. ¡Y murió por Alex! Por mí. Porque yo se lo había pedido. Se dejó matar de un tiro, porque..., porque yo no lo amaba. Si yo no se lo hubiese hecho notar, si yo lo hubiese apoyado, le hubiese dicho que seguro que me casaba con él y que íbamos a estar juntos para siempre, todavía estaría con vida.

Philipp le pasó suavemente la mano por el cabello.

—Grit, no me lo creo. Tienes que dejar de obcecarte con esto. Esas cosas..., morir por otra persona, sacrificarse, el heroísmo..., todo eso... existe en la ópera, no en la guerra. Tienes que hacerme caso, pues yo peleé. No demasiado en el frente, pero vi las trincheras. En la contienda uno mismo puede ser el próximo. No llegas a pensar en nada más que en defender tu propia vida.

»Y en lo que respecta al amor, no se puede decidir si se ama o no se ama a alguien. Simplemente sucede. Uno se enamora o no, da igual lo mucho que el otro tal vez te guste. No se puede cambiar nada. Tú sabes que amo a tu madre. La amé desde la infancia, aunque al principio no me percatara. La amo con todo mi corazón y lo he intentado todo para ganármela. La he cortejado, la he apoyado para que hiciera realidad sus deseos profesionales. La he ayudado cuando necesitaba dinero, he financiado el consultorio de New Lynn y me he ocupado de la educación de sus horribles hijos...

Grit esbozó con cautela una sonrisa. En cuanto a Petey y Marty, era totalmente de la misma opinión que su padre.

—Pero tú la abandonaste —le recordó.

Se encogió de hombros.

—Walter von Prednitz también la abandonó. Esa idea del circo..., actuó de forma egoísta. Si quieres saber lo que pienso, se comportó como un miserable. Pero, cuando regresó, los ojos de Nellie resplandecían y estaba impaciente por perdonarlo...

Y a mí ni me miraba, Grit... Con lo que la historia de la muerte de Leonidas vuelve a mi cabeza. Tenemos que averiguar qué pasó realmente allí y creo que debemos hablar con Walter de ello. ¿Dónde está ahora? ¿En el hipódromo? ¡Vamos para allá!

—¿Ahora? —preguntó desconcertada Grit—. ¿Ya?

—Claro —respondió Phipps—. Hay un par de temas importantes de los que tenemos que hablar con él. Prepárate y escribe una nota a tu madre para que no se preocupe. Este asunto no puede esperar.

Poco después, descendía en su coche por el acceso a Epona Station. Grit estaba sentada junto a él. Julius y Mia, que acababan de entrar en el patio con los caballos, los siguieron con la mirada.

—¿A dónde van tan tarde? —preguntó Mia a su hija. April estaba cepillando un caballo, mientras la pequeña Helena, sentada en su cochecito, la miraba. April se encogió de hombros.

—¿Alguno de los dos ha preguntado qué hay que hacer con la niña? —preguntó Mia—. ¿Cuándo van a volver? ¿Cuándo recogerá Grit a Helena? A fin de cuentas, está anocheciendo.

April negó con la cabeza.

—Me temo que los dos se han olvidado. El padre de Grit ha mirado a Helena por encima y luego se han puesto a tocar el buzuki. Por eso me he retirado con la niña. Ya sabéis que, si no, llora...

5

Philipp y Grit encontraron a Walter en las cuadras del hipódromo. Estaba a punto de marcharse, pero antes echaba una ojeada a los caballos. En otro momento tal vez habría intentado evitar con alguna excusa a Philipp, pero ese día, al saludarlo, su rostro no expresaba fastidio, sino que mostraba una sonrisa sincera. Por primera vez desde que se conocían, se sentía a la misma altura que el exmarido de Nellie. Hasta ahora, Philipp siempre había sido el hombre con éxito, fortuna y generosidad, mientras que él casi no tenía ingresos y no podía ofrecer nada a Nellie. Pero ahora era un entrenador reputado y pronto ocuparía un puesto directivo. Su esposa era feliz con él, los chicos se portaban bien y le había hecho un gran favor a Philipp.

Philipp de Groot le tendió enseguida la mano y le agradeció formalmente que hubiese rescatado a su hija.

—¡Me ha traído de vuelta a Grit! En el fondo le ha salvado usted la vida, aunque no literalmente. Pero qué existencia habría llevado enterrada en un pueblo en esa isla dejada de la mano de Dios...

—Tampoco era así, papá —intervino en voz baja Grit—. Yo...

—Soy yo quien tiene que darle las gracias —dijo Walter—. Lo que usted ha hecho por Nellie y mis hijos, durante la época en que yo... —carraspeó—, en la que básicamente había perdido el rumbo, nunca se lo podré pagar. Si quiere —sonrió—, estamos en paz. ¿Qué puedo hacer ahora por usted?

Philipp también sonrió.

—Podría venir a beber algo con Grit y conmigo y responder a un par de preguntas. ¿Sabe usted que mi hija todavía está lidiando con… lo ocurrido en Creta?

—Por supuesto —contestó Walter. Al fin y al cabo, vivía con su hija adoptiva en la misma casa y su silencio en las horas de comer, su sequedad y su extraño comportamiento lo exasperaba tanto como a sus hijos. Además, sabía que Nellie sufría por ello—. Pero no sé cómo puedo ayudarle. —Se volvió directamente a Grit—. Yo no estaba allí en ese pueblo ni tampoco en el mismo Kasteli. En realidad, tú estabas mucho más cerca de lo que sucedió que yo.

—Es absolutamente cierto —dijo Philipp—. Pero a mí no me interesa una reconstrucción exacta de los acontecimientos. Eso ya me lo ha contado Grit. Solo quiero comprender… Mire, no puedo imaginarme que un asalto así a un aeródromo transcurre del mismo modo que una carga de caballería: todos se precipitan contra todos sin un plan previo y con el sable desenfundado. Creo que las acciones respondían a un plan…

Walter rio.

—Las cargas de caballería ya no se realizan así. Y seguro que había un plan. Venga, vayamos al restaurante y bebamos una cerveza en el bar, le contaré lo que tendría que haber ocurrido si uno de los jóvenes griegos no hubiera hecho una locura… —Dirigió a los caballos un par de palabras afables y salió con sus visitas al bar. Acababan de abrir, pero todavía estaba vacío porque aún era muy temprano. Así que los hombres pidieron cerveza y Grit un zumo. Cuando les sirvieron las bebidas, Walter prosiguió con la explicación—. Habíamos elaborado el plan en el cuartel general británico. Con el mayor Dozen, un estratega de la SOE con quien yo había llegado a la isla. Como comprobamos más tarde, deberíamos haber involucrado más a los *andartes*, es decir, a los miembros de la resistencia griega. Entonces no habría habido ninguna incursión en solitario y en cambio el éxito habría sido mayor. En cuanto a Kasteli, participaron seis hombres. Un conductor, que debía garantizar la huida; Alex y Brewster, dinamiteros con formación que se encargaban del colocar las bombas; y tres griegos de Imbros. Nos habían asegurado que al menos Leonidas Fotakis sabía matar sin hacer ruido. En caso de haber tenido que deshacerse de los guardias, él habría sido el primero en atravesar la valla. Si no, los cretenses tenían la tarea de controlar las torres de vigía y, en caso necesario, cubrir a Alex y Brewster y asegurarles la retirada.

—¿Significa esto que se había previsto que fueran los últimos en alejarse del escenario del ataque? —preguntó Phipps.

Walter se encogió de hombros.

—Lo ideal era que lo hicieran junto con los dinamiteros, a quienes antes debían facilitar que colocasen todas las bombas y prendieran las mechas. Si se los descubría y apuntaban contra ellos, debían responder al fuego y cubrir su retirada. Es decir, entretener al enemigo hasta que todas las bombas estuvieran colocadas. Se podría decir que su obligación era apartar la atención del enemigo de los dinamiteros.

—¿Y ya se había acordado todo esto antes? —quiso confirmar Philipp—. ¿Cuándo?

—Nos habíamos puesto de acuerdo en todos los detalles con ese jefe de los partisanos, Black Man, no sé cómo se llama en realidad. Él tenía que comunicárselo a los hombres de Imbros. Estuvo en el pueblo, ¿no?

Grit asintió.

—Un par de días antes del ataque —recordó.

—Y, cuando los británicos llegaron a Imbros, también tuvieron que hacer un análisis de la situación. ¿No es así, Grietje? —Walter se volvió de nuevo hacia la muchacha.

Ella asintió.

—Y toda esa planificación y esas discusiones sobre la situación se realizaron antes de que sostuvieras esa última conversación con Leonidas, Grit. ¿Entiendes ahora a dónde quiero llegar? —Philipp escrutó con la mirada a su hija.

Grit reflexionó.

—¿Crees que Leon no se sacrificó por Alex? ¿Que solo siguió las órdenes?

—Siguió lo planeado —confirmó Walter—. Los *andartes* no permiten que se les dé órdenes, son demasiado orgullosos para ello. Y esa fue la causa de que acabara fracasando la acción. Uno de los griegos no pudo esperar a que Alex y Brewster terminaran. Quiso intervenir por su cuenta, se escabulló y prendió fuego a unos aviones. Eso alertó a los alemanes. De lo contrario no se habría producido el tiroteo y Leonidas Fotakis todavía seguiría con vida.

—¿Así que el reparto de tareas y las posiciones ya estaban fijadas desde un principio? —quiso cerciorarse de nuevo Philipp.

Walter asintió.

—Por supuesto. Leonidas murió de un tiro.

—¿Y no se lanzó de ninguna de las maneras para detener una bala que iba dirigida a Alex? —insistió Philipp.

Walter rio.

—Nunca he oído que alguien se interpusiera en el camino de una bala dirigida a otro. Claro que hay héroes. Alex intentó salvar a Leonidas. Pero sacrificarse por otro forma parte de las leyendas, Grit. Por regla general, en la guerra uno mismo puede ser, sencillamente, el próximo.

Esta vez fue Philipp quien asintió.

—Ya lo has oído, cariño —se dirigió a su hija—. Hacía tiempo que el destino de Leonidas estaba determinado, ya antes de que te hicieran él y Alex la extraña promesa que les pediste. Tú no tienes la culpa de nada. Asúmelo.

La muchacha pareció despertar de un sueño.

—Pero..., pero... ¿por qué dijo que había mantenido su promesa? —preguntó—. Alex me lo tenía que transmitir. —Grit se mordió el labio.

Walter se rascó la frente.

—A lo mejor porque... No se debe criticar a los muertos, y Leonidas Fotakis fue sin duda un héroe y un patriota. Pero también era un hábil manipulador. Un hombre que sabía lo que quería. Si lo analizas en profundidad, Grietje..., te encerró en ese pueblo en un momento en que, según la información del servicio secreto, el ataque alemán era inminente. Por eso Alex no pudo acompañarte. Después también fue muy poco claro con respecto a la evacuación de las tropas aliadas. Y eso que habría sido fácil llevarte a esa playa de Sfakiá y tú habrías sido la primera que habría abandonado Creta.

—Él no estaba en el pueblo. Luchaba —defendió Grit a Leonidas.

Walter hizo un gesto de rechazo.

—No era necesario que te guiara él personalmente. Ni siquiera hacía falta que otro hombre se encargara. Todos los niños del pueblo conocían el camino. Además, no me creo que en Imbros no se hubiesen dado cuenta de que las montañas estaban llenas de británicos y neozelandeses que se precipitaban hacia el sur. No, Grietje, estaba calculado. Leonidas te quería retener en el pueblo. Quería que al final te enamorases de él.

—Pero nunca lo hice... —susurró la joven—. Esa noche con él...

—Se dio por casualidad y todo jugó en su favor. También los buenos manipuladores necesitan de vez en cuando un poco de suerte... —Walter se ensimismó unos segundos en sus propios pensamientos—. Un día he de hablarte de la condesa Albrechts —dijo—. Una maestra de la intriga. Esa gente hasta se aprovechan de su propia muerte para ejercer su influencia sobre los demás, para cargarlos con un sentimiento de culpabilidad y tal vez hacerlos actuar como ellos quieren. O para destrozar su felicidad.

—No me lo puedo creer —susurró Grit—. Leon... no era así... Su madre quizá. Ella llevaba la voz cantante de la familia. Pero Leon...

—No debes pensar que deseaba que te sucediese algo malo —explicó Philipp—. Seguro que te quería. Sin duda estaba convencido de que podía hacerte dichosa.

Grit asintió.

—Seguro que era así —convino—. Y estaba celoso de Alex. Por eso le pedí que me hiciera esa promesa, él...

—Otra razón para no sacrificarse por Alex —señaló Walter—. En cualquier caso, utilizó su último suspiro para jugarle una mala pasada a su rival. Él no podía tenerte, pero tampoco debía hacerlo Alex. Piensa en ello, Grietje.

Grit se mordió el labio.

—Lo haré —prometió.

Su padre asintió.

—Además, allí hay un piano —señaló—. Solo por si te apetece tocarlo mientras reflexionas...

En tanto que los hombres vaciaban sus vasos en armonía y volvían a llenarlos, Grit de Groot interpretó por segunda vez sus penas, su miedo, su culpa y al final también su rabia.

Walter von Prednitz había ayudado a Philipp de nuevo a recuperar a su hija.

6

—¡Alex vuelve!

Willie estaba tan contenta que llamó a Nellie para darle la noticia, aunque esta ya lo sabía. Alex se lo había anunciado por carta a Grit y April.

Con April sostenía una relación epistolar relajada desde que le había informado del nacimiento de Helena. Le comunicó lo mucho que se alegraba de saber las novedades de la casa. No le contó nada acerca de sus experiencias en la guerra. April supuso que entraría más en detalle en las cartas a Grit, pero no quiso pedirle a esta que se las mostrase. Así que siguió mandándole afables descripciones de los progresos de Helena y del joven semental Memory. A Alex el nombre, «Recuerdo», le había parecido muy bonito. «Podemos hacer feliz a mi madre inscribiéndolo en el registro genealógico con el nombre de Gipsy Memory», había escrito.

Con la guerra había adquirido más paciencia con su madre. Era posible que todo se relativizara cuando cada día se miraba a la muerte cara a cara.

—¿Lo recogerá tu hija? —preguntó Willie con cautela a Nellie—. Llega a Wellington en barco.

—No lo sé —contestó Nellie—. ¿No os correspondería hacerlo a ti y a Edward? Me refiero a que... es gracias a vosotros que vuelve a casa.

En el transcurso de las cosechas del verano 1943-1944, el gobierno comprendió que la agricultura sufría de una gran carencia de mano de obra. Había que recurrir a los soldados para que prestaran su ayuda. Willie y Edward habían perseverado en solicitar que destinaran a su hijo a su país a fin de ocupar un puesto de importancia para la guerra, lo que al final se le concedió cuando la isla Vella Lavella, en la que Alex había combatido, se liberó de la ocupación germano-japonesa.

Willie suspiró.

—Mi relación con Alex antes de que estallara la guerra no era estupenda —admitió—. Pero ahora le he prometido a Edward que me esforzaré. Tengo que ser... más comprensiva. —Nellie sonrió y se alegró de que no pudieran verla a través del teléfono—. Y entonces pensé..., no sabemos en absoluto si realmente le gustará que vayamos a recogerlo. Apenas nos ha escrito desde las islas Salomón y, cuando lo ha hecho, no han sido más que un par de frases sin apenas contenido. Tal vez..., tal vez preferiría quedarse en el ejército... Es posible que hasta haya vuelto a enamorarse. —Willie no se andaba con rodeos.

—No lo creo —dijo Nellie. A fin de cuentas, seguían llegando unas cartas bien gruesas para Grit—. Pero bien, si estáis de acuerdo, seguro que a Grietje y a su padre no les importa ir hasta Wellington. Aquí deben de aburrirse un montón. Uno no puede pasarse todo el día solo tocando el piano.

Su hija seguramente la habría contradicho. Desde que Grit había tomado la decisión de recuperar su antigua vida, practicaba como una posesa. En los primeros días había monopolizado el piano de Mia en la casa principal de Epona Station, pero, tras tres o cuatro jornadas de estudios repetidos hasta la saciedad, Mia y Julius habían dejado de deleitarse con los sonidos del instrumento. Además, sucedía que April constantemente tenía que huir con Helena. A la pequeña no le gustaba especialmente el piano, sobre todo porque Grit nunca tocaba canciones infantiles. April opinaba que esperar que disfrutase con Beethoven era pedirle demasiado a una niña de quince meses.

En cambio, a Helena le gustaba jugar en las cuadras. Acariciaba los ponis, intentaba cabalgar en el perro pastor mestizo de Hans y conquistó el corazón de Julius von Gerstorf, que veía crecer ahí una nueva generación de jinetes. No obstante, le desagradaba el nombre de la niña. En primer lugar, lo encontraba demasiado grande para una persona tan pequeña, y además era el mismo que el de su prima, no muy apreciada, quien, según sus descripciones, semejaba más una valquiria que la hija de un rey griego. Así que Julius llamaba a la niña Henny, lo que Helena enseguida asimiló cuando empezó a formar sus primeros sonidos. April, que se alegraba del interés de su padrastro por la niña, también aprobó el nombre.

Fuera como fuese, un par de días después de su regreso a Nueva Zelanda, Phipps y Grit le habían confesado a Nellie que pensaban mudarse a Auckland. Alquilarían allí una casa con un piano y ya no serían una carga para nadie. Philipp proyectaba pasar el resto de la guerra en Nueva Zelanda y recuperar después su antigua vida en Estados Unidos, así como seguir promocionando la carrera de Grit. A Nellie le pareció bien, pero puso el grito en el cielo cuando padre e hija explicaron con toda naturalidad que no pensaban llevarse ni a la niña ni al perro.

—A ver, que no quieras al perro, puedo entenderlo —dijo alterada—. ¿Pero a la niña? ¡Grit, es tu hija! No puedes dejarla aparcada aquí o allá como si fuese un coche.

Walter, que presenció por azar la conversación, tomó nota de que era la primera vez que llamaba a su hija Grit y no Grietje.

—Tengo mucho que estudiar —fue la respuesta lapidaria de Grit—. He estado demasiado tiempo sin tocar. Para volver a llegar al nivel de antes de la guerra, debo sentarme al piano cada día seis horas como mínimo. ¿Qué va a hacer Helena durante todo ese tiempo? Ni siquiera le gusta la música. Y no puedo concentrarme si se pasa todo el tiempo gritando.

—Podéis contratar a una niñera —sugirió Nellie—. A lo mejor incluso Lene...

Se interrumpió porque eso no se lo creía ni ella. A esas alturas, Lene y Hans vivían más o menos juntos. Querían casarse en cuanto terminara la contienda. «Mientras haya gente matándose, no puedo estar contenta de verdad —argumentaba siempre Lene en contra de una boda temprana— y me gustaría que viniera mi hermana». Los hermanos de Lene seguían viviendo en Berlín, si es que todavía estaban vivos. Ella se preocupaba en especial por una de sus hermanas, con la que se escribía desde que había dejado Alemania. Philipp incluso le había pagado un viaje a Estados Unidos para que las dos volvieran a verse. Ahora Lene soñaba con traerse a Auguste a Nueva Zelanda. Seguro que no aceptaba un nuevo puesto de niñera.

Grit suspiró.

—¿Contratar ahora a más personal? ¡Si todavía no sé lo que vamos a hacer cuando termine esta guerra! No durará mucho más y después volveré a dar conciertos.

—Pues entonces tendrás que pensar en serio lo que haces con tu hija —indicó Nellie, implacable.

Grit evitó la discusión diciendo que su padre la esperaba en el coche.

—Nos vamos a Auckland —anunció—. Al peluquero. Necesito un corte de pelo como es debido.

—Por supuesto, tampoco se llevará allí ni a la niña ni al perro —señaló Walter—. Tal vez deberías dejar de querer influir en Grietje, Nellie. De ese modo no les haces ningún favor ni a ella ni a la niña. Además, a April le rompería el corazón si se llevara a Helena.

Al día siguiente, April se dirigió a Nellie y le planteó la misma cuestión.

—Grit no se preocupa de Henny, doctora Nellie —dijo—. Se la lleva por las noches porque tú insistes, pero, desde que Lene pasa más tiempo en casa de Hans que aquí, cada mañana me la entrega sin peinar y sin cambiar de pañal. Por la noche, cuando se la doy a su madre, la niña llora.

—Pero es su hija... —Nellie no se cansaba de argumentar

con la fuerza de la sangre—. Un día tomará conciencia de ello. Por el momento todavía está fascinada con la idea de volver a pisar un escenario. Alex no tardará en venir..., a lo mejor se casa con ella.

April bajó la cabeza.

—Henny no es la hija de Alex —replicó.

Nelly suspiró.

—April, yo tampoco sé qué es lo mejor. Pero me parece una gran equivocación que se salga con la suya. Tiene que asumir su responsabilidad. No puedo entender que Philipp no diga nada al respecto. Fue tan buen padre...

April jugueteó con sus rizos rojos.

—Lo fue para Grit —dijo—. Porque ella encajaba en su vida. Si se pudieran..., si se pudieran pedir hijos a la carta, Grit habría sido exactamente la hija que él habría elegido. Lo mismo sucedió conmigo y Julius. No es mi padre biológico, pero, cuando se fijó en mí y vio que yo compartía su pasión por los caballos, me convertí en la niña de sus ojos. Por el contrario, mi hermano Jonathan, su hijo biológico..., solo lo decepcionó. Por eso ya no viene a visitarnos. Se alegró de poderse marchar. Para mamá fue muy triste. Espero que después de la guerra vuelvan a verse. Ahora ya tiene dos hijos...

Poco antes de que estallara la guerra, Jonathan se había casado con una joven del círculo de conocidos de su tío abuelo, una judía. Por lo que decía en sus cartas, era muy feliz.

—No hay que ser pariente de una persona para amarla... No se ama a la fuerza a un hijo solo porque hay una relación de parentesco —finalizó April—. Por favor, piensa en ello, doctora Nellie.

Grit estuvo dispuesta a viajar a Wellington para recoger a Alex y su padre accedió solícito a acompañarla. Tenía curiosidad por ver al joven que a lo mejor se convertía en su yerno, algo que tampoco le agradaba demasiado. Sin embargo, no dudaba de que Alex fuera una persona amable. Le había sonsacado información a Walter mientras Grit confiaba sus sentimientos al piano en el restaurante del hipódromo. Seguro que amaba a su hija: le había más o menos prometido que dejaría su profesión y viajaría con ella por el mundo.

Cuando Grit meditaba sobre el cuidado de los niños, después de que Nellie volviera a referirse con seriedad a Helena, reaparecía el sueño que ella y Alex habían tejido tras su reencuentro en Creta. Grit siempre insistía en que Alex quería a la niña, que le había prometido que cuidaría de la pequeña. Pero Philipp temía que la realidad superase a la imaginación. Alex era un hombre adulto que amaba su profesión y al que seguramente le gustaría ganar su propio dinero. Además, heredaba una granja, se había comprometido a encargarse de ella y trabajar con el fin de producir bienes esenciales para el conflicto bélico. Su madre criaba caballos de carreras, cuyas cuadras él heredaría un día. Claro que esto aún tardaría en suceder, pero al final Alex tendría que decidir entre Grit y su propia vida.

El mismo Philipp había tenido que tomar ese tipo de decisiones. Y no había optado por Nellie.

No obstante, llevó a su hija en el Cadillac a Wellington, reservó una habitación en el mejor hotel y fue de compras con Grit. Urgía mejorar su guardarropa y en la capital había, incluso en el quinto año de guerra, más donde elegir que en Auckland y desde luego mucho más que en Onehunga. Grit disfrutaba de las atenciones que la compañía de su padre le reportaban. La gira por Nueva Zelanda también había pasado por Wellington y el personal del hotel y del restaurante al que llevó a su hija recordaba al famoso violinista.

Al día siguiente acudieron los dos al puerto. Era un frío día de otoño y Grit vestía un elegante traje color burdeos con falda tubo y una chaqueta entallada. Debajo llevaba una blusa azul oscuro y medias de seda color carne, zapatos de tacón y el sombrerito de conjunto. Su aspecto era sumamente elegante, al igual que el de Philipp, que iba a la última moda de caballero. Llamaban la atención entre las personas que estaban en el muelle. La mayoría de las que esperaban iban vestidas con sencillez o llevaban los uniformes de enfermeras y cuidadores.

La embarcación en la que Alex iba a llegar, además de transportar a soldados, era un barco hospital. Regresaba a Nueva Zelanda con muchos mutilados de guerra, a una parte de los cuales seguirían cuidando en los hospitales de la capital. Así que entre los parientes de los soldados que aguardaban allí no reinaba una auténtica alegría. Muchos estaban inquietos por el estado en que sus hijos y esposos volvían, algunos ya lloraban por anticipado.

—Tienes suerte de que llegue sano y salvo —señaló Philipp a su hija—. Oh, Dios mío, todavía me acuerdo de cuando volví a ver a Nellie después de la Primera Guerra Mundial. —Sonrió—. Te engendramos la noche de mi regreso.

Grit lo miró horrorizada. Seguro que para su padre ese era un bonito recuerdo, para ella era más bien una advertencia. A ella no le iba a pasar algo así, no cabía duda. No quería de ninguna de las maneras tener otro hijo.

7

Alex Rawlings había vivido un infierno. Las guerras en la selva de las distintas islas del Pacífico a las que había sido destinado lo habían llevado al límite de sus fuerzas, tanto físicas como mentales. Entre el calor y la gran humedad del aire se tenía la sensación de estar respirando un espeso fluido. El uniforme estaba constantemente empapado de sudor y las botas pesaban debido al omnipresente barro que se les quedaba pegado. Abundaban los insectos, las sanguijuelas y las serpientes. Pero lo peor eran los japoneses que peleaban hasta dar la vida. Alex se avergonzaba, pero a veces esos hombres pequeños y amarillos casi le parecían deshumanizados, anhelantes nada más que de matar por su *tenno*, su emperador. Alex había oído decir que lo adoraban como a un dios al que ofrecían, sin dudarlo ni un segundo, cualquier sacrificio. Además, tenían la habilidad de aparecer como de la nada y abalanzarse sobre sus unidades. Como suboficial, Alex tenía el deber de dirigir ahora a sus subalternos y eso le suponía una pesada carga. Sufría con cada hombre que resultaba herido y habría deseado contar con algo de tiempo para llorar a los muertos.

Pero la guerra no dejaba tiempo para el duelo, había ocasiones en que ni siquiera era posible rescatar a los caídos. Los cuerpos destrozados que Alex había tenido que abandonar en la selva lo perseguían hasta en sus sueños. Expresaba su horror escribiendo, y había enviado cartas a Grit, aunque esta nunca las había contestado. Ella le parecía la persona que mejor lo entendería. Al fin y al cabo, había vivido la guerra.

Un día, cuando le ordenaron que se presentara en la central de operaciones, donde le comunicaron sin más preámbulos que, a petición de sus padres, lo destinarían a su país para realizar una actividad importante para la contienda, no dio crédito. No conseguía alegrarse de verdad, porque consideraba que no se había ganado ese privilegio. Que hubiera pasado su infancia en esa granja y que tuviera una madre con una gran fuerza de voluntad era pura coincidencia. Sus compañeros, que habían sufrido con él y habían estado bajo sus órdenes, debían quedarse. El sentimiento de culpa de Alex se había intensificado todavía más al regresar a su hogar en un barco hospital. Se había ofrecido para ayudar a cuidar y ocuparse de los heridos y mutilados, lo que habían aceptado encantados médicos y enfermeras. Así que la pesadilla se había prolongado: había estado vendando muñones en los brazos y piernas, dando de comer a paralíticos y ciegos y había escuchado las historias de esos hombres. A cuál más horrible.

Cuando el barco por fin arribó a aguas neozelandesas, estaba totalmente agotado, harto de tanto dolor y miedo. Lo único que deseaba era silencio, frescor y aquellos sonidos de una naturaleza que no le deseaba ningún mal. Sería bonito volver a estar con seres junto a los que poder callar. Por primera vez comprendió cómo sufría Maria cuando las personas pensaban ruidosamente.

Alex ignoraba quién lo recogería en Wellington, pero esperaba que fuera Grit o April. No sabía si iba a aguantar ahora a sus padres, la energía de Willie y la discapacidad de Edward, cuyo significado comprendía ahora de verdad. En algún momento quería hablar con su padre, tal vez también con su madre. Pero no ahora.

Suspiró aliviado cuando el barco entró en el puerto y vio a Grit en el muelle. Estaba junto a un hombre de aspecto distinguido, no muy alto y vestido con elegancia. Alex supuso que debía de tratarse de su padre. Grit ya no parecía una campesina, sino de nuevo la joven señorita que había admirado al piano de La Canea y a la que al final se había dirigido. De repente, se avergonzó de su uniforme sudado y gastado, de su barba de tres días y de su delgadez. Después de pasar dos meses en la selva, cuando se miró por primera vez en un espejo se horrorizó de su propia imagen.

Le pareció que Grit todavía lo reconocía. Lo saludó con la mano cuando se llevó al hombro su petate para desembarcar. Alex inspiró profundamente el aire de su hogar y abandonó la guerra dando un gran paso para bajar a tierra.

—Grit, ¡mi hermosísima Grit! —se dirigió a la joven y la encontró todavía más bella que antes.

Ella permitió con agrado que la abrazara, pero se apartó.

—¡Necesitas tomar un baño, Alex! —fueron las primeras palabras que le dedicó.

Alex rio y tendió la mano al hombre que la acompañaba, que, tal como esperaba, se presentó como Philipp de Groot.

—Las oportunidades para ocuparse del cuidado corporal suelen ser limitadas en la guerra —señaló Philipp a su hija—. Se encontrará usted como en la gloria cuando vuelva a ver una habitación con baño, joven. Todavía recuerdo muy bien la sensación que tuve al volver de la guerra. ¿No trae más equipaje? Entonces podemos marcharnos. El hotel no está lejos.

Alex miró a su alrededor.

—¿Dónde está Flokati, Grit? —preguntó.

Ella lo miró desconcertada.

—¿Quién? —preguntó.

Alex se preparó para recibir una mala noticia.

—Mi perro —dijo—. El pequeño montón de pelo que te di.

Grit sonrió indulgente.

—Ah, ese, claro. ¡Pero no pensarás que iba a viajar con él a Wellington! ¿Cómo habría podido meter a ese guarrete en el Cadillac de papá? No, no, está feliz en Epona Station.

Alex suspiró aliviado, pero echó de menos a alguien.

—¿Y tu hija? ¿Helena?

—Helena también está en Epona Station, por supuesto —respondió Grit—. No iba a cometer el desvarío de viajar con un bebé. Y nosotros... Bueno, pensé que queríamos reservar para nosotros las primeras horas.

Alex se preguntó para qué habría acudido entonces con su padre, pero intentó esbozar una sonrisa comprensiva.

—¿No te echa de menos? —preguntó—. Ya no es tan pequeña como para que le dé igual quién le da de comer y le cambia los pañales.

—Tiene dieciséis meses —respondió Grit.

—Y está estupendamente atendida —intervino su padre—. No se preocupe, joven... Y ahora vayamos al hotel, esto está empezando a llenarse de gente.

Así era. Estaban desembarcando a los heridos, y sobre todo aumentaba el ruido porque los familiares reconocían a los suyos y daban gritos de alegría... o lloraban. Alex sentía por una parte la urgente necesidad de marcharse y, por otra, una gran decepción. Le habría gustado ver a Flokati y a Helena. Esa niña iba a convertirse en su hija cuando pidiera la mano de Grit. Le habría gustado conocerla. Decidió de repente expresarlo. Evitaba los sentimientos desagradables, necesitaba armonía.

—¿No debería conocer a su papá lo antes posible? —preguntó con fingido desenfado.

Grit frunció el ceño.

—Tú no eres su padre —contestó.

—Pero tendrá que llamarme papá algún día —observó Alex.

Grit hizo un gesto de rechazo.

—Ya hablaremos de eso. Ahora deberíamos marcharnos.

En el muelle había varias ambulancias y se estaban llevando sillas de ruedas al desembarcadero.

Alex siguió a Philipp y Grit al hotel y contempló intimidado la señorial fachada.

—¡Válgame Dios! Esto no se lo puede permitir un pobre soldado o un simple veterinario. —Intentó una vez más adoptar un tono alegre.

Grit se encogió de hombros.

—Bah, ya te acostumbrarás. Si tienes que estar viajando constantemente, quieres como mínimo disfrutar de ciertas comodidades. Papá siempre se hospeda aquí.

—También hemos reservado una habitación para usted, señor... ¿O debo decir soldado de primera clase? —Philipp se disponía a sostener la puerta para su hija, pero un botones se le adelantó.

—Sargento —respondió Alex sin interés—. Me volvieron a promocionar. Pero llámeme simplemente Alex.

—Philipp —dijo el padre de Grit, tendiéndole la mano.

Alex se la estrechó.

Acto seguido se encontró en un elegante vestíbulo y con la llave de la habitación en la mano. Grit y Philipp tomaron la llave para una suite.

—Tiene piano —señaló Grit como si eso lo explicara todo.

Alex suspiró tranquilizado cuando llegó a su habitación y cerró la puerta tras de sí. Por primera vez en meses, estaba solo, completamente solo, y reinaba el silencio. Se dejó caer en la cama, pero entonces se acordó de que había quedado con Philipp y Grit para cenar. Tenía que bañarse y cambiarse de ropa.

La habitación contaba con baño propio y agua caliente corriente, y ofrecía distintos objetos de cuidado personal. Alex se quedó un largo rato en la bañera, se lavó el pelo, que necesitaba urgentemente un corte, y se afeitó. A continuación se puso las únicas prendas que tenía de civil, pero no eran apropiadas para el evento ni le sentaban bien. Colgaban alrededor de su enflaquecido cuerpo. Recurrió al uniforme. Alex sacó el de gala, aunque ya no estaba muy presentable. Estaba arrugado y había sufrido la continua humedad del trópico. Pero ya no se podía hacer otra cosa.

Alex se reunió con Grit y Philipp en el vestíbulo del hotel; ellos también se habían mudado de ropa. Grit lucía una falda ancha azul oscuro y una prenda superior clara con volantes; era como si se hubiese puesto un chaleco encima de una blusa de manga larga. Llevaba además un sombrero que a Alex le recordó los tocados de los campesinos del Caribe.

Cuando lo vio, se acercó a él y se dejó abrazar y besar.

—Mucho mejor —dijo sonriendo, aunque lo miró de arriba abajo—. Solo tendrías que haber pedido que te plancharan el uniforme. Da igual. Te llevamos con nosotros tal como vas. —Se cogió de su brazo.

—¿Salimos? —preguntó él. En realidad, había pensado en una tranquila velada en el hotel.

Grit hizo una mueca.

—Por desgracia, sí. La agencia neozelandesa de papá pensó que sería una buena idea prepararnos una recepción. Como ya estamos aquí..., y hace mucho que yo no aparezco en público... Papá opina que tenemos que ir.

—No es necesario que nos quedemos mucho rato —dijo Philipp, animoso—. No podía rechazar el ofrecimiento. Venga. Seguro que la comida y el vino son buenos.

La comida era mejor que todo lo que había comido Alex en los últimos años y, desde que había estado en Creta, no había vuelto a beber vino. Aunque el pesado tinto que los insulares prensaban no tenía nada que ver con el chardonnay que se servía en el noble restaurante de Wellington, donde se celebraba la recepción. Alex disfrutó de suficiente tiempo para beber el vino, así como el champán que se sirvió en el aperitivo, pues, después de presentarlo al organizador, lo dejaron solo. Tanto los invitados como los representantes de la prensa se apiñaban alrededor de los De Groot. Grit parecía haberse olvidado por completo de su acompañante y se concentraba en responder a las preguntas y posar para las fotos. Era el centro de interés. La agencia ya conocía su historia y todos le preguntaron sobre su actividad en la sección de entretenimiento de los soldados en Creta que la había llevado a vivir de repente como una partisana. Alex se percató de que no mencionaba ni una sola vez ni a Leonidas ni a la niña.

—¿Y cómo se siente ahora al cambiar el fusil por el piano, señorita De Groot? —preguntó uno de los periodistas.

Grit reflexionó un instante.

—Distinta —dijo con seriedad—. Sabe, todo lo que vivo, lo que disfruto y sufro, influye en mi interpretación. Creo que es lo que le pasa a todo artista que se tome en serio. Se evoluciona. Tal vez mi interpretación ha ganado en profundidad, pero también en ímpetu, en agresividad. Cuando llegué a Creta todavía era una adolescente. Ahora la amplitud e intensidad de los sentimientos que expreso es mucho mayor.

Alex quedó impresionado por la elaborada respuesta de Grit. Ella se movía segura de sí misma bajo la luz de los focos, como si ese fuera su hábitat natural. En cierto modo lo era. Grit de Groot había crecido interpretando ese papel. ¿O había nacido para interpretarlo?

Alex aguardó paciente a que los periodistas quedaran satisfechos y se abalanzaran sobre la comida que estaba servida en grandes bandejas. Grit por fin cogió una copa de champán.

—¡Por tu feliz regreso! —brindó con Alex.

—¡Por ti! —dijo él—. Y por la hondura de tus sentimientos.

Grit rio.

—Están esperando que les cuentes algo así. Pero ahora tenemos tiempo para nosotros. ¿Salimos de aquí? Hay una luna maravillosa. Papá ya se ha retirado, así que vámonos, ¡marchémonos nosotros también!

Alex se olvidó de sus dudas cuando la besó a la luz de la luna. Qué sencillo parecía todo cuando estaba a solas con ella. Al final pasearon cogidos de la mano por las calles de Wellington; él le hablaba de la guerra y ella de los oscuros tiempos previos a la llegada de su padre a Nueva Zelanda.

—Estaba totalmente obcecada —reconoció—. Se me había metido la idea en la cabeza de que tenía una deuda con Leonidas, de que yo había causado su muerte. Vivía como en una pesadilla, no podía abandonar Imbros, ese pueblo horrible... Pensaba que allí donde estuviera tenía que despertarlo a la vida.

Incluso emular a la madre de Leonidas, Eleni, y criar ovejas... —Rio nerviosa—. Pero entonces llegó papá. Me recuperó. Con ayuda del tío Walter. Desde entonces... Bueno, creo que más o menos vuelvo a ser la misma.

—Incluso en la intensidad de tus sentimientos —bromeó Alex.

Grit hizo una mueca.

—En cierto modo es verdad lo que le he dicho a la gente de la prensa. Mi forma de tocar el piano... Por supuesto, no soy tan buena técnicamente como antes, tengo que ponerme al día. Pero en lo que se refiere a la expresión...

—Tienes que tocar un día para mí —le pidió Alex.

Ella sonrió.

—Después de tres días de oírme tocar el piano, Mia von Gerstorf estaba a punto de sufrir un ataque de nervios. ¿Podrás aguantar los inacabables estudios?

Alex volvió a estrecharla entre sus brazos.

—En los últimos años me han exigido cosas muy distintas. —Volvió a besarla.

La muchacha se estrechó contra él.

—Entonces te espero mañana después del desayuno. En nuestra suite...

—¿Y qué sucede con la suite tuya y mía? —preguntó Alex, envalentonado tras sus zalamerías y el champán—. He soñado muy a menudo contigo. Y..., y la cama de mi habitación parece muy cómoda.

Grit movió la cabeza en señal de negación.

—No..., no sé... Es demasiado rápido para mí. Papá...

—Tu padre sabe que eres una mujer adulta y que quiero casarme contigo. ¿Qué problema hay? —insistió Alex.

Entretanto ya habían entrado en el vestíbulo del hotel y vio que ella se ruborizaba.

—Que..., que no tengo nada para... evitar un embarazo. No he contado los días..., y, de todos modos, tengo que informarme, yo...

—Esta noche tampoco puedo conseguir un condón —dijo él, desilusionado—. Así que tendremos que esperar. Aunque... No sé por qué no podemos hacerlo, simplemente. Si te quedas embarazada, y no es muy probable en una sola vez, pero siempre es posible, tendremos un hijo. Es bonito que Helena no crezca sola.

Grit se separó de él.

—Me niego rotundamente a tener un hijo más —declaró—. Al menos por el momento. Ahora lo que quiero es tocar y volver a sentir el mundo... Hacer de Grit de Groot un nombre famoso internacionalmente. Como el de mi padre. Tienes que oírme. Tienes que oír cómo toco. ¡Entonces lo entenderás!

Se separaron dándose un beso sin mucho entusiasmo. Alex se sentía rechazado y decepcionado, pero no tuvo tiempo para pensar en ello. Había sido un día agotador y enseguida se durmió cuando, por primera vez en muchos años, se tendió en una cama realmente cómoda y entre sábanas perfumadas. Soñó con Grit, quizá había estado bien esperar un poco más. Podría amarla con mayor intensidad una noche que no estuviera tan cansado.

A la mañana siguiente, cuando Alex llegó al desayuno, le dijeron que los De Groot ya hacía tiempo que habían terminado.

—La señorita De Groot estudia toda la mañana —explicó el empleado del hotel, que le indicó una mesa en la sala de desayunos—. Estos artistas son muy disciplinados. ¿Comerá huevos, señor? ¿Poco hechos, benedictinos o mejor una tortilla?

Alex disfrutó del desayuno del hotel, aunque de nuevo se sintió desilusionado. ¿Por qué no le había contado Grit cuándo habían planeado bajar a desayunar? ¿Y cuánto tiempo pensaban los De Groot quedarse en Wellington? En realidad, había supuesto que ese mismo día se marcharían en dirección al norte. Sus padres lo estaban esperando..., y Flokati, Shelley y Memory, el pequeño semental. Intentó no pensar en April, pero esbozó una sonrisa al imaginar su llegada a Epona Station.

Terminó de comer y se dirigió a la suite. Los clientes del hotel que se cruzaban en su camino lo miraban extrañados. Llevaba sus viejas prendas de civil; no había querido volver a ponerse el uniforme, y, por supuesto, tampoco había pedido que le plancharan los tejanos y la camisa.

Alex decidió que lo sensato sería comprarse algo nuevo en Wellington. Tenía dinero, le habían pagado el sueldo de varios meses al despedirse.

Grit estaba sentada al piano cuando, tras dar unos golpecitos a la puerta, Philipp le abrió y lanzó también una mirada inmisericorde a su atuendo. Alex la saludó y le dio un dulce beso en la mejilla. Esa mañana parecía más joven que el día anterior, llevaba un vestido cómodo e iba sin maquillar.

Philipp señaló el sofá.

—Siéntese, Alex. Puede escuchar, pero no moleste. Vuelve a tocar otra vez el fragmento, por favor, Grit. Algo más rápido, acentuando la segunda nota...

Grit tocó una serie de notas que Alex no habría podido relacionar con ninguna obra musical, pero tampoco esta vez Philipp estuvo satisfecho. De hecho, ella repitió la pequeña melodía varias veces. Para Alex todas sonaban igual, mientras que Philipp siempre tenía algo nuevo que advertir. Ella solía aceptar la crítica, pero había ocasiones en que discutía con su padre acerca de la interpretación. Al cabo de una hora, Alex comprendió a Mia von Gerstorf. Eso no tenía nada que ver con disfrutar de la música.

Alrededor del mediodía, Grit se compadeció de él y tocó la *Sonata para piano número 8* de Mozart.

—¿Te acuerdas? —preguntó él tiernamente.

Ella sonrió.

—Cómo iba a olvidarme —contestó, e interpretó *Eine kleine Nachtmusik*.

Philipp puso los ojos en blanco.

—Voy a reservar mesa en el restaurante del hotel —anunció.

Cuando salió de la habitación, Alex y Grit se hicieron un par de carantoñas. Grit estaba demasiado cansada y hambrienta para llegar más lejos.

—Esta práctica tan intensiva es agotadora —le explicó—. ¡Pero es divertida! Ahora me doy cuenta de cuánto la añoraba.

—¿Lo haces cada día? —preguntó.

Grit asintió.

—Claro. Parece fácil cuando se interpreta ante el público, pero en realidad preparar un concierto para piano representa un duro trabajo. Se practica hasta que queda perfecto o hasta que lo encuentras perfecto. Es una cuestión de la interpretación.

Continuó hablando sobre cómo tocaba el piano mientras seguía a Alex al ascensor que los condujo hasta el restaurante del hotel en la planta baja. Philipp ya los esperaba. No estaba planeado para esa mañana que estuvieran los dos a solas.

Alex leyó la carta por encima y, al ver los precios, se le cortó la respiración. Luego preguntó cuánto tiempo pensaban quedarse en la ciudad.

—Bueno, en cualquier caso, mañana seguiremos aquí —respondió Grit—. Papá ha organizado una audición, la gente de la agencia está impaciente... Además, quieren volver a oírme tocar el buzuki. Mis vivencias en la isla alientan quizá a que grabe un disco. Esto aportaría algo de dinero a la caja.

Sonrió como si hubiese hecho una broma, pero Alex no se hizo ilusiones. También los De Groot tenían que ganarse la vida. Vivían demasiado a lo grande como para poder ir tirando de ahorros.

Alex se mordió el labio.

—Me gustaría regresar pronto a Onehunga —comentó con prudencia—. Y tú..., ¿qué hace la pequeña Helena cuando estás tanto tiempo fuera? —Se volvió hacia Grit—. O Henny, como la llama April.

Ella se encogió de hombros.

—Tiene que acostumbrarse. Siendo concertista, se pasa poco tiempo en casa. Papá también tenía que dejarme sola de vez en cuando.

—¡Tú eras mucho mayor! —replicó Alex.

—Ya —respondió Grit, despreocupada—. Pero a Helena no le importa. Le gusta estar con April. Últimamente hasta ha llamado papá a Julius von Gerstorf. Qué bonito, ¿verdad?

No parecía que lo encontrara realmente bonito, más bien que le resultaba indiferente.

—Tal como yo lo veo —se mezcló Philipp en la conversación—, lo mejor sería que Grit se separase del todo de la niña y permitiera que la señora April Takona la adoptase. Además, no tiene mucho en común con nosotros y Grit quiere olvidarse completamente de ese episodio en Grecia... —Colocó suavemente la mano sobre el hombro de su hija—. Para ella seguro que sería más agradable empezar de cero. —Estas últimas palabras iban dirigidas a Alex y sonaban algo forzadas.

Alex miró desconcertado a padre e hija.

—No puedes dar a tu hija como si nada —dijo a Grit.

Pensó en su madre. Willie lo había utilizado para conseguir un sitio en Epona Station, y prácticamente se había olvidado de él mientras creaba su yeguada en la granja de los Rawlings.

—Pero tampoco podemos llevarla con nosotros —objetó Grit—. Cada vez que vayamos de gira. La guerra no tardará en terminar... ¡Por fin volverá a haber tiempo para la música! —exclamó resplandeciente.

Alex la estudió con la mirada y de repente se percató de lo mucho que se parecía a su madre. Willie era una apasionada de los caballos y Grit lo era de la música. No tenía sitio para una hija, tal vez ni siquiera para un hombre.

—Ya veremos —musitó—. En cualquier caso, tengo ganas de conocer a la pequeña Helena.

Grit se encogió de hombros.

—Puedes hacerlo. No tenemos ningún problema en pasar por allí contigo. Por mi parte, en cuanto vayamos de camino a Auckland. De todos modos, tenemos que dejarte en casa de tus padres.

—¿Pasar por allí? —preguntó sorprendido Alex—. ¿No vives en Onehunga?

Grit negó con la cabeza.

—No, papá y yo nos hemos instalado en una casa en Auckland. Ahora tengo que practicar mucho en el piano, ya te lo he contado. Los gritos de la niña son un estorbo.

—¿Pero no la echas de menos? ¿No quieres estar con ella? —Alex iba de sorpresa en sorpresa.

—Sé que está en buenas manos. —Grit sonrió—. Yo creo que no me gustan los niños. Y a Helena no le gusta la música...

—A lo mejor cuando sea más mayor... —señaló Philipp—. Yo estoy muy contento de haber conocido a Grit cuando ya no lloraba.

Padre e hija se dirigieron una mirada cómplice. No se veía que Grit se sintiera herida o culpabilizada.

Alex estaba desilusionado y perplejo. Grit y Philipp no eran personas frías. No cabía duda de que se querían y sabía que Grit también tenía mucho cariño a su madre. Por otra parte, había pasado la mitad de su infancia lejos de Nellie y sin embargo había sido feliz. ¡Pero podía enamorarse! Alex estaba seguro de que ella no fingía lo que sentía por él. Había mostrado pasión cuando se había indignado por los crímenes de los alemanes. Y había demostrado tener empatía y valor en esa historia de su primer amor con aquel judío que participaba en carreras de relevos. Sin embargo, era totalmente distinta de, por ejemplo, April. Alex todavía recordaba el resplandor interior de April cuando acariciaba un cachorro o cogía un gatito en brazos.

De repente, se preguntó si alguna vez había visto a Grit acariciar un animal, dedicar una sonrisa a un niño pequeño o admirar una mariposa que se hubiese posado en su mano.

Alex no lograba recordar nada similar. De hecho, el rostro de Grit solo mostraba esa expresión dichosa y motivada cuando sus dedos se deslizaban por las teclas o las cuerdas de un instrumento. Comprendió que lo que amaba en ella era esa expresión y que nunca la mostraba cuando lo miraba a él, sino solo cuando tocaba para él.

Alex entendió que Grit no lo necesitaba. Ella ya vivía su gran amor, el amor por la música. Y solo podía estar con un hombre que lo compartiera con ella. Ya lo había encontrado en su padre y no añoraba nada. Incluso le resultaría fácil dominar su deseo de amor físico..., hasta que quizá diera con un hombre que sustituyera a Philipp.

Se preguntó si Leonidas, el músico, habría tenido más posibilidades. Tal vez él también se hubiese desvivido por la música si la guerra no lo hubiese sorprendido. Al final, Alex dejó a un lado esos pensamientos.

—Lo siento, pero mañana cojo el tren para Auckland —dijo—. No puedo permanecer más tiempo aquí, tengo mis obligaciones. Y además... siento nostalgia. Sobre todo siento nostalgia...

Se despidió de Grit con un beso en la mejilla y de su padre con una inclinación de cabeza. Luego se fue. Pensaba en April. Y su corazón brincaba de alegría.

8

Alex cogió el tren nocturno hacia Auckland; no podía permitirse seguir en la habitación del hotel y no quería depender del dinero de los De Groot. A eso de las nueve de la mañana, llegó a la ciudad y todavía no había decidido si ir primero a Epona Station o a la granja de sus padres. Epona Station estaba algo más cerca y acabó decidiéndose por el trayecto más barato en taxi. Naturalmente, podría haber llamado a sus padres y ellos seguro que habrían ido a recogerlo. Pero ya había tomado la decisión. Estaba sentado en un taxi y se moría de impaciencia por llegar.

En los pastizales de la yeguada ya había caballos, pero no vio a Shelley. Tampoco se divisaba ningún grupo de sementales jóvenes. Los Von Gerstorf nunca instalaban los ejemplares jóvenes en el acceso de entrada. Era tradición que se alojaran allí las yeguas con sus potros.

—No se puede decir que lo estén esperando a usted ansiosamente —observó el conductor cuando Alex le pagó en el patio.

De hecho, la yeguada parecía totalmente desierta, al menos no había nadie en el exterior, aunque era un bonito día de otoño.

Alex sonrió.

—Llego por sorpresa —dijo—. Espero que sea una sorpresa agradable.

El conductor lo saludó con la mano cuando se marchó.

Alex se dirigió a las cuadras porque fue allí donde vio al único ser vivo. Sobre una pila de mantas para los caballos que esperaban ser lavadas, había un gato gordo y de pelo rojo.

—¿Zora? —preguntó Alex. El animal se desperezó—. Qué gorda te has puesto —le dijo mientras le acariciaba la cabeza. La gata disfrutó de tanta atención. Se puso boca arriba ronroneando y dejó que le acariciara la barriga. De repente, Alex se vio invadido por una profunda paz. Ese cálido, suave y satisfecho animal que vibraba bajo su mano y ronroneaba tan fuerte... Alex pensó que para él no había otra música más bella..., salvo tal vez el suave sonido de los caballos al masticar el heno. Se separó de mala gana de Zora y entró en la cuadra. Se accedía primero a una especie de vestíbulo en el que se almacenaba una pequeña reserva de heno y paja y donde estaban aparcadas las carretillas para el forraje. Comunicaba directamente con la cuadra de los boxes y, a través de la abertura, salió un perro desgreñado a cuyo pelaje grueso se agarraba la mano de una niña pequeña. Se cogía con fuerza a él y caminaba a una velocidad sorprendentemente alta en dirección a la salida.

—¡Flokati!

No había acabado de gritar el nombre del perro cuando ya se habría dado de tortas, pues seguro que el animal lo reconocería y quizá tiraba sin querer a la niña cuando se lanzara a saludarlo. Sin embargo, Flokati pareció ser consciente del dilema. Dirigió a Alex una mirada afligida. Pero entonces la pequeña vio al recién llegado, se detuvo sorprendida, se soltó y cayó sobre su, por suerte, acolchado trasero. El perro se abalanzó sobre Alex, dando brincos mientras aullaba y gimoteaba. Durante un par de segundos, el amo y el perro confluyeron en un feliz reencuentro. Aun así, Alex se separó enseguida de Flokati para ocuparse de la niña. No lloraba, sino que volvió a ponerse de pie ayudándose con un soporte para las sillas de montar.

—¡A que esta niña es la bella Helena! —exclamó bromeando, dirigiéndose a ella.

Al mismo tiempo encontró que el nombre realmente le iba

muy bien, pues la hija de Grit era una niñita de una belleza fascinante. A los rizos negros y los labios carnosos de su madre se unía un asomo de semejanza con los nobles rasgos de Leonidas. Atraía la mirada esa tez aceitunada, al igual que los brillantes ojos de un color gris azulado.

—Henny —dijo la niña.

Alex se acuclilló junto a ella.

—Claro —contestó—. Yo tampoco soy Alejandro Magno, sino solo Alex.

—Tardaste mucho en comprenderlo —se oyó una voz burlona en el fondo.

April estaba apoyada en un box y le sonreía. No era ningún secreto que, en un arrebato de megalomanía, Willie había puesto a su hijo el nombre del jefe del ejército griego.

Alex intentó sonreír.

—Era un horrible niño mimado —admitió.

—Por lo menos tu perro te quiere —observó April.

Era probable que hubiese contemplado desde la cuadra su encuentro con el perro y la niña, seguro que no dejaba que esta última diera vueltas por allí sin vigilarla. En ese momento se separó de la pared de la cuadra y se acercó a él para abrazarlo amistosamente. Flokati brincó en torno a ellos y Henny se agarró a los pantalones de montar de April.

—¡Brazos! —pidió.

April frunció el ceño.

—Querida ma... April, ¿me coges en brazos, por favor? —le recitó a la pequeña.

—¡Brazos! —repitió Henny.

Alex se inclinó sobre ella y la cogió en brazos. Desde ahí, la pequeña se agarró a los rizos de April. Alex se fijó en que la joven se había dejado crecer el cabello y lo llevaba recogido hacia atrás con unas peinetas. Algunos mechones se desprendieron en ese momento del severo peinado.

—¡Qué bien que hayas vuelto! —dijo April—. ¿Has venido en el tren nocturno? Pensaba que Grit te iría a recoger.

Alex se encogió de hombros, lo que hizo reír a Henny.

—Grit actúa esta noche —empezó a enumerar—, ayer tenía que ensayar y antes de ayer tuvo que asistir a una recepción...

April hizo una mueca.

—Total, que se ha pasado todo el día aporreando el piano —observó sin el menor respeto y con un brillo irónico en los ojos—. ¿Ya te has hartado? ¿Qué ha pasado con ese gran amor?

—Tratándose de cantidades, otros también se equivocaron con las medidas —contestó Alex.

April sonrió.

—¿Tienes hambre? —preguntó—. Seguro que en la cocina todavía queda algo del desayuno. En cambio, ya no hay nadie allí. Mamá está en Onehunga, ha ido a recoger el correo, entre otras cosas, y papá, Hans y los mozos de cuadra están poniendo vallas. Todas en los pastos del oeste, junto a la casa de Hans. Henny y yo queríamos limpiar un poco las cuadras y luego dar un paseo en carro. Ahora entrenamos a los ponis galeses para tirar de los carros, ¿sabes? Para que sean más versátiles y no utilizarlos solo para que los monten los niños. Y conducirlos se convierte en una diversión, incluso en un deporte. Hans está muy contento. Trabajó hace tiempo de cochero. ¡Ahora está construyendo un carruaje para seis ponis!

—¿Puedo ir con vosotras? —preguntó tímidamente Alex—. Supongo que la doctora Nellie estará haciendo visitas y que Walter estará en el hipódromo.

April asintió.

—Ya te lo he dicho, no hay nadie salvo nosotras y la cocinera. ¿No quieres comer nada?

En realidad, lo único que quería Alex era mirarla. En esos tres años había cambiado. April, tiempo atrás todavía triste y apenada por la pérdida de su esposo y de su hijo, parecía hoy feliz y llena de dinamismo. Cuando miraba a Henny se le iluminaban los ojos. No cabía duda de que la niña se criaría ahí mejor que con una niñera cualquiera mientras su madre desarrollaba su carrera de pianista.

—Me llevo una manzana —contestó, cogiendo una de las que se encontraban en una cesta a la entrada y donde Mia siempre tenía preparadas golosinas para sus caballos.

—¡Zanahoooooooooorias! —pidió Henny.

Todavía estaba sentada la mar de contenta en el brazo de Alex y atrapó desde allí una zanahoria del cesto.

—¿Puedo coger una zanahoria, por favor? —la corrigió mecánicamente April.

Henny hincó sus dientes de leche en la hortaliza.

—¿No tienes que ir antes a casa? —preguntó April, al tiempo que sacaba un pequeño y bonito landó al vestíbulo de la cuadra y empezaba a enganchar delante dos ponis yeguas.

Alex se mordió el labio.

—En realidad, sí —respondió—. Pero es que ahora..., ahora no soporto que se piense fuerte.

Bajó la cabeza. Al menos no debía dar ninguna explicación. April ya conocía el vocabulario de Maria. Al igual que la hiperactividad de Willie.

Ella lo miró inquisitiva.

—¿Es muy ruidosa... la guerra? —preguntó con suavidad.

—Insoportable —susurró Alex—. Destructiva. Destruye seres humanos, animales, islas que en su día fueron paradisiacas... Nos arrebata la esperanza y la conciencia, a muchos la salud y a algunos la vida. Participar en ella fue una gran equivocación..., una tremenda equivocación. Y me lo tendrían que haber advertido. Mi padre me lo habría podido decir. Pero la guerra priva a los hombres también del habla. Edward... ha enmudecido en muchos aspectos. Y sin embargo tiene que haber amado a mi madre en algún momento. Deberían haber encontrado un punto en común. Incluso la guerra, tal vez. Creo que Willie ha pasado su vida luchando.

—Henny lleva —decidió la pequeña, y April le puso sonriendo las riendas en las manos, aunque fue ella misma quien condujo los ponis al exterior.

—Si se me permite indicar al caballero que se instale en el

asiento trasero —dijo April, levantando ligeramente una imaginaria gorra de chófer—. Mi pequeña asistente y yo nos sentaremos en el pescante y lo llevaremos de paseo. ¿O prefieres sentarte detrás con Alex como una princesa? —preguntó a Henny.

—¡Llevar! —contestó la pequeña cogiendo con fuerza las riendas.

—Bien —respondió April.

Cuando todos se hubieron sentado, los ponis se pusieron solícitos en marcha.

—Me..., me he sentido culpable —dijo April cuando le daba la espalda a Alex—. No debería haberte tratado de ese modo. Te..., te fuiste por mi causa, ¿verdad?

Alex suspiró.

—También —admitió—. Pero no solo por eso. No sabía qué hacer conmigo mismo. Todo me salía mal. Y ahora estoy aquí para decirte que lo siento. No debería haberte presionado de ese modo. Necesitabas más tiempo. Mucho más tiempo. Yo... He pensado constantemente en si realmente me equivoqué tanto. ¿No hubo nada entre nosotros, April? ¿No hubo realmente nada?

April calló. Solo al cabo de unos segundos volvió a tomar la palabra.

—Creo que..., que... primero pasaremos a ver a Shelley y a Memory, y si quieres te llevaremos después a casa.

Se podía circular bien en el carruaje de los ponis entre las dos granjas.

—Sería muy amable por vuestra parte —dijo Alex formalmente, pero, cuando April se acercó a una dehesa, su corazón dio un brinco de alegría al volver a ver a Shelley.

La maternidad le había sentado bien a la huesuda yegua. Se había redondeado y le brillaba el pelaje. Aunque no se había embellecido, para Alex era el caballo de su vida, al menos hasta el momento. Creyó no poder pronunciar palabra cuando April detuvo a los ponis junto al pasto donde Shelley se encontraba con otras yeguas. Entonces Alex gritó su nombre y ella respondió con un estridente relincho. Alex estuvo a punto de ponerse a llorar cuando la yegua se separó del grupo y se dirigió hacia él. No al galope, pues era algo que los caballos adultos pocas veces hacían, pero sí a un paso seguro de su objetivo. Él saltó del carro, se deslizó entre el vallado y le tendió a Shelley el resto de su manzana. La yegua cogió la golosina y le manchó con zumo la vieja camisa cuando deslizó los ollares por su cara. Alex olió su especiado aliento, percibió las vibrisas que rodeaban la boca y la nariz, respiró al mismo ritmo que la yegua. Hombre y caballo permanecieron unidos unos minutos, imbuidos ambos de auténtica alegría.

April los miraba conmovida.

—Y ahora di que el gran amor está sobrevalorado —dijo burlona para disimular que tenía lágrimas en los ojos—. Vamos, ¡voy a enseñarte a su hijo!

Los sementales jóvenes estaban juntos en una dehesa especialmente grande y ondulada que les ofrecía mucho espacio y terreno variado para retozar juntos, correr y pelearse jugando. April frenó en una esquina del terreno, pero no se veía ningún caballo. Solo cuando ella los llamó se oyó el golpeteo de unos cascos, que esta vez sí avanzaban al galope. Los jóvenes sementales estaban impacientes por saber quién los visitaba. Alex reconoció un grupo compuesto sobre todo por caballos negros y castaños. Entre ellos únicamente había dos alazanes, así como un añal gris oscuro que seguramente se convertiría en tordo claro. Todos se acercaban deprisa, pero un caballo negro se distanció del grupo. Sus cascos casi no parecían tocar el suelo y consiguió además saludar con un relincho a April.

—Memory —fue todo cuanto ella dijo.

—¡Es un sueño! —exclamó Alex.

April negó con la cabeza.

—Es la respuesta —dijo.

Alex la miró confuso.

—¿La respuesta a qué?

—A tu pregunta —contestó April—. A si no había algo entre nosotros. Pues... si no hubiese habido nada... tampoco habría habido recuerdos...

Ella también bajó del carro, cogió a Henny y dio al pequeño semental el resto de su zanahoria.

—¡Henny da! —protestó la niña, pero April hizo un gesto de negación.

—Todavía es demasiado impetuoso. No vaya a ser que te muerda sin querer.

—¡No vaya a ser que te dé un mordisco! —advirtió al mismo tiempo Alex.

Se sonrieron.

—Siempre había imaginado que un día me llamaría papá —musitó Alex, señalando a la niña con la barbilla.

April le guiñó el ojo.

—A ver qué pasa —le respondió en un murmullo—. Si Grit realmente no la quiere... Yo..., yo hice cubrir a Shelley otra vez. En tres meses deberá tener un potro. Tal vez..., tal vez podríamos llamar a su potro Future.

Futuro...

Alex la miró, pero esta vez esperó a que ella le besara.

EPÍLOGO

Nueva Zelanda – Epona Station
Australia – Perth

1949

Epona Station

Nellie se desperezó bajo el sol primaveral. Acababa de llegar de la granja de los Rawlings y se había sentado con Mia y April delante de las cuadras de Epona Station. Estaban bebiendo un té al tiempo que intercambiaban novedades, razón por la cual Nellie se había asomado a la casa de Willie. El pretexto de que quizá había sido ahí donde había perdido el freno de nariz la última vez que había atendido a sus caballos había resultado bastante flojo.

—No puedo hacerme a la idea de que los padres de Alex sigan enfadados porque vivimos aquí —dijo April—. Se entiende que les guste tener con ellos a Alex y sus nietos, pero es que aquí hay más espacio, eso es todo.

April y Alex se habían casado poco después de que concluyera la guerra. Un espléndido casamiento al que incluso había asistido Jonathan con su familia desde Australia. Mia se había sentido sumamente feliz al volver a ver a su hijo, y también Julius se había reconciliado con la nueva vida de Jonathan. Se había enamorado de su hermosa nuera y había empezado a enseñar a montar a sus nietos. Había sido casi imposible separar a Noah, el más joven, de los ponis.

—A veces —había dicho Mia guiñando un ojo—, solo hay que saltarse una generación.

Después de la boda, Nellie y Walter se habían mudado a

Ellerslie y la joven pareja había rehabilitado el antiguo edificio antes destinado al servicio para convertirlo en su acogedor hogar. Contenía suficientes habitaciones para Henny y el niño que April daría a luz en dos meses.

—Bueno, en realidad Willie debería estar muy contenta —señaló Mia comentando la observación de April—. Ahora tiene justo lo que siempre había deseado: Epona Station. Al menos sus nietos heredarán la granja.

April se echó a reír.

—Algo tendrá que decir Henny al respecto —dijo—. A fin de cuentas, es la mayor y está loca por los caballos. Esto todavía no está nada claro con nuestro segundo hijo. Pero Willie puede ser bastante rara. Lo que se permitió hacer en la boda...

Nellie hizo una mueca y Mia refunfuñó al recordar las palabras de Willie cuando felicitó a Julius por el enlace matrimonial de su hija.

«Así que ahora Alex va a ser tu hijo. Uno no puede huir de su destino».

—Menuda desfachatez —dijo Mia, pero no logró evitar echarse a reír—. Nunca cambiará.

—Por lo menos ahora no se pelea con Edward y Alex —apuntó Nellie.

Últimamente, Willie y su marido volvían a dejarse ver juntos en los eventos del hipódromo o en actividades culturales. La pareja parecía ponerse de acuerdo. Además, Wilhelmina por fin había aceptado que Alex fuera veterinario. Este tenía un consultorio de animales pequeños en Epona Station y había asumido la consulta rural de Nellie por los alrededores de Onehunga; era muy feliz y contaba con la aprobación de los granjeros. A menudo se llevaba a Edward en sus viajes para que su padre pudiera renovar su amistad con los agricultores del entorno. A fin de cuentas, había crecido con esas personas y se había distanciado de ellas a causa de la guerra y, más tarde, por Willie y sus ansias de grandeza.

Nellie, por su parte, había decidido trabajar un poco menos.

Seguía ejerciendo de veterinaria del hipódromo y compartía con Justynka el consultorio de animales pequeños de New Lynn. La bonita polaca todavía vivía en el piso de encima del consultorio junto con una compatriota. Se suponía que Jolanda era su prima, pero Nellie prefería no entrar en detalles. En cualquier caso, Jolanda trabajaba como asistente en el consultorio y su relación con Justynka era extremadamente cordial.

Nellie y Walter se habían instalado en la casa del señor Wesley, el antecesor de Walter en la dirección del hipódromo, y la habían rehabilitado para sí y sus hijos. A Peter y Martin —desde hacía algún tiempo protestaban con vehemencia cuando alguien los llamaba Petey y Marty— no les quedaba muy lejos la escuela y en poco tiempo la universidad. Seguía gustándoles pasar los fines de semana en Epona Station. Los dos se habían convertido en unos jinetes estupendos, instruidos tanto por su padre como por Julius von Gerstorf. Desde que había terminado la guerra y lentamente se iba recuperando la escena de las carreras en Nueva Zelanda, eran ellos quienes presentaban a los jóvenes ejemplares de sangre caliente de Epona Station en competiciones de doma y de salto de obstáculos y quienes acumulaban rosetas y trofeos. Pero no por mucho tiempo, solía advertirles April en broma. Estaba firmemente convencida de que Helena no tardaría en superarlos con holgura.

Justo después de casarse, April y Walter habían adoptado a Henny con el beneplácito de su madre biológica. Grit explicó que no deseaba de ninguna de las maneras perder el contacto con la niña, pero tampoco quería preocuparse por ella.

—¿No tiene pensado volver Grit a pasar por aquí pronto? —preguntó Nellie a April—. Pensaba que la vería más a menudo si Henny estaba viviendo con vosotros, pero, como ya es usual, no suele aparecer.

Grit y Philipp solo habían visitado una vez a su respectiva hija y nieta justo después de que acabara la guerra. Y eso que habían vivido en Auckland durante la contienda, por lo que habría sido fácil ir a ver a Henny de vez en cuando. La visita a

Epona Station les había servido también para despedirse. Padre e hija regresaron a Boston. Desde entonces, Nellie y April solo recibían esporádicamente noticias suyas.

—Grit está de gira por Europa —contestó April—. Con no sé qué orquesta sinfónica. Da conciertos para piano. Se ve que es muy famosa, de tanto en tanto le envía una postal a Henny.

—Philipp me ha comunicado en una de sus cartas que ella ha conocido a un hombre —dijo Nellie—. A un chelista. Todavía no sabe si va en serio, pero considera que es un joven con mucho talento. Supongo que no os interesa demasiado saber dónde ha estudiado y en qué orquestas ha tocado hasta ahora.

Las otras rieron.

—Oh, ¡ahí está Flokati! —April se levantó para saludar al perro—. ¿Venís a la pista? Así los vemos llegar.

Julius von Gerstorf seguía estando loco por su nieta, a la que daba clases de equitación en los ponis de forma periódica. Ambos se habían lanzado a una carrera campo a través que discurría alrededor de Epona Station por un tramo con diversos obstáculos. Los hijos de Walter y Nellie entrenaban allí los caballos que iban a competir en concursos completos. A Flokati le gustaba acompañarlos y era más rápido que los grandes caballos.

Las mujeres se pusieron en pie, dieron la vuelta a la casa y contemplaron la pista que tenían delante y que Willie había mandado construir muchos años antes para sus purasangres. Ahora había allí unos pequeños obstáculos y un poni blanco salía al galope del bosque. Helena Rawlings y el joven semental Wonderboy corrían a una velocidad vertiginosa. Pero Julius von Gerstorf y su gran Hunter seguro que habrían podido alcanzarlos. Sin embargo, el jinete contenía a su castrado y permanecía a dos longitudes de caballo por detrás del poni. Henny espoleó a Wonderboy en la recta final hasta que el caballito voló por encima del último obstáculo. La niña dio un grito triunfal cuando cruzó antes que Julius la línea dibujada en el suelo.

—¡Campeones! —gritó cuando detuvo al poni delante de las mujeres—. El abuelo dice que si fuera un chico podría ser un perfecto jockey.

April frunció el ceño.

—¿No querías estudiar veterinaria como papá y la doctora Nellie? —preguntó.

Henny se quedó indecisa.

—Creo que prefiero ser jockey. Pero el abuelo piensa que no es posible.

Nellie la miró con severidad.

—Henny, da igual lo que quieras ser. ¡No dejes que te prohíban nada! Cuando era tan mayor como tú quería ser veterinaria y nadie creía que lo fuese a conseguir. Pero el mundo cambia. Puedes lograr todo lo que quieras. Cuando seas mayor, las mujeres podrán competir igual que los hombres. ¡A no ser que aparezca alguien con suficiente sentido común para prohibir este deporte con caballos! Por mí, podríamos renunciar a él.

Mia sonrió.

—Yo siempre quise hacer felices a mis caballos —dijo.

Henny descendió de la silla y se colocó delante de su madre, su abuela y Nellie.

—Entonces —afirmó—, seré primera ministra. ¡Y me inventaré una ley que haga felices a todos los caballos!

Las mujeres sonrieron.

—Y nosotras te votaremos —dijo Mia.

Perth

Maria se paseaba por el zoo. Iba sola, se tomaba su tiempo para permanecer junto a los distintos animales y percibirlos. No todos eran felices. En especial los félidos, porque las jaulas se les habían quedado pequeñas después de que los tigres hubiesen vuelto a tener descendencia. A los viejos leones del circo se los había tenido que separar en una instalación propia pues no se llevaban bien con los más jóvenes. De hecho, se habían quedado más animales del circo de lo que se había previsto en un principio. Incluso el domador de los traumatizados chimpancés se había desprendido de ellos por una pequeña cantidad. Maria acababa de verlos y estaba satisfecha con su estado. Lentamente iban tomando confianza con sus cuidadores. No obstante, su jaula era estrecha para ellos. Maria tenía en mente otras instalaciones totalmente distintas, habría preferido hacer en su zoo lo que Carl Hagenbeck había hecho en el de Hamburgo antes de la guerra: instalaciones sin barrotes, separadas por zanjas, vallas y cercas... Su hijo David no dejaba de insistir en ello; de hecho, tenía la intención de hacer de la construcción de zoos y parques su profesión. Estudiaba arquitectura en Sídney. Daphne se había decidido por ser veterinaria, como sus padres. Los mellizos opinaban que se complementaban a la perfección. Planeaban trabajar juntos más tarde. Maria esperaba que el mundo volviera a tener para entonces dinero y tiempo para construir zoológicos en lugar de reconstruir las ciudades que habían sido destruidas durante la guerra. En esa época, al Zoological Gardens Board le resultaba difícil destinar fondos para la rehabilitación del zoológico.

Maria dejó a los félidos y se dirigió al reptilario. Delante de un terrario en el que una imponente pitón colgaba inmóvil de una horcadura, se encontraba una muchacha rubia y espigada, de unos trece o catorce años. Miraba con atención la serpiente.

La veterinaria ya iba a preguntarle si se interesaba especialmente por los reptiles cuando de repente recordó su primer encuentro con el doctor Rüttig, el veterinario del zoo, y apostó por repetir sus palabras.

—No es muy vivaz —dijo amablemente, señalando la serpiente.

La chica sonrió.

—No, nunca lo son cuando han comido. Hace poco que lo ha hecho, ¿verdad? —Maria asintió—. No volverá a moverse hasta que tenga hambre —explicó la joven.

—¿Y eso es lo que estás esperando? —preguntó Maria. El doctor Rüttig había preguntado entonces lo mismo.

La muchacha sonrió.

—¡Tendría que esperar mucho! —respondió complacida—. Solo comen cada dos semanas, ¿sabe?

—Lo sé —dijo—. He leído libros acerca de ello.

Por el rostro de la muchacha se deslizó una sombra.

—No tengo dinero para comprar libros —explicó dando un suspiro—. Y en la biblioteca solo tienen algunos muy generales. Casi no hay nada sobre serpientes en ellos. Pero a mí me encantaría saber más. Por ejemplo, cómo hacen la digestión. ¿Tienen un estómago o varios como los bueyes? Cómo se sienten cuando mudan la piel. Poder desprenderse de su propia piel debe de ser una sensación muy agradable.

Maria reflexionó unos segundos.

—Creo que más bien debe de sentir picazón. Y puede que antes también sienta que la constriñe un poco.

—Sí —musitó la joven—. Como una persona que no puede hacer lo que quiere.

Maria la miró con más atención. Tenía el cabello corto, de un rubio claro, una cara alargada y unos ojos azules y brillantes. ¿A qué se habría referido al decir que debía de ser agradable poder salir de su propia piel?

—Era una metáfora, ¿verdad? —dedujo Maria de sus reflexiones—. Al decir que te gustaría salir de tu propia piel.

La muchacha le sonrió.

—Sí —contestó—. Me gustaría ser un chico. Entonces podría ser veterinaria.

—También puedes serlo siendo mujer —la animó Maria.

La joven volvió a suspirar.

—Mi padre dice que no. Sé que podría estudiar aquí, en Australia. Pero hasta ahora lo han logrado solo tres mujeres.

Maria se encogió de hombros.

—Lo han conseguido muchas más —le aseguró y contuvo el impulso de nombrar a todas las veterinarias que habían finalizado la carrera desde que Aleen Cust concluyó sus estudios en Edimburgo en 1897—. Y tú también lo conseguirás, si de verdad es lo que quieres. Puedes llegar a ser todo lo que realmente desees. Ven conmigo, te prestaré un libro.

Posfacio

Todas las historias que se cuentan en este ejemplar son ficticias, pero el trasfondo ante el que se desarrollan es auténtico.

En el periodo en cuestión había realmente en Nueva Zelanda una gran carencia de veterinarios, por lo que es seguro que también las mujeres hallaron su forma de salir adelante en tal profesión. La primera veterinaria que ejerció a partir de 1920 fue Pearl Dawson, que había estudiado la carrera en Estados Unidos. Sin embargo, también allí hubo que esperar décadas para que las mujeres se impusieran de verdad en el terreno de esta disciplina. En 1950 solo había ocho veterinarias registradas en Nueva Zelanda.

Por supuesto, Nueva Zelanda sufrió tanto como las naciones europeas los efectos de la Depresión de los años treinta y Hawke's Bay se vio especialmente afectada por la crisis económica a causa del terremoto de 1931. He descrito con la mayor precisión posible los acontecimientos en torno al terremoto. Para un escritor resulta fácil investigar en Nueva Zelanda, con sus inmensos archivos. El terremoto ocasionó la muerte de doscientas cincuenta y ocho víctimas, graves destrozos en tres ciudades y daños materiales por valor de unos trescientos millones de dólares neozelandeses.

Al igual que en la Primera Guerra Mundial, al estallar la Segunda confinaron a alemanes en Somes Island, pero esta vez no a todos, sino solo a los enemigos probados del país. Por desgracia, la correspondiente prueba de conciencia mostraba considerables defectos, de modo que se desterraron a la isla a algunos refugiados y también judíos con auténticos nazis. Es difícil imaginar la convivencia de esos hombres allí. Internet no dice nada al respecto. En cualquier caso, el temor de Bernhard ante el destierro está totalmente justificado.

El circo Homer Brother's Artist and Animal Show es ficticio, pero en esa época constantemente estaban de gira por Nueva Zelanda empresas de ese tipo. El trato hacia los animales se describe tal como era; de hecho, ocurrían graves accidentes porque félidos, elefantes o caballos atacaban a sus cuidadores. También se escapaban los animales y eran temidos los incendios en los circos. No obstante, en el tiempo que nos ocupa no hubo ninguna compañía en Perth y el suceso también es imaginado.

En el zoológico de Perth no había en esa época ningún director, salvo el dinámico superintendente, el señor Shapcott. El State Zoological Gardens Board acababa de recibir de manos privadas el zoológico. Ignoro a quién nombró director, pero encuentro que es un puesto ideal para Bernhard, bajo cuya dirección Maria, autista con síndrome de Asperger, puede realizar bien su trabajo. Para confeccionar la historia de Maria he investigado mucho en torno al síndrome de Asperger y todo el espectro autista y espero haber descrito de forma veraz su personalidad y su comportamiento. Dicho sea de paso, hay familias en las que varios de sus miembros manifiestan trastornos del espectro autista, pero no es el caso de los hijos de Maria. Está claro que David tiene ciertos rasgos autistas más marcados que Daphne, pero no se ve limitado por ellos.

La conquista de Creta por los alemanes, la incompleta evacuación de las fuerzas armadas británicas y las acciones de los partisanos (llamados *andartes* en griego) se describen con la mayor exactitud posible. En efecto, los británicos no dejaron de introducir de forma clandestina a especialistas y supervisores. También se realizaron en aquel tiempo los asaltos a los aeropuertos, aunque es cierto que he sustituido a las personas involucradas (sus nombres pueden encontrarse en internet) por mis tropas ficticias. No obstante, no se produjo ningún tiroteo ni tampoco murió nadie, al menos por parte de los asaltantes.

Todavía existe en Creta el pueblo de Imbros, aunque los acontecimientos que sitúo allí son todos imaginados, así como las pesquisas de Walter como inspector en la isla. Sí existió la masacre de Kandanos, pero la planeada ejecución de las rehenes que frustraron los *andartes* en Myriokefala se inspira en sucesos similares. Los crímenes de guerra en Creta fueron inmensos y no se responsabilizó a casi nadie por ellos.

Exceptuando estas atrocidades documentadas con todo detalle, fue difícil narrar con precisión los sucesos acaecidos en Creta. Los informes sobre la invasión y la evacuación de las tropas aliadas son confusos, apenas hay descripciones de testigos oculares; quien desee adquirir conocimientos más exactos debe acudir a la novela de Evelyn Waugh *Oficiales y caballeros*. Después de leer el libro —trata de un niño mimado de familia noble que busca realizarse en la carrera de oficial durante la guerra—, quedé totalmente convencida de que la defensa de Creta fracasó sobre todo por las decisiones que tomaron los altos mandos en el lugar. Los catastróficos sucesos de la operación Albumen hablan por sí mismos. Si mi opinión es equivocada, pido perdón póstumamente a los oficiales implicados.

En los Juegos Olímpicos de Berlín también se celebraron, junto con las competiciones deportivas, varias competiciones artísticas, entre las que las musicales desempeñaron la función más importante. Los alemanes no corrieron ningún riesgo y encargaron obras a compositores conocidos y que no eran críticos con el régimen para que compitieran con veintiocho participantes de ocho naciones (Austria, Checoslovaquia, Países Bajos, Italia, Japón, Yugoslavia, Mónaco y Estados Unidos). Podían presentarse composiciones para solistas o coros, para un solo instrumento o para formaciones orquestales. El único requisito consistía en que las obras entregadas tuvieran, en el más amplio sentido, una relación con una idea de olimpiada: marchas, canciones, coros, danzas o festivales musicales cuya melodía alentara o acompañase movimientos deportivos o gimnásticos, que enalteciese un concepto deportivo, una competición deportiva o a un atleta. El jurado estaba formado por tres musicólogos alemanes, uno italiano y otro finlandés.

Aunque el proyecto del campeonato musical tuvo una gran importancia para Goebbels y su Ministerio de Propaganda —se llegó a construir un gigantesco teatro al aire libre—, después perdió todo su significado para las grandes personalidades nazis. Ya la ceremonia de entrega de los premios del 2 de agosto, que se realizó en el estadio al final de las competiciones deportivas, se celebró con la mitad de las gradas vacía. Parte de los premios ni siquiera se desempaquetó, sino que se entregó en cajas de cartón, y, el día que se iba a ejecutar la obra ganadora (que, por cierto, no fue el 5 de agosto, sino el 15 como gloriosa despedida de las Olimpiadas), Goebbels convocó a los invitados de honor a una recepción en la isla de los Pavos Reales. El público en general tampoco mostró gran interés. Solo cincuenta participantes de los Juegos Olímpicos (deportistas y jueces) aprovecharon la oportunidad de escuchar el concierto.

Sí es cierto que no se entregó ninguna medalla en la categoría de composiciones para música de cámara, dentro de la música instrumental. Las fuentes consultadas no mencionan las causas. Este pequeño misterio estimuló mi fantasía y creé la participación de Grit y su espectacular retirada. No existió en la competición musical ningún intento de boicot en el último minuto. Sin embargo, la descripción del cambio de dos corredores judíos en la carrera de relevos de cuatrocientos metros plasma ampliamente la realidad. Mi Mickey Glicksman se inspira en Marty Glickman; a Sam Stoller le he dejado el nombre porque no interpreta ningún papel en la novela. Marty Glickman trabajó después como locutor de radio. Sam Stoller prosiguió su carrera deportiva y tuvo mucho éxito. Murió en 1985 y por ello se perdió la disculpa oficial del Comité Olímpico Nacional, en

1998, por los sucesos de las Olimpiadas de 1936. Se concedió a Glickman y Stoller —a este último de manera póstuma— la primera medalla General MacArthur para compensarles por haber dañado su honor.

Son ficticios los acontecimientos que ocurren en el hipódromo de Ellerslie y con ello también, por supuesto, los datos sobre los caballos y vencedores de las grandes carreras. En realidad, fue el semental Cheval de Volée el que ganó la Copa de Auckland de 1939.

¡Muchas gracias!

También he disfrutado mucho trabajando en la segunda parte de mi saga «La veterinaria». Y una vez más pude dedicarme totalmente a este asunto porque Nelu y Anna Puscas me han respaldado y se han ocupado con cariño de todos los animales que comparten esta granja con nosotros.

Muchas gracias a Melanie Blank-Schröder, mi editora, sobre todo por darme la idea de esta serie. Estas historias debían escribirse, pero es probable que yo sola no hubiese caído en la cuenta.

Una vez más, mis lectoras de pruebas me hicieron sus sugerencias y mi correctora de textos, Margit von Cossart, se ocupó del preciso desarrollo cronológico. ¡Muchas gracias, Margit, por todas tus preguntas y propuestas! ¡Sé que el mundo de los caballos te es ajeno, pero lo estás haciendo muy bien! Y a lo mejor hasta despierto tu interés por las llamas: una vida sin llamas es posible, pero no tiene color. ☺

De todos modos, en la industria editorial es difícil moverse solo, lo tengo cada vez más claro cuando veo lo mucho que tienen que luchar los compañeros que quieren autoeditar sus libros. Por eso doy mi más sincero agradecimiento a todos los que se ocupan de que se hagan y se distribuyan mis libros y que debaten y piensan intensamente cada detalle relativo a la portada y los textos de la cubierta.

Y, *last but not least*, doy las gracias a los libreros que recomiendan mis obras a sus clientes. ¡Sé lo difícil que lo tienen en la actualidad y les deseo con todo mi corazón que lleguen tiempos mejores! Las librerías tienen que seguir existiendo. Y aprovecho para lanzar un ruego a mis lectores: sean fieles a sus librerías, pese a todas las adversidades y aunque pedir libros por internet sea tan fácil. Las librerías mantienen con vida nuestra cultura de la lectura. Así que: *Use it or lose it!*

Esperando poder volver a reunirme pronto con mis lectores en ferias y conferencias,

SARAH LARK